HEYNE <

W0280701

Gregory Benford
Larry Niven

STERNENFLÜGE

Roman

Deutsche Erstausgabe

WILHELM HEYNE VERLAG
MÜNCHEN

Titel der amerikanischen Originalausgabe
SHIPSTAR
Deutsche Übersetzung von Alexander Brockholt

FSC
www.fsc.org
MIX
Papier aus verantwortungsvollen Quellen
FSC® C014496

Verlagsgruppe Random House FSC® N001967
Das für dieses Buch verwendete
FSC®-zertifizierte Papier *Super Snowbright*
liefert Arctic Paper Munkedals AB, Schweden.

2. Auflage
Deutsche Erstausgabe 10/2014
Redaktion: Rainer Michael Rahn

Printed in Germany 2014
Umschlaggestaltung: Nele Schütz Design, München,
unter Verwendung von shutterstock/Emelyanov
Satz: Schaber Datentechnik, Wels
Druck und Bindung: GGP Media GmbH, Pößneck

ISBN 978-3-453-31581-5

www.diezukunft.de

Dieses Buch ist für John Varley, Arthur C. Clarke, Bob Shaw, Paul MacAuley, Alastair Reynolds, Iain M. Banks, Robert Reed und andere von der Große-Objekte-Gruppe.

Auf zu größeren Dingen!

PERSONEN

SUNSEEKER, BESATZUNG

Captain Redwing
Cliff Kammash – Biologe
Mayra Wickramsingh – Pilotin, Beth-Gruppe
Abduss Wickramsingh – Ingenieur, Beth-Gruppe
Glory – Zielplanet
SunSeeker – das Bussardkollektor-Schiff
Beth Marble – Biologin
Eros – das erste Landeschiff
Fred Ojama – Geologe, Beth-Gruppe
Ayoe – Ingenieur, Cliff-Gruppe
Howard Blaire – Systemingenieur, Cliff-Gruppe
Terrence Gould – Cliff-Gruppe
Irma Michaelson – Pflanzen-Biologin, Cliff-Gruppe
Tananareve Bailey – Beth-Gruppe
Lau Pin – Ingenieur, Beth-Gruppe
Jambudvipa (Jam genannt) – indischer Unteroffizier
Ayaan Ali – arabische Navigatorin/Pilotin
Clare Conway – Kopilotin
Karl Lebanon – Technischer Offizier

ASTRONOMEN-VOLK

Memor – Aufmerksame Anwesende Astronomin
Bemor – Entwerfer und Persönlicher Emissär der Eisgeister
Asenath – Weisheitsprinzipalin
Ikahaja – Ökosystem-Savant
Omanah – Ökosystem-Gruppenmeisterin
Ramanuji – Biologie-Savant
Kanamatha – Biologie-Gruppenmeisterin
Thaji – Richter-Savant
Unajiuhanah – Seniormeisterin, Hüterin der Gewölbebibliothek

ANDERE PHYLA

Fingerschlangen – Thisther, männlich; Phoshtha, weiblich; Shtirk, weiblich
Eisgeister – kaltes Leben, sehr alt
Aufgenommene – fremde Wesen, mit denen bereits ein Kontakt stattfand und die in die »Schale« integriert sind
Diaphane

VOLK-BEGRIFFE

Analytiker – künstliche Intelligenz, die Schalen-Daten lokal überwacht
TransSprache

Lange Aufzeichnungen
Letzte Eindringlinge
Untergeist
Dienstler
Die Erbauer – die verschiedenen Spezies, die die Schalenwelt erbauten
Dritte Variante – Astronomen-Variante
Astronauten – Astronomen-Variante
Quicklands – Schnellland
Kahalla

ERSTER TEIL

EIN IRRTUM

»Es ist besser, sich zu irren, als vage zu sein.
Bei Versuch und Irrtum kommt es auf den Irrtum an.«

FREEMAN DYSON

1

Memor beobachtete die fliehenden Primaten durch das schmale Kamerasichtfeld einer der alten mobilen Sonden. Affenartige Geschöpfe tanzten und tollten durch die Unteretage der Spiegelzone, auf dem Weg ... wohin? Offenbar zur lokalen Expressstation der Magnetbahn. Gut. Damit befanden sich die Fremden genau dort, wo Memor sie haben wollte. Aufgeregt klickte sie mit den Zähnen, steckte sich ein zappelndes kleines Wesen in den Mund und zerbiss es genüsslich

Die seltsamen Letzten Eindringlinge krochen ängstlich umher und schienen vollkommen verwirrt zu sein. Eigentlich hätte man mehr erwarten sollen von Wesen, die mit einem Raumschiff gekommen waren, das über einen interessanten Antrieb verfügte. Aber sie hatten sich auf und davon gemacht, in ihrer schnellen, hüpfenden Art und Weise. Und leider war es der anderen Gruppe gelungen, Memors Tötungsabsichten zu entkommen, als sie Kontakt mit einer Dienstlerspezies hergestellt hatten, mit den Sil. Eine gewisse Schlauheit ließ sich ihnen also nicht absprechen.

Genug mit diesen Ärgernissen! Memor musste sich konzentrieren und schnell handeln, um die Fremden unter Kontrolle zu bringen. »Abfangvektor!«, befahl sie dem Piloten. Das Brummen des Schiffes schwoll zu einem Donnern an, und es wurde schneller. Memor lehnte sich zurück und gab Feder-Signale der Erleichterung.

Sie rief eine Situationsgrafik auf den Schirm, um festzustellen, ob sich irgendwo etwas verändert hatte. Das schien nicht der Fall zu sein. Das Raumschiff der Letzten Eindringlinge flog noch immer in der Nähe der Schale und hielt sich unterhalb der Verteidigungswaffen am Rand. Seine elektromagnetischen Emissionen deuteten darauf hin, dass es versuchte, den Weg der beiden Gruppen durch die Schalenwelt zu verfolgen. Aber es gewährte ihnen keine direkte Unterstützung. Gut. Die Fremden in dem Schiff ließen klugerweise Vorsicht walten. Es wäre sicher interessant gewesen, das Raumschiff auseinanderzunehmen und seine technischen Einzelheiten zu untersuchen, aber dazu gab es später noch Gelegenheit.

Memor schätzte sich glücklich, dass die Suchsonde diese Gruppe gefunden hatte, die durch die Lücken hinter der Spiegelsektion unterwegs war. Sie beobachtete vage orangefarbene Flecken, bei denen es sich um mehrere affenartige Gestalten zu handeln schien und vielleicht noch um mehr. Bei genauerem Hinsehen glaubte sie, auch Geschöpfe mit Tentakeln zu erkennen, offenbar eine Subspezies-Variante, drahtig und schnell. Schlangen?

Memor fühlte eine Vibration des Schiffes, als es ein Rufsignal empfing, von Asenath. Der Ruf vibrierte auch in Memors Bewusstsein. Sie musste darauf reagieren, denn das Oberhaupt der Weisheit war ihre Vorgesetzte. Leider verband sie keine Freundschaft; etwas in Asenath verhinderte das.

In Lebensgröße erschien die Weisheitsprinzipalin an der Sichtwand, mit leuchtend bunten Federn, die ein Violett der

Dringlichkeit und regenbogenfarbenen Zorn zeigten. »Memor! Haben Sie die Letzten Eindringlinge gefangen?«

»Fast.« Memor achtete darauf, dass ihr eigenes Gefieder Farben der Unterwerfung zeigte, durchsetzt von einem Orange des Jubels. »Beinahe. Ich sehe sie. Die Primatin namens ›Beth‹ leitet eine Gruppe, und ihr gehört das Wesen an, dem ich das Sprechen beigebracht habe. Ich nähere mich ihr. Irgendwie ist es den Fremden gelungen, Verbündete zu gewinnen, aber ich bin gut bewaffnet.«

Asenaths Farben veränderten sich, brachten spöttischen Tadel zum Ausdruck. »Es ist die Gruppe, die *Sie* entkommen ließen, nicht wahr?«

»Nun, die Eindringlinge sind geflohen, als ich ...«

»Sie *sind* Ihnen also entkommen, Aufmerksame Anwesende Astronomin. Sie haben sie entwischen lassen.«

Memor unterdrückte ihren Ärger. Asenath benutzte gern den vollen Titel, um sie einzuschüchtern und auf ihren eigenen höheren Rang hinzuweisen, wobei sie häufig – wie auch jetzt – die Federn sträubte. »Sie sind nur für kurze Zeit entkommen, Weisheitsprinzipalin. Ich musste mich auch um die anderen geflohenen Primaten kümmern, wie Sie sich vielleicht erinnern, Eure Richtigkeit.«

»Geben Sie alles andere auf, und holen Sie uns das Geschöpf, das sprechen kann! Wir brauchen es. Eröffnen Sie nicht das Feuer. Wenn die Geschöpfe sterben, so ist das auch Ihr Tod.«

Memor musste ihre Reaktion kontrollieren. Keine farblichen Veränderungen bei den Federn, der Kopf bewegungslos. »Weisheitsprinzipalin? Was hat sich verändert?«

Keine Antwort. Asenaths Federfarben zeigten kurz so etwas wie Furcht.

Sie verbarg etwas. Aber was? Memor musste es herausfinden, aber nicht jetzt. Sie blickte auf den Entdeckungsschirm, ohne dem Piloten Beachtung zu schenken. Beths Gruppe war in einem Irrgarten aus Maschinenanlagen verschwunden. An mehreren Stellen gab es Infrarotspuren, die ... zu den Docks führten. Ja! Zu einer weiteren Möglichkeit der Flucht.

Insgesamt sechs Letzte Eindringlinge waren entkommen, aber die Wärmespuren zeigten nur fünf, abgesehen von den Gleitprofilen anderer Spezies. Hatte einer von ihnen das Leben verloren oder sich verirrt? Dies war eine gesellige Spezies, mit hierarchischer Struktur. Memor hielt es für unwahrscheinlich, dass solche Wesen einen Artgenossen einfach zurückließen.

»Veest Blad«, wandte sie sich an den Piloten, »fliegen Sie zu den Docks. Wir fangen sie dort ab. *Schnell.*«

2

Tananareve Bailey blickte zurück, mit müdem Gesicht; Schweiß tropfte von ihrer Nase. Niemand hinter ihr. Sie war die Letzte und konnte kaum mehr mit den anderen Schritt halten. Ihre Verletzungen waren einigermaßen geheilt, und sie hinkte nicht mehr, aber die Erschöpfung machte sich immer deutlicher bemerkbar und ließ sie langsamer werden. Das Atmen fiel ihr schwer, ihr Hals brannte, und sie kam um vor Durst.

Es lag ein sehr anstrengender Weg hinter ihnen, durch einen Bereich, den Tananareve in Gedanken »Hinterbühne« nannte. Hinter den Spiegeln der Schale erstreckte sich ein regelrechtes Labyrinth, nicht für Reisende, sondern allein für Arbeiter bestimmt. Einen Luxus wie gekennzeichnete Straßen gab es dort nicht, und fast überall herrschte Düsternis. Manchmal war zwischen den Aggregaten so wenig Platz, dass sie kriechen und sich durch schmale Lücken zwängen mussten. Diese Schicht unter der Schale bildete den größten Teil der gewaltigen Konstruktion und hatte einen Durchmesser von fast einer Astronomischen Einheit, war aber nur wenige Meter dick. Sie bestand aus Maschinen, Streben und Kabeln. Kontrolle und Steuerung der Spiegel weiter oben erforderten komplexe Installationen und Schwenkvorrichtungen. Der Weg durch dieses Chaos änderte immer wieder die Richtung, führte nach unten und oben, nach rechts und links.

Tananareve war schweißgebadet, und ihre Arme taten weh. Ihre Gefährten bewegten sich in der niedrigen Schwerkraft von achtzehn Prozent Erdnorm mit weiten Sprüngen, sofern der Platz es erlaubte. Tananareve hatte versucht, ihrem Beispiel zu folgen, was jedoch zu einem schmerzhaften Klicken in Hüfte und Rippen führte. Sie benutzte eine andere Methode, eine Art gleitendes Laufen, wobei sich nicht vermeiden ließ, dass sie gelegentlich gegen Hindernisse stieß und manchmal auch fiel.

Beth, Lau Pin, Mayra und Fred befanden sich vor ihr. Tananareve verharrte und hielt sich an einem Stützelement fest. Sie hätte eine Pause benötigt, um neue Kraft zu schöpfen, aber das kam unter den gegenwärtigen Umständen nicht infrage. Sie verschnaufte nur für einen Moment, schloss die Augen und entspannte sich, so gut es ging. Vergiss die Schale, dachte sie. Erinnere dich an …

… die Erde, die aromatische Luft ihrer Kindheit, die immergrünen Wälder, in denen sie mit ihren Eltern gewandert war. Sie glaubte, das eigene sorglose Lachen in einer Welt zu hören, die nur aus Bäumen zu bestehen schien. Ihr Herz war noch immer dort, im Boden jener Wälder, in den Stämmen der weit aufragenden Bäume, und gleichzeitig wusste sie, dass die Erde, an die sie sich erinnerte, gar nicht mehr existierte. Ihre Eltern waren seit Jahrhunderten tot, trotz der Langlebigkeitsbehandlungen. Dennoch hielt sie die Erinnerungen fest, als sie den Moment der Entspannung genoss.

Die wenigen Sekunden des Friedens verstrichen viel zu schnell. Tananareve wusste, dass sie nicht innehalten durfte. Sie musste die Flucht fortsetzen, schob die Erinnerungen beiseite und öffnete die Augen.

Im schwachen Licht konnte sie die fünf Fingerschlangen vor ihren Gefährten kaum erkennen. Sie wanden sich erstaunlich schnell und waren vermutlich durch evolutionäre Entwicklung an die Aufgabe angepasst, im Gerüst der Schale Reparaturen vorzunehmen. Beth hatte das eine oder andere über die Geschichte der Schlangen herausgefunden, ohne sicher sein zu können, alles richtig übersetzt zu haben. Sie befanden sich schon so lange in der Schalenwelt, dass ihr Ursprungsplanet zu einer Legende geworden war, einem seltsamen, mythischen Ort, zu einer Welt, die um eine weiße Sonne kreiste und auf der es Nachtphasen gab.

»Beth«, sendete Tananareve über Kurzstreckenfunk. »Ich bin ziemlich erledigt ... Ich brauche eine Ruhepause.«

»Wir sind alle erschöpft«, lautete die Antwort. Weiter vorn drehte sich Beth um und blickte zurück. Sie war so weit entfernt, dass Tananareve ihren Gesichtsausdruck nicht erkennen konnte. »Nächste Pause in fünf Minuten.«

»Bin gleich bei euch.« Tananareve biss die Zähne zusammen und setzte sich wieder in Bewegung.

Sie wollten zu einer automatischen Frachtdrohne. Die Schlangen hatten davon erzählt, und die Stützen und Streben, an denen sie jetzt vorbeikamen, waren nach vorn geneigt, was bedeutete, dass sie sich ihrem Ziel näherten. Tananareve glaubte, die Drohne bereits zu sehen, in einer Reihe aus gleichförmigen Zylindern. An der Seite bemerkte sie eine große gewölbte Luke und ... Sterne hinter einem Fenster. Ja, es waren tatsächlich Sterne! Freude stieg in ihr auf und verdrängte einen Teil der Erschöpfung. Inzwischen kam sie wegen der Hüftverletzung nur noch wie in Zeitlupe voran.

Ohne die Fingerschlangen wäre dieser Plan unmöglich gewesen.

Tananareve schloss zu den anderen auf und konnte es kaum abwarten, endlich etwas zu trinken. Die drei Schlangen trugen Tarnfarben, Brauntöne und geflecktes Schwarz. Die Muster ähnelten sich sehr, doch Tananareve hatte inzwischen gelernt, sie auseinanderzuhalten. Ihre Masse war etwas größer als die eines Menschen, und sie sahen aus wie Schlangen, aus deren Ende vier Arme wuchsen, jeder mit einer Kralle versehen. Muskulöse, kräftige Geschöpfe, mit glatter Haut und ausgestattet mit Rucksäcken in Form von Stoffröhren.

Beths Gruppe hatte Fingerschlangen zum ersten Mal bei der Flucht aus dem Garten gesehen, in dem sie gefangen gewesen waren. Tananareve war auf ein Nest von ihnen gestoßen, woraufhin sie geschwind fortgekrochen waren, mit »Gepäck«, das sie in einer Schlinge hinter sich herzogen. Seltsame Geschöpfe, offenbar mit einer gewissen Intelligenz ausgestattet. Tananareve hatte die Gelegenheit genutzt, einige faszinierende Fotos von ihnen zu machen.

Inzwischen war klar: Die Fingerschlangen hatten die Menschen offenbar schon eine ganze Weile beobachtet, vermutlich seit der ersten Begegnung. Als Fred ihre Gruppe zu einer fremden Computerstation geführt hatte, war von den schlangenartigen Geschöpfen nichts zu sehen gewesen. Fred hatte den Computer dazu gebracht, ihnen die Sprache der Vogel-Leute beizubringen. Sprachen gehörten zu Freds vielen Talenten – er lernte sehr schnell. In weniger als einem Tag begriff er die quasilineare Logik und Syntax, und als er sich einen gewissen Grundwortschatz angeeignet hatte, machte sein Lernen noch schnellere Fortschritte. Einige weitere Tage, und er beherrschte die neue Sprache fließend. Sie alle waren mit Schlaflernern ausgestattet, und die anderen nutzten Freds Daten, um ebenfalls Kenntnisse der Schlangensprache zu gewinnen.

Die Wesen erschienen einfach, ohne irgendeine Vorankündigung. Typisch für Schlangen – agieren, sich nicht mit Symbolen oder Gerede aufhalten. Als die Fingerschlangen durch die Tür krochen und irgendwie Lau Pins Schloss überlisteten, richtete Fred einen Gruß an sie, mehr nicht. Auch er war nicht besonders gesprächig – er redete nur, wenn es um etwas Wichtiges ging, wie er oft betonte.

Nach dem Gruß und einer Antwort in Schlangen-Sprache rief Tananareve den Besuchern zu: »Ehre euch! Wir haben uns verirrt!«

Fünf Schlangen formten einen Ring, ein Zeichen für »beginnendes erfolgreiches Bestreben«. Tananareve bewegte die Hand auf eine Weise, die der Schlaflerner sie gelehrt hatte, was die Fingerschlangen zu einem weiteren Symbol veranlasste. Anschließend ging das Schlangenprotokoll von Gesten und Zeichen in den komplexeren Bereich der Sprache über. Zum Glück bestand die höchste Form der Schlangen-Sprache aus einer abgewandelten Version der Sprache, mit der sich die Vogel-Leute verständigten, eine Subform, die Silben verkürzte und Begriffen wie *dünn* und *sehnig* besondere Bedeutung beimaß.

Die Fingerschlangen schienen Rebellen zu sein, wenn Tananareve den Zusammenhang richtig verstand. Und sie waren neugierig. Nie zuvor hatten sie Menschen gesehen und deshalb begonnen, ihnen zu folgen, um mehr über sie herauszufinden. Die Schlangenwesen arbeiteten für andere, legten aber großen Wert auf ihre Unabhängigkeit. Wissen war ihre starke Seite, und die Fähigkeit, Werkzeuge von besonderer Form herzustellen und zu benutzen. Sie besuchten alle Bereiche der Schalenwelt, erzählten sie, und gingen technischen Aufgaben nach. Vor allem warteten sie die nur wenige Meter dicke Schicht zwischen Lebenszone und Außenhülle. In gewisser Weise gewährleisteten sie die Stabilität der dünnen Barriere, die viele Milliarden Lebewesen vor dem tödlichen Vakuum des Alls schützte.

Die Schlangen wollten möglichst viel über die Menschen erfahren und stellten entsprechende Fragen. Mit der grundsätzlichen Struktur des humanoiden Körpers waren sie einigermaßen vertraut, vielleicht deshalb, weil sie spitz zulaufende »Arme« hatten, die von etwas ausgingen, das einer menschlichen Schulter ähnelte. Darüber sprachen sie, und über tausend andere Dinge, die miteinander nicht in Zusammenhang standen. Schlangen dachten seltsam. Kultur, Biologie, Gesang, Nahrung – alles schien in einem großen Kontext-Knäuel zusammengefasst zu sein, in dem sich kaum ein Sinn erkennen ließ. Doch wenn ihnen etwas wichtig erschien, handelten sie sofort, während Menschen noch redeten.

Als klar wurde, dass Menschen starben, wenn sie zu lange geringer Schwerkraft ausgesetzt waren, hatten die Schlangen sie hierhergebracht, zu einer Station für kleine Raumschiffe. Schlangen-Techniker kümmerten sich hier um die Reparaturen.

Eine der Fingerschlangen – Thisther, glaubte Tananareve – öffnete eine Zugangsklappe in der Drohne und machte sich an den Schaltungen darin zu schaffen, wobei er den Kopf drehte, um die Schwanz-Arme im Auge zu behalten. Sein dünner Leib bog und wand sich wie ein Kabel. Phoshtha wandte sich von ihm ab und hielt Wache.

In Hinsicht auf das Geschlecht der Fingerschlangen war Tananareve noch immer auf Mutmaßungen angewiesen, aber ihr Verhalten gab den einen oder anderen Hinweis. Die männlichen Exemplare schienen immer ein Werkzeug in der Hand zu halten, und die weiblichen zeigten Vorsicht und Wachsamkeit in neuen Umgebungen; Thisther war männlich, Phoshtha und Shtirk waren weiblich.

Phoshtha drehte den Kopf von einer Seite zur anderen und hielt nach Gefahren Ausschau. »Thisther kennt Computersprech«, sagte sie. »König von Computern = Personen. Schreibt Schubprogramm für uns schnell, Person-Comp-versiert sie ist. Bist du krank?«

»Ich war verletzt«, sagte Tananareve. »Nicht krank. Ich heile.« Sie benutzten beide die Sprache der Vogel-Leute, deren zwitschernde Laute wie ein Gesang klangen.

»Wir wissen sehr wohl.«

Die gewölbte Seite der Frachtdrohne glitt mit einem fast schrillen Surren nach oben, und dahinter kam üppiges Grün zum Vorschein. Die Drohne war mit Vegetation gefüllt, mit lebenden Pflanzen in stehenden und hängenden Gefäßen. An der Decke glühten Lampen wie Sonnen. Thisthers Finger blieben bei den Schaltungen in Bewegung, und Gestelle mit Gefäßen glitten aus dem Bauch der Frachtdrohne und fielen. Etwa die Hälfte von ihnen lag auf dem Boden, als Thisther schließlich innehielt.

»Einige Pflanzen behalten, Luft für die Reise«, sagte Phoshtha und kroch fort.

Lau Pin kam in der niedrigen Schwerkraft herbeigesprungen, um Tananareve zu helfen. »Alles in Ordnung mit dir? Soll ich dich tragen?«

»Es geht schon. Was bedeutet das Pfeifen?« Es war ein sehr lautes Geräusch, mit einem Grollen im Hintergrund.

»Wir müssen an Bord gehen«, sagte Lau Pin und beobachtete die Schlangen bei der Arbeit. »Schnell.« Er versuchte, Tananareve an ihrem Gürtel mit sich zu ziehen, ließ sie aber los, als er ihren Schmerz sah.

Tananareve ging zu einer kupferfarbenen Wand, lehnte sich dagegen und fühlte ihre Wärme. Die Fingerschlangen zischten, verständigten sich in ihrer sonderbaren Sprache und krochen erstaunlich anmutig umher. Tananareve beobachtete sie, versuchte ihre Worte zu verstehen ... und ließ sich in die Vergangenheit fallen.

Die Wälder empfingen sie, in denen sie aufgewachsen war und die sie – das wusste sie – nie wiedersehen würde. Sie neigte den Kopf nach hinten und hörte ein Knacken im Rücken, als sie sich streckte. Umgeben von Metall und Keramik dachte sie an Wälder. Diese seltsame Konstruktion, in der sie unterwegs waren, eine künstliche Welt viel größer als Planeten, verfügte über ihre eigene Version eines grünen Paradieses – nur deshalb war es Tananareve bisher gelungen, an diesem Ort zu überleben. Die weiten, hohen Wipfel mit den geflügelten Geschöpfen, das endlose Grasland mit den Zickzack-Bäumen, so seltsame Tiere, dass sie sich gar nicht kategorisieren ließen ... Das alles mochte hier, in der Schalenwelt, auf den ersten Blick natürlich erscheinen, aber dieser Eindruck täuschte. Jemand hatte ihren Platz in der hiesigen Ökologie geplant, und vielleicht auch ihre biologische Struktur, sogar die gesamte Spezies.

Die weiten Landschaften der Schale waren für Tananareve erträglich gewesen, im Gegensatz zu diesen Maschinenlabyrinthen – davon hatte sie genug. *Ausruhen.* So lautete ihr größter Wunsch. Sie wollte schlafen und es ihrem Unterbewusstsein überlassen, all die Absonderlichkeiten der Schalenwelt zu verarbeiten.

Den Kopf nach hinten geneigt, schloss sie die Augen und gab den Kampf gegen die Erschöpfung auf. Sie überließ sich der Dunkelheit, nur für einen Moment, sagte sie sich, bevor sie die Augen wieder öffnete und zu den anderen ging, mit neuer Entschlossenheit, die Flucht fortzusetzen. Nur einen Moment, nicht länger ...

»Thisther scheint damit fertig zu sein, an den Kontrollen herumzuspielen«, sagte Lau Pin.

Tananareve spürte, wie sich die Schlangenwesen in ihrer Nähe bewegten. Thisther glitt an ihr vorbei und in den Frachtraum der Drohne, gefolgt von Phoshtha und Shtirk.

Langsam kehrte Tananareve aus ihrer wohligen Zuflucht zurück. Sie hörte Stimmen, hohl und undeutlich. Ihre Beine schienen aus Blei zu bestehen; große Anstrengung war nötig, um sie zu bewegen. Sie versuchte, einen Fuß vor den anderen zu setzen und die Benommenheit abzustreifen. Nach und nach verblassten Erinnerungsbilder, die ihr grüne, majestätische Wälder zeigten ...

Tananareve erwachte, als ihr das Kinn auf die Brust fiel. Die Lider kamen nach oben, und sie sah sich um. *Wo ist Beth?*

Müdigkeit lag noch immer schwer auf ihr. *Atme tief durch. Komm zu dir.*

Sie wankte los, sah hinter breiten, kantigen Streben nach. Weit und breit kein Mensch zu sehen.

Die Schlangen waren in die Drohne gekrochen, und Lau Pin war zu ihnen gelaufen. Er hatte sich umgedreht, Tananareve zugewinkt, das kleine Schiff betreten ...

Sie hob das eine Bein aus Blei, dann das andere, blickte durch den Schleier aus Erschöpfung, der sich ihr vor die Augen legte. Wie schwer alles war, selbst die kleinste Bewegung.

Ein Grollen, das Zischen von Schlangen, menschliche Stimmen. Tananareve wankte der Drohne entgegen. Schweiß tropfte ihr in die Augen und brannte; sie konnte nicht mehr richtig sehen.

Vor Tananareve schloss sich die große, gewölbte Luke.

»He!«, stieß sie hervor, blieb stehen und blinzelte. Ein plötzlicher Adrenalinschub vertrieb die Benommenheit.

»Wartet!«

Das kleine Raumschiff löste sich aus der Drohnenreihe und schwebte fort, erst langsam, dann immer schneller.

»Verdammt!«, rief Tananareve. »Verdammt ...« Ihre Stimme verlor sich in einem Pfeifen und Donnern. Heiße Luft warf sie zurück.

»Wartet!«, rief Beth Marble. Sie spürte, wie die Beschleunigung zunahm. Die Fingerschlangen hatten sich um Stützsäulen geschlungen, und die Menschen hielten sich an Schlaufen fest, die zuvor dazu gedient hatten, Pflanzen zu fixieren. Beth fand Halt für Hände und Füße und fühlte, wie das Zerren an ihr stärker wurde.

»Tananareve!«, rief sie.

»Sie war krank«, sagte Phoshtha. Ihre tief in den Höhlen liegenden Augen glitzerten. »Beschleunigung sie getötet hätte. Sie Belastung für uns gewesen wäre.«

»Was? Ihr habt …« Beth unterbrach sich. Es war bereits geschehen; die Aufarbeitung dieses Zwischenfalls konnte später erfolgen, in einem ruhigeren Moment. So sonderbar die Schlangen sein mochten, sie waren auch nützlich.

Die Beschleunigung ging weiter. Beth fand einen keilförmigen Sessel und sank hinein. Nicht ideal für Menschen, aber er erfüllte seinen Zweck. Der magnetische Antrieb erwies sich als erstaunlich leise, aber dafür knackte es in der Hülle des Schiffes laut, als die strukturellen Belastungen zunahmen.

»Ich habe eine Verbindung mit der *SunSeeker*«, sagte Lau Pin.

»Übermittle Redwing unsere Kursdaten. Sprich mit ihm.« Beth konnte sich nicht bewegen; der Andruck presste sie tief in den Sitz. »Schick ihm unsere letzten Koordinaten.«

»In Ordnung. Ich berechne sie auf der Grundlage unseres derzeitigen Vektors.« Lau Pin erhöhte die Lautstärke, damit die anderen mithören konnten. »Lau Pin hier.«

»Hier spricht Jampudvipa, Unteroffizier im Dienst auf der Brücke. Captain Redwing hat sich erkältet, und Ayaan Ali ist Brückenpilot. Wie sieht es bei euch aus?«

»Wir sind unterwegs. Im Großen und Ganzen lief es wie geplant. Auf dem Weg zu den Schiffen sind wir praktisch nur den Schlangenwesen begegnet. Drei von ihnen sind bei uns. Äh … Wir haben Tananareve Bailey verloren.«

»Verstehe«, erwiderte Jampudvipa an Bord der *SunSeeker*. »Aber ihr seid auf dem Weg? Oh, ich empfange eure Kursdaten. He, ihr seid direkt hinter den Spiegeln unterwegs.«

»Jampudvipa, dieses Schiff wird von Magneten an der Rückseite der Schale angetrieben. Wir vermuten, dass diese Antriebstechnik bei den meisten Schiffen und Zügen verwendet wird. Es spart Treibstoff. Eine große Auswahl hatten wir ohnehin nicht.«

Ein Knistern kam aus dem Lautsprecher, und dann: »Nennt mich Jam. Ihr habt keine Druckanzüge?«

»Nein, und es gibt keine Luftschleuse. Es ist also nicht möglich, die beiden Schiffe miteinander zu verbinden.«

Eine kurze Pause. »Ayaan meint, sie kann die *SunSeeker* in zehn Stunden zum Rendezvous bringen. Danach ... was? Abwarten. Uns fällt schon etwas ein. Lau Pin, vielleicht können wir euch in den Hangar bringen, in dem die *Eros* untergebracht war. Wenn nicht ... hm, mal sehen.«

»Die Fingerschlangen haben eine andere Vorstellung von Zeit als wir. Ich glaube, für sie dauert es länger. Ich werde unsere Position in regelmäßigen Abständen überprüfen und euch auf dem Laufenden halten.«

»Wir warten auf euch. Benötigt ihr alle medizinische Hilfe? Vier Monate in Niedrigschwerkraft, im Außeneinsatz ... Ja, ich denke, ihr könnt medizinische Hilfe gebrauchen. Bis ihr bei uns seid, hat Redwing die Krankenstation verlassen, aber dort ist nur für zwei Platz. Wählt die von euch aus, denen es am schlechtesten geht.«

»Das wäre Tananareve gewesen ...«

Die Drohne war fort. Von den Sicherheitsverankerungen, die das Schiff zuvor festgehalten hatten, kam ein letztes Zischen, und dann herrschte Stille.

Verwundert und bestürzt sah sich Tananareve um, aber weit und breit waren weder Fingerschlangen noch Menschen zu sehen. Die drei Schlangenwesen, die ihre Gruppe begleitet hatten, Thisther, Phoshtha und Shtirk ... Offenbar befanden sie sich bei Beth und den anderen an Bord. Tananareve konnte es nicht fassen – warum hatten ihre Gefährten sie zurückgelassen?

Die Stille wich einem neuen Geräusch, das zuerst wie ein Zischen klang, dann aber lauter wurde, zu einem Dröhnen. Tananareve wich zurück und beobachtete ein Schiff, das sich durch eine nach unten führende Röhre näherte. Es verfügte nicht über einen magnetischen Antrieb – Düsen feuerten.

Tananareve sah sich erneut um, diesmal nach einem Fluchtweg. Durch den schmalen, transparenten Bug des Schiffes sah sie den Piloten, ein spindeldürres, braunes Geschöpf in Uniform. Es schien nicht viel größer zu sein als ein Mensch, doch das Schiff, das dieses Wesen flog, war gewaltig, dehnte sich hinter dem schmalen Bug aus. Neben der Plattform mit den Drohnen hielt es an. Dampf fauchte aus kleineren Manövrierdüsen, die das große Schiff stabilisierten. Tananareve überlegte, was sie tun sollte: sich verstecken, fliehen oder versuchen, mit dem Piloten zu reden?

Dann bemerkte sie hinter einem Fenster an der Seite eine große, von Federn bedeckte Gestalt, die nach draußen sah und dabei den Kopf von einer Seite zur anderen drehte. Ein Geschöpf aus dem Vogel-Volk. Und nicht irgendeines.

Tananareve schnappte nach Luft. *Memor.*

3

Redwing blickte ins All und runzelte die Stirn.

Weit »unten« erstreckten sich Kontinente und Ozeane, wie eine Mahlzeit in der gewaltigen Schale vor der wärmenden Sonne ausgebreitet. Eine riesige künstliche Welt, in der alles größer und großartiger war, und seltsam.

Die blauen Meere der Schalenwelt waren größer als Jupiter, eingefasst von braunen Rändern. Über diese gewaltigen Ozeane rollten Wellen, die ebenso grandiose Ausmaße hatten und vermutlich Jahre unterwegs waren, bevor sie auf eine Küste trafen. Höhere Auflösung zeigte Sedimentfahnen, die sich lehmbraun in flachen maritimen Regionen ausbreiteten, und dort ließ sich das reife, wuchernde Grün von Algen und Tang beobachten. Es gab Hügelketten größer als Asien. Sie wurden nicht von Kontinentalverschiebung hervorgerufen und reichten über noch viel größere Kontinente, durchzogen von Flüssen, die sich nicht tiefer fressen konnten als bis zur Schalenhülle. Wenn Redwing genau hinsah, bemerkte er hier und dort Stellen, wo Wind oder Wasser Fels und Erde fortgeweht oder weggespült hatten, und dort kam rostiges Metall zum Vorschein. Nahaufnahmen präsentierten Reparaturgruppen an solchen Orten.

Auch die Wüsten waren enorm. Lohfarbenes Grasland erstreckte sich über Distanzen größer als die Entfernung zwischen Erde und Mond, durchsetzt von grünen Flecken, die auf Oasen hinwiesen. Das ausgedehnte Trockenland endete dort, wo es genug Wasser für feuchte Wälder gab. Unwettergebiete zogen als gewaltige weiße Spiralen über Meere und Kontinente, über Wüsten größer als Planeten und über so ausgedehnte Wälder, dass kein lebendes Wesen sie jemals durchqueren konnte.

Warum war eine solche Welt geplant, entworfen und gebaut worden? Mit einer Atmosphäre, die in Kraftfeldern gefangen war, mit planetengroßen Ozeanen und Seen so groß wie Kontinente, aber ohne hohe Berge, was vielleicht einen Hinweis bot. Ein Mount Everest in der Schalenwelt hätte mit seiner Masse das strukturelle Gleichgewicht gestört. Da es keine Plattentektonik gab, fehlten Vulkane, aber was bestimmte den Kreislauf von Kohlenstoff und Wasser in der Biosphäre? Auf der Erde existierte dafür ein Zyklus, der etwa hundert Millionen Jahre dauerte. Außerdem zwangen die irdischen Gebirge die Luft über sie hinweg oder an ihnen vorbei, was zu dem Chaos führte, das die Menschen Wetter nannten. Für die Bewohner der Schalenwelt gab es keinen Windschatten von Bergen und keinen beschleunigten Wind in den natürlichen Kanälen schmaler Passagen. Berge stellten Unwetterschmiede auf der Erde dar; die Schalenwelt schien in dieser Hinsicht sanfter zu sein.

Aber warum ein so kolossales Konstrukt bauen, mit ungeheurem Aufwand, wenn man sich einfach irgendwo in den Tropen oder Subtropen niederlassen könnte?

Das war nicht nur eine rhetorische Frage. Wenn sie eine Antwort darauf fanden, wer die Schalenwelt gebaut hatte, und warum, so ergab sich vielleicht eine Möglichkeit, mit den Erbauern zu kommunizieren.

Ping. Das akustische Signal erinnerte ihn ans Mittagessen.

Der offizielle Flottenbegriff für die Kantine lautete »Offiziersmesse«, aber Redwing nannte sie schlicht und einfach Speiseraum. Wie üblich entschied er sich für Nummer 47: Truthahn klassisch, mit cremiger Soße und Preiselbeeren. Er verdrängte den Gedanken daran, dass das Essen aus jahrhundertealten Substanzen bestand. Immerhin galt das auch für ihn selbst.

Er erinnerte sich daran, was Mayra Wickramsingh bei jeder Mahlzeit gesagt hatte. *Nasch für mich* – so hatte es geklungen. Nachdem sie und ihr Mann Abduss zur Schalenwelt aufgebrochen waren, hatte Redwing die Bordbibliothek konsultiert. Die linguistische KI verfügte über eine Vergleichsfunktion und konnte nach ähnlich klingenden Begriffen suchen. Die KI fand den indischen Ausdruck *naush faramaiye*, der so viel bedeutete wie »bitte akzeptieren Sie das Vergnügen, diese Mahlzeit zu kosten« – die indische Art, »guten Appetit« zu sagen.

»*Naush faramaiye* euch allen«, sagte Redwing, als er den Speiseraum betrat. Er nickte den Besatzungsmitgliedern zu, die sein Nicken erwiderten. Clare richtete einen verwirrten Blick auf ihn.

»Ich habe ein Problem mit der Artilekt-Kohärenz, Captain«, sagte Jampudvipa.

Redwing benutzte noch immer das Kürzel KI für die Bordsysteme, die geduldig alle Funktionen des Schiffes überwachten – alle hatten sie so genannt, als er aufgewachsen war. Doch die Flotte benutzte die Bezeichnung »Artilekt« und meinte damit integrierte künstliche Intelligenzen, die einen kollektiven Intellekt bildeten. Man konnte sich die einzelnen Bordsysteme als unterschiedliche Personen vorstellen, die ständig miteinander redeten und über den aktuellen Status des Schiffes sprachen.

»Wo liegt das Problem?«, fragte Redwing.

»Die Artilekte wollen in vollen Ramscoop-Modus zurückkehren.«

»In einem Sonnensystem? Hier haben wir nicht die nötige Plasmadichte.«

»Ich weiß.« Jampudvipa zuckte die Schultern. »Ich glaube, die Artilekte leiden an Einsatzerschöpfung.«

»Hast du versucht, den einzelnen Systemen eine Ruhepause zu gönnen?«

»Davon wollen sie nichts wissen.«

»Erzwing es. Sag ihnen, dass sie einen psychischen Reboot brauchen. Drück es nur etwas freundlicher aus.«

Das brachte dem Captain den einen oder anderen Lacher ein. »Diplomatie – nicht unbedingt unsere starke Seite«, kommentierte Clare Conway. Sie war umgänglicher als die meisten Piloten und gehörte deshalb zu den Wachen. Vor der Entscheidung, sie zu wecken, hatte sich Redwing ihre Datei angesehen.

Ayaan Ali runzelte die Stirn. »Artilekt-Kohärenz ist ein ernstes Problem. Wenn die einzelnen Systeme eigene Ideen entwickeln und unterschiedlicher Meinung sind … Dann gibt es Schwierigkeiten.«

»Sie wollen etwas, das unmöglich ist«, sagte Karl Lebanon. Er faltete die Hände und lehnte sich zurück. Als Tech-Offizier führte er Artilekte durch ihre täglichen Probleme und kümmerte sich auch um technische Angelegenheiten. »Wir können nicht in den interstellaren Modus zurückkehren.«

Clare nippte an ihrem Kaffee. »Für die Optimierung müssen sie die Ramscoop-Aufnahme in Zehn-Sekunden-Intervallen anpassen. Das erfordert erhöhte Aufmerksamkeit, wodurch die subjektiven Einsatzzyklen länger werden. Mit anderen Worten: Die einzelnen Artilekte sind erheblichem Stress ausgesetzt.«

»Wir haben einen Systemkonflikt bei den Ramscoop-Magnetfeldern«, sagte Karl. »Das ermüdet die Artilekte, woraus sich zusätzliche Belastungen für die übrigen Systeme ergeben.«

»Ein Problem mit den Feldspulen?«

»Ja. Das System muss ziemlich viel leisten. Es ist nicht für dieses ständige Manövrieren bei niedriger Geschwindigkeit geschaffen. Und wir haben keinen Zugang zu den Magneto-Komponenten, um Anpassungen vorzunehmen.«

»Also ein mechanisches Problem, das lösbar ist«, sagte Clare. »Aber nur, wenn wir einen Roboter in die Induktionskammer bekommen. Mit den Robotern, die uns derzeit zur Verfügung stehen, können wir in dieser Hinsicht nichts anfangen.«

»Und wenn wir den Systemen mehr Downtime geben?« Redwing kannte die Antwort, aber wenn er seine Leute reden ließ, fühlten sie sich besser. Sie alle nannten ihre Versionen unumstößlicher Tatsachen. Ein für interstellare Flüge gebautes Schiff ließ sich in einem planetaren Orbit nur sehr schwer kontrollieren, da es ihm an entsprechender Manövrierfähigkeit mangelte. Und die Hauptlast trugen die Artilekte.

Redwing hörte zu, als die anderen sprachen, während er im Gedanken seine eigene Liste durchging.

Nach einer Weile spürte er Schmerz in den Knien. Bei den sportlichen Übungen an diesem Morgen hatte er übertrieben. Ein Warnsignal: Zu große Anstrengungen deuteten darauf hin, dass er voller Sorgen steckte und versuchte, sich physisch abzureagieren. Er konzentrierte sich auf Clares technische Beschreibungen, nickte immer wieder und dachte an die Crew. Sie arbeiteten so gut zusammen, wie es das Psych-Artilekt vor dem Wecken der betreffenden Besatzungsmitglieder vorhergesagt hatte. Wie gut würden sie zurechtkommen, wenn Beths Gruppe an Bord zurückkehrte? Nur vier von sechs waren übrig. Trotzdem, es würde enger werden, und das konnte zu Gereiztheit führen. Es gab ein Zeitfenster für Redwing, in dem er entscheiden musste, ob die *SunSeeker* ihren interstellaren Flug fortsetzen sollte oder ... was? Oder sollte er noch mehr Leute hinabschicken auf die Schalenwelt, um die Vorräte des Schiffes zu erneuern? *Und dann?* Zu viele Unwägbarkeiten.

Während die Crewmitglieder ihre jeweiligen Standpunkte erläuterten, bemerkte Redwing, dass ihre Uniformen zerknittert waren, das Haar ungekämmt und die Bärte mehrere Tage alt. Er musste für etwas mehr Disziplin sorgen, und dies war vielleicht der richtige Zeitpunkt dafür.

Die Crew sollte besser aussehen, wenn Beth und ihre Gefährten heimkehrten. Die Schlafplätze mussten sie sich dann teilen. Arbeitsmoral und Ordnung würden schwerer aufrechtzuerhalten sein. Eine Uhr würde zu ticken beginnen.

»Wenn die Artilekte launisch werden, Jampudvipa ...«, sagte Redwing sanft. »Sollten wir ihnen die Brücke überlassen, während wir hier zu Mittag essen?«

Ein Blinzeln, ein reumütiges Nicken. Jampudvipa stand auf. »Ja, Sir. Derzeit sind die Systeme im Modus des kollektiven Einvernehmens, aber ... ja.«

Redwing wandte sich den anderen zu. »Beths Gruppe kommt in wenigen Stunden an Bord. Das heißt, wenn wir Glück haben und die derzeitigen Probleme lösen können. Ich möchte, dass alle geschniegelt und gebügelt sind: sauber und rasiert, wach und mit einem strahlenden Lächeln.« Die Crewmitglieder nickten, einige von ihnen ein wenig betreten. Redwing sah Karl an. »Das Hauptproblem ist: Wie holen wir Beth und ihre Begleiter an Bord?«

»Ich habe Fotos von dem Schiff, das sie hierherbringt. Es handelt sich im Grunde genommen um einen Magnetzug-Waggon, der mit einer Schleuse ausgestattet ist«, sagte Karl. »Aber Beth und die anderen haben keine Raumanzüge. Die wurden ihnen von den Vogel-Leuten abgenommen, als sie in Gefangenschaft gerieten.«

Redwing überlegte. »Können wir ein Rendezvousmanöver durchführen und die beiden Schiffe mit einem Drucktunnel verbinden?«

»Nicht so ohne Weiteres.« Karl schürzte die Lippen und dachte nach. »Natürlich haben wir Ausrüstung für Außeneinsätze, aber sie ist für eine Person bestimmt, für Reparaturen.«

»Was ist mit der *Bernal*?«, warf Clare ein. »Sie ist für den Transport von Fracht vorgesehen, aber vielleicht können wir sie zu einem Flexi-Tunnel umrüsten.«

»Ich bin skeptisch, ob etwas Flexibles den Zug- und Drehkräften standhalten kann«, sagte Karl. »Aber wenn wir etwas in der Art versuchen, ist die *Bernal* unsere beste Wahl, ja.«

Kurz nach Erreichen des Schalen-Systems hatte Redwing die Außenhülle der *SunSeeker* von Reparaturrobotern untersuchen lassen, und insgeheim pflichtete er Karl bei. Im interstellaren Modus hatten die starken Magnetfelder das Schiff vor dem Bombardement aus Neutronen und Staub geschützt. Doch während die *SunSeeker* mit vergleichsweise niedriger Geschwindigkeit über der Schalenwelt manövrierte, war sie stärkerer Erosion ausgesetzt. Ihre Außenflächen waren jetzt schartig und zerkratzt, und Redwing fragte sich, ob sie darauf vertrauen durften, dass Roboter Schäden fanden, die sich beim Transfer von Personen als fatal erweisen konnten. Oder ob Bruchstücke irgendeiner Art eine Gefahr für einen Flexi-Tunnel darstellten.

»Wir könnten eine Anpassung unserer dorsalen Schleuse versuchen«, sagte der Captain. »Dafür müssten wir eine Art Andockkragen schaffen.«

Das gefiel den anderen. Während sie darüber sprachen, fragte sich Redwing, wie eine derartige Konfiguration funktionieren konnte. Ayaan Ali hatte bislang wenig gesagt, aber er bemerkte eine Veränderung in ihrem Gesicht, nickte ihr zu und hob die Hand, woraufhin es still wurde.

»Ich ... habe eine Idee«, sagte Ayaan leise. »Aber wir müssen uns beeilen.«

4

Beth beobachtete, wie die Außenhülle der Schalenwelt an ihnen vorbeiraste. Selbst Vorsprünge so groß wie Wolkenkratzer waren nur vage graue Schemen. Die Sterne und interstellaren Nebel blieben die ganze Zeit über unbewegt, trotz der hohen Rotationsgeschwindigkeit der Schalenwelt, die an ihrer Oberfläche viele Kilometer pro Sekunde betrug. Selbst Geschwindigkeiten im interplanetaren Maß bedeuteten nichts, wenn man sie auf ferne Sterne bezog.

Die zylinderförmige Frachtdrohne flog an der Außenseite der Schale entlang, dicht über magnetisch verankerten Führungsschienen. Beths Blick glitt über gewaltige Ebenen aus grauem Stahl und gebrochener weißer Keramik. Einzelheiten huschten so schnell vorbei, das sich nicht feststellen ließ, was wichtig war und was nicht. Eine Wand mit madenartigen Robotern, die irgendwelchen Wartungsarbeiten nachgingen. Eine dahingleitende Kaskade aus flüssigem Metall, das im Vakuum dampfte, als es in pechschwarze Klötze glitt, dann in tränenförmige Objekte, die anschließend im Gewirr aus Installationen verschwanden, neue Komponenten für etwas, das rätselhaft blieb. All das nahm Beth innerhalb weniger Sekunden auf – dies erschien ihr wie eine gewaltige Industrieanlage, dem kalten Vakuum des Alls ausgesetzt, weit vom warmen Licht der Schalenwelt-Sonne entfernt. Hier wimmelte es von robotischem Leben. Dämpfe stiegen auf, dehnten sich aus und verschwanden schließlich, vom Vakuum verschlungen.

Kurze Zeit später kamen sie an Gerüsten so groß wie Berge vorbei. Beth beobachtete Gitter und tassenförmige Gebilde, deren Zweck sie nicht einmal erraten konnte. Es fiel ihr schwer, sich ein Gefühl für die Perspektive zu bewahren, und die Geschwindigkeit nahm weiter zu. Die Beschleunigung hatte jetzt ein laterales Element, denn Beth fühlte sich ein wenig zur Seite gedrückt. Sie saß in einem Sessel, der für ein anderes Wesen bestimmt war, offenbar für ein breiteres und größeres Geschöpf. Hinter den Fenstern zu beiden Seiten flogen von Maschinen dominierte Landschaften vorbei, erhellt von Sternenlicht und einem gelegentlichen Aufblitzen zwischen seltsam geformten Gebäuden. Von oben kam ein Klirren und Rasseln, die Stimme des Magnet-Antriebs.

»All diese industrielle Infrastruktur ...«, sagte Fred, der neben Beth saß. »Sie haben sie hier untergebracht, außerhalb der Lebensbereiche.«

»Ja.« Beth blickte weiterhin nach draußen. »Bisher haben wir keine großen Städte gesehen.«

»Die Landmassen der Schalenwelt sind gewaltig, aber der mechanisch-maschinelle Teil der hiesigen Zivilisation ist an der Außenseite untergebracht. Das verdoppelt den Platz.«

Beth sah zum »Himmel« hoch, wo das Metall der Hülle in unbeständigem Licht glänzte. »Und für die hier lebenden Geschöpfe ist alles verkehrt herum. Die Zentrifugalkraft drückt sie von der Hülle fort, weshalb sie die Schale immer über ihren Köpfen haben und die Sterne zu ihren Füßen.« Beth lachte leise. »Eine zweite verkehrte Welt.«

»So verkehrt eigentlich nicht.« Fred sah ebenfalls nach draußen. »Wenn die industrielle Produktion hier stattfindet, kann man die Abfälle dem Vakuum überlassen.«

Beth rief sich zur Ordnung. »He, wir befinden uns in einer Frachtdrohne. Wir müssen bereit sein, für den Fall, dass die Drohne anhält und neue Passagiere aufnimmt.«

»Keine Sorge. Wir bemerken sicher, wenn ein Bremsmanöver eingeleitet wird. Dann bleibt uns noch Zeit genug für Vorbereitungen.«

»Wir sollten wenigstens nach Nahrungsmittelspendern suchen. Dieses Passagierabteil ist für die Leute bestimmt, die die Fracht begleiten ...«

»Pflanzen, ja«, sagte Fred geistesabwesend, noch immer abgelenkt von dem, was draußen zu sehen war. »Die Fingerschlangen haben dafür gesorgt, dass wir die Pflanzen begleiten können. Nicht schlecht.«

Beth lächelte. Fred hatte in wenigen Worten tagelange Verhandlungen zusammengefasst. Dabei war es immer wieder zu Übersetzungsfehlern und anderen Problemen gekommen. Selbst mit einer gemeinsamen Sprache, einer Mischung aus Vogel und Anglisch, gab es Mehrdeutigkeiten, zurückzuführen auf unterschiedliche Sichtweisen und Blickwinkel. Mit schlängelnden Bewegungen und geringfügigen mimischen Veränderungen in ihren übergroßen Gesichtern vermittelten die Schlangenwesen bestimmte Bedeutungen, und es hatte lange genug gedauert, bis den Menschen das klar geworden war. Worte bekamen einen anderen Inhalt, wenn sie von einem Linksschlängeln oder Rechtsschlängeln begleitet wurden. Und den Schlangen fiel es schwer, die »primatischen Gesichtsbewegungen« zu deuten, wie sie es nannten.

Fred wandte sich ihr zu. »Du machst dir Sorgen um Tananareve.«

»Ich ... ja.«

»Es überrascht dich, dass ich es bemerkt habe.«

»Nein, eigentlich nicht, ich ...«

»Ich weiß, welche Informationen meine Personaldatei enthält. Ich bin ein klassischer Asperger, so sieht's aus. Aber ich bin auch imstande, schnell zu erkennen, wie Dinge funktionieren. Das behauptet die Datei jedenfalls.«

Um Zeit zu gewinnen, fragte Beth: »Wie hast du Einblick in deine Personaldatei bekommen?«

Fred richtete einen erstaunten Blick auf sie. Beth begriff, dass er gar nicht unehrlich sein konnte. Zumindest schien er nicht in der Lage zu sein, Unehrlichkeit zu verbergen. »Ich hab sie gehackt.«

»Na ja ... Ich habe mir alle Personaldateien angesehen, bevor wir die *SunSeeker* verließen. Das gehörte zur Vorbereitung des Außeneinsatzes.«

»Dann weißt du ja über mich Bescheid. Ich erkenne deine Sorgen, insbesondere um Tananareve, auch wenn du versuchst, sie nicht zu zeigen.«

»Ich hätte sofort bemerken müssen, dass sie nicht mit uns zusammen die Drohne betreten hat.«

Fred lächelte schief. »Es war alles sehr verwirrend, und uns blieb keine Zeit. Sie ging fort. Die Fingerschlangen machten einen ziemlichen Radau und bestürmten uns mit Fragen.« Er seufzte. »Jedenfalls, lass es zunächst ruhen. Das Andockproblem erwartet uns.«

Beth seufzte ebenfalls. »Da hast du natürlich recht.« *So viel zu der Annahme, dass Asperger-Patienten keine sozialen Signale empfangen. Wie hieß es beim Ausbildungsprogramm? »Kognitive Verhaltenstherapie kann die Stressbewältigung verbessern.« Aber Fred scheint ruhiger zu sein als wir anderen …*

»Nach Auskunft der Schlangen halten wir ungefähr dort, wo uns die *SunSeeker* für das Rendezvousmanöver erwartet. Aber wir sind ziemlich schnell, und das Schiff muss sich unserer Geschwindigkeit anpassen. Und …«

»Und wir haben keine Druckanzüge«, sagte Lau Pin. »Die Schlangen haben uns mitgeteilt, dass sie uns in so kurzer Zeit keine beschaffen können.«

Er und Mayra kamen mit einer Schale, die Brei enthielt. Mayra nahm einen Löffel und probierte etwas davon. »Praktisch geschmacklos. Scheint harmlos zu sein und stammt aus einem Nahrungsspender im nächsten Wagen.«

Dieser Hinweis verwunderte Beth, denn bisher hatte sie angenommen, dass sie in einer einzelnen Drohne unterwegs waren.

Hunger veranlasste sie alle, von dem Brei zu essen. Der Mangel an Geschmack störte Beth nicht weiter; wichtig war nur, dass ihr Körper genug Nährstoffe bekam. Eine Zeit lang herrschte Stille, bis die Schlangen kamen und mit ihren seltsam flötenden Stimmen sprachen. Beth blieb in Gedanken versunken und hörte nur mit halbem Ohr, wie Mayra mit ihnen kommunizierte. *Intelligente Wesen, Geschöpfe, nach denen wir jahrhundertelang gesucht haben, und jetzt habe ich keine Zeit für sie …*

Ihre Hand verharrte mit dem Löffel vor dem Mund. Langsam drehte Beth den Kopf und sah Mayra an. »Frag die Schlangen, ob wir diesen Wagen von den Führungsschienen lösen können«, sagte sie.

Das große Problem war kaum zu erkennen, wenn man angenehm niedriger Schwerkraft ausgesetzt war und nicht auf den Himmel achtete. Wenn Beth und die anderen aus den Fenstern der Drohne sahen, war der Himmel voller Sterne, und es dauerte ein oder zwei Stunden, bis ihnen klar wurde: Die Sterne bewegten sich. Beth beobachtete, wie ein besonders heller Stern an ihrem Fenster vorbeiwanderte. Die Rotationsdauer der Schalenwelt betrug zweiunddreißig Stunden, und deshalb bewegte sich der Nachthimmel etwas langsamer als auf der Erde. Sie erinnerte sich daran, wie sehr es sie als Kind in der Schule erstaunt hatte zu erfahren, dass sie sich mit mehr als tausend Stundenkilometern bewegte, während sie ruhig auf ihrem Stuhl saß. Es lag an der Rotation der Erde, und hinzu kam, dass die Erde mit einer Geschwindigkeit von dreißig Kilometern in der Sekunde die Sonne umkreiste. Jetzt saß sie in einer Frachtdrohne, die Teil eines Magnetzuges geworden war, und sie bewegte sich auch mit der Rotation der Schalenwelt, Hunderte von Kilometern *pro Sekunde* schnell. Schnell genug, um die Schalenwelt zu verlassen, wenn sich die Drohne von den Führungsschienen löste.

»Die Schlangen haben Angst«, sagte Mayra. »Warum willst du uns von den Schienen lösen?«

»Ist es möglich?«

»Ja, beim nächsten Halt. Es gibt eine Startvorrichtung, die für Reisen außerhalb der Schalenwelt benutzt wird, aber …«

»Wie wird unser Bewegungsmoment reduziert?«, fragte Fred.

»Bestimmt recht vorsichtig«, erwiderte Beth. »Der Start muss entgegen der Rotation der Schalenwelt erfolgen, damit die Geschwindigkeit auf ein angemessenes Maß sinkt.«

»Die *SunSeeker* fliegt mit einigen Dutzend Sekundenkilometern«, sagte Fred. »Um fünfhundert Sekundenkilometer zu verlieren ...« Er unterbrach sich, als ihm die Größe des Problems klar wurde. »So kriegen wir das nicht hin.«

Beth beobachtete die vorbeirasende Maschinenlandschaft. Wurden sie langsamer?

»Sie nennen sie ›Springer‹«, sagte Mayra.

»Die Startvorrichtung?«, fragte Beth. »Fred, was denkst du?«

»Man verlässt die Schalenwelt am besten an der Achse, wo es fast keine Zentrifugalkraft gibt, also keine hohen Geschwindigkeiten. Man springt einfach ins Vakuum.«

»Wir sind dorthin unterwegs, aber ...« Beth zögerte. »Wo befindet sich der Springer?«

Mayra sprach mit den Schlangen und sagte dann: »Der nächste Halt, wenn wir die richtige Weiche nehmen. Das behaupten sie jedenfalls.« Sie wirkte skeptisch, als ginge ihr dies alles viel zu schnell. *Es geht tatsächlich zu schnell,* dachte Beth. *In mehr als nur einer Hinsicht.*

Die Fingerschlangen ließen ihre »Fingernägel« rasseln. Beth hatte beobachtet, wie schnell und geschickt diese Wesen damit ihre Werkzeuge handhabten. Es klang nach Kastagnetten oder nach zum Zubeißen bereiten Klapperschlangen. Jedes Wesen hatte vier solche »Nägel« an den vier Fingern.

Beth sah, wie Mayra alarmiert zurückwich. »Was ist?«, fragte sie.

»Sie spüren großes Risiko dabei, mit dieser Drohne zu springen«, sagte Mayra langsam.

»Ist sie nicht raumtüchtig?«

»Nein, es geht dabei um einen Mangel an ›Lebensfürsorge‹, womit vermutlich Raumausrüstung gemeint ist. Dieses Rassen ... schrecklich.«

»Ja, klingt nicht besonders gut«, sagte Beth. Die Schlangenwesen standen jetzt auf ledrigen »Armen«, richteten sich so weit wie möglich auf und schwankten von einer Seite zur anderen. Ihre Körper schienen nur aus Muskelsträngen zu bestehen, und ihre Augen glänzten, als sie sich gegenseitig anstarrten.

»Vielleicht versuchen sie zu entscheiden, ob es das Risiko wert ist«, spekulierte Fred.

»Ob es was wert ist?«, fragte Mayra, die noch immer sehr besorgt wirkte.

»Uns zu begleiten«, sagte Fred. »Darauf läuft es hinaus, nicht wahr, Beth?«

»Ich habe mich gefragt, ob es eine Möglichkeit gibt, das All zu erreichen, ohne zuerst den Pol aufzusuchen, das Astloch, um unsere Geschwindigkeit zu reduzieren. Ich schätze, das ist tatsächlich möglich.«

»Darum geht es den Fingerschlangen«, sagte Mayra. »Sie fragen sich, ob sie uns helfen sollen. Glaube ich wenigstens.« Sie hob und senkte kurz die Schultern. »Ganz sicher bin ich nicht.«

Beth beugte sich vor und beobachtete noch immer die vorbeihuschenden Anlagen, unter denen sich der dunkle Himmel mit den Sternen erstreckte. Ja, sie wurden langsamer; sie hatte sich nicht getäuscht. Und war die Gravitation hier geringer? Näherten sie sich dem Astloch? »Kommen die Schlangen mit der Technik für einen Sprung klar?«

»Das bestätigen sie. Aber ... Sie sagen, es wird hart für uns. Starke Beschleunigung und ...«

Die Fingerschlangen flöteten, zischten und rasselten. Mayra neigte den Kopf und hörte ihnen zu. »Die Sitze passen sich uns an. Wir werden also ... überleben.«

»So stark wird die Beschleunigung?«, fragte Fred.

»Ja. Leider haben wir keine Raumanzüge, die uns zumindest teilweise davor schützen können.« Sie zuckte erneut die Schultern. »Wir hätten sie kaum all die Monate mit uns herumschleppen können.« Ein trauriges Lächeln folgte diesen Worten.

Beth vermutete, dass Mayra sich an ihren Mann erinnerte, der beim Ausbruch aus ihrem Gefängnis gestorben war, von einem grässlichen Spinnenwesen zermalmt und zerfetzt. »Was sonst noch?«

»Angeblich ist die Zeit sehr knapp. Wenn wir die nächste Haltestation erreichen, müssen sie das Weichensystem unter ihre Kontrolle bringen. Dazu sind sie in der Lage, denn die dortigen Bediensteten – hauptsächlich Fingerschlangen – sind alte Freunde von ihnen. Eine der Weichen muss uns in eine Wechselzone bringen, und von dort aus geht es weiter in eine ›Abflugnische‹, wie sie es nennen. Ein spezielles elektromagnetisches System schickt uns dann los. Es erfasst uns auf eine Weise, die von der Form dieser Drohne unabhängig ist, und wirft uns ins All, und zwar gegen die Rotationsrichtung der Schalenwelt.«

So viel hatte Mayra schon seit einer ganzen Weile nicht mehr gesprochen. Beth hielt es für ein gutes Zeichen. Was die Ausrüstung betraf, hatte Mayra zweifellos recht – ihnen stand nur wenig zur Verfügung, denn sie hatten nicht viel mit sich herumschleppen können. Sie mussten sich mit dem begnügen, was sie unterwegs fanden. Die Sitze in der Frachtdrohne waren sonderbar geformt und ganz offensichtlich nicht für Menschen bestimmt. Den Fingerschlangen standen Beschleunigungsliegen zur Verfügung, in denen sie sich anschnallen konnten, doch für Beth und ihre Begleiter gab es so etwas nicht. Im Toilettenabteil sah es in dieser Beziehung noch schlechter aus. Dort gab es nur Öffnungen im Boden, einige von ihnen bedenklich groß.

»So unangenehm es auch werden mag«, sagte Beth. »Es ist die einzige Möglichkeit.«

Stille. Selbst die Schlangen schwiegen jetzt.

»Wir sind erledigt, wenn wir auf der Schalenwelt bleiben«, sagte Lau Pin nach einer Weile. »Früher oder später schnappen sie uns erneut. Einmal sind wir entkommen; ich bezweifle, ob uns das ein zweites Mal gelingt.«

Mayra und Fred nickten.

Eine gemeinsame Entscheidung, dachte Beth. *Gut.* Sie fühlte die Blicke der Fingerschlangen auf sich ruhen. Irgendwie schien es ihnen gelungen zu sein, sie als Oberhaupt der seltsamen Primaten zu identifizieren. Ein Hinweis darauf, dass es bei allen intelligenten Spezies Hierarchie gab?

»In Ordnung, wir springen also. Habt ihr bemerkt, dass wir langsamer werden?«

Fred nickte. »Ja, ich fühle es.«

»Wir müssen bereit sein, schnell zu handeln«, sagte Lau Pin. »Die Schlangen werden uns erklären, worauf es ankommt.«

»Gut.« Beth sah Mayra an. »Sonst noch etwas?«

Mayra zögerte. »Die Fingerschlangen ... sie möchten mit uns kommen.«

5

Redwing nahm eine Banane, die in einem seltsamen Torus gewachsen war, zog die Schale ab und aß sie, fühlte sich von ihr an tropische Nächte und das Rauschen von Wellen erinnert. Das Privileg des Captains.

Sein Kommunikator summte. »Wir brauchen dich gleich auf der Brücke«, sagte Clare Conway.

»Bin unterwegs.«

Doch er zögerte. In seinem Hinterkopf regte sich etwas.

Redwing hatte gelesen, dass einer seiner Lieblingsschriftsteller, Ernest Hemmingway, einmal nach der besten Erfahrung für einen angehenden Romanautor gefragt worden war. Die Antwort hatte gelautet: eine unglückliche Kindheit. Redwing konnte sich in dieser Hinsicht nicht beklagen, fragte sich aber, ob die derzeitigen Ereignisse mehr dem Drama eines Romans ähnelten, und ob die Schuld dabei eine Figur traf, eine Person: ihn. Vielleicht bekam man manchmal eine glückliche Kindheit und dann ein unglückliches Leben als Erwachsener. Vielleicht war das nicht nur in Romanen so, sondern auch in der Wirklichkeit.

Die glücklichen Tage seiner Kindheit verdankte er vor allem der Mutter. Sein Vater war oft fort gewesen, im einen oder anderen Krieg, und wenn er heimkehrte, widmete er sich vor allem Sport und Alkohol. Wobei »Sport« nicht bedeute-te, dass er Interesse an Redwings Footballspielen gezeigt hätte. Er erinnerte sich daran, von seiner Mutter einmal ein Teleskop, ein Mikroskop und einen großen Chemiekasten zum Geburtstag bekommen zu haben. Damals hatte er anderen Kindern Schießpulver und Feuerwerkskörper verkauft und sich mit dem Geld weitere chemische Substanzen beschafft. Die Wissenschaft war ihm also von Kindesbeinen an Freund und Begleiter gewesen. Aber damit nicht genug. Geld, das er beim Spielen gewann, verhalf ihm zu einem Fahrrad und zu einem besseren Teleskop. Seine Mutter, eine Bridge-Großmeisterin, spielte immer Poker mit ihrem Sohn, während sie im Wagen auf den Beginn des Musikunterrichtes warteten. Was er dabei lernte, wendete er bei den Kindern in der Nachbarschaft an. Sie wussten nicht, wie man Karten zählte oder Wahrscheinlichkeiten berechnete. Sie bezahlten ihn auch dafür, irgendwelche Dinge in die Luft zu jagen oder ein bedauernswertes Tier als Bio-Experiment zu sezieren. Redwing war damals ohne Prinzipien gewesen, hatte aber bald genug Geld gehabt, um den Weg zu beschreiten, den er sich wünschte. Ein Studium, die Promotion und dann das Weltall. Ein Weg, der schließlich *hierhergeführt* hatte.

Wenn er sein Leben einer »Fehlerbaumanalyse« unterzog ... Mit einem Vater, der ihm nicht genug Aufmerksamkeit geschenkt hatte, war er vielleicht unglücklich genug, um Hemmingway zufriedenzustellen. Aber in der Kindheit und Jugend auf Spurensuche zu gehen löste im Hier und Heute keine Probleme, oder?

Während der letzten Monate des Wartens und tatenlosen Manövrierens über der Schalenwelt hatte Redwing an Bauchumfang zugelegt. Nach der medizinischen Analyse lag es am

Kortisol, einem Nebennierenrindenhormon, das von einer Kampf-oder-Flucht-Reaktion auf Stress erzeugt wurde. Er nahm zu, während seine Einsatzgruppen vor fremden Wesen flohen, ohne dass er ihnen helfen konnte.

Vor der Brücke blieb er stehen, strich seine Uniform glatt und straffte die Schultern. Dann betrat er den Kontrollraum.

»Captain auf der Brücke«, sagte Ayaan Ali laut. Es war nicht nötig, bestimmte aber den Ton. In den Kampf zu ziehen – wenn es darauf hinauslief – ließ das Herz immer schneller schlagen.

»Wir sind so dicht wie möglich am Rand der Schalenwelt«, sagte Ayaan Ali. »Dabei gibt es Schwierigkeiten mit den Manövrierdüsen.«

Redwings Blick strich über die Schirme. Er ging nicht umher, blieb stehen. »Ziemlich knappe Sache, scheint mir.«

Karl Lebanon, der eine saubere, tadellos gebügelte Uniform trug, drehte den Kopf und sagte: »Das Magneto-Problem ist wieder da, Sir.«

Redwing nickte. »Kümmere dich manuell darum, Karl. Bleib die ganze Zeit beim Scoop-Artilekt. Zeig ihm den Weg.«

»Ja, Sir. Es weiß, was los ist. Läuft mit voller Kapazität.«

»Volle Bereitschaft«, sagte Redwing leise. Ein alter Trick: Wenn der Captain leise sprach, spitzten die Besatzungsmitglieder die Ohren und blieben wachsam.

Er wollte nicht noch mehr Leute aus dem Kälteschlaf wecken, um die derzeit wache Crew zu entlasten oder gar eine neue große Landegruppe zu bilden. Sie aufwachen zu lassen und vorzubereiten kostete viel Zeit und Arbeit. Wenn die Schläfer irgendwann in ferner Zukunft vor dem Ziel der *SunSeeker* erwachten, im Glory-System, würde es an Bord sehr,

sehr eng werden, zum Glück nur für kurze Zeit, da es einen Planeten zu besiedeln galt. Unter den gegebenen Umständen jedoch wäre so etwas alles andere als vorteilhaft gewesen.

Derzeit befanden sich fünf wache Crewmitglieder an Bord, Redwing mitgezählt. Mit Beth und ihren Begleitern wären es neun, und wenn sich die Möglichkeit bot, Cliffs Gruppe zurückzuholen, würde die Mannschaft auf vierzehn Personen anwachsen. Dadurch wurde der Platz ziemlich knapp, aber sie konnten es schaffen.

»Es geht nach oben.« Ayaan Ali beobachtete die Schirme. »Der Rand sieht unverändert aus, aber das große Kanonending schwenkt in unsere Richtung.«

»Sind wir im Spalt?«

»Siehst du die Wände dort?«

Redwing blickte nach unten, zum Rand des Atmosphärenschirms. In der Randzone gab es große Konstruktionen, dem Vakuum ausgesetzt. Ayaan hatte eine Lücke zwischen ihnen gefunden, die wie ein Spalt aussah und sich außerhalb des Schussfelds der Kanone befand. Dort flogen sie nun, nur wenige Kilometer über der Randzone. Unter ihnen glitt ein komplexes Netz aus Gebäuden und Aggregaten dahin.

Vor ihnen lag der Außenrand der Schalenwelt, voller Erweiterungen, die wie Buckel aussahen und so groß waren wie ganze Länder auf der Erde. Die Heckschirme zeigten den Atmosphärenschild, ein Kraftfeld wie ein dünner Film, unter dem die Luft gefangen war; im schräg einfallenden Sonnenlicht glänzte er blauweiß. So nah war das Schiff der Atmosphäre bisher noch nicht gekommen. Redwing hoffte, dass es keine Bodengeschütze gab, die sie unter Beschuss nehmen konnten. Was für die Schützen allerdings bedeutet hätte, *durch* das Kraftfeld zu feuern, wodurch vielleicht Luft entwichen wäre.

Trotzdem, ganz wohl war ihm nicht zumute. »Sind wir tief genug?«

»Ja«, bestätigte Karl. »Die Kanone lässt sich nicht so weit absenken, dass sie ins Innere der Schalenwelt feuern kann.«

»Nicht schlecht. Wenn es hier zu einem Krieg kommt, besteht wenigstens nicht die Gefahr, dass jemand ein Loch in das schießt, was alle am Leben erhält.«

Wir sind außerhalb des Schussfelds, es besteht keine Gefahr, dachte Redwing. Das war zumindest die Theorie, aber Theorien konnten sich als falsch erweisen, und das galt gerade in Bezug auf eine so ausgefallene Welt wie diese. Wenn sie sich irrten ... Dann konnten sie in die Reichweite einer Waffe geraten, die Karl für einen Gammastrahlenlaser hielt.

»Wie sieht es mit den Emissionen aus, Karl? Was empfangen wir?«

»Bei der Kanone ist etwas aktiv, von dem eine intensive Mikrowellenstrahlung ausgeht. Vermutlich Begleiterscheinungen eines Ladevorgangs. Mithilfe von Kondensatorblöcken, nehme ich an.«

»Entladungen bewirken dann Plasmaimplosionen, die ihrerseits die Gammastrahlen erzeugen?«

»Davon gehe ich aus«, sagte Karl Lebanon.

»Wie beurteilst du unsere Situation?«

»Ich habe die übliche militärische Grundausbildung hinter mir und weiß in groben Zügen, worauf es bei einem Gefecht im All ankommt. Den größten Teil der Arbeit leisten auch hier die Artilekte. Wir müssen auf der Grundlage der Daten entscheiden, die sie uns liefern.«

»Hat denn niemand einen Kurs in Kriegführung gegen Außerirdische belegt?«, fragte Redwing und sah sich um. Die anderen grinsten. Er hatte die Stimmung ein wenig auflockern wollen, und das schien ihm auch gelungen zu sein.

»Da muss ich passen«, sagte Karl. »Als wir vor einigen Jahrhunderten von der Erde aufbrachen, hat niemand an so etwas gedacht.«

Redwing lächelte schief und nickte. »Also volle Kraft voraus«, sagte er, ein Tribut an die alte Marinetradition. »Gib uns Dampf.«

»Wir sollten das magnetische System der Bussard-Kollektoren besser nicht noch mehr belasten«, erwiderte Karl.

»Dasselbe Problem wie vorher?«

»Ja. Das System ist ziemlich kompakt. Wir kommen nicht an die Magneto-Komponenten heran, um sie anzupassen. Es ist ein mechanisches Problem, keine Sache des digitalen E-Managements.«

»Gib dir alle Mühe.« Genug des technischen Geredes. Es gab noch andere Dinge, die ihre Aufmerksamkeit erforderten. »Warte mit Reparaturen, bis wir Beth an Bord haben. Was ist mit der Flexi-Ausrüstung?«

»Der 3D-Drucker ist programmiert«, sagte Jampudvipa. »Die Faltstellen und Zugkraftabsorber scheinen stabil genug zu sein.«

»Ausgezeichnet. Clare?«

»Sieh auf den Schirm. Die Laser-Sockel sind über uns.«

Früher hieß es »unter dem Radar fliegen«, dachte Redwing. *Hier fliegen wir unter den Kanonen einer Festung, die nicht in der Lage sind, in den Lebensbereich der Schalenwelt zu feuern.* »Können wir so nahe bei der Atmosphäre fliegen?«

Karl deutete auf das blaue Schimmern des dünnen Atmosphärenschilds. Aus dieser Nähe gesehen, wirkte er wie ein weiter Ozean, doch man konnte durch ihn hindurchsehen, auf die Landschaften darunter, auf eine Welt, die sich wie endlos erstreckte und ständig das Licht der Sonne empfing, eine Welt ohne Nacht. Es gab sogar Wellen im Grenzbereich der Atmosphäre, ein langsames Wogen.

Einmal mehr bewunderte Redwing den Umstand, dass die Konstrukteure der Schalenwelt offenbar an jedes noch so kleine Detail gedacht hatten. Hier wurde die Atmosphäre nicht wie bei einem Planeten immer dünner und ging schließlich ins All über. Sie endete, obschon dünn geworden, an einer klar definierten, vom Kraftfeld geschaffenen Grenze, in einer Höhe von mehreren Hundert Kilometern. Die gestaffelte Energie des Atmosphärenschilds dämpfte Höhenwinde und Wirbel, verteilte die darin steckende Kraft über weitere Gebiete. Nicht ein einziges Luftmolekül ging ans All verloren. In dieser Hinsicht konnte die Schalenwelt nicht das Schicksal erleiden, das den Mars in eine öde Welt verwandelt hatte. Das Magnetfeld der Schale bot Schutz vor kosmischer Strahlung und gelegentlichen solaren Stürmen des Sterns, von dem die Energie für all dies stammte. Die Feldlinien des Magnetfelds reichten wie die Fäden eines Spinnennetzes durch die Atmosphäre und schützten sie vor Partikelschauern.

»Über welche Waffen verfügt die Schalenwelt sonst noch?«, fragte Redwing.

»Zweifellos über mehr als wir«, warf Clare ein.

»Diese Welt ist ungeheuer alt«, sagte Jampudvipa mit einem Hauch von Ärger in der Stimme. »Sie ist sogar noch älter als alt. Auf der Erde waren hundert Jahre viel Zeit für die Waffenentwicklung. Ich habe darüber gelesen, über die Epochen vor dem Aufbruch, als die Menschen nur auf einer Welt lebten. Wirklich erstaunlich. Zu Beginn eines Jahrhunderts wurde mit Bajonetten und einschüssigen Gewehren gekämpft, und an seinem Ende explodierten die ersten Atombomben. Welche Waffen können *hier* entwickelt worden sein, in Tausenden oder gar Millionen von Jahrhunderten?«

Diese Worte machten alle nachdenklich.

»Die Gesetze der Physik gelten für alle«, sagte Karl ernst. »Auch für die Vogel-Leute und alle anderen Spezies der Schalenwelt.«

»Technik hat eine eigene Evolution«, meinte Clare. »Was enthalten die großen Kugeln am Rand der Schale?«

»Wie sollen wir das herausfinden? Wir können nur tief fliegen«, entgegnete Redwing. *Ich bringe mein Schiff in unbekannte Gewässer …* Manchmal war es befreiend, einfach nur ehrlich zu sein.

Sie flogen in einem weiten Bogen über den mit hoher Geschwindigkeit rotierenden Rand der Schalenwelt. Die Sensoren waren auf die großen Kuppeln und ihre Erweiterungen gerichtet, registrierten jedoch keine Veränderungen.

Als das Schiff den Rand passierte und über die Außenhülle flog, boten die Schirme einen neuen Anblick. Die *Sun-Seeker* hatte sich der Schalenwelt von der Seite und von unten genähert, entlang der Rotationsachse und durchs Astloch. Jetzt sah Redwing zum ersten Mal die ausgedehnten Maschinenstrukturen an der Rückseite, durchzogen von langen Schienen, die auf Magnetbahnen hinwiesen. Dort ragten in regelmäßigen Abständen Türme auf, die vielleicht Haltestellen markierten. In anderen Bereichen gab es deutliche Hinweise darauf, dass nachträglich etwas hinzugefügt worden war, gelbe und grüne Stellen mit neuen Verbindungsstücken oder Objekten, die wie Verzierungen aussahen.

Ergänzungen und Zusätze, dachte Redwing. Manches erinnerte ihn an angesammelten Schmutz, Ausbesserungsversuche und Einfügungen. *Wie vergilbter Firnis auf einem Renaissance-Gemälde. Man entferne die Ablagerungen, und darunter kommt die ursprüngliche Pracht zum Vorschein. Interstellare Archäologie.*

6

Karl Lebanon aktivierte das smarte Flexi mit einem Elektroschock. Unter einem Kilovolt blähte sich das samtblaue Gewebe auf – es war so dünn, dass man hindurchsehen und die rotierende Schalenwelt dahinter erkennen konnte. Das Bild bot einen gewissen Frieden, denn der Hintergrund bestand aus dem Weltall mit den Sternen. Der näher kommende Punkt bedeutete noch nicht viel.

Karl hatte das Flexi an der Hülle der *Bernal* befestigt und mit Sensoren verbunden, die eine Fernsteuerung erlaubten. *Probieren wir's aus ...*

Ein weiterer elektrischer Impuls, und das Flexi öffnete sich, ohne dass die Mikrosensoren am Ende etwas von ihrer Funktionstüchtigkeit verloren. Das Flexi dehnte sich aus, schien sich in einem Wind zu bewegen, der dort draußen im Vakuum gar nicht existieren konnte. Das dünne Gewebe aus geschichtetem smartem Kohlenstoff stammte aus dem 3D-Drucker des Schiffes, und Karl kannte sich damit aus, aber mit etwas von solcher Größe und Komplexität hatte er es bisher noch nicht zu tun gehabt. Dieses Gebilde stellte ein wichtiges Element dar, um Beth und ihre Begleiter aus dem großen Waggon zu holen, der sich ihnen näherte, noch als unscheinbarer Punkt, mit einer Geschwindigkeit, die etwas zu hoch war. Woraus sich ein Problem ergab.

Karl Lebanon hatte noch im Kälteschlaf gelegen, als die *SunSeeker* durchs Astloch geflogen war. Er sah diese gigantische Architektur jetzt also zum ersten Mal. Einige Sekunden starrte er nach draußen und verlor sich in dem Anblick.

»Wir nähern uns dem Rendezvouspunkt«, erklang Jampudvipas Stimme aus dem Komm-Lautsprecher. »Waggon auf Vektorgitter.«

»Hab ihn.« Karl betätigte die Flexi-Kontrollen mit beiden Händen. Um die manuelle Bedienung der Bordsysteme zu erleichtern, gab es in der Crew der *SunSeeker* keine Linkshänder. Karl gehörte zur Mannschaft, weil er ein echter Beidhänder war. Während seiner Studienzeit hatte er sich als Jongleur ein bisschen Geld verdient.

»Der Waggon kommt zu schnell«, warnte Jam.

»Ich habe die Magnetfelder eingeschaltet; vielleicht kann ich ihn damit abbremsen.« Karl justierte die magnetische Amplitude auf Maximum. Was zu Belastungen in der Außenhülle der *Bernal* führte – die Sensoren übertrugen ein dumpfes Knacken.

Er blickte aus einem echten Fenster, nicht auf einen Schirm. Wenn man in einem Raumschiff lebte und immer nur Bildschirme sah, fühlte man sich von der Wirklichkeit getrennt. Die Schalenwelt dort draußen tatsächlich zu sehen, direkt, mit eigenen Augen ... Es schien sie erst richtig real werden zu lassen. Ein enormes Maß an struktureller Festigkeit war nötig, um die Stabilität eines so gewaltigen Konstrukts zu gewährleisten. Die Stützstruktur der *SunSeeker* bestand aus Materialien mit hoher Reißfestigkeit auf molekularem und atomarem Niveau, dazu imstande, dem Druck standzuhalten, den die Bussardkollektoren auf den Rest des Schiffes ausübten. Vielleicht hatten die Konstrukteure der Schalenwelt ähnliches Material verwendet. Mit den Fernbereichteleskopen untersuchte Karl die Stütz- und Stabilisierungselemente, sofern sie sich als solche erkennen ließen. Die betreffenden Segmente waren zwar mit Maschinen und Aggregaten verbunden, die man offenbar später hinzugefügt hatte, aber ihr Durchmesser betrug nur wenige Dutzend Meter. Was bedeutete, dass die für hohe Belastungen ausgelegten Materialien der Schalenwelt besser waren als die an Bord der *SunSeeker* verwendeten. Karl Lebanon bewunderte die unbekannten Konstrukteure.

»Der Waggon wird langsamer«, sagte Jam. »Offenbar verfügt er über eine gewisse Manövrierfähigkeit.«

»Ich sehe ihn«, sagte Karl ruhig und justierte die Teleskope auf maximale Vergrößerung. Der Waggon – die Frachtdrohne – verfügte über Fenster, und dahinter bemerkte er menschliche Gesichter. Er bewunderte Beth und ihre Gefährten. Sie waren in Gefangenschaft geraten und monatelang durch eine völlig fremde Welt geflohen, und jetzt hatten sie eine Möglichkeit gefunden, zum Schiff zurückzukehren.

»Bring sie langsam näher«, sagte Jam. »Vorsichtig.«

»Der Roll-Nick-Gier-Winkel liegt bei null Komma drei fünf Grad.« Karl nannte weitere Daten, während seine Hände in Bewegung blieben und mit den Manövrierdüsen die Position der *Bernal* veränderten – sie musste den Bewegungen des Waggons angepasst werden.

»Wir haben sie im richtigen Anflugvektor«, meldete Jam. »Ich habe gerade das Bestätigungssignal bekommen.«

»Kursanpassung erfolgt. Jetzt kommt der schwere Teil.«

Die Mitte stimmte, und die horizontalen und vertikalen Balken der Anflugkontrolle trafen sich genau an der richtigen Stelle. Die Frachtdrohne näherte sich weiter, und neuer Schub mit den Manövrierdüsen der *Bernal* passte die Relativgeschwindigkeiten der beiden Massen einander an. Karl leitete erneut elektrischen Strom ins Flexi.

Es entrollte sich wie ein blauer Schal, streckte sich der Drohne entgegen und erreichte ihre einfache Luftschleuse. Dort blieb es haften und verankerte sich. Wenige Sekunden später erschien der Bestätigungshinweis auf dem Display vor Karl: DRUCKSIEGEL GESICHERT.

»Verbindung hergestellt.« Ein Tastendruck öffnete die Ventile, und Luft strömte in den Tunnel zwischen den beiden Schiffen. Natürlich war das Bewegungsmoment nicht absolut perfekt angeglichen, aber das Flexi kompensierte, dehnte sich und neigte sich zur Seite, ohne dass es in seinem Innern zu einem Druckverlust kam. *Alles in Ordnung.*

»Das Flexi funktioniert!«, ertönte Jams Stimme aufgeregt aus dem Komm-Lautsprecher. »Ayaan hatte recht. Die Verwendung doppelter Siegel hat das Problem gelöst.«

Die Luftschleuse der Frachtdrohne öffnete sich, und eine erste Gestalt erschien: Beth.

»Bring sie an Bord.« Es geschah alles sehr schnell, und Karl musste ständig darauf achten, dass Ausrichtung und Position der beiden Schiffe stabil blieben. Er beobachtete, wie weitere Personen durch die Luftschleuse der Drohne kamen. Das Flexi war transparent genug, dass er sehen konnte, wie sich Beth und die anderen an den Innenwänden des flexiblen Tunnels abstießen und zur *Bernal* schwebten. Er zählte sie, und …

»Was habt ihr da bei euch?«

»Es sind Schlangen«, kam erneut Jams Stimme aus dem Lautsprecher.

»Intelligente Schlangen«, fügte Beth hinzu. »Sie haben uns geholfen.«

»Das gibt Ärger«, murmelte Karl.

7

Der Flug war ziemlich unangenehm für Memor. Sie hockte in einer kleinen, heißen Kabine und war immer wieder plötzlichen Beschleunigungen ausgesetzt. Ihr Pilot schien großen Gefallen daran zu finden, das Schiff plötzlich zu wenden oder enge Kurven zu fliegen. Bei magnetischen Schiffen waren die Bewegungen natürlich glatter und sanfter, aber Memor hatte ein mit Düsen ausgestattetes Vehikel gewählt, das nicht so nahe an der Außenhülle der Welt bleiben musste. Immer wieder wurde sie hin und her gestoßen und fragte sich, ob der Pilot zu den Unzufriedenen zählte. Vielleicht nutzte er diese Gelegenheit, um dem in ihm schwelenden Zorn Luft zu verschaffen. Memor fragte sich, ob sie in Zukunft einen anderen Piloten wählen sollte.

Nein. Veest Blad gehörte zu einer angepassten Spezies, arbeitete aber schon seit vielen Jahren für sie, seit der Zeit vor ihrer Verwandlung in eine Frau. Veest war zu klug, um nicht loyal zu sein.

»Ah!« Und *dort* kam das Ziel in Sicht, die hinkende Fremde namens Tananareve. Die von den Sonden beobachteten seilartigen Geschöpfe, die nun in eine Frachtdrohne krochen, erwiesen sich als Fingerschlangen.

Verrat! Offenbar halfen sie den entkommenden Zweibeinern. Fingerschlangen waren eine nützliche Spezies, aber ihre

Anpassung an die Zivilisation hatte immer zu wünschen übrig gelassen.

Die Drohne glitt fort, nachdem sich die Luke geschlossen hatte, und andere folgten, bildeten mit ihr einen Zug, der beschleunigte und immer schneller wurde.

Memor überlegte. Die Schubkraft ihres Schiffes reichte aus, den Zug zu erreichen. Konnte sie auf die magnetische Arretierung schießen, ohne die Geschöpfe im Waggon zu gefährden? Aber Asenath hatte das verboten – und die Primatin Tananareve stand noch immer auf der Plattform der Transportstation, wie Memor nun sah.

Tananareve war die Sprachfähige unter den Letzten Eindringlingen gewesen und hatte viele Nächte damit verbracht, die Sprache des Vogel-Volks zu lernen. Deshalb kam ihr besondere Bedeutung zu, denn Asenath wollte unbedingt einen sprechenden Primaten, aus welchen Gründen auch immer. Doch die Primatin schien sehr geschwächt zu sein – wie weit konnte sie kommen, während Memor versuchte, die anderen einzufangen? Vielleicht wurde sie nicht einmal gebraucht.

Doch sie musste sich Asenaths Anweisungen fügen.

»Veest Blad, landen Sie neben der Zweibeinerin. Nicht zu nahe. Sie soll nicht in der Triebwerkshitze braten.«

»Verstanden.«

Seltsam, dachte Memor. Sie hatte eine Anweisung erteilt, die ihren Wünschen widersprach. Ein kurzer Blick in den Untergeist zeigte ihr den Grund dafür. Die zurückgelassene Primatin schien dem Tod nahe zu sein, und sie war jene, die Memor ausgebildet und besser kennengelernt hatte als die anderen. Was die übrigen Fremden betraf ... Vielleicht konnten sie später gefangen oder von Memors großen Waffen eliminiert werden, aber sie wurden nicht gebraucht, während sich Tananareve hier befand.

Tananareve wischte sich Schweiß von der Stirn und beobachtete, wie das bauchige Schiff mit fauchenden Düsen ein Stück entfernt landete. Heiße Luft strich über sie hinweg, und sie schwankte erneut, hielt sich irgendwo fest und dachte nicht einmal an Flucht. Wegzulaufen hätte ohnehin keinen Sinn gehabt – die Vogel-Leute waren viel zu schnell.

Die Luke öffnete sich, und Memor zwängte sich hindurch, was ihr offenbar nicht leichtfiel – das Schiff bot ihr nur wenig Platz. Sie näherte sich Tananareve, schnaufte, bückte sich und sah ihr in die Augen. »Wohin wollen die anderen?«, fragte sie in ihrer Sprache.

Tananareve suchte nach einer plausiblen Lüge und fand eine. Beths Gruppe hatte über alternative Ziele gesprochen. »Sie sind unterwegs zu Cliff.«

»Zu den anderen Flüchtlingen? Den Mördern?«

»Cliffs Gruppe, ja.«

»Wo?«

»Ich weiß es nicht«, sagte Tananareve. »Die Wesen wissen es.«

»Die Kriecher? Es sind Angepasste, doch sie neigen zu Rebellion. Wir müssen Maßnahmen gegen sie einleiten. Tananareve, wie entwickelt sich dein Abenteuer?«

»Uns drohte der Tod wegen der geringen Schwerkraft«, antwortete sie. »Knochen- und Muskelschwund. Welche Wahl blieb uns?«

Memor schien darüber nachzudenken. »Keine Wahl jetzt. Komm. Oder soll ich dich tragen?«

Tananareve machte zwei Schritte, taumelte und fiel.

Als sie wieder zu sich kam, fühlte sie etwas Hartes mit dicken Rippen unter sich: Memors Hände. Sie ballte die Fäuste, schüttelte den Kopf und versuchte, klar zu denken. Offenbar befanden sie sich jetzt in Memors Schiff – Tananareve sah eine Wand mit Kontrollen, von Symbolen markiert. Etwas grollte und vibrierte. Die Wand veränderte sich, zeigte einen fernen Wald, dessen Pflanzen in niedriger Schwerkraft wuchsen, wie an dem Ort, von dem sie geflohen waren. Ein großes Vogel-Wesen trat in ihr Blickfeld und bewegte Tausende von bunten Federn.

Dies war eine neue Sprache, die aus Federbewegungen, farblichen Veränderungen und Infraschall bestand, der sich in Form von Vibrationen bemerkbar machte – völlig unverständlich für Tananareve. Memor hielt sie wie eine Trophäe, und von ihrem Gesprächspartner kam ein sonderbares Knurren …

Weisheitsprinzipalin Asenath ließ sich nicht beschwichtigen. »Nur eins! Sie haben ein Exemplar, und es stirbt!«

»Ich werde es retten«, sagte Memor. »Ich bringe es – sie – hinunter ins Schnellland, wo die Zentrifugalkraft Knochen stärkt und Muskelgewebe erneuert. Ich weiß, welche Nahrungsmittel die Wesen brauchen, und ich werde welche beschaffen. Diese Fremde versteht mich von allen am besten. Sie ist talentiert, wenn auch in vielerlei Hinsicht schlicht. Sie kennt die Stufe eins der TransSprache. Wollen Sie sie jetzt befragen, Weisheitsprinzipalin?«

»Welche Fragen sollte ich ihr stellen?« Asenaths Federn zeigten Zorn, aber es war eine Gefiederlüge. Memors Untergeist hatte die Wahrheit erkannt: Asenath war verzweifelt.

Das fand Memor aufschlussreich. Es war noch gar nicht so lange her, dass die Weisheitsprinzipalin versucht hatte, ihr Schmach und sogar Tod zu bringen. Was hatte sich verändert? Memor wartete.

Schließlich brach Asenath das Schweigen. »Es ist eine Nachricht vom Zielstern gekommen, von unserem Bestimmungsort.«

Memors Federn richteten sich auf, alle. Die Primatin verschwand fast im plötzlich aufplusterten Gefieder und versuchte sich zu befreien.

»Das ist wundervoll!«, sagte Memor. »Und gefährlich, ja? Lässt sich die Botschaft entziffern?«

»Sie besteht aus Bildern. Aus sehr komplexen Bildern. Und offenbar richtet sie sich an die fremden Wesen, an Ihre Letzten Eindringlinge!«

Ein Wind schien durch Memors Federn zu streichen, das Äquivalent eines lauten Lachens. »Das ist ... endlos interessant.«

»Geben Sie gut auf die sprechende Primatin acht. Wir werden versuchen, die Botschaft zu verstehen. Es treffen noch immer Bilder ein. Antworten Sie sofort, wenn ich mich bei Ihnen melde, und halten Sie die Zweibeinerin bereit.«

Tananareve verstand nur wenig. Sie knabberte an einer Frucht, die sie von Memor bekommen hatte, und blinzelte im seltsamen Licht. Noch immer ärgerte sie sich darüber, erneut in Gefangenschaft geraten zu sein, aber sie war auch dankbar dafür, dass sie Nahrung erhielt. Und es schien Memor nicht zu stören, dass sie zuhörte, während sie mit jemandem sprach.

Worum ging es? Schwer zu sagen. War Glory bewohnt? Und hatte jemand von dort eine Nachricht geschickt? Zur Erde? Oder zur Schalenwelt, die zwischen Glory und der Erde flog und viel größer war als ein Planet?

Irgendwie musste Captain Redwing davon erfahren. Vielleicht waren er und die Crew imstande, mehr herauszufinden.

Düsen feuerten, und Memors Schiff flog wieder. Tananareve gab dem auf ihr lastenden Beschleunigungsdruck nach – er war so stark, dass sie sich ihm nicht widersetzen konnte. Sie blieb auf dem Boden liegen, versuchte sich zu entspannen und hoffte, dass das riesige Vogel-Wesen nicht versehentlich auf sie trat.

8

Sie fanden nicht alle in der Krankenstation der *SunSeeker* Platz. Beth, Fred und Captain Redwing blieben an der Tür und beobachteten, wie Mayra und Lau Pin zu den Behandlungsliegen geführt wurden. Dünne Schläuche und Sensorverbindungen streckten sich ihnen entgegen. Jam schlüpfte in die Rolle des behandelnden Arztes, schaute auf die Anzeigen der Diagnoseinstrumente und fragte: »Habt ihr es bequem genug?«

Mayra und Lau Pin murmelten etwas.

»Ich gebe euch etwas, das euch entspannt. Mayra Wickramsingh, soweit ich weiß, hast du bei der Expedition deinen Ehemann verloren?«

»Von wegen ›Expedition‹. Wir waren Versuchskaninchen für die großen Vögel auf der Schalenwelt ...«

Redwing wandte sich an Beth und Fred. »Kommt. Die Behandlungsliegen stehen euch bald zur Verfügung. Bis dahin gibt es Gravitation und normales Essen für euch.«

Beth zögerte. »Mayra wird untersucht, während sie über Abduss spricht? Er fiel einem monströsen Spinnenwesen zum Opfer ...«

»Wir müssen wissen, wie sehr sie davon traumatisiert ist. Das gilt auch für euch. Wie fühlt ihr euch jetzt?«

»Ich bin hungrig«, sagte Fred. Er wankte durch den Korridor in Richtung Speiseraum, verharrte aber schon nach weригen Schritten und lehnte sich an die Wand. »Hungrig und schwach.«

»Was ist mit Cliff?«, fragte Beth. »Wo befindet er sich?«

Redwing verzog kurz das Gesicht. »Er hat sich zusammen mit intelligenten Einheimischen versteckt – so lautet seine letzte Nachricht. Die Vogel-Leute haben versucht, sie alle zu töten. Schossen von einem lebenden Luftschiff auf sie. Klingt bizarr, aber was ist auf der Schalenwelt *nicht* bizarr? Die Einheimischen haben Cliffs Gruppe bei der Flucht geholfen. Aybe sendet Daten, wann immer er dazu imstande ist. Wir haben Bilder von einem Wesen, das einem Dinosaurier ähnelt, außerdem von hochentwickelten affenartigen Geschöpfen. Ich habe sie euch geschickt. Habt ihr sie bekommen?«

Fred sprach über die Schulter hinweg. »Ja, haben wir, Captain. Die Schalenwelt muss mindestens zweimal im Sol-System haltgemacht haben. Einmal für die Dinosaurier, und ein zweites Mal für die Affen, denke ich. Und in der Museumskugel haben wir eine Karte gefunden.«

»Wir erhielten sie zusammen mit euren Daten«, sagte Redwing und führte sie durch den Korridor. Der Duft warmer Speisen lockte sie an. »Wie erschien euch die Sache?«

»Seltsam. Vielleicht ist es tatsächlich Teil der Geschichte der Schalenwelt oder nur Propaganda für die Massen.«

»Gibt es da einen Unterschied?«

Beth lächelte. »Die Karte befand sich in einer Art Freizeitpark, in einem sehr aufwändig gestalteten Gebäude.«

Fred wankte in den Speiseraum. Auch Beth fühlte sich schwach. Es gab überall Handgriffe, an denen man sich festhalten konnte, und sie machte Gebrauch davon. Natürlich sehnte sie sich nach vertrautem Essen. In den ihr bekannten Teilen der Schalenwelt hatte es zum Beispiel kein rotes Fleisch gegeben. Rindfleisch mit Currysoße? Es duftete wundervoll. Fred bediente sich bereits, wählte Bohnensalat und ein Käse-Sandwich.

Redwing bestellte Salat. »Wir zeichnen alle elektromagnetischen Signale von der Schalenwelt auf, aber es kommt nicht viel herein.«

»Was willst du mit unseren Verbündeten machen?«, fragte Beth. »Ich meine mit den ...«

»Mit den Schlangen? Ganz wohl fühle ich mich bei ihnen nicht, aber sie scheinen harmlos zu sein. Wir helfen den Fingerschlangen, das Schiff auszuräumen, mit dem ihr hierhergekommen seid. Die Pflanzen können uns sehr nützlich sein, was meint ihr? Sollen wir sie im Garten unterbringen? Wir müssen herausfinden, was sie in Hinsicht auf Sonnenlicht, Boden und Wasser brauchen. Möchtet ihr es sehen?« Redwing bewegte die Hand vor einem Sensor.

Ein Bild erschien an der Wand, zeigte Fingerschlangen und Menschen, die Gegenstände aus der Frachtdrohne trugen. Beth sah Besatzungsmitglieder, die erst später aus dem Kälteschlaf geweckt worden waren: Ayaan Ali, Pilotin; Clare Conway, Kopilotin; und Karl Lebanon, Technischer Offizier. Die Schiffsbevölkerung wuchs. Ayaan und die anderen bewegten sich vorsichtig inmitten der Schlangen und rangen mit offensichtlichen Verständigungsproblemen.

Beth reduzierte die Lautstärke und beobachtete das Geschehen, während sie aß und Köstlichkeiten genoss, von denen sie auf der Schalenwelt geträumt hatte. Eine Zeit lang herrschte

Stille, nur unterbrochen vom Klappern des Bestecks. Dann sagte Fred: »Die Karte in der großen Kugel ... Sie wirkte fremdartig, wies mit ihrem Blau und Weiß aber auf einen erdähnlichen Planeten hin.«

»Könnte es die Erde in ferner Vergangenheit gewesen sein?«

»Ja. Zum Beispiel vor etwa hundert Millionen Jahren?«

»Ayaan hält die Darstellung für älter«, sagte Redwing. »Nach der Anordnung der Kontinente geht sie davon aus, dass sie aus der Zeit des mittleren, des sogenannten Dogger-Juras stammt. Euer Bild zeigt die Erde gewissermaßen verkehrt herum, mit dem Südpol nach oben. Sprecht mit ihr, wenn ihr anderer Meinung seid.«

Fred schüttelte den Kopf. »Ich erinnere mich an die Karte, aber nicht an alle Einzelheiten. Das Foto, das ich Ayaan geschickt habe ...«

Redwing schaltete auf eine andere Darstellung um. »Sie hat die Bilddaten bearbeitet und eine globale Karte daraus zusammengesetzt. Hier ist sie.«

Fred las die eingeblendeten Hinweise. »Natürlich ... Das ist Südamerika. Ein weiteres Beispiel dafür, wie verwirrend es sein kann, Dinge falsch herum zu betrachten. Wie habe ich das nur übersehen können.«

»Das Wichtigste hast du erkannt«, sagte Beth. »Erzähl dem Captain von deinen Vorstellungen.«

Fred richtete einen verlegenen Blick auf Redwing. »Ich bin sehr müde gewesen und habe laut gedacht ...«

»Und du hattest recht«, sagte die auf der anderen Seite des Tisches sitzende Beth. »Also heraus damit, Fred. Erklär es dem Captain.«

Fred sah ins Leere. »Ich dachte ... Jura, meine Güte. Vor hundertfünfundsiebzig Millionen Jahren? Zu jener Zeit wurden die Dinosaurier groß. Und könnten sie auch *intelligent* geworden sein? Captain, ich habe an die Möglichkeit gedacht, dass intelligente Dinosaurier die Schalenwelt bauten und sich dann zu den verschiedenen Versionen der Vogel-Leute entwickelten, die wir dort unten gesehen haben. Hinzu kommen vermutlich genetische Manipulationen, so wie bei einigen anderen Spezies – es wachsen einem nicht durch Zufall zusätzliche Beine. Und diese Geschöpfe kehren gelegentlich zum Sol-System zurück, weil es ihre Heimat ist.« Fred erinnerte sich an seinen Hunger und biss ins Käse-Sandwich.

Ein Lächeln erschien auf Redwings Lippen. »Wenn sie vor einigen Hunderttausend Jahren Affen aufnahmen, könnten sie schon so lange nach Glory unterwegs sein. Dorthin wollen sie zweifellos, nach Glory, ebenso wie wir. Beth?« Beth hatte den Mund voll, und so fuhr Redwing fort: »Was haben wir uns den Kopf darüber zerbrochen, warum unser Triebwerk nicht genug Schub entwickelte ... Jetzt wissen wir: Mit dem Triebwerk war alles in Ordnung. Während der letzten hundert Jahre unseres Flugs sind wir durchs ›Kielwasser‹ der Schalenwelt unterwegs gewesen, durch die von ihr zurückgelassenen Gase. Dadurch kamen wir langsamer voran.«

Beth nickte. »Wir hätten dem Kielwasser ausweichen können, aber dazu ist es jetzt zu spät, nicht wahr? Wir wären mit dem Proviant trotzdem zu knapp dran.«

»Nicht nur mit dem Proviant. Alles ist knapp: Treibstoff, Wasser, Luft, Lebensmittel. Und es wird schlimmer, je mehr Leute wir aus dem Kälteschlaf holen. Wenn wir Glory erreichen wollen, brauchen wir neue Vorräte von der Schalenwelt. Außerdem befinden wir uns im Krieg.«

»Cliff hat Vogel-Leute umgebracht?«

»Ja. Und sie haben versucht, den Gefallen zu erwidern.«

Beth hatte irgendwelche Förmlichkeiten erwartet, da Redwing Wert auf Disziplin legte. Aber als sie sein kleines Büro erreichten, fragte er: »Wie war es dort unten?«

Emotionen huschten über Beths Gesicht. »Stell dir vor, am Himmel *Land* zu sehen. Stell dir vor, dass es immer hell ist und man keine Sterne beobachten kann – sie werden von der Sonne überstrahlt. Man reagiert zunächst mit Unbehagen darauf, gewaltige Landmassen über dem Kopf zu haben, und das Schlafen im ewigen Licht fällt schwer ...« Sie atmete tief durch, und es klang fast wie ein Röcheln. Sie musste sich erst wieder an die Luft in der *SunSeeker* gewöhnen. »Braune Landmassen, blaue Ozeane, die weißen Wirbel von Sturmgebieten in der Ferne, nicht größer als der Daumennagel.

Und die Sonne geht nie unter. Der von ihr ausgehende Jet wirft übrigens eigene Schatten und scheint über den Horizont zu streichen. Die Wolken sind teilweise unglaublich hoch, denn die Atmosphäre der Schalenwelt reicht wesentlich weiter nach oben als die der Erde.«

»Kann man vom Boden aus den dünnen Atmosphärenschild sehen, der die Luft daran hindert, ins All zu entweichen?«

»Nein. Man sieht nur, wie sich die Wolken immer höher stapeln. Auch die Bäume sind anders. Manche von ihnen wachsen im Zickzack und schicken fühlerartige Erweiterungen zum Boden. Den Grund dafür habe ich nie herausfinden können. Vielleicht liegt es an der geringen Schwerkraft. Jedenfalls, man sieht nicht nur Land und Meere am Himmel, gewaltig und weit entfernt, sondern auch und hauptsächlich die Spiegelzone. Die Reflektoren werfen das Licht nicht auf die Schalenwelt ...«

»Ich nehme an, sie sind auf die Sonne gerichtet.«

»Ja. Die Spiegelflächen erscheinen größtenteils grau, mit helleren Streifen hier und dort. Auch das Astloch befindet sich am Himmel, ist allerdings schwer zu erkennen, wegen der Helligkeit des hindurchführenden Jets. Das Plasma bildet Bänder oder Stränge innerhalb des Jets, die sich winden wie Schlangen. Sie sind dauernd in Bewegung, verharren nie.«

»Und der Boden, die Lebewesen ...«

»Dort sind mehr Spezies beheimatet, als man zählen kann. Und die Luft ... Sie ist voller Vögel und fliegender Reptilien. In der niedrigen Schwerkraft orientieren sich alle Lebensformen nach oben, wenn sich dadurch ein Vorteil ergibt. Wir sind von Vögeln angegriffen worden, die unser Haar vielleicht für eine neue Leckerei hielten.«

Redwing lachte mit einem traurigen Lächeln, und Beth begriff, dass er bedauerte, an Bord der *SunSeeker* festzusitzen und allein damit beschäftigt zu sein, ein für interstellare Reisen bestimmtes Schiff über einer riesigen künstlichen Welt zu manövrieren. Redwing stellte weitere Fragen, und natürlich verstand Beth seine Neugier. Gleichzeitig fühlte sie dabei so etwas wie Bitterkeit. Es klang nach einem wundervollen Abenteuer, nach herrlicher Exotik, nach der Art von herausfordernder Fremdartigkeit, die sie sich alle gewünscht hatten, als sie mit der *SunSeeker* aufgebrochen waren. Doch die Wirklichkeit sah anders aus, war in erster Linie von Gefahren und unaufhörlicher Mühsal bestimmt. Das Fremde auf der Schalenwelt war schnell zu einer Bedrohung geworden, und es hatte auch Opfer verlangt. Beth dachte an Abduss und Tananareve, die verletzt und völlig erschöpft zurückgeblieben war.

Das »Abenteuer« hatte aus einer endlosen Flucht bestanden, bei der sie alle an den Rand des Zusammenbruchs geraten waren. Von der schützenden Technik der Erde umgeben, sah alles verlockend aus, aber wenn man monatelang fliehen musste, durch eine völlig fremde Welt, die einen mit immer neuen Gefahren konfrontierte, verlor man bald jedes Gefühl für abenteuerliche Romantik; dann ging es nur noch ums nackte Überleben.

Beth wies in vorsichtigen Worten darauf hin, und das traurige Lächeln des Captains verschwand, wich nachdenklichem Ernst. Auch er begriff: Die Begegnung mit dem Fremden brachte nicht nur Staunen. Sie konnte auch Wunden schlagen, manchmal sogar tödliche.

ZWEITER TEIL

SONNIGES SCHLACHT-HAUS

»Nach dem Spiel kommen König und Bauer in denselben Kasten.«

ITALIENISCHES SPRICHWORT

9

Cliff stand am Rand der zerstörten Stadt und hatte den Eindruck, dass seine Augen nicht richtig funktionierten.

Diese Welt ... sah seltsam aus. Schimmernde grüne und blaue Aureolen umgaben jeden verbrannten Baum und jedes zerschmetterte Gebäude. Im quer über den Himmel reichenden Jet wanden sich die üblichen Plasmastränge um den hellen, elfenbeinfarbenen Kern, aber auch dort gab es einen glitzernden orangefarbenen Halo.

Cliff schüttelte den Kopf und blinzelte mehrmals, woraufhin das sonderbare Leuchten ein wenig nachließ. Er zwang sich, tief und langsam zu atmen. Beißender Rauch lag in der trockenen Luft.

Beim zweiten Angriff der Astronomen war er erneut getroffen worden. Irma hatte die Wunde in seiner rechten Schulter genäht, und anschließend hatte er ... geschlafen. Wie seltsam, mehrere Tage und Nächte zu schlafen, obwohl solche Worte hier kaum etwas bedeuteten, denn die rote Sonne nahm immer dieselbe Stelle am Himmel ein, bewegte sich nie. Jedenfalls hatte er sehr lange geschlafen; der wunde Rücken und die schmerzenden Knochen boten einen deutlichen Hinweis.

Nach dem Erwachen hatte er gegessen und schales Wasser getrunken, und daraufhin fühlte er sich besser, obgleich sich die Benommenheit nicht ganz verflüchtigte. Die Aureolen leuchteten mal heller und mal schwächer, ohne sich ganz aufzulösen. Zusammen mit Irma beobachtete Cliff, wie sich die Sil um ihre Verwundeten kümmerten und die Feuer eindämmten. Immer wieder verharrten sie und schienen in sich zusammenzusacken. Normalerweise waren sie sehr agil und geschickt, aber jetzt machten ihnen Erschöpfung und Trauer zu schaffen.

»Der Himmelsfisch kam hierher, während wir damit beschäftigt waren, die von den Sil verwendete Munition zu tragen«, sagte Irma. »Hat alles unter Beschuss genommen.«

Cliff nickte und erinnerte sich vage an hektische Stunden, als sie schwere Fracht auf flachen Wagen aus Holz befördert hatten. Eine Fracht aus langen explosiven Zylindern, mit denen man vorsichtig umgehen musste. Schwere, rein manuelle Arbeit, bei der man schnell ins Schwitzen geriet. Und während sie schufteten, donnerte es immer wieder, wie von den Hammerschlägen eines zornigen Gottes. Die Druckwellen strichen über sie hinweg, und Cliff lernte schnell, nicht hochzusehen und geduckt zu bleiben, den umherfliegenden Splittern auf diese Weise ein kleineres Ziel zu bieten. Einmal beobachtete er, wie ein Zickzack-Baum, getroffen von einem fauchenden Meteor, in Flammen aufging. Er half beim Versuch, das Feuer zu löschen, erst mit Wasser und dann mit Erde und Sand, als es kein Wasser mehr gab, weil es in der brennenden Stadt gebraucht wurde.

Anschließend machten sich die Menschen erneut daran, Munitionswagen zu ziehen. Die Geschütze der Sil feuerten immer wieder auf den Himmelsfisch. Das grünbraune, lebende Luftschiff pflügte über den Himmel, richtete Laser, Antennen und Feuerwaffen auf die Stadt.

Cliff lenkte sich ab, indem er überlegte, wie der Himmelsfisch funktionierte. Er konnte seine »Flossen« ausdehnen, wodurch sie sich in Segel verwandelten, die dem großen Geschöpf nicht nur Geschwindigkeit gaben, sondern vermutlich auch der Navigation dienten. Hinzu kam die Möglichkeit, mit einer Verlagerung von Massen im Innern des Himmelsfisches Einfluss auf die Flugrichtung zu nehmen. Das Wesen hatte große Augen und trug blasenartige Kapseln. Cliff fragte sich, wie sich derartige Geschöpfe hatten entwickeln können. Vermutlich war mit gentechnischen Manipulationen nachgeholfen worden, um Kreaturen zu erschaffen, die in der hohen Atmosphäre der Schalenwelt patrouillieren konnten.

Cliff hatte den Kampf beobachtet und erinnerte sich daran, wie dieser Ort noch vor kurzer Zeit beschaffen gewesen war. Die Sil hatten natürlich ihren Stolz. Es war ihre erste große Wach-Zeit in der Stadt gewesen, und deshalb führten sie die fünf Menschen herum und zeigten ihnen alles. Cliff und seine Begleiter sahen majestätische Steingebäude, glänzende Statuen, die an tote Weise erinnerten, wundervoll geschwungene Rampen, Türme, Brücken über feuchten grünen Gärten und kunstvoll verzierte Häuser. Die Besucher staunten nicht schlecht, denn die Stadt war wirklich sehr eindrucksvoll und schien außerdem uralt zu sein.

Jetzt war sie ein Trümmerhaufen.

Während des Kampfes hatten mindestens fünf Himmelsfische über ihr gekreuzt und die Artilleriestellungen der Sil unter Beschuss genommen. Wenn die Geschütze nach oben feuerten, kamen Strahlblitze und Raketen herab und löschten die Verteidiger aus. Die Schmerzstrahlen waren grässlich.

Wenn sie Sil trafen, sahen Cliff und seine Gefährten deutlich die Pein in ihren Gesichtern. Sie liefen los und flohen, schlugen dabei auf sich selbst ein, als stünden sie in Flammen. Die Schmerzstrahlen vermittelten ihnen tatsächlich das Gefühl zu brennen.

Cliff vermutete, dass diese besondere Waffe der Angreifer auf das Nervensystem der Sil abgestimmte Mikrowellen aussendete. Viele von ihnen verloren einen Teil ihrer motorischen Kontrolle und wälzten sich hin und her, von unvorstellbaren Qualen heimgesucht. Andere rannten und versuchten, den Schmerzstrahlen zu entkommen. Wo die Aggressoren diese Waffe einsetzten, brach der Widerstand der Sil praktisch zusammen. Die Hauptprojektoren arbeiteten geräuschlos, was alles noch schrecklicher machte. Es war eine Standardwaffe der Astronomen, mit der sie Panik bei ihren Gegnern schufen, und diesen Zweck erfüllte sie voll und ganz.

Doch bei Menschen wirkte sie nicht, was vermutlich an ihrem andersartigen Nervensystem lag. Und so zogen Cliff, Aybe, Terry, Howard und Irma Karren mit Munition und versuchten, am Leben zu bleiben. Der Himmelsfisch manövrierte über der Stadt und schickte immer wieder Feuer nach unten. Grüne Strahlen erfassten Gebäude und Lebewesen. Flammen fraßen sich durch die prächtige Stadt.

Die Sil setzten ihre archaischen Waffen ein und rissen damit blutige Löcher in die Unterseite des Himmelsfisches. Einmal hörte Cliff ein donnerndes Zischen, sah auf und beobachtete, wie die Flanke eines Himmelsfisches aufbrach. Gelbes Feuer brodelte über grüne Haut.

»Wasserstoff«, sagte Irma. »*Das* hält die großen Geschöpfe in der Luft.«

»Helium gibt ihnen vielleicht nicht genug Auftrieb«, fügte Howard hinzu.

»Wo sollten sie hier auch Helium bekommen?«

Ein anderer Himmelsfisch geriet ins Trudeln. Flüssigkeit strömte aus zahlreichen Wunden, als er an Höhe verlor und abzudrehen versuchte. Unter ihm brannte lichterloh die Stadt. Der Himmelsfisch fiel ihr entgegen und zerplatzte wie ein übergroßes grünes Ei. Gewaltige Flammen loderten.

Das Feuer breitete sich weiter aus, und immer wieder donnerte es ohrenbetäubend laut. In Cliffs Nähe kam es zu einer Explosion; heiße Splitter trafen ihn an der linken Seite und am Arm – er ging zu Boden.

Er erinnerte sich daran, gesehen zu haben, wie die übrigen Himmelsfische aufstiegen. Der von den Flammen geschaffene Aufwind trug sie schnell nach oben. Jemand sagte, dass die lebenden Luftschiffe in großer Höhe Reparaturen vornehmen und sich neu bewaffnen würden, um dann erneut anzugreifen. Dann wurde alles schwarz für Cliff, und er sank in einen tiefen Schlaf.

Als er sich nun umsah, erschien es ihm seltsam, dass sich die große Schalenwelt ohne ihn weitergedreht hatte. Sil arbeiteten in der Nähe, ohne auf die Menschen zu achten. Eine Art graue Stille schien sie zu umgeben, aber so verzagt und erschöpft sie auch sein mochten, sie schufteten weiter.

So wird es auch sein, wenn du tot bist, dachte Cliff. *Alles geht weiter. Die Welt, der Kosmos, kümmert sich nicht um das winzige Etwas, das du bist. Im großen Rahmen spielst du überhaupt keine Rolle. Ob du schläfst oder wachst, ob du tot bist oder lebst, das Universum schert sich nicht darum.*

Cliff und Irma standen abseits der anderen – Terry, Aybe und Howard – am Rand der Stadt. Sie hatten in einer Höhle in den nahen Hügeln geschlafen, wo es einigermaßen dunkel gewesen war. Hier am Hang gedieh Vegetation zwischen den Felsen, seltsam geformte Bäume und Pflanzen mit großen Blättern und Früchten, die auch für Menschen genießbar waren und einen hellblauen Saft enthielten.

»Quert scheint ziemlich erschöpft zu sein«, sagte Irma.

Cliff drehte den Kopf und beobachtete, wie das dünne Wesen näher kam. Normalerweise ging es schnell und leichtfüßig, aber jetzt kam es mit schweren Schritten. »Hierher ich/wir gekommen, um zu sprechen und zu teilen Hilfe«, sagte Quert mit rauer Stimme und fügte seinen Worten eine knappe Geste hinzu.

Sein Anglisch ließ noch immer zu wünschen übrig, aber man konnte sich mit ihm verständigen, wie auch mit einigen anderen Sil. Sie lernten die Sprache der Menschen mithilfe eines linguistischen Integrators, dessen Software von den Astronomen stammte – Cliff fand es noch immer erstaunlich, dass sie das entsprechende Programm so freizügig verteilten, »unter den Jägern«, wie Quert betont hatte. Was sollte ihnen daran gelegen sein, dass andere Spezies der Schalenwelt Anglisch lernten? Cliff hatte den kleinen Apparat gesehen, der »uns lehrt«, wie es Quert ausdrückte, doch seine Funktionsweise blieb Spekulationen überlassen.

»Wir können mit euch arbeiten«, bot Irma an.

Querts große gelbe Augen musterten die Menschen der Reihe nach. »In Heilung wir jetzt sind. Die Toten verrotten.«

»Sie viele sein«, erwiderte Irma. Die Sil hatten große Probleme mit den unregelmäßigen Formen von *sein*, und deshalb beschränkte sie sich auf die Grundform.

»Ich traurig sein für unser Verhalten.«

»Ihr konntet nicht wissen, dass sich die Astronomen so furchtbar rächen würden«, sagte Terry und trat zu der Gruppe.

»Viele tot. Haben nicht vorher gekannt Feuer auf unsere Stadt.«

»Ihr habt eure Stadt verloren«, sagte Terry.

»Nein. Kein Bedauern oder Schmerz wegen Stadt. Die wir schnell wiederaufbauen.« Quert zögerte einen Moment und blickte in die Ferne. »Die Stadt spricht, was geschieht mit uns. Überall in der Schalenwelt die Wunden sich zeigen.«

»Ja«, sagte Irma, obwohl sie nicht verstand, was der Sil meinte.

»Wenn wir haben mehr zu sagen, wir erneut bauen, die Stadt spricht wieder«, sagte Quert.

Irma verstand noch immer nicht.

Die Astronomen hatten offenbar gehofft, dass die verschiedenen Spezies in dieser Region ihre Anglisch-Kenntnisse benutzten, um Cliff und seine Gefährten in Sicherheit zu wiegen und sie dann auszuliefern. Bei den Sil war dieser Plan nach hinten losgegangen. Sie litten seit langer Zeit unter der Herrschaft der Astronomen und hatten die Gelegenheit genutzt, sich mit den Menschen zu verbünden. Wofür sie jetzt immer wieder büßen mussten.

Wie lange werden sie das ertragen?, fragte sich Cliff. *Unseretwegen haben sie große Verluste erlitten …*

»Wie können wir helfen?«, fragte Aybe.

Quert schwieg, während sich seine gelben Augen vertikal ausdehnten und dann wieder schrumpften. Solche Ausdrucksmöglichkeiten fehlten im menschlichen Mienenspiel. Cliff vermutete, dass es Überraschung oder Verwirrung bedeutete. Der

Sil schloss die Augen, ging in die Hocke, bewegte die sehnigen Arme und schien mit den großen Händen etwas zu formen.

Dann öffnete er die Augen wieder und stand auf. Cliff hütete sich davor, zu viel in den Gesichtsausdruck des Sil hineinzuinterpretieren, aber in diesem Fall gab es keinen Zweifel. Querts Gesicht zeigte traurige Entschlossenheit.

»Tot viele sein. Haben wenig Zeit.«

»Möchtet ihr Hilfe bei den Toten?«, fragte Irma behutsam.

»Wir Gewalt teilen können. Und auch unsere Ziele.«

Die prächtige Stadt der Sil war ein Trümmerhaufen, eine Ansammlung aus zerbombten und verbrannten Gebäuden. Die Statuen großer Sil lagen zerschmettert. Krater durchzogen die Straßen, und von den Bäumen waren nur schwarze Skelette übrig. Explosionen hatten Fahrzeuge zerrissen und alles zerfetzt, was sich in ihrer Reichweite befand. Stille herrschte, nur unterbrochen von einem gelegentlichen Klacken, wenn ein Stein von einer halb eingestürzten Mauer fiel. Dies war eine Stadt der Toten.

Gestalten wankten über einen frei geräumten Weg, bildeten eine düstere Prozession. Sil schritten voller Kummer, die Gesichter geschwärzt, die Augen ins Leere starrend. Einige von ihnen trugen Verwundete, andere Tote. Niemand von ihnen sprach.

Der Gestank erreichte Cliff, als sie sich von den Hügeln der Stadt näherten. Er wurde so stark, dass Terry Masken für sie alle anfertigte, die sie während dieses endlos langen Tages dringend brauchten.

Es gab einen Kodex in Hinsicht auf die Bestattung der Toten, und er betraf die Rückführung ihrer Substanz in den ökologischen Kreislauf der Schalenwelt. An diesem Ort, wo Wasser knapp war, wurden die Leichen in eine Grube gelegt, die unten mit einer Dränage ausgestattet war. Oben wies sie eine Abdeckung aus einem flexiblen blauen Material auf.

Cliff verabscheute es, Gebäude zu betreten, und er vermied es, wo er nur konnte. Bei seinen Streifzügen entdeckte er einen toten Sil, bei dem sich Familienangehörige versammelt hatten. Sie rollten ihn auf ein hellgrünes Tuch, wichen zurück und sahen Cliff an. So klein und dünn, wie sie waren … Vermutlich konnten sie den Toten nicht aus eigener Kraft tragen. Er nickte, bückte sich und hob den steifen Leichnam hoch, brachte ihn auf die Beine und legte ihn sich dann über die Schulter. Dabei entwich Gas durch den Kehlkopf, und eine Art Stöhnen kam aus dem Mund des Toten. Cliff erstarrte und fragte sich für einen Moment, ob noch Leben in dem Sil steckte. Er drehte den Kopf und sah ihm ins erstarrte Gesicht. Eine violette Zunge steckte zwischen kleinen Zähnen. Die Augen waren geplatzt; Schleim rann aus ihnen über kantige Wangen.

Cliff wandte den Blick ab und war froh über die Atemmaske. Er machte einige erste Schritte, und die Familie folgte ihm, den ganzen Weg bis zur Grube. Dort angelangt, schwitzte Cliff und ließ den Toten durch eine Öffnung in der Abdeckung gleiten. Die Verwandten sahen dabei zu, murmelten leise miteinander, drehten sich um und kehrten in die Richtung zurück, aus der sie gekommen waren. Keine letzten Worte, keine Zeremonie. Der völlige Mangel an Ritual hatte etwas sonderbar Würdevolles.

Keiner der Sil sah Cliff in die Augen. Er fragte sich, was das bedeutete.

Der erste Tag war besonders schwer. Anschließend machte sich eine gewisse Resignation bemerkbar. Die Leichen wurden auf Karren geladen und zu den Parks gebracht, den einzigen großen Bereichen der Stadt, die sich nicht in Trümmerlandschaften verwandelt hatten. An einigen Stellen errichteten die Sil Scheiterhaufen und verbrannten die Toten. »Erde nicht alle nimmt«, sagte Quert. Cliff vermutete, dass die Verarbeitungsmechanismen innerhalb des Bodens nicht mit so vielen Leichen fertigwerden konnten.

Viele Toten befanden sich unter den Trümmern, und die Suche nach ihnen war alles andere als leicht. Sie waren in den Schutzräumen umgekommen, in denen sie während des Kampfes gesessen hatten, ordentlich in Reih und Glied, mit den Gegenständen auf ihrem Schoß, die ihnen viel bedeuteten. Die Menschen halfen Quert und seinen Artgenossen, die Wertgegenstände zu bergen. Niemand versuchte, die Toten zu identifizieren, denn das hätte viel zu lange gedauert. Jemand kam mit einem Flammenwerfer, blieb in der Tür des betreffenden Schutzraums stehen und verbrannte die in ihren sitzenden Positionen erstarrten Leichen.

Eine unvorstellbare Tragödie, dachte Cliff. *Und es ist alles unsere Schuld.*

Die ersten Leichen, die er und seine Gefährten fanden, behandelten sie mit dem Respekt, den sie ihrer Meinung nach verdienten. Doch nach dem ersten Tag bemühte man sich nur noch darum, möglichst viele Tote möglichst schnell fortzuschaffen. Sil und Menschen verzichteten ganz darauf, Rücksicht auf Würde oder dergleichen zu nehmen. Die Toten wurden einfach zusammengekarrt und auf Haufen geworfen. Gefühllosigkeit machte sich breit.

Die zerstörte Stadt und das Chaos der Toten ... Um das alles zu beschreiben, benutzten die Sil einen Ausdruck, der wie *Scleelachrhoft* klang. Aber sie sprachen nur sehr wenig. Bei der Beantwortung von Fragen beschränkte sich Quert auf Augen- und Kopfbewegungen, die Ja oder Nein bedeuteten.

Anschließend ging es nicht mehr hauptsächlich darum, Leichen zu bergen, sondern einzelne Körperteile, hier ein Arm, dort ein Bein. Sie wurden in Beutel und Säcke gepackt, die wie zuvor die Toten den Flammen übergeben wurden. Bei einer Gelegenheit machten Cliff und seine Begleiter eine besonders schreckliche Entdeckung: Sie fanden einen Keller mit hundert Toten, der Boden bedeckt von einer stinkenden Brühe aus Wasser und Körperflüssigkeiten. Eine Wasserleitung war hier gebrochen, und die Sil hatten ganz offensichtlich versucht, durch eine schmale Öffnung weiter hinten zu entkommen. Ihre Leichen steckten in einem engen Durchgang fest. Keine von ihnen wies Verbrennungen auf. Ihr Zustand deutete darauf hin, dass sie im Rauch erstickt oder durch Sauerstoffmangel während des Feuersturms über ihnen gestorben waren.

Die Anführerin dieser großen Gruppe hatte es halb eine Rampe hinaufgeschafft und steckte im Schutt fest. Sie schien sehr jung zu sein, was für Cliff irgendwie alles noch viel tragischer machte. Er trug sie selbst hinaus.

Die Menschen kamen von einer Welt mit höherer Schwerkraft, waren größer und stärker als die Sil, und so blieb die besonders schwere Arbeit ihnen überlassen. Bei den bisherigen Schutzräumen hatte es für Cliff ausgesehen, als wären zahlreiche Sil auf einmal einem Herzanfall erlegen. Sie saßen einfach nur tot da. Hier aber, in diesem Keller, hatten sie sich nicht einfach ihrem Schicksal ergeben, sondern zu fliehen versucht.

Trotz der Atemmasken war der Gestank fast unerträglich, und manche der Leichen boten einen sonderbaren Anblick. Einige von ihnen umklammerten Taschen, andere trugen Schmuck oder hatten Beutel mit Lebensmitteln dabei, wie aufs Schlimmste vorbereitet. Einige Sil aus ihrer Gruppe nahmen die Dinge an sich, mit denen ihre toten Artgenossen in dem Keller Zuflucht gesucht hatten, und Cliff wandte den Blick ab – er wusste nicht, was er sagen oder von der ganzen Sache halten sollte. Er bemerkte einen jungen Sil in Begleitung eines vierbeinigen pelzigen Tiers, von einer Art, wie er sie bisher noch nicht gesehen hatte. Der Junge war mit der Leine seines Tiers in der Hand gestorben.

Später, in den Resten eines anderen Gebäudes, stapften sie von Wohnung zu Wohnung, als plötzlich eine Sil-Frau zu Cliff gelaufen kam. Sie schrie unverständliche Worte und hämmerte mit ihren kleinen Fäusten auf seine Brust. Ein anderer Sil näherte sich und zog sie fort. Die Frau schluchzte, als man sie wegbrachte. Cliff sah ihr hinterher und fühlte sich schrecklich.

Einmal fanden die Sil einen Keller, der weinartige Getränke enthielt. Als Cliff später mit der Leiche eines Sil an ihnen vorbeikam, schienen sie völlig betrunken zu sein. Noch etwas später sah er sie bei der Arbeit, die sie energischer verrichteten als andere Sil, und vielleicht waren sie dabei auch nicht mehr ganz so traurig. Was auch immer es mit den Getränken auf sich hatte, es schien ein Segen zu sein.

Und weiter ging es, bis Cliff aufhörte, die Anzahl der Toten auch nur zu schätzen. Vermutlich ging sie in die Zehntausende – er wollte nicht mehr darüber nachdenken. So viele Unschuldige: Kinder und Alte, selbst die Tiere in den Zoos ...

Sie sprachen immer weniger miteinander, und die Arbeitstage schienen immer länger zu werden. Schließlich blieben nur noch wenige Straßenzüge übrig, die abgesucht werden mussten, und als sie sich die letzten Gebäude vornahmen, glitt ein Schweber über die Stadt hinweg und warf dünne Folien ab. Die Schriftzeichen darauf waren für Menschen natürlich unverständlich, aber ein Sil las ihnen den Text vor.

Wir haben euch angegriffen, weil ihr den Letzten Eindringlingen helft. Sie werden unser empfindliches Paradies beschädigen, bringen euch Krankheit, Aufruhr und Schrecken, euch und allen, die in solidarischer Gemeinschaft unter der Ewigen Sonne leben. Unser Angriff galt dem bekannten Aufenthaltsort der Letzten Eindringlinge und jenen, die ihnen halfen, der Gefangennahme durch uns zu entgehen. Die Zerstörung von Bereichen, die nicht damit in Zusammenhang stehen, sind bedauerliche Kollateralschäden, für die allein die Letzten Eindringlinge und ihre Helfer verantwortlich sind. Uns geht es immer und vor allem darum, die Sicherheit unserer Schalenwelt zu gewährleisten.

Die Sil wurden zornig, als sie diese Worte lasen. Sie warfen die Folien zu Boden und traten darauf. Andere begannen damit, sie einzusammeln und ganze Stapel davon fortzubringen. Cliff wurde neugierig, folgte ihnen und beobachtete, wie sie die Folien in die große Gemeinschaftstoilette trugen. Da er sich ohnehin erleichtern musste, trat er ein und stellte fest: Die Propaganda-Flugblätter lagen als Ersatz für Toilettenpapier bereit; man sollte sich mit ihnen den Hintern abwischen.

Eine emotionale Reaktion, die er verstand. Abgerissene Körperteile in Beutel zu stecken, einem Sil dabei zu helfen, dort zu graben, wo er seine Partnerin verschüttet glaubte ... All diese kleinen Tragödien verschmolzen zu einer gewaltigen Katastrophe, deren Gewicht ihn zu zermalmen drohte.

10

»Du hattest einen emotionalen Aussetzer«, sagte Irma.

»Einen was?« Cliff war gerade aus einem weiteren langen Schlaf erwacht und blickte durch den schmalen Zugang der Höhle, die zu ihrem Zuhause geworden war. Jenseits davon, im ewigen Sonnenlicht, erstreckte sich die Trümmerlandschaft, an deren Anblick er inzwischen gewöhnt war. Er gähnte. Wenigstens sah er keine seltsamen Aureolen mehr.

»Ich meine die Unfähigkeit, Gefühle verbal oder mit Gesten zum Ausdruck zu bringen«, erklärte Irma. »Abgesehen von einem gelegentlichem Brummen oder Schulterzucken.«

Cliff blickte weiterhin nach draußen und rutschte auf der aufblasbaren Matratze, die sie von den Sil bekommen hatten, ein wenig zur Seite. Sie war etwas zu klein. »Nach all dem Schrecken der letzten Tage ... Kein Wunder, dass man da abstumpft.«

»Wir haben uns während der Ausbildung damit beschäftigt. Wir sollten darauf vorbereitet sein, mit Traumata fertigzuwerden, wenn wir Glory erreichen ...«

»Glory«, sagte Cliff langsam. »Unser Ziel. Wir werden es erreichen. Diese Schalenwelt hier ... Sie ist nur ein Zwischenaufenthalt für uns.«

»Unsere Ausbilder meinten damals, dass wir auf Glory in sehr schwierige Situationen geraten könnten. Deshalb haben wir gelernt, wie man mit Schock, Kriegsneurosen und Belastungssyndromen umgeht. Wir lernten, die Symptome zu erkennen und sie zu behandeln. Bei dir habe ich einen klaren Fall von Emotionsschwäche diagnostiziert.«

Cliff konnte nicht behaupten, dass er sich irgendwie anders fühlte, und so schwieg er.

»Sieh mir in die Augen.«

Widerstrebend kam er der Aufforderung nach. Es war leichter, nach draußen zu sehen, über die verbrannte Landschaft hinweg. Andererseits ... Als er jetzt darüber nachdachte, schien es keinen Sinn zu ergeben.

Irma beugte sich vor, nahm seinen Kopf in beide Hände und zwang ihn, sie anzusehen. »Glaub mir, dies ist ein Problem, an dem wir beide arbeiten müssen. Man hat uns gesagt, bei einem Subjekt darauf zu achten ...«

»Bin ich jetzt ein Subjekt?«

»Na schön, ein Besatzungsmitglied. Wir sollen darauf achten, wenn ein Besatzungsmitglied ohne emotionale Beteiligung über gewisse Dinge spricht.«

»Ich komme schon klar.«

»Ein weiteres Symptom ist Mangel an ausdrucksvollen Gesten, an Mienenspiel und Betonung.«

»Ach? Und?«

»Trennst du deine Gefühle von den Ereignissen?«

»Na ja ... nicht absichtlich. Ich versuche nur, mit allem zurechtzukommen.«

»Es kann helfen, sich an realen Dingen zu erfreuen.«

»Mag sein.« *Freuen soll ich mich? Worüber denn?*

Er sah wieder nach draußen, in das Licht, das ihm immer mehr auf die Nerven ging. Der Plasmajet reichte über den

Himmel und fügte sein Strahlen dem ewigen Schein der Sonne hinzu. Während ihrer langen »Expedition« durch die riesige, fremdartige Schalenwelt hatten sie hier und dort Dunkelheit gefunden, und in seinen Träumen sehnte sich Cliff nach mehr davon. Er träumte davon, in die Tiefe zu tauchen, einer Finsternis entgegen, die darauf wartete, ihn zu umarmen. Wenn er erwachte, bedauerte er, jene andere Welt verlassen zu müssen.

Er dachte darüber nach, als ihm plötzlich klar wurde, wie geschickt Irma bei ihm vorging. Sie sprach sanft und zärtlich. Ihre Hände berührten und streichelten ihn. Cliff bezweifelte, dass sie seinem ungeheuren Charme erlag.

Dies war Therapie. Was nicht bedeutete, dass es eine Rolle spielte.

Irma zeigte ihm eine andere Art von Umarmung, angenehmer als die der Dunkelheit. Etwas, über das er sich freuen konnte ... O ja, es gab noch etwas, Irma erinnerte ihn deutlich daran. Ihre Bewegungen verschmolzen mit seinen, und sie führte ihn zu einem Moment der Ekstase, den sie mit ihm teilte. Anschließend glitt er in warmen Schlaf ...

Als er erwachte, richtete sie erneut sanfte Worte an ihn, die er erst später als Therapie erkannte. Sie bat ihn, von seinen dunklen Albträumen zu erzählen, an die Trümmer der Sil-Stadt zu denken, an die vielen Toten, an den schrecklichen Gestank ... Und dann hob sie die Hand vor seine Augen und forderte ihn auf, sie zu beobachteten, als sie sie von rechts nach links und von links nach rechts bewegte. Es war eine Bewegung, die ihn irgendwie beruhigte, die ihn an einen friedlichen Ort brachte, wo er ausruhen konnte, ohne Gefahr zu laufen, in den grässlichen Strudel zurückzukehren. Irma seufzte und blieb bei ihm, während er wortlos schluchzte und dann wieder einschlief.

Er erwachte, während Irma noch schlief, und dachte über Sex inmitten all dieser Fremdartigkeit nach. Die beste aller Therapien, und sie funktionierte auch hier, unter solchen Umständen. Die Sil und all die anderen Bewohner dieser sonderbaren Welt ... Zweifellos funktionierte der Sex bei ihnen ganz anders. Auf der Erde platzten die Genitalien der männlichen Honigbienen nach dem Geschlechtsakt. Wespen verwandelten Kakerlaken in Inkubatoren. Männliche Skorpionfliegen produzierten Speichelfladen für ihre Partner – ein Hochzeitsgeschenk, das den vorderen Teil ablenkte, während sich der hintere paarte. Eine Botschaft lag darin: *Erwarte das Unerwartete.*

Wieder kam der Schlaf, und eine ganze Weile später sagte Cliff: »Wir sollten ... irgendwohin gehen.«

»Das Massenbegräbnis der Sil. Wir müssen los.«

»Wann?«

»Jetzt. Zieh dich an.«

Irma hatte Cliff mit einer besonders direkten Methode in einen einigermaßen präsentablen Zustand versetzt. Vielleicht war er von ihrem Geschick überrascht. Er hatte immer versucht, mit Personen zusammenzuarbeiten, die klüger, schneller und auf eine natürliche Weise kompetenter waren als er, mit Leuten, die über spezielle Talente verfügten. Diese Beschreibung traf auf Irma zu. Im heillosen Durcheinander dieser interstellaren Expedition gelang es ihr, einen kühlen Kopf zu bewahren.

Was Cliff betraf ... Er musste sich eingestehen, dass er über seine Grenzen hinausgegangen war. Er verfügte nicht über Kampferfahrung, hatte den ersten Angriff der Astronomen aber nur leicht verletzt überstanden. Und er hatte sich fast ganz von seiner leichten Verletzung erholt gehabt, als die Angreifer nicht mit einem Himmelsfisch zurückgekehrt waren, sondern mit sechs, um so viele Sil zu töten, dass niemand sie zählen konnte. Zweifellos hatten die Astronomen gehofft, auch die Menschen zu verbrennen, aber das allein erklärte nicht die vielen Stunden des unbarmherzigen Feuers.

Die Astronomen – die Vogel-Leute – verlangten Disziplin und wussten, wie man sie durchsetzte. Das bedeutete Bestrafung und Wiederherstellung der Ordnung, immer mit dem Ziel, dass die riesige Schalenwelt ihren Kurs fortsetzen und nach Glory fliegen konnte, und vielleicht zu den Sternen jenseits davon.

Lern so zu denken wie die Vogel-Leute, dachte Cliff. Nur so konnte man in dieser bizarren, sonderbaren, schrecklichen und gleichzeitig wundervollen künstlichen Welt überleben.

Langsam lernte er von Quert, mit all der Gewalt fertigzuwerden. Immerhin: Verlust gab es überall. So hatten alle Besatzungsmitglieder der *SunSeeker* gewusst, dass sie Verwandte und Freunde nie wiedersehen würden, als sie die Erde verließen. Cliff versuchte, es in Worte zu fassen: *Man verliert jemanden, ohne den man nicht leben kann, und es bricht einem das Herz. Die schlechte Nachricht lautet: Man wird nie ganz über den Verlust hinwegkommen. Aber das ist gleichzeitig die gute Nachricht, denn es bedeutet, dass die Person, die man verloren hat,* *im eigenen Herzen weiterlebt, dass sie nie ganz stirbt. Man lernt schließlich, damit fertigzuwerden. Man vergleiche es mit einem gebrochenen Bein, das nie ganz heilt und immer schmerzt, wenn sich das Wetter ändert. Aber man kann lernen, mit dem Hinken zu tanzen.**

* Diese Worte stammen von Anne Lamott, geschrieben für *The Oprah Magazine*; Anm. d. Übers.

11

Cliff lauschte den tiefen, rollenden Klängen des Klagelieds der Sil. Er wusste, dass ihnen Ehre zuteilwurde, weil sie bei der großen Trauerfeier für die vielen toten Sil zugegen sein durften. Die Worte des Gesangs verstand er nicht, wohl aber seine emotionale Botschaft. Musik schien eine Art universelle Sprache zu sein. Es gab komplexe Kadenzen in der Melodie, Töne, die von tiefer Trauer kündeten und auch von Zorn. Die Sil standen in einem aus dem Fels gehauenen Amphitheater, und während sie sangen, hoben sie die Köpfe mit den kantigen Gesichtern zum Himmel.

Der Angriff mit den lebenden Luftschiffen hatte Tausende dieser anmutigen Geschöpfe umgebracht, und nur als Strafe dafür, dass sie die Menschen versteckt hatten.

Cliff saß da und dachte über die Ereignisse nach, während er der Musik lauschte und die Sil beobachtete, wie sie sangen und trauerten. So viel Leid ... Und alles nur wegen der Menschen.

Cliffs kleine Gruppe war schon seit Monaten auf der Flucht und musste sich nun der Erkenntnis stellen: Die Herren der Schalenwelt waren offenbar bereit, viele andere zu töten, um der Menschen habhaft zu werden. Warum? Was machte sie so wichtig? Gab es neue Entwicklungen, von denen sie nichts wussten?

Das Klagelied wurde mal lauter, mal leiser. Tiefe Bassklänge hallten von den Wänden wider. Quert, Oberhaupt der Sil, stand groß und aufrecht, die Arme dem Himmel entgegengestreckt, als die Blasinstrumente – nicht wie bei einem Orchester der Menschen von den anderen getrennt – erklangen und die Melodie erweiterten. Cliff fand es erstaunlich, dass die Sil ähnliche Klänge verwendeten, um Trauer zum Ausdruck zu bringen. Immer lauter wurde das Lied, strebte einem Höhepunkt entgegen …

Und dann herrschte plötzlich Stille. Niemand applaudierte; alle gedachten stumm der Toten.

Die Menschen – Cliff, Howard, Irma, Terry und Aybe – saßen respektvoll da und warteten. Sie würden sich erst dann von der Stelle rühren, wenn man sie dazu aufforderte. Howard hatte eine tiefe Schnittwunde und ein angeschlagenes Knie. Auch Terry und Aybe waren verletzt und trugen Verbände, aber der Preis, den die Menschen gezahlt hatten, war lächerlich gering im Vergleich zu den Verlusten der Sil. Sie hielten den Kopf gesenkt, vielleicht ebenfalls aus Höflichkeit, doch Cliff starrte zu Boden, weil er es vermeiden wollte, den Sil in die Augen zu sehen. Bewegung kam in die Menge. Die Sil machten sich daran, das Amphitheater zu verlassen, und als Cliff den Kopf ein wenig hob, sah er die Musikinstrumente. Die Gesetze der Physik bestimmten das Design von Holzblas- und Saiteninstrumenten – lange Röhren, Resonanzkörper, Löcher für unterschiedliche Tonhöhen –, aber diese Instrumente sahen trotzdem fremdartig aus. Umso erstaunlicher war es, dass ihre Musik dennoch so vertraut geklungen hatte und dass sie die Gefühle der Menschen offenbar auf ähnliche Weise berührte wie die der Sil.

Als sie das steinerne Halbrund verließen, sah Cliff noch einmal zurück und erinnerte sich daran, dass er in seiner Jugend ein Amphitheater in Sizilien besucht hatte, das ebenso beschaffen gewesen war wie dieses. Hier allerdings bestanden die Sitzreihen aus mattem Konglomerat, nicht aus Kalkstein, und waren viel älter. Doch bei der Gestaltung gab es offensichtliche Parallelen.

Sie wahrten ihr Schweigen, als sie den Teil der Stadt betraten, der vom Bombardement verschont geblieben war. Es kam einer großen Erleichterung gleich, nicht mehr die Trümmerlandschaft zu sehen, in der Cliff und die anderen tagelang geschuftet hatten. Wie viel Zeit hatten sie dort verbracht? Mindestens eine Woche, vielleicht die schwerste Zeit ihres Lebens.

Cliff schob diese Erinnerungen in den Hintergrund. Das Hier und Heute erforderte seine Aufmerksamkeit.

Die Mauern der intakt gebliebenen Stadt schufen ein komplexes Muster aus Licht und Schatten. Manche von ihnen waren so ausgerichtet, dass sie vor dem Wind schützten oder ihn in eine bestimmte Richtung lenkten, damit er durch die offenen Fenster von Gebäuden strich und angenehme Kühlung brachte. In der Nähe gab es einen See, der im ewigen Sonnenschein glitzerte. Sil lagen auf dem grünen Teppich des Rasens an seinem Ufer und entspannten sich nach den Strapazen der vergangenen Tage. Woanders standen Sil in Gruppen beisammen und sprachen mit gedämpften Stimmen. Eine feuchte Brise strich über alles hinweg, und Nebelfetzen wogten träge zwischen den Zickzack-Bäumen.

Die Blicke der Sil folgten den Menschen. Cliff und seine Gefährten waren übereingekommen, nicht darauf zu achten.

»Am besten tun wir so, als merkten wir nichts davon«, sagte Irma.

Die anderen versuchten, ihren Rat zu beherzigen, doch Cliff spürte die Blicke der Sil wie ein Gewicht, das er mit sich schleppte.

»Sie fragen sich, was sie von uns halten sollen«, sagte Howard leise.

»Wir ähneln ihnen, haben wie sie zwei Arme, zwei Beine und einen Kopf«, sagte Aybe. »Vielleicht ist das ein optimales Design für intelligente Wesen. Und vielleicht sind wir ihnen deshalb sympathisch. Oder wenigstens sympathischer als die Vogel-Leute.«

»Sie wahren Abstand, vielleicht um uns besser im Auge zu behalten«, fügte Terry hinzu. »Es ist irgendwie komisch. Dies sind intelligente Geschöpfe, die nicht Jagd auf uns machen.«

»Oder versuchen, uns zu töten«, warf Irma ein. »Beths Gruppe hatte nicht so viel Glück.«

Die Erinnerung daran brachte neuen Ernst, als sie an einem sehr alten Steingebäude vorbeikamen. Es bestand aus großen Blöcken, die die Feuchtigkeit des Winds aufnahmen und zu schwitzen schienen. Cliff genoss die Brise. Der Wind schien hier ein besonderes Eigenleben zu entwickeln. Er flüsterte durch die Straßen und schien zwischen den Häusern ein Lied zu singen, mit Tönen, die denen von Holzblasinstrumenten ähnelten.

Ein klarer Himmel erstreckte sich über ihnen. Einige linsenförmige Wolken zogen dahin, wie eine Parade fremder Raumschiffe. Ihre Form entsprach denen der Himmelsfische, die mit ruhiger, tödlicher Eleganz übers Firmament geglitten waren. Regen fiel aus den Wolken auf ferne Hügel, und der Wind trug seinen Duft zur Stadt der Sil.

Wie so oft beobachteten die Menschen die fremde Landschaft und fragten sich dabei, wie dies alles funktionierte. Aybe und Terry vermuteten, dass es ein Rohrsystem gab, das Wasser in allen Bereichen der Schalenwelt verteilte, da es sich andernfalls in der geringen Schwerkraft an den Polen angesammelt hätte. Irma erinnerte daran, dass einige der beim Anflug der *SunSeeker* entstandenen Aufnahmen genau darauf hindeuteten, auf gewaltige Rohrleitungen an der Außenseite der Schalenwelt. Cliff hörte zu und sah sich dabei die Bilder an, die der Datenspeicher seines Komm-Geräts enthielt. Viele von ihnen betrafen Pflanzen und Tiere, und er wusste, dass er bald damit beginnen musste, Aufnahmen zu löschen, um Speicherplatz freizugeben. Er hatte bereits entschieden, auf Schnappschüsse von Algen, Bakterien, Protozyten, Pilzen und anderen Kleinstlebewesen zu verzichten. Manche Bilder zeigten violette Geschöpfe, die mit spindeldürren Beinen über eine sandige Ebene liefen, und diese Aufnahmen behielt er, ebenso wie viele andere, die er von überaus exotischen Geschöpfen gemacht hatte, zum Beispiel von Wesen, die aussahen wie fliegende Teppiche mit großen gelben Augen, oder wie große rote Felsen, die langsam durch die Landschaft krochen und dabei wie Schnecken eine Schleimspur hinter sich ließen.

Cliff wusste, dass er viele Tiere gar nicht bemerkt hatte, weil sie zu gut getarnt waren. Einen Hinweis darauf boten die Gelegenheiten, bei denen sie über Äste oder Schmutzhaufen gestolpert waren, die sich daraufhin als kleine Geschöpfe entpuppt hatten, als Meister der Tarnung. Cliff sog die feuchte Luft ein und erinnerte sich an die Wüstenpflanzen auf der Erde. Manche von ihnen schützten sich vor Feuchtigkeitsverlust, indem sie ihre Stomata tagsüber schlossen. Des Nachts öffneten sie sie und nahmen Kohlendioxid auf, ohne dass zu viel Wasser verdunstete. Auf der Schalenwelt gab es keine Nacht, und deshalb musste die Luft genug Feuchtigkeit erhalten, um den Pflanzen die Atmung zu ermöglichen, und damit die Ausscheidung von Sauerstoff. Das wiederum erforderte viel Wasser. Es erklärte die manchmal sehr starken Regenfälle und großen Flüsse, die Cliffs Gruppe des Öfteren zu Umwegen gezwungen hatten, und die Nebelschwaden in Niederungen.

Doch einige Aspekte der Schalenwelt erinnerten an die Erde von einst. Ganz in der Nähe befand sich die übergroße Version von etwas, das Cliff von Versteinerungen auf der Erde kannte: Schachtelhalme. Die Schalenwelt-Variante ähnelte einem ersten Entwurf von Bambus: dicke Schale, segmentierte Halme, hellbraun und hoch. Die Gewächse knackten, wenn der Wind sie bewegte, und schienen sich in ihrem Wachstum gegenseitig übertreffen zu wollen.

Andere Lebensformen ließen sich mit nichts vergleichen, das es auf der Erde gab oder gegeben hatte. Während ihrer langen Flucht waren Cliff und seine Gefährten Geschöpfen begegnet, die durch Poren in den Füßen ausschieden und deren Sprache nach einer Mischung aus Pfiffen und Fürzen klang. In beiden Fällen strömte Gas durch zusammengedrückte Öffnungen, aber …

Quert löste sich von einer Gruppe und kam näher. Die Lider seiner großen gelben Augen waren halb gesenkt, und er wirkte noch immer traurig und kummervoll, als er sagte: »Dank höflich gebracht. Jetzt wir sprechen.«

Sein Anglisch war gebrochen, aber Cliff erriet, was er sagen wollte. Erneut fiel ihm auf, dass sich bei jeder Bewegung deutlich die Muskeln unter der Haut des Sil abzeichneten. *Er hat etwas Gazellenhaftes,* dachte er. Die Sil waren sehr agil und arbeiteten bei den Strukturelementen der Schalenwelt. Sie lebten größtenteils in kleinen Städten; diese große Stadt, von den Astronomen in Schutt und Asche gelegt, stellte eine Ausnahme dar. Quert hatte erzählt, dass es in allen Regionen der gewaltigen Schale Sil gab. Sie begegneten nur selten anderen Sil-Gemeinschaften wie der hiesigen, die selbst jetzt noch, nach dem verheerenden Angriff, einige Tausend Individuen umfasste. Sie empfingen Anweisungen von den Vogel-Leuten und arbeiteten für sie, verwalteten sich ansonsten selbst. Die Population war stabil, auf der Grundlage von sozialen Konventionen, die über zahllose Generationen hinweg weitergegeben worden waren. Offenbar handelte es sich dabei um eine Standardmethode der Vogel-Leute. *Teile und herrsche,* dachte Cliff.

Dem Trauergesang im Amphitheater folgte ein Tanz. Die Menschen wichen beiseite, als sich die Sil in einem gemeinsamen Rhythmus bewegten, der sie alle erfasste. Im Schein der warmen Sonne und des über den Himmel reichenden Jets tanzten die Sil, bis ihre Haut zu glühen schien.

»Vielleicht verändert sich durch die Bewegung die Blutzirkulation unter der Haut«, vermutete Irma.

Die Musik nahm an Lautstärke zu, wurde zu einem Pochen und Stampfen. Die Sil hüpften und sprangen, und ihre goldene Haut leuchtete.

Quert führte die Menschen zu einem niedrigen Gebäude, dessen schräge Wände aus Felsgestein bestanden. Sie schritten über goldbraunen Kies, der grün wurde, als sie das Gebäude betraten – im Innern war jeder einzelne Kieselstein von durchsichtigem Schleim umhüllt. Quert bückte sich und löste behutsam einige Geschöpfe von den geschwungenen Sitzen. Er setzte die schneckenartigen Wesen auf den Boden und bedeutete Cliff und seinen Begleitern dann, Platz zu nehmen.

Die Menschen schwiegen – das Protokoll verlangte von ihnen zu warten, bis der Gastgeber als Erster sprach.

»Wir wissen müssen Ziel von Astronomen.«

»Sie wollen uns fangen«, sagte Terry. »Oder töten.«

»Was immer einfacher für sie ist«, fügte Aybe hinzu.

»Gefangennahme besser für sie. Vogel-Leute wissen wollen, was ihr wisst.« Quert sprach mit sonderbar monotoner Stimme.

»Worüber?«, fragte Irma.

»Schiff euriges, Pflanzen und Körper, die ihr habt, Lieder. Möglich ist.« Ruhe lag in jedem Wort des katzenartigen Sil. Quert zeigte die Gelassenheit eines guten Anführers.

Das Gespräch ging weiter. Sie überlegten, warum die Angreifer in die Sil-Menge gefeuert hatten. Ja, es hatten sich auch Menschen in ihr befunden, aber war das der einzige Grund? Cliff beobachtete Quert und fragte sich, was als Nächstes kommen mochte. Nach seiner Erfahrung gab es im Leben einer jeden Person einen Mittelpunkt, sei es Geld, Status oder Dienst für die Allgemeinheit. Bei den Sil schien sich alles um das Lernen zu drehen. Kleine Brocken praktischen Wissens schienen hier die Tageswährung zu sein – Howard hatte den Sil einen Möbiusstreifen für die Kinder gegeben –, und alle schienen bestrebt, sich mit irgendwelchen Projekten zu befassen, je mehr, desto besser.

Es gab Gruppen, die eine Grube aushoben, mit dem Ziel, Elektrizität aus Dung zu gewinnen. Andere Sil waren damit beschäftigt, in einem nahen Fluss einen mikrohydroelektrischen Generator zu bauen. Sie entwarfen ihre eigenen Drehbänke und Sägen, stabil und scharf genug für das harte Holz der großen Bäume, die am Rand der Stadt wuchsen. Cliff verglich sie mit Pionieren, die sich an den Rand der Zivilisation wagten, und auch darüber hinaus. Hier bohrten sie Bäume an, zapften ihren Saft ab und stellten Körperlotion daraus her. Dort konstruierten sie bienenstockartige Behausungen für Schwarminsekten, die Sicherheit vor Räubern boten, die Cliff »Honigdachse« nannte. *Sie sind isoliert,* dachte er. *Weit und breit gibt es keine anderen Sil und auch keine anderen intelligenten Lebensformen. Sie sind allein hier im Busch, auf sich selbst gestellt.*

Er hatte seine Gedanken treiben lassen, während Aybe Quert eine Frage nach der anderen stellte und niemand die Antworten verstand. Schließlich lehnte sich das Katzenwesen zurück, gähnte – wobei es große Zähne zeigte – und hob die Hände. »Nicht richtige Sache ihr sprechen für. Vogel-Leute wollen alle Aufgenommenen gehorchen. Ich/wir, ihr …« Ein Arm bewegte sich. »Nicht gemacht in Schalenwelt. Gefährliche Schlechtigkeit von uns kommt, sagen Vogel-Leute.«

Die letzten Worte klangen nicht mehr ruhig und sanft, sondern scharf. Cliff erinnerte sich daran, dass es falsch war, die Veränderungen im Gesicht des Sil nach menschlichen Maßstäben zu bewerten, aber er gewann trotzdem den Eindruck von Ärger. »Ihr seid viel länger hier als wir«, sagte er.

Ein schnelles Blinzeln, was bei den Sil offenbar Zustimmung bedeutete. »Nicht aufgenommen-angepasst lange Zeit.

Wir uns bewegen, leben, arbeiten. Vogel-Leute geben uns Dinge. Wir ihre Anweisungen befolgen.«

»Du hast vorhin gesagt, dass ihr oft unterwegs seid«, warf Irma ein.

Quert wirkte ein wenig verwirrt, wie immer, wenn einer der Menschen eine Frage stellte, indem er den Ton beim letzten Wort hob. »Wir streifen umher.«

»Aber ihr habt Gebäude.«

»Junge müssen lernen mit Tun. Dies ich/wir weiß. Wissen kostet. Muss bezahlen. Bildung nicht kostenlos. Und Gebäude, Städte, sie sprechen.«

»Sprechen?«

»Aufgenommene sehen Arbeit unsrige von allen Orten auf Schalenwelt. Wir unsere Städte formen für Botschaften. Kleine Botschaften. Große Formen für Straßen, Parks, Gebäude. Wenn wir wissen, die anderen wissen ebenfalls. Was Vogel-Leute wollen von euch.«

Die Sil neigten dazu, ihre Zuhörer in eine bestimmte Richtung zu führen und ihnen den Rest des Weges dann selbst zu überlassen. Manchmal konnte es einen in den Wahnsinn treiben. Es nützte nichts, die Frage auf eine andere Art und Weise zu wiederholen; damit hämmerte man nur gegen eine Tür, die sich einfach nicht öffnen wollte.

Die Sil zeigten lieber, was sie meinten. Quert brachte die Menschen zu einem Ort, wo eine braune, elastische Substanz aus dem Boden kam, die offenbar von den Katzenwesen beeinflusst und verändert werden konnte, wie Quert erklärte. Cliff und Gefährten blickten auf die Anzeigen ihrer Analysegeräte, die ihnen aber nicht viel verrieten. Offenbar nahmen die Sil Informationen mit dem Tastsinn auf und gaben sie auch entsprechend weiter, was seltsam war für Geschöpfe mit so großen, ausdrucksvollen Augen. Cliff dachte noch darüber nach, als sich die glatte braune Masse nach oben wölbte. Sie wurde körnig, während sie nach oben strebte, entwickelte Konturen, formte Wände, Querträger und Fenster. Ein seltsam vertrauter Geruch lag in der Luft, und nach einigen Sekunden begriff Cliff, woran er ihn erinnerte: an trocknenden Zement. Zusammen mit den anderen wich er zurück, beobachtete die »Konstrukteure«, wie Quert sie nannte, und versuchte zu erkennen, wie sie die Substanz beeinflussten.

Nach einer guten Stunde stand ein neues Gebäude da, zwei Stockwerke hoch. Die Böden waren rau, und es fehlte jeder Hinweis darauf, wie die Bewohner Wasser oder Elektrizität bekommen sollten, doch die ovalen Wölbungen der Wände zeigten eine schlichte Eleganz. Das Dach wies seltsame Skulpturen auf, die Sil-Körpern nachempfunden waren.

Cliff fühlte eine gewisse Spannung, die im Wachstum des Hauses zum Ausdruck kam, im Gittermuster der Zimmer und dem spontanen, diskontinuierlichen Rhythmus in den Wänden und rechteckigen Fenstern. Das Gebäude war gerade sonderbar genug, um ausdrucksvoll zu sein, aber was es ausdrücken sollte, blieb ihm verborgen. Die Sil schienen zu glauben, dass es sie irgendwie mit den verstorbenen Freunden und der zerstörten Stadt versöhnte.

Nomaden, dachte Cliff. Jede Generation ließ sich in einer neuen Region nieder, jagte und sammelte, baute eine eigene Stadt. Eine Spezies voller Neugier, die sie auf alle interessanten Teile ihrer Umgebung richtete. Auch in dieser Hinsicht bot die Schalenwelt zweifellos genug Platz. Aber Gebäude als Nachrichten bauen? »Lesen die Vogel-Leute eure Botschaften?«

»Glaube nicht.« Ein knisterndes Geräusch kam aus Querts Brust. »Ich/wir viele verloren. Sil, überall. Verloren.«

Tiefe Trauer lag in diesen langsamen Worten. Das neue Gebäude schien ein Symbol zu sein, vielleicht für Frieden. Cliff fand es erstaunlich, dass es nicht einen Sil gab, der den Menschen einen vorwurfsvollen oder anklagenden Blick zugeworfen hätte. Er fragte sich, wie sie ihnen für das verzeihen konnten, was sie über diese Stadt und ihre Bewohner gebracht hatten. Dann rief er sich ins Gedächtnis: Er durfte nicht davon ausgehen, dass die Sil wie Menschen dachten.

Sie setzten das Gespräch fort, und Cliff hörte aufmerksam zu, suchte nach Hinweisen darauf, wie Quert die Welt sah. Dass eins der vielen fremden Wesen der Schalenwelt Anglisch sprach, war zweifellos ein großer Vorteil, aber Querts kurze Sätze warfen manchmal mehr Fragen auf, als sie beantworteten.

Einmal lachte Quert über eine Bemerkung, die Irma machte. Cliff vermutete zumindest, dass es ein Lachen war: ein bellendes Geräusch, begleitet von mehrmaligem Blinzeln und ruckartigen seitlichen Kopfbewegungen. Dabei sah Quert die Menschen an, und für einen Moment spürte Cliff etwas, eine Verbindung wie eine Verwandtschaft oder Seelenfreundschaft. Das gab ihm neuen Mut.

Kurze Zeit später sagte Quert, man erwarte ihn bei Versammlungen. Sie gingen auseinander, und die Menschen kehrten zu der Unterkunft zurück, die ihnen die Sil zur Verfügung gestellt hatten, eine Ansammlung von Felsen, die Flure und Räume formten, mit einer Plane als Dach. An einigen Stellen ließen Öffnungen in der Plane Sonnenlicht herein; einige Räume blieben dunkel und eigneten sich als Schlafplätze. Eine Art mobiles Haus, dachte Cliff. Man rolle die Plane zusammen und suche sich die nächste geeignete Felsengruppe.

Die Gruppe von der *SunSeeker* war müde – die Trauerfeier hatte sie erschöpft. Sie suchten ihre jeweiligen kleinen Zimmer auf, und Cliff empfing dabei von Irma ein Lächeln, das mehr sagte als viele Worte.

Er hatte sich nie für einen großen Liebhaber gehalten, aber seitdem sie sich bei den Sil befanden, nutzten sie jede Schlafperiode, um zusammen zu sein. Diese bildete keine Ausnahme. Sie schliefen eine Weile, und als er erwachte, sah Irma ihn an. »Wenn die Chemie stimmt, gelingen alle Experimente«, sagte sie mit einem Lächeln.

»Ich bin mehr der Biologie-Typ.«

»Das auch. Du hast gelernt, die Gruppe zusammenzuhalten, Cliff. Ich beobachte dich dabei. Du weißt, wie wir ticken, und du hast gelernt, unsere Strippen zu ziehen.«

»Auch deine?«

»Nicht unbedingt. Es war immer ein wichtiger Teil des weiblichen Geschicks, die Strippen bei Männern zu ziehen. Du machst es auf deine eigene Art und Weise.« Irma fügte diesen Worten ein weiteres Lächeln hinzu.

Cliff sah sich nur ungern in der Rolle von jemandem, der manipulierte, aber … »Ich schätze, es gehört zu den Aufgaben des Anführers.«

»Du gibst den anderen Gelegenheit, ihre Meinung zu sagen und die Situation zu beurteilen. Und das löst die meisten Probleme.«

»Vielleicht auch deshalb, weil sie glauben, dass ich deine Stimme bereits habe.«

Irma lachte. »Aber nicht deshalb, weil wir miteinander ins Bett gehen.«

Sie lagen auf einer weichen Unterlage, die gerade blieb und sich nicht wölbte, obwohl sie an Riemen hing. Nicht unbedingt ein Bett, aber sie erfüllte ihren Zweck. Es gefiel Cliff nicht sonderlich, darüber zu reden, wie er die Gruppe führte. Inzwischen vertraute er seiner Intuition und musste nicht mehr ständig darüber nachdenken, was eine Erleichterung war. Er beugte sich zur Seite und gab Irma einen Kuss. »Was sollen wir jetzt machen?«

»Das sage ich dir, wenn du noch ein bisschen mein Bein streichelst.«

Cliff lachte und streichelte weiter. Er hatte gar nicht gemerkt, dass seine Hand in Bewegung gewesen war. »Ich weiß beim besten Willen nicht, wie wir Beth finden oder den Vogel-Leuten entgehen sollen. Ganz zu schweigen davon, all die Rätsel der Schalenwelt zu lösen.«

Irma zuckte die Schultern. »Ich weiß es ebenso wenig wie du. Aber bestimmt fällt uns etwas ein.«

»Was macht dich so zuversichtlich?«

»Weil es um *uns* geht. Wir haben Köpfchen.«

»Mehr Köpfchen als die Erbauer dieser gewaltigen künstlichen Welt?«

»Auf der Erde gab es immer Menschen, die in schwierigen Situationen allein zurechtkamen. Man nannte sie ›ausgekochte Burschen‹ oder ›gewiefte Leute‹. Personen, die sich mit allem auskennen. Vielleicht gibt es solche Leute auch hier.«

»Worauf willst du hinaus?«

»Diese Welt erscheint mir zutiefst konservativ. Vielleicht ist eine solche Einstellung auch nötig, wenn man alles stabil halten will. Man kann auf den ersten Blick erkennen, wie prekär das Gleichgewicht ist. Wenn die Schale dem Stern näher kommt, wird sie heiß und *fällt* ihm entgegen, weil die Gravitation zunimmt. Um das zu korrigieren, muss der Jet stärker werden und das nach vorn gerichtete Bewegungsmoment des Sterns erhöhen. Aber er darf sich nicht zu weit entfernen, denn sonst würde es auf der Schalenwelt zu kalt. Dann das Problem von Erschütterungen. Was passiert, wenn ich mit dem Fuß stampfe und die Schalenwelt zu wackeln beginnt? Es muss einen Mechanismus geben, der solche Bewegungen ausgleicht. Auf einem Planeten sind es Trägheit und Newtons Gesetze, die alles stabil halten. Hier sieht die Sache anders aus.«

»Ah, da spricht die Ingenieurin. Aber du hast meine Frage nicht beantwortet.«

Irma lachte leise. »Das hast du bemerkt, wie? Ich würde sagen: Lass uns hierbleiben und versuchen, einen Kontakt mit der *SunSeeker* herzustellen. Soll Redwing einen Weg finden, uns zu helfen.«

»Dabei hat er bisher nicht viel Glück gehabt. Ich schätze, wenn man nicht hier unten ist, kann man kaum eine Vorstellung davon gewinnen, wie sich die Schalenwelt von einem gewöhnlichen Planeten unterscheidet.«

»Zum Beispiel?«

»Sie ist unglaublich groß, aber zum größten Teil leer. Warum?«

»Es entspricht der Mentalität ihrer Bewohner. Das scheint mir die einzige Erklärung zu sein. Viel natürliche Landschaft. Ich meine, reichlich natürlich geformte Landschaft. Eigentlich ist die Schalenwelt ein gewaltiger Park. Auch für die Sil gibt es Lebensraum.«

»Sie sind Nomaden. Wanderer, die auf einem wandernden Artefakt leben. Auf einem riesigen, smarten Objekt, das selbst ein Nomade ist.«

Irma schürzte die Lippen. »Smart? Weil es die ganze Zeit kontrolliert, stabilisiert und daran gehindert werden muss, in den Stern zu fallen?«

»Es reist auf eine gefährliche Weise, so wie wir. Jedes zweibeinige Geschöpf bewegt sich, indem es nach vorn fällt und sich rechtzeitig abfängt. Abgesehen von Vögeln gibt es auf der Erde nicht viele Tiere, auf die das zutrifft. Wir Menschen sind die am weitesten verbreitete Variante.«

Irma dachte darüber nach. »Die Vogel-Leute sind ebenfalls Zweibeiner. Obwohl ich auch gesehen habe, wie sie sich auf allen vieren bewegten. Vielleicht fürchten sie sich vor dem Fallen, weil sie so groß sind.«

»Also treibt sie das gleiche Bauchgefühl an: nach vorn, auch wenn's riskant ist. Ich ...«

In der Ferne erklangen Rufe. Irma stand auf, streifte ihre ziemlich zerschlissene Uniform über, schob den Vorhang ein wenig beiseite und sah nach draußen. »Quert? Was ...«

Der Sil kam mit katzenhaft geschmeidigen Bewegungen herein.

»Kommen ... sie.«

Cliff schwang sich von der Unterlage, die ihnen als Bett diente. Seine Gelenke schmerzten, und die Augen waren verklebt. Während er sich anzog, ging Irma mit Quert hinaus. Als er schließlich den Unterschlupf verließ, standen alle draußen und beobachteten ein summendes Objekt am Himmel. Es handelte sich nicht um einen der Himmelsfische, die die Stadt zerstört hatten, sondern um etwas Kleineres und

Schnelleres, das tief flog, mit brummenden Flügeln. Ein schlankes, geflügeltes Geschöpf mit großem Kopf, der sich bewegte und den Boden offenbar aufmerksam beobachtete. Die glitzernden Augen entdeckten die Sil-Stadt, und das Wesen flog darauf zu.

»Wie eine riesige Libelle«, hauchte Irma.

»Späher«, sagte Quert. »Klug. Sehr wertvoll. Vogel-Volk muss also …«

Das Geschöpf wurde schneller.

»In Deckung!«, rief Cliff.

Das nächste Gebäude bestand aus keramischen Materialien, mit Metall verkleidet. Cliff lief darauf zu und warf einen Blick über die Schulter. Howard beobachtete das Geschöpf mit einem Feldstecher, als es mit summenden Flügeln herankam. »Howard!«

Quert war schneller als die Menschen, erreichte das Gebäude vor ihnen und riss die Tür für sie alle auf. »Howard!«, rief Cliff noch einmal, bevor er durch die Tür sprang.

»Wir drinnen müssen«, sagte Quert. »Späher klug mit …«

Ein lautes Brummen strich über sie hinweg. Cliff beobachtete, wie Howard zusammenzuckte und die Hände zum Kopf hob. Er wankte, öffnete den Mund zu einem Schrei und fiel, die Augen weit aufgerissen.

Quert drückte die schwere Metalltür zu und schob einen Riegel vor.

Cliff starrte auf die plötzlich geschlossene Tür, blinzelte und sah noch immer Howard, der wie unter unsichtbaren Peitschenhieben zuckte.

Die Menschen sahen sich um und stellten fest, dass sie nicht allein waren. Zahlreiche Sil befanden sich weiter im

Innern des Gebäudes, sprachen leise miteinander und wechselten sorgenvolle Blicke. Andere saßen an den Wänden, hatten die Augen geschlossen oder ließen resigniert den Kopf hängen.

»Sie haben sofort gewusst, dass Gefahr drohte«, sagte Irma. »Dies ist eine Art Bunker.«

Fenster gab es keine. Schmale Leuchtstreifen spendeten ein wenig Licht. Cliff bewegte sich vorsichtig durch die Menge der Sil, und ihre Blicke folgten ihm, als er nach einer Möglichkeit suchte, nach draußen zu sehen. Ein seltsam säuerlicher Geruch hing in der Luft.

Als er sich umdrehte, stellte er fest, dass Quert ihm gefolgt war. »Schmerz kommt durch Glas.«

»Ihr sucht dieses Gebäude auf, um vor der Mikrowellenwaffe der Vogel-Leute geschützt zu sein?«, fragte Cliff.

Querts Augen bewegten sich auf eine Weise, die Zustimmung signalisierte. »Sie Waffe geändert für euch.«

Irma näherte sich. »Es hat Howard erwischt. Offenbar haben die Vogel-Leute die richtige Frequenz für uns gefunden.«

»Vogel-Leute Technik gut kennen. Sich schnell anpassen. Immer der Fall.«

»Und sie haben den Späher hierhergeschickt?« Cliff wollte sehen, wie es Howard ging. »Wenn ich einen Blick nach draußen werfen könnte …«

»Kein Fenster dieser Ort.« Quert vollführte eine Geste, die Cliff und seine Gefährten beim Bestatten und Verbrennen der vielen toten Sil oft gesehen hatte. Sie bedeutete so viel wie »in Frieden ruhen, keine Sorgen«.

Cliff wollte seine Suche fortsetzen, aber die Katzenwesen standen ihm im Weg. Ein Sil kam eine Rutsche herunter und erstattete mit schnellen, zischenden Worten Bericht. Quert übersetzte für die Menschen und meinte, der fliegende Späher mit den großen, glitzernden Augen hätte eine Zeit lang über der Stadt gekreuzt und gelegentlich auf fliehende Sil geschossen. Schließlich schien er der Sache überdrüssig geworden zu sein, hatte abgedreht und war verschwunden.

»Ist er schon einmal hierhergekommen?«, fragte Irma.

»Nur Metall aufhört Schmerz.« Quert wirkte müde. Lange Falten durchzogen sein blasses Gesicht und den ledrigen Hals.

Cliff wusste: Mikrowellen, die sich auf das menschliche Nervensystem auswirkten, hatten eine Wellenlänge von drei Millimetern. Die früheren Angriffe deuteten darauf hin, dass es andere Wellenlängen waren, die bei den Sil Schmerz bewirkten. Die Vogel-Leute schienen ihre Waffe innerhalb kurzer Zeit so modifiziert zu haben, dass sie auch gegen Menschen eingesetzt werden konnte. Etwa im Bereich von hundert Gigahertz. Beeindruckend.

»Sie scheinen euch Sil gut zu kennen«, sagte Irma.

»Die *Aquladatorpa* uns kennen. Nach euch gesucht.«

»Ihr lebt seit langer Zeit bei den Vogel-Leuten. Besser gesagt, unter ihrer Herrschaft. Wie haltet ihr das nur aus?«

Quert überlegte, und Cliff blieb still, ließ ihm Zeit. Menschen neigten dazu, sich gegenseitig zu unterbrechen, was bei den Sil als sehr unhöflich galt. Schließlich seufzte Quert und sagte ruhig: »Ihr ein Wort habt, ›verzaubern‹. Bei uns bedeutet *ochig*. Oder ähnlich. Verzaubern kommt von Licht, von Sonne und Jet. Lebende Essenz, das sein verzaubern. *Ochig* herabgeströmt kommt. Pflanzen, Tiere, Sil und jetzt Menschen wachsen, lernen und denken können von *ochig*. Schalenwelt dreht sich, um zu behalten uns hier, so *ochig* bringen kann verzaubern durch uns. Sil in Welt, Menschen in Welt, Vogel-Leute mehr in *ochig*, sehr in *ochig*. Bewegen durch Welt, *ochig* macht Muster. Vogel-Leute erkennen Muster. Falsch verstehen Muster, falsch handeln.«

»Sie scheinen nicht besser zu sein als ihr Sil.«

»Nicht besser. Aber an richtigem Ort.«

»Die Vogel-Leute sind am richtigen Ort, wenn sie euch niedermetzeln?«

»Recht kommen wird. *Ochig* überdauert.«

So ausführlich hatte Quert bisher noch nie über etwas gesprochen – es war sogar die längste Rede, die Cliffs Gruppe bisher von einem Sil gehört hatte. Die Katzenwesen schienen mehr auf den flüchtigen Moment zu achten, und Cliff beneidete sie um diese Fähigkeit.

Eine Zeit lang ging er ziellos umher und sah dabei immer wieder vor dem inneren Auge, wie Howard schreiend zu Boden ging. Nach einer Weile fand er Irma, die in einer kleinen Ecke saß und leise schluchzte. Er setzte sich neben sie, schlang ihr den Arm um die Schultern und drückte sie fest an sich. So saßen sie, dicht beisammen, vereint im Kummer, auch wenn sich Cliff davor hütete, ebenfalls Tränen zu vergießen.

Sie verbrachten einige Stunden in dem Bunker, bevor Quert es wagte, die Metalltür wieder zu öffnen. Zuvor entfernte er ihre Abdichtungen. Intensive elektromagnetische Wellen im Millimeterbereich können sich durch Ritzen ausbreiten, auch durch solche, die weniger als einen Millimeter breit sind.

Cliff blickte hinaus und sah Howard zusammengekrümmt auf dem Boden liegen. Sil waren weit und breit nicht zu entdecken. Ein Blick nach oben – der libellenartige Späher zog nicht mehr über den Himmel.

Aybe eilte mit der Medo-Tasche nach draußen, und die anderen folgten ihm zu dem Mann am Boden.

Es kam jede Hilfe zu spät für ihn. Etwas schien Howard gebraten zu haben. Die Lippen waren blau und blutleer, die Arme von violetten Flecken übersät. Die Augen starrten nach oben und schienen zu fragen, was geschehen war.

Cliff betrachtete das Gesicht lange Zeit. Dieser Mann gehörte seit Monaten zu seiner Gruppe, seit sie die *SunSeeker* verlassen hatten, um auf der Schalenwelt nach einer Möglichkeit zu suchen, die zu knappen Vorräte des Schiffes zu erneuern. Sie waren gemeinsam durch dick und dünn gegangen. Er erinnerte sich an die lange Flucht vor den Vogel-Leuten, an die vielen gemeinsam überstandenen Gefahren. Howard war immer ein wenig ungeschickt gewesen, ein Umstand, dem er zahlreiche Verletzungen verdankte, einige Kratzer und blaue Flecken hier, ein verstauchter Fuß dort. Aber er hatte sich auch immer wacker geschlagen und versucht, niemandem zur Last zu fallen.

Die einfache und bittere Wahrheit, auf die sie alle während ihrer Ausbildung vorbereitet worden waren, lautete: Nichts und niemand kann einen darauf vorbereiten, was geschehen wird, wenn Pläne auf die Realität stoßen. Die Wirklichkeit kam schnell und gnadenlos, und sie machte keine Gefangenen. Cliff hatte dies nicht kommen sehen, und Howard war zu langsam gewesen, hatte nicht schnell genug reagiert, als die anderen zum Bunker gelaufen waren, um sich dort in Sicherheit zu bringen.

Cliff wusste, dass ihn keine Schuld traf, aber er fühlte sich trotzdem verantwortlich. Schließlich war er das Oberhaupt ihrer Gruppe.

»Leid viel«, sagte Quert. »Viel Schmerz vor Tod.«

Sie begruben Howard zusammen mit den Sil-Opfern in einem Gemeinschaftsgrab. Cliff sprach einige wenige Worte, unterbrach sich aber, als plötzlich ein Summen erklang. Köpfe drehten sich, und unter den Sil breitete sich Unruhe aus.

Das libellenartige Geschöpf kehrte mit brummenden Flügeln zurück.

Die Sil liefen los, ihre großen gelben Augen voller Furcht und Schrecken.

»Schutzraum aufsuchen«, sagte Quert. »Neuer Tod kommt.«

Cliff und die anderen liefen ebenfalls.

DRITTER TEIL

STATUS OPERA

»Wissenschaftler untersuchen die Welt, wie sie ist. Ingenieure bauen die Welt, die nie existierte.«

THEODORE VON KÁRMÁN

12

Memor beobachtete, wie die Primatin schrie, wie sie versuchte, aus dem Wirkungsbereich des Strahls zu springen, wie sie strauchelte, fiel und nach Luft schnappte. Die Waffentechniker sorgten dafür, dass ihr der Strahl folgte, als sie über den Boden kroch. Die Schreie des hilflosen Geschöpfs wiederholten sich mehrmals, bis Memor die Waffenleute mit einer knappen Feder-Geste aufforderte, den Strahl zu deaktivieren.

Die Federfarben der Techniker wiesen deutlich darauf hin, wie zufrieden sie waren, aber sie blieben diszipliniert und wahrten ihr Schweigen. Sie hatten es geschafft, den Projektor so zu modifizieren, dass die Schmerzwaffe auch gegen die Letzten Eindringlinge verwendet werden konnte.

»Tananareve ...« Memor nannte den Namen der Primatin und achtete dabei auf die richtige Aussprache. »Wie lange, glaubst du, kannst du solche Schmerzen ertragen, ohne zu sterben?«

Das weibliche Wesen kam auf die Beine, kniff zornig die Augen zusammen und rief: »Du quälst mich wie ein Versuchstier!«

»Was im Krieg nur recht und billig ist«, erwiderte Memor in der Sprache der Letzten Eindringlinge.

»Im Krieg? Wir sind in Frieden zu eurer künstlichen Welt gekommen und wollten Verhandlungen führen ...«

»Es hat keinen Sinn, bei der Vergangenheit zu verweilen. Es geht jetzt um andere Angelegenheiten, und dieses Experiment war nützlich für uns.«

»Wieso?« Die Primatin sank auf die Knie, setzte sich dann und wischte Schweiß von ihrer Stirn. »Wieso kann es nützlich für euch sein, mich mit der Schmerzwaffe zu quälen?«

»Wir müssen herausfinden, wie wir mit den anderen deiner Art ... verhandeln können.«

»Du meinst, wie ihr gegen sie kämpfen könnt.«

»Der Eröffnungskampf kommt natürlich zuerst«, sagte Memor.

Tananareves Gesicht gewann einen Ausdruck, den Memor nach langen Beobachtungen zu verstehen gelernt hatte: eine Mischung aus Wachsamkeit und Berechnung. Die Letzten Eindringlinge verrieten ihre Gefühle mit kleinen Bewegungen von Mund, Augen und Kinn. Ihnen standen keine Federn zur Verfügung, die weitaus komplexere Ausdrucksformen gestatteten.

»Es freut mich sehr, dass die anderen noch frei sind«, sagte Tananareve langsam. »Es bedeutet, dass du nicht mit ihnen zurechtkommst.«

Es gefiel Memor nicht, dass dieses Geschöpf zu solchen Erkenntnissen imstande war. »Wir brauchen die Mittel, sie unter Kontrolle zu bringen. Ihnen Schmerzen zuzufügen ... Das ist besser, als sie zu töten, findest du nicht?«

»Hast du etwas, für das du sterben würdest?«, erwiderte Tananareve. »Zum Beispiel die Freiheit, das zu tun, was du für richtig hältst?«

»Nein, sterben erscheint mir sinnlos. Wenn man stirbt, hat man nichts von der Opferung seines Lebens.«

»Und zu sterben, um andere zu retten? Oder für einen Glauben?«

»Zweifellos würde ich nicht für meinen Glauben sterben. Ich könnte mich irren.«

Tananareve schüttelte den Kopf, offenbar eine Bewegung, mit der die Letzten Eindringlinge Ablehnung zeigten. »Du experimentierst also mit mir, um herauszufinden, mit welcher Energiestärke die Schmerzwaffe am besten ihren Zweck erfüllt.«

»Außerdem probieren wir verschiedene Frequenzen aus. Wie sonst sollen wir Klarheit gewinnen?«

Die Primatin presste die Lippen zusammen, und auch mit dieser Reaktion war Memor inzwischen vertraut. Sie deutete ebenfalls auf Zorn hin. »Hör auf damit.«

»Es ist nicht nötig, die Experimente fortzusetzen. Wir haben deinen Schmerz gesehen. Das genügt uns.«

»Ich muss … schlafen.«

»Wie du willst.« Es war Memor nur recht, denn sie hatte das Herumprobieren mit der Schmerzwaffe satt. Eigentlich gefiel es ihr nicht, die Primatin zu quälen, doch Asenath hatte die Entwicklung einer neuen Waffe befohlen, für den Einsatz gegen die Letzten Eindringlinge. Die Version, die bei den Sil funktionierte, hatte während des letzten Kampfeinsatzes bei den Primaten keine Wirkung gezeigt. Memor dachte nicht gern an jene Konfrontation zurück, bei der der Himmelsfisch, in dem sie sich befunden hatte, getötet worden war. Von ihrer Rettungskapsel aus hatte sie beobachtet, wie das große, fliegende Geschöpf litt, wie es immer wieder von den Kanonen der Sil getroffen wurde, wie an mehreren Stellen die Außenhaut riss, Wasserstoff entwich und sich entzündete. Sie erinnerte sich an Feuerbälle, an das schmerzerfüllte

Brummen des Himmelsfisches, an sein Klagen, das erst aufhörte, als das riesige Lebewesen fiel und brennend zwischen den Hügeln auf dem Boden zerplatzte. Welch ein Fiasko!

Memor musste das wiedergutmachen, und dafür gab es eine gute Möglichkeit: indem sie so schnell wie möglich einen Projektor entwickelte und zur Verfügung stellte, der auf das Nervensystem der Primaten einwirkte und sie außer Gefecht setzte, ohne sie zu töten. Eine solche Waffe gab es jetzt. Auf Drängen der Waffentechniker war sie an Baumbewohnern aus den Zitadellengärten ausprobiert worden, an Primaten, deren Nervensystem dem der Letzten Eindringlinge zu ähneln schien und die sich somit hervorragend als Versuchsobjekte eigneten.

Memor sträubte das Gefieder voller Stolz. Der Einsatz der neuen Waffe gegen die Sil-Stadt war ein weiterer Test gewesen, und es ließ sich kaum feststellen, ob sie wie gewünscht auf die Letzten Eindringlinge gewirkt hatte. Die von den Technikern vorgenommenen Modifikationen machten das aber sehr wahrscheinlich. Die Sil hatten eine weitere Lektion gebraucht – sie mussten zur Räson gebracht werden –, und wenn dabei auch Menschen ums Leben gekommen waren ... Vielleicht lernten sie daraus.

»Wir setzen unser Gespräch später fort«, teilte Memor der Primatin mit. »Ich plane noch einige interessantere Experimente.«

Die Primatin gab einige dumpfe Töne von sich, nicht mehr als ein Brummen, vielleicht ein weiterer Ausdruck des Schmerzes. Memor beschloss, nicht darauf zu achten, als sie sich auf den Weg machte, gefolgt von ihren Bediensteten und den Waffentechnikern.

13

Memor hasste es, wenn sie etwas tun musste, gegen das sich ihr Inneres sträubte.

Es gefiel ihr nicht, neue Waffen an ihrem Mündel auszuprobieren, der Primatin. Dass sie dazu gezwungen war, bereitete ihr Übelkeit. Asenath hatte schnelle Ergebnisse befohlen, und Memor musste sich fügen, um ihre Position zu schützen. Sie akzeptierte die Logik, fand es aber trotzdem abscheulich.

Wenn man es aus einem anderen Blickwinkel sah ... Schmerz bestrafte nicht nur, er lehrte auch. Er vermittelte die Botschaft, dass derjenige, der den Schmerz brachte, der ihn zufügte, über größere Macht verfügte. In diesem Wissen lag das Geniale der *Anwendung*, die tiefe Demütigung, die darin Ausdruck fand. Sie forderte das Opfer auf, Strafe um einer größeren Sache willen zu akzeptieren, die vielleicht noch viel schlimmer war – und die schlimmer sein würde, sollte die Strafe nicht akzeptiert werden. Der zugefügte Schmerz verlangte das Verstehen des höheren Ziels.

Die Primaten begriffen das natürlich noch nicht, aber Anpassung würde sie dieser Erkenntnis näher bringen. Wenn es ihnen selbst dann an Verstehen mangelte, mussten sie eliminiert werden, bevor sie sich zu einer echten Bedrohung entwickeln konnten.

Memor entspannte sich ein wenig, als sie auf dem Weg durch Flure und Tore die alten Wunder betrachtete. Die Mühlen der Zeit mahlten auch in der Himmelsschale, die besondere Stabilität benötigte. Techniker mussten Probleme sofort lösen und konnten sich nicht lange mit Versuchen und Experimenten aufhalten. Was bedeutete, dass sich die technischen Einsatzgruppen auf Erinnerung beriefen, nicht auf Einfallsreichtum. Intelligenz war weniger wichtig als schnelle Reaktion auf Situationen, zu denen es schon einmal gekommen war und die deshalb einen Platz in der kollektiven Erinnerung gefunden hatten. Die Spezies der Schale hatten ihre geistigen Fähigkeiten danach ausgerichtet. Es war eine lange Tradition.

Memor dachte darüber nach, als sie die Auswahl einiger Mutanten beobachtete. Es handelte sich um kleine Varianten der Reparaturschlangen, die vor langer Zeit von einer Welt mit starker tektonischer Aktivität geholt worden waren. In ihrer Heimat hatten sie sich den raschen Veränderungen angepasst und großes Geschick entwickelt, was sie so nützlich machte. Memor hatte die unterirdischen Städte gesehen, die die Schlangen in den Strukturbereichen der Schale bauten, wenn sie die Erlaubnis dafür bekamen: elegante Labyrinthe, von denen sie sehr beeindruckt gewesen war. Ihrer guten Anpassungsfähigkeit war es zu verdanken, dass sie schnell einen Platz in der Gemeinschaft der Himmelsschale gefunden hatten. Sie sollten dankbar dafür sein, dass sie jetzt keinen Erdbeben, Vulkanen und Tsunamis ausgesetzt waren, die eine große Gefahr für sie dargestellt hatten.

Diese Mutanten jedoch hatten ein bisschen zu viel vom Geschick und der Unabhängigkeit jener Spezies. Sie befanden sich in einem nahen Raum mit transparenten Wänden, wo eine andere Forschergruppe versuchte, die mentalen Defekte der Schlangen zu beheben. Doch das Korrekturexperiment schien fehlgeschlagen zu sein. Die Forscher eliminierten die Versuchsobjekte mit Gas, und Memor beobachtete, wie die Schlangenwesen starben, wie sie sich schmerzerfüllt wanden und zusammenkrümmten. Es war widerlich, ihre Agonie zu sehen. Wenigstens musste Memor nicht ihre Schreie hören, wie zuvor bei Tananareve. Während sie durch die transparente Wand blickte und das Sterben sah, dachte sie daran, welches Schicksal die Letzten Eindringlinge erwartete, wenn sie sich weiterhin widersetzten und provozierten.

Dann würde es ihnen ebenso ergehen wie den Sil, die rebelliert und den Primaten geholfen hatten, denen es sogar gelungen war, Memors Himmelsfisch abzuschießen. Das hatte die Zerstörung ihrer Stadt als Vergeltungsmaßnahme unumgänglich gemacht. Obwohl die Idee nicht von Memor stammte, sondern von der Weisheitsprinzipalin Asenath.

Memor seufzte, ging weiter und schob die Bilder der qualvoll sterbenden Schlangen beiseite. Sie musste jetzt zu Asenath und sich mit ihr beraten, obwohl sie die als launisch geltende Weisheitsprinzipalin fürchtete.

Die Räume der Gefangenschaft und der Strafe befanden sich in einer großen Zitadelle, die sich weit über die grüne Landschaft erhob. Memor kam an uralten Steingebäuden vorbei, und neben ihnen befanden sich die Eingänge zu Krypten. Bei manchen von ihnen hatten Grabräuber Spuren hinterlassen, aber die Zeit hatte selbst diese einst harten Kanten geglättet. In jenen Grüften ruhten Tote, die vor undenklich langer Zeit bestattet worden waren, vor der Erkenntnis, dass alle Substanzen und vitalen Elemente in den großen Kreislauf der Himmelsschale zurückgeführt werden mussten. Das war zweifellos die größte aller Ehren: für immer und ewig Teil des Lebens zu sein, kein staubiges Relikt. Die Körper in den Grüften waren natürlich längst in den Äther zurückgekehrt; nur Knochen erinnerten an die zur Ruhe gelegten Geschöpfe. Die Grabbeigaben, die man den Toten damals für ihre Reise ins Jenseits mitgegeben hatte, existierten längst nicht mehr. Grabräuber hatten sie bereits vor vielen Jahrtausenden verschwinden lassen. Es fiel leicht, die Vergangenheit zu berauben.

Aber sie ist viel schwerer zu ergründen, dachte Memor. Sie blieb schockiert stehen. Ihre Bediensteten sträubten unsicher das Gefieder, und Memor forderte sie mit einer knappen Feder-Geste auf, von ihr zurückzuweichen. Ein sonderbares Schuldgefühl begleitete den letzten Gedanken, sogar etwas Furcht. Memor *fühlte* die Gedankenstimme und wusste, dass sie aus dem Untergeist kam. Etwas schwärte dort, stieg jetzt auf und rief nach ihr. Sie musste sich damit befassen und herausfinden, was die seltsamen Gefühle bedeuteten. Aber nicht jetzt. Sie zwang sich, den Weg fortzusetzen, ohne sich etwas anmerken zu lassen. Wie beiläufig bewegte sie die Federn, seufzte und wanderte in scheinbarer Ruhe.

Während sie ging, bemerkte sie sinnlose Botschaften für die Zukunft: BEIM ERWACHEN LESEN. Die Worte stammten aus einer Zeit, als man das Bewusstsein von Lebenden Silizium oder Kryo anvertraut hatte, in der Hoffnung, dass es den körperlichen Zerfall überdauern und eine Zukunft mit besseren, größeren Ressourcen erreichen konnte. Niemand von ihnen war wach, denn es herrschte kein Mangel an Geist in der Schale. Auch nicht an Körpern, denn die Anzahl der gehenden, sprechenden Geister war ein Aspekt der Stabilität, nicht des Reichtums. Bei der Himmelsschale ging es nicht um den Geist, sondern um das langfristige Schicksal des Volkes, und natürlich um das der Spezies, die das Glück hatten, vor unzähligen Annualen aufgenommen worden zu sein, um dabei zu helfen, dass die Schale weiterfliegen konnte, immer weiter, auf dass sie alle die Wunder und Schätze der Galaxis kennenlernten. Wer oder was auch immer BEIM ERWACHEN LESEN geschrieben hatte: Er oder es lebte in einer Illusion vergangener Zeiten, von denen nicht mehr übrig war als Staub – Staub, in den Memors Schritte jetzt Bewegung brachten.

Sie sah sich um und genoss den Anblick. Manche Mausoleen trugen Inschriften, für ihre Anmut bekannt, und sie waren damals so tief in den Stein gemeißelt worden, dass sich die Worte selbst heute noch entziffern ließen, nach all den Äonen.

Hier hieß es zum Beispiel:

ICH, DER GEISTREICHE DENKER PLONEJURE,
HABE SCHMERZ DURCH KOMIK UND LACHEN
GELINDERT.
VIELE ROLLEN HABE ICH GESPIELT
UND BIN OFT GESTORBEN,
ABER NIE ZUVOR AUF DIESE WEISE.

Eine andere Inschrift klang trockener:

DIUREAUS SAH DAS ANDERE VOLK AN SEINER SEITE,
SCHULDIG, WAHR UND DIREKT, UND SCHLIMMER,
GEHÄNGT AN EIN HÖHERES KREUZ ALS SIE,
DIUREAUS STARB HIER AN ZORNIGEM NEID.

Memor gefiel die Vorstellung, dass Scharfsinn und Witz so tiefe Wurzeln in der Zeit hatten. Wenn die Weisheitsprinzipalin Asenath doch nur etwas davon geerbt hätte. Eine weitere Grabinschrift passte gut zu Memors melancholischer Stimmung:

SIE ERZÄHLTEN MIR, HERADOLIS, VON DEINEM TOD.
EINE TRAURIGE NACHRICHT BRACHTEN SIE MIR,
UND ICH VERGOSS TRÄNEN DER TRAUER.
ICH WEINTE BEI DER ERINNERUNG DARAN, WIE OFT
WIR BEIDE
DIE SONNE MIT UNSEREN GESPRÄCHEN ERMÜDETEN
UND SAHEN, WIE DER JET AM HIMMEL BRANNTE.

Seitdem diese Worte in den Stein gemeißelt worden waren, hatten sich ganze Welten entwickelt, um schließlich Leben zu beherbergen, und andere waren irgendwelchen Katastrophen zum Opfer gefallen. Und doch erwähnte Heradolis den Jet am Himmel!

Ah! Hier war der Eingang; keine Zeit mehr für Grübeleien. *Geh mit stolzem Schritt, den Kopf erhoben …*

Memor hob den Kopf, als sie durch das erhabene Tor der Zitadelle des Gedenkens trat, gefolgt von ihren Bediensteten. Musik begrüßte sie. Wohlgerüche würdigten sie, und sie schnupperte pflichtbewusst, verbeugte sich, sträubte die

Schwanzfedern und zeigte mit ihnen ein anerkennendes Rot. Liebkosendes Leben näherte sich von allen Seiten, streichelte Memors Kopffedern, flüsterte Segnungen und schlüpfrige Komplimente. Ihre Ohren vernahmen leise Einladungen, die große Wonnen versprachen. Dann huschten die Geschöpfe wieder fort. Weitere angenehme Aromen wehten ihr entgegen, aber sie achtete nicht mehr darauf und suchte nach Asenaths Portal.

Von den vielen Gruppen, die sich hier in der Zitadelle herumtrieben, kamen noch mehr sinnloses Geschwätz, Düfte, elektrische Stimulationen und zahlreiche schmeichelnde Grüße. Memor ließ alles unbeachtet, um darauf hinzuweisen, dass sie sich über diesen Unfug erhaben glaubte.

Hohe Befestigungsmauern, mit Blumen geschmückt, ragten wie Klippen vor all den plappernden und schwafelnden Leuten auf, von denen die meisten wegen der Tötungszeremonien hier waren. Sie kannten natürlich das alte Gesetz, das Aufzeichnungen von Bildern und Geräuschen verbot – so etwas wurde mit dem Tod bestraft; sie waren hier, um den entsprechenden Ritualen beizuwohnen. Manche hatten Beobachtungsgläser dabei, weil sie sich keine Einzelheit entgehen lassen wollten, und wirkten sehr aufgeregt. Ihre Stimmen brachten ein sonderbares Verlangen zum Ausdruck, für das Memor kein Wort fand. Sie ging ihnen aus dem Weg.

Die Verwaltungsbüros waren getarnt, um die Unwillkommenen fernzuhalten, was bedeutete: Die im Empfinden Bewanderten – und die vielen anderen, die Nichtbewanderten, die empfanden, ohne zu verstehen – wurden von mattem Licht in düstere Flure gelockt, wo sie einfaches physisches Vergnügen erwartete. Während dort der Körper frohlockte, vergaß der Geist den Grund für den Besuch der Zitadelle, und genau das war Sinn der Sache. Dadurch fielen die Besucher den Verwaltern nicht zur Last.

Sensoren verbargen sich in den tanzenden Bündeln aus Licht, und die Wände wussten, wen sie passieren lassen sollten und wen nicht. Die eingebettete Intelligenz, immer aufmerksam und besonnen, schickte Memor bernsteinfarbene Signale, die ihr den Weg durch halbdunkle Korridore wiesen. Ihre Schritte führten sie an uraltem Fels vorbei und durch ein Sensornetz, das immer wachsam Ausschau hielt. In der Zitadelle kam es häufig zu Veränderungen, aber hier im Alten Bereich war deutlich Macht zu spüren. Der Stein selbst schien voller Weisheit vergangener Epochen zu stecken. Memor seufzte. Hier fühlte sie sich wohl; sie glaubte, hierherzugehören.

Eine stille, delikate Mischung aus Furcht und Fremdartigkeit strömte in ihren Untergeist – sie spürte es mit einem Hauch Genuss. Sie verdrängte dieses Empfinden und konzentrierte sich auf das, was sie erwartete. So wohl sie sich gerade in diesem alten Teil der Zitadelle auch fühlte, er konnte durchaus zum Ort ihrer Hinrichtung werden. Wenn sie nicht leistete, was man von ihr erwartete, wenn sie nicht mit den Primaten zurechtkam, für die sie jetzt voll und ganz verantwortlich war, durfte sie kaum mit Gnade rechnen.

Dennoch blieb in ihrem Denken und Fühlen Platz für die majestätische Erhabenheit dieses Ortes. Natürlich blieb der Untergeist nicht still. Mit der für ihn typischen Verschlagenheit ließ er Worte und Konzepte aufsteigen, die manchmal auch einen Weg zu Mund und Zunge fanden. Sowohl in der klassischen Literatur als auch in den modernen Medien gab es zahlreiche mehr oder weniger komische Beispiele für Untergeister, die sich der Kontrolle entzogen. Memor fühlte den besonderen Eifer ihres Untergeistes und begriff, dass sie noch mehr als sonst auf ihn achtgeben musste. *Viel schwerer zu ergründen.* In der Tat.

Es kam nur selten Dramatik ins Leben eines Astronomen, und dafür war Memor dankbar.

Ah! Das richtige Portal. Memor trat ein und begegnete einigen Astronomen, die sie mit orangefarbenen und smaragdgrünen Federn begrüßten. Hinzu kam ein kurzes Trillern, das über Status Auskunft gab. Köpfe drehten sich. Augen wurden groß. Dumpfe Freundschaftsrufe erklangen. Natürlich war das Maske und Schein, denn alle wussten: Memor war gerufen worden; ein interessantes Spektakel stand bevor. Interesse und Vorfreude leuchteten in den Augen der Astronomen, zeigten sich auch im Farbenspiel des Gefieders.

Memor musste auf das Ende einer Offenbarungszeremonie warten, die voller Inbrunst und Mühe abgelaufen war. Die neue Weibliche, bis vor kurzer Zeit noch männlichen Geschlechts, trat der Gruppe entgegen, die sie willkommen hieß. Vor ihr kniete sie in würdevollem Ernst nieder und blickte sich mit verwundertem Staunen um. Mehrmals blinzelte sie überrascht, während sich ihr Gefieder bewegte und violette Töne der Hoffnung zeigte. Memor erinnerte sich an diese Phase, wenn der Männliche in der eigenen Erinnerung verblasste und sich die neue Sie ausbreitete.

Nach dieser Offenbarung standen der neuen Weiblichen einige schwere Annuale bevor, und schließlich würde sie sich den langfristigen Blick einer Sie aneignen, gleichzeitig aber die Erinnerung an die frische Neugier und den lebhaften Forscherdrang des Männlichen bewahren. Memor konnte nicht anders: Sie stimmte mit ein in den tiefen, freudigen Sopran-Gesang des Willkommens, während von oben hohe Tenor-Resonanzen kamen. Eine festliche, feiernde Melodie entstand und begrüßte das neue Urteilsvermögen und die Anteilnahme-durch-Erfahrung, beides Früchte der Offenbarung. Diese Sie würde schließlich, nach gründlichem Studium der Astrophysik und der Großen Geschichte, Mitglied des Ordens der Astronomen werden. Aus dieser wesentlichen Balance – die eigentlich mehr ein sicherer Tanz war – zwischen männlich und weiblich entsprang schließlich Weisheit.

Memor trat mit langen Schritten vor und nahm den Namen der neuen Sie zur Kenntnis: Zetasa. Im Lauf der Zeit würde Zetasa ihrem Kolloquium ein neues, stabilisierendes Element hinzufügen – eine kluge Methode, vom Volk vor vielen Zwölfjahrtausenden entwickelt. Dies war die grundlegende, altehrwürdige und stabilisierende Wahrheit.

»Memor!«, ertönte Asenaths ernste, tiefe Stimme. »Wir haben uns seit vielen Langzeiten nicht begrüßt.«

Unwahr, aber vielleicht nützlich. »Ich grüße in Anerkennung und möchte mich mit Ihnen über die gegenwärtigen Probleme beraten«, sagte Memor langsam und gab ihren Federn dabei ein helles Gelb. Was bei den anderen ein Zwitschern des Mutmaßens und Spekulierens bewirkte. Wie es die Tradition verlangte, schenkte Memor dem Sopran-Trillern der Vermutungen und Hypothesen keine Beachtung.

»Die noch größer geworden sind, nehme ich an.«

»Ich habe eine Primatin gefangen genommen und lerne viel von ihr«, sagte Memor. »Während wir hier sprechen, sind

Himmelsfische zur Region der Sil unterwegs, um die übrigen Primaten einzufangen oder sie zu töten.«

»Ah! Als Gouverneure müssen wir uns um den Kummer der Schalenschöpfer kümmern, die solche Strafen nicht mögen.« Asenaths Federn zeigten Rot und Gold, brachten damit Sorge zum Ausdruck, aber Memor hielt das für geheuchelt. Etwas anderes bahnte sich an.

»Bitte führen Sie mich«, sagte Memor und überließ der Weisheitsprinzipalin damit die Leitung des Gesprächs, wie es ihrem Rang gebührte.

»Sie haben die Primaten mit neuralen Netzen verhört und uns die Ergebnisse gezeigt. Es sind eukaryotische multizelluläre Bilateria, mit verborgenem Untergeist – faszinierend, zweifellos. Nach Ihrer Einschätzung liegen die Fähigkeiten dieser Geschöpfe unter denen des Volkes und etwas über denen der Aufgenommenen. Dennoch gelingt es ihnen immer wieder, uns zu entkommen, und die Hälfte von ihnen hat inzwischen *die Himmelsschale verlassen.*«

Die Bediensteten schnappten nach Luft, als sie das hörten. *Flucht!* – so lautete ihre wortlose Botschaft. Memor drehte sich halb zur Seite, um die meisten von ihnen vor Asenaths Blick zu verbergen. »Die Entkommenen befinden sich jetzt wieder in ihrem Raumschiff«, fuhr Asenath fort. »Glauben Sie noch immer, dass sie sich in unsere Gemeinschaft integrieren lassen?«

Memor vollführte eine Geste der Demut. »Ich muss mich in aller Form entschuldigen, weil es mir nicht gelang, das Entkommen der Primaten zu verhindern. Ich glaube, ihre besondere Fortbewegungsart – ein kontinuierliches kontrolliertes Fallen – hat im Verlauf ihrer Evolution Improvisationsgeschick gefördert. Sie entwickeln neue Ideen weitaus schneller, als wir es vorhersehen konnten. Ein Beispiel dafür ist der Umstand, dass sie sich mit den Sil verbündeten, bei denen es sich ebenfalls um eine zweibeinige Spezies handelt. Die Primaten erreichten sie mit dem Zug und begannen sofort, mit ihnen gegen unsere Himmelsfische zu kämpfen. Wie dieses Bündnis so schnell entstehen konnte, bleibt unklar. Vielleicht gibt es bei Zweibeinern ein Spezies-Signal, das wir bisher übersehen haben.«

»Ich nehme an, die Primaten haben sich auf einer aggressiveren, kämpferischeren Welt entwickelt.«

»Sie ... schlagen also Ausmerzung vor?«

Asenath begriff, dass sie sich zu einer schnellen Schlussfolgerung hatte verleiten lassen, und das war immer ein Fehler. »Vielleicht nicht sofort. Das Raumschiff der Primaten weist einige interessante technische Merkmale auf. Ich und andere sind der Ansicht, dass eine genauere Untersuchung nützlich sein könnte.«

»Ah, klug. Vielleicht eine Konsultation?« Memor deutete in einen Sprechgang, und Asenath antwortete mit zustimmenden Federfarben. Als sie den Sprechgang betreten hatten, wo ein warmes grünes Glühen von den Wänden kam, legte Memor hinter ihnen den blauen Schallmantel aus.

»Ich wollte in Anwesenheit der anderen nicht auf unsere weiterhin bestehenden Schwierigkeiten mit dem Jet hinweisen«, sagte Memor.

»Glauben Sie, die Primaten könnten uns dabei helfen?« Asenaths Halsfedern zeigten Skepsis.

»Sie sind einfallsreich ...«

»Sie glauben doch nicht etwa, dass wir ihnen erlauben könnten, das Heiligste und Wichtigste der Himmelsschale zu berühren!«

»Ich wollte nur ...«

»Viele Angehörige des Volkes hielten allein die Idee für Häresie.« Memor fühlte Asenaths Blick. Die Weisheitsprinzipalin ließ ihre Federn ruhen, gab durch nichts zu verstehen, was sie fühlte oder dachte. »Ich gehöre vielleicht dazu.«

Gefahr lauerte hier. Das Farbenspiel kehrte in Asenaths Federn zurück, zeigte erst rosarote und grünliche Töne, dann eine Mischung aus Grau und ernstem Blau. Die Federn raschelten auch, was fast bedrohlich klang. Asenath konnte vieles für Verrat halten, und manches davon war für Memor schwer zu durchschauen. Vielleicht war es besser, das eigene Versagen einzugestehen, schnell und ohne Vorbehalte.

»Ich erwähne diese Möglichkeit nur, weil meinem eigenen knappen Entkommen beim Angriff von Primaten und Sil auf meinen Himmelsfisch wesentliche Bedeutung zukam. Ich hatte erfahren, dass die Primaten imstande waren, innerhalb kürzester Zeit den Umgang mit den Waffen der Sil zu lernen. Unsere Angriffsgruppen mussten darüber informiert werden. Die Primaten agieren schnell und sind unberechenbar. Darüber wollte ich selbst Bericht erstatten ...«

»Ihr Tod durch die Primaten wäre Bericht genug gewesen«, erwiderte Asenath lakonisch.

Memor ließ sich davon nicht beeindrucken. »Ich habe Daten mitgebracht, Weisheitsprinzipalin, die zeigen ...«

»Die zeigen, dass die Letzten Eindringlinge impulsiv, unstet, sprunghaft und launisch sind. Und ja, das sind Eigenschaften, die wir unterdrückt haben, um die Himmelsschale zu erhalten. Aber jetzt schlagen Sie vor, eben diese Letzten Eindringlinge zu *benutzen*, um …«

»Nein, nein! Ich will sie nicht benutzen. Ich dachte nur, dass sie uns vielleicht neue Technik zeigen und von einer Welt erzählen können, die wir nicht kennen, die wir nie besucht haben.«

»Und dann?«

»Wenn sie nicht zu Aufgenommenen unserer Gemeinschaft werden können, müssen wir sie und ihr Schiff eliminieren.«

Asenath sträubte einige ihrer Federn und fügte ein skeptisches Rot am Hals hinzu. »Ich muss sagen, Aufmerksame Anwesende Astronomin, dass Sie sich hier in diesen Räumen wacker schlagen, viel besser als auf dem Schlachtfeld.«

»Der Himmelsfisch unterstand nicht meinem Befehl!«

»Ich habe etwas anderes gehört …«

Zu spät erinnerte sich Memor daran, dem Kommandanten des Himmelsfisches Anweisungen erteilt zu haben. Sie war von den Kanonen der Sil genervt gewesen, die auf das lebende Luftschiff gefeuert hatten, und sie erinnerte sich an Panik, noch vor dem Aufbrechen der Wasserstoffkammern. Nur ihrer Reaktionsschnelligkeit hatte sie es verdankt, rechtzeitig mit einer Rettungskapsel aufgebrochen zu sein. Die Worte, mit denen sie den Kommandanten verlassen hatte, lauteten: *Es wird keine weiteren Dispute zwischen uns geben. Ich suche jetzt meine Rettungskapsel auf.* Der ironische Ton hatte dem Kommandanten natürlich nicht gefallen. Memor war gegangen, ohne ihn eines weiteren Blickes zu würdigen. Er hatte das Ende gefunden, das er verdiente.

Memor war noch nicht sehr weit von dem großen Himmelsschiff entfernt gewesen, als ein Artilleriegeschoss der Sil die instabil gewordene Wand einer Wasserstoffkammer durchschlagen hatte und explodiert war – vermutlich ein Glückstreffer. Der Wasserstoff hatte sich entzündet, und ein gewaltiger Feuerball war entstanden. Die Druckwelle war so stark gewesen, dass sie fast den Absturz von Memors Rettungskapsel zur Folge gehabt hätte. Sie erinnerte sich an den gequälten Schrei des sterbenden Himmelsfischs.

Memor begriff plötzlich, dass sie schon seit einer ganzen Weile schwieg, tief in Erinnerungen versunken; ihr Untergeist hatte noch keine Gelegenheit gehabt, jene Ereignisse zu verarbeiten. Aber dies war nicht der geeignete Zeitpunkt, über Vergangenes nachzudenken. »Ich habe dem Kommandanten in der Hitze des Gefechts einige Vorschläge gemacht.«

»Das Gefecht wurde noch hitziger, als Sie den Himmelsfisch verließen«, sagte Asenath knapp und kniff die Augen zusammen.

»Wenn ich an Bord geblieben wäre, hätten Sie nicht so ausführlich von der Konfrontation erfahren.«

»Ihnen ist klar, dass Sie bereits in Ungnade sind?«

»Ich weiß, dass meine Anstrengungen nicht überall Anerkennung genießen. Es ist schwer, auf einer Basis der Vernunft mit den Primaten zu verfahren, denn in ihren geistigen Strukturen gibt es primitive Aspekte, mit denen wir es schon lange nicht mehr zu tun hatten.«

»Wenigstens haben Sie ein Mitglied der Gruppe gefangen, der die Flucht gelang. Doch bei den anderen gibt es zwei Gruppen: Individuen, die sich nie in unserer Gefangenschaft befanden, irgendwo bei den Sil; und die anderen, die die Himmelsschale inzwischen verlassen haben und wieder an Bord ihres Schiffes sind. Dieser letzte Punkt ist besonders bedauerlich. Das Schiff manövriert dicht unterhalb des Schussfelds unserer Gammastrahlenkanonen am Rand.«

»Ja, sehr bedauerlich.« Memor präsentierte reuiges Bernsteinbraun, zusammen mit einem entschuldigenden bläulichen Grau. Außerdem zeigte sie durch einige Bewegungen ihrer Federn, dass ihr dies alles sehr leidtat. »Mir ist aufgefallen, dass unsere Verteidigungsanlagen nicht in der Lage sind, auf Ziele innerhalb der Himmelsschale zu schießen. Diese Entscheidung wurde vor langer Zeit getroffen, von den Alten, nach der Maxer-Rebellion.«

»Ihre historischen Kenntnisse sind korrekt. Unglücklicherweise wurde die Maxer-Bewegung damals nicht vollständig ausgelöscht, und der Fehler in unserer Verteidigung, den Sie gerade erwähnt haben, könnte ihren Resten zum Vorteil gereichen.«

»Das wusste ich nicht!« Memor brauchte ihre Überraschung nicht vorzutäuschen. Ein Fehler in der Verteidigung, zum denkbar schlechtesten Zeitpunkt, während sich die Letzten Eindringlinge ungehindert herumtrieben.

»Es betrifft nicht Sie, Memor. Konzentrieren Sie sich auf die Letzten Eindringlinge.«

»Sie meinen, ich soll sie fangen und töten?« Das wäre am besten gewesen und hätte Memor aus dem Rampenlicht gebracht. Obwohl sie den Verlust der Primaten bedauert hätte, denn ihre Seltsamkeiten waren faszinierend.

»Nein! Zuvor habe ich dazu geneigt, das Problem auf diese Weise zu lösen, aber es hat sich Neues ergeben. Um zu verstehen und die Sache geheim zu halten, müssen wir die Gewölbe aufsuchen.«

Memor fühlte, wie Unbehagen aus ihrem Untergeist aufstieg. Ernste Angelegenheiten betrafen jene, die Rat in den Gewölben suchten. »Aber warum?«

»Das müssen Sie Unajiuhanah fragen, Hüterin der Gewölbebibliothek.«

Dies war rätselhaft, und Furcht erfasste Memor.

14

Über Unajiuhanah erzählte man sich eine alte Geschichte. Darin hieß es, dass sie bei öffentlichen Anlässen gern die Lieder der Alten sang, selbst bei Begräbnissen. Wenn man sie fragte, ob sie bei der letzten wichtigen Bestattung zugegen gewesen war, und wenn ihre Antwort »Nein« lautete, so hieß es: »Dann war es ein gnädiges Begräbnis.«

»Komplimente für Sie, Asenath«, sagte Unajiuhanah, und ihre Federn zeigten ein grüßendes Grau und Violett. Die Hüterin trug das Große Siegel der Gewölbe, mit einem weißen Fleck für die Alte Schrift, die inzwischen nicht mehr entziffert werden konnte und als Symbol für die große, lange Vergangenheit galt.

Asenath wollte Memor vorstellen, was sich jedoch als unnötig erwies. Unajiuhanah schien Bescheid zu wissen und wollte offenbar keine Zeit verlieren.

»Memor«, sagte sie, »ich kenne Ihre Vorfahren und bin der Meinung, dass Ihnen Nachsicht gebührt. Immerhin lebe ich, weil sich ein gewisses SieVolk vor vielen Generationen erhob und gegen einen Aufstand kämpfte, der fast zu einem Umsturz in diesen Gewölben geführt hätte. Das VorVolk steht jetzt hier, von einem kleinen genetischen Anteil repräsentiert – von Ihnen, Memor.«

»Ich bin sehr dankbar«, sagte sie, gab ihren Federn einen rötlichen Ton und reckte ihren Hals ein wenig.

»Ich habe eine Überraschung für Sie, vielleicht eine Hilfe bei Ihren Beratungen. Hier ist Ihr anderes Selbst.«

Unajiuhanah zögerte kurz, bevor sie die Stimme hob und rief: »Treten Sie vor, Bemor.«

Der Name warf Memor zurück in ihre Kindheit. Ihr Blick erfasste den etwas plumpen alten Männlichen, der in gewisser Weise – sie atmete schwerer – sie selbst war, zumindest in genetischer Hinsicht. *Bemor! Verlorener Bruder!* Sie waren voneinander getrennt worden, lange Zeit vor Memors Offenbarung.

»Bruder!«, rief Memor, denn das war er noch immer, ein Bruder. Er hatte nicht die Offenbarung erfahren, durch die Memor zu einer Weiblichen geworden war.

»Ich habe es für besser gehalten, Sie beide mit dieser Begegnung zu überraschen, denn sonst hätten Sie vielleicht versucht, ihr auszuweichen.« Unajiuhanahs Federfarben zeigten Erheiterung; dies schien ihr zu gefallen.

»Ich beglückwünsche dich zu der Turbine deines Intellekts«, sagte Bemor. »Ich habe deine Berichte gespürt. Sie sind komplex und tiefsinnig.«

»Gespürt?« Memor begriff plötzlich: Die routinemäßigen Sondierungen ihres Gesamtbewusstseins waren offenbar nicht privat geblieben. Normalerweise wurden die Daten nicht weitergeleitet, es sei denn, es ging um eine sicherheitskritische Angelegenheit.

»Sie sind auch sehr unterhaltsam«, fuhr Bemor fort. »Du erinnerst dich gut, und dein Untergeist ist erkenntnisreich. Die Tatsachen, denen du dich allein gestellt hast, sind sehr dramatisch. Solche Geschöpfe wie die Letzten Eindringlinge hätte ich mir kaum vorstellen können. Welch ein Eifer!«

»Du meinst ... ihre Flucht?«

»Nein, ich meine ihr Geschick, das wir gut gebrauchen könnten.«

Memor war sicher, dass *Turbine deines Intellekts* ironisch gemeint war, und sie vermied es, Unajiuhanahs Aufmerksamkeit darauf zu lenken. »Wenn wir sie aufnehmen können ...«

»Ich fürchte, das ist nicht möglich. Als Spezies sind sie zu instabil. Sie können besser für unsere größere Mission verwendet werden.«

Das war neu. Es ging über die uralten Maximen der Astronomen hinaus, und auch über die Grundsätze aller anderen Kasten. *Für unsere größere Mission?* Memor wusste, dass sie eigentlich schockiert sein sollte, aber dafür blieb jetzt keine Zeit. »Ich habe unter Asenaths Leitung versucht, die Aktivitäten der Letzten Eindringlinge einzugrenzen.«

Bemor schob diesen Einwand mit grünen und meerblauen Federfarben beiseite. »Diese Anweisungen gelten jetzt nicht mehr. Es gibt neue Weisheit. Von den Sternen fällt sie auf uns.«

Memor begnügte sich mit einer knappen Federgeste und überließ die Führung des Gesprächs Asenath. Sie musste noch immer die Überraschung verarbeiten, ihrem Fast-Selbst gegenüberzustehen und den Weg zu sehen, den sie eingeschlagen hätte, wenn sie ein Männlicher geblieben wäre. Bemor neigte offenbar zu einer direkten, sogar brüsken Ausdrucksweise, ohne sich mit Diplomatie und Höflichkeit aufzuhalten. Typisch männlich.

»Ich habe Weisheitsprinzipalin Asenath erklärt, dass ich gegen die Sil vorgehen musste, bei denen die Primaten Unterschlupf fanden. Es gelang ihnen, unseren Himmelsfisch mit einfachen Kanonen tödlich zu verletzen. Ich …«

»Du bist geflohen, und das war auch richtig so.« Bemor bewegte die großen Füße wie in einem schwachen Echo des Willkommenstanzes – *um dem, was jetzt kommt, die Schärfe zu nehmen?* »Der Einfallsreichtum der Primaten verband sich nichtlinear mit der Raffinesse der Sil, die immer sehr geschickt, aber auch lästig gewesen sind.«

»Eine weitere Destabilisierung«, fügte Asenath hinzu. Dann wich sie ein wenig zurück, als wollte sie es den Zwillingen überlassen, das neue Gleichgewicht zwischen ihnen für Erkenntnisse zu nutzen. Unajiuhanah folgte ihrem Beispiel nach einer kurzen Verbeugung. Memor erkannte, dass dieses Treffen Informationen freigeben sollte, auf eine Art und Weise, die das ständige Ringen um Position in der Hierarchie der Astronomen nutzte, und auch bei den Hütern der Gewölbe, die die ältesten Aufzeichnungen verwahrten und ihnen Neues hinzufügten.

Memor beschloss, sofort zur Sache zu kommen. »Welche neuen Weisheiten dringen auf uns ein?« Sie wählte eine alte Ausdrucksweise, von der es hieß, dass sie von den Erbauern stammte. Ob das stimmte, wusste niemand; es lag zu viele Äonen zurück.

»Wir wissen mehr über die Gravitationswellen und ihren wahren Ursprung«, sagte Bemor.

»Wenn ich mich richtig erinnere, kommen sie von Glory oder von einem Ort weit dahinter«, sagte Memor. Dies war schon vor ihrer Geburt bekannt gewesen.

»Nein, nicht dahinter«, erwiderte Bemor. »Der Ursprung befindet sich im Sonnensystem von Glory.«

»Besteht nicht die Möglichkeit, dass die Gravitationswellen nur den Anschein erwecken, von dort zu kommen? Von uns aus gesehen befindet sich die Quelle an derselben Himmelsstelle, aber vielleicht ist sie in Wirklichkeit viel weiter entfernt.«

»Das kommt der Realität nicht einmal nahe. Offenbar ist deine frühe Ausbildung Zeitvergeudung gewesen.«

Memor erkannte diese Spöttelei als einen Seitenhieb auf ihren früheren Rang in der strengen Statusreihenfolge der Erwählten bei den präastronomischen Prüfungen. Mit der Hypermathematik war sie nie gut zurechtgekommen, und Bemor hatte sie immer wieder daran erinnert. Aber heute wusste sie mehr als damals.

»So große Massen können unmöglich in der Nähe eines Sonnensystems existieren. Sie würden die Umlaufbahnen aller Planeten destabilisieren ...«

»Nein, das muss inzwischen als unwahr gelten. Die Fakten behaupten etwas anderes. Wir haben von unseren Netz-Handelspartnern gehört.«

»Was können sie ...?«

Bemors Federn zeigten Genugtuung, aber in seiner Stimme lag allein Sachlichkeit. »Vielleicht erinnerst du dich daran, dass wir unsere Handelspartner vor einigen Annualen gebeten haben, Gravitationswellendetektoren auf Glory zu richten. Dieser Bitte sind sie nachgekommen, und durch günstige Handelsvereinbarungen haben wir die entsprechenden Daten bekommen.«

Memor fragte sich, was dies alles bedeutete. »Das wusste ich nicht. Waren die Daten teuer?«

Bemor ähnelte ihr so sehr, dass es Memor leichtfiel, die schnell wechselnden Farben seines Gefieders zu interpretieren. Es waren überwiegend blaue Töne, die hier und dort in ein schimmerndes Indigo übergingen – sie verrieten die Neigung zu Angeberei.

Asenaths Halsfedern verfärbten sich rosarot und gaben damit ein ironisches Signal. Memor begriff, dass sie nun das erlebte, was Eingeweihte *Status Opera* nannten, das einzige wahre Spiel der Macht in einer sozialen Struktur, die um der Stabilität der Himmelsschale willen statisch bleiben musste. Man ringe um Position, ja, aber vorsichtig und mit Geschick, denn das System muss erhalten bleiben, das ist wichtiger als alles andere.

Bemor war in seinem Element, und deshalb ließ er sich Zeit. »Ich habe drei andere Partner des Galaktischen Netzes konsultiert. Einer von ihnen wusste nichts von Gravitationswellen und wie man sie entdeckt. Die Technik der anderen, die darüber Bescheid wussten, war den Erwartungen gemäß nicht so hoch entwickelt wie unsere.«

Bemor sprach ruhig, fast in einem beiläufigen Plauderton, winkte dabei kurz mit einem Flügel. Eine kluge Einleitung für etwas Wichtiges. Memor wusste diese Methode zu schätzen; sie machte selbst Gebrauch davon. Immerhin waren sie Zwillinge ... Allerdings zeigte Bemor dabei mehr Schwung und schien zu glauben, damit den Wünschen seines Publikums zu entsprechen.

»Ich musste wertvolle Kunst und Wissenschaft anbieten, um die Kooperation der Partner zu erreichen«, sagte Bemor. »Wir tauschen und erlangen, natürlich über viele Annualen hinweg. Ich habe eine aussagekräftige Handelssprache entwickelt, um unsere Wünsche zu beschreiben, und greife auf die künstliche Intelligenz zurück, die wir vor langer Zeit in jenen Gesellschaften installiert haben.«

Hier war Memor im Nachteil, denn sie hatte kaum Informationen über die Begegnungen der Vergangenheit. Sie wusste, dass die Alten es für richtig gehalten hatten, künstliche Intelligenz in Form von geschütztem Code zu fernen Welten zu schicken. Interstellarer Handel über große Entfernungen hinweg ergab nur dann einen Sinn, wenn Wissen – Kunst, Wissenschaft, Technik, das Äquivalent von Patenten – gegen etwas von Wert eingetauscht werden konnte. Um einen solchen Markt zu schaffen und zu verwalten, verhandelten künstliche Intelligenzen miteinander, und zwar innerhalb von Sicherheitszonen, die man »Geistprovinzen« nannte. Komplexe Protokolle gewährleisteten, dass keine künstliche Intelligenz eine solche Geistprovinz verlassen konnte. Innerhalb der Provinzen durfte sich ihr Code frei entfalten, ohne dass die Gefahr einer Kontamination bestand. Diese Vorgehensweise schützte die Geheimnisse der Himmelsschale vor fremden Zivilisationen und die lokale Infosphäre vor ihren KI-Gesandten.

»Ich habe die beiden fernen Welten aus zwei Gründen gewählt«, sagte Bemor. »Sie mussten ein ganzes Stück von unserem gegenwärtigen Kurs entfernt sein, um Triangulation in Bezug auf Glory zu ermöglichen. Anschließend ...«

»Haben Sie die Daten mit doppelter Verschlüsselung gesendet?«, fragte Asenath. »Sind Sie sicher, dass die Signatur der Gravitationswellen ausreichend geschützt war?«

»Ich habe eine entsprechende Bestätigung von unserer KI erhalten, noch bevor die betreffenden Handelspartner den Empfang quittierten.«

»Was bedeutet das? Haben die Partner darüber nachgedacht und vielleicht Untersuchungen angestellt, bevor sie uns eine Mitteilung schickten?«

Bemor ließ sich von den Zwischenfragen nicht aus der Ruhe bringen; sie schienen ihn zu amüsieren. »Vorsicht ist immer lobenswert, finden Sie nicht? Die erste Antwort kam von einer insektoiden Zivilisation, die offenbar versessen darauf ist, neues astronomisches Wissen zu erwerben. Sie begann sofort mit dem Bau der notwendigen Detektoren.«

»Wie weit ist sie entfernt?«

»Über zwölf hoch zwei Lichtannuale, weit abseits unserer Flugbahn. Die zweite Antwort kam aus ähnlicher Entfernung, aber einer ganz anderen Richtung. Wir bezahlten das betreffende Volk mit technologischen Kenntnissen, auf der Grundlage unserer bisherigen Erfahrungen. Das dortige Banksystem hat die Zahlung verzeichnet; wir haben eine entsprechende Bestätigung erhalten. Kurze Zeit später meldete sich eine dritte Zivilisation und signalisierte ebenfalls Bereitschaft.«

Bemor ließ vor ihnen eine Projektion entstehen, die das Raumgebiet zeigte, durch das die Himmelsschale flog. Die drei Sterne der Partner-Zivilisationen leuchteten mit recht großen Abständen zwischen ihnen und der Himmelsschale. Eingeblendete Daten wiesen auf KI-Transaktionen zwischen den Sonnensystemen und auch der Schale hin.

»Unsere Handelspartner machten sich also an die Arbeit ...«

»Sie bauten Gravitationswellendetektoren, nahmen Messungen vor und stellten fest, dass die Wellen eindeutig aus dem Sonnensystem vor uns kommen, aus dem Glory-System.«

»Vermutlich sammeln unsere KI-Repräsentanten Informationen über die jeweilige Gastzivilisation und erstatten Bericht. Welche Meinung hat man auf den betreffenden Welten bezüglich der Gravitationswellen?«

Bemors Gefieder zeigte einen magentafarbenen Ton, was auf Zufriedenheit hindeutete. Memor verstand die wortlose Botschaft ihres Bruders. Sie lautete: *Ich verstehe! Du siehst voraus und erkennst, was kommt.* »Sie haben die langen Wellenlängen und ihre Resonanzen analysiert. Dabei gelangten sie zu dem Schluss, dass die Gravitationswellen ... *Mitteilungen* enthalten.«

Asenath schnappte nach Luft. »Und woraus bestehen diese Mitteilungen?«

Bemors Freude verschwand; die Federn an seinem Hals lagen plötzlich flach. »Das wissen wir nicht. Offenbar sind die Nachrichten verschlüsselt.«

Memor fühlte Ehrfurcht, jenes Gefühl, das Furcht mit Staunen vereinte und nur selten ein ruhiges, geregeltes Leben heimsuchte. Wie eine Flutwelle kam dieses Empfinden und schwappte über sie hinweg. »Die Übermittlung codierter Nachrichten, indem mit der Bewegung großer Massen Gravitationswellen erzeugt werden? Das ist ...« Sie wollte *unmöglich* sagen, wählte aber ein anderes Wort. »... in höchstem Maße unwahrscheinlich.«

»Wir nähern uns einem fremdartigen und vielleicht sehr gefährlichen Phänomen«, sagte Asenath. »Glory scheint harmlos zu sein, aber aus irgendeinem Grund kommen von dort Gravitationswellen. Auch die entkommenen Primaten sind dorthin unterwegs. Oder waren es, bevor sie entschieden, auf der Himmelsschale zu landen. Sie scheinen ... ehrgeizig zu sein«, fügte sie mit einer Federgeste hinzu, die ihrem Unbehagen Ausdruck verlieh.

Memor beschloss, nicht darauf einzugehen. »Sie sind geschickt und können uns vielleicht von Nutzen sein.«

Unajiuhanah, die bisher geschwiegen hatte, schlug mit den Flügeln und sagte: »Ihr Wortduell gefällt mir, aber es geht hier um größere Angelegenheiten als nur um Sie beide.« Sie wandte sich mit einem Nicken an Asenath. »Und zwar um unsere Mission.«

»Die Glorianer, wie wir sie nennen, haben uns elektromagnetische Signale geschickt«, sagte Asenath.

»Für uns bestimmt?«, fragte Unajiuhanah.

»Ich ... nehme an«, erwiderte Asenath unsicher.

»Was die räumlichen Koordinaten betrifft, gibt es keinen Unterschied zwischen der Himmelsschale und dem Raumschiff der Primaten«, sagte Bemor. »Das mag den Inhalt der Nachricht erklären.«

»Woraus besteht er?«, fragte Memor ungeduldig.

»Aus Bildern«, sagte Unajiuhanah. »Aus primitiven Bildern, wie sie von Angehörigen einfacher Kulturen zum Beispiel an Höhlenwände gemalt wurden. Mit dem einen Unterschied, dass sich diese Bilder bewegen. Sie zeigen Gewalt, oft von einer Art, wie sie physisch kaum möglich ist.«

Stille.

»Ich würde gern wissen, ob diese grässlichen Bilder codierte Botschaften enthalten«, fuhr Unajiuhanah fort. »Wie tief muss eine Kultur gesunken sein, wenn sie solche Kommunikationsmittel für adäquat hält?«

»Wesen, die imstande sind, große Massen zu manipulieren und mit ihnen Gravitationswellen zu erzeugen, können nicht primitiv sein«, sagte Bemor. »Darauf weisen alle unsere bisherigen Informationen über kulturelle Evolution hin.«

»Das würde ich gern glauben«, erwiderte Unajiuhanah.

»Vielleicht ...« Memor zögerte. »Vielleicht haben wir die falschen Schlüsse gezogen.«

»Wie meinen Sie das?«, fragte Asenath und sträubte verärgert das Gefieder.

»Angenommen, die Signale sind gar nicht für uns oder die Letzten Eindringlinge bestimmt.« Memor stellte sich die Blickrichtung vor: Glory, die Himmelsschale und das fremde Raumschiff über ihr ... und weiter hinten, in unbekannter Entfernung ... »Vielleicht sind die von den Glorianern gesendeten Bilder als Warnung gedacht und ... an die Heimatwelt der Primaten gerichtet.«

»Aber dann ...« Bemor zögerte. Die Federn an seinem linken Flügel bewegten sich, ein Zeichen der Bestürzung.

Es hilft, über ein bisschen Fantasie zu verfügen, dachte Memor. Die Erkenntnis kam aus ihrem Untergeist, hatte dort wortlos gewartet. Unzufriedenheit regte sich tief in ihr, wurzelte in aufgestautem Wissen, das Ausdruck verlangte. Sorge stieg in ihr auf, doch Memor drängte sie zurück, blieb ganz auf den Moment konzentriert. Sie hatte ein verbales Duell mit ihrem Bruder geführt, und hier bot sich ihr die Möglichkeit, ihm gegenüber einen Vorteil zu erringen.

Nicht ohne ein gewisses Vergnügen sagte Memor: »Die Glorianer fürchten sich nicht vor uns, sondern vor den Letzten Eindringlingen.«

VIERTER TEIL

SUPERMAN-MISSION

»Es gibt kein größeres Versagen als den Erfolg, denn wir lernen nichts daraus. Das Einzige, woraus wir jemals gelernt haben, ist Scheitern. Erfolg bestätigt nur unseren Aberglauben.«

KENNETH BOULDING

15

Es war möglich, irdische Schwerkraft an Bord der *SunSeeker* zu simulieren: Man musste nur in die Richtung joggen, in die das Deck rotierte. Beth lief langsam, auf weichem Boden, und atmete die kühle Luft, die immer ein bisschen nach Öl zu riechen schien. Nach einer Stunde fühlte sie sich besser. Ihr Körper wusste die Rückkehr zur gewohnten Gravitation zu schätzen; sie gab ihm das Gefühl, dass alles in Ordnung war, dass die Dinge an ihren rechten Platz rückten. Wenn Beth in dieselbe Richtung lief, in die das Deck rotierte, erhöhte sie die Rotationsgeschwindigkeit und damit auch ihr scheinbares Gewicht. Schließlich machte sie kehrt und lief schneller als vorher, wodurch sich ihr Gewicht reduzierte. Sie schwebte fast, kam sich wie ein verschwitzter Engel vor, dessen Füße den Boden kaum berührten. In Shorts und schweißnassem T-Shirt lief sie um den äußeren Habitatbereich und trat dann zufrieden und erleichtert unter die Dusche.

Die Dusche neben der ihren wurde aufgedreht. Beth spähte um die Ecke und sah eine Fingerschlange, die sich im herabströmenden Wasser wand.

»Phoshtha?«

»Hallo, Beth. Dieser Apparat ist herrlich.« Die dünne, glatte Stimme passte zum flinken Blick des Schlangenwesens.

»Ja, aber benutze ihn nicht zu oft. Wir können das Wasser nicht schnell genug recyceln.« Beth wich in ihre Duschkabine zurück und lächelte. Die Fingerschlangen hatten keinen sehr ausgeprägten Sinn für Privatsphäre.

Sie beendet ihre Körperpflege, erfüllt von angenehmer Ruhe. Die Bewegung hatte ihr inneren Frieden gebracht, und jetzt war sie bereit für Redwing. Vielleicht.

Zehn Minuten später klopfte sie an seine Tür. Er saß an seinem Schreibtisch, ließ ihr dadurch mehr Platz in der kleinen Kabine. Das Wanddisplay zeigte die ständig vorbeistreichenden Landschaften der Schalenwelt; derzeit waren es niedrige Berge in einer Region mit geringer Schwerkraft; darüber schwebten flaumige Wolken. Beth erinnerte sich daran, solche Wolken von unten gesehen zu haben, während sie sich an lianenartigen Fasersträngen durch einen urwüchsigen Wald geschwungen hatte. Die Wolken, die von hier oben aus so klein wirkten, waren fast so groß wie die gesamte Atmosphäre der Erde. Vom Boden aus ähnelten sie gewaltigen weißen Gebirgen, die weit, weit aufragten.

»Ich hoffe, jetzt geht es dir besser.« Redwing stand auf, um ihr die Hand zu schütteln, was ungewöhnlich für ihn war. »Dort unten hast du Großartiges geleistet. Ich würde gern deine Eindrücke hören.«

»Vielleicht wäre es besser, wenn die ganze Gruppe zusammenkäme …«

»Der Einsatzleiter erstattet immer zuerst Bericht.« Redwing lächelte bei diesen Worten, aber Beth wusste, dass er es vollkommen ernst meinte.

»Oh.« *Wir sind wieder in der Navy, ja, Sir.*

»Bevor wir in die Einzelheiten gehen, möchte ich von dir wissen, wie es ganz allgemein war, dort unten zu sein.«

Nach den Fragen der übrigen Crewmitglieder hatte Beth mit so etwas gerechnet. Über Monate hinweg waren Redwing und die anderen an Bord des Raumschiffs eingesperrt gewesen, in einer kleinen, engen künstlichen Welt, während sie eine weitaus größere künstliche Welt beobachtet hatte, eine, auf der gewiss kein Mangel an Platz herrschte.

Es fiel Beth schwer, ihre Erfahrungen in Worte zu fassen. Staunen, Schrecken, Entbehrungen, Erschöpfung und die Furcht, sich drohendem Tod gegenüberzusehen, wenn man nach unruhigem Schlaf die Augen wieder öffnete ...

»Die Schalenwelt ist eine sorgfältig geplante Wildnis. Man kann über Tage hinweg glauben, sich auf der Oberfläche eines Planeten zu befinden, nicht auf der einer gewaltigen künstlichen Welt. Der Stern ist immer da, und nach einer Weile hasst man ihn, selbst wenn man gelernt hat, im Schatten und in der Hitze zu schlafen. Dunkelheit ... Du ahnst nicht, zu welchem Luxus es werden kann, *das Licht auszuschalten*. Und der Jet ... Er ist wie eine riesige leuchtende Schlange, die sich am Himmel windet. Wir sind immer auf der Flucht gewesen, haben ständig über die Schulter geschaut, um zu sehen, ob uns etwas auf den Fersen ist, das uns fressen will. Tagelang ohne Bad, manchmal sogar ganz ohne Wasser. Und man spürt, wie die Schritte leichter werden, weil man abnimmt, ohne es zu wollen. Manchmal wurde der Hunger so stark, dass wir kaum noch an etwas anderes denken konnten ...«

Beth unterbrach sich. Bei den anderen Crewmitgliedern hatte sie sich zurückhalten können, aber hier, bei Redwing ...

Sie begriff plötzlich: Sein Lächeln, sein interessiertes Nicken, während sie sprach – irgendwie hatte er sie dazu gebracht, ganz offen von ihren Erlebnissen zu erzählen. *Wie hat er das gemacht?* Vielleicht lernte man so etwas als Kommandant eines Raumschiffs, das über einer künstlichen Welt manövrierte, die so groß war wie viele Welten zusammengenommen?

»Ich glaube, ich kann mir vorstellen, wie es gewesen ist«, sagte Redwing, und sein Blick ging in die Ferne. »Man kann dem Albtraum, der einen nachts um vier aus dem Schlaf reißt, nicht entkommen, weil er immer wieder zurückkehrt.«

Dies war ein verblüffender Moment, mit dem Beth nicht gerechnet hatte. Hier war ein Mann, der große Verantwortung trug, aber als Captain an Bord des Schiffes festsaß und nicht selbst aufbrechen konnte, um die Schalenwelt zu erforschen.

Beth saß aufrecht und lächelte unverbindlich. »Meine Mutter sagte oft: Wirklich glücklich ist jemand, der die Szenerie während eines Umwegs bewundern kann.«

Redwing lachte laut und herzhaft. »Nicht schlecht! Und ja, diese ganze Sache ist ein großer Umweg für uns.«

Der letzte Satz kam aus dem Nichts, mit einem starken Unterton des Bedauerns. Redwing lehnte sich zurück, und sein Blick glitt zum Wanddisplay, das noch immer die lange Bergkette zeigte, die sich am Blau eines Meeres entlangzog.

Er gibt diesem Gespräch genau die richtige Geschwindigkeit, dachte Beth. *Er lässt es atmen.*

Der Blick seiner blauen Augen kehrte zu ihr zurück. »Erzähl mir vom ... Essen.«

Für einen langen Moment hielt sie den Atem an und dachte an die Mahlzeiten im Speiseraum, die ihr nach der Zeit auf der Schalenwelt so wundervoll erschienen waren, aber nach einer Weile kaum in Erinnerung blieben, weil ihnen der Geschmack fehlte. »Ich ... Es gab Wesen in den Bäumen, die wir erlegen konnten, wenn uns keine Wahl blieb. Affenartige Tiere in der Region mit geringer Schwerkraft. Ihr Fleisch war recht zäh, aber wenn man tagelang nichts anderes zu essen hatte als dickblättriges Gras ... Dann wurde eine Köstlichkeit daraus.«

»Und ihr konntet es verdauen?«

»Überraschenderweise ja. Natürlich hatten wir unsere Biotech-Injektionen und eine Handvoll Pillen, wegen der Proteinkompatibilität und so weiter. Das half, als die Vogel-Leute damit begannen, uns Nahrung zu geben. Zuerst blieben wir bei unseren Rationen, aber dann musste ich die lebenden Tiere zubereiten, die sie uns gaben ...«

»*Lebende* Tiere?«

»Ja. Die Vogel-Leute waren so klug, die Zubereitung uns zu überlassen, und sie behielten uns dabei aufmerksam im Auge. Wir töteten die Tiere mit unseren Lasern. Einige haben wir gekocht, zusammen mit Kräutern. Später, auf der Flucht, haben wir manchmal rohen Fisch gegessen.«

»Vermutlich nicht besonders angenehm. Kein Wunder, dass ihr alle Gewicht verloren habt.«

»Wir mussten uns von dem ernähren, was wir fanden: getrocknete Würmer; ameisenartige Geschöpfe, die in der geringen Schwerkraft groß wie Hunde wurden; gebratene Skorpione mit zwei Schwänzen ... Der Kopf war ziemlich bitter, aber ich habe ihn trotzdem gegessen, um zu überleben.«

Redwing lächelte erneut. »Danke, Beth.«

Sie blinzelte. *Wofür bedankt er sich?* Dann fiel es ihr ein. Das Essen erschien ihm so eklig, dass er sich etwas weniger wünschte, selbst auf der Schalenwelt gewesen zu sein. Und er hatte ihr geholfen, einen Teil ihrer Last abzulegen. Ein Captain, so rief sie sich ins Gedächtnis, musste auch ein guter Psychologe sein.

»Ich habe mich gefragt ... Welche Waffen können sie dort unten haben? Bomben mit grauem Klebstoff? Schmerzstimulatoren? Altmodische Stahlnadelgeschosse?«

»Ich habe keine Waffen gesehen.«

»Cliff schon. Aber dazu komme ich gleich.«

Cliff! In Hinsicht auf Cliff und seine Gruppe waren die anderen Besatzungsmitglieder recht zurückhaltend gewesen, aber nach dem, was Beth gehört hatte, schienen Cliff und seine Gefährten in Freiheit zu sein, und offenbar ging es ihnen einigermaßen gut.

»Die Sache ist: Was können wir von den Bewohnern der Schalenwelt erwarten?«

»Ich glaube, sie wollen die Situation kontrollieren. Vermutlich würden sie uns am liebsten irgendwo einsperren, wie in dem großen Niedrigschwerkraft-Gefängnis, in dem wir untergebracht waren. Das gäbe ihnen genug Zeit zu überlegen, was sie mit uns machen sollen und wie sie uns für ihre Zwecke verwenden können.«

»Uns verwenden? Wozu?«

»Vielleicht um ihre große Maschine runder laufen zu lassen. Oder sie erhoffen sich neue Technik. Obwohl ich mir kaum vorstellen kann, dass wir etwas von Interesse für sie haben. Immerhin haben sie die Schalenwelt gebaut ...«

»Bist du sicher?«

»Sie verwalten sie, zumindest das. Die Schalenwelt muss ungeheuer alt sein. Vielleicht wurde sie von anderen erbaut. Die große Vogel-Frau, die mit uns sprach, Memor … Sie wich aus, wenn wir danach fragten.«

Redwing runzelte die Stirn. »Verbergen sie etwas, das Außenstehende nicht erfahren sollen?«

»Es ist sehr rätselhaft. Oder vielleicht ein uraltes Geheimnis. Könnte es sein, dass nicht einmal die Vogel-Leute wissen, woher die Schalenwelt kommt? Auf ihr kennen sie sich natürlich aus. Es wimmelt dort von Lebensformen, die jeden Biologen faszinieren würden. Aus vielen von ihnen konnte ich nicht schlau werden. Für Cliff muss es fantastisch sein – ihm gefällt die Taxonomie. Ich habe den Bildspeicher meines Komm-Geräts mit zahlreichen Aufnahmen von Pflanzen und sonderbaren Tieren gefüllt. Einige von ihnen sind bizarr, andere haben eine gewisse Ähnlichkeit mit Spezies auf der Erde, sind aber größer.«

»Wegen der geringeren Schwerkraft, nehme ich an.«

Beth nickte. »Ja. Es könnte auch ein Ergebnis des Inseleffekts sein.«

»Und der wäre?«

»Wir kennen ihn von der Erde. Auf kleinen Inseln sind die Tiere klein. Die letzten Mammuts lebten auf sibirischen Inseln, und es waren die kleinsten ihrer Art, weil ihnen weniger Ressourcen zur Verfügung standen.«

»Die Kontinente der Schalenwelt sind um ein Vielfaches größer als die auf der Erde. Manche sind sogar größer als die gesamte irdische Oberfläche. Das gilt auch für die recht flachen Meere und Ozeane. Ich habe mir alles genau angesehen, während ihr dort unten gewesen seid.« Redwings Miene erhellte sich. Hier gab es etwas, das er wusste und Beth nicht. Er betätigte Kontrollen, und Bilder erschienen an der Wand – offenbar hatte er eine kleine Slideshow vorbereitet. Der Captain kommentierte die Darstellungen und wies darauf hin, woher sie stammten. Zusammen mit Karl hatte er die Schalenwelt in Breiten- und Längengrade eingeteilt. Jedes Bild war nummeriert.

»So viel offenes Land! Wälder so groß wie ganz Nordamerika, ohne einen einzigen Ort. Aber es gibt auch Städte so groß wie Staaten auf der Erde, Himmel, so groß wie unsere Kontinente. Ich würde wirklich gern wissen, wer das alles konstruiert hat.«

Beth nickte. Die Bilder waren beeindruckend. »Vielleicht haben die Vorfahren der Vogel-Leute die Schalenwelt erbaut. Memor und ihre Artgenossen sollten zumindest wissen, wer die Baumeister waren. Es sind sehr eindrucksvolle Geschöpfe, groß wie Elefanten, mit zwei Beinen, großen Füßen, breitem Schwanz und großen Augen. Die Federn ihres Gefieders sind die ganze Zeit über in Bewegung und verändern die Farbe, was über ihren Gemütszustand Auskunft zu geben scheint.«

Erneut bildeten sich Falten in Redwings Stirn. Er brummte, was Beth als Aufforderung interpretierte, ihre Schilderungen fortzusetzen. Sie musste später natürlich einen schriftlichen Bericht vorlegen, aber jetzt darüber zu sprechen half ihr dabei, alles klarer und deutlicher werden zu lassen. Ein gewisser Eifer stahl sich in ihre Stimme. »Die Vogel-Leute haben Tananareve mehrmals in einer großen Maschine untersucht, die offenbar ihren ganzen Körper scannte. Und irgendwie auch ihr Bewusstsein. Sie sagte, sie hätte ein sonderbares Prickeln gespürt, wie von einem Funkenschauer, meinte sie. Es befanden sich viele kleinere Geschöpfe in der Nähe, die keine Hände hatten, sondern zum Beispiel Greiftentakel, wie bei Oktopoden, die gelernt haben, mit ihren Fangarmen Werkzeuge herzustellen. Sie arbeiteten für die große Vogel-Frau, für Memor. Meine Güte, es fühlte sich schrecklich an, wenn sie vor einem aufragte. Sie hatte eindeutig das Sagen. Einmal habe ich gesehen, wie sie etwas verspeiste, das noch lebte, eine Art Gürteltier so groß wie ein Pony. Das arme Wesen kreischte, als Memor es zerbiss. Abscheulich! Doch solche Anblicke waren nur der Anfang ...«

Redwing musterte sie besorgt. »Äh, wenn wir zum Kern der Sache zurückkehren könnten ...«

»Entschuldigung. Ich bin wohl ein bisschen zu sehr in Schwung geraten ... In Ordnung. Es wird alles in meinem Bericht stehen.«

»Alles, woran du dich erinnerst. Jedes Detail könnte wichtig sein; wir wissen einfach nicht genug.«

Beth nickte. Es war alles aus ihr herausgeströmt, all die Emotionen und Gedanken, die sich über Monate hinweg in ihr angestaut hatten, während der vielen anstrengenden, zermürbenden Tage ... Sie atmete tief durch. »Jedenfalls, Memor schien Tananareve zu sondieren und fragte sie nach der Funktionsweise ihres Bewusstseins, wie es sich für sie anfühlte zu denken ... Es waren seltsame Fragen.«

Redwing schürzte die Lippen, blickte wieder zum Display und betrachtete die ausgedehnten Wolken tief unter dem Schiff. Der Wandschirm war auf maximale Vergrößerung justiert und zeigte gewaltige rosarote Ambosswolken über einem wie endlos scheinenden Meer. In den besonders seichten Bereichen erstreckten sich Sandbänke so lang wie die Rocky Mountains. Hier und dort gab es Vegetation, und eine der grünen Stellen schätzte Beth auf die Größe von Texas.

Sie hatte gelernt, das Schweigen des Captains zu respektieren, ihm die Stille zu geben, die er brauchte, um das Gehörte zu verarbeiten und mit dem zu verbinden, was er wusste. Beth atmete die trockene Schiffsluft und dachte an die seltsam aromatische Luft der Schalenwelt. Sie war süß gewesen, wie verdampfter Sirup, schien in der Lunge zu kleben. Ein Teil ihrer Ausrüstung roch noch immer danach. Hier im Schiff, wo alles sauber war und es höchstens nach Öl roch, bekam der süßliche Duft fast etwas Angenehmes.

Redwing nickte, als träfe er eine Entscheidung. »Du kannst dir Cliffs Mitteilungen ansehen. Manche bestehen nur aus Text, andere zeigen auch Bilder. Er drückt sich immer sehr knapp aus. Lass dich davon nicht beunruhigen. Er hatte nie viel Zeit für einen ausführlichen Bericht. Der Empfang ist schlecht; wir hätten euch mit besseren Komm-Geräten hinunterschicken sollen.«

»Unsere Kommunikationsausrüstung befand sich in den Landemodulen.«

»Ja. Dadurch fanden die Vogel-Leute heraus, auf welchen Frequenzen wir senden und wie wir unsere Komm-Signale verschlüsseln. Deshalb konntet ihr nur wenige Daten übermitteln. Weil die Riesenvögel eure Sendungen störten und abschirmten.«

»Captain, wir konnten nicht ahnen ...«

»Ich hätte vorsichtiger sein sollen.« Redwing schüttelte den Kopf und verzog das Gesicht. »Ich habe mich an die auf der Erde entwickelten Landeprotokolle gehalten, die für einen unbewohnten Planeten bestimmt waren. Keine Verteidigungsmaßnahmen. Ich bin nach einer Liste vorgegangen und hätte stattdessen die besonderen Umstände berücksichtigen müssen. Immerhin haben wir es hier mit einer künstlichen Welt zu tun, deren Existenz deutlich genug auf die Präsenz einer fremden Intelligenz hinweist.«

Er unterbrach sich und begriff, dass er die Selbstzweifel besser für sich behalten sollte, um seine Autorität bei der Crew nicht infrage zu stellen. Doch Beth glaubte, dass es ihm half, dass er es sogar brauchte.

Redwing zwang den Blick fort vom Wandschirm und richtete ihn auf Beth. »Cliff berichtete von einem Gemetzel. Er wurde dabei verletzt. Die Wunden waren zwar nicht schlimm, aber sie setzten ihn für einige Tage außer Gefecht. Er konnte sich nicht einmal mehr melden.«

»Ich kann mir vorstellen, in welcher Lage er sich befand«, sagte Beth, um den Captain nicht einem Monolog zu überlassen. »Uns erging es ähnlich.«

»Die neuesten Meldungen sind vor kurzer Zeit eingetroffen. Darin erzählt Cliff, dass die Vogel-Leute eine ganze Stadt vernichtet haben. Mit lebenden Luftschiffen ... Er hat Bilder geschickt, aber es ist trotzdem schwer zu glauben. Und Howard kam ums Leben.«

»O nein. Er war ...«

»Ich habe ihn immer für ein bisschen zu neugierig gehalten, und für zu langsam. Auf der Erde, während der Ausbildung, habe ich in einem Bericht diese Kritik an ihm geäußert, aber das Missionskommando ging nicht darauf ein. Howard zögerte, während die anderen einen Schutzraum aufsuchten, heißt es in Cliffs Schilderungen. Was ihn das

Leben kostete, als die Vogel-Leute eine auf das menschliche Nervensystem abgestimmte Waffe einsetzten. Sie erhitzt die Haut und verursacht unerträglichen Schmerz. Klingt nach einem sehr unangenehmen Tod.«

Diesmal wandte Beth den Blick ab. »Lieber Himmel«, murmelte sie.

»Cliffs Gruppe fand Verbündete, die sogenannten Sil. In den Überresten eines dieser Luftschiffe entdeckten sie Kommunikationsgeräte der Vogel-Leute. Offenbar haben die Sil einiges auf dem Kasten, denn es gelang ihnen, die Geräte zu reparieren und den Code zu knacken, den die Vögel für die Verschlüsselung ihrer Nachrichten verwenden. Damit konnten sie wichtige Dinge in Erfahrung zu bringen, zum Beispiel ...« Redwing beugte sich vor, um den nächsten Worten besonderen Nachdruck zu verleihen. »Offenbar haben die Vogel-Leute eine Botschaft von Glory empfangen.«

Beth hatte an den verletzten Cliff gedacht, an Howards Tod und alles andere, doch diese Neuigkeit elektrisierte sie. »Auf der Erde hat man nie etwas von Glory empfangen. Nicht ein einziges elektromagnetisches Signal.«

»Ich weiß. Aber diese Botschaft kommt eindeutig von dort. Und sie ist für die Erde bestimmt.«

»Woher weißt du das?«

»Hier.« Redwing betätigte erneut die Kontrollen seines Schreibtischs, und die Slideshow verschwand vom Wandschirm. Neue Bilder erschienen. Bilder, die ziemlich primitiv wirkten.

Linien aus bunten Farben vor violettem Hintergrund. Gelbe Bänder am Rand, wie kriechende Schlangen. Ein seltsam asymmetrisches rothäutiges Wesen, offenbar mit drei Armen, war in der Mitte dem Betrachter zugewandt. Es begann mit rhythmischen Bewegungen, hob zwei der drei Arme und schwang sie in einem weiten Bogen, während der dritte unten blieb. Erst ganz zum Schluss wurde er gehoben und beschrieb einen kleinen Kreis. Beth fragte sich, was es mit diesen Gesten auf sich hatte? *Sportliche Übungen? Diplomatisches Posieren? Ein Ritual? Klamauk? Vielleicht eine besondere Art von Theater?*

Das Wesen trug eng anliegende blaugrüne Kleidung, die überall Muskeln zeigte, gewölbt und pulsierend. Die Kleidung schien nicht übergestreift, sondern aufgesprüht zu sein und zeigte eine Ansammlung von röhrenförmigen Objekten. Wenn es sich dabei um Genitalien handelte, so befanden sie sich an der falschen Stelle, nämlich nicht zwischen den Beinen, sondern dort, wo bei einem Menschen der Nabel gewesen wäre. Auch sie schwollen an wie die Muskelbänder.

Die hautenge Bedeckung betraf auch die großen Füße, nicht aber Arme und Kopf. Der Schädel war dreieckig und sonderbar gerippt, die Augen groß und schwarz. Eine Nase ließ sich nicht erkennen, aber dafür gab es drei große Öffnungen in der Mitte des Gesichts, zu einem Dreieck angeordnet, umgeben von schwarzen Haaren, wie ein seltsam runder Schnurrbart. Hinzu kam ein breiter Mund mit zwei Reihen grauer Zähne.

Für einen Moment rückte der Kopf in den Mittelpunkt der Darstellung und sah aus wie eine auf der Spitze stehende ägyptische Pyramide. Der Mund öffnete sich mehrmals, die Zähne klackten aufeinander – die vorderen Zähne waren lang und liefen spitz zu, wirkten ziemlich gefährlich.

»Offenbar nur ein einleitendes Bild, ohne Ton«, sagte Redwing. »Aber jetzt geht's los.«

Beth blinzelte noch immer überrascht. Vor Jahrhunderten auf der Erde hatte ihr Vater dies einen *Donnerwetter-Moment* genannt. Auf der Schalenwelt war sie vielen fremden Lebensformen begegnet, hatte manche von ihnen gegessen und vor anderen die Flucht ergriffen, aber *dies* war eine ganz andere Sache.

Der Betrachtungswinkel wurde größer, und von der rechten Seite kam ... ein Mensch ins Bild. Beth schnappte nach Luft.

Der Mann trug einen hautengen blauen Anzug mit rotem Cape, hatte einen großen Kopf und schwarzes Haar – ein Mensch, kein Zweifel. Er war muskulös und näherte sich dem Wesen mit stolzen Schritten ... Der dritte Arm des Geschöpfs zuckte vor und traf den Mann im Gesicht. Keine freundliche Geste, sondern ein Schlag. Der Mann wankte zurück. Das Wesen folgte ihm, versetzte dem Menschen weitere Schläge, packte ihn dann an der rechten Schulter und drehte ihn so, dass seine blaue Brust zu sehen war. Dort ließ sich ein rotes *S* erkennen.

»Superman!« Beth wusste nicht, ob sie lachen oder einfach nur verblüfft starren sollte.

Das fremde Wesen sprang, drehte sich in der Luft und trat dem Mann in den Bauch. Der Mensch fiel auf den steinigen Boden. Die Darstellungen waren recht gut – Beth konnte Supermans Überraschung erkennen, seinen Schmerz. Staub wirbelte dort auf, wo er zu Boden gefallen war. Das fremde Geschöpf sprang erneut, verharrte in der Luft, wandte das Gesicht dem Beobachter zu, verzog den Mund zu einer Art Grinsen ... und stürzte genüsslich auf Superman herab, landete mit beiden großen Füßen auf ihm. Der Mann im Superheldendress riss entsetzt den Mund auf und verdrehte die Augen, bis nur noch das Weiße in ihnen zu sehen war. Das fremde Wesen breitete seine beiden Arme aus, vielleicht um das Gleichgewicht zu wahren, holte mit dem dritten Arm aus, der dünner und spitzer war, und schmetterte ihn auf Supermans Kopf hinab. Blut spritzte aus Supermans Kopf, unglaublich große rote Tropfen, in einem imaginären Fenster zwischen Szene und Betrachter. Das Blut floss in Strömen, als das fremde Geschöpf alle drei Arme hob und den Kopf nach hinten neigte.

Beth wich unwillkürlich zurück. Die Darstellungen waren so lebhaft, dass sie sich fast von dem Blut getroffen glaubte.

Mit hoch erhobenen Armen begann das Wesen auf Superman zu tanzen, trat dabei immer wieder nach Kopf und Unterleib. Es wandte sich dabei dem Beobachter zu, und seine Augen schienen immer größer zu werden, bis sie fast das ganze Bild ausfüllten.

Und damit war Schluss.

Lange Stille folgte.

»Eine ziemlich klare Botschaft, würde ich sagen«, Redwing lehnte sich in seinem Flexsessel zurück und faltete die Hände auf dem Bauch.

Beth betrachtete noch immer das erstarrte Bild des fremden Wesens. »Ich schätze, die Fremden haben unsere Fernsehsignale empfangen.«

»Und sie beschlossen, eine Nachricht zu schicken, die selbst ein Kind verstehen kann: *Haltet euch von uns fern.*«

16

Cliff hatte Redwing vor ein riesengroßes Problem gestellt. Sollte er versuchen, die Vogel-Leute daran zu hindern, weitere intelligente Geschöpfe zu töten und in Hinsicht auf große Dinge aktiv zu werden, von denen Redwing noch gar nichts ahnte, oder sollte er ... nichts tun? Untätigkeit schien in diesem Fall die richtige Antwort zu sein, aber das gefiel ihm keineswegs.

Er wies das Schiffsgehirn an, in den Datenbanken nach nützlichen Hinweisen zu suchen, in den Informationen über alte irdische Kulturen, bei den klügsten Menschen ihrer Zeit: Augustinus, Spinoza, Churchill, Laotse, Kant, Aristoteles, Niebuhr, Gandhi, King, Singh. Interessante Lektüre, zweifellos, Überlegungen, die ihn das Leben aus einem anderen Blickwinkel zeigten. Vielleicht sollte er sich eingehender damit beschäftigen, wenn dies alles vorbei war. Aber für die derzeitige Situation fand er hier keine Hilfe.

Das Beste schien zu sein, Cliffs Gruppe von der Schalenwelt zu holen. Dann hatten die Vogel-Leute keine Gelegenheit, ihnen nach dem Leben zu trachten; dann konnten Verhandlungen beginnen.

Die wenigen Daten, die Cliff durch die von den Vogel-Leuten geschaffene elektromagnetische Abschirmung geschickt hatte, waren zwar lückenhaft, ließen aber keinen Zweifel daran, woher die Cartoon-Bilder stammten und für wen sie bestimmt waren.

Ein Zufall kam als Erklärung sicher nicht infrage. Die Glorianer schickten der Schalenwelt eine Warnung, und dazu verwendeten sie Bilder ausgerechnet von »Superman«, eines klassischen Superhelden (diesen Begriff musste Redwing nachschlagen) aus der expansionistischen Phase der angelsächsischen Ära. Wenn man es genau nahm, war jene Ära noch nicht zu Ende. Sie ging mit der größeren ökonomischen Vereinigung auf der Erde einher. Englisch war zur Hauptsprache dieser Einheit geworden, eine Sprache mit einer recht einfachen Struktur, auch wenn es ihr nicht an unregelmäßigen Verben mangelte, und vor allem: Man konnte sie einfach schreiben, viel einfacher als zum Beispiel die verschiedenen Formen des Chinesischen.

Superman, so die Datenbanken, passte also zur modernen sozialen Struktur. Andere Archetypen wie Dracula, Sherlock Holmes und Frankenstein hatten klare Rollen, aber ihnen fehlte ein klar definierter Platz in der Weltkultur. Die anderen Superhelden des zwanzigsten Jahrhunderts waren mehr Tieren nachempfunden: Fledermäusen, Spinnen, Affen. Superman war bezeichnenderweise ein Außerirdischer. Und doch passte er nahtlos in die menschliche Gesellschaft.

Superman ging davon aus, dass er nur eine Brille und normale Kleidung brauchte, um als Mensch durchzugehen. So verkleidet, konnte ihn niemand erkennen, nicht einmal Lois Lane – die Redwing an seine Exfrau erinnerte. *Jeder Mann ein Superman.* Was konnte offensichtlicher sein? Man erledige seine Arbeit, füge sich ein, unterwerfe sich der täglichen Routine ... Und die ganze Zeit über kann man sich vorstellen, über Gebäude zu springen, durch die Luft zu fliegen und Schurken das Handwerk zu legen. Man darf sogar von einem Date mit Lois träumen.

Redwing schüttelte den Kopf. Kulturen verstand man am besten, wenn man sie im Rückspiegel betrachtete. Superman funktionierte vielleicht bei den vielen Völkern auf der Erde, aber im Weltraum brauchte man keinen Archetypus dieser Art. Superhelden hatten im interstellaren Raum nichts verloren; dort war der Mensch gefragt, mit all seinen Stärken und Schwächen.

Dies war »unentdecktes Land«. Hier gab es das Fremde und Unbekannte, das die Erde schon seit Jahrhunderten nicht mehr bot.

Die Glorianer wiesen mit einer klaren visuellen Botschaft darauf hin, dass sie keinen Besuch wünschten. Sie mussten über außerordentlich leistungsstarke Antennen verfügen, wenn sie in der Lage gewesen waren, Fernsehsignale von der Erde zu empfangen, vielleicht über Jahrhunderte hinweg. Und dann hatten sie die Schalenwelt gesehen, auf dem Weg zu ihnen. Deshalb die Mitteilung, die das Problem der Sprache umging und eine unmissverständliche Botschaft vermittelte. Fremde Wesen, die auf Superman herumtrampelten, ihn schlugen und traten, den Beobachter dann anstarrten. Klassisch eigentlich. Auch ein Affe wäre in der Lage gewesen, das zu verstehen, selbst ein kluger mit einem Raumschiff.

Es gab also intelligente, technisch orientierte Glorianer, die verstanden, welche Macht Bilder hatten. Und sie wollten nicht, dass die Schalenwelt an ihrem Himmel erschien.

Wer will das schon? Die Schalenwelt hatte eine gewaltige Masse, kam mit ihrem eigenen Stern. Wenn sie sich einem

Sonnensystem näherte, brachte sie die Umlaufbahnen der dortigen Planeten durcheinander. In dieser Hinsicht wäre die Schalenwelt wie der sprichwörtliche Elefant im Porzellanladen gewesen.

Die Warnung war verständlich. Und solche Drohungen, selbst im Comic-Stil, funktionierten vielleicht.

Aber ... waren die Glorianer denn überhaupt nicht neugierig? Wollten sie nicht mehr über die riesige künstliche Welt erfahren, die sich ihnen näherte, über ihre Technik und die Bewohner? Was ging in den Glorianern vor, was trieb sie an?

»Ich muss darüber nachdenken«, hatte Beth gesagt und den Kopf geschüttelt. Dann war sie gegangen.

Ein Klopfen riss Redwing aus seinen Überlegungen. Er blickte auf seinen Schreibtisch, der ein Erinnerungssignal zeigte.

Karl hatte an die Tür geklopft, genau zur richtigen Zeit. Redwing stand auf, öffnete die Tür und begrüßte den Technischen Offizier, indem er ihm die Hand schüttelte. Das machte er manchmal, um zu zeigen, dass das Gespräch mit dem betreffenden Besatzungsmitglied nicht nur Routine war. Die Enge, das endlose Warten ... Ein idealer Nährboden für Gerüchte, falsche Vorstellungen und wilde Spekulationen.

»Ich habe mich um alles gekümmert«, begann Karl.

»Hast du die neuen Crewmitglieder integriert?«

»Ich bin fast damit durch. Sie sind langsam und noch immer benommen. Einige der Schlafkapseln haben offenbar nicht genau so funktioniert wie vorgesehen.«

»Irgendetwas Ernstes, in medizinischer Hinsicht?«

»Nein. Die Aufwach- und Erholungsphase dauert nur etwas länger.« Karl wirkte sehr müde.

Redwing wusste: Gerade bei den Neuen brodelte es besonders stark in der Gerüchteküche. Sie sahen sich mit einer völlig unerwarteten Realität konfrontiert und wussten noch nicht, was sie mit ihr anfangen sollten. O ja, es musste eine enorme Überraschung für sie sein: nicht Glory auf den Bildschirmen, sondern eine gigantische künstliche Welt. Redwing hatte beschlossen, sie für die Arbeit mit den anderen einzuteilen, um einen Eindruck von ihnen zu gewinnen und festzustellen, welche Gruppen er aus ihnen bilden sollte. Er brauchte alle Hilfe, die er bekommen konnte, um mit der Schalenwelt fertigzuwerden.

Redwing nahm wieder an seinem Schreibtisch Platz. Es wurde Zeit, zur Sache zu kommen. »Wir beide müssen uns über die Dynamik der Schalenwelt im Klaren sein. Vielleicht bietet uns das einen Ansatzpunkt in Hinsicht auf die Vogel-Leute.«

»Sie verwalten ihre künstliche Welt seit ziemlich langer Zeit«, sagte Karl. »Ich bezweifle, dass es da irgendwelche schwachen Stellen gibt.«

»Fangen wir mit dem Jet an. Man sollte meinen, dass die Schalenwelt inzwischen ihre vorgesehene Reisegeschwindigkeit erreicht hat. Müsste der Plasmajet dann nicht deaktiviert werden?«

»Das ist unmöglich.«

Redwing blieb skeptisch. Er liebte es, seine Rolle zu spielen, sich von den Besatzungsmitgliedern »belehren« zu lassen und zuzuhören, wie sie ihre Ideen und Vorschläge entwickelten. Während seiner Zeit als einfacher Offizier an Bord eines Raumschiffs hatte er die Erfahrung gemacht, dass man auf diese Weise viel schneller ans Ziel gelangte. Man höre auf die Tech-Typen, die wissen, worauf es ankommt. »Vielleicht können die Vogel-Leute ihn nicht ausschalten.«

Karl sprang darauf an. »Jeder astrophysikalische Student dürfte imstande sein zu erkennen, dass die Schalenwelt statisch instabil ist. Das weiß selbst ich, und ich bin nur ein einfacher Techniker.«

»Warum ist sie instabil?«

»Die Schalenwelt befindet sich nicht im Orbit um eine Sonne. Ohne den Jet würde sich die Gravitation des Sterns bemerkbar machen und die Schale anziehen.«

»Der Jet muss also aktiv bleiben.«

»Das ganze System ist dynamisch stabil, nicht statisch. Ähnlich verhält sich es sich mit unserer Fortbewegung. Wir machen einen Schritt, fallen nach vorn, fangen uns ab ... Auf diese Art gehen wir.«

»Was sorgt dafür, dass das System Stern-Schalenwelt funktioniert?« Redwing hatte eine Ahnung und wollte sie bei jemandem überprüfen, der etwas davon verstand. Karl war dafür genau der Richtige.

»Der Jet stammt von einem besonders heißen Hotspot. Die Schale reflektiert einen großen Teil des Sonnenlichts auf eben jene Stelle und bewirkt dadurch enorm hohe Temperaturen. Der besondere Trick besteht darin, dass sich das solare Magnetfeld im betreffenden Bereich faltet. Der Stern rotiert und erzeugt dadurch ein Magnetfeld wie ein Dynamo. Dieses Magnetfeld dehnt sich aus und formt die sogenannte Magnetosphäre. Der Hotspot zieht die Feldlinien an sich, und dadurch entsteht der Jet. Das komprimierte Magnetfeld drückt Plasma ins All, und die Feldlinien halten es zusammen, formen ein dickes Band daraus, das bis zu der Öffnung in der Schalenwelt reicht, die wir ›Astloch‹ genannt haben. Der Jet verursacht einen Rückstoß, der die Sonne nach vorn treibt, und ihre Gravitation zieht die Schalenwelt mit sich.«

»Und?«, fragte Redwing, damit Karl sich nicht in seinen technischen Schilderungen verlor.

Der Techniker blinzelte. »Nun ... Das Magnetfeld erreicht die Felder der Schalenwelt ...«

»Welche Felder?«

»Die Schalenwelt ist ein riesiger Stromleiter, der sich schnell dreht und in dem starke elektrische Ströme fließen. Sie erzeugt eigene Magnetfelder. Ich habe die Daten der Landemodule, mit denen die beiden Gruppen zur Schalenwelt geflogen sind. Sie deuten auf starke Kraftfelder hin, auch über der hohen Atmosphäre. Sie schützen vor der kosmischen Strahlung, aber ihr Hauptgrund ...«

Karl blinzelte erneut und begriff, dass er auf dem besten Weg war, einen Vortrag zu halten. Er zwang sich, langsamer zu sprechen und sich auf das Wichtigste zu beschränken.

»Die Magnetfelder der Schalenwelt fangen die Felder des Jets ein. Die Messdaten weisen eindeutig darauf hin. Mit anderen Worten: Die Magnetfelder der Schalenwelt helfen dabei, das Plasma des Jets zu bündeln, und dadurch entsteht eine Verbindung zum Stern. Die Gravitation lässt die Schale natürlich auf den Stern zu fallen; immerhin umkreist sie ihn nicht. Aber wegen des Drucks, den der Jet ausübt, hat der Stern die Tendenz, sich von der Schale zu entfernen. Der Jet hält die Bewegungsmomente von Stern und Schalenwelt im Gleichgewicht. Es findet eine Art Tanz statt: Der Stern fliegt nach vorn, angetrieben vom Jet, und die Schalenwelt fällt ihm hinterher. Die Magnetfelder agieren dabei wie Gummibänder, die nicht reißen können. Sie bilden immer in sich geschlossene Schleifen.«

»Warum?« Redwing kannte die Antwort; seine Frage war ein Köder.

»Der alte Maxwell lässt grüßen. Die Naturgesetze wollen es so.«

»Woraus folgt?«

Karl sprach sofort weiter. »Die Kraftfelder agieren als eine Art Polster für die Schalenwelt und dämpfen geringfügige Verschiebungen.«

»Die Vogel-Leute können den Jet also nicht ausschalten. Nie.«

»Würden sie ihn deaktivieren, fiele die Schalenwelt in ihren Stern. Ich habe es ausgerechnet: Der Sturz würde etwa ein Jahr dauern. Und bestimmt wäre er sehr spektakulär, das steht fest.«

»Aber zu einem solchen Sturz wird es nicht kommen. Wegen des Jets. Woraus sich die Frage ergibt: Wie manipulieren wir ihn?«

Karl starrte den Captain groß an. »Aber ... warum ...«

»Wir haben Leute dort unten. Und bestimmt gibt es Milliarden von intelligenten Wesen auf der Schalenwelt. Wir brauchen ein Druckmittel, um Cliff und die anderen loszueisen. Und um anschließend den Flug nach Glory fortzusetzen.«

Karl beobachtete die über den Wandschirm gleitende Schalenwelt. Derzeit waren ausgedehnte Wälder zu sehen, mit Seen, deren schaumgekrönte Wellen auf ziemlich starken Wind hinwiesen, der von grauen Bergen herabwehte. »Seit vielen Jahrmillionen ist dort unten alles sicher gewesen. Sogar noch länger.«

»Wie lange?«

»Ich weiß nicht. Aber um so etwas zu bauen, braucht man eine sehr langfristige Perspektive.«

Redwing zeigte erneut Skepsis. »Eine Tour durch die Galaxis?«

»Ohne dabei die Sonnenbräune zu verlieren.« Karl lächelte. »Und ohne dass einem jemals kalt wird.«

Redwing nickte. »Ohne dass einem kalt wird ... Das könnte der Grund sein. Heimatverbundenheit oder etwas in der Art. Eine lange interstellare Reise, ja, aber ohne das Zuhause zu verlassen.«

Karl dachte darüber nach, und Redwing gab ihm Zeit. Als der Techniker wieder sprach, klang seine Stimme anders. »Mit einer künstlichen Welt, die viel größer ist als alle natürlichen, auf eine Reise zu gehen, die für immer dauern könnte ... Nicht die Kolonisierung von Planeten, sondern eine ewige Reise könnte das dahinterstehende Vorhaben sein.«

Redwing zuckte die Schultern. »Über Jahrmillionen hinweg verändert sich die eigene Spezies. Ein Aussterben wäre möglich.«

»Die Schalenwelt wird instabil, wenn niemand da ist, der sie wartet, sie repariert und auf alles achtet.«

»Hinzu kommt kultureller Wandel. Aber man darf den neuen Gesellschaften nicht erlauben, das Schalenwelt-Experiment für eine schlechte Idee zu halten. Das wäre das Ende!«

Auf diese Weise hatte Karl nicht darüber nachgedacht. *Techniker denken nicht in solchen Bahnen,* überlegte er und erinnerte sich dann an seine *drei* Abschlüsse: in Elektrotechnik, Mechanik und Astrotechnik. *Jedenfalls normalerweise nicht.*

»Weißt du, Karl«, fuhr Redwing fort, »vor einigen Hundert Jahren haben wir Menschen für Wilde gehalten, weil sie ihre Ohren durchstachen, ihre Lippen aufbliesen, Schmuck in der Nase trugen, ihr Haar schnitten, damit es wirr aussah und so weiter. Diese ›Wilden‹ verhielten sich auf seltsame Art und Weise und veranstalteten sonderbare Tänze und Rituale. Später dann, als ich aufwuchs, galt so etwas als cool und angesagt.«

»Worauf willst du hinaus?«

Das große Display an der Wand zeigte wieder Berge und Ozeane, größer als die Entfernung zwischen Erde und Mond. Redwing konnte sich daran einfach nicht sattsehen. »Wir sind an kulturellen Wandel gewöhnt, und manchmal bringt er Dinge unserer Vorfahren zurück, die wir zunächst für seltsam hielten. Aber wir dehnen unsere Zivilisation aus, wir reisen zu den Sternen.«

»Ja, und?«

»Das gilt auch für die Vogel-Leute. Mit Äquivalenten von Tätowierungen und dergleichen sollten sie eigentlich klarkommen, denn das kann Mode sein. Aber sie dürfen nicht erlauben, dass irgendwelche neuen politischen oder religiösen Gruppen verlangen, die Steuerung der Schalenwelt zu übernehmen. Das wäre aus ihrer Sicht völlig inakzeptabel.«

Karl verstand und nickte. »Sie geben dem Konservativismus eine ganz neue Bedeutung.«

»Sie können eine falsche Art von Veränderung nicht riskieren. Und genau das sind wir Menschen für sie: Boten einer falschen Veränderung.«

FÜNFTER TEIL

SPIEGEL-BLUMEN

»Wer eine Katze am Schwanz trägt, lernt etwas, das er auf keine andere Weise lernen kann.«

MARK TWAIN

17

Cliff und seine Gruppe folgten Quert mit ruhigen Sprüngen. In der niedrigen Schwerkraft fielen lange Schritte leicht, doch mit der eleganten Agilität der Sil konnten die Menschen nicht mithalten. Es gab keine bodengebundenen Transportmittel, abgesehen von der städtischen Untergrundbahn, aber die war beschädigt worden und nicht mehr zuverlässig.

»Rauch dort hineinkommt«, sagte Quert. »Und noch Schlimmeres, einige sagen.«

Sie verließen die zerstörte Stadt der Sil und erreichten offenes Waldland. Es war eine große Erleichterung, frische Luft zu atmen und nicht ständig Trümmer vor Augen zu haben.

Sie machten auf einem niedrigen Hügel halt, und Cliff konnte der Versuchung nicht widerstehen, noch einmal zur Stadt zu blicken. All die stolzen Gebäude ... Die meisten von ihnen lagen in Schutt und Asche. Die Vogel-Leute waren völlig erbarmungslos gewesen. Doch inmitten der Trümmer wuchsen neue Gebäude, auf die Art und Weise, die Cliff zuvor beobachtet hatte. Aus der Ferne gesehen, sahen sie fast wie Keimlinge exotischer Pflanzen aus, und Cliff überlegte, wie oft sich dieser Vorgang schon wiederholt hatte. Das enorme Alter der Schalenwelt ließ vermuten, dass diese Stadt – und vielleicht auch andere – schon oft neu erstanden, neu gewachsen war.

Cliff seufzte und zog Irma an sich. »Sie kehrt zurück, wenn auch langsam. Irgendwann wird alles neu und heil sein.«

»Dieser Ort wurde geschaffen, um sich selbst zu erneuern. Der hiesigen Technik liegt die Notwendigkeit der Selbsterneuerung zugrunde. Ich frage mich, wie alles funktioniert.«

»Sonnenenergie, Recycling von Abfällen ... Denk nur an den molekularen Drucker, mit dem Quert einen Rucksack für dich hergestellt hat.«

Irma lächelte und rückte die Riemen ihres neuen Rucksacks zurecht. »Wirklich nicht schlecht. Ein leichtes Kompositmaterial. Molekül für Molekül produziert, wie Quert erklärte. Er ist genauso beschaffen wie mein alter, abgesehen von den beim Sturz zerbrochenen Haltestangen.«

Cliff hob und senkte die Schultern. »Wenn du nicht gefallen wärst, hätte dich der Flammenwerfer erwischt.«

»Ja, ich kann von Glück sagen.« Irma strich sich das Haar aus den Augen. »Im Gegensatz zu Howard. Er hatte Pech.«

»Wenn ich so zurückdenke ... Er verletzte sich dauernd und verirrte sich sogar, wenn er mal zum Pinkeln ins Gebüsch musste.«

»Manche Leute sind so. Die Auswahl der Besatzungsmitglieder erfolgte auf der Grundlage ihrer Verdienste in der Flotte. Erfahrungen als Rucksacktourist spielten dabei keine Rolle. Aber Glück oder Pech nehmen auf so etwas keine Rücksicht.«

»Bei der nächsten Auswahl sollten wir vielleicht Leute nehmen, die gern campen.«

Irma lachte und knuffte ihn in die Seite, was Terry und Aybe zu erstaunten Blicken veranlasste. Selbst Quert sah zur

Seite. *Ach, sollen sie ruhig,* dachte Cliff. *In letzter Zeit hatten wir kaum was zu lachen.*

Sie setzten den Weg fort und entfernten sich von der neuen Stadt, die aus den Trümmern der alten wuchs.

Quert ging voraus, und weitere Sil flankierten die Gruppe. Sie alle trugen Waffen: lange Rohre, wie Raketenwerfer. Ihre Gesichter wirkten sehr ernst, und sie schienen nicht zu ermüden.

Ewiger Sonnenschein glänzte durch Lücken zwischen den hohen Wolken, die manchmal wie eine Stadt am Himmel wirkten, mit gewaltigen Gebäuden, die Hunderte und gar Tausende von Stockwerken in die Höhe ragten, weiß und grau, manchmal auch in bläulichen und rötlichen Tönen. An einigen Stellen trugen sie unten schleierartige Erweiterungen: Regen, der manchmal verdunstete, bevor er die Oberfläche der Schalenwelt erreichte.

»Schaltet in den Touristenmodus und entspannt euch«, wandte sich Cliff an seine Gefährten, die ihn mit einem Lachen belohnten, nicht etwa deshalb, weil sie seine Worte lustig fanden, sondern weil sie alle nach einer Möglichkeit suchten, Schrecken und Düsternis der letzten Tage abzustreifen. Grünes, unverbranntes Land erstreckte sich um sie herum, ein Gebiet mit herrlich üppiger Vegetation, die Luft feucht von kürzlich gefallenem Regen.

Ein Fahrzeug schnurrte vorbei, und eine blaue Wolke kam aus seinem großen Auspuff. Irma schnupperte und sagte: »Man kann fast Dinosaurier darin riechen. Offenbar verbrennt der Motor fossilen Treibstoff.«

Aybe nickte. »Scheint Äthanol zu sein. Riecht ziemlich intensiv.«

Niemand von ihnen hatte jemals die Abgase eines Verbrennungsmotors gerochen, der Energie aus fossilem Öl oder ähnlichen Substanzen gewann, denn die Emissionsgesetze auf der Erde waren sehr streng gewesen. Als die *SunSeeker* zu ihrer langen interstellaren Reise aufgebrochen war, hatten nur von Turbinen angetriebene Flugzeuge fossilen Treibstoff benutzen dürfen. Cliff fragte sich, ob es den Bioingenieuren auf der Erde inzwischen gelungen war, etwas zu entwickeln, das den Himmelsfischen der Schalenwelt ähnelte, ihren lebenden Luftschiffen.

Er bezweifelte es. Mit welchen biologischen Substraten sollten sie für eine derartige Entwicklungsarbeit beginnen? Dieser Gedanke brachte Cliff zu einer weiteren Frage: Wie war es den Vogel-Leuten gelungen, solche Wesen zu erschaffen? Vielleicht auf der Basis von Geschöpfen, die sie in der Atmosphäre eines Planeten mit dichter Atmosphäre und geringer Schwerkraft vorgefunden und zur Schalenwelt gebracht hatten. Groß, langsam, unangreifbar wegen ihrer Größe, wie Elefanten, Wale oder Brontosaurier? *Diese Welt ist wie ein Museum fremder Lebensformen,* dachte Cliff. *Und gleichzeitig entwickeln sich diese Spezies auf ihr weiter. Gehört das vielleicht zum Zweck dieser gewaltigen Schale? Ist sie Ort eines permanenten Experiments, mit mehr Platz als eine Million Planeten?*

Sie erreichten eine Ebene mit kurzem Gras. Ein Weg, der offenbar häufig benutzt wurde, reichte in die dunstige Ferne. Cliff hob den Kopf und sah nach oben. Die Lücken zwischen den Wolken boten Ausblick auf die andere Seite der Schalenwelt, auf die dortigen Kontinente und Ozeane, viele Millionen Kilometer entfernt. *Ein ganzes Sonnensystem, in einer riesigen Konstruktion zusammengefasst,* dachte er. An Bord der

SunSeeker, bevor sie zur Schalenwelt aufgebrochen waren, hatte der Techniker Fred die Masse der Schale geschätzt. Nach seinen Zahlen hatte sie mehr Masse als Jupiter, vermutlich sogar mehr als der Kuiper-Gürtel oder die Oort'sche Wolke. Jemand hatte die gesamte Materie eines großen Raumgebiets – vielleicht die Substanz aller Planeten von Wickramsinghs Stern – für diese enorme Konstruktion benutzt.

Gelegentlich standen Sil am Rand des Weges und boten Dinge an: Schnüre mit Fischen, wurzelartiges Gemüse und seltsame Pflanzen, die wie Drahtknäuel aussahen. Cliff begriff, dass sie diese Dinge verkaufen wollten, aber natürlich verfügten die Menschen nicht über Sil-Zahlungsmittel. Sie gingen an diesen Händlern vorbei und ahmten die Augenbewegung der Sil für *Nein, nein, nein* nach. Manchmal trat ein Sil vor, neigte den Kopf, hob seine Waren und winkte den Menschen zu – ein eindeutiges Angebot, das Cliff und seine Gefährten überraschte. Sie nahmen etwas von den dargebotenen Lebensmitteln entgegen, bedankten sich mit angemessenen Augenbewegungen dafür und fragten sich, wie sie die Nahrungsmittel zubereiten sollten. All dies geschah in Stille, denn die Sil verloren nicht viele Worte. Es war schwer genug, sie zum Sprechen zu bringen, und wenn das gelang, erwiesen sie sich als angespannt.

Während des Wegs durch die Ebene bemerkte Cliff immer wieder silbern glänzende Fahrzeuge. Einige näherten sich den Menschen, doch die meisten hatten offenbar andere Ziele. Etwa zehn Wagen kamen herangeschnurrt. Die Sil, die darin fuhren, hielten an, stellten die Motoren ab, stiegen aus und wandten sich an Quert. Etwa zwanzig Minuten lang sprachen sie mit ihm.

Zeit genug für die Menschen, in der Nähe der Wagen Platz zu nehmen und herauszufinden, welche der Nahrungsmittel sie roh verzehren konnten. »Handmahlzeit«, nannten die Sil so etwas. Die Sil redeten, während sie aßen. Irma hatte danach gefragt und von Quert folgende Antwort bekommen: »Sportliche Verse.« Was offenbar bedeutete, dass die Sil beim Essen dichteten, ein Ritual, das sich vielleicht mit dem Singen feiernder Menschen vergleichen ließ.

Sie hatten Hunger. Unter den Lebensmitteln befanden sich spiralförmige Früchte mit einem recht scharfen Geschmack. Sie verspeisten sie alle und nahmen sich dann einige rautenförmige Objekte vor, die bittersüß schmeckten. Quert und die anderen drei Sil kamen zu den Menschen und bewegten Kopf und Augen auf die Weise, die immer einem wichtigen Gespräch vorausging. Cliff dachte daran, wie viel sie durch die Beobachtung solcher Verhaltensweisen bisher über die Gesellschaft der Sil erfahren hatten. Menschen sprachen die ganze Zeit miteinander, hatte Quert mit echtem Staunen angemerkt; in seiner Kultur schien das nicht üblich zu sein.

»Sie uns schenken Beweger«, sagte Quert.

»Wir sind geschenkglücklicch«, erwiderte Irma, lächelte und nickte. Sie verstand die seltsame Ausdrucksweise der Sil am besten und konnte passende Antworten geben. Mit großer Aufmerksamkeit beobachtete sie die unterschiedlichen Augen- und Kopfbewegungen und versuchte sie nachzuahmen, allerdings nicht immer mit Erfolg. Es war zu einigen amüsanten Zwischenfällen gekommen, zum Beispiel als Irma unabsichtlich gefragt hatte, ob Sex zur Ernährung der Sil gehörte, oder wo die Betten sein würden; einmal hatte sie die recht primitive, für männliche Sil bestimmte Toilette betreten. Irma konnte die Sil-Männer nicht von den Frauen unterscheiden; energische Ellbogensignale hatten sie darauf hingewiesen, am falschen Ort zu sein.

Die kleinen Wagen waren leicht zu fahren. Man bediente ihre Kontrollen mit Händen und Füßen, wie auch auf der Erde, und eine einstellbare Automatik sorgte für die richtige Gangwahl. Das Antriebssystem schien magnetischer Natur zu sein, doch die Fahrzeuge stiegen nie weiter als einen Meter auf. Alles an diesem Ort, auch die Häuser, bezogen ihre Energie offenbar durch elektromagnetische Induktion. Wenn Cliff in ihrer Nähe stand, spürte er manchmal ein Prickeln wie von statischer Elektrizität, während die Wände wuchsen und elegante Wölbungen bildeten.

Quert zeigte Cliff, wie man einen Magnetwagen fuhr – der Sil bestand darauf. Was dazu führte, dass Cliff den Wagen über die Ebene steuerte, mit Quert auf dem Beifahrersitz und Irma im Fond. Die Rucksäcke und der Rest ihrer Ausrüstung wurden in einem Gestell auf dem Dach verstaut, das über ein seltsames Haltenetz verfügte – es geriet in Bewegung, als Quert es an einer bestimmten Stelle berührte, und schien zu wissen, wie das Gepäck am besten befestigt werden sollte.

Sie fuhren in Richtung der fernen, halb von Wolken verschleierten Berge. Quert schaltete das bordeigene Kommunikationssystem ein und sprach mit anderen Sil über einen sicheren Kanal, den die Vogel-Leute nicht abhören konnten, wie er betonte. Offenbar verfügte er über einen integrierten Empfänger, denn er lauschte immer wieder Stimmen, die nur er hören konnte, und sein Gesicht verriet dabei nichts. Irma saß hinten, und die anderen befanden sich im zweiten Wagen, der ihnen auf der rechten Seite folgte. Als der Verkehr es zuließ, brachte Cliff den Magnetwagen auf Höchstgeschwindigkeit. Sie entfernten sich von den Siedlungen der Sil, doch wohin sie unterwegs waren, das wusste er nicht.

Er bemerkte keine anderen Wagen – abgesehen von dem mit Aybe und Terry –, bis plötzlich einer neben ihnen erschien. Die beiden Sil darin sahen nicht in seine Richtung, passten ihre Geschwindigkeit aber perfekt an. Und sie kamen noch etwas näher. Cliff dachte sich zunächst nichts dabei, bis die beiden Sil nur noch wenige Meter entfernt waren. Er wurde langsamer, und sie ebenfalls. Er wurde schneller, woraufhin auch sie beschleunigten. Ein weiterer Wagen kam ziemlich schnell von links, und sein Fahrer schien den beiden dicht beisammenfahrenden Magnetwagen keine Beachtung zu schenken. Alle Sil sahen nach vorn, wandten den Blick nicht zur Seite. *Vielleicht eine Eskorte,* dachte Cliff.

Näher und näher kamen sie. »Quert?«, fragte Cliff schließlich, der so sehr auf die Kommunikationsverbindungen konzentriert war, dass er wie in Trance wirkte. »Ich glaube, hier stimmt was nicht.«

Ein dritter Wagen sauste von links heran und setzte sich genau vor sie.

»Was hat das zu bedeuten?«, fragte Irma.

Der Wagen vor ihnen wurde langsamer. Pulsierende rote Signalleuchten wiesen auf seine geringer werdende Geschwindigkeit hin. Cliff musste auf die Bremse treten, und der Wagen summte laut. Er versuchte, nach links oder rechts auszuweichen, aber dafür blieb nicht genug Platz.

Erneut wurde der Wagen vor ihnen langsamer.

Cliff stieg voll auf die Bremse, und die Magnetwagen zu beiden Seiten bremsten ein oder zwei Sekunden später. Aus dem Summen des Bremsgeräusches wurde ein fast schrilles Kreischen. Die Fahrzeuge waren baugleich, verfügten deshalb über dieselben Leistungsmerkmale beim Bremsen und Beschleunigen. Es kam also in erster Linie auf das Reaktionsvermögen der Fahrer an.

Das abrupte Bremsmanöver warf Cliff nach vorn, und ein Sicherheitsnetz verhinderte, dass er gegen die Windschutzscheibe prallte. Weil die anderen Wagen etwas später gebremst hatten, war der Abstand zu ihnen jetzt auf ungefähr zehn Meter gewachsen. Grauer Staub wirbelte zwischen ihnen auf, als alle Wagen anhielten.

Irma sagte etwas und Quert ebenfalls, aber Cliffs Aufmerksamkeit galt den sechs Sil, die aus den Magnetwagen sprangen. Sie verständigten sich mit einigen knappen Worten und griffen dann in ihre Werkzeuggürtel.

Sie wollen Waffen zücken, dachte Cliff. *Von wegen Eskorte.*

Die Sil näherten sich und riefen nun. Quert knurrte etwas, und von Irma kam ein Aufschrei.

Unser einziger Schutz besteht darin, dass wir noch in diesem Wagen sitzen. Und er könnte auch eine Waffe sein.

Cliff begriff, was er tun musste – er trat auf den Geschwindigkeitsregler. Der Wagen schoss nach vorn und erzitterte, als er gegen die Sil stieß. Sie prallten gegen die abgerundete Motorhaube und die Windschutzscheibe, rollten dann nach oben oder zu den Seiten. Cliff hielt den Fuß auf dem Gaspedal, bis der Wagen gegen eins der anderen Fahrzeuge stieß. Ein seltsames Pfeifen erklang, offenbar ein Alarmsignal. Quert rief etwas, das überrascht klang, und Irma wurde still.

»Alles in Ordnung?« Cliff staunte darüber, wie ruhig seine Stimme klang. »Irma? Quert?«

»J-ja«, erwiderte Irma.

Quert fing Cliffs Blick auf und machte eine Augenbewegung, die Zustimmung bedeutete.

Cliff sah wieder nach draußen. Er hatte die Sil einfach überfahren. Sie waren vom Magnetwagen beiseitegeschleudert worden und lagen auf dem Boden. Hier und dort bewegte sich ein Arm.

Sie wollten uns in ihre Gewalt bringen, uns vielleicht sogar töten. Sie waren dabei, ihre Waffen zu ziehen.

Einige Sil hatten sie hervorgeholt und lagen am Wegesrand, mit den Waffen in ihren kleinen Händen.

Cliff setzte den Magnetwagen wieder in Bewegung und steuerte ihn nach links, über die am Boden liegenden Sil hinweg. Sie wurden unter dem Fahrzeug zermalmt. Zehn Meter hinter den Toten lenkte er den Wagen zur rechten Seite, zu den dortigen Sil. Jedes kurze Wackeln bedeutete, das der Druck des Magnetwagens Knochen und Organe zerquetschte. Er beobachtete, wie Blut spritzte, und er hörte die Schreie der Sterbenden.

Die Sil regten sich nicht mehr, als Cliff zurücksetzte und dann langsam um die Leichen herumfuhr. Er brauchte nicht auszusteigen und nachzusehen, ob die Sil wirklich tot waren.

»Der andere Wagen hat sich ebenfalls befreit«, sagte Irma. »Offenbar sitzt ein Sil am Steuer.«

»Meine Partnerin«, sagte Quert leise. »Sie gut fährt.«

Cliff sah ihn an. Er schien so ruhig zu sein wie eh und je.

Terry und Aybe saßen im anderen Wagen, winkten und hielten den Daumen hoch.

»Offenbar haben sie ein ähnliches Manöver durchgeführt wie wir«, sagte Irma.

Cliff fuhr los und beschleunigte. Als die anderen Wagen und die in ihrer Nähe liegenden Leichen zu Punkten im Rückspiegel geworden waren, hatten sie wieder Höchstgeschwindigkeit erreicht. Es überraschte ihn, dass es ihn kaum belastete, sechs intelligente Wesen umgebracht zu haben. Die Sil waren ganz offensichtlich bestrebt gewesen, sie gefangen zu nehmen, und zwar mit Waffengewalt. Er hatte sich nur dagegen gewehrt.

Cliff hatte Tage damit verbracht, zahllose Tote zu bergen und zu den Scheiterhaufen zu tragen. Dabei war vielleicht etwas in ihm zerbrochen. Er hatte getan, was getan werden musste, ohne sich Zeit zu nehmen, groß darüber nachzudenken. Vor Monaten, bevor er die *SunSeeker* verlassen hatte, um der Schalenwelt einen Besuch abzustatten, war er ein anderer Mensch gewesen. Diese künstliche Welt hatte ihn verändert, und nicht unbedingt zum Besseren. Sie steckte jetzt in ihm, schien ein fester Bestandteil von ihm geworden zu sein.

Vielleicht erging es Quert ähnlich. Dieser Gedanke sorgte dafür, dass die Spannung von Cliff abfiel.

Voraus wurden die Berge größer, unter hohen Ambosswolken, deren bläuliche Bäuche mit Wasser gefüllt waren – Regen kündigte sich an. Darauf freute sich Cliff. Er stellte sich vor, im Regen zu stehen und dicke Tropfen auf sich herabklatschen zu lassen, ihre kühle Nässe zu genießen.

»Die anderen wollten Gefangennahme«, sagte Quert.

»Dachte ich mir«, erwiderte Irma. »Sie hätten vielleicht weniger Schwierigkeiten damit gehabt, uns zu töten.«

»In ihrer Obhut wären unsere Überlebenschancen nicht besonders hoch gewesen«, sagte Cliff.

»Uns geben den Vogel-Leuten, Loyalität zeigen«, erklärte Quert.

»Und deshalb ... hast du sie getötet«, sagte Irma.

Cliff nickte. »Ja.«

Irma ließ einige Sekunden verstreichen. »Sie wären vermutlich in ihre Wagen gestiegen und uns gefolgt.«

Cliff hielt das für offensichtlich und gab keine Antwort. Er behielt die Berge im Auge und blickte immer wieder in den Rückspiegel, um festzustellen, ob ihnen jemand folgte. Niemand zu sehen. Er erinnerte sich daran, dass ein Angriff vermutlich von oben erfolgen würde. Ein Himmelsfisch konnte einen Kilometer über ihnen schweben – bei diesem Gedanken warf er einen Blick aus dem Fenster – und unbemerkt bleiben, bis es zu spät war. *Mach dir nicht dauernd Sorgen,* dachte er. Daraus hatte er während der langen Flucht durch die Schalenwelt ein Prinzip gemacht. Ständig angespannt zu sein, immerzu mit dem Schlimmsten zu rechnen ... Es fraß unaufhörlich an einem, und es verhinderte, dass man mit ruhiger Vernunft über die Situation nachdachte. Mit einer solchen Einstellung kam man nicht weiter.

»Wohin geht die Reise jetzt?«, wandte sich Cliff an Quert.

»In Kälte.«

18

Doch es ging unter die Berge, nicht über sie hinweg.

Bevor sie in das unterirdische Labyrinth vorstießen, konnte Cliff einen kurzen Blick durch einen niedrigen Pass auf das Land jenseits der Bergkette werfen – dort erstreckte sich die erste Spiegelzone, die er aus der Nähe sah. Große sechseckige Spiegel empfingen dort das Licht der Sonne, füllten ein ganzes Tal und erstreckten sich auch an seinen Hängen. Üppige Vegetation wuchs in den Bereichen zwischen ihnen – der größte Teil des Lichts wurde zum roten Stern zurückgeworfen. Auf diese Weise schuf die Schalenwelt den Jet, indem die Spiegel – Millionen von ihnen – das Sonnenlicht auf eine Stelle des Sterns konzentrierten und dort einen Plasmasturm entfachten, der von Magnetfeldern gebündelt zu einem gleißenden Band wurde, das sich zig Millionen Kilometer durch das All erstreckte und schließlich durch die »Astloch« genannte Öffnung in der Schalenwelt reichte, ohne ihre Ränder zu berühren und die künstliche Welt dadurch in Gefahr zu bringen.

Während Cliff die gewaltigen Spiegel beobachtete, dachte er daran, dass der Stern auf diese Weise sein eigenes Bewegungsmoment erzeugte, indem er Licht zur Schalenwelt schickte, die es zu ihm zurücksandte, wodurch der Jet entstand, der den Stern nach vorn drückte. *Diese Sonne reitet auf ihrem eigenen Licht,* dachte Cliff. Er hielt sein Komm-Gerät nach oben, auf Stern und Jet gerichtet, und als er es wieder sinken ließ, stand auf dem Display:

STERN TYP K2. ÄHNELT EPSILON ERIDANI (K2 V). GRÖSSE ZWISCHEN ROTEM SONNENTYP M UND GELBEM TYP G DER HAUPTREIHE.

Cliff erinnerte sich daran, dass unmittelbar nach seinem Erwachen aus dem Kälteschlaf von einem F-Stern die Rede gewesen war. Später hatte sich herausgestellt, dass die Emissionsanalyse mithilfe des Spektrografen vom Licht des Jets verfälscht worden war.

Das Display des Komm-Geräts zeigte den Stern als rote Scheibe mit zahlreichen dunklen Flecken dort, wo der Jet entsprang. Die Sonne drehte sich um die entsprechende Stelle, was bedeutete, dass die Erbauer ihre riesige künstliche Welt über einem solaren Pol konstruiert hatten. Eine faszinierende Vorstellung.

»Komm!«

Cliff hörte Ärger in Querts Stimme und bemerkte auch gereizte Augenbewegungen. Rasch schloss er zu den anderen auf.

Ihre Gruppe näherte sich dem Zugang des unterirdischen Labyrinths, und es gab noch andere Leute mit diesem Ziel. Zickzack-Bäume wuchsen in der Nähe und bildeten einen dichten blaugrünen Wald. Sil gingen oder liefen im Schatten der Wipfel und bildeten dabei einzelne, klar von den anderen abgegrenzte Gruppen, als sie durch den von Felsen gesäumten Eingang traten, dessen Tor weit offen stand. Drinnen, in den steinigen Tunneln, wuchsen orangefarbene Pflanzen und spendeten Licht für die vielen Sil, die hier unterwegs waren. Den Menschen schenkten die Katzenwesen kaum Beachtung. Quert und seine Partnerin bewegten sich fast synchron, auf die agile, geschmeidige Art der Sil. In der niedrigen Schwerkraft schienen sie durch die Luft zu schwimmen.

Unterwegs im Labyrinth stellte Cliff fest, dass die meisten Sil kleine Wunden und Verletzungen aufwiesen. Manchen fehlten Körperteile, ein Stück von einem Finger oder etwas vom Pelz – hier und dort bemerkte Cliff Stellen verbrannter rötlicher Haut. Von einem konischen Ohr war nur noch die Hälfte übrig. Narben zeigten sich an Beinen und Füßen. Bei einigen Sil schienen die doppelten Gelenke in den Armen entzündet zu sein; bei anderen zogen sich Schnitte übers Gesicht, gewölbt, wie von krummen Klingen verursacht. Cliff fühlte seltsame Verlegenheit in sich aufsteigen, denn sie, die Menschen, trugen keine Male dieser Art. Ihre Haut war unversehrt, nicht gezeichnet von Mühsal und Kampf. Selbst nach der langen Flucht durch die Wildnis der Scheibenwelt wies ihr Erscheinungsbild auf ein bequemes, behütetes Leben hin.

Er beobachtete Irma, als sie durch die Tunnel unter dem Berg eilten, Quert und seinen Artgenossen folgten. Sie wirkte verändert, zurückgezogen und nachdenklich. Zwar blickte sie nach vorn, doch ihre eigentliche Aufmerksamkeit schien inneren Vorgängen zu gelten. Er erkannte die Symptome, denn er hatte sie selbst erfahren, in den Trümmern der Stadt. Irma hatte ihm ihre Diagnose genannt, klar und deutlich, unverblümt, mit ihren eigenen Worten: Teilnahmslosigkeit, emotionale Isolation, ins Leere starren, eine allgemeine Benommenheit.

Jetzt litt sie selbst daran. Vielleicht lag es an Howards Tod; das mochte bei ihr den Ausschlag gegeben haben. Oder das Ende der Sil, die Cliff absichtlich überfahren hatte.

Er dachte darüber nach, als sie den Weg fortsetzten und durch Räume kamen, bei denen es sich um Luftschleusen zu handeln schien. Seit Irma und er Sex hatten – von Liebe sprachen sie nicht, vielleicht aus gutem Grund –, waren sie sich nähergekommen. Die anderen Gruppenmitglieder hatten das zur Kenntnis genommen und es, abgesehen von der einen oder anderen spitzen Bemerkung, einfach akzeptiert, ohne daran Anstoß zu nehmen. Sie waren eine Einsatzgruppe, kein Club oder Verein. Howards Tod hatte das noch einmal deutlich genug gemacht.

Cliff beobachtete Irmas Gesicht, ihre Konzentration auf das, was sich vor ihnen befand. Und gleichzeitig sah er ihre Introspektion. Er nahm jetzt Anteil an ihr und wollte verstehen, was sie durchmachte. Sie hatten Howard auf eine völlig überraschende Weise verloren, für die niemand von ihnen Verantwortung trug, und deshalb war Cliff in diesem Zusammenhang auch nicht von Schuldgefühlen belastet. In solchen Momenten, wenn von einem Augenblick zum anderen Gefahr drohte, blieb jeder von ihnen auf sich allein gestellt.

Vielleicht hatte sich Irma noch nicht zu dieser Erkenntnis durchgerungen. *Früher oder später wäre irgendetwas in ihr zerbrochen. Sie hätte es mit einem Ereignis zu tun bekommen, das ihren Blickwinkel auf die Welt änderte. Wenn sie auf der Erde geblieben wäre, hätte sie diese Erfahrung vielleicht erst im hohen Alter gemacht. Die Leute ohne innere Flexibilität, die ein Selbst wie aus glattem Porzellan haben, das sie die ganze Zeit über zu schützen versuchen ... Irgendwann bricht es trotzdem, dieses innere Porzellan. Manche Bruchstücke gehen verloren, und wenn man den Rest wieder zusammensetzt, bleiben Löcher und Risse übrig. Niemand kommt ohne den einen oder anderen harten Aufprall durchs Leben. Die Dunkelheit folgt uns immer, in einem Abstand von nur ein oder zwei Schritten, die Hand ausgestreckt, um einen an der Schulter zu fassen. Und wenn es dazu kommt, wenn man die Berührung fühlt ... Dann ist man bestürzt und geht schneller. Wenn die gleichgültige Welt einem die Illusionen nimmt, so wird der ganze innere Kosmos erschüttert. Dann verliert man etwas, dann stirbt etwas in einem. Irmas einzelne Teile werden nie wieder so gut zusammenpassen wie vorher. Und das gilt auch für mich.*

Sie passierten eine weitere Luftschleuse, und der Tunnel dahinter neigte sich steiler nach unten. Bald kam es zu Veränderungen: Erst wurde der Boden transparent, dann auch die Wände. Das matte Licht der orangefarbenen Pflanzen schwand, denn es wuchsen weniger von ihnen an der Decke. Durch den Boden sah Cliff zuerst nichts als Schwärze, doch als sie eine Art stählerne Rippe hinter sich brachten, erschienen plötzlich Sterne in der Finsternis und glitten mit der Rotation der Schalenwelt von einer Seite zur anderen.

»Ah«, sagte Aybe. Irma seufzte. Querts Augen bewegten sich auf eine Weise, die Zustimmung signalisierte.

»Wir sind an der Außenseite der Schale«, sagte Cliff unnötigerweise. Er hörte dabei die Freude in seiner Stimme und sah, wie sein Atem kondensierte.

Die vielen Sterne schufen hier eine Welt des Zwielichts.

Sie blieben stehen und genossen den Anblick. Nur das leise Flüstern des Luftstroms war zu hören, sonst nichts. Von diesem Weg aus beobachteten sie die Außenhülle der Schale, die durch die transparenten Wände nach allen Richtungen hin sichtbar war. Der Weg reichte bis in weite Ferne, unter einer kalten Landschaft aus Eis und schwarzen, gerippten Linien.

»Eis und Eisen«, sagte Irma.

Zwischen den schwarzen Stützstreben hatte sich schmutziges Eis angesammelt. Über dieser Landschaft zogen die Sterne ihre Bahnen. Einige Krater zeigten sich in dem Eis, von Meteoriten geschaffen ...

In der weiten Ebene glitzerte es. Cliff drehte sich um und blickte zurück, dorthin, wo sich die langen Schatten der schnellen Dämmerung erstreckten. Diamanten schienen dort zu funkeln, weiß und kalt.

»Die Temperatur der Oberfläche liegt bei 152K«, sagte Aybe und blickte auf die Anzeigen seines Komm-Geräts, mit dem sich auch Messungen vornehmen ließen.

»Fast so kalt wie die Oort'sche Wolke«, erwiderte Terry. »Aber warum gibt es einen Tunnel, der es Leuten wie den Sil und uns erlaubt, die Außenfläche der Schale zu besuchen?«

Quert schwieg.

Irma deutete auf einige blinkende Lichter. »Hier ist es immer dunkel; an diesem Ort gibt es nur den Schein der fernen Sterne. Das Funkeln ... Stammt es vielleicht von Glimmer in den Felsen?«

»Zu hell«, sagte Terry.

In der Nähe blitzte es auf. Sie drehten den Kopf und beobachteten eine Spitze, die aus der silbrigen Ebene ragte. »Eine ... Blume«, hauchte Terry.

Wedel gingen von einem knorrigen Stamm aus, der fest in der eisigen Kruste verankert zu sein schien. Hellgrüne Blätter neigten sich ihnen entgegen.

»Eine paraboloide Pflanze«, sagte Aybe.

Das Gebilde war mindestens fünf Meter groß und gewölbt, bestand aus einzelnen, wie poliert wirkenden Segmenten. Es drehte sich langsam, und reflektiertes blaues Licht strich über die Beobachter hinweg.

Irma hielt Ausschau. »Die Pflanze ist auf den blauen Stern dort gerichtet und folgt ihm.«

Die Drehung hielt an, und Aybe sagte: »Seht euch den Fokuspunkt an.« Er meinte den Bereich der Pflanze, in dem sich das von den gewölbten Elementen eingefangene Licht sammelte.

Cliff blickte durch seinen Feldstecher und sah ein komplexes Muster aus hellbraunen Fäden. »Chloroplasten in dieser Kälte? Unmöglich.«

»Im Fokusbereich ist es nicht so kalt«, sagte Irma. »Dort sammelt sich das Sternenlicht und erzeugt Wärme.« Sie deutete zum Horizont, der sich erstaunlich klar abzeichnete, obwohl er Tausende von Kilometern entfernt sein musste. »Eine ganze verdammte Biosphäre im Vakuum.«

»Und sie bezieht ihre Energie vom Sternenlicht?«, fragte Terry. »Keine besonders ergiebige Energiequelle.«

»Diese Pflanze hat sich so entwickelt, dass sie zu einer Art Antenne geworden ist«, sagte Aybe. »Und sie wächst und gedeiht hier, an der Außenseite der Schale.«

»Wo können solche Sternenblumen entstanden sein?«, fragte Irma. Sie beobachteten, dass sich die ganze Pflanze drehte, nicht nur ihr »Empfänger«, die gewölbten Blätter, sondern auch der knorrige Stängel. Die Eigenbewegung war genau an die Rotation der Schalenwelt angepasst. »Sie folgen den Sternen am dunklen Himmel, um ständig ihr Licht zu empfangen.«

»Leben, das sich im Vakuum entwickelt?«, kommentierte Aybe spöttisch.

Cliff stellte fest, dass Quert die Menschen ihren Spekulationen überließ.

Irma zuckte die Schultern. »Vielleicht entwickelten sie sich weit von ihrer Heimatsonne entfernt. Und dann kam die Schalenwelt vorbei und nahm einige von ihnen auf. Aber ... warum?«

Cliff blickte über die weite Ebene und bemerkte weitere Stellen, wo es aufblitzte, als durch die Drehung der Schalenwelt Sterne über den Horizont kamen, denen die Empfängerkelche dieser seltsamen Pflanzen folgten, wobei vermutlich jede von ihnen einen besonders hellen Stern wählte. *Lichtvampire,* dachte Cliff.

Aus einer Höhe von etwa einem Kilometer über der Außenhülle der Schale blickten sie auf ein technisches Wunderland hinab, das dem kalten Vakuum ausgesetzt war und in dem es doch Leben gab. Cliff beobachtete die seltsamen, blumenartigen Lebensformen, wie sie sich drehten, um dem schwachen Licht am dunklen Himmel zu folgen. Dieses kalte Reich exotischen Lebens ... Vielleicht erstreckte es sich über Millionen von Kilometern, über die ganze Außenseite der Schalenwelt, eine sehr spezielle Biosphäre, von der die *SunSeeker* beim Vorbeiflug nichts bemerkt hatte. Die ganze Schalenwelt war so atemberaubend, dass zunächst niemand auf Details geachtet hatte. Bei den ersten Beobachtungen war ihnen die Außenseite wie eine endlose Maschinenlandschaft erschienen. Niemand hatte Eisfelder oder Pflanzen bemerkt, denn so winzige Details verloren sich im gewaltigen Maßstab der Schalenwelt.

Mit dem Zoom holte Cliff einige der Lichtpunkte heran und beobachtete, wie grüne Blätter, zu einem Trichter geformt, dem Licht des hellsten sichtbaren Sterns folgten. Die Sonne, von der die Innenseite der Schalenwelt Licht und Wärme bekam, blieb diesen Pflanzen natürlich verborgen. Dort, wo die Blätter das Licht konzentrierten, bemerkte Cliff durchsichtige Kugeln, durchzogen von Linien, die vielleicht Adern oder Kapillargefäße darstellten. An diesen kleinen Stellen gab es Wärme, geschaffen von eingefangenem Sternenlicht. Blumen in Eis, in der Zentrifugalkraft hängend. Das Ergebnis einer Evolution, die sich nicht um Kälte und Vakuum scherte. Die Evolution schlief nie.

Als sie den Weg durch den transparenten Tunnel fortsetzten, sagte Irma: »Auf der Erde haben wir Piezophile gefunden, die in den Tiefen der Ozeane unter extremem Wasserdruck leben, und Halophile, die sich in hohen Salzkonzentrationen wohlfühlen. Dies hier ist eigentlich gar nicht so seltsam.«

»Ich frage mich, ob diese Gewächse überall an der Außenseite vorkommen. Sie könnten die am meisten verbreitete Lebensform der Schalenwelt sein.«

»Und zwar noch weiter verbreitet, als wir denken«, fügte Terry hinzu.

Die anderen sahen ihn an.

»Es könnte wie ein ... Spinnennetz sein.« Terry deutete auf etwas, das an mehreren Bändern oder Fäden hing, die aus einem Eisfeld in der Ferne ragten. Inzwischen hatten sich ihre

Augen an die Düsternis gewöhnt, und sie sahen fünf miteinander verbundene Stränge. Sie ragten weit in den tintenschwarzen Himmel empor, und damit verbunden waren zahlreiche weitere Blumen, deren Blätter den Bewegungen der Sterne folgten. Nach oben hin verjüngte sich die Erscheinung: ein gewaltiger Baum, dessen Äste und Zweige viele Blumen trugen, größer als die auf dem Boden.

»Eine kalte Ökologie«, sagte Terry. »Die Kehrseite des immerwährenden Sonnenlichts im Innern der Schale. Hier herrscht ewige Nacht.«

»Wozu brauchen die Vogel-Leute so etwas?«, wandte sich Irma an Quert.

»Weicher Pelz, scharfe Krallen. Dasselbe Tier.«

Damit konnte Cliff nicht viel anfangen. »Sie bekommen etwas davon?«, fragte er. »Was?«

»Ihre Vergangenheit.« Quert verzog das Gesicht und suchte offenbar nach den richtigen Worten. Im schwachen Licht der Sterne wirkte sein Gesicht noch mehr von Falten durchzogen. Er streckte die Hand nach seiner Partnerin aus, einer gertenschlanken Sil, die selten ein Wort sprach, deren Augen aber besonders ausdrucksvoll waren. Die beiden Katzenwesen umarmten sich, und ihre Augen bewegten sich ständig. Vielleicht teilten sie sich auf diese Weise mehr mit als die geschwätzigen Menschen mit ihrem dauernden Gerede.

Cliff hatte gelernt, den Blick bei solchen Gelegenheiten abzuwenden. Die Sil hatten eine andere Vorstellung von Privatsphäre; ihnen schien es nichts auszumachen, selbst recht intime Momente mit anderen zu teilen. Aber Cliff war daran nicht gewöhnt und bezweifelte, dass er sich jemals daran gewöhnen würde.

Schließlich wandte sich Quert von seiner Partnerin ab und deutete hinaus in die kalte Leere, die eigentlich gar nicht so leer war. Seine Geste galt insbesondere den paraboloiden Blumen. »Weicher Pelz der Vogel-Leute.«

Der Sil sah die Menschen an, einen nach dem anderen, straffte dabei die Schultern und schien etwas größer werden zu wollen. Er sprach langsam, wählte seine Worte offenbar mit Bedacht. »Die Pflanzen immer hier sind. Sterne geben ihnen Kraft. Sie speichern. Haut der Schale immer kalt. Dies hier ...« Quert unterstrich seine Worte, indem er den einen Arm schwang und die Augen bewegte. »... heilige Erinnerung.«

»Soll das heißen ...« Irma zögerte kurz. »Dies ist ein Datenspeicher?«

»Geschichte«, sagte Quert. »Große Geschichte. Sil sie lesen möchten. Könnt ihr helfen?«

SECHSTER TEIL

DIE TIEFE

»Der Geist, ein Ozean, in dem geschwind
Eine jede Art ihr eigen Ähneln find;
Doch jenseits davon erschafft er gern,
Andere Ozeane und Welten fern.«

ANDREW MARVELL

19

Als Memor saß, bemerkte sie, dass die Primatin Tananareve beobachtete, wie der große Entwerfer Bemor Platz nahm. Die Augen aufgerissen, die Lippen zusammengepresst, die Muskeln gespannt, zum Laufen bereit ... Dieser Letzte Eindringling zeigte die klassischen Symptome von Furcht.

Vielleicht lag es daran, dass Tananareve das kleinste Geschöpf im Gewölbe war, noch kleiner als die Dienstler; das weckte vermutlich primordiale Ängste in ihr. Um sie zu beruhigen, reichte Memor ihr eine Süßfrucht. Die Primatin nahm sie entgegen, biss versuchsweise hinein und lächelte ein wenig. Kein Zeichen von Dankbarkeit.

Normalerweise bildete sich Intelligenz auf Planeten erst, nachdem frühere Lebensformen alle Vorteile von Größe, Langsamkeit und Dummheit erkundet hatten. Größe bot einen guten Schutz und minderte den Selektionsdruck in Hinsicht auf komplexere Gehirne und Weitblick. Während ihres Studiums hatte Memor von Geschöpfen wie Tananareve erfahren. Sie gehörten zu der Art, die Modelle ihrer Umwelt entwickelten, um besser vorherzusagen, wo sich Nahrung befand, wie sich Raubtiere verhalten würden und, in einem späteren Entwicklungsstadium, was Artgenossen von ihnen hielten. Irgendwann fanden solche Wesen heraus, dass hinter den furchtsamen Augen der anderen ebenfalls solche Modelle existierten, und auf dieser Grundlage entwickelten sich Gesellschaften.

»Wir möchten dich nur nach einigen Aspekten deiner Spezies befragen«, sagte Memor als Einleitung.

»Unsere letzte Begegnung, als du die Schmerzwaffe gegen mich eingesetzt hast ... Ging es auch dabei nur um das Stellen von Fragen?«

»Es ging uns um die Entwicklung eines Werkzeugs, das sich beim Kontakt mit anderen deiner Art als nützlich erweisen könnte«, erwiderte Memor.

»Die anderen leben noch?« Bei diesen Worten erklang Zweifel in der Stimme der Primatin.

»Natürlich. Sie sind auf der Reise durch unsere große Welt.«

»Ihr habt sie noch nicht gefangen, wie?«

Tananareve war ein Geschöpf mittlerer Intelligenz, und eine ihrer weniger attraktiven Eigenschaften bestand darin, bei Gesprächen plötzlich Sprünge zu machen.

»Wir haben uns nicht ausreichend bemüht, ihrer habhaft zu werden – wenn du das meinst. Sie entwischten uns in dem Moment, als wir dich und deine Begleiter in unsere Obhut nahmen. Wir beschlossen, sie in Freiheit zu lassen. Unsere Wunder zu erfahren ist die beste Lektion, die wir ihnen erteilen können.«

»Verstehst du unser Wort ›selbstgefällig‹?«

»Ja. Die Sondierung deines Wortschatzes, des aktiven wie des passiven, lässt den Schluss zu, dass ihr Bedeutungsnuancen kennt.« Memor meinte es als Kompliment, aber von Tananareve kam ein abfällig klingendes Lachen.

»Ich glaube«, fuhr Memor fort, »du solltest über unseren relativen Status nachdenken, bevor du jemanden selbstgefällig nennst.«

»Ich denke, selbstgefällig ist, wer sich selbstgefällig gebärdet.«

Diese Worte riefen bei Bemor ein abschätziges Brummen hervor. Memors Zwillingsbruder, noch immer als Männlicher im Ersten Leben, sprach langsam, damit die Primatin jedes Wort verstand. »Wir wünschen deinen Rat, kleiner kluger Affe. Deine Artgenossen haben bei mehreren Kasten Schaden angerichtet, von den Ersten Dienstlern bis hin zu den unteren Stufen des Volkes. Und das alles ...« Bemor schnaubte dumpf. »... nur weil sie sich nicht auf diplomatische Begegnungen einlassen wollten.«

Tananareve lachte erneut. »Von wegen Diplomatie.«

Memor bewunderte, wie gut es ihrem Bruder gelang, die Emotionen unter Kontrolle zu halten. Es bot Hinweis auf einen perfekt integrierten Untergeist – vermutlich fühlte er nicht die innere Aufgewühltheit, die sie manchmal heimsuchte. Bemors Federn glätteten sich, und auch seine Stimme klang ruhig, als er sagte: »Ich möchte, dass wir uns alle auf die glorianische Krise konzentrieren und nach Wegen suchen, mit Besonnenheit darauf zu reagieren. Das Ziel, zu dem wir seit Langem unterwegs sind, zu der Welt, die wir seit vielen Generationen beobachten und nicht verstehen ... sie ist ein Rätsel, das es zu lösen gilt.«

»Wir suchen den Ursprung der Gravitationsnachrichten«, warf Asenath ein. »Die elektromagnetischen Mitteilungen, die wir jetzt von Glory empfangen haben, sind so einfach, dass wir sie entziffern können. Doch sie gelten nicht uns.«

Bemor erlaubte diese Unterbrechung, obwohl sie fast gegen das Konversationsprotokoll verstieß, und brachte mit kurzen Federbewegungen Zustimmung zum Ausdruck. »Wahrhaftig. Während wir uns dem Ziel nähern, erscheinen plötzlich die Letzten Eindringlinge an unserem Himmel. Die Primaten kommen mit ihrem Kollektor-Raumschiff, und kurze Zeit später empfangen wir eine Nachricht von unserem Ziel. Die elektromagnetisch codierten Bilder betreffen nicht die Himmelsschale, sondern die Primaten. Ihre Ankunft und die Mitteilung sind nicht zwei voneinander getrennte Ereignisse. Es gibt eine Verbindung. In dem gewaltigen Ozean der galaktischen Zeit liegen sie zu dicht beieinander.« Bemor lehnte sich ein wenig zurück. »Die Glorianer übermitteln uns eine seltsame, warnende Botschaft. Wie Memor bereits festgestellt hat: Die Warnung gilt den klugen Affen, *nicht unserer Himmelsschale*. Wir müssen handeln. Das verlangen die Vektoren unserer Umstände.«

Memor wandte sich an Tananareve. »Deine Expedition wusste davon nichts?«

»Nein«, bestätigte die Primatin. »Uns ging es nur um die Schalenwelt, die Himmelsschale, wie ihr sie nennt. Wir wollten mehr darüber herausfinden.«

Memor sah ihren Bruder an. »Angeblich wussten die Primaten zunächst nichts von uns und unserem Ziel. Sie stießen durch Zufall auf die Himmelsschale, und da es ihnen an Vorräten mangelte ...«

»Das weiß ich alles.« Bemors Federn raschelten. »Ihr Raumschiff ritt auf einer Ionisationsbugwelle, die die von uns empfangenen Mikrowellenemissionen absorbierte; während des Flugs konnten sie gar nichts davon bemerken. Für ihre eigene

Kommunikation verwenden sie amplitudenmanipulierte Laserstrahlen, und die sind auf ihren Heimatstern gerichtet, nicht nach vorn.«

Sein Blick kehrte zu Tananareve zurück. »Du hast gesagt, dass euer Schiff lange Zeit keine Nachrichten von eurer Heimatwelt empfangen hat. Warum?«

»Wir glauben, dass es an politischer Instabilität liegt. Wir haben Berichte geschickt, aber offenbar erlebt unser Volk gerade eine Phase mangelnden Interesses an interstellaren Expeditionen.«

Memor fiel auf, wie steif die Primatin bei diesen Worten dasaß. Offenbar widerstrebte es ihr, von solchen Dingen zu sprechen.

Bemor blieb skeptisch und drehte die Augen spöttisch nach oben – eine Reaktion, die für die Primatin bedeutungslos bleiben musste. »Warum das fehlende Interesse?«

Als die Primatin nicht antwortete – vielleicht blieben ihr Sinn und Bedeutung dieses Gesprächs verborgen –, fügte Bemor seiner Frage Erläuterungen hinzu. Das war ungewöhnlich für ihn, und Memor signalisierte mit scharlachroten Federn ironisches Interesse. »Wir haben nur wenige Expeditionen empfangen. Die meisten stammen von Sternen eines relativ nahen Vorbeiflugs. Bei solchen Gelegenheiten geschieht es manchmal, dass uns intelligente Wesen an ihrem Himmel sehen, und jene von ihnen, die bereits Raumfahrt entwickelt haben, schicken uns dann ein Schiff. In diesem Sinne stimulieren wir technische Entwicklung bei schlafenden Zivilisationen, einfach nur durch unser Erscheinen. Den eintreffenden Besuchern fällt es oft schwer, in den hiesigen Biosphären zu leben. Mikrobiologische Inkompatibilität, Probleme bei der Nahrungsverwertung, Krankheiten.«

»Aber wir haben eine Nachricht empfangen, als wir eure ... Himmelsschale entdeckten.«

Tananareve war noch immer nervös, stellte Memor fest. Sie gab diese Information nur preis, weil sie sich vor Bemor fürchtete. Handelte es sich vielleicht um natürliche Befangenheit einem Männlichen gegenüber? Bemors Geruch war ziemlich intensiv, das ließ sich nicht leugnen. Oder hatte der frühere Einsatz der Schmerzwaffe die Primatin gefügiger gemacht? Diese Möglichkeit bot interessante Perspektiven.

»Ah, die Primaten haben nicht erwartet, Nachrichten von Glory zu empfangen, was darauf hindeutet, dass dies ihr erster Versuch ist, Glory zu erreichen«, sagte Bemor zu seiner Schwester. Dann wandte er sich Tananareve zu und flüsterte in ihrer Sprache: »Ich hoffe, du sagst die Wahrheit.«

Sie erwiderte seinen Blick. »Ja, dies ist unsere erste Expedition. Eure Himmelsschale ... Wir wussten nichts von ihr.«

»Ihr habt also nicht geplant, unser Paradies zu überfallen?«

Tananareve schnaubte. »Die Gruppe, zu der ich gehörte, Beths Gruppe ... Bis zu unserer Flucht hatten wir ebenso große Kontrolle über unsere Situation wie eine Katze im Wäschetrockner. Aber nach dem, was ich gehört habe ... Cliffs Gruppe scheint euch zu zeigen, wozu wir fähig sind.«

Bemor bewegte amüsiert die violetten Wimpern. »Bei eurem Schiff habe ich Anzeichen von großem Einfallsreichtum bemerkt, mehr als man bei Intelligenzen der Ersten Stufe erwarten kann.«

»Und was ist die Erste Stufe?«

»Neugier, wie du gerade mit deiner Frage zum Ausdruck gebracht hast. Geschick beim Bau eures Raumschiffs, insbesondere seiner Magnetfeldkomponenten. Wir haben es untersucht, die Fluoreszenz zerfallender Ionen analysiert und so eine klare Vorstellung von der technischen Struktur gewonnen. Das Schiff kann selbst in der geringen Ionendichte unseres Sterns navigieren, was bewundernswert ist!«

Tananareve blinzelte und wusste nicht, was sie darauf erwidern sollte.

Memor begann: »Ich bin ebenfalls überrascht, dass es euch gelingt …«

Bemor unterbrach sie, wandte sich sowohl von Tananareve als auch von seiner Schwester ab. »Ich glaube, Sie wollten der Primatin noch einige Fragen stellen, Weisheitsprinzipalin.«

Asenath trat vor, froh darüber, Aufmerksamkeit zu bekommen, vermutete Memor. Sie befragte Tananareve, wobei Memor mehrmals helfend eingriff, und erfuhr nichts Neues. Bemor langweilte sich schon nach kurzer Zeit. Sie ähnelten sich noch immer sehr – immerhin hatten sie als Zwillinge dieselbe genetische Basis –, und Memor wusste, dass er nur deshalb still blieb, weil es die Höflichkeit von ihm verlangte. Sie erkannte auch, dass er Signale von einem anderen Ort in der Zitadelle empfing. Von Vorgesetzten vielleicht?

»Diese Primatin ist sehr nützlich, denn wir können bei ihr die Bewusstseinsstruktur der Letzten Eindringlinge untersuchen«, sagte Memor und versuchte, die Sprache auf jenes besondere Merkmal dieser Geschöpfe zu bringen, das sie als besonders faszinierend empfand: ihr von jeder Kontrolle unerreichtes Unterbewusstsein.

Doch Asenath ging es um etwas anderes, wie bald deutlich wurde. »Die Botschaft von Glory gilt den Primaten. Die Glorianer glauben, dass Primaten die Himmelsschale steuern!«

Die Reaktion bestand aus allgemeinem Gelächter, in das selbst die Dienstler einstimmten, obwohl sie sich sonst zurückhielten.

»Gut so!«, fügte Asenath hinzu. »Sollen sie in diesem falschen Glauben verweilen. Sollen sie die wahren Lenker und Herrscher nicht erkennen.«

»Lenker und Herrscher, das sind wir zweifellos«, pflichtete ihr Bemor bei, aber etwas in seiner Stimme verriet ironische Skepsis.

Asenath bewegte die Federn und signalisierte Unterordnung, doch besonders überzeugend wirkte sie dabei nicht. »Eine ideale Voraussetzung für Täuschungsmanöver. Aber dafür brauchen wir die Zusammenarbeit der Letzten Eindringlinge.«

Bemor wandte sich an die Primatin und fragte in ihrer Sprache: »Hast du dies verstanden?«

Es überraschte Memor, wie gut ihr Bruder mit den fremden Frikativkonsonanten zurechtkam. Er lenkte den Atem mit der Zunge über die scharfen Kanten der Zähne und in die Wangenhöhlen; dadurch gelang es ihm gut, die Laute der fremden Sprache nachzuahmen. Memor hatte mehrere Schlafzeiten gebraucht, um sich diese Methode anzueignen, und ihre Worte klangen noch immer dünn und näselnd.

Die Primatin verstand Bemor sofort und erwiderte: »Ich beherrsche Ihre Sprache nicht.«

Bemor gab ihr eine verkürzte Version des Gesprächs und ließ dabei all das aus, was für die Primatin vielleicht von

Nutzen gewesen wäre. Memor nahm zur Kenntnis, dass er sich dabei recht geschickt anstellte.

»Was ist mit dem Problem der Lichtgeschwindigkeit?«, fragte Tananareve sofort.

»Wir denken langfristig«, sagte Bemor. »Vielleicht erleben nur wenige von uns, dass wir in die Nähe von Glory gelangen.«

»Ihr wollt also auf die Botschaft antworten und die Glorianer täuschen?«

Memor fand, dass es die Primatin zu sehr an Respekt ihnen gegenüber mangeln ließ, aber Asenath wählte genau diesen Moment, um wieder eine aktive Rolle in dem Gespräch zu übernehmen. »Meine Gruppe arbeitet an einer Antwort für Glory. Besondere Eile scheint nicht erforderlich zu sein, aber es könnte eine zeitliche Begrenzung geben.«

»Was ist, wenn die Glorianer eine Expedition ausgeschickt haben?«, fragte Tananareve.

»Wir sind zweifellos imstande, sie rechtzeitig zu bemerken und Maßnahmen für die Verteidigung zu ergreifen«, sagte Asenath und bewegte die Federn auf eine Art und Weise, die so viel bedeutete wie: *Das ist doch klar.*

»Ich nehme an, Ihr wisst von den Gravitationswellen, oder?«

»Willst du damit andeuten«, fragte Bemor voller Verwunderung, »dass wir vor entsprechenden Waffen auf der Hut sein sollten?«

Tananareve stand auf, streckte sich und nahm eine Süßfrucht aus der nahen Schale. Wollte sie Gleichgültigkeit demonstrieren? Sie verfügte nicht über Federn, die bewegt oder farblich verändert werden konnten. Vielleicht waren solche Verhaltensweisen Teil ihrer Kommunikation. Mit fast vollem

Mund – ein ernster Verstoß gegen das Gebot der Höflichkeit in der Gesellschaft des Volkes – sagte sie: »Ich sähe darin einen guten Grund, vorsichtig zu sein.«

»Ich glaube, der Lambda-Speer könnte restauriert werden«, sagte Asenath. »Vielleicht weiß Entwerfer Bemor genauer darüber Bescheid.«

»Lambda-Speer?«, wiederholte Tananareve. »Was ist damit gemeint?«

»Ein wahrhaft schrecklicher Apparat, dazu in der Lage, die fundamentalen Konstanten in einem bestimmten Bereich der Raumzeit zu verändern«, erklärte Memor.

Tananareves Augen wurden groß. »Und wie macht ihr Gebrauch davon?«

»Natürlich mit großer Vorsicht«, sagte Bemor. »Wir können die Wirkung nur über große Entfernungen hinweg erzielen, um zu vermeiden, selbst in den betroffenen Bereich zu geraten. Der Apparat eignet sich für Verteidigung im Maßstab von Sonnensystemen.«

»Er stammt aus der Zeit des Schreckens«, fügte Memor hinzu.

»Die Geschichte würde ich gern hören«, sagte Tananareve.

»Ich kann Ihnen ein Beispiel dafür zeigen, wie wir eine Wiederholung solcher Zeiten vermeiden«, erwiderte Asenath und siezte die Primatin. Sie untermalte ihre Worte mit einem kurzen Federrascheln. »Ich habe einen Termin bei Angewandter Gerechtigkeit. Die Pflicht ruft.«

20

Cliff und die anderen waren froh, sich wieder in den wärmeren Bereichen des Schalenwelt-Untergrunds aufzuhalten. Sie rasteten in einer großen Panoramasektion, die ihnen nicht nur Wärme gab, sondern auch einen guten Blick auf die »Vakuumblumen«, wie Irma sie genannt hatte. Sie verzehrten etwas von den Nahrungsmitteln, die sie bei sich trugen, und die Sil holten Wasser aus einem kleinen Distributionssystem in den felsharten Wänden. Die Außenhülle der Schalenwelt war durchzogen von einem komplexen Netzwerk aus Tunneln, Korridoren, Räumen, kleinen Wohnquartieren und Werkstätten. Im Innern dieses großen Labyrinths erstreckten sich kleinere Labyrinthe, in denen offenbar die Fingerschlangen lebten. In manchen Werkstätten arbeiteten sie mit Metall und schienen damit beschäftigt zu sein, elektronische Geräte zu reparieren oder herzustellen. Die kleinen Geschöpfe mit der bläulichen Haut und den Knopfaugen waren sehr fleißig und hantierten mit Objekten kleiner als menschliche Finger.

»Es ist irgendwie beruhigend«, sagte Aybe, »dass an einem so fremdartigen Ort wie diesem Flansche, Sechskantschrauben, Druckringe und Kugellager hergestellt werden.«

»Technik ist universell«, erwiderte Terry.

Einige Schlangengruppen arbeiteten an einer Wand. Mit großem Eifer gingen sie zu Werke, verständigten sich mit zischenden und klickenden Lauten und glitten agil über Anordnungen aus Kupfer. Die Wand erstreckte sich hinter dem Bereich, in dem sich die Menschen aufhielten. Dicke Eisablagerungen hatten sich dort auf der Hülle gebildet, und in der Nähe drehten sich Vakuumblumen. Cliff berührte das Fenster und zog die Hand sofort zurück, als er ein Stechen in den Fingerspitzen fühlte. Die Scheibe war so kalt, dass seine Finger daran festzukleben drohten. Quert hatte darauf hingewiesen, dass die Wände gut isoliert waren, aber etwas von der Kälte des Alls drang trotzdem hindurch.

»Diese Korridore erstrecken sich hinter der Spiegelzone«, sagte Aybe. »Wir befinden uns am Rand eines großen Spiegelgebiets. Dieser Bereich der Schalenwelt muss ziemlich kalt sein.«

Das schien tatsächlich der Fall zu sein. Die Landschaft vor ihnen war von Felsen durchsetzt, die hier und dort dunkle Dächer über grauem Eis bildeten. Irma folgte Querts Rat und richtete einen auf Streuung justierten Laserstrahl in eine der dunklen Regionen. Sichtbar wurden seltsame elfenbeinfarbene Wesen, die sich mit quälender Langsamkeit bewegten.

Aybe fragte, was es mit ihnen auf sich hatte. »Auf dem Weg hierher haben wir bizarre Lebensformen gesehen, die offenbar Eis fraßen, aber das dort ...«

»Diese langsamen Geschöpfe mit Mandibeln und Augenstängeln ähneln Hummern«, sagte Irma. »Aber sie leben im Vakuum, bei extrem niedrigen Temperaturen.«

Terry beobachtete die grauen Wesen. »Sie wirken amorph und bewegen sich mehr wie Flüssigkeiten.«

»Eisleben«, sagte Quert. »Mit Eisriesen verwandt.«

»Warum hast du uns hierhergebracht?«, fragte Irma.

Quert zögerte einige Sekunden. »Sil möchten sprechen.«

»Mit wem?«

»Mit Eisgeistern.«

»Was können wir tun?«, fragte Irma.

»Eisgeister sprechen zu euch.« Quert machte Augenbewegungen, die Hoffnung oder Erwartung zum Ausdruck brachten.

»Und zu euch sprechen sie nicht?«, fragte Irma.

»Nicht sprechen zu Aufgenommenen.«

»Damit meinst du in die Biosphäre der Schalenwelt integrierte Lebewesen?«, vergewisserte sich Irma. »Warum sprechen die Eisgeister nicht mit den Aufgenommenen?«

»Eisgeister alt. Nur Neues wollen.«

»Die amorphen Geschöpfe in den Schatten«, sagte Aybe. »Sie bewegen sich alle zusammen. Sie kommen auf uns zu.«

»Beobachter«, sagte Quert. »Mit Eisgeistern verbündet.«

»Man hat euch also keine Beachtung geschenkt«, sagte Cliff und sah, wie sich mehrere Vakuumblumen öffneten und drehten. »Was geht dort draußen vor sich?«

Quert deutete auf die Vakuumblumen, deren Drehung jetzt nicht mehr den Bahnen der hellsten Sterne am Himmel folgte. Sie wandten sich vielmehr der transparenten Wand zu.

Cliff und die anderen schwiegen, als sich die Blumen ganz öffneten, als sich ihre paraboloiden Blütenkelche ausdehnten und auf die Wand richteten, hinter der Menschen und Sil standen. Sie wurden zu weißen Flächen, jede von ihnen mit einem Durchmesser von mehreren Metern.

»Sie sind wirklich groß«, sagte Irma. »Ich kann es mir noch immer kaum vorstellen: Pflanzen, die im Vakuum leben und denen das Licht der Sterne genügt. Quert, was du eben gesagt hast … Bedeutet es, dass die Energie für die Biosphäre dort draußen von diesen Blumen stammt?«

Quert bewegte die Augen auf eine Weise, die »Ja« bedeutete. »Von kalten Geistern gelenkt«, fügte er hinzu und schwieg dann.

Das Glühen des Jets reichte hier über den Horizont, und einige der Blumen schienen permanent darauf gerichtet zu sein. Das schwache blaue und rote Licht war eine eher dürftige Energiequelle, aber es existierte die ganze Zeit über, seit vielen Jahrmillionen – Zeit genug für einige der Vakuumblumen, sich darauf zu spezialisieren.

Fasziniert beobachteten sie, wie sich ihnen weitere Blumen zuwandten. Stille herrschte, abgesehen vom Flüstern der Luftzirkulation. Cliff drehte den Kopf von einer Seite zur anderen und schätzte, dass es etwa hundert Vakuumblumen waren, die sich in ihre Richtung gedreht und weit geöffnet hatten. Ein mattes graues Glühen ging plötzlich von ihnen aus. Hinter den Pflanzen glitten weiterhin die Sterne über den tintenschwarzen Himmel. Stumm standen die Menschen da, den Blick auf die vielen Vakuumblumen gerichtet, die dort draußen eine Art Halbkreis bildeten. Das graue Leuchten wurde ein wenig stärker, und Cliff erschauerte. *Dies ist wahrhaft fremdartig …*

Ein Muster entstand. Ihre Augen hatten sich inzwischen an das schwache Licht gewöhnt, in dem sich die hell gewordenen Blumen deutlicher abzeichneten als zuvor. Einige dunkel gebliebene Pflanzen fügten Kontrast hinzu, und eine Art Bild entstand.

Irma schnappte nach Luft. »Beths Gesicht!«, entfuhr es ihr. »Noch einmal.«

Es war ein einfaches Bild, dem es an Auflösung mangelte – jede Vakuumblume stellte ein Pixel dar –, aber Cliff erkannte es ebenfalls und fühlte sich von Unbehagen erfasst. Er starrte auf das grobe Bild von Beth Marble, während die anderen sprachen. Schließlich sagte er: »Wer auch immer die Vakuumblumen steuert … Er kennt die Methode, die bei den Spiegeln zum Einsatz kam. Und er macht Gebrauch davon, um unsere Aufmerksamkeit zu wecken.«

Von Quert kam Zustimmung. »Eisgeister.«

»Wenigstens bewegen sich ihre Lippen nicht«, sagte Terry. »Das wäre wirklich unheimlich.«

»Also keine Mitteilung«, kommentierte Aybe. »Nur eine Visitenkarte.«

Quert blickte sich um und deutete zur Wand hinter ihnen. Die Schlangen arbeiteten dort noch immer und setzten Greifarme ein. Irgendwie hatten sie einen flachen Behälter aus der Wand gezogen, und flexible Maschinenarme erledigten den Rest. Dies war keine Reparatur, erkannte Cliff, sondern eine Konstruktion. Die schlangenartigen Geschöpfe fügten der Vorrichtung etwas aus einem Substrat hinzu, in dem es immer wieder orangefarben aufblitzte. Während die Menschen die Vakuumblumen beobachtet hatten, waren neue Arbeiter zu der Gruppe gestoßen. Ein großes Geschöpf, das einer Eidechse ähnelte und dessen Rücken verkrustet war, hatte vier Tentakel, jeder von ihnen dicker als eine Fingerschlange, und aus diesen Tentakeln ragten kleine, dünne Erweiterungen. Cliff beobachtete, wie das Wesen seine Fingernägel einsetzte, die sich in spiralförmige Schraubenzieher, Zangen und kleine Hämmer verwandelten. Mit diesen Werkzeugen nahm das Geschöpf Veränderungen an den

Dingen vor, die die Fingerschlangen zuvor aus der Wand geholt hatten.

Cliffs Blick kehrte zum Bild der lächelnden Beth zurück. Als er sich umwandte und erneut zur Wand hinter ihnen sah, krochen die Fingerschlangen fort, und das von ihnen hinterlassene zentrale Oval glomm orangerot.

Buchstaben bildeten sich und wurden zu Worten, die wie aus den Tiefen eines Ozeans aufstiegen.

»Das ist Anglisch«, sagte Terry. »Woher kennen sie unsere Sprache?«

»Eisgeister«, sagte Quert. Sein Gesicht veränderte sich, und ähnliche Veränderungen zeigten sich auch bei den anderen Sil. Die Haut geriet in Bewegung, zog sich an den Augen zusammen. Bedeutete das Freude? Furcht? Cliff wusste es nicht. Doch die Haltung der Sil blieb ruhig und gelassen.

Die Worte bildeten eine Botschaft.

Wir haben die Tiefe durchstreift und die Geschichte nah behalten.

Wir sind keine Kinder des Kohlenstoffs und von thermonuklearer Licht-Wärme.

Wir sind hier, um die Größe zu bewahren, die ihr entdeckt habt.

Vor langer Zeit schufen wir diesen Reisenden, als das warme Volk zu uns kam, aus den Tiefen der Strudel, die unsere Sonnen umgaben. Das warme Volk gab uns Werkzeuge, um Großes zu bauen. Einige von uns blieben bei den Kometen, doch wir hier halten uns an der Himmelsschale fest. Wir leben Äonen und wissen, wie viele unterschiedliche Erscheinungsbilder die Intelligenz haben kann. Oft hatten wir direkt mit ihnen zu tun. Wir sind die Erinnerung der Schale.

»Das sieht nach einem Standardvortrag aus«, sagte Irma.

Aybe nickte. »Das dürfte tatsächlich der Fall sind. Bestimmt werden diese Worte nicht zum ersten Mal an Besucher gerichtet. Die Formulierung ist so gehalten, dass sie von allen intelligenten Wesen verstanden werden kann.«

»Aber es klingt nicht in dem Sinne nach einer Begrüßung«, warf Terry ein. »Eher nach einer Ankündigung.«

»Die Ehrfurcht wecken soll«, fügte Cliff hinzu.

»Als wenn wir nicht schon genug von diesem Ort beeindruckt wären«, sagte Irma. »Das Anglisch ist gut. Von wem auch immer die Worte stammen, die Unbekannten haben offenbar Zugang zu den Erfahrungen der Vogel-Leute. Diese ... Eisgeister behaupten, die Schalenwelt gebaut zu haben.«

»Geformt und vielleicht auch entworfen«, korrigierte Terry. »Nachdem intelligentes warmes Leben sie gefunden hat. Nachdem sie sich die Planeten des Sonnensystems und dann die dieses roten Sterns vorgenommen haben und in die ... soll man sagen ›gemeinsame‹? ... Oort'sche Wolke vorgestoßen sind? Dann fanden sie diesen Wald aus superkaltem Leben. Und die Eisgeister benutzten sie für ihre Technik.«

»Oder es ist alles Angeberei«, sagte Cliff. Niemand lachte.

Sie beobachteten, wie die Worte verblassten und unbewegten Bildern wichen. Jedes von ihnen formte sich langsam, als stünde ihnen alle Zeit der Welt zur Verfügung. Cliff und seine Gefährten sahen Planeten: warm und trocken, wolkig und kalt, von Kratern durchsetzt, aber mit blauen Atmosphären. Und Sterne: manche in dichten Haufen, andere nah und kurz davor, als Nova zu explodieren, oder in engen Umlaufbahnen um Neutronensterne oder Schwarze Löcher. Wunder, die die Schalenwelt auf ihrer langen Reise durch die Galaxis gesehen hatte. Vielleicht stammten die Bilder aus ihrer Anfangszeit, vermutete Cliff, denn der Jet wirkte noch nicht ganz so stabil; er flackerte, und es bildeten sich knotenartige Verdickungen im Plasma.

Jene, die Quert »Eisgeister« genannt hatte, schienen tatsächlich alle Zeit der Welt zu haben. Menschen und Sil setzten sich vor die transparente Wand und beobachteten das Spektakel.

»Sie nennen uns Warmleben«, sagte Quert, als der Halbkreis aus Vakuumblumen eine Eiswelt zeigte. Vor dem Hintergrund eines schwarzen Himmels bewegten sich seltsame Klumpen in einem See, den rotes Licht erreichte. Es gab Sanddünen, Teiche und Kanäle. Von Schluchten durchzogene Berge umgaben den See.

»Das sieht nach Titan aus, einem Mond des Saturn«, sagte Aybe.

»Dort fanden wir Leben«, sagte Irma. »Mikrobiologisches Leben in einigen Methantümpeln.«

»Hier bewegt sich etwas«, sagte Terry und deutete nach draußen zum »Schirm«. Die Klumpen sahen aus, als bestünden sie aus irgendwie verknoteter Flüssigkeit. Durch ihre Körper führende Stangen sorgten vielleicht für Stabilität. Die Kolloiden glitten durch schwarze Flüssigkeit, die vielleicht aus Kohlenwasserstoffen wie Ethan bestand. Einige von ihnen krochen ans Ufer, mithilfe von Fühlern – Armen –, die auch Position und Ausrichtung der Stangen veränderten.

»Sie versammeln sich an dem runden Etwas, das wie ein Termitenhügel aussieht«, sagte Irma. »Offenbar sind die Klumpen zu solchen Konstruktionen imstande.«

»Die Gebilde, die wir dort im Dunkeln gesehen haben …« Terry deutete zur Eislandschaft jenseits der Blumen. »Vielleicht haben sie etwas hiermit zu tun. Allerdings befinden sich diese Klumpen auf einem Planeten.«

»Leben passt sich an«, sagte Irma. »Ein großer Sprung, von einer Welt wie Titan, mit einer Temperatur, die bei hundert Grad Kelvin liegt, und mit hohem atmosphärischem Druck, hin zu diesen Vakuumblumen und den anderen Lebensformen an der Außenhülle der Schalenwelt.«

»Ein großer Sprung, ja«, pflichtete ihr Terry bei. »Aber er muss in einzelnen Phasen erfolgt sein, und sie hatten Jahrmilliarden Zeit dafür.«

Das Bild hatte sich erneut verändert und zeigte nun einen dichten Urwald mit spiralförmigen Bäumen, die sich in starkem Wind bewegten. Der Himmel war violett, und fransige Wolken zogen über ihn hinweg. Im Vordergrund stellte das Bild ein Geschöpf dar, das einem Murmeltier ähnelte, den Kopf gesenkt hielt und sich offenbar dem Wind entgegenstemmte.

Weitere Bilder folgten. Nach einer Weile wiederholten sich die exotischen Landschaften: blaugrüne Berge, von grauen Flüssen durchschnitten; ruhige Ozeane mit grünem Schaum; Wüsten unter gelbbraunen Himmeln …

»Alles Planeten«, sagte Terry. »Sie zeigen uns keine Kometen. Und sie präsentieren sich nicht selbst.«

… zahlreiche Eiswelten, über denen kalte Sterne leuchteten; weites Grasland mit Herden aus vierbeinigen Tieren; Ozeane mit gewaltigen walartigen Geschöpfen; andere Orte, halb verborgen in rötlichen Dunstschwaden. *Leben passt sich an, und ob!*

Schließlich wichen die Bilder neuen Worten.

Ihr Warmleben habt gelernt, von Stern zu Stern zu reisen.

Wir kennen eure Art; wir sind ihr oft begegnet.

Ihr breitet euch unter großen Anstrengungen aus, aus flüchtigen Kurzleben-Gründen.

Die meisten Warmlebigen kommen in kleinen Schiffen, so wie ihr.

Der Traum von dieser Himmelsschale verlockte uns mit seinem Potenzial. Sein langsamer Fortschritt entspricht unserem Geist, unserem Stil. Über Äonen hinweg haben wir kaum einen Grund gesehen, die Konzeption zu verändern.

Während der Reise nehmen wir Passagiere auf, warme und kalte. Dies ist nur ein Teil von uns. Andere Eisgeister leben anderenorts in den Schatten der Schale.

Wir Tiefleben sind eins in Fluidität.

Wir wenden uns jetzt an euch, weil dies eine ungewöhnliche Zeit ist. Diese Schale nähert sich einer neuen Welt. Wie auch ihr.

Wir haben keinen Grund, uns in die Angelegenheiten der Warmleben einzumischen. Wir handeln, wenn Stabilität und Bestand der Himmelsschale bedroht sind.

Ihr werdet uns helfen.

»Werden wir das?«, fragte Aybe.

»Wahrscheinlich können sie uns irgendwie zuhören«, mahnte Cliff.

Aybe blinzelte und sagte laut: »Äh, ja, wir werden helfen. Wenn ihr uns erklärt, wie.«

Irma stand auf, blickte durch die transparente Wand und beobachtete den Teil der Eislandschaft, in dem die Vakuumblumen noch immer Beths Gesicht zeigten. Nach einer kurzen Sondierung mit dem Laser sagte sie: »Die Klumpen bewegen sich tatsächlich.«

»Vielleicht behalten die Eisgeister jene Gebilde in der Nähe, weil sie durch gemeinsame Evolution mit ihnen verbunden sind«, spekulierte Terry. »Schwer zu sagen. Wenn die Eisgeister wirklich so alt sind, wie sie behaupten, kann es für sie kaum etwas Neues geben.«

»Und noch weniger Dinge, die interessant für sie sind«, fügte Cliff hinzu.

Flüssige Lebensformen?, dachte er. Es war schwer, in so gewaltigen Zeiträumen zu denken. *Vielleicht ist warmes Leben nur ein kurzes Ärgernis für sie, wie das Summen einer Mücke am Ohr. Und so wie sie uns behandeln und mit uns kommunizieren … Enorme Distanz kommt darin zum Ausdruck. Diese Geschöpfe haben sich vermutlich am Rand von Sonnensystemen entwickelt. Sie konnten mit Kometen von Stern zu Stern reisen. Vielleicht haben sie bereits die Galaxis durchstreift, während das warme Leben aus nichts Höherem als Schleim von Einzellern in planetaren Ursuppen bestand.*

Cliff fand das alles nicht sonderlich beruhigend.

Irma blickte zum Halbkreis der Vakuumblumen und fragte die Eisgeister: »Was habt ihr vor?«

21

Memor beobachtete Tananareve aufmerksam, als ihre Gruppe den Raum der Angewandten Gerechtigkeit betrat. Die Primatin ließ einen aufmerksamen Blick über die verzierten Wände streichen und schien jedes Detail zur Kenntnis zu nehmen. Das typische Verhalten eines Forschers, der später seinen Vorgesetzten Bericht erstatten wollte. Diese Weibliche würde dazu keine Gelegenheit erhalten, worauf Memor sie allerdings nicht hinwies.

Sie nahmen in den hohen Sitzreihen über dem tiefen Gewölbe Platz. Über ihnen hingen uralte Tapisserien aus goldenen und elfenbeinfarbenen Fäden, und der Trichter im Boden des Gewölbes präsentierte ein unheilvolles Schwarz. Bemor saß höher als Asenath, Memor und die Primatin, wie es seinem Rang gebührte. Er sprach mit den Höheren, sogar mit den Eisgeistern. Das wusste Memor, und natürlich beneidete sie ihn darum. In genetischer Hinsicht war Bemor ihr Zwillingsbruder, abgesehen von den Genen, die das Geschlecht bestimmten, aber er hatte gelernt, langfristig und abstrakt zu denken, auf einem Niveau, das für Memor unerreichbar blieb. Vielleicht erklärte das die Gereiztheit, die sich manchmal in seine Worte schlich, wenn Gespräche Zeit ohne einen konkreten Nutzen vergeudeten. Typisch männliche Eigenschaften, erinnerte sie sich.

Ein akustisches Signal erklang in dem Gewölbe. Es bestand aus einigen Pfiffen, untermalt von Basstönen, die auf das Vogel-Volk abgestimmt waren – man fühlte sie eher, als dass man sie hörte. Sie vermittelten einen Eindruck von Großartigkeit und Unermesslichkeit, auch von Beteiligung. Ein wichtiges Werkzeug – die Reaktion darauf bestand aus Ehrfurcht.

Tananareve beobachtete und lauschte, ohne einen Ton von sich zu geben. Gesichtsausdruck und Blick wiesen auf wache Intelligenz hin. Manchmal presste sie kurz die Lippen zusammen, was auf innere Anspannung hinwies.

Weitere Töne kamen von den Musikwänden. Einige besonders kräftig gebaute Angehörige des Volkes versammelten sich auf der unteren Ebene und stießen die Mitglieder des Maxer-Kults näher zum Rand des finsteren Trichters. Ihre Füße rutschten im Schleim, der dort den Boden bedeckte. Eine tiefe Stimme verkündete ihre Vergehen gegen den Großen Pakt. Ein zweites Signal, wieder von vibrierenden Basstönen begleitet, und die Vogel-Leute stießen die Maxer zum Trichter. Einige versuchten, Widerstand zu leisten; andere fügten sich in ihr Schicksal und sprangen. Rufe und Schreie erklangen.

»Dies ist ein sehr nützliches Schauspiel«, sagte Asenath sanft. »Und es wird gut durchgeführt.«

Die Musik wurde lauter, und hohe Töne signalisierten Triumph und Feier. Sie übertönten fast den Gesang.

»Lebe in diesem Moment. Gib in diesem Moment.«

»Rituelle Wiederaufbereitung ist zu gut für jene, die Stabilität unterminieren«, sagte Asenath. Sie spuckte die Worte fast aus. »Sie gefährden uns alle.«

»Wir vielleicht auch«, erwiderte Memor und bereute die Worte sofort.

»Nicht wenn wir die Menschen so ausmerzen wie diese Geschöpfe!«, hielt ihr Asenath entgegen.

Sie hatten vergessen, dass die Primatin bei ihnen saß, dachte Memor. Tananareves Kopf kam mit einem Ruck nach oben, und dann senkte sie ihn wieder. Woraus Memor schloss, dass sie zumindest etwas von ihrer Sprache verstand und Asenaths Bemerkung zu deuten wusste. Offenbar waren die Letzten Eindringlinge noch klüger, als Memor bisher gedacht hatte.

Bedeutungsvolle Stille folgte der Zeremonie.

»Unser Volk muss mit seinen eigenen schwärenden Ängsten fertigwerden«, sagte Bemor leise. »Diese Wiederaufbereitungen sind erforderlich für die Stabilität und das Leben. Unser Volk in seiner Vielfalt, zusammen mit den zahlreichen Aufgenommenen, sollte sich der unangenehmen Wahrheit stellen, dass wir – und alle, denen wir begegnen – ephemer sind, Geschöpfe des Augenblicks. Im großen Maßstab spielen wir keine Rolle. Wir sollten die Schönheit der Welt umarmen und uns ihrer erfreuen, in dem Wissen, dass wir sie nur für kurze Zeit genießen können. Wir sind nicht die Eisgeister. So ist die Ordnung des Lebens.«

Memor stimmte den Worten mit entsprechenden Federbewegungen zu, ebenso wie Asenath und andere Angehörige des Volkes in der Nähe. Für sie war es ein Moment der Zufriedenheit, denn Bemor konnte diese Dinge besser zum Ausdruck bringen, was einen weiteren Hinweis auf seine besonderen Fähigkeiten bot. Als sie beide jung gewesen waren, in der Obhut ihrer seit langer Zeit toten Hauptmutter, hatte er schon früh die Tendenz gezeigt, höhere Abstraktionen zu begreifen und Weisheit auch in schnell verstreichenden Momenten zu finden. Memor bewunderte ihn.

Doch Asenath wollte es nicht dabei bewenden lassen. »Diese Primaten sehen keine solche Weisheit«, sagte sie. »Sie sind eine expansionistische Spezies von der extremen Art, wie sie die Himmelsschale seit vielen Zeitaltern nicht mehr gesehen hat. Ihr Schiff manövriert unterhalb des Schussfelds unserer Gammstrahlenwaffen. Die in Freiheit befindlichen Exemplare entwischen uns. Es wird Zeit, dass wir unsere Kräfte bündeln und sie eliminieren.« Es folgte eine Pause, in der Asenath ihr Gefieder sträubte. »Offensichtliche Notwendigkeit.«

Bemor stimmte ihr zu, indem er die Farben seiner Federn wechselte, doch dann sagte er ernst: »Im Verlauf zahlloser Generationen sind immer wieder Maßnahmen mit dem Ziel ergriffen worden, die Stabilität der Himmelsschale zu schützen oder wiederherzustellen. Sie alle trugen den Schatten von Ertrinken, Verhungern, Trauerkrankheit, Massaker, Plünderung, ethnischer Säuberung, Laserbränden, Gemetzel aus der Luft, assistiertem Gruppenselbstmord, Verbannung ins Vakuum ... Die Liste ließe sich fortsetzen.«

»Dies scheint dich zu bedrücken«, sagte Memor und nahm sich damit eine gewisse Freiheit heraus. Aber immerhin war sie seine Schwester.

Bemors Federn gerieten in Bewegung und verrieten Verlegenheit. »Als ich jung war, habe ich den Militanten unter uns geholfen, was dir erspart geblieben ist, Schwester. Wir gingen über Leichen, wir saßen auf zermalmten Körpern, wir stapelten die steif werdenden Toten aufeinander und formten Tische aus ihnen, um darauf zu essen. Die Verzögerung bei der Wiederaufbereitung, bei der Rückführung in den Großen Boden, bedeutete, dass sie eingesammelt und sogar verteidigt werden mussten, gegen Raubtiere und manchmal auch intelligente Predatoren. Es musste getan werden.«

»Bruder«, sagte Memor sanft, »ich verstehe nicht, worauf du hinauswillst ...«

»In der Himmelsschale wachsen falsche Annahmen wie Mutantenspezies. Es gab seltsame Überzeugungen und ethische Theorien, die den Körper für ein heiliges Gefäß hielten, dessen Eigentümer sich noch nicht auf die Reise begeben hat. Oder dass Geister, die selbst zu Staub geworden waren, einen solchen Körper brauchen, um eines Tages wieder in Fleisch und Blut aufzuerstehen. Wer so etwas glaubte, lehnte die Rückkehr in den Großen Boden ab – eine wahre Sünde.«

Bemor sah andere Angehörige des Volkes an, die in der Nähe saßen und mehr oder weniger skeptisch wirkten. »Eure Federfarben zeigen Ungläubigkeit, aber ich habe dies in historischen Aufzeichnungen gesehen und auch persönlich. Es war ein trauriger Anblick, von dem ich hier nicht gern spreche.« Bemor sackte ein wenig in sich zusammen, als fühlte er das Gewicht der Geschichte. »Leider ist meine Erinnerung lang, und ich kann nicht das aus ihr tilgen, was sich mir mit so starken Emotionen eingeprägt hat.«

Viele Mitglieder des Volkes, die gekommen waren, um der Zeremonie beizuwohnen, verließen das Gewölbe nun. Schließlich blieben Asenath, Bemor und Memor mit der Primatin allein zurück.

»Ihr Bericht ist fällig, Memor«, sagte Asenath. »Wie steht es um die Jagd nach den anderen Letzten Eindringlingen, die bei den Sil Unterschlupf gefunden haben?«

Memor erzählte von der Lokalisierung der Primaten, vom Angriff auf die Stadt der Sil und ihrer Zerstörung.

»Waren die Oberen damit einverstanden?«, fragte Asenath streng.

»Ich habe es durchgedrückt«, sagte Bemor ruhig und sah Asenath an, ohne die Federn zu bewegen oder ihre Farben zu verändern. Dieser Mangel an Feder-Ausdruck war ein subtiles Zeichen von Kühle, aber Asenath schien es nicht zu bemerken und blieb voller Eifer, ihren Standpunkt zu verdeutlichen.

»Sind sie tot?«

Memor hielt ihre Federn unter Kontrolle, um sich keinen Ärger anmerken zu lassen. »Nein. Ich habe die zerstörte Stadt der Sil von Sensoren beobachten lassen. Während neue Gebäude wachsen, formen sie Botschaften mit ihrer Anordnung. Es ist keine Sprache in dem Sinne, eher Gestik. In den Botschaften kommt eine fremde Präsenz bei den Sil zum Ausdruck, und daraus schließe ich, dass die Letzten Eindringlinge den Angriff überlebt haben.«

Asenath plusterte sich plötzlich auf. »Sie haben also versagt.«

»Ich habe nicht das Kommando über den Himmelsfisch geführt. Jene, die das Ziel nicht erreichten, wurden degradiert. Vor kurzer Zeit hat ein schneller Flieger dies aufgenommen.« Memor ließ ein Bild vor ihnen entstehen. Es zeigte, von oben gesehen, einen Primaten, der zwischen neu gewachsenen Gebäuden lief. Er wurde von einem Schmerzstrahl erfasst und brach zusammen. Der Schmerzstrahl blieb aktiv, und eine Zeit lang zuckte und wand sich die Gestalt am Boden, doch dann blieb sie still liegen.

»Eine einzelne Tötung?«, fragte Asenath bedrückt.

»Wir wissen nun, dass wir etwas gegen sie ausrichten können, und zwar aus der Ferne. Diese Primatin hier ...« Memor deutete auf Tananareve. »... war mein Testobjekt. Aber ich habe auch festgestellt, dass sich die Sil Zugang zu meinen Überwachungsvorrichtungen verschafften.«

»Die Sil beobachten dich also?«, fragte Bemor.

»Ich habe mich natürlich sofort zurückgezogen. Während dieser Zeit haben sich die Primaten auf den Weg gemacht und eine Spiegelzone erreicht.«

Asenath schob das beiseite. »Wir haben noch nicht den Bericht über Ihre Primatin gehört, Memor. Ich nehme an, dass sie genug zu essen und auch Bewegung bekommt, ja?«

Der freundliche Ton der Weisheitsprinzipalin erstaunte Memor. »Natürlich. Ich habe sie hierher in die höhere Gravitation gebracht, damit es ihr besser geht. Niedrige Schwerkraft ist schlecht für ihre Spezies. Knochenstruktur und Muskulatur sind ganz offensichtlich für eine Gravitation ausgelegt, die höher ist als selbst die der Großen Ebene.«

»Kennst du dich gut genug mit dem Aufbau ihres Bewusstseins aus?«, fragte Bemor. »Aus deinen bisherigen Berichten geht hervor, dass dieses seltsame Geschöpf nicht in der Lage ist, seinen eigenen Untergeist zu erkennen.«

»Ja, offenbar befindet es sich in dieser Hinsicht auf einer frühen evolutionären Stufe. Man stelle sich eine kohärente Gesellschaft aus solchen Individuen vor, die ohne Kenntnis ihrer eigenen Antriebskräfte und inneren Gedanken sind.«

Asenaths Federn zeigten Besorgnis. »Ich verlasse mich darauf, dass Sie diese Primatin überwachen. Wir brauchen ihre Hilfe bei unserer Antwort auf die Kontaktversuche des Schiffes.«

Memor verbarg ihre Überraschung. »Jetzt?«

»Wir müssen die Glorianer täuschen«, sagte Asenath streng. »Sie dürfen nicht erfahren, wer tatsächlich über die Geschicke der Himmelsschale bestimmt. Ihre Primatin kann uns dabei von großem Nutzen sein.«

SIEBTER TEIL

KNUSPRIGE INSEKTEN

»Es ist eine allgemeine Erfahrung, dass ein abends noch schwieriges Problem am Morgen gelöst ist, nachdem das Komitee des Schlafs daran gearbeitet hat.«

JOHN STEINBECK

22

»Diese Schlangen sind unglaublich«, sagte Beth zu Karl. Es tat gut, sich zu entspannen und einfach nur zuzusehen, ohne ständig von Verantwortung oder gar Schuld belastet zu sein. Eine solche Last hatte sie, seit sie auf der Schalenwelt unterwegs gewesen waren, fast immer mit sich herumgeschleppt.

»Wenn du mich vorher gefragt hättest, wäre ich nicht bereit gewesen, so etwas für möglich zu halten.« Karl blickte weiterhin auf den Schirm. »Ich frage mich, wie die Evolution bei ihnen solche Fähigkeiten hat ausbilden können.«

Sie beobachteten eine Reparaturgruppe, die an den magnetischen Antriebsmodulen arbeitete. Die Schlangen krochen dort durch schmale Öffnungen, wo Menschen gezwungen gewesen wären, Installationen zu demontieren, um genug Platz zu haben. Und bei der Überprüfung, Justierung und Reparatur der für sie fremden Technik zeigten sie verblüffendes Geschick.

»Jetzt nach links zur Kondenserbank«, teilte Karl ihnen mit. »Das sind die gelben zylindrischen Trommeln mit den Ölventilen an der Oberseite. Dreht anschließend die Doppeldiode auf. Damit meine ich die blauen Platten dort.«

Das Wartungsartilekt rezipierte diese Worte von Karls Mikrofon und übersetzte sie in die zischenden und klickenden Laute der Fingerschlangen. Beth und Karl beobachteten auf dem Schirm, wie die Geschöpfe die Hinweise empfingen und entsprechend agierten. Jedes Schlangenwesen trug einen Werkzeugharnisch mit kleinen Instrumenten, von dem sie so virtuos Gebrauch machten, als hätten sie ihr ganzes Leben nichts anderes getan, noch dazu mit einer Schnelligkeit, die alles übertraf, was Menschen zu leisten vermochten. Leider war die Auflösung der internen Kameras gering, sodass nicht alle Details sichtbar wurden. Während die Fingerschlangen arbeiteten, summte das Schiff, und gelegentlich kam es zu kleinen Erschütterungen. Die Kollektoren der *SunSeeker* waren die ganze Zeit über kurz vor dem Shutdown, weil es so wenig Plasma gab, das sie sammeln konnten. Normalerweise sollten bei aktivem Antrieb keine Reparaturen durchgeführt werden, aber die Umstände ließen ihnen keine Wahl.

Beth hatte von diesen technischen Dingen keine Ahnung – *meine Güte, ich bin Feldbiologin!* –, aber die Vorschriften verlangten, dass bei der Wartung niemand allein arbeitete. Die anderen Besatzungsmitglieder hatten derzeit mit der Steuerung der *SunSeeker* alle Hände voll zu tun: Sie brachten das Schiff näher an die Schalenwelt heran, so nahe an die Atmosphäre, wie es sich bewerkstelligen ließ. Gleichzeitig mussten sie darauf achten, dass es genug solares Plasma für die Kollektoren gab; andernfalls hätte das Schiff seine Manövrierfähigkeit verloren.

Beth kümmerte sich um die hydroponischen Anlagen, kontrollierte die Luft an Bord und vergewisserte sich, dass die Algen wuchsen, Grundlage für ihre Nahrung. Aber abgesehen davon hatte sie nicht viel zu tun. Sie hatte bei der anfänglichen Fehlerbaumanalyse für die Wartung ein wenig geholfen, aber nur dahingehend, dem Artilekt Anweisungen zu erteilen – die künstliche Intelligenz kannte sich mit diesen Dingen viel besser aus als sie. Beth hielt sich an etwas, das sie von Cliff gelernt hatte: *Man verpasse nie die Chance zu schweigen.*

Was manchmal ziemlich schwer sein konnte. »Äh, kann ich irgendwie helfen?«, fragte sie vielleicht zum achtzehnten Mal.

»Nein, ich komme schon klar.« Karls Blick blieb auf den Schirm gerichtet, und in seinem Kopfhörer flüsterte ihm das Artilekt Updates zu. »Es läuft alles gut.«

Ein Mann weniger Worte, zum Glück. Wenigstens fragte er Beth nicht dauernd nach ihren Erlebnissen auf der Schalenwelt, wie die übrigen Crewmitglieder.

Die Fingerschlangen krochen und wanden sich noch etwas mehr, und überraschend schnell gelang es ihnen, das volle Funktionspotenzial einer Kondensatorbank wiederherzustellen – sie gehörte zum Hilfstriebwerk, das der *SunSeeker* mehr Schubkraft geben konnte.

»In Ordnung«, sagte Karl schließlich. »Kommt da raus, Leute. Ihr habt euch eine Pause verdient.«

Die Fingerschlangen kamen der Aufforderung sofort nach und schlängelten sich geschwind durchs technische Labyrinth.

»Es ist wirklich erstaunlich, wozu sie fähig sind«, sagte Karl und nickte. »Ich frage mich, wie wir es bisher ohne sie geschafft haben.«

»Eher schlecht als recht«, sagte Beth.

»Du bist Biologin. Wie konnten sich intelligente Schlangen entwickeln? Von der Erde stammen sie bestimmt nicht.«

»Eine Besonderheit ihrer Heimatwelt, hat eine von ihnen erzählt. Dort gab es eine besonders stark ausgeprägte Plattentektonik, verrücktes Wetter und Stürme, die den Lack von Metall kratzten. Also entwickelte sich das intelligente Leben unterirdisch.«

»Was ist mit Erdbeben und Vulkanen?«

»Auf der Heimatwelt der Fingerschlangen gab es ›Bänder wütenden Durcheinanders‹ – ihre Sprache kann recht poetisch sein. Die Kontinente stießen dort gegeneinander, wie auch auf der Erde, und die Verwerfungszonen zogen sich um den ganzen Planeten. Wenn sie ihnen fernblieben, hatten sie es einigermaßen ruhig. Woher kommst du?«

»Aus Deutschland. Und du?«

»Ich habe an vielen Orten gelebt, meistens weit weg von Kalifornien. Nach dem Kollaps kamen viele Flüchtlinge von dort.«

»Na schön, auf jenem Planeten sind Schlangen also intelligent geworden, aber wieso kommen sie so gut mit Technik zurecht?«

Beth lächelte. »Wir wissen nicht einmal, warum wir im Vergleich mit anderen Affen fast haarlos sind. Warum wir auf zwei Beinen gehen und gute Langstreckenläufer sind. Warum wir so gut mit Mathematik, Musik und so weiter zurechtkommen. Wie sollen wir da die speziellen Eigenschaften anderer Spezies erklären?«

Die Fingerschlangen krochen aus dem kleinen Zugang, der in die technischen Eingeweide des Triebwerks führte. Normalerweise hätten Karl und Beth mit smarten Kabeln gearbeitet, die sich fernsteuern ließen.

Kaum waren die Fingerschlangen zurückgekehrt, stimmten sie ein seltsames Geheul an, das fast nach einer Melodie klang. Es dauerte nicht lange, und im Anschluss daran begannen sie mit einem Wackeltanz, wie Redwing ihn nannte: Sie beugten sich übereinander, formten Bögen, neigten sich dabei von einer Seite zur anderen und sangen erneut, allerdings weniger schrill. Es waren insgesamt acht, und zum Ende des Tanzes richteten sie sich auf ihren muskulösen Schwänzen auf und bewegten die Finger in Richtung der beiden Menschen, was Kameradschaft bedeutete, wie das Artilekt in Karls Kopfhörer flüsterte.

Die Schlangen verabschiedeten sich und eilten fort, um in den Algenmulden zu speisen, die Beth für sie vorbereitet hatte.

»Hast du gesehen, wie koordiniert sie vorgegangen sind?«, wandte sich Karl an Beth. »Es schien völlig normal für sie zu sein.«

»Du meinst, im Gegensatz zu den Menschen, die ständig üben müssen und jede Menge Disziplin brauchen?«

»Ja. Diese Schlangen ... Sieh nur, wie sie sich auf den Weg zur Biosphäre gemacht haben. Alle zusammen, munter miteinander plaudernd ... Manchen Spezies scheint die Zusammenarbeit mehr zu liegen als uns. Wie kommt das?«

»Wir haben gerade erst damit begonnen. Vor etwa hundertfünfzigtausend Jahren stellten unsere Vorfahren auf der Erde fest, dass sie erfolgreicher waren, wenn sie gemeinsam auf die Jagd gingen. Damit begann die Logik des geteilten Profits und des geteilten Risikos. Alphamännchen kamen nicht mehr so gut zurecht, denn die Gruppe war stärker. Es folgte eine Art umgekehrte Eugenik: die Elimination der Starken, wenn sie ihre Macht missbrauchten. Die Kooperativen setzten sich durch.«

»Du scheinst dich gut damit auszukennen. Es dürfte interessant sein zu beobachten, wie du all die Spezies der Schalenwelt analysierst.«

Beth öffnete den Mund zu einer bescheidenen Antwort, aber ... Karl hatte etwas angesprochen, das ihr bereits fehlte. Sie war wieder an Bord des Schiffes, doch nachts träumte sie von der Schalenwelt. »Äh, ja. Ich glaube, es wird Zeit, dass wir in der Küche helfen.«

Fred knetete einen Brotteig, während er sprach. Körperliche Arbeit löste ihm die Zunge, und deshalb hörte Beth aufmerksam zu. »Es hat mich die ganze Zeit über gewundert. Die Karte, die wir gesehen haben, zeigt die Erde während des Juras, als die größten Dinosaurier erschienen. Ich meine den Apatosaurus und so weiter. Ich glaube, ich weiß jetzt, wie es damals gelaufen ist.«

Beth nickte, während sie ihre eigene Küchenarbeit erledigte. Fred knallte den Teig auf die Arbeitsfläche und knetete ihn erneut. »Zuerst entwickelte eine Art von Dinosauriern Intelligenz. Vermutlich sind es Fleischfresser gewesen, und sie erfanden die Herdenhaltung. Wahrscheinlich haben sie über Jahrmillionen hinweg Tiere als Fleischlieferanten gezüchtet.«

Er sah sich um und stellte fest, dass ihm nur Beth zuhörte.

»Du meinst, alle bisherigen Theorien über die Entwicklung der Dinosaurier sind falsch?« Dies war interessant für Beth, aber vielleicht nicht für die anderen, die leise miteinander sprachen, während sie mit der Vorbereitung der Mahlzeit beschäftigt waren. Fred klappte den Mund zu. Beth kannte diese Reaktion: Wenn niemand zuhörte, sprach Fred nicht.

Karl reichte Beth einige gebratene Grillen, die nach Knoblauch rochen. »Probier mal. Sind knusprig.« Er hatte sich der Küchencrew hinzugesellt.

»Lecker«, sagte Beth. Als Nächstes kam ein Korb mit duftenden Wachswürmern, bereit für den Kochtopf. Sie sortierte die schwarzen aus, denn schwarz bedeutete Nekrose. »Sie verderben schnell. Meine Güte, ich habe sie erst vor zwei Stunden geerntet«, entschuldigte sie sich. »Die anderen verpuppen sich gerade, genau richtig.« Sie schälte die Würmer aus ihren Kokons und gab sie in den elektrischen Wok.

Captain Redwing kam herein und beobachtete das Geschehen. Gerade und zackig stand er da und nickte anerkennend. »Wachsmottenlarven, etwas für Gourmets.« Die anderen lachten, auch deshalb, weil er immer vorgab, das Essen zu mögen, so verrückt es auch sein mochte. Manchmal allerdings aß er allein in seiner Kabine. Nach der letzten kulinarischen Katastrophe – einer bunt zusammengewürfelten Mahlzeit, die niemandem von ihnen geschmeckt hatte und die sie jetzt »Hölleneintopf« nannten – hatte sich Redwing eine Zeit lang nur von Trockenrationen ernährt.

Karl drehte sich um, streute Salz auf gerade geröstete Grillen – Salz konnte der Recycler problemlos zur Verfügung stellen –, neigte den Kopf nach hinten und ließ sich die Insekten in den Mund fallen. »Wenn man wenig zu essen hat, schmeckt alles besser«, sagte er.

»Weniger ist mehr«, erwiderte Redwing. Alle anderen wölbten die Brauen. »Hört mal, wir sitzen in der Klemme und führen Manöver durch, auf die niemand von uns vorbereitet ist …« Er nickte Karl, Beth und Ayaan Ali zu. »Außerdem erforschen wir eine riesige künstliche Welt, die wir uns nicht einmal in unseren kühnsten Träumen vorgestellt haben. Wir müssen uns mit wenig zufriedengeben, bis wir dies alles hinter uns haben.«

Alle nickten. »Also auf nach Glory«, fügte Redwing hinzu. »Und lasst uns essen.«

Die Mottenlarven waren noch nicht ganz gar; einige von ihnen bewegten sich sogar noch in der heißen Pfanne. Insektenprotein ließ sich leicht auf der Basis von Algen schaffen und hatte gut zubereitet eine Würze, an der es anderen Speisen mangelte. Direkt aus der Pfanne genommen, waren sie so knusprig und knackig wie frittiert. Das Schiff hatte nicht genug Ressourcen, um Muskelgewebe für Steaks und dergleichen wachsen zu lassen. Einige Besatzungsmitglieder kamen aus der Nordamerikanischen Republik und waren nicht daran gewöhnt, Insekten zu essen. Oder sie hielten es für unter ihrer Würde. Aber nach einigen Wochen mit den sehr schlichten und faden normalen Rationen der *SunSeeker* änderten sie ihre Meinung. Manche Dinge, zum Beispiel die grauen Langwürmer, boten einen alles andere als angenehmen Anblick, weshalb Beth sie zermahlte und Pfannkuchen aus ihnen machte.

Beth gab Larven in die Bratpfanne, in der Ayaan Ali öligen Glibber vorbereitet hatte. Es zischte, als sie in den heißen Schleim fielen, und einige Sekunden wanden sie sich, blieben dann reglos liegen. Beth rührte um und dachte: *Erstaunlich, was man isst, wenn einem keine Wahl bleibt.* Und dann erinnerte sie sich daran, was sie auf der Schalenwelt gegessen hatte, manchmal mit geschlossenen Augen.

Ein pikanter Duft stieg von den bratenden Larven auf, und alle machten sich darüber her, als das Essen auf den Tisch kam.

Redwing hatte eine kleine Köstlichkeit aus seinem persönlichen Vorrat für diesen Moment aufgespart und zeigte sie jetzt den anderen: Honig.

Damit war die Mahlzeit gerettet. Alle langten zu. »Gar nicht schlecht zu Insekten«, sagte Karl.

»Bist du mit der Fluganalyse fertig?«, fragte ihn Ayaan Ali.

Karl aß kaum langsamer, als er erwiderte: »Ich habe die Simulation den Isotopen-Daten der Kollektoren im Verlauf des letzten Jahrhunderts angepasst.«

»Was bedeutet das?«, fragte Beth.

»Wir versuchen noch immer zu verstehen, warum das Triebwerk nicht die erwartete Leistung brachte«, sagte Ayaan Ali. »Der Flug in dieser Region mit wenig Plasma könnte uns dabei helfen, Aufschluss zu gewinnen.«

»Wie funktioniert das externe Detektorennetz?«, fragte Redwing beiläufig.

Beth wusste, dass der Captain solche lockeren Zusammenkünfte gern nutzte, um allen Gelegenheit zu geben, sich auf den neuesten Stand der Dinge zu bringen. Dadurch blieben auch die technischen Angelegenheiten nicht ganz so trocken.

Ayaan Ali genehmigte sich noch etwas mehr Soße – die sie auch brauchte, fand Beth, denn sie war viel zu hager – und aß einen weiteren Happen, bevor sie antwortete. »Karl und ich haben auf Anweisung des Captains die Messflieger eingesetzt, von denen wir bei der Ankunft im Glory-

System Gebrauch machen wollten. Sie sollten uns über die Magnetfelder und den Sonnenwind bei unserem Ziel Auskunft geben.«

»Ich habe entschieden, sie an der kurzen Leine zu halten«, fügte Redwing hinzu. »Sie können uns Details über die Plasmaturbulenzen und dichteren Bereiche geben, Einzelheiten, die uns hier im Magnetfeldkokon der *SunSeeker* verborgen bleiben.«

Auch das war typisch Redwing: Er erklärte der Crew die Hintergründe seiner Anweisungen, aber erst dann, wenn bereits alles in die Wege geleitet war. »Kurze Leine?«, fragte Beth.

»Ich bin sicher, dass wir sie zurückholen können«, sagte Karl. »Es sind kleine technische Wunderwerke, nicht größer als eine Münze, aber imstande, mithilfe von elektrischen Feldern zu manövrieren und Plasma und elektromagnetische Wellen zu orten. Die gewonnenen Daten werden im Gigahertzband übertragen. Wir haben die Sensoren über fast eine Astronomische Einheit verteilt; sie sollen uns dabei helfen, eine Vorstellung von der Verteilung des Plasmas zu gewinnen.«

Beth war beeindruckt von den Fähigkeiten der *SunSeeker* und schwieg, während die anderen die technische Diskussion fortsetzten. Sie liebten ihre kleinen Spielereien, so wie die Menschen auf der Erde ihre Haustiere geliebt hatten. In diesem Fall ging es um Tausende von »smarten Münzen«, deren Daten sich gegenseitig ergänzten. Sie konnten zurückgeholt und noch einmal verwendet werden. Wirklich erstaunlich, fand Beth. Und derzeit lieferten sie wertvolle Informationen.

Ayaan Ali bewegte ihre Interfacefinger, und über dem Tisch erschien ein Hologramm. Es zeigte eine schematische Darstellung der Schalenwelt in Grün und die *SunSeeker* als orangefarbenen Punkt darüber. Das Schiff musste unter dem Rand der Schale bleiben, um nicht ins Schussfeld der dortigen Waffen zu geraten, aber es durfte auch nicht der Membran zu nahe kommen, die verhinderte, dass die Atmosphäre der Schalenwelt ins All entwich. Das ließ der *SunSeeker* nicht viel Manövrierspielraum, und hinzu kam, dass sie für ihre Navigation auf das von der Sonne kommende Plasma angewiesen war. Für eine gewisse Instabilität sorgten dabei die mehr oder weniger starken Plasmaströme, die manchmal vom gelben Jet kamen. Das dreidimensionale Bild zeigte den Jet als dicken Strang, bestehend aus zahlreichen sich hin und her windenden Fäden. Beth und die anderen beobachteten, wie er durch das »Astloch« führte, eine Öffnung in der Schale, in sicherem Abstand von den Rändern, und das interstellare All hinter der künstlichen Welt erreichte.

Ayaan Ali deutete auf die Sicherheitszone, in der die *SunSeeker* flog, und das Hologramm wurde größer, bis blaue Punkte in einem Gittermuster über der Schalenwelt erschienen. Sie waren über etwas weniger als eine Astronomische Einheit verteilt und leuchteten heller, als Ayaan Ali die Hand bewegte.

»Sie erstatten regelmäßig Bericht und wahren Abstand zu den anderen. Wir bekommen eine gute Übersicht über die Plasmaverteilung. Die Sensoren beziehen Energie aus dem Plasma und verändern ihr Bewegungsmoment mit elektrodynamischer Steuerung.« Ayaan strahlte und fügte hinzu: »Sie sind wundervoll!«

Karl nickte. »Und sie haben Neues zu vermelden, in gewisser Weise. Erinnert ihr euch an das Problem mit dem Triebwerk, bevor wir die Schalenwelt entdeckten? Es hatte uns nicht auf die vorgesehene Geschwindigkeit gebracht, weil es nicht ganz so viel Schub entwickelte, wie es eigentlich der Fall sein sollte. Wie sich herausstellte, enthielt der Raum vor uns mehr Helium und molekularen Wasserstoff, als man in gewöhnlichem interstellarem All erwarten kann. Unsere magnetische Bugwelle ionisierte einen Teil davon, und die Kollektoren sammelten alles ein.«

»Ah, aber der Antrieb konnte nichts damit anfangen«, sagte Fred. Es geschah zum ersten Mal, dass er während dieser Mahlzeit sprach; alle sahen ihn an. »Vom Innern des Schiffes ließ sich kaum feststellen, dass die Kollektoren das falsche Futter für die Reaktoren sammelten.«

Beth verstand nicht und war mutig genug, darauf hinzuweisen. »Könnte mir das bitte jemand erklären.«

»Die nutzlosen Ionen machten uns langsam, weil sie kein Treibstoff waren, nur Ballast in Form von zusätzlicher Masse.« Fred neigte den Kopf. »Entschuldige, wenn ich zu technisch werde. Manchmal geht meine Besessenheit mit mir durch.«

Alle am Tisch lachten, auch Redwing. »Stell dein Licht nicht unter den Scheffel, Fred«, sagte der Captain. »Damit meine ich auch deine Dinosaurier-Idee.«

Beth wusste Redwings Methoden zu schätzen, aber sie wollte weiterkommen und fragte deshalb: »Der Antrieb ist also wieder in Ordnung? Immerhin schaffen wir es, ihn unter interplanetaren Bedingungen einzusetzen, wozu er nie vorgesehen war.«

»Die münzgroßen Sensoren dort draußen liefern uns wertvolle Hinweise«, sagte Karl. »Sie teilen uns mit, dass wir hier mehr Plasma bekommen, als wir in der Nähe der Erde bekommen würden. Ein Teil davon stammt vom Jet.«

»Die rote Sonne verhält sich nicht wie ein normaler Hauptreihenstern«, fügte Redwing hinzu. »Ich habe das Astroartilekt aufgefordert, sich darum zu kümmern. Es sagt, dass wir wegen des heißen Flecks in Hinsicht auf die Spektralklasse zuerst falschlagen; durch ihn gerieten einige Spektrallinien durcheinander. Außerdem sorgt der Jet für ein seltsames Verhalten der Sonne.«

»Meinst du die großen Eruptionen, die wir immer wieder sehen?«, fragte Ayaan Ali. »Die weite Bögen formen? Sie entstehen vor allem in der Nähe des heißen Flecks, und alle ein oder zwei Wochen kommt es zu koronalen Ausbrüchen.«

»Ja«, sagte Karl. »Sie scheinen eine Rolle bei der Entstehung des Jets zu spielen, obwohl mir das Wie noch immer ein Rätsel ist. Die gewaltigen Eruptionen, die Sonnenstürme ... Sie geben dem Jet seine Kraft und projizieren ihn ins All. Sein Ausgangspunkt ist auch Ursprung eines stark ionisierten Sonnenwinds – der uns dabei hilft, Treibstoff für die Reaktoren zu sammeln.«

Beth nickte, obwohl sie als Biologin nicht einmal die Hälfte verstand. »Freut mich, dass es zur Abwechselung einmal Gutes zu berichten gibt.«

»Die Sensoren sagen uns also, dass wir einen gewissen Manövrierraum haben«, brummte Redwing. »Das sind wirklich gute Neuigkeiten.«

Alle lächelten. Fred nickte zufrieden.

Ein neuer Offizier, den Beth noch nicht gut kannte – eines der Besatzungsmitglieder, die vor kurzer Zeit geweckt worden waren –, kam herein. »Captain, wir empfangen per Laserrichtstrahl eine Nachricht von der Schalenwelt. Ich habe sie decodiert – es ist eine Mitteilung auf Anglisch. Das Videosignal ist sehr schlecht, aber offenbar stammt es von Tananareve.«

23

Als Redwing auf die Stabilisierung des Signals wartete, erinnerte er sich an das hämmernde Geräusch in der Außenhülle des Schiffes beim Testflug – Resonanzen von den Magnetfeldern der Bussard-Kollektoren hatten überall an Bord starke Vibrationen geschaffen. Bei der Verabschiedung hatte ein Repräsentant der größten Konstruktionsfirma über die Geräusche gesagt: »Klingt für mich nach dem Klingeln der Kasse.« Redwing wäre ihm bei jener Gelegenheit am liebsten an die Gurgel gegangen.

Wenig später dann, kurz vor dem Kälteschlaf, hatte er gedacht, dass der Mann längst Staub sein würde, wenn er die Augen wieder öffnete.

Inzwischen war ihm das ständige Knacken und Knirschen in Fleisch und Blut übergegangen. Trotzdem lauschte er aufmerksam danach, wie es die Pflicht des Captains war, und diesmal hörte er noch etwas anderes, ein dumpfes Summen, gefolgt von: »… hoffe, dies kommt durch.«

Die raue Stimme teilte Redwing mit, dass Tananareve viel hinter sich hatte, doch ihr Tonfall verriet auch Entschlossenheit. Der Schirm blieb dunkel, und die Audioverbindung war voller Störungen, die vielleicht nicht nur auf Statik zurückzuführen waren, sondern auch auf ambientale Hintergrundgeräusche.

»Wie läuft es bei dir?«, fragte Redwing.

Nach fünf oder sechs Sekunden erwiderte Tananareve mit zittriger Stimme: »Geht so.«

Dann hustete sie. »Die Vogel-Leute ... Sie wollen, dass ich mit euch über die Zusammenarbeit bei einer Nachricht rede. Ich nehme an, ihr kennt die Signale von Glory, ja?«

Redwing entnahm der Statuszeile ganz unten auf dem Schirm, dass sie auch Videosignale empfingen, und nach einem Moment erschien Tananareve vor einem Hintergrund aus schwarzen Felsen. Sie war ausgezehrt und blass, doch ihre Augen wirkten lebhaft. Das Bild zeigte nur sie, nicht aber ihre Umgebung. Sie trug die Feldkleidung, mit der sie die Schalenwelt erreicht hatte – Hose, Hemd und Jacke – und die inzwischen ziemlich mitgenommen aussah. Schmutz klebte an Tananareves linker Wange, und Kratzer zeigten sich am Hals. Einen besonders erfreulichen Anblick bot sie nicht.

»Ja, wir kennen sie. Sehr seltsam«, sagte Redwing vorsichtig. Bestimmt hörten die Vogel-Leute mit. Er bedauerte, dass keiner von ihnen zu sehen war. Er hätte gern einen direkten Eindruck von ihnen gewonnen.

»Die Vogel-Leute, die Angehörigen des Volkes, wie sie sich selbst nennen ... Sie möchten unsere Hilfe, insbesondere *deine*, bei der Antwort auf die Signale von Glory.« Bei *deine* hob Tananareve die Brauen, und Redwing fragte sich, was sie damit sagen wollte.

Etwas in Tananareves Stimme war härter geworden, was vermutlich an alldem lag, was sie hinter sich hatte. Plötzlich lachte sie. »Die Zivilisation von Glory scheint zu glauben, dass *wir* über die Schalenwelt bestimmen. Meine, äh, Mentoren möchten, dass es so bleibt. Sie wollen im Hintergrund bleiben, zumindest so lange, bis sie mehr über Glory wissen. Aber dafür brauchen sie unsere Hilfe.«

»Interessant. Und was wollen sie den Glorianern mitteilen?«

»Darüber beratschlagen sie noch, Captain. Zuerst wollten sie mit uns reden.«

»Das ist alles? Was ist mit Cliffs Gruppe?«

Tananareves Gesicht verriet das Unbehagen, das sie bei dieser Frage erfasste, und aus dem Augenwinkel sah Redwing, dass Beth und Karl, die hinter ihm saßen, unruhig auf ihren Stühlen herumrutschten. Sie befanden sich in Redwings Kabine, denn der Captain wollte zunächst nur im Beisein weniger Besatzungsmitglieder erfahren, worum es ging. Er hielt es für schlecht, die Crew miterleben zu lassen, wie Improvisationen zu wichtigen Entscheidungen führten. »Darüber ... weiß ich nichts.«

Ihr Zögern sagte mehr als tausend Worte. Vielleicht wollte sie den Vogel-Leuten nicht zeigen, wie viel sie wusste. Wie um Redwings Vermutung zu bestätigen, zwinkerte sie kurz mit den linken Auge. Links: Etwas stimmte nicht. Ein in der Flotte weit verbreitetes Zeichen. Rechts bedeutete, dass alles in Ordnung war, auch wenn es noch mehr zu berichten gab.

»Warum lassen sie Cliffs Gruppe nicht zu uns zurückkehren? Und dich ebenfalls?«

Tananareve zögerte erneut und blickte zur Seite, offenbar zu Vogel-Leuten, die nicht im Bild waren. »Sie brauchen mich fürs Übersetzen ...«

»Und Cliffs Gruppe?«

»Was ihn betrifft ... Sie wissen nicht, wo er ist.« Den Worten folgte ein Zwinkern mit dem rechten Auge, und Redwing fragte sich, welche Botschaft darin lag. Wussten die Vogel-Leute mehr, aber nicht genug, um etwas damit anzufangen?

»Wenn wir bei der Glory-Nachricht mit den Vogel-Leuten zusammenarbeiten ... Was bekommen wir dafür?« *Ohne Gegenleistung geht gar nichts,* dachte Redwing.

»Ihr seid alle hier unten willkommen. Es gibt Platz genug für uns.« Tananareve sagte dies geradeheraus, ohne besondere Betonung, und blickte direkt in die Kamera beziehungsweise in den Übertragungssensor. Es schien ein einstudierter Text zu sein.

»Danke, aber wir brauchen vor allem Vorräte für das Schiff. Und Informationen.«

»Ich glaube, die Vogel-Leute wollen bei der Reparatur des Schiffes helfen.« Wieder ohne Betonung, mit direktem Blick.

»Es muss nichts repariert werden. Wir haben herausgefunden, dass es gewissermaßen das ›Kielwasser‹ der Schalenwelt war, das uns hundert Jahre lang langsamer gemacht hat. Wenn unsere Vorräte aufgefüllt sind, können wir uns wieder auf den Weg machen.«

Diesmal bewegten sich Tananareves Augen ein wenig, und Redwing glaubte, so etwas wie Skepsis zu erkennen. »Ich glaube, sie haben etwas anderes im Sinn.«

»Sag ihnen, dass wir Delegierte austauschen können. Wir sind nicht in der Lage, mehr als ein oder zwei von ihnen aufzunehmen ...«

»Sie wollen dich, Captain. Für direkte Verhandlungen.«

»Nicht, bevor sie dich und Cliffs Gruppe freilassen. Ihr habt alle eine Menge hinter euch. Es wird höchste Zeit, dass ihr zum Schiff zurückkehrt.«

»Ich glaube, den Vogel-Leuten geht es um etwas ... Langfristigeres.«

»Wie meinst du das?«

»Sie erwähnten eine Generation oder auch zwei. Genug Zeit für beide Spezies, sich besser kennenzulernen, meinen sie.«

»Ich bin der Captain der *SunSeeker* und damit beauftragt, Kolonisten nach Glory zu bringen. Ich kann meine Mission nicht plötzlich ändern.«

Tananareve blickte zur Seite, zögerte und schürzte kurz die Lippen. »Ich schätze, die Vogel-Leute sammeln gern neue Spezies, die bei ihnen leben und für sie arbeiten.«

»Ich kann niemanden entbehren. Immerhin haben wir vor, einen ganzen Planeten zu besiedeln, und dafür brauchen wir alle, die wir haben. Andernfalls wäre unser Genpool so sehr beschränkt, dass es zu Inzucht kommen könnte.«

Tananareve warf einen Blick zur Seite. »Sie ... sie sagen, dass sie uns interessant finden.« Ihr Tonfall machte deutlich, dass vieles unausgesprochen blieb. Aber was war es, wovon sie nicht offen reden konnte?

Plötzlich erklang eine andere Stimme, eine Art schnelles Zwitschern, unterlegt von tieferen Tönen, als sprächen zwei Geschöpfe gleichzeitig. Es war der erste wirklich fremdartige Aspekt dieses Komm-Kontakts, fand Redwing: Sprache wie eine komplexe Melodie, mit hohen und tiefen Tönen, die sich manchmal gegenseitig überlagerten, einige von ihnen leise, wie zaghaft, andere laut und kraftvoll. Und irgendwo in diesem melodischen Durcheinander verbargen sich Worte, die Bedeutung vermittelten.

Redwing hätte gern gesehen, von wem die Stimmen stammten. Die sechs Sekunden Verzögerung bei der Übertragung machten ihn verrückt.

Tananareve überlegte für einen Moment und blickte dabei zur Seite. Dann sagte sie: »Die Vogel-Leute bieten uns ... umfassende Gastfreundschaft an. Wir können hier leben. Sie sind bereit, uns ein riesiges Territorium zur Verfügung zu stellen, für eine Zivilisation vergleichbar mit ...« Tananareve zögerte erneut. »... dem, was wir auf der Erde hatten.«

»Hm«, brummte Redwing mit maskenhaft ausdrucksloser Miene.

»Nach dem, was ich hier gesehen habe ...«, fuhr Tananareve fort, »... gibt es Regeln, die dafür sorgen, dass alles stabil bleibt. Die ... Ordnung garantieren. In dieser Hinsicht sind die Vogel-Leute sehr ... strikt. Nun ja, wenn man hier einen Fehler macht, könnte man alles in Gefahr bringen.«

»Das gilt auch für ein Raumschiff«, sagte Redwing. »Wenn man ein Schott zum falschen Zeitpunkt öffnet, kann man sterben. Und der Rest der Crew ebenfalls.«

Tananareve nickte und schloss kurz die Augen. »Da hast du sicher recht. Die Vogel-Leute weisen darauf hin, dass unserem Bevölkerungswachstum langfristig Grenzen gesetzt sind, die allerdings sehr großzügig wären. Wir könnten einen Lebensraum größer als die Erde haben. Und wir könnten ihn frei wählen. Für uns wäre wahrscheinlich die Große Ebene am besten, wo die Gravitation null Komma acht G beträgt und wo es recht ruhig ist.«

»Du stellst es attraktiv dar«, sagte Redwing in einem neutralen Tonfall.

Für einen Moment wirkte Tananareve unsicher. »Es wäre eine Lösung, nicht wahr?«

»Wir sollen alle auf die Schalenwelt kommen und das Schiff im Orbit lassen?«

Tananareve zögerte einmal mehr, und Redwing fühlte nun eine Präsenz in ihrer Nähe, die sich durch leise Geräusche verriet. Vermutlich der Ursprung jener sonderbar melodischen Stimme. Jemand aus dem »Volk«. Und vielleicht waren noch andere zugegen, die ihnen zuhörten. Redwing zweifelte nicht eine Sekunde daran, dass die Vogel-Leute in der Lage waren, ihre Sprache zu verstehen.

»Warum nicht?«, erwiderte Tananareve schließlich. »Die Vogel-Leute würden sich gern die *SunSeeker* ansehen. Sie interessieren sich insbesondere für den magnetischen Antrieb, dessen Technik sie vielleicht nutzen könnten. Einer aus dem Volk – ein ziemlich großes Exemplar, das offenbar einen hohen Rang bekleidet – meinte, wir benutzen eine Technik, die sie vielleicht vor langer Zeit kannten, dann aber vergessen haben.«

»Vergessen? Wie alt ist die Schalenwelt?«

»Das sagen die Vogel-Leute nicht.« Tananareve runzelte die Stirn. »Vielleicht wissen sie es gar nicht.«

Beth und Karl schwiegen, während Redwing überlegte.

»Was ist, wenn wir nicht lange bleiben möchten? Wenn wir niemanden von uns zur Schalenwelt schicken wollen?«

»Sie sagen, dieser Aspekt unserer Interaktionen sei nicht verhandelbar. Einige von uns müssen hierherkommen.«

»Abgelehnt«, sagte Redwing.

»Dann wird es ... Leid geben, sagen sie.«

»Oh, wir landen ziemlich schnell bei Drohungen, wie?« Redwing hob die Brauen.

Tananareve nickte kurz, und dann wurde der Schirm dunkel.

Sie blieben noch eine ganze Weile in Redwings Kabine sitzen, in der Hoffnung, dass weitere Signale von der Schalenwelt kamen, doch das war nicht der Fall.

ACHTER TEIL

GEGEN-DROHUNG

»Der Besitz von Wissen tötet nicht das Gespür für Wunder und Geheimnis. Er schafft noch mehr Geheimnisse.«

ANAÏS NIN

24

»Die Primaten scheinen genauso störrisch zu sein, wie Sie es angedeutet haben«, sagte Asenath. Sie beugte sich zu Memor und richtete die gelben Federn an ihrem Hals auf. Ihr warmer Atem strich über Memors Gefieder – ein unangenehmes Gefühl.

»Sogar noch störrischer«, fügte Bemor hinzu.

Nach der Kommunikation mit dem fremden Schiff saßen sie in einem dunklen Seitengewölbe. Die schwarzen Felsen waren uralt, durchzogen von Rillen und Linien, Überbleibsel alter Verzierungen und längst verschwundener Bilder, die Szenen anderer Zivilisationen gezeigt hatten. Geblieben waren die Streifen und Einschlüsse des ursprünglichen Bodens aus der Zeit des Baus der Himmelsschale. Hier lag der kalte Atem der Zeit in der Luft.

Tananareve, einzige gefangene Primatin, war mit Leibesübungen beschäftigt. Sie zog den Fuß zur Stirn, drehte den Oberkörper, legte sich hin und stemmte den ganzen Körper mit den Armen hoch. Ihre Bewegungen lenkten ab. Es waren sehr bewegliche Geschöpfe, diese Primaten. Memor dachte daran, dass sich Tananareve in Form halten wollte, und sie versuchte, nicht weiter darauf zu achten.

Asenath stimmte Bemor zu. »Ich verhandle nicht gern mit Wesen, die offenbar nicht in der Lage sind, ihre eigene Position zu erkennen.«

Memors Federfarben bestätigten. »Für sie ist dies alles neu. Zweifellos wollen sie entsprechende Verhandlungen in der bestmöglichen Ausgangsposition beginnen.«

Von Bemor kamen überhaupt keine Federsignale, aber er senkte die Stimme ein wenig. »Sie verhandeln nicht aus einer Position der Stärke.«

»Vielleicht glauben sie, dazu imstande zu sein«, sagte Memor.

»Ich konnte ihren Worten keine Hinweise darauf entnehmen«, erwiderte Bemor mit einem wie beiläufigen arroganten Schniefen.

Memor war ihrem Bruder gegenüber noch immer ein wenig unsicher. Sie sagte sich, dass er sie mit seinem abfälligen Murmeln und den herablassenden Federfarben nicht beleidigen wollte. Vielleicht handelte es sich um Manieriertheiten, die er sich beim Umgang mit Dienstlern und einfachen Arbeitern angewöhnt hatte. Mit diesem Gedanken erneuerte sie ihre Entschlossenheit und ließ auf dem Wandschirm Bilder der Primaten erscheinen. »Ich habe mich mit Mimik und Gestensprache der Letzten Eindringlinge befasst, um herauszufinden, auf welche Weise sie gesprochenen Worten Bedeutung hinzufügen. Meine besondere Aufmerksamkeit galt den Augen- und Mundbewegungen des Captains. Zu Bewegungen der Ohren sind die Primaten offenbar nicht imstande.«

»Der Captain ist ein Männlicher, nicht wahr?«, fragte Bemor. »Sehr ungewöhnlich.«

»Sicher gab es andere Eindringlinge mit männlich orientierten Hierarchien, nicht wahr, Bemor?«, fragte Memor. Sie wollte ihn besänftigen, indem sie sein Wissen ins Spiel brachte. Und indem sie dem Konzept männlicher Führung eine positive Note hinzufügte – obwohl ihm natürlich klar sein musste, dass sein hoher Rang in der gesellschaftlichen Struktur des Volkes eine Anomalie war.

»Natürlich, aber im Verlauf ihrer Aufnahme haben wir sie von ihren destabilisierenden Strukturen befreit. Es sind jetzt alles Matriarchate, wie es sich gehört.«

»Mit Ausnahme der Sil«, warf Asenath ein.

»Sie sind jung und noch nicht voll entwickelt«, entgegnete Bemor.

Asenath deutete zur Primatin, die sich von einem Ast hängen ließ und dabei die Beine angehoben hielt. Ihr Blick blieb die ganze Zeit über auf Memor und die anderen gerichtet. »Und das Geschöpf dort ... Haben Sie es während des Gesprächs mit Captain Redwing beobachtet? In ihrem Gesicht kam es zu Veränderungen.«

»Natürlich«, antwortete Memor. »Tananareve befindet sich in Therapie. Sie erhält ausreichend Nahrung und Bewegung. Die hiesige Schwerkraft kommt der ihrer Heimatwelt ziemlich nahe. Sie ist ein recht schlichtes Wesen und benutzte keine ungewöhnlichen Signale, soweit sich das feststellen ließ.« Die Primatin beobachtete sie noch immer, war aber bestimmt nicht in der Lage, den schnellen Worten der komplexen Volk-Sprache zu folgen. Sie mochte hier und dort etwas aufschnappen, doch die vielschichtige Bedeutung der Federnuancen konnte sie nicht erfassen.

»Die Augen«, sagte Bemor. »Was bedeutet ein langsames Blinzeln bei diesen Geschöpfen?«

»Verwirrung, nehme ich an«, erwiderte Memor.

»Mehr nicht?«

»Nein, ich glaube nicht.«

»Die Primatin blinzelte langsam, als der männliche Captain sie nach dem Aufenthaltsort der anderen Gruppe fragte.«

»Das ist mir aufgefallen. Aber was kann so etwas schon groß bedeuten?«

»Ist es vielleicht ein sexuelles Signal?«

Diese Vorstellung fanden sie alle amüsant. Der Sex beim Volk betraf rituelle Gefiederkommunikation, die mehrere Essenszeiten dauerte, klassische Tänze und Kadenzen erforderte, Lieder der Erwartung und Gesänge gegenseitiger Zustimmung. Erst dann, nach langer Vorbereitung, folgte der eigentliche Geschlechtsakt. Es war eine langwierige, anstrengende Angelegenheit, die man nicht leichtnehmen durfte und zu der es nicht sehr häufig kam.

Memor freute sich darüber, dass diese Bemerkung zu Erheiterung führte; sie war für ihren Humor bekannt. »Dies sind Geschöpfe, die gern Geschichten erzählen, nützliches Wissen vom Kurzzeitgedächtnis ins Langzeitgedächtnis übertragen und es dabei in verschiedene Bedeutungskategorien einteilen. Das bewerkstelligen sie, indem sie sich selbst Geschichten erzählen.«

»Und sie bringen das alles immer wieder auf den neuesten Stand?«, fragte Asenath.

»Ja, allerdings ohne exakte Übereinstimmung mit dem Original. Das Erinnern verändert die ursprüngliche Geschichte.«

»Sie erkennen ihr inneres Selbst also als fiktiven Charakter, der von ihnen selbst erschaffen wurde?«, fragte Bemor. »Und dessen Struktur sich verändert, wenn die Erinnerung sie hervorholt?«

Diesen Worten folgte weiteres angenehmes Lachen, und dann brachten die Dienstler leckere aufgespießte Tiere. Nach der Mahlzeit sagte Asenath: »Ich fürchte, das trägt zu ihrem Mangel an Realismus bei. Wir sollten sie darauf hinweisen.«

Bemors violette Halsfedern deuteten auf Skepsis hin. »Welchen Sinn hätte das?«

»Memor, holen Sie Ihre Primatin«, sagte Asenath.

Tananareve kam zögernd durch den Torbogen, wirkte neben den großen Angehörigen des Volkes noch kleiner und zierlicher. Ihre Kleidung war fast farblos und zerschlissen; die Stiefel an ihren Füßen wiesen mehrere große Löcher auf. Sie atmete schwer in der feuchten, salzigen, von Leben erfüllten Luft der Zitadelle. Tananareve war nur wenig größer als die Dienstler, die pflichtbewusst in der Nähe von Asenath, Bemor und Memor saßen, im bernsteinfarbenen Licht die ganze Zeit nach oben sahen und darauf warteten, dass ihre Oberen einen Wunsch äußerten.

»Wie denkst du, kleines Wesen?«, wandte sich Bemor mit grollender Stimme an die Primatin.

Memor war verblüfft. Während nur weniger Schlafzeiten hatte Bemor die Sprache der Letzten Eindringlinge gelernt, allein auf der Basis von Memors Berichten und Aufzeichnungen. Auch seine Aussprache stimmte, denn er betonte die primären Vokale. Kalte Furcht kroch in Memor empor. *Mein Bruder versteht und lernt außerordentlich schnell. Liegt es vielleicht an seinen häufigen Kontakten mit den Eisgeistern?*

»Ich denke klar und still«, antwortete Tananareve.

Bemor raschelte amüsiert mit den Federn, eine Reaktion, mit der die Primatin sicher nichts anzufangen wusste. »Gut ausgedrückt«, sagte er auf Anglisch. »Glaubst du, dein Captain wird mit uns kooperieren?«

»Das wird er, wenn ihr unsere Leute ziehen lasst.«

»Wir sind in dieser Hinsicht zu einem Kompromiss bereit. Vielleicht lassen wir sogar viele von euch nach Glory fliegen.«

»Nein, wir alle setzen die Reise fort.«

»Das ist unvernünftig.«

Bemor wandte sich an Memor und fragte in der Sprache des Volkes: »Ist das normal?«

»Diese Geschöpfe segeln vor den tausend Winden, die durch ihren unsichtbaren Untergeist wehen«, sagte Memor. Sie spürte den Blick der Primatin, war aber sicher, dass sie der vielschichtigen Grammatik und den komplexen Zeitformen der Volk-Sprache nicht folgen konnte – immerhin gab es dafür in ihrer Sprache kein Äquivalent.

Bemor schnaufte skeptisch und erwiderte: »Das mag ja interessant sein, aber was machen wir jetzt?«

»Diese Wesen lernen durch Erfahrung«, sagte Asenath. »Memor hat mehrmals darauf hingewiesen. Sie befinden sich an einem für sie völlig fremdartigen Ort und könnten in frühere Verhaltensmuster zurückfallen, weil sie eine Zukunft hier fürchten.«

»Weil sie ihr Schicksal fürchten«, sagte Bemor.

»Es gibt in ihnen eine starke neurologische Reaktion auf gesellschaftliches Leben«, sagte Asenath. »In ihren neuralen Mustern habe ich verbindende Elemente erkannt, die ganz offensichtlich Ergebnis einer langen natürlichen Auslese sind. Sie haben sich als Jäger und Sammler entwickelt, innerhalb einer sozioökonomischen Struktur, in der Teilen und Gerechtigkeit eine wichtige Rolle für das Überleben spielten. Doch diese Prinzipien versagen, wenn sie auf größere Gruppen angewandt werden; das ist ein großes Problem für sie, selbst jetzt noch. Nach den Erinnerungen, die wir erfassen konnten, pendeln selbst ihre stabilen Gesellschaften zwischen Bankett und Barbarei.«

»Bei unseren langen Reisen haben wir viele schmerzliche Weisheiten kennengelernt«, sagte Bemor förmlich. »Von den Observatorien der Hülle aus habe ich oft die Sterne beobachtet, wie sie in der ewigen Dunkelheit leuchten. Sie sind mehr Friedhof als Mysterium, denn unter ihnen wimmelt es von toten Zivilisationen. Das habe ich von den Eisgeistern erfahren.«

Memors Gefieder geriet in Bewegung, als sie dies hörte. Ihr Bruder versuchte, seinem Standpunkt mehr Nachdruck zu verleihen, indem er sich auf die großen Alten berief. Sie dösten während der langen Reisen der Himmelsschale, weil sie sonst in Versuchung geraten mochten, zu viele Experimente durchzuführen. Sie waren eine Reserve alter Weisheit, nicht nur vorübergehender Kenntnis. Beim Bau der Himmelsschale waren sie zugegen gewesen, hatten sogar bei ihrer Planung mitgewirkt – so wollte es die Legende. Wie solche kalten Wesen über Mechanik und dergleichen Bescheid wissen konnten, blieb ein ungelöstes Rätsel.

Bemor hatte die rollenden Kadenzen formeller Sprache verwendet, um seinen besonderes Status zu betonen. Das ärgerte Memor, aber sie musste sich damit abfinden. Und sie war seine Schwester, was bedeutete: Asenath würde von der falschen Annahme ausgehen, dass sie zusammenarbeiteten. Vielleicht, dachte Memor, konnte sie das zu ihrem Vorteil nutzen.

»Glauben Sie, sie wollen bei der Glory-Angelegenheit bereits eine Rolle spielen?«, fragte Asenath.

Mit gelben Federn signalisierte Bemor Zustimmung. »Davon gehe ich aus. Die Glorianer verfügen über Technologien, die wir brauchen, um ein höheres Niveau der Kommunikation zu erreichen, mit Wesen, die uns bisher keine Beachtung geschenkt haben. Zweifellos fragen sich die Eisgeister, ob diese Primaten einen Platz in unserer Welt finden könnten. Darauf haben sie hingewiesen.«

»Die Primaten müssen hierherkommen«, sagte Asenath.

»Wenn sie dazu fähig sind«, erwiderte Bemor vorsichtig. »Wir existieren inmitten der langen Geschichte von Lebensräumen und Spezies. Wir fördern lokale Gruppierungen und entmutigen lange Reisen durch die Himmelsschale. Diesen Abenteurern würde es vielleicht schwerfallen, sich anzupassen. Sie scheinen davon besessen zu sein, alle Grenzen zu überwinden.«

»Die meisten Aufgenommenen bezeichnen sich auf die eine oder andere Weise als ›Volk‹«, sagte Asenath. »Und natürlich glauben sie, auserwählt zu sein, etwas Besonderes darzustellen. Sie alle stellen sich gern vor, in unserer immensen Welt eine zentrale Rolle zu spielen. Viele leben in einer Geschichte aus Gesichtern, denen von Vorgesetzten und Oberen aller Art. Wenn aus Besuchern Aufgenommene werden, wenn sie sich an die Erhabenheit der Himmelsschale gewöhnen, wird ihre Geschichte einfach. Es geht darum, wer die Krone ihrer eigenen Spezies trägt, und wer als Nächster.«

Bemor pflichtete der Weisheitsprinzipalin bei. »Natürlich, so wie es vor langer Zeit geplant wurde. Unter unserer ewigen Sonne und ungestört vom Universum um sie herum denken die Aufgenommenen nicht mehr über große Dinge nach. Sie leben in Behaglichkeit, ohne den Schrecken instabilen Sonnenlichts und unterschiedlicher Jahreszeiten. Die Eisgeister sehen nur das ganze Universum. Sie leben in ewiger Dunkelheit.«

Memor dachte ein wenig darüber nach und fügte die Eisgeister ihren eigenen Angelegenheiten hinzu. Aber sie schwieg und dachte ohne ein äußeres Zeichen an ihre vergangene Rolle bei dieser Sache. Spezies wuchsen in großer Zahl, bis das Volk sie auf ein Gleichgewichtsniveau reduzierte. Streit und Gemetzel nahmen ihren blutigen Verlauf. Grenzen schufen ein Netz aus Narben – ein langer Abschnitt der Geschichte, der auf dem Boden noch lesbar war. Mit Grenzen aus Sand, Wald und Wasser formte das Volk der Astronomen Lebensräume für einzelne Spezies. Als es erneut zu Auseinandersetzungen kam, überprüften sie die territorialen Gegebenheiten und stellten fest, dass die Grenzen manchmal falsch gezogen waren, von gleichgültigen Bürokraten in ferner Vergangenheit.

Und so gruben sich Memor und andere in die Bodenwahrheit des Lokalen, ließen die Zeit gewähren und Weisheit aus Konflikten wachsen. Solche Regionen bildeten oft das Äquivalent vollgestopfter Dachkammern, mit einer Historie aus schmutzigen Teppichen, verbeulten Dosen und altem, öligem Holz: Ein einzelner Funke konnte alles entzünden. In Gebieten, wo es zu offenen Kriegen kam, musste das Volk eingreifen, um Ordnung und Stabilität wiederherzustellen, und solche Eingriffe führten gelegentlich zu einem Massensterben. Manchmal waren zu viele Religionen an einem zu kleinen Ort der Grund für Konflikte, was korrigiert werden musste. Das Volk formte die Aufgenommenen so, dass sie nicht zu einer endlosen Flut wurden. Konversation und Genetik ließen sich besser und langfristiger formen als Berge und Wind. Der Umgang mit Lebewesen, die an einen tyrannischen Gott glaubten, an eine Diktatur im Himmel, fiel oft leichter, denn solche Geschöpfe verstanden Hierarchie.

So lautete die alte Wahrheit, die das Volk von den Eisgeistern empfangen oder in eigenen Erfahrungen gefunden hatte. Memor war mit kühler Gleichgültigkeit dem Notwendigen gegenüber aufgewachsen und hatte jetzt die Ehre verdient, sich um die Letzten Eindringlinge zu kümmern. *Ich hoffe, ich kann die Flüchtigen einfangen und damit Anerkennung erringen,* dachte sie und schob die Unruhe ihres Untergeistes beiseite. *Andernfalls droht mir vielleicht ... Hinrichtung.* Sie fühlte ein Schaudern im Untergeist, begleitet von etwas, das sie nicht genau erkennen konnte, etwas von großer Bedeutung. Es schlüpfte fort.

Memors Aufmerksamkeit kehrte ins Hier und Heute zurück.

»Sollten wir die Primaten also nicht für gute Aufnahmekandidaten halten?«, fragte Asenath.

Bemor deutete auf die Primatin, die ihre Augen zusammenkniff und ihn anstarrte. »Nein, ich glaube, sie können im Lauf der Zeit gebrochen und der Herrschaft der Vernunft unterworfen werden. Aber ihre Aufnahme sollte keine vorrangige Bedeutung für uns haben. Wir brauchen ihre Hilfe in Hinsicht auf Glory, das stimmt, doch anschließend können wir sie wie einen leergesaugten Kadaver beiseitewerfen, ohne großen Verlust.«

»Welches Habitat wäre für diese Wesen geeignet?«, fragte Asenath.

»Ich habe das Bewusstsein dieser Primatin namens Tananareve sondiert«, sagte Memor. »Ich vermute, sie sind gern oben und sehen nach unten. Wahrscheinlich ist ihnen eine offene Savanne am liebsten, mit Gebüsch und kleinen Wäldern, und sie möchten in der Nähe von offenem Wasser sein, in Form eines Flusses, Sees oder Ozeans. Allem Anschein nach gilt ihre Vorliebe der Umgebung, in der sie sich vor Jahrmillionen entwickelt haben. Instinktiv neigen sie zu Parklandschaften und offenen Waldgebieten, die ihnen Gelegenheit bieten, aus sicherer Entfernung nach zuverlässigen Quellen von Wasser und Nahrung Ausschau zu halten. Und wo sie die Möglichkeit haben, Angreifern zu entkommen.«

»Klingt ziemlich primitiv«, erwiderte Asenath voller Abscheu.

»Ist die Meinung, wonach die Primaten in Hinsicht auf Glory sehr nützlich sein können, die einzige Weisheit, die uns die Eisgeister derzeit anzubieten haben?«, wandte sich Memor an Bemor.

»Ich glaube, das dürfte genug sein«, sagte Bemor, ziemlich überheblich, wie Memor fand. »Die Eisgeister verraten nicht immer, was sie denken. Sie scheinen ungewöhnlich großes Interesse an den Primaten zu haben und möchten, dass wir auf ihre Hilfe zurückgreifen.«

Asenath beeilte sich, mit deutlichen Federfarben darauf hinzuweisen, dass sie Bemors Worten zustimmte und damit von Memor abrückte. »Entwerfer, ich schlage vor, dass wir das Schiff der Primaten an seine wahre Situation erinnern.«

»Wie?«, fragte Bemor, und Memor hörte einen Hauch von Skepsis in der Stimme ihres Bruders.

»Die Wesen an Bord inspizieren die magnetischen Konfigurationen an den Außenseiten ihres Schiffes, vermutlich mit der Absicht, die Manövrierfähigkeit zu verbessern. Es könnte allerdings auch sein, dass sie beabsichtigen, unsere magnetische Mechanik zu stören. Ihre Methode besteht darin, zahlreiche Sensoren in einem relativ großen Raumgebiet zu verteilen.«

»Gehen sie dabei geschickt zu Werke?«, fragte Bemor.

»Die Sensoren sind etwa so groß wie mein Zehennagel und zeichnen sich durch einen hohen technischen Standard aus. Ich schlage vor, dass wir unseren Himmel von ihnen befreien.«

»Du willst sie zerstören?«, fragte Memor.

»Das wird den Primaten eine Lehre sein«, sagte Asenath mit einer Federgeste, die Genugtuung zum Ausdruck brachte.

»Bestimmt«, sagte Bemor. Seine Halsfedern gewannen gelbe und blaue Töne, und er beugte sich voller Eifer vor. »Ihre Reaktion dürfte uns Aufschluss über sie geben.«

»Ich kümmere mich sofort darum«, sagte Asenath zufrieden. »Wir werden die Letzten Eindringlinge zurechtweisen und ihnen klar und deutlich zeigen, wer hier das Sagen hat.«

Memor fragte sich, ob sie hier mit Absicht ins Abseits gedrängt worden war. Sie hätte vor allem Vorsicht walten lassen, aber Bemor schien unbedingt handeln zu wollen, noch dazu auf eine recht aggressive Art und Weise. »Ich hoffe, Sie finden Gefallen daran«, sagte sie zu Asenath und hoffte, dass sie nicht zu viel Sarkasmus in ihre Worte legte. Es fiel ihr plötzlich schwer, in dieser Hinsicht das richtige Maß zu finden.

25

Gesegnet sei die Nacht, dachte Cliff und genoss die Dunkelheit. Den anderen erging es ebenso. Nach Monaten in ständigem Tageslicht sehnten sie sich alle nach Schatten und Finsternis, in der sie sofort einschliefen.

Er erwachte nach langem Schlaf, gehüllt in eine der Decken, die ihnen die Sil zur Verfügung gestellt hatten. Benommenheit dämpfte seine Gedanken. Die anderen schlummerten noch in der Dunkelheit, die ihnen nach so langer Zeit im Sonnenschein endlich Ruhe gönnte.

Mit noch schwerem Kopf fragte sich Cliff, was ihn geweckt hatte. Er stand auf, zog Hose und Stiefel an und verließ den aus dem braunen Fels gehauenen Raum. Seine Stiefel zeigten deutliche Abnutzungserscheinungen, und er überlegte, wo er sich Ersatz beschaffen konnte. Die richtige Antwort lautete wie immer: Frag die Sil.

Leise Geräusche kamen von dort, wo die Katzenwesen die Botschaften der Eisgeister beobachteten. Cliff trat vorsichtig ein und sah, wie zwei Sil auf die für sie typische Weise kommunizierten. Es gab mehr Augen- und Kopfbewegungen als Worte. Und als besonders aktiv erwies sich wie üblich Quert – der Cliff bemerkte und ihn mit einer besonderen Augenbewegung aufforderte, näher zu kommen.

»Bitten um Weisheit aus Vergangenheit«, sagte Quert. »Dies wir erhalten.«

Draußen zeigte der »Schirm« Worte, die vielleicht Antworten auf die Fragen der Sil waren.

Über lange Zeiten gibt es keinen Mangel an Energie oder Material, nur an Fantasie.

Wenn eine Spezies keine Ressourcen hat, wird sie erfinderisch.

Zorn wohnt lange im Herzen von Narren.

»Danke dafür, dass sie ihre Botschaften in Anglisch übermitteln.«

»Wir sie nicht gebeten. Sie zuerst zu uns gesprochen haben. Nicht zu euch.«

»Worum geht es? Was hat dies alles zu bedeuten?«

»Wollen mit Vogel-Leuten verhandeln. Ihr helfen könnt. Eisgeister nicht für uns. Ihr Interesse euch gilt.«

»Warum?«

»Die neuen Eindringlinge wissen neue Dinge.«

»Und euch weisen sie mit einem ›Zorn wohnt lange im Herzen von Narren‹ ab? Sollt ihr einfach so vergessen, dass die Vogel-Leute viele von euch getötet haben?«

Quert kniff ein wenig die Augen zusammen, und seine Stimme wurde zu einem kühlen Flüstern. »Eisgeister sagen, dass wir sind unruhig in Seele.«

»Ihr werdet mit den erlittenen Verlusten besser fertig als ich mit dem Tod meines Freundes Howard.«

»Es gibt mehr Sorgen.«

Quert führte ihn zu einem großen Fenster, das Ausblick auf die weiten Eisfelder gewährte. Auf der einen Seite glitten die Sterne über den schwarzen Himmel, und die Vakuumblumen drehten sich langsam, folgten den hellen Punkten in der Dunkelheit. Für Cliff war es noch immer ein magischer Anblick. Zusammen mit Quert blickte er nach draußen, bis der Sil die Hand bewegte, woraufhin das Fenster flackerte. Das Bild dahinter veränderte sich. Es zeigte noch immer Sterne, die über ein pechschwarzes Firmament wanderten, aber ihnen gesellte sich ein helles Objekt hinzu, das entgegen der Rotation der Schalenwelt über den Himmel flog. Als es sich fast genau im Zenit befand, blitzte es plötzlich auf, und Cliff erkannte, dass es sich um ein Schiff handelte, das eine Art Scheinwerfer benutzte. Ein grüner Laserstrahl wuchs bis zu einem Durchmesser von zehn Metern an und strich über die Eisfelder. Er gleißte kurz, als er das Fenster traf, und dann wanderte er weiter. Der helle Punkt des Schiffes setzte seine Bahn fort und verschwand hinter dem Horizont. Daraufhin glitten nur noch Sterne über den Himmel.

»War das eine Aufzeichnung?«

Querts Augen signalisierten Zustimmung. »Sie nicht gesehen haben eure Art, sondern unsere.«

»Sil? Wenn uns niemand gesehen hat, sind wir in Sicherheit ...«

»Vogel-Leute sagen, Sil nicht hierherkommen.«

»Ich dachte ...« Cliff unterbrach sich, als ihm einfiel: Er hatte sich überhaupt nicht gefragt, ob es den Sil erlaubt war, diesen Ort aufzusuchen. Das schien nicht der Fall zu sein. Als er jetzt darüber nachdachte, erschien es ihm plausibel. Vermutlich wollten die Vogel-Leute kein »Gesindel« in der Nähe von Wesen, die in ewiger Kälte wohnten und aus der Zeit des Baus der »Himmelsschale« stammten. Vielleicht befürchteten sie, dass die Sil allein mit ihrer Körperwärme Schaden anrichten konnten.

»Niemand darf mit den Eisgeistern reden?«

»Von Vogel-Leuten nicht erlaubt.«

»Sie werden euch also hierherfolgen?«

»Bald. Wir aufbrechen.«

Eine weitere Erkenntnis bildete sich in Cliff: Er hatte begonnen, sich dieses kalte, dunkle Refugium als einen Ort vorzustellen, an dem sie Ruhe und Sicherheit fanden. Sie alle hatten es satt, ständig durch eine fremde Welt auf der Flucht zu sein. Doch jetzt ging auch dieser ruhige, sichere Ort verloren.

»Wohin?«

»Warm und heiß.«

26

Redwing erwachte aus einem Traum, in dem er entspannt und wohlig in einem warmen Meer geschwommen war. Eine Melodie weckte ihn und wies darauf hin, dass ihn jemand auf der Brücke sprechen wollte. Er hasste die üblichen akustischen Signale, und deshalb holten ihn die Klänge von Beethovens fünfter Sinfonie aus dem Traum. Wenn innerhalb von zehn Sekunden keine Reaktion erfolgte, würde sich ihre Lautstärke verdoppeln. Redwing schaffte es in neun. »Ja?«

»Captain, die smarten Sensoren, die wir im All verteilt haben ... Sie melden sich nicht mehr«, sagte Ayaan Ali. In dieser Woche hatte sie Wachdienst auf der Brücke; es war vier Uhr sieben Bordzeit.

»Wie viele?«, fragte Redwing und versuchte, die Reste des Schlafs abzustreifen.

»Alle. Ihre Signale verschwanden einfach. Ich hatte sie auf dem großen Schirm, mit optischer und elektromagnetischer Erfassung. Die ersten Signale verschwanden in Bereich zwei siebenundachtzig, und von dort aus ging es weiter. Die Neutralisierungswelle benötigte hundertneunundvierzig Sekunden, bis sie auch den letzten Sensor erfasste. Kein einziger antwortet mehr.«

»Klingt nach einer Fehlfunktion im Kommunikationssystem.«

»Das habe ich überprüft. Nach Aussage des Artilekts für die internen Systeme ist alles in Ordnung.«

»Was ist mit den anderen Artilekten?«

»Um Zeit zu sparen, habe ich sie in den partiellen Modus gebracht und nur die diagnostischen Subsysteme eingesetzt, für eine Auswertung der Systemstatistiken, die die letzte Stunde betreffen. Danach gibt es keine Fehlfunktionen.«

»Na schön.« Redwing dachte über das Problem nach und versuchte, eine Lösung zu finden. »Lass die Artilekte noch einmal alles überprüfen, und zwar gründlich, alle Einzelheiten. Nimm außerdem eine Partikelzählung vor. Das volle Programm.«

»In Ordnung, Captain. Soll ich ...?«

»Ja. Gib Karl Bescheid und auch Fred.«

»Sofort.«

»Ich bin gleich bei euch.«

In weniger als zwei Minuten war er so weit. Der Coverall ließ sich schnell überstreifen – Redwing hatte durch Gewichtheben und Laufen abgenommen –, und er benutzte Schuhe mit Klettverschluss. Als er die Brücke erreichte, sah er dort eine Ayaan Ali mit tiefen Falten in der Stirn. Sie kündeten nicht von Erschöpfung, sondern von Sorge.

»Nichts Ungewöhnliches in allen Spektralbereichen«, sagte sie mit angespannt klingender Stimme. »Partikelstrom normal. Die magnetosonischen Aktivitätsmuster und das Ionenzyklotron-Spektrum ebenfalls. Aber die Energie des Alfvén-Wellenspektrums hat um fast eine Größenordnung zugenommen.«

Das Artilekt der internen Systeme zeigte das entsprechende Spektrum über den schematischen Darstellungen des nahen Raumbereichs: grüne Wellen, die sich dort ausbreiteten, wo die münzgroßen externen Sensoren Daten gesammelt hatten. Sie schienen der Grund für ihr Schweigen zu sein.

»Ich frage mich, wie magnetische Wellen die Sensoren deaktivieren konnten«, sagte Ayaan Ali und ließ die Aufzeichnung der Wellen vor- und zurücklaufen.

»Durch Desorientierung, nehme ich an«, sagte Karl. Fred und er waren ebenfalls auf der Brücke eingetroffen. »Alfvén-Wellen wandeln nonlinearen Zerfall in Wellen um, deren Wellenlänge so klein sein kann wie die Sensoren. Das kann ihre Navigationskontrolle durcheinanderbringen.«

»Und sie vielleicht sogar ganz außer Gefecht setzen«, fügte Fred hinzu.

Karl deutete auf die Wellenmuster. »Sie gehen vom Jet aus. Und eins versichere ich euch: Ein Zufall ist dies bestimmt nicht.«

»Du glaubst, es handelt sich um eine Reaktion auf unsere Weigerung, den Forderungen der Vogel-Leute nachzukommen?«, fragte Ayaan Ali.

»Danach sieht's aus«, sagte Fred. »Was ist das?« Die Aufzeichnung zeigte die Ereignisse vor einigen Stunden. Fred hielt sie an und schaltete dann auf Vorlauf. Deutlich war zu sehen, wie sich eine blaue Welle im Raum ausbreitete. Er kehrte zu einem früheren Zeitpunkt zurück und vergrößerte einen Teilbereich. »Auch das geht vom Jet aus. Was hat das Blau zu bedeuten?«

»Hochenergetische Ionen.« Ayaan Ali holte den Jet mit einem Zoom heran, bis sie eine Stelle erkannten, wo sich eine Art Knoten gebildet hatte. Dort waren besonders starke Magnetfelder aktiv und schleuderten die Ionen in das Raumgebiet mit den Sensoren der *SunSeeker*.

»Seht nur.« Fred deutete auf den Jet. »Kleinere ›Knoten‹ ziehen ziemlich schnell durch den Plasmastrang und treffen sich beim größeren Knoten, von dem die blauen Wellen ausgehen.«

Karl nickte. »Der Ursprung der Alfvén-Wellen. Nicht schlecht. Offenbar sind die Vogel-Leute imstande, Einfluss auf die Magnetfelder des Jets zu nehmen und sie auszurichten.«

»Damit haben sie unsere Sensoren neutralisiert.« Redwing sah die anderen an. »Um uns zu zeigen, wozu sie imstande sind.«

Stille folgte seinen Worten, ein Schweigen, das zu fragen schien: *Was machen wir jetzt?*

»Offiziere zur Brücke. Ich möchte einen kleinen Satelliten über den Rand der Schalenwelt schicken. Wir haben kaum Daten über die Außenseite, und Ayaan Ali berichtete, dass sie vor wenigen Stunden Signale von Cliffs Gruppe empfangen hat. Es war eine reine Textnachricht, und darin hieß es, dass sie sich bei einer Spiegelzone aufhalten. Wenn wir einen Verbindungssatelliten in ihre Nähe bringen, über der Außenzone, ist vielleicht ein stabiler Kommunikationskontakt möglich.«

Fred musterte Redwing einige Sekunden lang. »Willst du wirklich einen Satelliten riskieren?«

»Wir müssen herausfinden, wie weit die Vogel-Leute gehen wollen«, erwiderte der Captain. Er sprach ruhig und mit ausdrucksloser Miene.

»Was weitere Maßnahmen betrifft ... Mir liegt ein Bericht von Karl vor ...« Redwing nickte ihm zu. »Wir werden um achtzehn Uhr im Speiseraum darüber reden.« Das sollte der Crew genug Zeit geben, sich Gedanken zu machen. »Das wär's.«

Die Besprechung begann mit Neuigkeiten, von Ayaan Ali präsentiert – sie stand neben einem flackernden Bild auf dem Wandschirm. Alle Offiziere waren zugegen und saßen am großen Tisch, mit Kaffeebechern vor ihnen; ihre erwartungsvollen Blick galten der Frau neben dem Schirm.

»Wir haben einen Satelliten zum Rand der Schalenwelt geschickt, einen Mikrosat mit Ionenantrieb, der starke Beschleunigung ermöglicht. Ich habe ihn über eine Bergkette in der Nähe des Rands gesteuert. Diese Bilder wurden dabei aufgezeichnet.«

Es folgten einzelne Bilder in kleinen Zeitsprüngen, die zeigten, wie der Satellit über zerklüftete Berge hinwegflog. Auf den Gipfeln lag Schnee, obwohl sie ständig das Licht der Sonne empfingen. Redwing vermutete, dass die Atmosphäre dort sehr dünn war, und die Membran, die sie vom Vakuum trennte, nicht weit entfernt. Die Kälte des Alls beließ das Wasser auf den Berggipfeln in gefrorenem Zustand.

Die nächsten Bilder brachten den Rand der Schalenwelt immer näher. Der Satellit sondierte nach vorn und zu beiden Seiten. Am Rand ganz links schimmerte die Atmosphärenmembran und hielt die Luft gefangen. Ein Licht erschien dort.

»Ich halte die Aufzeichnung hier an«, sagte Ayaan Ali. »Das Licht dort stammt von plötzlichen UV-Emissionen, die offenbar eine Art Vorbote sind.«

»Wofür?«, fragte Karl.

»Für das hier.« Das nächste Bild zeigte einen größeren weißen Fleck an der gleichen Stelle, links vom Satelliten. »Und damit hat es sich«, fügte Ayaan Ali mit einem bitteren Lächeln hinzu.

»Was ist passiert?«, fragte Karl. »Wo ist das nächste Bild?«

Ayaan Ali schüttelte den Kopf. »Es gibt keine weiteren Bilder. Der Satellit hat aufgehört zu senden. Hier ist ein Röntgenbild der betreffenden Region. Ich habe zuvor unsere Teleskope ausgerichtet.«

Der Wandschirm zeigte die Konturen der Berge und des Rands der Schalenwelt, hervorgehoben vermutlich von leichten Partikelströmen des Sonnenwinds. Ganz links am Rand war eine helle Stelle zu sehen. »Dort stirbt unser Satellit. Nach den Spektral- und Strahlenanalysen gehe ich davon aus, dass er einem Gammastrahl zum Opfer fiel. Das UV-Licht in der anderen Aufnahme kündigte ihn an.«

»Woher kam der Strahl?« Redwing kannte die Antwort, aber alle sollten es von Ayaan Ali hören.

»Von dem großen kanonenartigen Objekt weiter entfernt am Rand.«

»Ist es ein Röntgenlaser?«

»Nein«, sagte Ayaan Ali. »Dieses Bild stammt von sekundären Emissionen. Das geht aus der Spektralanalyse hervor. Außerdem habe ich die ganze Szene von einem Gammastrahlendetektor beobachten lassen. Er hat dies gesehen.«

Ein weiterer heller Fleck. Diesmal gab es keinen Hintergrund, nur uniformes Schwarz mit einem hellen Punkt. »Die Energie ist um fünf Größenordnungen höher als die Röntgenfluenz.«

»Wir haben also richtig vermutet«, sagte Redwing. »Es ist ein Gammastrahlenlaser.«

Er sah Beth an. Seit ihrer Rückkehr nahm sie auf seine Bitte hin an den technischen Besprechungen teil, denn immerhin war sie auf der Schalenwelt gewesen und hatte dort zahlreiche Eindrücke gesammelt. »Soweit ich weiß, sind wir bei Photonenenergie nie in solche Bereiche vorgestoßen. Hast du irgendwelche Anzeichen dafür gesehen, dass die Vogel-Leute über so hochentwickelte Technik verfügen?«

Beth schüttelte den Kopf. »In unserer Umgebung gab es keine Waffen. Oder wenn doch, so haben wir sie nicht als Waffen erkannt. Ich schätze, die Vogel-Leute brauchten auch gar keine. Wir saßen in der Falle.«

»Derartige Waffen könnten für die Schalenwelt sehr gefährlich sein«, sagte Ayaan Ali. »Wenn man mit ihnen ein Loch in den Boden schießt, könnte alles instabil werden.«

»Vor langer Zeit, noch vor dem Start der *SunSeeker*, gab es auf der Erde ein Programm für die Entwicklung von Hochfrequenzlasern. Aber man brachte es dabei nicht bis zu Gamma-Energien. Bei so kurzen Wellenlängen könnte ein Laserstrahl auf sehr kleine Ziele gerichtet werden, und es wäre nicht viel Energie nötig, um etwas zu zerstören.«

»Das sind schlechte Nachrichten«, sagte Fred. »Es bedeutet, dass wir keine Sonde über den Rand schicken können. Die Vogel-Leute sind in der Lage, sie zu vernichten. Und auch die *SunSeeker*. Wir sitzen hier fest.«

»Vermutlich erwarten sie, dass wir uns bei ihnen melden und um eine Fortsetzung der Verhandlungen bitten«, warf Ayaan Ali ein.

»Was wir nicht tun werden«, sagte Redwing. Die anderen schwiegen. Zeit für einen Richtungswechsel, der manchmal neue Erkenntnisse ermöglichte. Er faltete die Hände auf dem Tisch und beugte sich vor. »Beth, glaubst du, die Vogel-Leute würden uns nach Glory weiterfliegen lassen?«

Beth seufzte und sah zum Schirm, dessen Standbild die Explosion des Satelliten zeigte. »Ihre Gesellschaft ist ausgesprochen hierarchisch. Die große Vogel-Frau, die uns verhörte, Memor ... Sie verhielt sich, als gehörte ihr die Welt. Ich kann mir kaum vorstellen, dass uns solche Leute erlauben, Glory vor ihnen zu erreichen.«

»Und wir könnten eher dort sein, wenn wir nicht mehr gegen das ›Kielwasser‹ der Schalenwelt ankämpfen müssen«, sagte Ayaan Ali.

Redwing erinnerte sich an einen Vortrag über extraterrestrische Biosphären während der Ausbildung. Dabei hatte jemand gesagt: »Menschen und Tiere sehen sich über eine Kluft gegenseitigen Nichtverstehens an. Bei Außerirdischen wird diese Kluft noch breiter und tiefer sein.« Doch jetzt versuchte er, die Verhandlungsstrategie fremder Wesen zu ergründen, deren Zivilisation unvorstellbar alt war.

Eine Zeit lang begnügte er sich damit, den anderen zuzuhören. Sie standen jetzt einer neuen Situation gegenüber, denn mit der Zerstörung des Satelliten hatten die Vogel-Leute gezeigt, dass sie nicht blufften.

»Also ...«, sage Redwing schließlich, zögerte und ließ dem Wort eine Stille folgen, in der man nur das Flüstern der Luftzirkulation hörte. »Schicken wir eine Antwort.«

Karl stand auf und ließ andere Bilder auf dem Wandschirm erscheinen. Der Jet erschien in extremer Vergrößerung, mit Magnetfeldlinien in leuchtendem Rubinrot, die einzelnen »Stränge« des Plasmas in Orange. Abstrakte Linien wiesen auf die nahe Schalenwelt hin. »Wir können den Vogel-Leuten einen Schuss vor den Bug geben. Der Jet ist dort, wo er das Astloch erreicht, ziemlich schmal. Schaut euch die spiralförmigen Magnetfelder an, die das Plasma bündeln.«

»Was hast du vor?«, fragte Beth.

»Wir könnten hineinfliegen. Die Magnetfelder des Jets stören. Ihn beim Astloch flackern lassen.«

Sie starrten Karl groß an.

Beth atmete tief durch. »Ich habe uns durch den Jet geflogen, wisst ihr noch? *Erinnert ihr euch?* Es war wie die Reise mit einem Segelschiff durch einen Hurrikan. Und das sollen wir *noch einmal machen?*«

Für einen langen Moment beobachtete Redwing die Furcht in ihrem Gesicht. Er erinnerte sich an lange Stunden von Anspannung und Schweiß, während das Schiff um sie herum knackte und zitterte, sich manchmal regelrecht schüttelte. Die Crew hatte dabei rund um die Uhr gearbeitet und war bis an ihre Grenzen gegangen – die Umstände hatten ihnen keine Wahl gelassen. Für Redwing war es vielleicht sogar noch etwas schwerer gewesen als für die anderen, denn er hatte die ganze Zeit über keine Unsicherheit zeigen dürfen, nur feste Entschlossenheit und Zuversicht.

Diesmal allerdings sah die Sache etwas anders aus. Diesmal blieb ihnen sehr wohl eine Wahl. Sie konnten wie bisher manövrieren und versuchen, Zeit zu gewinnen. Aber sie hatten nicht die Möglichkeit, über den Rand zu fliegen, was ohne die Befreiung von Cliffs Gruppe ohnehin nicht infrage kam.

»Ich glaube, wir sollten den Vogel-Leuten zeigen, dass wir uns keine Verhandlungsbedingungen von ihnen diktieren lassen«, sagte Redwing langsam. »Dass wir keine gefügigen Mitglieder ihres großen Clubs sind.«

Wieder folgte langes Schweigen, und Redwing spürte, wie die Anspannung wuchs, was sich auch in den Gesichtern der anderen zeigte.

»Ich habe noch im Kälteschlaf gelegen, als euer Tanz durch das Astloch stattfand«, sagte Karl nach einer Weile. »Aber ich habe mit Fred darüber gesprochen. In Hinsicht auf die Physik der ganzen Sache ist alles klar. Es wird nicht länger dauern als etwa zehn Stunden.«

Redwing spürte deutlich die allgemeine Skepsis.

»Um die technischen Aspekte kümmern wir uns später. Auf der Brücke müssen ständig drei Piloten einsatzbereit sein. Und gebt den Fingerschlangen Bescheid. Warnt sie vor heftigen Erschütterungen.«

»Ich habe Berechnungen angestellt und Simulationen durchgeführt«, sagte Karl förmlich. »Daraus geht ziemlich klar hervor, was uns erwartet. Die Navigationsartilekte haben Flugbahnen und Rückreaktionen der Plasmaströme des Jets auf die Magnetfelder unserer Bussard-Kollektoren überprüft. Wir müssen damit rechnen, dass unsere Bugfelder komprimiert und die Aufnahme erhöht wird, aber das sind eigentlich gute Nachrichten, denn es bedeutet, dass wir mehr Schub bekommen. Es wird reichlich Ionen für unsere Reaktoren geben, denke ich …«

»Ja, wie gesagt, um die technischen Angelegenheiten kümmern wir uns später.« Redwing lächelte und versuchte, zuversichtlich auszusehen. »Danke, Karl.«

Beth sah ihm direkt in die Augen. »Wir haben noch immer keine Ahnung hinsichtlich der Denkweise der Vogel-Leute.«

»Stimmt.«

»Wir wissen also nicht, wie sie reagieren werden«, fügte Beth besorgt hinzu und sah sich am Tisch nach Unterstützung um.

»Sie kennen das Konzept von Verhandlungen; das zeigen unsere Kontakte mit Tananareve. Sie haben unsere Sensoren außer Gefecht gesetzt und jetzt auch den Satelliten zerstört. Zahlen wir es ihnen mit gleicher Münze heim.«

Alle sahen Redwing an, Ayaan Ali mit großen, verblüfft starrenden Augen. In Freds Blick kam so etwas wie gespannte Erwartung zum Ausdruck. Karl gab sich optimistisch, und Beth war blass.

Redwing stand auf. »Wir werden den Vogel-Leuten eine Antwort geben. Und wir beginnen damit, indem wir zum Jet fliegen und Vorbereitungen treffen.«

Die Crewmitglieder gingen schweigend. Niemand von ihnen sah zurück, bis auf Beth. Sie wartete, bis die anderen gegangen waren.

»Ich gebe zu: Es fühlt sich gut an, etwas zu tun«, sagte sie. »Als Gefangene der Vogel-Leute habe ich mich alles andere als wohl gefühlt. Und als wir entkommen konnten, fanden wir uns nur in einem größeren Gefängnis wieder.«

»Eines so groß wie ein ganzes Sonnensystem«, sagte Redwing.

Beth lachte, zeigte mit dem Daumen nach oben und ging.

NEUNTER TEIL

AUF DER FLUCHT

»Manche Leute sind klug, manche Klugscheißer.«

TOBIAS SMOLLETT

27

Cliff hatte es satt, ständig unterwegs zu sein. Die gewaltigen Entfernungen der Schalenwelt forderten ihren Tribut in Form einer Erschöpfung, die sich nicht besiegen ließ, indem man auf Stühlen döste, die für andere Wesen bestimmt waren. Oder indem man die nach nichts schmeckenden Dinge aß, die der eine oder andere Nahrungsmittelspender zur Verfügung stellte. Oder indem man sich die Ohren zustopfte oder Kopfhörer trug, um nicht ständig das Brummen und Rasseln des gerade benutzten Transportmittels zu hören. Die Schalenwelt präsentierte die Maßstäbe eines Sonnensystems, doch die Menschen waren an kleinere Perspektiven gewöhnt.

Quert und die anderen Sil hatten Cliffs Gruppe durch ein Tunnellabyrinth geführt, weg von der Außenhülle, der kalten Heimat der Eisgeister. Es folgten ein Magnetzug und dann weitere Tunnel. Gelegentlich erhaschten sie einen Blick auf seltsame Landschaften, als Waggons sie mit interplanetarer Geschwindigkeit über lange Rampen trugen.

Cliff spürte die einzelnen Beschleunigungs- und Bremsphasen, doch nach einer Weile ging alles ineinander über und wurde zu einem einzigen großen Durcheinander aus schlingernden Bewegungen. Manchmal wusste er, wo sie sich befanden, in einem astronomischen Sinn – die Muster der Sterne sowie Jet und Horizont jenseits der Fenster boten deutliche

Hinweise. Aber nachdem er einige Stunden geschlafen hatte, trotz des ständigen Wackelns, und erneut nach draußen sah, hatte sich alles verändert, und dann fühlte er sich von Desorientierung erfasst.

Jetzt wagten sie sich zu Fuß in eine Region, die ihn an kalifornische Wüsten erinnerte: niedriges Gebüsch, von Rinnen durchzogener hellbrauner Boden, dunstiger Himmel, hier und dort einige Zickzack-Bäume, die überall in der Schalenwelt zu wachsen schienen. Die Schwerkraft in diesem Gebiet war anders, viel geringer, und Cliff fühlte sich bei jedem Schritt ein wenig zur Seite gezogen. Offenbar waren sie dem Astloch ein ganzes Stück näher gekommen.

Etwa zehn Kilometer entfernt bemerkte er blockartige Gebäude mit einem spitz zulaufenden Turm in ihrer Mitte. Die heiße, trockene Luft hatte ein würziges Aroma, das in der Nase kitzelte. Es fühlte sich gut an, wieder zu Fuß unterwegs zu sein. Wenn nur nicht der ewige Sonnenschein gewesen wäre.

Quert winkte die anderen aus der gut getarnten Luke, die in die Hüllensysteme hinabführte. Viele Stunden lang waren sie durch Rohrleitungen gekrochen und hatten einmal durch einen Abwasserkanal waten müssen, um eine Gleitbahn zu erreichen. Das ständige Licht brachte ihren Schlafrhythmus durcheinander. Cliff hatte festgestellt, dass sie inzwischen zu einem Dreißig-Stunden-Rhythmus übergegangen waren. Der Aufenthalt in der dunklen Außensektion hatte ein wenig geholfen, doch die Erschöpfung blieb.

»Sind wir hier in Sicherheit?«, wandte sich Irma an Quert.

»Müssen noch weiter.« Der Sil sah sich um. »Hier nicht sicher.« Die anderen Sil blickten unruhig in Richtung der Zickzack-Bäume.

»Droht hier Gefahr? Wenigstens ist es warm.« Irma hatte die Kälte nicht gemocht und sich des Nachts auf der Suche nach Wärme an einen der Männer geschmiegt. Niemand hatte sich etwas dabei gedacht; sie schliefen ohnehin dicht beisammen.

»Die Kahalla. Ähneln mehr euch als uns. Eine alte Art von-Aufgenommenen. Den Vogel-Leuten treu.«

Irma runzelte die Stirn. »Was machen wir jetzt?«

»Wir suchen ...« Quert zögerte und schien nicht recht zu wissen, wie er den Begriff übersetzen sollte. »... Silberfisch. So ihr sagen würdet. Vielleicht.«

»Dort gibt es Schutz.« Terry deutete auf einige niedrige Hügel links von ihnen. Er schien jetzt wachsamer und lebhafter zu sein, stellte Cliff fest.

»Wir gehen daran vorbei«, sagte Quert, doch die anderen Sil zeigten Unbehagen. Was für Cliff den ersten Hinweis darauf bot, dass sie alle Anglisch verstanden. Voller Unruhe traten sie von einem Bein aufs andere und sahen sich immer wieder besorgt um.

»Verlieren wir keine Zeit«, sagte Aybe. Auch er wirkte erfrischt. Seiner Haut sah man an, dass sie lange Zeit der Sonne ausgesetzt gewesen war. Doch eine besondere Bräunung wies sie nicht auf, denn im Spektrum des Sterns gab es nur wenig UV-Licht.

In der niedrigen Schwerkraft gingen sie nicht, sondern sprangen, und Cliff genoss das Gefühl, bei jedem langen »Schritt« zwei oder drei Sekunden lang zu schweben. Sosehr er die Dunkelheit der Außenbereiche und den tiefen Schlaf, der dort möglich war, genossen hatte: Offenes Land unter weitem Himmel entsprach mehr seinen Vorstellungen.

»Kahalla!«, rief einer der Sil. Quert blieb stehen und drehte sich um, wie auch die anderen. Gestalten huschten durch eine ferne Ansammlung von Zickzack-Bäumen und Büschen.

Cliff dachte zuerst, dass es sich um vierbeinige Geschöpfe handelte, aber als eins von einem Baum zum nächsten lief, erkannte er es als Zweibeiner. Das Wesen lief ein wenig vornübergebeugt, bewegte die Beine auf eine seltsam erscheinende Art und Weise. Sein Kopf war groß und kantig.

»Hier Kahalla leben«, sagte Quert.

»Was sollen wir tun? Mit ihnen verhandeln.«

»Weiß nicht.« Quert und die anderen Sil beobachteten die Kahalla aufmerksam. Es waren recht viele.

Dann setzten sich die Sil wieder in Bewegung. Quert winkte sie fort von den Zickzack-Bäumen, wo sich die Gestalten zeigten, und in Richtung der Gebäude, einige Kilometer entfernt in der staubigen Ebene. Cliff befürchtete, dass sie auf dem Weg dorthin ungeschützt waren, doch dann führte Quert die Gruppe hinter eine Anhöhe und in eine Rinne, was sie aus der direkten Schusslinie brachte. Sie liefen jetzt, und aufgewirbelter Staub stach in der Nase. Die Menschen hielten ihre Laser bereit und die Sil ihre wenigen eigenen Waffen, aber sie waren den Kahalla zahlenmäßig weit unterlegen. Bisher hatte Cliff nicht darüber nachgedacht, dass die Katzenwesen nur schlecht bewaffnet waren. Es schien darauf hinzudeuten, dass sie kaum Konflikte kannten, trotz des Massakers, das die Vogel-Leute in der Stadt der Sil angerichtet hatten.

In den Büschen und Zickzack-Bäumen unweit der Rinne erschraken große Vögel und stiegen mit lautem Krächzen auf. Die niedrige Schwerkraft machte es ihnen leicht, schnell an Höhe zu gewinnen.

Der aufgewirbelte Staub stach nicht mehr nur in der Nase, er brannte. Cliff blickte nach oben, beobachtete die kreisenden Vögel und erinnerte sich plötzlich an seine Freude, als er den ersten Baltimore-Pirol gesehen hatte. Damals waren sie fast ausgestorben gewesen. Der Große Zusammenbruch hatte viele Spezies an den Rand der Auslöschung gebracht, doch dort war es, ein kleines Geschöpf mit flammendem Orange in seinem Gefieder. Er hatte nur Augen für die fragile Schönheit des Vogels gehabt. Diese fremdartigen Vögel, die krächzend aufstiegen, sahen ganz anders aus, und doch riefen sie jene Erinnerungen in ihm wach, und er fragte sich: Wie hatte diese riesige Welt im Gegensatz zur Erde so viele verschiedene Spezies bewahrt? Die Menschheit hatte ihre Umwelt mit rücksichtsloser Verstädterung ruiniert und alles verschmutzt. Bis zum Start der *SunSeeker* hatte selbst groß angelegtes Geoengineering kaum etwas daran ändern können.

Cliff erinnerte sich an die öden grauen Landschaften, die er nach der Großen Dürre im Amerikanischen Westen gesehen hatte, an die High Sierra, von verheerenden Bränden heimgesucht, nach denen nur verkohlte Baumstümpfe übrig geblieben waren, an den Rauch, der Owens Valley wochenlang eingehüllt hatte. Vor dem inneren Auge sah er leere Straßen, an ihren Rändern aufgegebene Fahrzeuge, von denen heißer Sand den Lack gekratzt hatte.

Erschöpfung machte ihm die Beine schwer. Cliff bewegte den Kopf, um Schweiß abzuschütteln. Mit einem Blick über die Schulter vergewisserte er sich, dass seine Gruppe beisammen war. Der Staub brannte nicht nur in Mund und Nase, sondern auch in der Lunge, aber er blieb nicht stehen, lief weiter.

Manchmal konnte er sich mit Erinnerungen und Tagträumen der Realität entziehen. Alles war besser als die schreckliche Angst davor, dass es jemand oder etwas auf sie abgesehen hatte, auf die Gruppe, für die er sich verantwortlich fühlte.

Also ... Wie bewahrte die immense künstliche Welt ihre nicht weniger immense Artenvielfalt? Es war wie beim Central Park von Alt-Manhattan, bevor der steigende Meeresspiegel alles überschwemmt hatte. Ein Ort, an dem das Leben Zuflucht suchte. Ein künstlicher Ort, eine Simulation der natürlichen Welt, von Beton umgeben.

Doch die Schalenwelt war kein toter Park. Sie lebte, erhielt sich selbst. Das musste Cliff den Vogel-Leuten lassen, die sich um dieses kolossale Konstrukt kümmerten: Sie vermieden all die Exzesse, die die Erde ruiniert hatten.

Cliff lief weiter und hörte das Keuchen der anderen. Die Bewegungen der Sil blieben voller Anmut und Eleganz; sie waren so schnell, dass sie vor den Menschen blieben, die sich sehr anstrengen mussten, das Tempo der Katzenwesen zu halten.

Zwischen den Zickzack-Bäumen um sie herum spürte Cliff die Präsenz von laufenden Humanoiden, obwohl er sie nicht sehen konnte. Eine Verfolgungsjagd zu Fuß, wie beim *Homo sapiens sapiens* vor Hunderttausenden von Jahren. Die riesige künstliche Welt brachte ihre primitive Vergangenheit zurück ...

Plötzlich verstand Cliff. Die Schalenwelt, einer natürlichen Welt nachgebildet, blieb stabil, weil sie viel größer war, als ein Planet es sein konnte. Sie gab dem Leben genug Platz, seinen eigenen Weg zu finden.

Aber wie verhinderten die Vogel-Leute, dass sich die zahlreichen intelligenten Spezies ausbreiteten und in Konflikt miteinander gerieten? Ein Rätsel.

Und dann blieb keine Zeit mehr für solche Gedanken. Sie näherten sich den Gebäuden, und Cliffs Beine schienen aus Blei zu bestehen.

Mach jetzt nicht schlapp, dachte er.

Zahlreiche Statuen aus silbrigem Metall umgaben die grauen Gebäude. Sie stellten Humanoide in unterschiedlichen Haltungen dar, meistens im Kampf mit Messer, Schilden, Lanzen und dergleichen. Die Geschöpfe waren untersetzt und kräftig gebaut, hatten kurze Beine und große Füße. Die Rippen schienen um den ganzen Oberkörper zu reichen, und die Arme wiesen zwei Gelenke auf, konnten dadurch besser gedreht werden als die von Menschen. Manche Bildnisse zeigten stehende Gestalten; umgeben waren sie von seltsamen Schriftzeichen, die zu leuchten begannen, wenn Cliff den Blick auf sie richtete. Gab es verborgene Sensoren, die auf seine Augen reagierten?

Sie erreichten einen großen Turm, der einer Klinge nachempfunden war und sich in der Mitte eines sechseckigen Platzes erhob. Mit komplexen Mustern versehene Steinplatten führten zu dem Turm, aus dessen Flanken kleine Auswüchse ragten, die spitz zulaufend wie der Turm selbst gen Himmel zeigten.

Sie machten Rast, und während sie Wasser tranken, sah Cliff an dem großen Bauwerk empor. In einer Höhe von etwa fünfzig Metern öffnete sich ein Auge.

Er wusste, dass es ein Auge war, obwohl es sich mit seinem Hellbraun nicht vom Rest des Turms unterschied. In der Mitte wies es eine Art Pupille auf. Langsam drehte sich das mehrere Meter durchmessende Oval und blickte auf sie herab.

Ein Auge.

»Was …« Cliff starrte auf die Pupille in der Mitte des großen Auges, das ihn zu beobachten schien. Eine Pupille im Stein? Ein Auge mit Linsen und Netzhaut?

»Steingeist«, sagte Quert nur. Dann wandte er sich rasch ab und sah in die Ferne.

Cliff drehte den Kopf nach links und sah mehrere Humanoide zwischen den Statuen laufen. Es waren viele, und sie erwiesen sich als erstaunlich flink. Sie schnauften und gingen in die Hocke, machten sich bereit. Ihre braune Kleidung wies zahlreiche Taschen auf, und daraus holten sie kleine Gegenstände hervor, die sie langen Rohren hinzufügten.

»Projektilwaffen«, sagte Aybe. »Altertümlich und primitiv, aber durchaus wirkungsvoll.«

»Vielleicht sind ihnen keine moderneren Waffen gestattet«, spekulierte Terry.

»Wir haben einen solchen Humanoiden gesehen, erinnert ihr euch?«, warf Irma ein. »Er öffnete eine Tür, die zu etwas weiter unten führte, auf der Ebene. Und als er uns sah, ging er einfach weg.«

»Ja, vielleicht hätten wir uns jenen Zugang genauer ansehen sollen«, sagte Aybe. »Wir saßen ziemlich in der Klemme; es hätte ein guter Unterschlupf sein können.«

Cliff hörte einen kaum verhohlenen Vorwurf in diesen Worten – er hatte bei jener Gelegenheit entschieden, den Weg fortzusetzen. »Es bedeutet möglicherweise, dass diese Humano den Wartungsarbeiter sind«, sagte er ruhig. »Wenn das stimmt, arbeiten sie für die Vogel-Leute und halten die Schalenwelt stabil.«

Sie unterbrachen ihr Gespräch, als sich die Gestalten wieder bewegten. Eine Hälfte von ihnen wandte sich nach links, die andere nach rechts.

»Sie umzingeln uns«, warnte Aybe leise.

»Kahalla«, sagte Quert. »Sie uns festhalten für Vogel-Leute. Schicken Nachricht.«

»Gibt es eine Möglichkeit, von hier zu verschwinden?«, flüsterte Terry.

Bevor Quert antworten konnte, strich ein dumpfes Brummen über sie hinweg. Es schien von überallher zu kommen, und Cliff fühlte es mehr, als dass er es hörte. Der Ton veränderte sich, wurde zu einem langen, dahinrollenden *Aaahhhmmmmm*.

»Setzen, hören«, sagte Quert. »Der Steingeist erwacht.«

Cliff versuchte, einen genauen Eindruck von ihrer Situation zu gewinnen. Mehrere Hundert der humanoiden, dunkelhäutigen Geschöpfe umgaben sie, und besonders freundlich wirkten sie nicht. Viele von ihnen waren mit langen Rohren ausgerüstet, die wie Waffen aussahen. Die ganze Zeit über starrten sie zu den Menschen beim Turm, wandten nicht einmal den Blick von ihnen ab. Etwas an ihnen deutete auf mühsam im Zaum gehaltene Kraft hin. Cliff fragte sich, was ihn zu einer solchen Annahme veranlasste. War Körpersprache vielleicht universell? Oder handelte es sich dabei um etwas, das humanoide Spezies teilten, vielleicht ein Ergebnis ihres Grundbedürfnisses, sich anderen mitzuteilen?

»Sie sind gefährlich«, sagte Irma. »Wir sollten uns nicht auf einen Kampf gegen sie einlassen. Warten wir darauf, dass diese Musik aufhört, oder was?«

»Sie hören die lange Stimme«, sage Quert.

»Ach?«, erwiderte Aybe. »Und wie lange erklingt sie?«

»Felswesen erzählt von seinen vielen Toden«, sagte Quert, senkte dabei den Kopf und bewegte die Augen von oben nach unten. Cliff wusste nicht, was das bedeutete.

Die Töne wurden höher, zu einem Pfeifen und Schrillen, das Cliff als zunehmenden Druck empfand, der auf seinem ganzen Körper lastete und die Muskeln erzittern ließ.

»Es kommt zu Resonanzen«, brachte er hervor. »Dieses Geräusch …«

»Wesen erzählt von großem Tod«, sagte Quert. »Kann dauern lange.«

Die Sil hatten sich so aufgestellt, dass sie eine Sichel bildeten, den stillen Humanoiden zugewandt. Zusammen mit Quert beugten sie die Arme und wandten die inneren Ellenbogen der Sonne entgegen. Cliff beobachtete, wie schwarzes Gewebe aus den Armbeugen trat, mit Spitzen, die im Sonnenschein glänzten. Er war nie in der Lage gewesen, männliche von weiblichen Sil zu unterscheiden; es spielte auch keine Rolle für ihn. Ihnen allen gelang dieser physiologische Trick: Sie ließen kleine schwarze Lanzen aus den Armbeugen ragen. Ein Sil senkte den Arm plötzlich, und die Lanze jagte davon, beschrieb einen langen Bogen. Cliff war beeindruckt von der Eleganz dieses Vorgangs und beobachtete, wie die Lanze ein kleines hölzernes Emblem traf, über der steinernen Skulptur, die einer der Humanoiden trug. Sie bohrte sich genau in die Mitte und blieb dort zitternd stecken. Ganz eindeutig eine Herausforderung, fand Cliff.

Die Humanoiden reagierten nicht. Sie scharrten mit den Füßen und wackelten ein bisschen mit dem Kopf, blieben aber still. Inzwischen erklangen keine Töne mehr, weder dumpfe noch schrille – das Felswesen schien genug erzählt zu haben. Stille breitete sich aus. Die Sil warfen den Humanoiden finstere Blick zu und drohten mit ihren schwarzen Pfeilen. Cliff überlegte, wie diese sich entwickelt hatten. Genmanipulation? Eine gute Möglichkeit der Verteidigung. Man brauchte keine Waffen mit sich herumzuschleppen, wenn man solche Pfeile im Arm trug. Dadurch behielten die Sil die Hände frei. Doch genügten kleine schwarze Lanzen gegen die Projektilwaffen der Humanoiden?

Von dort kamen nun bellende Laute. Spott? Schwer zu sagen. Wieder wurde es still, und Cliff spürte, wie seine Anspannung wuchs, wie das Herz in seiner Brust immer schneller schlug. Die beiden Gruppen fremder Wesen standen einander gegenüber und starrten sich mit zusammengekniffenen Augen an, was ebenfalls ein universales Signal zu sein schien. Auf beiden Seiten wurde gebrummt, gezischt und schwer geatmet. Füße scharrten im Staub. Arme wurden gestreckt. Ein seltsamer Geruch lag plötzlich in der Luft, stammte vielleicht von Pheromonen, Teil einer olfaktorischen Sprache, die sich vor Äonen auf einer fernen Welt entwickelt hatte.

Die Zeit schien stillzustehen.

Dann kamen neue Töne vom Turm, eine Mischung aus dumpfem Dröhnen und pfeifendem Heulen.

Cliff atmete schwer und beobachtete, wie sich die Sil für den Kampf bereitmachten.

»Wir haben nicht die geringste Chance, oder?«, fragte er wie beiläufig.

»So sieht's aus«, erwiderte Irma.

Ein Wummern und Donnern zog über sie alle hinweg.

Die Humanoiden hoben den Kopf. Ihre Füße scharrten nicht mehr. Sie gaben ihre angriffslustige Haltung auf, setzten sich und legten die Waffen beiseite.

Das Wummern dauerte an. Wenn es eine Sprache war, so wusste Cliff nichts mit ihr anzufangen. Den Sil schien es ebenso zu ergehen. Anders die Humanoiden. Was auch immer die dumpfen Töne bedeuteten, sie nahmen ihnen die Aggressivität und besänftigten sie.

Cliff spürte es ebenfalls: eine wohlige Wärme, die zum Entspannen einlud. »Lasst uns eine Pause einlegen«, sagte er zu den anderen. »Setzt euch. Warten wir einfach ab, was geschieht.«

Wieder veränderten sich die Töne. Das Donnern verwandelte sich in etwas Melodisches mit einigen hellen Tönen. Cliff fühlte, wie ihm die Knie weich wurden.

Quert wirkte völlig unbeeindruckt. »Lasst sitzen sie«, sagte er. »Ihr nicht.«

»Warum?«, fragte Cliff verwundert.

»Die langsame Melodie sie erreichen wird. Ihr müsst widerstehen.«

»Widerstehen? Aber ...«

Quert bewegte die Augen, ohne dass Cliff begriff, was ihm der Sil damit sagen wollte.

»Lass nur«, sagte Irma. »Hier geht mehr vor, als wir ahnen.«

Terry und Aybe nickten benommen. Die Töne schienen sie schläfrig zu machen.

Weitere dumpfe Laute erklangen, woben ein Netz in der warmen Luft und schufen seltsame Resonanzen. Cliff dachte an Leichen in einem Ozean und schüttelte verwirrt den Kopf. Welch ein sonderbares Bild hatte das Brummen und Summen da in ihm geschaffen. Offenbar regte sich sein Unterbewusstsein. Oder steckte mehr dahinter, vielleicht eine Botschaft? Die Töne schienen Worte zu bilden ...

Um nicht schwach zu werden und sich wach zu halten, fragte Cliff: »Ist dies eine Skulptur? Mit einer Aufzeichnung? Warum ist sie so wichtig?«

Quert sah ihn an, und Cliff glaubte, in seinem Gesicht so etwas wie Erstaunen zu erkennen. »Es lebt. Es erwacht, um zu sprechen.«

Cliff sah zum großen Auge hoch, das noch immer auf sie herabstarrte. Nach und nach wurde ihm klar, was Quert meinte. Was er für eine Skulptur gehalten hatte, war in Wirklichkeit eine lebende Entität, die von einer fernen Welt stammte, welche vielleicht gar nicht mehr existierte. »Wesenheit lebt, um zu erzählen. Sie erwacht, wenn Zuhörer sich nähern.«

»Dies ist ein *intelligenter Felsen*?«, fragte Irma.

»Von Sonnenlicht genährt«, sagte Quert. »Von Welt sehr heiß.«

»Dieses Geschöpf kann sich nicht bewegen, oder?«, warf Aybe ein. »Wie kam es hierher?«

Quert fand das alles unwichtig. »Schale kam vorbei. Erforschte die heiße Welt. Die Kahalla baten Schale, einen von ihnen mitzunehmen, um zu erhalten sich, für sie zu sprechen.«

»Um die Kultur zu bewahren?«, fragte Irma.

Quert wandte sich ihnen zu und machte eine Geste, von der die Menschen wussten, dass sie bei den Sil »bleibt ruhig«

bedeutete. »Wesen singt. Die Kahalla entschieden, einen von ihnen zu schicken. Ihre Sonne schwoll an. Sie bald schmelzen würden.«

»Ich habe die Humanoiden dort für die Kahalla gehalten.« Terry deutete auf die vielen Gestalten, die sie umgaben.

»Haben Namen von lebendem Stein übernommen.« Quert schien das alles für völlig normal zu halten.

»Wir haben die Aktivität des Monuments ausgelöst, des Kahalla-Steins?«, fragte Aybe. Sein Blick strich über die Landschaft.

Cliff verstand. Es kam darauf an, wie man die Dinge sah. Steine und Primitive, unter einem ewig hellen Himmel, Elemente der fernen menschlichen Vergangenheit. Alles kleidete sich in ein Gewand des Vertrauten, doch unter diesem tarnenden, täuschenden Gewand verbarg sich Fremdes.

Querts Augen bewegten sich, ein *Ja*. »Ich/wir uns hierhergebracht. Wusste: Melodie einziger Weg.« Die Augen des Sil erzählten mehr als die Worte.

Einziger Weg? Um nicht gefangen zu werden? Cliff betrachtete den Turm, der hundert Meter weit aufragte. Ein einzelnes Geschöpf, von einer Art, die er für unmöglich gehalten hätte: intelligenter Fels. Welche Art von Konkurrenz hatte es auf einer heißen Welt gegeben? *Unter Felsen?* Hatte das Wetter eine Rolle gespielt? Eine natürliche Selektion, bei der es darum ging, mehr Masse zu gewinnen als die anderen, um besser vor scheuernden, schleifenden Winden geschützt zu sein? Wie konnten Informationen in einen Stein übertragen werden? Wie konnte sich Intelligenz entwickeln, um das eigene Schicksal zu kontrollieren?

Dies betraf nicht nur Biologie, sondern auch Geologie. Und doch musste es möglich sein, so etwas durch Evolution zu erklären. Cliff erinnerte sich daran, wie fassungslos er gewesen war, als er von der *SunSeeker* zum ersten Mal die Schalenwelt gesehen hatte. Jetzt empfand er ähnlich.

Es fiel ihnen schwer, auf den Beinen zu bleiben, aber Quert bestand darauf. Die weithin hallende Stimme des Turms ertönte erneut, und die Sil hörten aufmerksam zu. Tiefe und hohe Töne, miteinander verwoben, zogen durch die heiße, trockene Luft.

»Jedes Mal andere Informationen«, sagte Quert.

Und die Melodie, das erzählende Lied, dauerte an. Während der nächsten Stunde berichtete Quert auf seine stockende, nicht ganz klare Art von der langsamen Evolution der Kahalla. Planeten, die sich in der Urwolke bildeten, waren natürlich heiß. Flüssiges Metall und zerfallende radioaktive Substanzen schickten Energie in Kristallgitter. Indirekte Kondensation schuf Ordnung. Die wesentlichen Elemente der Geologie waren ähnlich beschaffen wie die der Biologie: Leben begann mit der Zusammenfassung von Stoffwechsel und Reproduktion.

Die ersten intelligenten Kahallaner verwendeten die Unterschiede von Temperatur und Metallbeschaffenheit zwischen Kern und oberem Mantel ihrer Heimatwelt als thermodynamischen Antrieb. An den Rändern strömender Lava bewegten sie sich, ganz langsam, und lernten, den sich verändernden Hitzemustern zu folgen. Ihre Vorhersage erwies sich als noch besser. Unter den Metallionen in ihren Kristallrauten bildeten Variationen eine eigene Ordnung, und über lange Zeiträume hinweg erfolgte eine Wiederholung dieser Muster –

Reproduktion. Einige von ihnen erwiesen sich als stabil und setzten sich durch. Als sich verändernde Kristallgitter die grundlegenden Daten früher Intelligenz enthielten, fand der Hammer der Evolution seinen Amboss. Vergleichbar mit den im Silizium von Computerchips codierten Bits entwickelte sich neue Intelligenz ohne klassische biologische Basis.

Größe bot einen Vorteil beim Sammeln von Energie, und so wuchsen die Kahalla im Verlauf von Jahrmillionen und Jahrmilliarden. Sie lernten, mithilfe von Schallwellen durch Gesteinsschichten zu kommunizieren. Soziale Evolution trieb die geologische an, wie sie auch die biologische angetrieben hatte.

Zeit verging. Davon gab es jede Menge.

Als der Kern ihrer Heimatwelt abkühlte, migrierten die Kahalla zur Oberfläche, denn der Planet näherte sich in einer langen Spirale seiner Sonne, wodurch es auf ihm immer heißer wurde. Was den Steinwesen eine neue Nahrungsquelle bot. Geologische Energie war wie biologische: verbreitet und beharrlich. Von Gradienten bestimmt, nicht von Logik. Doch sie unterlag Mustern und Auswahl.

Zeitalter vergingen. Schließlich erreichten die frühen Kahalla die weiten heißen Ebenen unter einer Sonne, die den größten Teil des Himmels einnahm. Biologisches Leben hatte sich dort nicht entwickelt. Die Steinwesen breiteten sich aus, in einer öden Landschaft mit zahlreichen Lavaströmen. In dieser glühenden Welt entwickelten sie sich weiter, stiegen zu voller Intelligenz auf und sangen Lieder, die eine Ewigkeit überdauerten.

Zivilisationen kamen und gingen, während gravitationelle Gezeitenkräfte den Planeten immer näher an die Sonne heranbrachten, und schließlich erkannten die Kahalla, dass ihnen Auslöschung drohte.

Die Steinwesen waren langsam, sehr langsam – sie konnten die Oberfläche nicht verlassen, wo sie immer mehr Hitze und Strahlung ausgesetzt waren. Sie zogen sich zurück, aber nicht schnell genug. Und die klügsten Kahalla begriffen, was ihnen bevorstand: Es würde nicht mehr lange dauern, bis die Gezeitenkräfte ihre Welt auseinanderbrechen ließen.

Die Gesellschaft der Steinwesen, schwerfällig und einfallslos, begann sich aufzulösen. Ihre Kultur bestand vor allem aus Liedern, die sie durch Gesteinsschichten schickten, Symphonien, die von Liebe und Tod erzählten. Wie alles Leben im Universum versuchten die Kahalla, sich selbst und vielleicht auch den Kosmos zu verstehen.

Jemand hatte Werkzeuge entwickelt, mit denen sich Land und Himmel beobachten ließen, und eins dieser Instrumente entdeckte die Schalenwelt, als das Firmament einmal aufklarte. Die riesige Schale hatte sich dem Sonnensystem in der Annahme genähert, dass es dort keine bewohnten Welten gab. Dieser Irrtum machte sie zur Hoffnung für die zum Untergang verurteilten Steinwesen.

Irgendwie gelang es den Kahalla, der Schalenwelt eine Nachricht zu schicken – ein langsames Lied. Ihre Signale zeichneten sich durch Beharrlichkeit aus, und schließlich erkannte sie jemand als das, was sie waren, als einen Hilferuf.

Eine Roboterexpedition machte sich auf den Weg, künstliche Geschöpfe, einst von den Erbauern erschaffen, für den Transport in der Nähe der Schalenwelt und das Sammeln von Rohstoffen bestimmt. Kommunikation begann, langsam wie die Steinwesen, und schließlich erkannten die Roboter, wo die Intelligenzen wohnten, mit denen sie kommunizierten: in Silikat-Ansammlungen, durchzogen von Signalsträngen wie die Leiterbahnen in Prozessoren.

In kristallenen Schmelztiegeln brachten die Roboter die Kahalla zur Schalenwelt. In ehrenvoller Anerkennung wurde diese Hilfe geleistet, auf Anweisung ausgerechnet der Eisgeister. Und so bewahrte kaltes Leben das heiße vor der Vernichtung.

»Ist dies der einzige Kahalla?«, wandte sich Cliff an Quert. Noch immer hallten die Töne der langen Melodie über die weite Ebene.

»Der Turm jetzt repräsentiert alle Kahalla.«

Cliff spürte Erhabenheit, als er den vibrierenden Turm beobachtete, vor dem Hintergrund einiger weißer Wolken, die über den hohen Himmel zogen. »Wovon lebt er?«

»Das Sonnenlicht dort ...« Quert deutete zu den Hügeln. »Technik wandelt Wärme um, schafft Nahrung für Kahalla-Kristalle.«

»Der Turm ist also eine Art großes lebendes Museumsstück«, sagte Irma.

»Die Schale bewahrt. Ohne das Bewahren Lebensformen sterben.«

»Alle?«, fragte Irma.

»Keine andere Möglichkeit.«

Cliff blickte zu den Humanoiden, die den Namen des singenden Steins übernommen hatten. Sie lagen alle auf dem Boden, schienen tief und fest zu schlafen.

»Töne erreichen ihre Seelen«, sagte Quert.

»Das hast du von vorneherein gewusst?«, fragte Aybe.

»Habe davon gehört. Dachte, Versuch wert.« Quert drehte sich um und rollte mit den Augen. Dann verbeugte er sich und winkte. »Still gehen.«

Das Brummen und Pfeifen dauerte an; das Lied des Kahalla war noch nicht zu Ende.

Wortlos brachen sie auf. Cliff und seine Gefährten waren müde, doch die neuen Töne, etwas anders als die vorherigen, trieben sie an. Irgendwie roch hier alles uralt. Vielleicht lag es an dem, was sie eben gehört hatten, aber Cliff gewann den Eindruck, die vergangenen Äonen, die der Stein erlebt hatte, tief in seinem Innern zu spüren.

Er zwang seine Gedanken in eine neue Richtung, dachte an Irma, Aybe und Terry, für die er sich noch immer verantwortlich fühlte. Sie mussten weg, fort von den schlafenden Humanoiden, die Gefahr für sie bedeuteten. Die ewige Sonne brannte auf sie herab, als sie den Turm hinter sich ließen, begleitet von den Sil. Cliff sah Wolken in allen Regenbogenfarben weit über ihnen, wie leuchtende Fahnen.

Trotz der geringen Schwerkraft sprangen sie nicht mehr, sondern schlurften, verschwitzt und von den jüngsten Ereignissen verwirrt. Cliff und die anderen hielten den Kopf gesenkt und starrten zu Boden. Ihre Worte waren undeutlich, wenn sie sprachen. Eines stand fest: Sie konnten nicht mehr lange so weitermachen, brauchten dringend eine Ruhepause.

Hinter ihnen summte und brummte der Kahalla-Gesang und erzählte traurige Geschichten, die vielleicht nie jemand ganz verstehen würde. Cliff stellte sich vor, wie irgendwann einmal Gelehrte damit begannen, die Lieder und Melodien genau zu untersuchen, auf der Suche nach Details und Einzelheiten der vielen Geschichten. Aber sosehr sie sich bei ihren Analysen auch bemühten: Sie würden nur einen winzig kleinen Teil der Wahrheit herausfinden, wenn überhaupt. Denn die Lieder betrafen zu viel Zeit, Milliarden von Jahren, und ein Leben, das ganz anders war als die Existenz biologischer Spezies.

Als sie sich einer Ansammlung von Zickzack-Bäumen näherten, in deren Wipfeln der Wind rauschte, blickte Cliff zum Turm zurück und stellte fest, dass ihnen das große Auge des Steinwesens hinterherblickte.

Es blinzelte nicht ein einziges Mal.

Menschen und Sil setzten den Weg fort.

28

Captain Redwing begann mit klarem Kopf, von Kaffee erfrischt, und stellte die Fragen, die er immer stellte, wenn etwas Neues, Unerprobtes anstand. Es waren Standardfragen, aber dennoch immer für eine Überraschung gut.

Sie hatten sich Karls Simulationen und Ayaan Alis Kursanalysen angesehen. Die Spezialartilekte hatten dem allgemeinen Plan ihren eigenen Stempel aufgedrückt, obwohl sie wie üblich keine Aussagen trafen, die über eine Wahrscheinlichkeitsbewertung hinausgingen.

Die schlechteste Methode, Möglichkeiten in Betracht zu ziehen, bestand darin, große Reden zu schwingen. Redwing stellte einzelne Fragen, die alles auf den Punkt brachten.

Die ganze Crew hatte sich am großen Tisch des Hauptdecks versammelt.

»Erste Frage«, sagte Redwing. »Was könnten wir übersehen?«

»Die Verteidigungseinrichtungen der Vogel-Leute«, sagte Karl Lebanon.

»Ayaan Ali und ich haben mit großer Aufmerksamkeit danach Ausschau gehalten«, erwiderte Fred Ojama. »Abgesehen von den Gammastrahlenlasern ist uns nichts aufgefallen.«

Beth Marble wirkte skeptisch. »Sie könnten Schiffe gegen uns starten.«

Unteroffizier Jam verzog das Gesicht. »Ich habe nur wenige Flüge oberhalb der Atmosphärenmembran beobachtet. Die Vogel-Leute scheinen sich nicht oft ins All zu wagen.«

»Als Kopilotin muss ich auf Folgendes hinweisen«, sagte Clare Conway. »Die Rückseite der Schalenwelt bietet die besten Startmöglichkeiten für Schiffe. Sie bekommen dadurch gleich zu Anfang eine Geschwindigkeit von einigen Hundert Sekundenkilometern, brauchen nur über den Rand hinwegzufliegen und können uns von dort praktisch in den Rücken fallen.«

Ayaan Ali nickte. Sie trug ein metallisch blaues Kopftuch und musste sich offenbar zwingen, nicht immer wieder daran zu zupfen, bemerkte Redwing. Die Besatzungsmitglieder bemühten sich, ihre Anspannung unter Kontrolle zu halten, damit die Stimmung der Gruppe davon nicht beeinträchtigt wurde. Solche Fähigkeiten waren vor dem Start der *SunSeeker* ein wichtiges Auswahlkriterium gewesen.

»Wir hätten Zeit, damit fertigzuwerden.« Ayaan Ali sprach langsam. »Ich kann das Schiff ziemlich schnell drehen. Wir haben gelernt, unsere Magnetfelder so zu verändern, damit sie mit den Feldern über der Atmosphäre interagieren und uns einen Drehimpuls geben. Und es dürfte schwer sein, uns zu lokalisieren, da wir uns im Jet befinden.«

Redwing nickte zufrieden. Ein Punkt geklärt.

»Zweite große Frage«, sagte er. »Wie könnte dies *nicht* funktionieren?«

Einige Sekunden lang herrschte Stille, und dann sagte Beth: »Unser Plan könnte nicht funktionieren, wenn die Vogel-Leute etwas haben, das eine Instabilität des Jets verhindert. Etwas, von dem wir nicht die geringste Ahnung haben.«

›Wir sind immer wieder von ihnen überrascht worden«, fügte Ayaan Ali hinzu.

»Stimmt«, pflichtete ihr Karl bei. »Sie hatten reichlich Zeit, über dies nachzudenken.«

»Was eventuell nicht klappen könnte?«, fragte Clare. »Ich. Vielleicht überschätze ich meine Fähigkeiten als Pilotin. Vielleicht kann ich uns nicht durch den Jet steuern. Wie schlimm war es, Beth?«

»Es lief auf einen Ausdauertest hinaus. Ich habe die *SunSeeker* durch die Öffnung gebracht, das ›Astloch‹, mitten durch den Jet, und dabei musste ich die ganze Zeit an den Navigationskontrollen sitzen. Das große Problem bestand darin, das Schiff in den Plasmaturbulenzen stabil zu halten. Der Jet ist viel dichter als alles, wofür die Bussard-Kollektoren bestimmt sind. Die ganze Angelegenheit wurde zu einer schweren Belastungsprüfung.«

Bei der es fast zu fatalen Überhitzungen gekommen wäre, dachte Redwing, behielt diesen Gedanken aber für sich. »Klingt hart. Aber wir beabsichtigen einen schnellen Durchflug, nicht wahr?«

»Ich denke schon«, sagte Beth und sah Redwing an, der nickte. »Lass es mich so ausdrücken: Auf der Schalenwelt am Leben zu bleiben war schwer genug, aber es hat mehr Spaß gemacht.«

Die Gesichter am Tisch waren ernster geworden. Die meisten dieser Leute hatten noch im Kälteschlaf gelegen, als die *SunSeeker* durch Jet und Astloch geflogen war, aber sie wussten aus Erzählungen der anderen von den langen Stunden des Knackens und Knirschens in der Hülle und den Strukturelementen der *SunSeeker*, von den Erschütterungen und dem Schlingern.

Redwing bemerkte die nach innen gekehrten Blicke und beschloss, die Crew ein wenig aufzumuntern.

»An der Militärakademie habe ich einmal eine Ausbilderin gefragt, warum mich die Leute auf den ersten Blick unsympathisch finden«, sagte er. »Zuerst wollte sie nicht antworten, aber ich ließ ihr keine Ruhe, und schließlich sagte sie: ›Damit sparen sie Zeit.‹«

Als das Lachen verklang – ebenfalls ein Hinweis auf das Ausmaß der Anspannung –, fügte Redwing hinzu: »Die Sache ist: Mir geht es um jedes Detail. Was mich an der Akademie unausstehlich machte und später ebenfalls.« Er lächelte. »Ich habe eines gelernt: Der Weltraum verzeiht niemandem. Deshalb müssen wir auf alles vorbereitet sein, alles voraussehen.«

»Wie?«, fragte Karl.

»Indem wir euren Simulationen all die unbekannten Faktoren hinzufügen, an die ihr nicht gedacht habt. Erwartet das Unerwartete.«

Sie nickten und sprachen eine halbe Stunde über mögliche unbekannte Faktoren.

»Dritte Frage«, sagte Redwing. »Liege ich eventuell falsch damit, wie ich die Dinge sehe?«

Das führte zu einem neuen Brainstorming. Der Jet war das große Problem, und man konnte ihn aus verschiedenen Blickwinkeln betrachten. Redwing betätigte die Kontrollen, und an der Wand erschien ein Bild, das die Schalenwelt während des Anflugs von der Seite zeigte. Zu jenem Zeitpunkt hatten Redwing, Cliff und Beth noch versucht, das Konzept der riesigen künstlichen Welt zu verstehen. Es schien lange zurückzuliegen, obwohl nicht einmal ein Jahr vergangen war.

Einige der am Tisch sitzenden Besatzungsmitglieder kannten das Bild nicht und staunten.

»Ich hatte ganz vergessen, wie schön die Schalenwelt ist«, sagte Beth.

»Einige von uns kennen sie nur von Bildschirmen.« Clare klang fast sehnsüchtig. »Wir haben viel versäumt.«

»Hier ist deutlich zu sehen, dass der Jet bei der Sonne zunächst breiter wird«, sagte Fred. »Anschließend wird er von den Magnetfeldern zusammengedrückt. Ich würde gern wissen, wie sie das bewerkstelligen.«

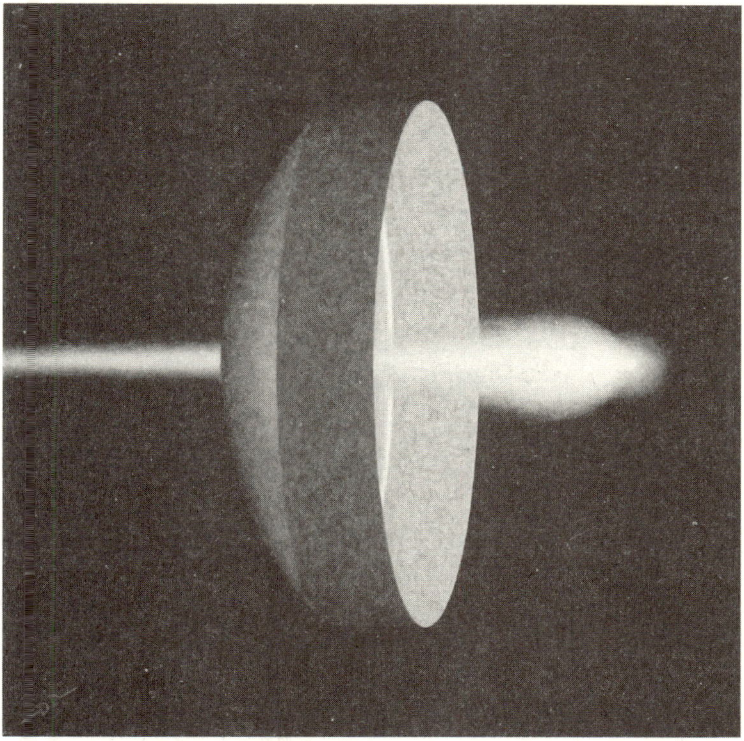

»Ich habe mir die zahlreichen Bilder angesehen, die das Beobachtungsartilekt der *SunSeeker* während des Anflugs aufgenommen hat«, sagte Karl. »Dieses Bild stammt aus der Phase des Flugs, die uns nach vorn brachte, bevor wir uns der Schalenwelt näherten. Übrigens ...« Er nickte Beth zu. »Das war ausgezeichnete Navigation. Ein bewegliches Ziel zu treffen, bei interstellaren Entfernungen ...«

»Ist das eine gesamtspektrale Aufnahme?«, fragte Fred.

»Ja. Das nächste Bild zeigt die *andere* Seite der Sonne. Die vom Jet abgewandte Seite. Die Spektrallinien verdeutlichen die Struktur der Magnetfelder in der solaren Korona.«

»Sternenakne«, kommentierte Ayaan Ali. Sie scherzte nur selten und errötete sogar, als die anderen lachten.

»Das sind alles ... magnetische Stürme?«, fragte Beth zögernd.

»Nein, keine Stürme, obwohl sie sich bei unserer Sonne zu Stürmen weiterentwickelt hätten. Diese bogenförmigen Strukturen sind im solaren Plasma verankert. Stellt euch die Magnetfelder wie Gummibänder vor. Das Plasma hält sie unten, und wenn sie sich lösen, strecken sie sich nach oben und zur Seite. Sie sind zumindest eine Zeit lang stabil. Es steckt ziemlich viel magnetische Energie darin. Sie bewegen sie, wie auch bei unserer Sonne. Aber langfristig bewegen sie sich auf die hier sichtbaren Ränder zu und wandern zur anderen Seite der Sonne.«

»Zum Jet«, warf Fred ein.

Karl schmunzelte. »Damit hast du mir die Schau gestohlen«, sagte er.

»Die andere Seite der Sonne, die wir nicht sehen, ist also ...«

»Eine Art magnetische Farm?«, fragte Clare skeptisch.

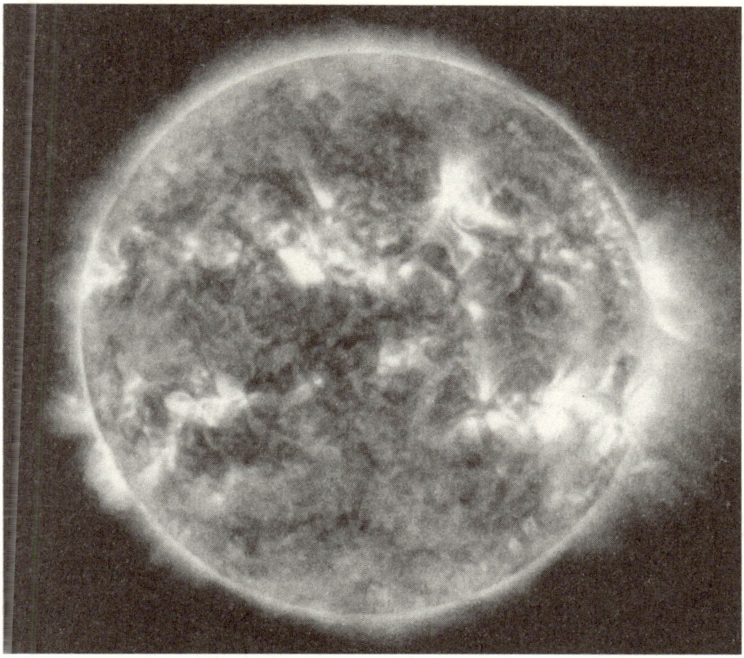

Karl lachte. »He, ihr seid nicht auf den Kopf gefallen. Ja, Clare, die Rückseite des Sterns ist eine Baustelle für magnetische Schleifen, und von dort aus wandern sie zur Vorderseite, wo sie sich beim Ausgangspunkt des Jets treffen. Sie verschmelzen – fragt mich bloß nicht, wie sie das anstellen. Ihre magnetische Energie geht in den Jet über und ermöglicht vielleicht sogar seine Entstehung.« Er zuckte die Achseln. »Ich habe keine Ahnung, wie das vor sich geht.«

Die anderen sahen ihn an und versuchten zu verstehen. Redwing gab ihnen einige Sekunden Zeit, das Gehörte zu verdauen. *Wie manipuliert man einen Stern? Das hat man uns an der Akademie nicht erklärt.*

»Hier haben wir ein echtes Problem«, sagte Ayaan Ali. »Die Vogel-Leute, mit denen du gesprochen hast, Captain ... Hattest du den Eindruck, dass es Wesen sind, die einen Stern kontrollieren können?«

Redwing schürzte die Lippen. Er mochte es, die Dinge für sich selbst sprechen zu lassen, und deshalb hatte er der Crew Gelegenheit gegeben, sich die Aufzeichnung seines Gesprächs mit Tananareve anzusehen. Je mehr Köpfe sich mit diesem Problem befassten, desto besser. Dies bot den anderen Gelegenheit, ihren Meinungen und Vermutungen Ausdruck zu geben, und so nickte er Beth zu.

»Ihr habt die Bilder der Vogel-Frau namens Memor gesehen, die uns verhört hat«, sagte Beth. »Ihre Assistenten waren so viel kleiner, dass es den Anschein hatte, als gehörten sie zu einer ganz anderen Spezies. Vielleicht ist das tatsächlich der Fall, aber wie dem auch sei: Alle arbeiten in einer strengen Hierarchie zusammen. Sehr eindrucksvoll, diese Memor, vor allem ihre Größe. Aber ob sie ein Geschöpf ist, das einen Stern manipulieren kann?« Sie zeigte ihre Zweifel, indem sie die Brauen wölbte.

»Genau das denke ich auch«, stimmte ihr Ayaan Ali zu. »Wie sollten Wesen von unserer Größe und Beschaffenheit, Wesen aus normaler Materie, gewaltige solare Magnetfelder kontrollieren können?«

»Guter Hinweis«, sagte Fred. »Es muss noch etwas anderes geben.«

»Aber was?«, fragte Redwing.

Keine Antwort. Alle dachten nach, und der Captain begriff, dass es Zeit wurde, an die Arbeit zurückzukehren. Wieder betätigte er die Kontrollen, und das Bild an der Wand wechselte. »Hier ist ein späteres Bild vom Anflug.«

Es erntete staunende Blicke.

»Hier erkennt man, was es mit den magnetischen Schleifen auf sich auf«, sagte Karl. Fred nickte bereits. »Seht ihr, wie sich der Jet dreht? Das sind ...«

»Magnetische Spiralen«, warf Fred ein. »Die korkenzieherartigen Stränge sind heller, weil die Feldstärke dort größer ist, und das gilt auch für die Plasmadichte. Klassischer Kram. Astronomen auf der Erde haben große Jets entdeckt, die von Schwarzen Löchern ausgehen. Ein bekanntes Phänomen.«

»Äh, danke.«

Redwing merkte, dass es Karl gegen den Strich ging, von Fred unterbrochen zu werden. Doch Karl hielt seinen Ärger zurück, und Freds Hinweis hatte durchaus etwas für sich. »Um es anders auszudrücken ...«, sagte Redwing sanft. »Wer auch immer die Schalenwelt baute, er brauchte nur den Blick gen Himmel zu richten, um Anregungen zu bekommen. Wie die Astronomen auf der Erde während des ... einundzwanzigsten Jahrhunderts?«

Karl nickte. »Wie Fred schon sagte, ja. Worum es mir geht: Der Jet erhält seine magnetische Feldstärke von den Schleifen-Strukturen. Die Magnetfelder wandern zum Ausgangspunkt des Jets und werden dort irgendwie von ihm aufgenommen.«

»Jene Felder sind es also, die den Jet zusammendrücken und verhindern, dass er die Ränder des Astlochs berührt«, sagte Fred.

»Genau. Die Rotation des Sterns verdreht die Magnetfelder, macht sie kraus wie das Kleid einer Ballerina. Und dieses Kleid gerät in den Ausgangspunkt des Jets, bleibt darin hängen. Gewaltiger Druck entsteht und schleudert das Plasma nach

oben. Zuerst schwillt der Jet an, doch dann stabilisieren sich die Magnetfelder. Sie wickeln sich neu, denn Magnetfeldlinien müssen zu sich selbst zurückführen; sie können kein offenes Ende haben. Wir wissen seit Langem: Magnetfelder kann man so manipulieren, dass sie sich kreuzen, aber dann bilden sie doppelte Schleifen, was man fast für Reproduktion halten könnte. Die Magnetfelder organisieren sich praktisch selbst, mit dem Ergebnis, dass der Jet durchs Astloch gelenkt wird.« Karl streckte die Hand nach den Kontrollen aus und ließ die einzelnen Plasmastränge des Jets aufglühen.

»Ich verstehe«, sagte Beth langsam. »Meine Güte, ich habe es direkt gespürt, als wir mit der *SunSeeker* durch den Jet flogen. Wellen aus Turbulenzen, mit einer Geschwindigkeit, für die das Schiff nie gebaut wurde.«

Karl lächelte und freute sich darüber, dass Beths Erfahrungen seine Theorie bestätigten. »Die *SunSeeker* geriet zunächst ins ›Kielwasser‹, nicht wahr? Dort breitet sich das Kleid der Ballerina wieder aus ...«

Karl nannte weitere technische Einzelheiten, und Redwing beobachtete die anderen. Gruppen mussten ein Gefühl dafür bekommen, worauf sie sich einließen. Wenn man ihnen Gelegenheit gab, ein solches Gefühl zu entwickeln, erhielt man manchmal etwas zurück, die eine oder andere Idee.

»Die ganze Sache reguliert sich selbst«, sagte Ayaan Ali und betrachtete die vielen leuchtenden Linien, die den Jet durchzogen. »Deshalb ist es stabil.«

Das überraschte alle. Ayaan Ali war Navigatorin und Pilotin, keine Astrophysikerin.

Sie achtete nicht auf die verwirrten Mienen der anderen und fuhr fort: »Mit unserem Fusionsantrieb verhält es sich ähnlich. Er hält Plasma lange genug fest, um es verschmelzen zu lassen, wodurch das hereinkommende Plasma erhitzt wird. Anschließend lassen wir es nach hinten entweichen. Der Jet besteht ebenfalls aus Plasma, von Magnetfeldern verdichtet. In gewisser Weise ist er wie der Antriebsstrahl der *SunSeeker*.«

Die Besatzungsmitglieder am Tisch machten große Augen. Redwing liebte solche Momente. Man versammle einige intelligente Leute und lasse sie Gedanken und Ideen austauschen. Man füge neue Informationen hinzu. Man rühre gut um und lasse alles eine Weile bei niedriger Flamme köcheln ... Oft führte das zu erstaunlichen Ergebnissen.

»Nicht schlecht«, sagte Karl. »Dieselbe grundlegende Idee bei unserem Schiff und der Schalenwelt.«

»Bei unserem Schiff und ihrem Schiffstern«, sagte Redwing.

Die Stimmung am Tisch hatte sich verändert. Ihnen allen war bewusst geworden, womit sie es zu tun hatten: mit einer gewaltigen, viele Jahrmillionen alten künstlichen Welt. Redwing sah es ganz deutlich in ihren Gesichtern. Es wurde Zeit, zum Kern der Sache zurückzukehren.

»Selbst wenn es technisch machbar ist ...« Redwing beugte sich vor. »Die große Frage lautet: Können wir den Artilekten klarmachen, worum es geht? Können sie genug lernen, damit sie in der Lage sind, im Notfall einzugreifen?«

»Unser Flug durch den Jet ...«, sagte Beth. »Dabei hat das Navigationsartilekt zweifellos gelernt.«

Ayaan Ali erinnerte sich. »Ja, stimmt. Als mein Dienst begann, war ich erstaunt darüber, wozu die Artilekte imstande sind. Wisst ihr noch, als wir Probleme damit hatten, genug Treibstoff für den Reaktor zu sammeln? Die Artilekte veränderten die Feldstruktur, bevor wir noch wussten, was falschlief. Bei den Probeläufen in der Oort'schen Wolke haben sie nie ein solches Verhalten gezeigt.«

Das Gespräch wurde wieder technisch, und alle nahmen daran teil. Das tiefe, leise Geheimnis der *SunSeeker* bestand aus der Zusammenarbeit zwischen sterblichen Menschen und kristallenen Artilekten, die viel mehr wussten, als das menschliche Bewusstsein festhalten konnte. Sie kümmerten sich um zahllose Details, mit einer Geschwindigkeit und einer Präzision, zu der kein Mensch in der Lage gewesen wäre. Die

Artilekte waren integrierte künstliche Intelligenzen, zu einem kollektiven Intellekt zusammengefasst. Eine Gemeinschaft von spezialisierten »Geistern«. Redwing stellte sie sich oft als Besatzungsmitglieder vor, die nur selten redeten und sich nie beklagten. Zum Beispiel das Artilekt für die internen Systeme, das mehrmals täglich Anfragen von ihm bekam. Aber so leistungsfähig diese künstlichen Intelligenzen auch sein mochten: Ihnen fehlte Fantasie. Sie hatten keine originellen Ideen.

»Ihr Aufmerksamkeitsreservoir ist begrenzt«, mahnte Clare.

»Warten wir's ab«, sagte Redwing. Er nickte Clare zu. »Übermittle den Artilekten deine Simulationen. Fordere sie auf, ihre Leistungsfähigkeit selbst einzuschätzen. Behandle sie wie Crewmitglieder, die nicht an dieser Besprechung teilnehmen konnten.« *Was nicht ganz stimmt,* dachte der Captain. *Die internen Systeme hören uns mit den akustischen Sensoren, was bedeutet: Eigentlich sind die Artilekte doch hier.*

Redwing schob den Gedanken beiseite.

»In Ordnung«, bestätigte Clare und trank einen Schluck Kaffee. Davon trank sie jede Menge, mehr als die anderen.

»Wir sind uns also einig, dass wir diesen Weg einschlagen wollen?«, fragte Redwing in einem beiläufigen Plauderton.

Nur Beth verstand nicht, was vielleicht daran lag, dass sie so lange auf der Schalenwelt gewesen war und vergessen hatte, dass es in der Kommunikation an Bord manchmal besondere Signale gab. »Ich weiß nicht, ob wir uns über etwas einig geworden sind, Captain«, sagte sie.

»Wir erteilen den Vogel-Leuten eine kleine Lektion«, sagte Redwing. »Ihre Antwort war ziemlich klar: Sie haben unsere externen Sensoren erledigt. Sie wollen nicht, dass wir Informationen gewinnen, die uns bei der Navigation helfen könnten. Auf der Erde wäre so etwas als kriegerische Handlung eingestuft worden.«

Beth ließ es nicht dabei bewenden. »Eine ›Lektion‹? Trotz all der Unwägbarkeiten und damit verbundenen Risiken?«

Redwing beugte sich vor. »Probleme gibt es immer. Ich bin beauftragt, uns nach Glory zu bringen und den Planeten zu besiedeln. Daher sehe ich es als meine Pflicht, uns von der Schalenwelt, vom Schiffstern, zu befreien. Damit das gelingt, muss ich den Vogel-Leuten zeigen, dass wir nicht bereit sind, Teil ihres Klubs zu werden. Welchen Begriff verwendete Tananareve in diesem Zusammenhang?«

Redwing sah über den Tisch hinweg zu Beth, die ihn mit offenem Mund anstarrte. Sie schien vollkommen verblüfft zu sein. Hatte sie auf der Schalenwelt vielleicht etwas erfahren, von dem er nichts wusste? »Beth?«

»Die ... Aufgenommenen. Diesen Begriff hat Tananareve verwendet.«

»Ja. Wir werden den Vogel-Leuten zeigen, dass wir nicht aufgenommen werden wollen.«

»In ihren Augen ...«, begann Beth und unterbrach sich.

»Ja?«

»Die Vogel-Leute glauben vielleicht, uns einen Gefallen zu tun. So wie sie die Sache sehen ... Wir sind lange von der Erde fort, alle unsere Verwandten sind tot, wer weiß, was inzwischen geschehen ist ...«

Diesmal starrte Redwing. Zog Beth ernsthaft in Erwägung, das »Angebot« der Vogel-Leute anzunehmen? Glaubte sie, die Kolonisten der *SunSeeker* sollten sich auf der Schalenwelt niederlassen? Was hatten die vergangenen Monate mit ihr angestellt? »Wir sind Offiziere eines Raumschiffs, Wissenschaftsoffizier Beth Marble. Die Menschheit setzt große Hoffnungen in uns. Wir haben ein Ziel und werden es erreichen. Die Schalenwelt war ein faszinierendes Intermezzo, aber wir werden den Flug fortsetzen. Ist das klar?«

Eine lange Stille folgte. Karl öffnete den Mund, um etwas zu sagen, überlegte es sich dann aber anders und schloss ihn wieder. Fred biss sich auf die Zunge und betrachtete den Tisch wie etwas, das er gerade zum ersten Mal sah. Die Gesichter der Besatzungsmitglieder verwandelten sich in Masken, und ihre Blicke gingen überallhin, nur nicht zu Beth und Redwing.

»Dies war ein Sondierungsgespräch, Leute«, sagte Redwing. »Ich danke euch für eure Meinungen und Einschätzungen.«

»Das Ergebnis stand fest«, sagte Fred. »Schon als wir hereingekommen sind.«

Redwing ließ sich nichts anmerken. »Wie bitte, Offizier Ojama? Dein Fachgebiet ist Geologie, wenn ich mich richtig erinnere. Und die Schiffssysteme. Was wolltest du sagen …?«

»Du hattest bereits entschieden, in den Jet zu fliegen, schon vor dieser Besprechung. Du wolltest, dass wir uns an die Vorstellung gewöhnen.« Erst nachdem er diese Worte ausgesprochen hatte, löste sich Freds Blick vom Tisch und huschte kurz zu Redwing.

Der Captain verbarg seine Überraschung darüber, dass ausgerechnet der sonst immer so zurückhaltende und schweigsame Fred Kritik übte. *Du darfst nie vergessen, dass diese Leute verdammt gescheit sind. Und seltsam. Unberechenbar.* »In der Tat. Es ist nützlich zu hören, wie schwer dies alles ist. Und das Ziel zu kennen.«

»Was ist das Ziel?«, fragte Beth trotzig. In ihren Augen blitzte es.

»Das Ziel ist Glory. Unsere Mission ist klar: Wir tragen die Menschheit zu den Sternen und leisten damit einen wichtigen Beitrag für die Unsterblichkeit unserer Spezies.«

Natürlich wussten sie alle, mit welchem Auftrag sie von der Erde aufgebrochen waren, aber vielleicht war es notwendig, sie daran zu erinnern.

»Wir haben keine anderen Möglichkeiten besprochen«, sagte Fred, den Blick noch immer auf Redwing gerichtet.

»Ich habe keine anderen Vorschläge gehört«, erwiderte Redwing, stützte das Kinn auf die Hand, zeigte sich zum Zuhören bereit.

»Wir könnten und sollten die Gespräche mit den Vogel-Leuten fortsetzen, ihnen unseren Standpunkt verdeutlichen«, sagte Beth steif. »Sie haben Tananareve und Cliffs Gruppe, ja. Aber an Bord unseres Schiffes befinden sich so viele schlafende Seelen ...«

»Wir haben ihnen mehrere Tage Zeit gegeben«, sagte Clare Conway. »Und ihre Antwort bestand darin, unsere externen Sensoren zu neutralisieren. Was haben wir zu erwarten, wenn wir noch einige Tage warten?«

Redwing war dankbar für diese Unterstützung und beschloss, die anderen reden zu lassen.

»Die Schalenwelt ist uralt«, sagte Fred. »Bestimmt geschah es immer wieder, dass Expeditionen von nahen Sternen hier eintrafen, und vermutlich waren es in den meisten Fällen

Flüge ohne Rückkehr. Die Vogel-Leute sind also daran gewöhnt, dass Neuankömmlinge bleiben. Deshalb gehen sie auch bei uns davon aus.«

»Das ergibt durchaus einen Sinn«, sagte Karl. »Die Vogel-Leute halten die Schale gewissermaßen für das Nonplusultra aller Welten. Für sie ist es völlig normal, dass fremde Intelligenzen neugierig werden und hierherkommen, um sie sich aus der Nähe anzusehen. Wie Touristen. Und viele dieser Touristen sind geblieben.«

Fred lächelte, was sehr selten geschah. »Im Gegensatz zu uns. Wir sind auf der Durchreise.«

Es gefiel Redwing nicht, welche Richtung das Gespräch nahm. »Letztendlich herrscht auf einem Schiff keine Demokratie«, sagte er und sprach ruhig. »Es ist ein Schiff mit einem Captain, und der Captain entscheidet. In diesem Fall ich. Die Entscheidung liegt bei mir.« Es klang nicht sehr freundlich, aber es musste gesagt werden.

»Die Schalenwelt lehrt uns viel, Captain.« Beth sprach ebenfalls ruhig, aber es lag auch eine gewisse Schärfe in ihren Worten. »Wir sollten sie genauer untersuchen, bevor wir weiterfliegen und sie hinter uns zurücklassen. Es gibt so viel zu lernen!«

»Vielleicht wollen die Vogel-Leute Zeit gewinnen«, sagte Clare. »Sie kennen unser Ziel. Und vermutlich wissen sie auch, dass während des interstellaren Flugs nur wenige von uns wach sind und Nahrungsmittel verbrauchen. Hier sind wir in einer Art Sonnensystem. Wir fangen den hiesigen Sonnenwind ein, der sehr schwach ist und uns alles andere als optimale Flugbedingungen bietet. Die Vogel-Leute wissen das. Sie kennen uns, aber wir kennen sie nicht.«

»Bestimmt haben sie beobachtet, wie wir die Konfiguration unserer Bussard-Kollektoren verändert haben«, sagte Fred und nickte Clare zu. »Und ihnen dürfte auch klar sein, dass es mit unserer Manövrierfähigkeit nicht zum Besten steht.«

»Eigentlich liegt alles auf der Hand, wenn man sich ihren Blickwinkel zu eigen macht«, sagte Karl. »Sie kennen dieses System wie ihre metaphorische Westentasche, und wir wissen nicht einmal, wie sie es stabil halten!«

»Es ist also am wahrscheinlichsten, dass sie abwarten wollen. Bis unsere Vorräte knapp werden.« Clare sah sich am Tisch um. »Es gibt ihnen auch mehr Zeit, Jagd auf Cliffs Gruppe zu machen.«

Redwing akzeptierte Clares Schützenhilfe gerne. »Wisst ihr …«, sagte er, »Magellan verlor den größten Teil seiner Crew, als er um die Welt segelte.«

»Magellan schaffte es auch nicht zurück nach Hause«, sagte Fred. »Und wir haben über tausend Schläfer an Bord, die sich auf uns verlassen.«

Oh, das ging nach hinten los. »Ich berücksichtige sie bei allen meinen Überlegungen, Fred«, versicherte Redwing.

»Ich glaube trotzdem …«, begann Beth.

»Dies steht für Mannschaftsoffiziere nicht zur Debatte«, sagte Redwing mit fester Stimme. »Ganz und gar nicht.«

Einige Sekunden lang war es still, und dann sagte Fred überraschend sanft: »Wir wissen nicht, was uns erwartet.«

Redwing spürte, wie die Anspannung zunahm. *Die Artilekte geben wenigstens keine Widerrede.* »Die Menschheit hat *nie* gewusst, was sie erwartet. Wir verließen Afrika, ohne etwas von den Wüsten und Gletschern zu wissen, die vor uns lagen.

Hier verhält es sich ähnlich. Wenn wir von den Vogel-Leuten keinen Respekt bekommen, werden wir zu ihren Gefangenen. Dann sind die Menschen nicht mehr als *Zootiere* für sie.«

Das versetzte seinen Zuhörern einen echten Schlag. Ihre Augen wurden groß, und sie blinzelten verblüfft. *Vielleicht erinnert sie dies an ihre Verpflichtungen,* dachte Redwing. *Und daran, woher sie kommen.*

Stumm und nachdenklich sahen sie ihn an; nur Beth wandte den Blick ab.

Redwing wusste, dass er gewonnen hatte.

29

Tananareve war ein nützliches Untersuchungsobjekt. Es gefiel Memor, mit der Primatin zu experimentieren.

Sie lauschte dem dumpfen Dröhnen des schnellen Zugs und ignorierte Bemor, der an seinem mobilen Kommunikator hantierte. Tananareve war verärgert, nachdem sie Memors Bemerkungen in Hinsicht auf die Schwierigkeiten bei den Verhandlungen mit dem Kommandanten des Raumschiffs gehört hatte. Die Primatin wusste nichts von den Sensoren in ihrem Körper, die Daten für Memors diagnostische Systeme übertrugen. Wenn Tananareve zornig wurde, schlug ihr Herz schneller, stieg der Blutdruck, und der Testosteronspiegel nahm zu. Interessanterweise sank das Niveau der Stresshormone.

Memor trat aus dem Blickfeld der Primatin und holte einen kleinen Schirm mit den Reaktionsmustern hervor.

»Bitte sieh dir dies an, Bemor.«

Er warf ihr einen geistesabwesenden Blick zu. Memor übertrug die Daten, und er sah aufs Display seines Kommunikators. »Wie seltsam, dass Ärger und Zorn den Stress dieser Geschöpfe verringern.«

Bemor schniefte. »Mit nachteiligen gesellschaftlichen Folgen, nehme ich an.«

»Warum? Diese besondere Eigenschaft muss sich wie alles andere im Lauf der Zeit entwickelt haben.«

»Genau. Diese Wesen empfinden die Verringerung von Stress als angenehm. Sie kämpfen, um mit ihren Ängsten fertigzuwerden. Ein Verhalten, das für eine friedliche Gesellschaft nicht sehr geeignet ist. Es könnte erklären, warum sie hier draußen sind, weit von zu Hause entfernt.«

Memor zögerte. Dies war ihr Fachgebiet, und sie sah diese Sache anders als ihr Bruder. Dennoch erwiderte sie: »Du könntest recht haben. Es ist eine störende Eigenschaft in einer zu befriedenden Spezies.«

»Ich habe bemerkt, dass die linke Hemisphäre des Gehirns stärker stimuliert wird, was auf aggressive Anlagen hinweisen könnte.«

Memor ging nicht darauf ein. Die rhythmischen Geräusche des Zuges, fast eine Melodie, wirkten beruhigend, wenn man bedachte, dass sie inzwischen mit wahrhaft astronomischer Geschwindigkeit unterwegs waren, durch magnetisch pulsierende Tunnel und über elegant geschwungene Rampen, über den weiten Hängen der Himmelsschale und auch in ihnen. Seit mehreren Schlafzyklen waren sie unterwegs. Die Tunnel boten nicht viel Platz, und manchmal führte Induktionsverlust zu einer starken Erhitzung der Metallhülle. Für Geschöpfe so groß wie Memor waren die Kabinen eng, und die Nahrung ließ zu wünschen übrig – lebende Tiere gab es kaum. Memor reichte ihrem Bruder den letzten lebenden Gabelfisch. Das Geschöpf zappelte und quiekte verzweifelt. Bemor nahm es dankbar entgegen, steckte es sich in den Mund und zerbiss genussvoll die Knochen. Der betörende, scharfe Duft des Gabelfisches zog durch die Kabine. Tananareve schnitt eine Grimasse und drückte sich ein Tuch auf Mund und Nase.

Ziel der langen Reise war der Ort, an dem sie nach den Daten der Überwachungssonden auf die Letzten Eindringlinge stoßen konnten, die noch auf der Flucht waren: bei den Eisfeldern an der Außenhülle, in der Nähe der Eisgeister.

Zuerst hatten die flüchtigen Primaten bei den abtrünnigen Sil Detektoren ausgelöst, und jetzt bei den Eisfeldern. Memors Versuche, den Weg der Primaten aus der Ferne zu verfolgen, waren schön und gut, fand Bemor, drohten jedoch ins Maßlose zu kippen, wenn sie keiner Kontrolle unterlagen. Darauf hatte er seine Schwester hingewiesen und einige Beispiele aus den jüngsten Ereignissen genannt.

Zuerst kam der Zwischenfall außerhalb der zerstörten Sil-Stadt. Zwar gab es einige Spuren der Primaten im betreffenden Gebiet, aber das Bombardement hatte eine sichere Identifizierung unmöglich gemacht, und die Daten der Detektoren waren nicht vollständig. Bemor hatte nicht viel davon gehalten, dass seine Schwester auf die Hilfe von Sil zurückgriff, die der zentralen Sil-Hierarchie illoyal gegenüberstanden. Jene Sil hatten versucht, die Fliehenden während ihrer Fahrt über eine Ebene aufzuhalten. Die Sil in Begleitung der Letzten Eindringlinge hatten es geschafft, mehrere der anderen Sil zu töten oder schwer zu verletzen. Es gab Berichte, nach denen ein Wagen der Letzten Eindringlinge an dieser Aktion beteiligt gewesen war. Memor wusste, dass dieselbe Primatengruppe eine lokale Gruppe in einem Magnetwagen umgebracht und an einem Aufstand teilgenommen hatte, bei dem Memor selbst nur knapp entkommen war, und deshalb zeigte sie sich vom Verhalten der Flüchtlinge kaum überrascht.

Der zweite Zwischenfall bot noch mehr Anlass zur Besorgnis. Eine Routinepatrouille hatte die Letzten Eindringlinge und ihre Sil-Begleiter bei den Außenbereichen der Himmelsschale gesehen. Leider waren die Primaten nicht mehr vor Ort gewesen, als Einsatzkräfte das betreffende Gebiet erreicht hatten.

Jetzt war ein dritter Bericht eingetroffen, und er bezog sich auf eine Region mit alten Intelligenzen. Das Portal in der Nähe des Kahalla-Schreins hatte einen Alarm ausgelöst, der wiederum die Aufmerksamkeit anderer Überwachungseinrichtungen geweckt hatte. Schließlich war Memor informiert worden, die sich zu diesem Zeitpunkt schon im Magnetzug befunden hatte, zusammen mit ihrem Bruder und Tananareve.

»Sie bewegen sich sehr geschickt«, hatte Bemor angemerkt. »Zweifellos ist das nicht auf die Klugheit der Letzten Eindringlinge zurückzuführen, denn sie kennen unsere Territorien nicht. Bestimmt stecken die Sil dahinter.«

Memor sträubte einige ihrer Federn und gab ihnen ein zweifelndes Gelb. »Ich glaube nicht, dass die Sil über solche Fähigkeiten verfügen. Wir haben ihre Neigung zu Ausbreitung durch lange Isolation kontrolliert. Es ist viele Generationen her, seit die Sil frei umherstreifen konnten.«

Bemor dachte darüber nach. »Sie sind immer noch eine recht ungestüme Spezies. Vor einigen Langleben haben sie versucht, sich Zugang zu den gesperrten Zonen zu verschaffen.«

»Ich erinnere mich.« Memor griff rasch auf ihren Untergeist zu, und die Erinnerungen entfalteten sich in ihr. »Unverblümte Forderungen nach mehr Territorium auf der Grundlage der Behauptung, ihre Spezies hätte sich schnell auf ihrer Heimatwelt ausgebreitet, einem genetischen und sozialen Imperativ gehorchend.«

»In der Tat. Deine bisherigen Untersuchungen deuten darauf hin, dass die Letzten Eindringlinge diese Eigenschaft teilen.«

Ein interessanter Hinweis. Memor fragte sich, warum ihr das bisher noch nicht aufgefallen war, doch der Untergeist gab ihr zu verstehen, dass er bereits über diese seltsame Verbindung zwischen Sil und Letzten Eindringlingen nachgedacht hatte, wenn auch nur vage. Bemor hatte diesen Punkt sofort erkannt.

Memor wandte sich an Tananareve. »Wie weit reicht der Ursprung deines Volkes zurück, nach euren eigenen Maßstäben?«

Die Primatin ließ sich Zeit mit der Antwort, und ihr Blick wechselte zwischen Bemor und Memor hin und her. »Mehrere Hunderttausend Sonnenumläufe.«

Bemor hatte die Konzeptkarte von Memors Untersuchungen der Primaten offenbar noch nicht aufgenommen, denn er sagte: »Die korrekte Zeit scheint ihr nicht bekannt zu sein.«

»Nein, es passt zum Bezugssystem des übrigen Wissens, das ich ihrem Langzeitgedächtnis entnommen habe.«

»Unzuverlässig. Die Topologie ihres Untergeistes ist uns unbekannt.«

»Wir werden ihn besser kennenlernen. Aber was wichtiger ist: Ich habe sie *gefragt*. Woraufhin sie mir eine detaillierte Übersicht in Bezug auf die Traumata ihrer Spezies gab. Seltsam, aber plausibel. Mehrmals schrumpfte ihre Zahl aufgrund klimatischer Veränderungen auf ein bedrohliches Minimum. Einmal gab es in der Nähe eines Ozeans so wenige Überlebende, dass die Gefahr von Inzucht bestand. Diese Erfahrungen verankerten in ihnen den Wunsch, sich auszubreiten, gewissermaßen in der Annahme, dass das Land jenseits der Berge am Horizont besser sein könnte.«

Bemor schnaufte und rückte seine Körpermasse unruhig zur Seite. In diesem engen Quartier wurde sein intensiver Körpergeruch besonders deutlich und setzte Memor zu. Sie schniefte, um ihn darauf hinzuweisen.

»Der Aufstieg durch die von dir beschriebenen mentalen Schichten ist nicht leicht«, sagte Bemor. »Ich kann mir nicht vorstellen, dass so wenige Umläufe um einen gewöhnlichen Stern genügen.«

»Auch die Sil haben in kurzer Zeit Intelligenz entwickelt und die Verwendung von Werkzeugen gelernt.« Memor rief detaillierte Informationen ab und schickte sie Bemor.

Er blickte auf die Daten, und ein Grollen kam tief aus seiner Brust. Es zischte leise, als er den Atem entweichen ließ. »Das stimmt und erklärt vielleicht ihr intuitives Bündnis mit den Letzten Eindringlingen.«

»Nach unseren neuesten Erkenntnissen hatten die Sil Kenntnis von unseren Meldungen über die Letzten Eindringlinge. Vielleicht haben sie dies für eine gute Gelegenheit gehalten.«

Bemor richtete den Blick auf Tananareve. »Was weißt du über die Sil?«, fragte er in gebrochenem Anglisch.

»Ich weiß nur das, was ich von euch über sie gehört habe«, erwiderte die Primatin.

»Sie befinden sich bei den Letzten Eindringlingen, die noch auf der Flucht sind.«

»Wir sind keine ›Eindringlinge‹!«, stieß die Primatin hervor. »Wir kamen als friedliche Forscher.«

Bemor lachte knurrend, und Tananareve erschrak – sie schien das Geräusch für ein Zeichen von Feindseligkeit zu halten. »Die Umstände stellen eure Friedfertigkeit infrage. Bei eurer Flucht kam es immer wieder zu Gewalt.«

»Wir versuchen, unsere Freiheit zu bewahren.«

»Und wir halten nichts von gewalttätigen Fremden. Wenn Besucher eintreffen, sind wir gern bereit, sie in die große Gemeinschaft der Himmelsschale aufzunehmen, aber immer unter weiser Aufsicht.« Bemor sprach langsam, als hätte er es mit einem Kind zu tun, oder mit einem der Aufgenommenen, die schwerer von Begriff waren als andere.

»Wir wären gern bereit, eure Welt zu verlassen, wenn wir Gelegenheit dazu bekämen«, erwiderte Tananareve. »Wir haben ein anderes Ziel.«

»Das wissen wir«, sagte Memor, bewegte die Halsfedern und signalisierte ihrem Bruder: *Halte sie bei Laune.* »Aber wir können euch nicht gestatten, dort vor uns einzutreffen.«

Tananareve nickte. »Das dachte ich mir schon.«

»Kannst du uns sagen, warum sich deine Gefährten mit den Sil verbündet haben?«

Tananareve lächelte. »Sie brauchen Hilfe.«

»Und warum sind sie mit schnellen Transportmitteln durch die Himmelsschale unterwegs?« Bemor schnaubte und näherte sich der Primatin, die zurückwich und die Nase rümpfte.

»Sie sind schon so lange auf der Flucht ... Vielleicht ist inzwischen eine Angewohnheit daraus geworden.«

Memor hielt diese Antwort für Spott, schwieg aber.

»Mehr nicht?«, beharrte Bemor. Sein säuerlicher männlicher Geruch wurde noch stärker.

Tananareve maß sie beide mit einem nachdenklichen Blick. »Was ist mit Neugier?«

»Das ist kein plausibles Motiv«, sagte Memor, doch Bemors Federfarben machten deutlich, dass er anderer Meinung war.

»Ich fürchte, das ist es doch«, sagte er. »Wir versuchen, solchen Aspekten im Wesen einer Spezies keine Dominanz zu gestatten.«

Tananareve lächelte erneut. »Das bedeutet es also, ›aufgenommen‹ zu werden?«

»Teilweise«, räumte Bemor ein.

»Dann dürfte dir unser Ziel gefallen«, sagte Memor zu Tananareve. »Es wird dir Geschöpfe zeigen, die du noch nie zuvor gesehen hast und die du dir wahrscheinlich nicht einmal vorstellen kannst.« Warum nicht ein bisschen Erwartung wecken? Manche Geschöpfe liebten so etwas.

»Oh, ich habe viel Fantasie«, sagte die Primatin.

ZEHNTER TEIL

STEINGEIST

»Es geht nicht um die Größe des Hundes im Kampf, sondern um die Größe des Kampfes im Hund.«

MARK TWAIN

30

Cliff beobachtete den Regen, der silbergrau aus zornig wirkenden violetten Wolken fiel. Dies erinnerte ihn an die kühlen Herbststürme, die er bei Wanderungen in der Sierra Nevada erlebt hatte, mit Blitzen, die über den dunklen Himmel zuckten. Es donnerte, lauter und länger als in der Sierra, was vielleicht an der viel höheren und unermesslich weiten Atmosphäre lag. Das Gewitter entfesselte eine Kraft, wie Cliff sie von der Erde nicht kannte. Seine dunklen Wolken türmten sich zu gewaltigen Bergen auf, deren Gipfel weit, weit oben im Dunst verschwanden. Der Duft von nassem Holz vermischte sich mit dem scharfen Geruch von Ozon. Cliff schmeckte Eisen in den Tropfen, die auf seine ausgestreckte Zunge fielen, Salz in den rohen Blättern, die sie gerade gegessen hatten, und zitronenartige Bitterkeit in dem Obst, das sie unmittelbar vor dem Gewitter von nahen Bäumen gepflückt hatten. Aromen einer fremden Welt.

»Regen fast vorbei«, sagte Quert. »Müssen gehen. Bald.«

Cliff glaubte, seinen Ohren nicht trauen zu können. »Warum?«

»Vogel-Leute uns finden.«

»Bist du sicher?«

»Sie wissen viel. Selbst Steine ...« Er deutete zu fernen Graten, die aus Wolken wie Watte ragten, als das Gewitter weiterzog. »... sprechen zu ihnen. Immer wissen.« Quert fügte diesen Worten ein ernstes Nicken hinzu.

Regen prasselte, und Rauch zog durch die Luft, während Cliff überlegte und versuchte, Querts Worte in einen größeren Zusammenhang zu bringen. Er glaubte, einen gewissen Sinn darin zu erkennen. Nichts auf der Schalenwelt war isoliert; alles hing mit allem anderen zusammen. So immens sie auch sein mochte, es musste ein Netzwerk geben, das alles miteinander verband. Gleichzeitig sollten die einzelnen Regionen der Schale in der Lage sein, auch separat zu funktionieren. Autarkie verhinderte, dass alle Teile in Gefahr gerieten, wenn irgendwo etwas beschädigt wurde und ausfiel.

Wenn es überall Augen gab, die alles beobachteten, durfte niemand hoffen, lange irgendwo sicher zu sein. Ihr einziger Vorteil, dachte Cliff, bestand in der enormen Größe der Schalenwelt: Von einer Seite zur anderen brauchte selbst das Licht zwanzig Minuten. Die Verzögerungen bei der Übermittlung von Nachrichten zur *SunSeeker* waren sehr ärgerlich, und dass der Kontakt jederzeit abbrechen konnte, machte alles noch schlimmer.

Noch immer flackerten Blitze über den Himmel. Böen trieben den Regen in ihren Unterschlupf. Quert hatte sie zu diesem Ort geführt, in diesen aus behauenen Steinen geformten Unterstand im Hang eines Hügels. Kaum hatten sie dort Zuflucht gesucht, goss es auch schon in Strömen, fast eine ganze Stunde lang. Cliff und seine Gefährten hatten die Zeit genutzt, einen Teil ihrer Nahrungsreserven über brennenden Zweigen zu erhitzen.

Als der Regen nun aufhörte, wandte sich Cliff an die anderen und sagte: »Packt eure Sachen. Es geht weiter.«

Sil und Menschen brummten, als sie aufstanden und das Lagerfeuer mit Regenwasser löschten. Cliff hatte noch den Geschmack des gebratenen Fleisches im Mund; er hatte sich beim Essen einen guten Zinfandel gewünscht, einen kalifornischen Wein, den es nach all den Jahrhunderten, die inzwischen vergangen waren, vielleicht gar nicht mehr gab. Möglicherweise existierte auf der Erde nicht einmal mehr eine Region namens Kalifornien.

Das leckere Fleisch stammte von einem großen, hundeartigen Wesen, das sie vor einigen Stunden angegriffen hatte. Als es aus dem dichten Gebüsch gesprungen war, hatten sie zuerst die krummen gelben Hörner und den breiten, knochigen Kopf bemerkt, dann die gefletschten Zähne. Das Geschöpf hatte geknurrt, mit der zufriedenen Gier eines Wiesels in einem Hühnerstall. Cliff erinnerte sich, dass fast alle erstarrt waren – nicht einmal Quert und die Sil hatten das Wesen kommen sehen. Aber Aybe hatte es mitten im Sprung mit seinem Laser getroffen, am Kopf, und das Geschöpf war tot auf dem Boden gelandet.

Das gebratene Fleisch dieses Tiers erwies sich als sehr schmackhaft. Die Sil brachen die Knochen auf und saugten das Mark heraus. Cliff überlegte zuerst, ob er ihrem Beispiel folgen sollte, aber der widerlich ranzige Geruch schreckte ihn ab. Also bot er seine Knochen den anderen an.

»Ich nehme sie gern«, sagte Aybe. Mit seinem gezackten Messer sägte er einen Knochen an und zerbrach ihn dann auf dem Knie. »Lecker.«

Irma und Terry schüttelten den Kopf. »Nein, danke«, sagte Terry. »Ich bin mit einer fettarmen Diät aufgewachsen. Das war ein halbes Jahrhundert lang eine Art Evangelium gewesen, vor der Entwicklung von Nanomaschinen für die Arterienreinigung.«

»Mir geht's ähnlich.« Irma rümpfte die Nase. »Unsere Generation verabscheute den Geruch von Fett.«

»Ich habe ihn immer gemocht«, sagte Aybe. »He, zu welcher Generation gehört ihr?«

Terry, Cliff und Irma sahen sich an. »Wir sind alle in den Siebzigern«, sagte Irma.

»Himmel, ich bin vierundvierzig«, erwiderte Aybe.

»Kaum mehr als ein Kind«, kommentierte Terry. »Es überrascht mich, dass du es an Bord der *SunSeeker* geschafft hast. In der Flotte ging das Gerücht, dass niemand unter fünfzig genug Erfahrung hat.«

Aybe verzog das Gesicht. »Das haben immer die Alten behauptet.«

Irma lachte leise. »Die ersten vierzig Jahre sind dem Sex und der Fortpflanzung gewidmet. Du hast deine verwendet, um dir technische Fähigkeiten anzueignen?«

»Ja.« Aybe zuckte die Schultern. »Ich wollte an Bord eines Raumschiffs, das war mein größter Wunsch. Fortpflanzung wird überschätzt.«

Daraufhin lachten sie alle. »Frauen frieren ihre Eizellen ein, und ihr Männer seid praktisch immer zeugungsfähig«, sagte Irma. »Unter sechzig ist es leichter, ein Kind zur Welt zu bringen.«

»Für wie alt haltet ihr Redwing?«, fragte Terry und kaute auf einem Stück Fleisch, das er für einen Knochen von Aybe bekommen hatte.

»Mindestens hundert«, sagte Aybe.

»Ich denke, er ist älter. Hat mir einmal erzählt, dass er das Ende der Ära des Übermaßes miterlebte. Ziemlich scheußliche Zeit.«

»Er ist auch ein ziemlich scheußlicher Bursche«, sagte Aybe und saugte dann laut und genüsslich an dem Knochen.

»Heutzutage werden viele Menschen hundertfünfzig Jahre alt«, warf Cliff ein. »Redwing ist nicht das, was ich *alt* nennen würde.«

»Ich nehme an, mit ›heutzutage‹ meinst du die Zeit, als wir noch auf der Erde waren«, sagte Terry. »Wer weiß, wie alt die Leute heute dort werden.«

Das erinnerte alle an die Kluft der Zeit, die sie von dem trennte, was sie auf der Erde zurückgelassen hatten. Cliff ging nicht darauf ein, und Quert nickte ihm zu, schien zu verstehen. Dann wurde es Zeit zum Aufbruch.

Als sie den steinernen Unterstand verließen, klarte der Himmel auf. In dieser Region gab es lokale Horizonte, und die letzten Wolken zogen nun über sie hinweg. Die Luft war so klar, wie Cliff sie in all den Monaten auf der Schalenwelt nie zuvor erlebt hatte. Er sah zur Sonne hoch, die jetzt nicht mehr im Zenit stand – sie waren tagelang mit hoher Geschwindigkeit unterwegs gewesen und hatten in dieser Zeit eine große Entfernung zurückgelegt. Der Stern, dem die gewaltige Schale durchs All folgte und den Cliff »Wickramsinghs Stern« genannt hatte, war vom höchsten Punkt des Himmelsgewölbes zur Seite gewandert, und der Jet deutete mehr in ihre Richtung. Plasmastränge drehten und wanden sich in ihm. Cliff beobachtete sie, als ihr Weg über einen breiten Hügel führte. Sil-Männer bildeten die Spitze der Gruppe – inzwischen wusste Cliff, dass sich auch Frauen unter den Katzenwesen befanden, die sie begleiteten. Er konnte die beiden Geschlechter der Sil noch immer nicht klar voneinander unterscheiden. Offenbar gab es bei ihnen keine besonderen Erkennungsmerkmale in Hinsicht auf Kleidung und Verhalten. Die gelegentlichen verwunderten Blicke, die Irma trafen, gingen vielleicht darauf zurück. Möglicherweise waren Menschen in sexueller Hinsicht ruheloser als die Sil, dachte Cliff.

Gestalten huschten durch den Wald. Ständiges Sonnenlicht, so wusste Cliff inzwischen, bedeutete unter anderem, dass Lebewesen immer auf der Hut sein mussten. Beutetiere hatten Augen, die denen irdischer Kaninchen ähnelten, oder den Facettenaugen von Insekten, für ein möglichst breites Blickfeld bestimmt. Raubtiere hingegen sahen wie auf der Erde mit großer Tiefenschärfe, mit nach vorn gerichteten Augen und ausreichend Abstand zwischen ihnen, zur Optimierung der räumlichen Wahrnehmung.

Irma ging neben Cliff, rückte ihren Rucksack zurecht und sagte munter: »Hast du schon mal darüber nachgedacht, warum wir so viele Zweibeiner sehen?«

Cliff rief sich ins Gedächtnis zurück, dass er eigentlich Biologe war. »Um ganz ehrlich zu sein ... Nein, darüber habe ich noch nicht groß nachgedacht. Aber was die Erde betrifft: Dort ist die Bipedie eigentlich nur eine seltene Eigenheit der Vertebraten.«

Irma blinzelte im Sonnenschein. »Die Humanoiden bei dem Turm, die Kahalla ... Man hätte sie nicht einmal bei schlechtem Licht mit uns verwechseln können. Nur die Grundstruktur war ähnlich. Trotzdem erstaunt es mich, dass sie offenbar eine vergleichbare Entwicklung hinter sich haben.«

Cliff behielt den Wald im Auge, während er einen Fuß vor den anderen setzte – es konnte nicht schaden, wachsam zu bleiben. Er biss von einer süß schmeckenden Wurzel ab, die sie unter Querts Anleitung ausgegraben hatten. »Konvergente Evolution. Das ist die einzige Erklärung. Vermutlich hatten die Kahalla viergliedrige Vorfahren wie wir. Auf der Erde hatten die Arthropoden immer reichlich Gliedmaßen zur Verfügung, aber bei uns armen Säugetieren sah die Sache anders aus. Wir sind Zweibeiner, weil wir mit vier Gliedmaßen begannen, das Klettern lernten und dann den Umgang mit Werkzeugen. Damit blieben zwei Gliedmaßen für die Fortbewegung, was uns zu einem aufrechten Gang zwang.«

Irma probierte die süße Wurzel, aß den Rest und lächelte. Auch sie behielt den Wald im Auge, und gelegentlich hob sie den Blick zum Himmel. Auf der Schalenwelt hatten sie alle gelernt, ständig aufzupassen. »Ja, auf der Erde sind Zweibeiner tatsächlich selten. Abgesehen von den Vögeln, die zwei Beine haben, weil ihre Evolution so viel in Flügel investiert hat. Was die Wirbellosen betrifft … Die Gottesanbeterin kommt bei ihnen der vertikalen Position am nächsten.«

Cliff überlegte und schlug nach einem dicken Käfer, der in seinem Haar ein Nest bauen wollte. »Gottesanbeterinnen haben vier Beine.«

Irmas Stimme wurde immer etwas höher, wenn sie eine Idee hatte. »Das geht an dem vorbei, was ich sagen will. Wir haben weit hinter uns einen Zweibeiner gesehen, erinnerst du dich? Groß und schwerfällig, achtete nicht auf uns, warum auch immer. Dann die Sil. Dann die Kahalla. Alle haben Köpfe mit Gesichtern, zwei nach vorn gerichtete Augen, Mund und Nase.«

Cliff verstand, was sie meinte. »Es ist keine notwendige Anordnung. Sieh dir nur die Gesichter der Arthropoden an. Sie wirken erschreckend, weil sie unseren gerade so weit ähneln, dass wir sie entsetzlich finden.«

»Bei den Kahalla war das Gesicht nach vorn gewölbt, fast spitz zulaufend, und die Augen saßen mehr auf der Seite.«

»Ein Zeichen für Beutetiere. An der Highschool hieß es: ›Augen vorn, jagt gern. Augen auf der Seite, versteckt sich gern.‹ Es scheint ein universelles Prinzip zu sein.«

»Und sie waren stark behaart«, sagte Irma. »Bei uns ist das nicht der Fall, weil uns sonst beim Laufen über längere Distanzen zu heiß würde. Deshalb haben wir unsere Behaarung verloren.«

Cliff nickte und erinnerte sich an die schwerfälligen Bewegungen der Kahalla, mehr wie die von Bären als von Menschen. Und kein Wort war zwischen ihnen und den Menschen oder Sil gesprochen worden. Nur Blicke und Gesten, wie Signale von Tieren. »Na schön. Die Kahalla sind also weder Langstreckenläufer noch besonders redselig.«

Irmas Stimme wurde noch etwas höher, als sie sagte: »Die Schalenwelt lehrt uns, dass intelligentes Leben zu humanoider Gestalt tendiert.«

Cliff ließ sich das durch den Kopf gehen, während sein Blick unentwegt durch den Wald strich. *Oder jemand könnte alles so geplant haben …*

Der vor ihnen gehende Quert drehte sich um. »Nicht die Vogel-Leute. Nicht wie, euer Wort, humanoid. Wir sagen Sil-Gestalt. Dieselbe Bedeutung.«

»Ja«, sagte Irma. »Und der Grund dafür?«

»Kommt von Selbstdesign, Vogel-Leute«, sagte Quert. »Sehr alt.«

»Sie haben also … was? Zwei Arme und vier Beine?«, fragte Cliff.

»Manche von ihnen. Viele andere zwei Beine. Alle Volk.«

»Die Vogel-Leute, beziehungsweise das Volk …«, sagte Irma. »Kontrolliert es die Schalenwelt?«

Quert bewegte die Augen nach unten, und inzwischen wusste Cliff, was das bedeutete: Es drückte höflichen Zweifel aus. »Eisgeister über dem Volk.«

»Wie kann so etwas funktionieren?«

»Das sich jetzt verändert hat. Mit eurem Kommen. Wir Sil jetzt ebenfalls arbeiten für Eisgeister.« Quert holte seinen kleinen Kommunikator hervor, ein pyramidenförmiges Objekt, das sich in einen flachen Schirm verwandeln konnte. Die Funktionsweise war Cliff noch immer ein Rätsel.

»Was tut ihr für sie?«, fragte Irma.

»Wir euch gebracht haben zu ihnen.«

»Das ist alles?«, hakte Irma nach. »Warum ausgerechnet wir?«

»Ihr stört. Vogel-Leute nennen euch ›Letzte Eindringlinge‹, weil ihr neu seid. Eisgeister wollen euch sehen. Euch kennenlernen. Deshalb wir euch gebracht haben zu ihnen.«

»Wir sind nur die Besatzung eines kleinen Schiffs, das der Zufall hierherbrachte«, sagte Irma.

»Es um Glory geht, ich/wir hören von den Eisgeistern. Sie wissen wollen, warum ihr nach Glory wollt.« Quert vollführte eine Geste, von einer Augenbewegung begleitet, die auf ein Achselzucken hinauslief. »Sie nicht sicher sind, was Glory sein.«

»Ein Sonnensystem vor euch«, sagte Cliff. »Wir können den Stern nicht sehen, weil eure Sonne zu hell ist.«

»Stern?« Querts Gesicht wirkte plötzlich wie eine starre Maske, was bedeutete, dass er nachdachte.

»Eine Sonne wie eure, aber so weit entfernt, dass sie nur wie ein Punkt erscheint. Ein Planet im dortigen System hat eine Biosphäre mit Sauerstoff und Stickstoff. Wir wollen dorthin und den Planeten besiedeln.«

Querts Gesicht blieb leer, aber seine Augen waren nun ständig in Bewegung und wiesen auf inneren Aufruhr hin.

Cliff glaubte zu verstehen. Die Sil hatten die Außenseite der Schalenwelt – und von dort aus die vielen Sterne in der ewigen Nacht des Alls – erst vor kurzer Zeit zu sehen bekommen. Die Eisgeister hatten sie irgendwie zu sich gerufen und damit die Ereignisse ausgelöst, durch die Cliff und seine Gruppe zu ihnen gelangt waren. Mit anderen Worten: Quert und seine Artgenossen hatten die Sterne zum ersten Mal gesehen, als sie zusammen mit den Menschen aus dem Labyrinth der Installationen zur Außenseite der Schale gekommen und dort der ganzen Pracht des Weltraums begegnet waren.

Cliff verglich die Sil mit Höhlenbewohnern, die nie den Himmel gesehen hatten. Ihre Welt – die Welt aller Lebewesen der immensen Schale – war ein warmes Paradies, das keine Nacht kannte. Die Sonne und ihr Jet verwehrten den Blick auf die Sterne und das majestätische Band der Milchstraße.

Die Sil begriffen nun, dass ihnen die Vogel-Leute die ganze Zeit über diese größere Wahrheit vorenthalten hatten. Doch jetzt wussten sie, wo sie waren und auch wer sie waren. Es stellte ihre Welt praktisch auf den Kopf. Die Menschen hatten neue Wahrheiten bestätigt und viele Tragödien gebracht, unter ihnen der Kampf gegen den Himmelsfisch und die Bombardierung von Sil-Städten.

Cliff wollte entsprechende Worte an Quert richten – das Gesicht des Katzenwesens war noch immer starr und verriet nichts.

Plötzlich weckte Bewegung ihre Aufmerksamkeit.

Die Sil ganz vorn blieben stehen, flüsterten und deuteten nach vorn. Dort befand sich etwas.

Sie wandten die übliche Taktik an, wichen rechts und links des Weges aus und schlichen dann vorsichtig weiter. Inzwischen waren Menschen und Sil gut aufeinander eingespielt. Sie bewegten sich nur, wenn ihnen andere mit Lasern oder Armpfeilen Feuerschutz geben konnten.

Voraus knackte es immer wieder zwischen den Bäumen und Büschen.

Dahinter erstreckte sich offenes Land. Vorsichtig arbeiteten sie sich zu einem Aussichtspunkt auf einem kleinen Hügel vor. Links und rechts reichten grüne landwirtschaftliche Felder bis in weite Ferne. Einfache Maschinen waren dort im Einsatz, und von ihnen stammten die rhythmischen knackenden Geräusche. Direkt voraus und einige Kilometer entfernt, setzte sich der Wald fort. Das »Getreide« auf den Feldern war gelb und wies violette Triebe auf, die wie Pfeile oder lange Dornen aus dem goldbraunen Schaft ragten. Die Schäfte oder »Ähren« ragten drei bis vier Meter weit auf, wie Bäume mit Speichen, und an diesen Speichen zeigten sich fächerförmige Blüten. Feiner Staub lag in der Luft. Pollen?

»Wir könnten zum Wald auf der anderen Seite laufen«, schlug Aybe vor.

Auf den Feldern waren Gestalten zu sehen. Ihnen standen Transporter und Ernteroboter zur Verfügung, die den größten Teil der Arbeit erledigten, die Ähren schnitten und sie auf die Transporter luden, mit einem beständigen *Wumm-wumm-wumm.* Leichter Wind trug Menschen und Sil einen Geruch wie von Orangenblüten entgegen, mit einer seltsamen Schärfe darin. Alles bewegte sich langsam. Die Szene erinnerte Cliff an einen monotonen Sommer, den er im kalifornischen Central Valley verbracht hatte. Er blickte durch seinen Feldstecher und sagte: »Diese Gestalten ... Sie ähneln den Humanoiden, die wir beim alten Steinwesen zurückgelassen haben, den Kahalla.«

»Es besondere Kahalla sind, an landwirtschaftliche Arbeit angepasst«, sagte Quert. »Sie hier leben und arbeiten. Geboren werden und sterben, alles hier.«

»Sie verbringen ihr ganzes Leben in einem Dorf?«, fragte Irma.

»Zufrieden sind. Im Gleichgewicht.« Quert beriet sich kurz mit den anderen Sil und benutzte dabei die für Cliff und seine Gefährten unverständliche Sprache der Katzenwesen. Sie richteten Blicke auf Cliff, in denen er Skepsis zu erkennen glaubte. Das Mienenspiel der Sil war sehr komplex, und hinzu kamen die Bewegungen der Augen und Brauen, aber inzwischen kam Cliff einigermaßen damit zurecht.

Quert wandte sich an die Menschen. »Dieser Aybe recht hat. Schnell laufen zur anderen Seite. Seht ihr dort?«

Fast direkt ihnen gegenüber befanden sich einige niedrige Gebäude in der Farbe von getrocknetem Lehm. »Die Bruthäuser. Meistens nur wenige Kahalla da. Wir überqueren Felder, Kahalla nicht sehen.«

Cliff versuchte zu verstehen. Eine besondere Art der Kahalla, nur für die Arbeit auf Feldern bestimmt? Hatten die Vogel-Leute sie dafür gezüchtet? Und ... Bruthäuser?

Sie näherten sich den Feldern im Schutz einer langen Reihe von Zickzack-Bäumen. Cliff und Irma glaubten, dass diese Bäume ihre Zickzack-Strategie entwickelt hatten, damit mehr Blätter Licht von der immer am Himmel stehenden rötlichen Sonne bekamen. Das schwächere Licht des Jets ignorierten die Pflanzen. Stachelige Äste reckten ihre Blätter in den immerwährenden Sonnenschein und schufen einen guten Sichtschutz für Menschen und Sil.

Es dauerte nicht lange, bis sie in Sichtweite der braunen Gebäude kamen, die offenbar aus keramischen Platten bestanden. Als Kalifornier dachte Cliff sofort daran, dass solche Baumaterialien alles andere als erdbebensicher waren, aber hier gab es natürlich keine Erdbeben. Durch den Feldstecher beobachtete er pelzige Gestalten, die schwankend auf zwei Beinen zwischen den Gebäuden herumliefen. Er deutete auf sie.

»Freunde nicht«, sagte Quert und blinzelte mehrmals.

»Diese Kahalla würden uns den Vogel-Leuten übergeben?«, fragte Terry.

»Müssen«, erwiderte Quert und fügte eine bestätigende Augenbewegung hinzu.

Die anderen Sil signalisierten Zustimmung mit eigenen Augen- und Kopfbewegungen und wurden unruhig – offenbar waren sie der Ansicht, dass keine Zeit damit vergeudet werden sollte, länger über dieses Problem nachzudenken. Der

Versuch, die Felder zu umgehen, hatte wenig Sinn, denn sie schienen sehr weitläufig zu sein. Eine seltsame Art, Landwirtschaft zu betreiben, fand Cliff. Warum wurden die Felder in so langen Streifen angelegt, anstatt in Vierecken, was die Transportwege reduzierte?

»Keine Zeit für langes Nachdenken«, sagte Aybe. »Seid ihr zum Laufen bereit?«

Sie machten sich auf den Weg. Die agilen Sil waren schneller als die Menschen und liefen mit langen, eleganten Schritten, schienen dabei überhaupt nicht außer Atem zu geraten – sie wirkten wie fürs Laufen geschaffen. In der Evolution des Menschen hatte das Laufen ebenfalls eine Rolle gespielt, aber nicht in diesem Maße. Cliff überlegte, ob sich die Sil auf einem Planeten mit relativ niedriger Schwerkraft entwickelt hatten, womit sie für diesen Teil der Schalenwelt prädestiniert waren. Er geriet schnell ins Schwitzen und fragte sich einmal mehr, welche Rolle die Sil hier spielten. Sie wollten sich der Kontrolle der Vogel-Leute entziehen, in Ordnung. Doch die großen Vögel bestimmten offenbar die Geschicke der ganzen Schalenwelt, und einige wenige Menschen hatten in den großen Zusammenhängen sicher keine große Bedeutung. Ein Rätsel. Fest stand: Ohne die Sil wäre es den Vogel-Leuten längst gelungen, Cliffs Gruppe gefangen zu nehmen.

Sie liefen über die Felder und blieben dabei in der Nähe der seltsamen Bäume. Es überraschte Cliff, wie leicht ihm das Laufen fiel. Nach den Monaten auf der Schalenwelt befand er sich in guter körperlicher Verfassung, und außerdem schien die Schwerkraft in dieser Gegend etwas niedriger zu sein. Er beobachtete, wie Quert vor ihm immer wieder den

Kopf drehte und sich wachsam umsah, wie auch die anderen Sil. Offenbar waren sie besorgt.

Die rechteckigen Gebäude, die Quert Bruthäuser genannt hatte, ragten vor ihnen auf, zwei Stockwerke hoch und ohne Fenster. Keuchend und schwitzend erreichten sie den Komplex und liefen durch die breiteste Straße zwischen den Gebäuden. Nirgends zeigten sich Kahalla. Einige Zickzack-Bäume standen am Rand der Hauptstraße dieses Ortes, ihr Holz grau und zerfurcht. Die Sil liefen durch Seitenstraßen, sondierten dort die Lage und kehrten kurz darauf zurück. Sie riefen ein Wort in der Sil-Sprache und bildeten einen defensiven Bogen, zwei Wegen zugewandt. Die Menschen versammelten sich hinter ihnen, zogen ihre Waffen und sahen sich um.

Sie blickten erst hoch, als ein Sil von seinen Armpfeilen Gebrauch machte.

Wie einen Meter große Spinnen aussehende Geschöpfe schoben sich über den Dachrand. Sie waren weiß und klackten, als sie mit hin und her tastenden Fühlern die Wände herabkletterten. Ihre Beine waren schwarz und mit Stacheln besetzt. Große, zornig starrende rote Augen glänzten an der Seite von schmalen Gesichtern.

Der erste Sil-Armpfeil bohrte sich in ein Wesen, das halb über den Dachrand gekrochen war. Es rutschte ab und fiel ihnen direkt vor die Füße. Der Sil, von dem der Pfeil stammte, trat vor, schoss auf einen weiteren Angreifer und traf ihn mitten im runden Körper. Dann bückte er sich, zog den Pfeil aus dem ersten Spinnenwesen und steckte ihn in die Armscheide zurück.

Auch die anderen Sil machten nun von ihren Pfeilen Gebrauch, und die Menschen setzten ihre Laser ein. Doch so viele Angreifer sie auch außer Gefecht setzten, es kamen immer mehr.

Sie bewegen sich mehr wie Krabben, nicht wie Spinnen, dachte Cliff, als die Sil zurückwichen. Er zielte auf eins der Geschöpfe und traf es auch, doch es kletterte weiter die Wand herunter und auf sie zu. Der Laserstrahl hatte sich durch den hinteren Teil des Körpers gebohrt, was offenbar nicht genügte.

Die Wesen gaben zirpende Geräusche von sich und bewegten sich zielstrebig seitwärts.

Cliff erinnerte sich an einen Bericht von Beth, den sie nach ihrem Ausbruch aus der Gefangenschaft übermittelt hatte. Darin war von »Arachnos« die Rede gewesen. Er wandte sich mit einem entsprechenden Hinweis an die anderen.

»Aber Beths Arachnos scheinen ziemlich groß gewesen zu sein«, sagte Irma. »Diese sind es nicht.«

»Lokale Anpassung«, sagte Aybe. »Unsere Laserstrahlen brennen sich einfach durch die Körper und scheinen in den meisten Fällen kaum Schaden anzurichten.«

Fünf Angreifer nahmen sich einen Sil vor. Sie kletterten an seinen Beinen hoch und bissen zu. Der Sil heulte, schlug nach den Angreifern und sprang fort. Das brachte die anderen durcheinander, als zahlreiche kleine Arachnos von den Dächern und aus den nahen Seitenstraßen kamen. Aus den Rufen der Sil wurde ein Kreischen. Die Menschen standen hinter der wankenden Verteidigungslinie der Sil, denen die Armpfeile ausgingen.

Quert verschoss seine letzten Pfeile und rief erst auf Sil und dann auf Anglisch: »Zurück!«

Cliff drehte sich um und stellte fest, dass ein Sil in einer schmalen Seitenstraße eine Tür gefunden und geöffnet hatte.

Alle eilten dorthin. Das Zirpen der Arachnos schwoll zu einem Gezeter an, und sie folgen den Sil und Menschen. Mehrere Sil rissen im Laufen Zweige von nahen Zickzack-Bäumen ab und zerbrachen sie. Durch die Tür gelangten sie in einen großen Raum, erfüllt von elfenbeinfarbenem Licht, das von der hohen Decke kam. Hinter den Menschen wurde die Tür zugeworfen, und Sil sicherten sie.

Ein sonderbarer Geruch erfüllte den feuchten, warmen Raum. Cliff und seine Gefährten sahen sich mit großen Augen an, noch immer erschrocken über den Angriff der Arachnos. Die Sil flüsterten miteinander. Sie standen alle in der von oben herabkommenden Wärme und atmeten die seltsam riechende Luft tief ein.

»Waren das Spinnen?«, sagte Aybe.

»Eher Krabben«, erwiderte Cliff.

»Sie haben eine Schale und bewegen sich seitwärts, mit vielen Beinen«, sagte Irma.

»Wenn es nicht so viele gewesen wären, hätten wir sie einfach zertreten können«, warf Terry ein.

»Aber es waren viele!« Aybe hatte Angst und versuchte, mit Zorn darüber hinwegzutäuschen.

Die Sil bewegten sich und murmelten, und Quert hörte ihnen aufmerksam zu. Die Menschen sprachen miteinander, ohne dass jemand eine Idee hatte. Das fast schrille Zirpen der Arachnos drang durch die Wände. Sie alle wussten, dass sie in der Falle saßen, was niemandem von ihnen gefiel, wie sich den Gesichtern entnehmen ließ.

»Finden wir heraus, wo wir sind «, sagte Cliff, um die anderen von ihrer Furcht abzulenken. Sie brummten, scharrten mit den Füßen und sahen sich um.

Um sie herum erhoben sich zylindrische Türme mit großen orangefarbenen Kugeln. Dicke Rohrleitungen führten durch die aus Keramikplatten bestehenden Wände und fühlten sich warm an.

»Was ist das?«, fragte Irma. »Der ganze Raum ist voll davon.«

»Kahalla-Eier«, sagte Quert. »Hier schlüpfen.« Zusammen mit zwei anderen Sil machte er sich daran, den großen Raum zu untersuchen. Cliff folgte ihnen an der langen Reihe von Zylindern mit Kahalla-Eiern entlang. Die feuchtwarme Luft war unangenehm. Köpfe drehten sich ruckartig, als ein kratzendes Geräusch aus einer Ecke kam. Sie alle sahen, wie ein weißer Arachno fortkrabbelte und ein zerbrochenes Kahalla-Ei zurückließ, aus dem bräunliche Flüssigkeit auf den roten Boden rann. Das Spinnenwesen hatte sich am Inhalt des Eis gütlich getan. Ein Sil folgte dem Arachno und stieß mit einem Ast zu, der von einem der Zickzack-Bäume draußen stammte. Das weiße Geschöpf zuckte zusammen, schnappte mit den Kiefern nach dem Schaft und starb mit einem letzten leisen Zirpen.

Kurze Zeit später fanden sie einen zweiten Arachno. Einige von ihnen waren in den Raum gelangt und hatten Kahalla-Eier aufgebrochen.

»Nahrung für sie«, sagte Irma.

Mehrere der orangefarbenen Kugeln lagen zerbrochen und leer auf dem Boden. Cliff folgte weiterhin den Sil, noch immer benommen von den letzten Ereignissen. Verwirrt schüttelte er den Kopf. Während die Sil die Korridore zwischen den Eizylindern durchsuchten, kam sich Cliff recht nutzlos vor, und schließlich fragte er Quert: »Die Kahalla ähneln uns, sind Zweibeiner wie wir. Aber sie legen *Eier*?«

»Art und Weise der Kahalla«, erwiderte Quert. Sein wachsamer Blick wanderte durch den Raum. »Verstauen ihre Eier hier. Lassen brüten. Sicher, damit sie auf Feldern arbeiten können.«

»Aber die Arachnos, wie wir sie nennen ... Sie kommen hierher und fressen die Eier?«

Eine bestätigende Augenbewegung. »So gewesen lange Zeit. Wir die Geschöpfe nennen *Upanafiki*. Eine Plage sein.«

»Sie sind schlau genug, in die Brütereien zu gelangen.«

Quert schniefte, wackelte mit dem Kopf und gab dabei einige bellende Laute von sich, offenbar das Sil-Äquivalent eines schallenden Lachens. Die anderen Sil stimmten mit ein. Offenbar ein Insiderwitz, den nur sie verstanden, vermutete Cliff. Oder gab es beim Sil-Humor Aspekte, die Menschen nicht verstehen konnten?

Quert beruhigte sich wieder und sagte: »Kahalla nicht schlau.«

»Eierleger ...« Die Vorstellung erschien Cliff noch immer absurd.

»Auf der Erde gibt es Gabeltiere, Eier legende Säugetiere. Sie sind sehr alt. Ihre Entwicklung geht vielleicht bis zur Trias zurück.«

Cliff schüttelte den Kopf. »Lassen wir eventuelle Parallelen mit der Erde. Wir haben hier also humanoide Eierleger, die auch intelligent genug sind, Werkzeuge zu benutzen.«

»*Upanafiki* viele«, warf Quert ein. »Kahalla ersehnen Land. *Upanafiki* begrenzen Anzahl der Kahalla. Beide, Kahalla und *Upanafiki* ...« Quert drückte die knochigen Hände aneinander. »Immer kämpfen. Tanz.«

»Woher stammen die Kahalla?«, fragte Aybe. »Von welcher Welt?«

»Kahalla in eure Sprache bedeutet ›Ein-Gesicht-Volk‹«, sagte Quert.

Terry verstand. »Sie stammen also von einem Planeten, der seiner Sonne immer dieselbe Seite zuwendet? Auf ihrer Seite war es immer hell und warm. Das gab ihnen einen Anpassungsvorteil, als sie hier eintrafen, gegenüber Leuten wie uns, die an einen Wechsel von Tag und Nacht gewöhnt sind. Ergibt durchaus einen Sinn.«

Quert stimmte ihm mit einer entsprechenden Augenbewegung zu. »Weit verbreitet. Sind konservativ. Vogel-Leute sie benutzen. Keine guten Verbündeten für uns.«

Cliff runzelte die Stirn. *Evolutionstheorie mitten in einem Kampf ...*

»Seht euch dies an!«, rief Irma vom anderen Ende des Raums. Die anderen folgten ihr über eine einfache Treppe aus grauen Keramikplatten. Der staubige erste Stock ähnelte dem Erdgeschoss, doch Irma deutete auf ein Loch in der Decke. »Offenbar sind die Arachnos von dort gekommen.«

Cliff duckte sich, sprang und bekam den Rand des Loches zu fassen. Etwas bröckelte ab, doch der Rest hielt, und er zog sich hoch, bis sein Kopf durch die etwa einen Meter große Öffnung ragte. Es mochte riskant sein, aber er war neugierig und sah nun, dass das Dach leer war. Ein nahes Holzstück weckte seine Aufmerksamkeit. Mit einer Hand hielt er sich fest, und mit der anderen zog er das Holzstück zu sich heran und ließ es durchs Loch fallen. Dann folgte er ihm nach unten und landete mühelos – niedrige Schwerkraft hatte durchaus Vorteile.

Irma hob das Stück Holz auf. »Es ist zugespitzt. Die Arachnos ... Offenbar verwenden sie Werkzeuge.«

»Halten Kahalla stabil«, sagte Quert und sah nach oben. »Sie draußen auf dem Boden. Wir Gebäude auf diese Weise verlassen.«

Cliff und Irma sahen ihn groß an. Quert ging zur Treppe und rief Anweisungen in seiner Sprache.

Terry und Aybe näherten sich. »Die Arachnos kratzen mit irgendetwas an der Tür«, sagte Terry.

Irma brauchte Hilfe, aber trotzdem schaffte es die Gruppe aus Menschen und Sil in erstaunlich kurzer Zeit, durch das Loch in der Decke zu klettern. Diejenigen, die sich bereits auf dem Dach befanden, reichten den anderen die Hand und zogen sie hoch. Das flache Dach bestand aus dreieckigen Steinplatten, und Cliff erkannte Querts Plan. Die Bruthäuser standen dicht beisammen, was es den Sil ermöglichte, von einem Dach zum nächsten zu springen. Die Menschen waren ebenfalls dazu imstande. Die Katzenwesen zeigten sich ruhig; sie hatten es nicht zum ersten Mal mit diesem besonderen Gegner zu tun. Sie begannen zu springen, und als Cliff ihrem Beispiel folgte, warf er einen Blick nach unten. Die Arachnos drängten sich an der Tür des Gebäudes zusammen. Einige von ihnen hielten große Holzschäfte, deren zugespitzte Enden schwarz waren, vielleicht im Feuer gehärtet.

Irma kam als Nächste an die Reihe und landete mit einem Fuß halb auf dem Dach. Cliff ergriff sie und zog sie in Sicherheit. Dann sprangen Terry und Aybe. Inzwischen befanden sich die meisten Sil bereits auf dem Dach des nächsten Gebäudes. Sie waren schnell, ohne dabei den Eindruck zu erwecken, es besonders eilig zu haben.

Sie alle liefen und sprangen, liefen und sprangen, und bald erreichten sie das Ende des Gebäudekomplexes. Dort angelangt, warfen die Sil eine Art Bumerang, der zum nächsten Baum flog und einen Draht um den Stamm wickelte. Einer der Sil verband diesen Draht mit dem Solarmodul seines Rucksacks, nahm einige Justierungen vor und betätigte einen Schalter, woraufhin sich der Draht aufblähte und zu einem Seil wurde, das zugreifenden Händen genug Halt bot. Cliff blinzelte überrascht; diesen kleinen Trick sah er jetzt zum ersten Mal.

Die ersten Sil vertrauten sich dem zum Baum führenden Seil an. Cliff und Irma blickten über den Dachrand des Gebäudes und beobachteten die Arachnos, die die Tür des Bruthauses noch immer mit ihren einfachen Brechstangen bearbeiteten. Plötzlich kamen Kahalla aus einer Seitenstraße und riefen etwas. Die Spinnenwesen drehten sich um, und ein Kampf begann.

Die Arachnos bewegten sich ziemlich schnell. Die Bewaffnung der Kahalla bestand aus einfachen Hacken. Damit schlugen sie immer wieder zu, zertrümmerten die Schalen ihrer Gegner oder durchbohrten sie. Aber die weißen Spinnen waren in der Überzahl, und einige Kahalla wurden überwältigt.

Cliff beobachtete den Kampf mit entsetzter Faszination. Es waren etwa hundert Arachnos und ein Dutzend Kahalla – ein wildes Durcheinander entstand.

»Eine Auseinandersetzung um Reproduktion, um Fortpflanzung?«, mutmaßte Irma. »Scheußliche Sache.«

Quert kam zu ihnen und sah ungerührt nach unten. »Vogel-Leute Regeln bestimmen. Kahalla daran hindern, mehr und mehr Boden zu bestellen. Benutzen *Upanafiki*, damit nicht zu viele Kahalla schlüpfen aus Eiern. *Upanafiki* Plage für uns. Ihr Kampf gegen die Kahalla nie zu Ende geht.«

»Die Vogel-Leute schreiten nicht ein?«, fragte Irma.

»Sie wollen dies.« Quert zögerte und suchte nach den richtigen Worten auf Anglisch. »Gleichgewicht. Stasis.«

Cliff beobachtete, wie fünf Arachnos einen Kahalla anfielen, und dachte schaudernd: *Spinnen, die menschenähnliche Geschöpfe angreifen.* Der Kahalla stürzte und verschwand unter den Angreifern. Cliff erinnerte sich an eine Bemerkung, die er vor langer Zeit gehört hatte. *Nicht Schmeichelei ist das höchste Kompliment, sondern Parasitismus.*

»Verdammt!« Irmas Ruf riss ihn aus seinen Gedanken.

Mehrere Arachnos krochen zwanzig Meter entfernt über den Dachrand – sie waren die Wand hochgeklettert. Sie zischten und zirpten, und ihre Beine verursachten klackende Geräusche, als sie näher kamen.

Cliff und Irma waren abgelenkt gewesen und zusammen mit Quert die Einzigen, die sich noch auf dem Dach befanden. Quert griff nach dem Seil und glitt in Richtung Baum. »Kommt schnell!«, rief er.

Irma streckte die Hände nach dem Seil aus, und Cliff drehte sich um, feuerte seinen Laser auf Arachnos ab, die übers flache Dach auf ihn zuliefen. Die Strahlen brannten Löcher in ihre Schalen, was sie aber nicht weiter zu stören schien – die Spinnenwesen blieben nicht stehen. Als ein Strahl genau die Mitte der Panzerung traf, stellte sich die gewünschte Wirkung ein: Das getroffene Geschöpf sackte in sich zusammen und blieb liegen.

Aber die anderen waren jetzt nur noch fünf Meter entfernt. Cliff bückte sich und griff nach der Verankerung des Seils. Er sah keinen Sinn mehr darin, daran entlangzugleiten, denn es gab keine Garantie dafür, dass nicht auch die

Arachnos dazu in der Lage waren. Das Seil war an einem dreißig Meter entfernten Baum befestigt; das musste genügen.

Cliff sprang vom Dach und hielt sich am Seil fest.

Er schnappte nach Luft und achtete nicht auf den stechenden Schmerz in der Schulter. Es ging nach unten, und er versuchte, sich am Seil nach oben zu hangeln, als er daran Richtung Baum schwang. Er streckte die Beine, richtete die Füße nach vorn, und auf diese Weise erreichte er den Zickzack-Baum. Blätter streiften ihn. Ein Zweig schlug ihm mitten ins Gesicht, ein anderer traf ihn in den Rippen, was einen weiteren stechenden Schmerz verursachte. Cliff stöhnte, verlor das Seil aus der Hand und fiel, stieß dabei mit der Hüfte gegen den Stamm des Baums. Zum Glück landete er auf den Stiefeln, sank aber sofort zu Boden.

Er rollte sich ab, worüber sich seine Rippen mit heftigem Schmerz beklagten, und für einen Moment verschwamm die Welt vor seinen Augen. Keuchend blieb er liegen und spürte, wie Hände ihn ergriffen. Sie zogen ihn hoch, und Terry rief: »Wir müssen laufen!«

Cliff lief, aber es fiel ihm sehr schwer.

Die Arachnos hatten bereits den Wald erreicht, viele von ihnen. Ihr Zischen und Zirpen wurde immer lauter. Aber sie waren relativ klein und nicht so schnell wie Menschen. Zumindest nicht so schnell wie unverletzte Menschen, dachte Cliff. Für ihn beschränkte sich das Laufen auf ein schnelles Humpeln, und er fühlte sich ausgelaugt.

31

Redwing beobachtete die tief unten vorbeigleitenden Landschaften der Schalenwelt und erlaubte es sich für einige Momente, den Anblick einfach nur zu genießen. Dann besann er sich wieder auf seine Pflichten und schaltete die anderen Schirme auf interne Ansicht. In der hydroponischen Anlage, sichtbar auf den Schirmen links und rechts, glitten zwei Fingerschlangen zwischen den Gewächsen, pflückten hier etwas und pflanzten an anderer Stelle. Die dritte Fingerschlange – das männliche Exemplar, Thisther, dunkler und etwas größer als die anderen – spielte mit zwei Schweinen. Es wurde gezischt und gebrummt, und offenbar hatten all drei viel Spaß. Redwing lächelte, als er die Szene beobachtete, doch sofort kehrte die große Frage zurück, die ihn beschäftigte: *Was könnte ich übersehen haben?*

Beth würde gleich eintreffen, weshalb Redwing beschloss, die Bilder der Schalenwelt auf dem Hauptschirm zu lassen. Er holte ein knittriges, vergilbtes Blatt Papier hervor. Bei den mehreren Kilogramm Privatfracht, die er hatte mitnehmen dürfen, spielte dieses Blatt keine Rolle, doch in seinen Erinnerungen nahm es einen zentralen Platz ein. Die Worte darauf stammten von seinem Vater, geschrieben im Krankenhaus von Huntsville, aus dem er nicht zurückgekehrt war. Dem zehnjährigen Redwing hatten sie viel bedeutet, und jetzt schien ihre Bedeutung noch größer geworden zu sein.

> LEBE DEIN LEBEN. GEH RISIKEN EIN. DENKE SORGFÄLTIG NACH, ABER HANDLE AUCH. NIMM KEIN BLATT VOR DEN MUND. BLEIBE AUFGESCHLOSSEN UND BEWAHRE DIR EIN WARMES HERZ. LASS DIE ZEIT NICHT EINFACH VERSTREICHEN. LEBE, LEBE, LEBE – DENN EINES TAGES IST DAS LEBEN ZU ENDE.

Vor dem inneren Auge sah Redwing seinen Vater so, wie er zu seinen besten Zeiten gewesen war: ein gesunder, starker Mann, immer mit einem Lächeln, immer zuversichtlich.

Er starrte auf das Blatt hinab, faltete es dann und legte es beiseite, vielleicht zum tausendsten Mal. Die Worte waren vor Jahrhunderten geschrieben, aber noch immer wahr.

Beth klopfte an. Redwing öffnete und begrüßte sie mit einem Nicken.

Sie nahm ihm gegenüber in der kleinen Kabine Platz, und Redwing gab vor, einen Logbucheintrag zu beenden. Was ihn daran erinnerte, dass er die Einträge auf den neuesten Stand bringen musste. Es ging darum, immer aktuell zu bleiben, was die *SunSeeker* und ihren Ritt auf Plasma und Magnetfeldern betraf. Hinzu kamen die Vorbereitungen auf den Jet-Flug. Und die Reaktionen der gestressten, besorgten Crew.

Beth war ein besonders schwerer Fall. Sie hatte Monate auf der Schalenwelt verbracht und es geschafft, an Bord zurückzukehren – eine große Leistung, die zweifellos Anerkennung verdiente. Sie genoss einen guten Ruf bei den anderen

Besatzungsmitgliedern und hatte ihnen zahlreiche Geschichten über die sonderbaren Begebenheiten in der gewaltigen künstlichen Welt erzählt. Ihre Erlebnisse waren beeindruckend. Sie hatte aus der Gefangenschaft der Vogel-Leute fliehen können und mit ihrer Gruppe weite Strecken durch die unterschiedlichen Regionen der Schalenwelt zurückgelegt. Mit einem fremden Transportmittel war es ihr schließlich gelungen, zur *SunSeeker* zu fliegen. Redwing hatte sie befördert, gleich um zwei Stufen in den Rängen eines wissenschaftlichen Offiziers. Wenn sie nach Glory kamen – *und wir werden unser Ziel erreichen, verdammt!* –, würde Beth die erste Landegruppe leiten.

Doch etwas in ihrem Gesicht wies darauf hin, dass sich neue Schwierigkeiten anbahnten.

»Die Lage ist ernst, Sir«, sagte sie. Mit dem letzten Wort betonte sie den offiziellen Status des Gesprächs.

»Ja. Wir haben nicht genug Vorräte für den Flug nach Glory. Bei der Sichtung der Schalenwelt war die Sache ziemlich knapp, und jetzt ist die logistische Situation praktisch hoffnungslos. Wir haben Zeit verloren und während dieser Zeit dringend benötigte Nahrungsmittel verbraucht.«

»Ich meine etwas anderes«, sagte Beth. »Mit einer feindseligen Aktion könnte sich alles grundlegend verändern.«

Er nickte. *Man zeige sich immer aufgeschlossen.* »Wir müssen zeigen, wozu wir fähig sind. Andernfalls warten die Vogel-Leute einfach ab.«

»Aber ihr Jet ist das Schlüsselelement der Schalenwelt. Ihn zu manipulieren bedeutet tödliche Gefahr für alle Bewohner.«

»Ja. Natürlich wollen wir niemand umbringen. Wir zeigen nur, was wir tun *könnten*.«

Beth lächelte schief. »Ein Nadelstich?«

»Mehr nicht.«

»Wir haben es mit fremden Wesen zu tun, Captain. Ihre Zivilisation ist uralt. Mit dem Jet-Manöver gehen wir ein großes Risiko ein.«

»Das stimmt.« Redwing lehnte sich zurück und faltete die Hände auf dem Schreibtisch. »Aber manche Risiken lassen sich nicht vermeiden.«

»Wir wissen nicht einmal genau, wie der verdammte Jet funktioniert. Wie die Vogel-Leute ihn kontrollieren. Wie stabil oder instabil er ist.«

»Funktioniert Wissenschaft nicht auf diese Weise?« Redwing lächelte. »Man führe ein Experiment durch, wenn man etwas nicht versteht.«

Beth schüttelte den Kopf. »Wir verstehen auch nicht, was es mit der Botschaft von Glory wirklich auf sich hat. Und die Denkweise der Vogel-Leute ist uns ebenfalls ein Rätsel. Ich bin ... besorgt.«

»Das bin ich ebenfalls.« *Was könnte ich übersehen haben?*

»Jede Entscheidung hat ihre Risiken. Vielleicht lautet die eigentliche Frage: Möchten wir mit einer oder mit zwei Kugeln russisches Roulette spielen?«

Beth seufzte und stand auf. Sie war ein bisschen wacklig auf den Beinen, stellte Redwing fest. Er fragte sich, ob sie wirklich für den Dienst als Reservepilotin geeignet war. Instinktiv stand er ebenfalls auf und umarmte sie, wobei auch er seufzte.

Karl zeigte Redwing die letzten Außenaufnahmen der *SunSeeker*, aufgenommen von den automatischen Kameras, die durchs ganze Schiff geflogen waren. »Sie ist jetzt jahrhundertealt, hält aber immer noch gut zusammen«, sagte Karl nicht ohne Stolz. Er war ein wenig steif und förmlich, konnte seine Gefühle jedoch nicht ganz verbergen.

Das schmale Hecksegment der *SunSeeker* verbarg sich hinter dem Torus des Habitatbereichs. Die Shuttle-Anker am zentralen Ausleger boten gelbe und orangerote Andockpunkte nicht nur für Raumfähren, sondern auch für Wartungsmaschinen. Mikrometeoriten hatten Kratzer und kleine Krater in der Außenhülle hinterlassen, und filigrane schwarze Streifen an den Flanken stammten von Strahlung. Die ganze Struktur des Schiffes entsprach den Erfordernissen des interstellaren Flugs. Doch inzwischen manövrierte die *SunSeeker* seit Monaten über einer künstlichen Welt und hatte Mühe, genug Plasma für ihre Reaktoren zu finden. Manchmal schüttelte sich das Schiff, als wäre es ein lebendes Wesen, das einen Krampf erlitt, und bei solchen Gelegenheiten drohte den Bordsystemen die automatische Notabschaltung. Das Fusionsfeuer im Bauch der *SunSeeker* brannte mal heftig und mal schwach, und wenn es ganz ausging, mussten Karl und die anderen Besatzungsmitglieder schnell eine Möglichkeit finden, es wieder zu entfachen. Manchmal erinnerte sie an ein prächtiges Hochseeschiff, das an einem Kai lag und langsam vergammelte.

Redwing nickte. »Gut. Kommen die magnetischen Systeme mit dem Jet klar?«

»Wir haben die Systeme modifiziert, und es scheint alles zu funktionieren«, sagte Ayaan Ali und seufzte müde. »Ich habe mir die Aufzeichnungen von Beths Flug den Jet hinauf und auch die von den Artilekten gesammelten Daten angesehen. Wir sollten die Turbulenzen aushalten können.«

»Und wenn nicht?«, fragte Redwing.

»Je mehr Plasma wir in unsere Kollektoren bekommen, desto besser«, sagte Karl. »Wir steuern die dichten Kämme im spiralförmigen Magnetfeld an.«

Ayaan Ali schürzte die vollen Lippen und blinzelte. Redwing erinnerte sich daran, dass dies bei ihr auf Ärger hinwies. »Die Magnetfeldstärke im Jet ist ziemlich hoch. Zusammen mit dem schnell wechselnden Plasmadruck kann das unsere Kollektoren in große Bedrängnis bringen. Was uns erwartet, geht zwei Größenordnungen über ihr Optimum hinaus.«

Redwing sah sich selbst als eine Art Schiedsrichter und Vermittler, wenn die Crew bei technischen Dingen verschiedene Ansichten vertrat. Aber er wusste auch, dass letztendlich er entscheiden musste, wer recht hatte. »Wie schlimm kann es werden, wenn wir unsere Kollektorstabilität verlieren?«

»Dann schlingern wir«, erwiderte Ayaan Ali.

»Und wir können die Stabilität zurückgewinnen«, sagte Karl ruhig.

Sie verfügten über einen sehr zuverlässigen leptonischen Antrieb, »Bear Down« genannt, die erste Version, die ein Substrat aus Dunkler Energie als energetischen Stabilisator verwendete. Redwing gab nicht vor, den komplexen Mechanismus zu verstehen. Ihm ging es nicht um die elementaren Dinge der Funktionsweise, sondern um die Wirksamkeit. Karl wies auf zahllose Details hin, aber zum Schluss lief es darauf hinaus, dass sie irgendwie mit der besonderen Situation zurechtkommen mussten, und die wurde maßgeblich von einem Antrieb bestimmt, für den sie über der Schalenwelt nicht genug Treibstoff fanden.

Ayaan Ali demonstrierte die Geometrie auf dem größten Schirm der Brücke. Die *SunSeeker* musste unter dem Rand der Schale bleiben, um nicht ins Schussfeld der großen Gammastrahlenkanonen zu geraten. Ihr Experiment mit dem Satelliten, der über den Rand geflogen und vernichtet worden war, wies darauf hin, dass es die Vogel-Leute ernst meinten und sie nicht entkommen lassen wollten. Sie konnten in den Raumgebieten unterhalb des Rands navigieren, über den oberen Luftzonen der Schalenwelt. Die künstliche Welt erstreckte sich über Hunderte Millionen Kilometer und zog das Schiff ständig mit ihrer Gravitation an. Der Schub mit dem wenigen zur Verfügung stehenden Plasma glich diese Anziehungskraft aus. Und in der Mitte über der Schalenwelt leuchtete und loderte der Jet.

Ayaan Alis dreidimensionale Darstellungen zeigten detailliert die Atmosphärengebiete unter ihnen. Sie waren gestaffelt, denn andernfalls hätte sich die Luft in den Bereichen mit höherer Schwerkraft gesammelt. Wände und Barrieren trennten einzelne Regionen von anderen und beschränkten die Luftzirkulationen auf Höhenwinde. Andererseits konnten die atmosphärischen Gase ungehindert durch die ringförmigen Luftzonen strömen, über Bereiche groß wie ein ganzes Sonnensystem, und Wettermuster schaffen, die auf einem Planeten unmöglich waren. Doch es blieb der Luft verwehrt, den »Boden« der Schale zu erreichen, die Region mit dem »Astloch«.

»Die Unterteilungen sind ein echtes Wunder«, sagte Ayaan Ali. »Sie bestehen aus einem geschichteten Material, das eine gewisse Flexibilität aufweist. Doch sie sind jeweils Hunderte von Kilometern lang!«

Redwing nickte und dachte erneut: *Was könnte ich übersehen? Diese Welt wurde von Ingenieuren konzipiert, die wie Götter dachten. Sie müssen über Methoden verfügt haben, die wir nicht sehen, die wir uns vielleicht nicht einmal vorstellen können.*

Doch die Verwalter der Schalenwelt, die Vogel-Leute, hatten Beths Gruppe entkommen lassen. Erst aus ihrem Niedrigschwerkraft-Gefängnis, dann aus der Schalenwelt selbst. *Beth ist intelligent und einfallsreich, eine gute Anführerin, aber trotzdem: Die Vogel-Leute scheinen nicht viel schlauer zu sein als wir.*

Ayaan Ali deutete auf die ungefähr kegelförmige Sektion, in der die *SunSeeker* manövrieren konnte. »Wir fliegen hier und können durch den Jet flitzen, wenn wir wollen. Bisher haben wir ihn immer nur umflogen.«

Karl zeigte auf seine Simulation, die den Jet präsentierte, breit dort, wo er beim Stern entstand, und schmaler werdend, als er sich dem Astloch näherte. Die Darstellungen reagierten auf Karls Finger und vergrößerten den Bereich, auf den er wies. Deutlich war zu sehen, dass der Jet hinter der Öffnung in der Schalenwelt wieder breiter wurde. Dort entstand der »Wind«, durch den die *SunSeeker* ein Jahrhundert lang geflogen war und der ihre Geschwindigkeit verringert hatte. Diesem Wind aus geladenen Teilchen verdankten sie ihre Probleme, denn er hatte sie Zeit und wertvolle Vorräte gekostet. Auf den Ausläufern des Jets zu reiten, auf den fransigen Plasmastreifen, die sich von ihm lösten und kaum genug Treibstoff für die Reaktoren lieferten, war eine echte Herausforderung und eine schwere Belastung für Ayaan Ali. Beths Rückkehr machte es etwas leichter für sie. Gemeinsam würden sie sich dem neuen Problem stellen, das die derzeitige Situation in ihr Gegenteil verwandelte: Es würde nicht zu wenig Plasma geben, sondern zu viel, wenn sie die *SunSeeker* in den Jet brachten, in einen Sturm aus ionisierten Partikeln und Magnetfeldern.

»Ich habe berechnet, wie weit wir uns dem oberen Rand unseres Manövrierbereichs nähern können, ohne dass Gefahr von den Gammakanonen droht. Diese Stelle hier ist das Maximum. Dort drehen wir und fliegen nach ›unten‹, durchs Astloch, und unterwegs schwingen wir von einer Seite zur anderen, mit vollem Schub in den spiralförmigen Magnetfeldern des Jets.«

Eine rote Linie in der Simulation kennzeichnete den vorgesehenen Kurs der *SunSeeker*. Ihre Spirale wurde breiter, als sie sich dem Astloch näherte, wo sich die Magnetfeldlinien – blaue Wirbel im gelben und orangefarbenen Plasma – wölbten. »Hier wird es deutlich. Wir lassen den Jet zittern, indem wir eine Störung im Plasmastrom erzeugen.«

Redwing glaubte, verstanden zu haben, stellte sich aber dumm. »Wie kommt es dazu?«

»Du hast dir bestimmt die Unterlagen über die grundlegende Plasmainstabilität angesehen, Captain. Sie gehörten zum allgemeinen Info-Material.«

Das richtige Wort erzielte große Wirkung, aber manchmal war ein Schweigen an der richtigen Stelle noch wirkungsvoller. Redwing wartete einige Sekunden. »Du wirst eine klare technische Frage immer direkt beantworten, Karl, ohne anzunehmen, dass ich bereits Bescheid weiß. Geh davon aus, dass ich keine Ahnung habe.«

»Ja, Captain. ’tschuldigung. Ich wollte sagen ...« Er zögerte und suchte vielleicht nach einem passenden Vergleich.

Redwing kam ihm zuvor. »Wie ein Feuerwehrschlauch?«

»Genau! Wie Wasser, das schnell durch einen Schlauch fließt. Wenn er ein bisschen wackelt, sorgt die Zentrifugalkraft für noch mehr Bewegung – der Schlauch windet sich hin und her.«

»Wird der Jet die Seite des Astlochs treffen?«, fragte Redwing.

Karl zögerte und nickte dann. »Ich denke, er wird ihn streifen.«

Redwing nickte ebenfalls.

»Ich habe gute Nachrichten«, warf Ayaan Ali ein. »Wir haben eine kurze Mitteilung von Cliffs Gruppe bekommen, von Aybe.«

Redwings Miene erhellte sich. »Wo sind sie? Was ...?«

»Hier. Sie sind am Rand der Spiegelzone gewesen, haben der Außenhülle einen Besuch abgestattet und dort Eis gefunden. Anschließend mussten sie fort und erreichten einen Ort mit sprechenden Steinen, oder etwas in der Art.«

Redwing beugte sich vor. »Und was haben die sprechenden Steine gesagt?«

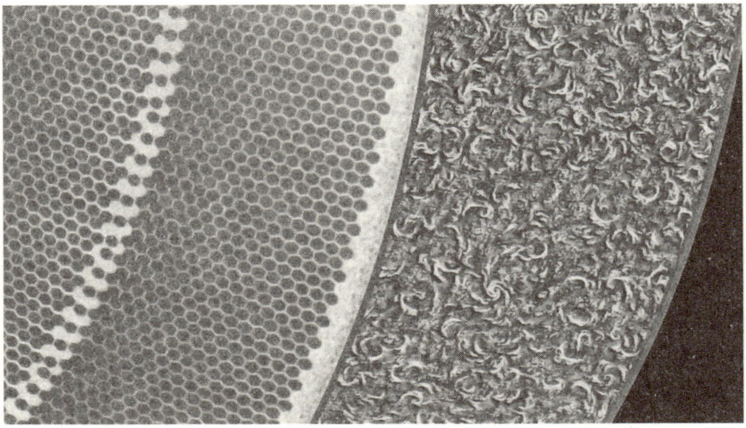

Ayaan Ali zuckte die Schultern. »Die Verbindung wurde unterbrochen. Seht ihr dort unten? Sie befanden sich auf dem Land zwischen den sechseckigen Spiegeln. Die Eisregionen befinden sich auf der anderen Seite, auf der dem Vakuum ausgesetzten Außenhülle. Später gelangten Cliffs Gruppe und die Sil zum Trockenland zwischen den Spiegeln und diesem großen Ozean.«

Redwing betrachtete das Bild. Selbst als Ayaan Ali auf maximale Vergrößerung ging, war kaum mehr zu erkennen als einige Städte und Straßen. Erneut fiel ihm auf, wie viel von der Schalenwelt aus endlosen Wäldern, Meeren und Bergen bestand. Es gab nur wenige große Städte und jede Menge Platz für Wildtiere. Warum? *Es ist sehr schwer, ein so riesiges Gebilde wie die Schalenwelt einzuschätzen. Auch auf der Erde gab es zahlreiche Lebensräume, die dem Menschen vor einigen Tausend Jahren Gelegenheit boten, sich eine Mahlzeit zu besorgen.*

»Das dort sind ... Wirbelstürme über dem Meer?«, fragte Karl.

»Danach sieht's aus.« Ayaan Ali zeigte auf einige. »Auch die großen Winde haben viel mehr Platz, sich richtig auszutoben. Es sind gewaltige Stürme. Zyklone so groß wie Planeten.«

Redwing stand auf, um die Besprechung zu beenden. »Wir erreichen den Jet in einigen Tagen, nicht wahr? Macht weiter mit den Simulationen und Übungen. Und ruht euch auch ein wenig aus«, fügte er an Ayaan Ali gerichtet hinzu.

Jetzt, da die Entscheidung gefallen war, brauchte Redwing etwas Zeit für sich. Das beständige Brummen der *SunSeeker* ließ einen nie vergessen, dass man in einer großen Metallröhre steckte, nur wenige Meter von den anderen entfernt.

Und die Entfernung zu Millionen Grad heißem Fusionsreaktorfeuer einerseits und der Kälte des Alls andererseits war kaum größer. Redwings Weg führte ihn durch die Biozonen, wo er die frische Luft mit dem von Pflanzen erzeugten Sauerstoff tief einatmete und den fröhlich arbeitenden Fingerschlangen aus dem Weg ging. Es waren lustige Gesellen, aber nach Lachen war dem Captain derzeit nicht zumute.

Haftschuhe erleichterten es ihm, durch die fernen Bereiche des Schiffes zu wandern, abseits des Torus, der mit Zentrifugalkraft Gravitation simulierte. Sie waren wie Klebstoff an den Füßen, bestimmt für die Haftflächen an den Wänden. Die Nullschwerkraft-Pflanzen bildeten ein grünes Durcheinander, in dem nicht nur Bohnen und Erbsen wuchsen, sondern auch Möhren in Baseball-Form und Bananen, die die Gestalt von Toroiden gewannen. Darunter erstreckte sich ein Tunnel der Fingerschlangen. Von den Schlangen selbst war nichts zu sehen.

Redwing kam durch die Hibernationsmodule, in denen die Kolonisten im Kälteschlaf lagen. Seine Schritte klackten auf den Aluminiumplatten der Korridore, die an den grauen Schläferkapseln vorbeiführten. Er hatte sich dagegen entschieden, weitere Personen aufzuwecken, um aus ihnen eine große Landegruppe für die Schalenwelt zu bilden. Einerseits wollte er nicht riskieren, dass erneut Besatzungsmitglieder seines Schiffes in die Gefangenschaft der Vogel-Leute gerieten, und andererseits wäre es während der Vorbereitungszeit viel zu eng an Bord geworden. Schon die derzeitige Crew – zehn Menschen und drei Fingerschlangen – stellte eine erhebliche Belastung für die Ressourcen dar; jeder konnte zum Beispiel nur zweimal die Woche duschen.

Da sie sich jetzt anschickten, gewissermaßen in den Kampf zu ziehen, musste Redwing daran denken, wie sehr sich die ursprüngliche Mission der *SunSeeker* verändert hatte. Dieses Schiff war nicht für den Krieg gebaut, und seine Crew war auch nicht für so etwas ausgebildet. Die seit Jahrhunderten schlafenden Männer und Frauen sollten einen Planeten besiedeln; niemand von ihnen rechnete damit, nach dem Erwachen als Soldat agieren zu müssen. Sie hatten ihr Leben einer Maschine anvertraut, in der es genügte, ein Schott ohne ausreichende Sicherheitsmaßnahmen zu öffnen, um den sofortigen Tod zu finden.

Redwing machte kehrte. *Du denkst nicht nach, sondern grübelst nur und machst dir Sorgen.* Er beschloss, doch ein wenig Zeit bei den Fingerschlangen zu verbringen, um auf andere Gedanken zu kommen.

Würzige Gartenluft wehte ihm entgegen. Er blickte sich um, sah Miniaturschafe, grunzende Schweine und gackernde Hühner … und keine Fingerschlangen. Ihr Tunnel war so groß, dass er hineinschauen konnte, aber stattdessen wandte er sich den Schirmen zu. Wenn die Geschöpfe im Tunnel waren, würde er sie trotzdem finden.

Wie sich herausstellte, waren die Schirme eingeschaltet und zeigten, was die Fingerschlangen bis vor kurzer Zeit betrachtet hatten: eine urbane Landschaft auf der Schalenwelt. Redwing sah genauer hin und glaubte, eine Sil-Stadt zu erkennen, die nach dem Angriff der Vogel-Leute wiederaufgebaut worden war. Sie wirkte recht seltsam. Straßen und Gebäude schienen Zeichen zu bilden, wie Hieroglyphen oder schnörkelige arabische Schrift.

Redwing zuckte zusammen, als ein flacher Kopf gegen seinen Ellenbogen stieß. »Dies sie versteckt haben«, sagte ... Shtirk? »Nicht mehr verstecken. Große Schande.«

»Warte mal. Das sind Schriftzeichen? So groß?«

»Kann man sehen Schrift von allen Regionen der Schale«, sagte Shtirk. Eine Sie, erinnerte sich Redwing. »Dies sagt, dass Vogel-Leute zerstört haben ihre eigene Welt. Fehler in Navigation ihre eigene Blutlinie vernichtete. Dies war enthalten in Nachricht ... in Nachricht von Sternen. Captain, ja, bitte, wie Sterne Nachrichten schicken?«

Redwing fragte sich kurz, wie viel er preisgeben sollte. Aber er wollte wissen, was Shtirk wusste. »Weißt du, was ein Stern ist? Wie die Sonne dort, aber viel weiter entfernt. Sterne haben Welten, nicht wie die Schale, sondern Kugeln, die sich drehen. Von einer solchen Kugel, die wir Glory nennen, kam eine Nachricht. Wir empfangen noch immer Signale von dort.«

»Die Sil ebenfalls Nachricht empfangen und verstehen«, sagte Shtirk. »Sie gebaut haben dies, um zu zeigen allen Wahrheit. Auch uns. Thisther zur Brücke gehen, um zu sagen euch. Wahr ist. Vogel-Leute eigene Welt zerstört.«

Redwing lachte. »Und sie halten sich für die Herren der Schöpfung. Ich gebe den anderen Bescheid, Shtirk. Dann sehen wir uns die Nachricht von Glory gemeinsam an.«

Fred Ojama und eine große Fingerschlange arbeiteten an den Kontrollschirmen, als Redwing eintraf. Thisthers Kopf und die Fingernägel an seinem langen Schwanz befanden sich in unmittelbarer Nähe der Kontrollen und betätigten sie. Fred sagte: »Ja, ja, ja ...«

»Fred?«

»Captain ...« Er drehte sich nicht um. »Sieh dir die Darstellung der Sterne an. Erkennst du den blauen Punkt? Das ist die Schalenwelt. Auch die Sterne bewegen sich. Ich habe mir dies schon zweimal angesehen. Die Schalenwelt verließ das Sonnensystem zur Zeit des Jura und besuchte einige nahe Sterne; damals war sie noch nicht so schnell wie heute. Zwischen der Kreidezeit und dem Tertiär kehrte sie zurück. Dabei scheint sie mit ihrer Masse die Umlaufbahnen einiger Kometen oder Asteroiden gestört zu haben, und das war's.«

»Das war was?«

»Es passt alles zusammen. Die Rückkehr der Schalenwelt führte zu dem Impakt, der die Dinosaurier auslöschte.«

»Große Schande«, sagte Thisther. »Haben dies lange geheim gehalten, lange wie Lebenszeiten von Welten.«

»Mein Gott«, murmelte Redwing.

»Aber jetzt nicht mehr«, fügte Thisther hinzu. »Alle davon erfahren. Die Vogel-Leute ihre eigene genetische Linie getötet haben. Sil es allen erzählen.«

32

Tananareve kam zu dem Schluss, dass sie besser auf das große, schwerfällige Ungetüm namens Memor eingehen sollte. Sie stellte sich Memor inzwischen als eine Art intelligenten Elefanten vor, ausgestattet mit einem ähnlich schwerfälligen Sinn für Humor. »Ja, das war gut gesprochen«, sagte sie.

»Es freut mich, dass du die Nuancen unseres Wesens herausgefunden hast«, sagte Memor.

Sarkasmus scheint hier unbekannt zu sein, von Ironie ganz zu schweigen, dachte Tananareve. So wie sich Memor schüttelte ... Sie schien ihre Worte für amüsant zu halten.

»Mich beeindruckt vor allem, wie erstaunlich dies alles ist«, sagte Tananareve und setzte damit den eingeschlagenen Weg fort. Memor und Bemor waren groß und seltsam, aber es gefiel ihnen, wenn sie die Rolle der staunenden Primatin spielte. Bei Asenath lag der Fall anders. Sie schenkte Tananareve die meiste Zeit über keine Beachtung, warf ihr nur gelegentlich einen finsteren Blick zu. Außerdem blies sie ihr des Öfteren ihren stinkenden Atem ins Gesicht.

Sie standen inmitten einer Menge aus Hunderten von gedrungenen humanoiden Geschöpfen, die demütige Kreise um die Vogel-Leute bildeten. Tananareve beobachtete die ersten menschenähnlichen Bewohner der Schalenwelt, die sie zu Gesicht bekam, und versuchte zu verstehen, was hier geschah.

Jenseits der Menge ragte eine Art Turm auf, mit einem runden Etwas darin, das sie inzwischen als Auge oder Kamera erkannt hatte.

Asenath sprach mit lauter, donnernder Stimme zu den Humanoiden. Tananareve erinnerte sich daran, dass sie zusammengezuckt war, als sie diese Stimme das erste Mal gehört hatte. Konzentriertes Zuhören hatte es ihr ermöglicht, etwas von der Sprache der Vogel-Leute zu lernen, doch Asenaths lange Worte und Sätze klangen mehr wie ein Singsang.

»Ist dies ein Ritual?«, wandte sich Tananareve an Memor.

»Sehr aufmerksam von dir. Sie versichert den Kahalla, dass die entkommenen Menschen und Sil bald gefasst werden. Die Kahalla haben trotz ihres Versagens keine Nachteile zu befürchten.«

»Was ist mit ihren ... Kindern?«

»Nichts Wichtiges. Die Kahalla verlieren viele Eier an den Appetit der räuberischen Wesen. Sie bitten uns, jene Geschöpfe von ihnen fernzuhalten.«

»Werdet ihr ihnen helfen?«

»Wir mischen uns nicht in natürliche Abläufe ein. Die Natur kümmert sich um sich selbst.«

»Früher hast du mir gesagt, dass ihr Vogel-Leute euch um die Natur kümmert.«

Memors Federn zeigten bernsteinfarbene und blaue Töne, was auf Erheiterung hinzudeuten schien. »Ja, das stimmt. Natürlich mit gewissem Abstand. Vor langer Zeit schuf das Volk ein dynamisches Gleichgewicht, eine Räuber-Beute-Oszillation, die nicht zu weit geht.«

»Diese Kahalla ... Es besteht also nicht die Gefahr, dass sie aussterben?«

»Nein, sie sind intelligent und wachsam genug, um mit den räuberischen Geschöpfen fertigzuwerden, die es auf ihre Eier abgesehen haben. Sowohl Räuber als auch Beute bewegen sich auf einem niedrigen geistigen Niveau und können sich an Veränderungen bei der anderen Spezies anpassen, wie sie über lange Zeiträume hinweg geschehen. Auf diese Weise bleibt die Evolution beschränkt. Die Populationen wachsen nicht so sehr, dass sie zu einer zu großen Belastung für die Ressourcen werden. In diesem Gebiet gibt es mehrere solche miteinander verflochtene ökologische Syteme im Gleichgewicht.«

Tananareve dachte darüber nach, während weiterhin Asenaths donnernde Stimme erklang.

Dann kamen neue Geräusche, manche von ihnen schrill, andere dumpf.

»Ah, sie haben den Erinnerungsstein geweckt«, sagte Memor.

Asenath legte eine kurze Pause ein, fuhr dann fort und schien noch lauter zu sprechen, um die neuen Geräusche zu übertönen. Tananareve stellte fest, dass die seltsam schrillen und dumpfen Töne vom Turm mit dem Auge kamen. »Was ist das?«

»Eine Art Bewusstsein, in Fels gefangen. Es stammt von einer heißen Welt, und wir sind seine Betreuer. Beziehungsweise die Kahalla.«

»Ein … Steingeist?«

»Es gibt mehrere davon in der Himmelsschale. Sie sind langsam, erkennen aber große Zusammenhänge und weisen uns auf langfristige Trends hin, die unseren schnellen Augen entgehen könnten. Wir sind individuelle organische Intelligenzen, und dies ist eine anorganische. Die Kahalla bilden eine

Art hybrides Bewusstsein, das sich um den Steingeist kümmert. Sie lassen sich nicht mit den großen kollektiven Intelligenzen vergleichen, aber … Genug damit. Wir sind lange genug an diesem Ort der langsamen Gedanken gewesen. Unser Transportmittel nähert sich.«

Erst jetzt bemerkte Tananareve eine Wand aus schuppigem Fleisch, die sich hinter dem sprechenden Turm vom Himmel herabsenkte. Silbrige, flossenartige Fächer ragten aus der braunen Haut und bewegten sich, als das Geschöpf – und das war es, ein Lebewesen – sanft aufsetzte. Es streckte dünne Tentakel aus, tastete mit ihnen über den Boden. Kahalla griffen danach und banden sie an Felsen fest. Im Vergleich mit dem großen Geschöpf, das vom Himmel gekommen war, wirkten sie winzig wie Ameisen.

Asenath beendete ihre Ansprache, und die Kahalla verbeugten sich tief. Sie knieten nieder und stimmten etwas an, das nach einem gemeinsamen Stöhnen klang. Asenath verbeugte sich ebenfalls, pfiff laut und sträubte ihr Gefieder zum Abschied. Memor hob Tananareve hoch und stapfte mit ihr zu dem gelandeten Himmelswesen, wobei es sich vermutlich um das angekündigte Transportmittel handelte.

Inzwischen wusste Tananareve, wie sehr Memor das offene Land liebt, auch die »ruhigen Reisen, die unsere lebenden Fluggeräte ermöglichen«. Sie traten durch eine Öffnung, die wie ein Mund wirkte. Eine große Zunge entrollte sich, und Memor schritt über sie wie über eine Laufplanke, mit der Primatin auf der Schulter. Für Tananareve fühlte es sich fast so an, als würde sie bei lebendigem Leib verspeist werden. In lautem Anglisch sagte Memor: »Der Schleim dieses großen Lebewesens ist genetisch verändert worden, damit er angenehm riecht. Sein Geruch ist ein Luxus, der den Geist beruhigt, eine notwendige Hilfe bei Reisen durch die Luft. Wir bleiben selbst dann ruhig, wenn uns Chaos erfasst.«

Tananareve schnupperte und nahm etwas wahr, das nach Blumen roch und nach Öl. Sie hörte, wie Bemor seufzte. »Wir müssen uns beeilen«, sagte er und richtete einige Befehle an die kleinen Geschöpfe, die herbeigeeilt waren, um sie zu begrüßen.

Sie befanden sich in einer feuchten Höhle. Der »Himmelsfisch«, wie Memor ihn nannte, war wie eine Kaverne aus nassen Membranen, erhellt von phosphoreszierenden Wirbeln hinter durchsichtigem Gewebe. Sie erinnerten Tananareve an beleuchtete Kunstobjekte auf der Erde.

Ein tiefes Brummen erklang, gefolgt von einem *Wusch*, das sich wie ein Seufzer anhörte. Die Gravitation schien kurz zuzunehmen, und Tananareve begriff, dass sie abhoben. Rötliche Wandmembranen zitterten. Warme Luft strich an ihnen vorbei, als sie einen großen, schalenförmigen Bereich betraten. Sonnenschein fiel durch Membranen so klar, dass Tananareve sie zunächst für Öffnungen hielt. Doch die duftende Luft wehte erst in die eine und dann in die andere Richtung, und sie begriff, dass es der Atem des Wesens war. Der Turm, der ihr draußen so groß erschienen war, schrumpfte mit zunehmender Entfernung, und als sich der Himmelsfisch drehte, geriet die weite Ebene in Sicht. In der Ferne türmten sich blaue Wolken auf. Tananareve sah den langen Bogen der Schalenwelt, wie er sich zum Himmel hinaufwölbte, und einmal mehr dachte sie daran, dass ihr Blick über astronomische Distanzen hinwegging. Das Blau von Meeren und Ozeanen dominierte die grünen und braunen Töne von Landmassen, und hinzu kam das Silbergrau der Spiegelzonen. Tananareve bemerkte mehrere Vögel mit langen Schnäbeln und Kämmen auf dem kantigen Kopf.

Memor trat dem Kapitän des Himmelsfisches entgegen. Die Vorstellung eines Kapitäns erschien Tananareve seltsam, bis sie sich ihn als jemanden vorstellte, der ein Tier ritt, so wie sie auf der Erde Pferde geritten hatte. Memor sprach schnell – so schnell, dass Tananareve nichts verstehen konnte –, und Bemor warf das eine oder andere laute Wort ein.

Der Kapitän hörte eine Zeit lang zu; Sorge zeigte sich in seinen großen, wässrigen Augen. Er wies eine gewisse Ähnlichkeit mit den Vogel-Leuten auf: groß und vier Beine, ernst und langsam, der breite Mund lippenlos und lachsfarben. Die von Adern durchzogenen Nüstern waren rosarot, und unter ihnen zeigten sich Hautlappen. Die großen schwarzen Augen des Wesens blinzelten im hellen Sonnenschein, der durch die klaren Membranen fiel. Ein Kamm aus blauen und gelben Federn schmückte den Kopf des Kapitäns und erinnerte Tananareve ein wenig an einen Hahnenkamm.

Der Kommandant des Himmelsfisches führte sie über Aussichtsbalkone und durch Wohnzonen des großen fliegenden Wesens. Ein schmaler, zischender Wasserstoffbogen erwärmte den Essbereich und warf blaues Licht auf durchsichtige Möbel. Arbeiter mit vier, sechs und sogar acht Beinen servierten dort Vogel-Leuten Mahlzeiten, die zum größten Teil aus lebender Nahrung bestanden. Als Tananareve dazu aufgefordert wurde, brach sie die Schale eines Meerestiers und saugte das weiche weiße Fleisch heraus. Der nächste Gang bestand aus einem zappelnden Insekt in cremiger Soße. Memor wies darauf hin, dass es eine Kunst war, das Insekt beim Kochen am Leben zu erhalten, wodurch das Protein zusätzlichen Geschmack gewann, doch Tananareve verlor das Interesse an den kulinarischen Vorlieben der Vogel-Leute. Sie versuchte, die dicken Beine des Insekts mit den Händen abzubrechen, und als ihr das nicht gelang, probierte sie einen Augenstiel, der sich zwar als knusprig erwies, ihr jedoch ein wenig zu scharf war. Ein grüner Pudding stellte sich als ein Schleimhaufen heraus, der in ihrem Mund zu wachsen versuchte und keinen nennenswerten Geschmack hatte.

Aber natürlich konnte Tananareve nicht auf Nahrung verzichten, und deshalb nahm sie, was sie bekommen konnte. Die Vogel-Leute aßen Fleisch und Gemüse, das sie zum größten Teil abscheulich fand, doch manchmal musste sie ihren Abscheu überwinden. Sie saß in der warmen Brise des duftenden inneren Himmelsfischatems – befanden sie sich hier vielleicht in der Luftröhre? – und hörte zu, als Memor mit anderen Vogel-Leuten sprach, über Politik und irgendwelche dringenden Angelegenheiten. Das entnahm Tananareve den wenigen Worten, die sie verstand. Schließlich wandte sich Memor ihr zu – der »kleinen Eindringling-Primatin«, wie sie sie ihren Artgenossen gegenüber genannt hatte – und sagte: »Bestimmt bewunderst du unser Fluggerät. Die Vorgänger dieser Geschöpfe haben wir vor langer, langer Zeit aus der oberen Atmosphäre eines Gasriesen geholt. Jene Geschöpfe fühlten sich in unserer dichten Atmosphäre sofort zu Hause, ließen sich in den feuchten Winden treiben, vermehrten sich und entnahmen dem Regen ihr Lebenselixier: Wasserstoff.«

»Ich bezweifle, dass die Primatin Ihren Ausführungen folgen kann«, sagte Asenath und näherte sich.

Tananareve wich vor der großen Weisheitsprinzipalin zurück und roch förmlich ihre Bosheit. »Trotzdem, sie könnte uns von Nutzen sein bei der Gefangennahme der flüchtigen Primaten, die wir bald erreichen.«

Asenath brachte sie alle zu einem breiten Fenster an der Seite des Himmelsfisches. Lange Flossenflügel ragten hinten aus dem Leib des großen fliegenden Wesens, blähten sich wie Segel auf und sorgten für Vortrieb. Tananareve fühlte einen Ruck und hörte ein dumpfes Pochen. Im Boden unter ihren Füßen und in den Wänden schien sich etwas zu bewegen. Memor sprach von »Trimmung« während des Fluges mithilfe von Gewichtsverlagerung.

»Unser bewundernswerter Himmelsfisch kann sich um seinen Massenmittelpunkt drehen und auf diese Weise navigieren«, sagte Asenath.

Tananareve beobachtete, wie sich die Flossenflügel streckten, bis sie mindestens hundert Meter lang waren. Langsam neigte sich der Himmelsfisch zur Seite; sie verglich ihn mit einem Segelschiff, das im Wind kreuzte. Unten erstreckte sich üppiger grüner Wald.

»Wir sind genau auf Kurs«, sagte Asenath. »Bald erreichen wir die fliehenden Eindringlinge.«

Tananareve beobachtete, wie sich an den schimmernden Wänden mehr Feuchtigkeit bildete. Memor hatte in diesem Zusammenhang von »Tautropfen der Aufregung« gesprochen; Ursache schien die Muskelarbeit des Himmelsfisches zu sein. Große Tropfen bildeten sich und glänzten im Licht der Wasserstofffackeln und phosphoreszierenden gelben Streifen in der hohen Decke. Einer dieser Tropfen, größer als Tananareves Kopf, fiel direkt vor ihr auf den

Boden und zerplatzte. Ein scharfer Geruch stieg ihr in die Nase.

Bemor bewegte einige Federn und sagte: »Die neuen Signale von Glory sind auf eine andere Art und Weise codiert. Wir haben Probleme mit der Entschlüsselung, abgesehen von einigen Bildern.«

»Die Primatin sollte besser nichts davon erfahren«, erwiderte Memor in der Sprache der Vogel-Leute. »Zeig mir die Bilder.«

Tananareve spürte, wie ihr Herz schneller schlug, achtete jedoch darauf, dass ihr Gesicht unbewegt blieb, und blickte nach draußen. Ein großer Vogel flog weiter unten und beäugte den Himmelsfisch. Langsam trat sie vor, zu einer Stelle, von der aus sie, leicht nach vorn gebeugt, im transparenten Fenster Bemors Projektion sehen konnte. Es handelte sich um eine Folge von Bildern. Ein Mann in weißer Kutte wurde von einem fremden Wesen angegriffen, von einem Geschöpf mit rötlicher Haut und drei Armen. Es stürzte sich auf den Mann, warf ihn zu Boden und trampelte mit großen Füßen auf ihm herum. Das fremde Geschöpf trug eng sitzende blaue Kleidung, unter der sich Muskeln wölbten. Sein Kopf ähnelte einer Pyramide, mit vorstehenden, deutlich sichtbaren Knochen unter rötlicher Haut. Zwei große schwarze Augen starrten den Mann an, der nun aufstand, mit einem sanften Lächeln im Gesicht. Langes blondes Haar fiel ihm auf die Schultern. Er streckte dem Angreifer ein Objekt entgegen, ein hölzernes Kreuz. Tananareve begriff plötzlich, dass der Mann Jesus war. Das fremde Wesen sprang erneut auf ihn, trat ein weiteres Mal mit den Füßen und schlug mit zwei Fäusten zu. Der dritte Arm war knochig, und seine Hand wies lange, spitze Fingernägel auf. Diese Hand traf den Kopf des Mannes und zerfetzte ihn. Blut spritzte, und Jesus brach zusammen, blieb still liegen. Die schwarzen Augen des fremden Wesens blickten aus den projizierten Bildern, und seine pulsierenden Lippen veränderten sich, schienen so etwas wie ein triumphierendes Lächeln zu formen.

Die Darstellungen blieben nicht ohne Wirkung auf Tananareve. Zorn stieg in ihr auf, aber sie ließ nicht zu, dass er sich in ihrem Gesicht zeigte. Sie blieb still stehen und sah dem Vogel hinterher, wie er mit vier Flügeln schlug und verschwand.

»Ah«, sagte Memor, »diese neuen Bilder haben eine gewisse Ähnlichkeit mit den anderen. Aber sieh nur – wir nähern uns dem Silberfisch. Jetzt können wir die Flucht der anderen Primaten beenden.«

Tananareve blickte nach unten und bemerkte ein röhrenförmiges silbernes Objekt. Flossen wurden an den Seiten sichtbar, als es vom Wald aufstieg. Ihr wurde klar: Den Vogel-Leuten war es gelungen, Cliffs Gruppe zu finden, und jetzt schickten sie sich an, ihn und seine Begleiter gefangen zu nehmen.

ELFTER TEIL

ZWEI-SCHNEIDIGES SCHWERT OHNE GRIFF

»Nicht weil es schwierig ist, wagen wir es nicht, sondern weil wir es nicht wagen, ist es schwierig.«

SENECA

33

»Was ist das?« Irma streckte den Arm aus.

Zwischen watteartigen Wolken über dem Wald am Horizont bewegte sich etwas, das wie ein Luftschiff aussah. Und es näherte sich.

»Was ist das?«, wiederholte Cliff und richtete die Frage an Quert, der das Gesicht verzog.

»Flucht«, sagte er. »Gefunden.«

»Wie bitte?«

»Die Vogel-Leute wissen, wo sind wir. Weg verfolgt haben.«

»Dazu sind sie imstande?«, fragte Terry.

»Es ergibt durchaus einen Sinn«, sagte Irma. »Vermutlich sind im Grundgerüst der Schalenwelt überall Sensoren installiert. Wir kennen das von smarten Gebäuden. Das Problem besteht darin, eine so gewaltige Datenflut auszuwerten.«

Querts Augen signalisierten Zustimmung. Die anderen Sil nahmen Anweisungen von ihm entgegen und überließen es Quert, für sie zu sprechen. Cliff hatte mehrmals darüber nachgedacht, aber gezögert, es zur Sprache zu bringen. Er wollte nicht das Arrangement gefährden, das es seiner Gruppe ermöglichte, der Gefangenschaft durch die Vogel-Leute zu entgehen.

Nach dem Ende der Verfolgung durch die Arachnos hatten die müden Menschen und Sil den Weg zunächst fortgesetzt und einen Fluss überquert, von dem Quert meinte, dass er ein unüberwindliches Hindernis für die Spinnenwesen darstellte. Cliff spürte, wie die Spannung von ihm abfiel und der Adrenalinspiegel in seinem Blut sank, was er nicht zum ersten Mal erlebte. Er fragte sich, wie Sil mit Krisen fertigwurden. Kam es in ihnen zu einem ähnlichen Wechselspiel der Hormone?

Etwas kaltes Essen und Wasser aus einer Quelle sorgten dafür, dass sie sich besser fühlten. Cliff stellte fest, dass sein Kommunikator nur noch wenig freien Speicherplatz aufwies. Er hatte Bilder von allen besuchten Orten der Schalenwelt angefertigt und sie in ruhigen Momenten immer wieder betrachtet. Eines gefiel ihm besonders gut, vor einer ganzen Weile aufgenommen, an einem klaren Tag, der einen weiten Blick durch die künstliche Welt gestattet hatte. Viel zu oft geschah es, dass Wolkenberge in der hohen Atmosphäre den Blick auf weit entfernte Bereiche der Schalenwelt verwehrten. Im Vordergrund zeigten sich einige seiner Begleiter, wie sie in der Nähe einiger Zickzack-Bäume dahinstapften.

»Du fertigst noch immer Aufzeichnungen an?«, fragte Irma. »Der Speicher meines Geräts ist schon seit einer ganzen Weile voll.«

Cliff zuckte die Schultern. »Ich bin entweder faul oder einfach nur wählerisch. Während der ersten Woche habe ich Bilder von jeder Blume gemacht, von jedem Baum und jedem Tier. Aber später ... Es ist schwer, Wissenschaftler zu bleiben, wenn man dauernd auf der Flucht ist.«

»Faul bist du bestimmt nicht.« Irma warf einen Blick auf den Schirm. »Du hast sogar Notizen zu jedem Bild gemacht.«

»Während der Pausen, so wie jetzt.«

Aber diese Pause war nur von kurzer Dauer.

Quert wandte sich an die Menschen. »Wir nicht gehen nach unten. Besser nicht.«

»Du meinst die Tunnel?«, fragte Aybe. »Die Züge? Könnten uns die Vogel-Leute dort erwischen?«

Quert bewegte die Augen. »Bald. Ja. Besser nicht in die Tunnel.«

»Mir haben die schnellen Tunnel gefallen«, sagte Aybe.

»Volk sie jetzt kontrolliert.«

»Was machen wir?«, fragte Terry.

»Dort sehen.« Quert streckte den Arm aus. Das kleine silbrige Objekt hing in der Ferne über dem Wald. Es bewegte sich langsam, und der Sonnenschein rief auf seiner Haut gelbe und blaue Reflexe hervor. »Silberfisch.« Die anderen Sil wurden unruhig, schwiegen aber wie üblich.

»Damit sollen wir entkommen?«, fragte Irma skeptisch.

»Bester Weg«, sagte Quert, als sie wieder losmarschierten. »Am Himmel verstecken.«

Cliff dachte über die gesellschaftlichen Konventionen und die Psychologie der Sil nach. Ihnen allen drohte tödliche Gefahr, doch die Sil wirkten die meiste Zeit über unbekümmert. Quert war ihr absoluter Herrscher. Aber gleichzeitig sah er sich bei Aybe, Terry und Irma immer wieder mit Zweifeln und Fragen konfrontiert, was vielleicht seine Führungsrolle bei den Sil infrage stellte.

Der Silberfisch näherte sich ihnen, und als sie den nächsten Wald erreichten, bemerkte Cliff, dass sich die Bewegungen des Objekts durch eine sonderbare Eleganz auszeichneten, deren Grund er nicht erkennen konnte. Ranken streckten sich nach oben, einige von ihnen der Sonne entgegen, an-

dere dem Jet – das Ergebnis von Spezialisierung. Ein süßlicher, fast widerwärtiger Geruch erfüllte den Wald, dessen Blätterdach so dicht war, dass die Besatzung des Silberfischs sie nicht sehen konnte. Tiere huschten über den Weg, den Sil und Menschen nahmen, doch die meisten von ihnen blieben im Dickicht verborgen. Cliff hatte inzwischen ein Gespür für das Leben um ihn herum entwickelt. Manche Geschöpfe waren wahre Meister des Versteckens; sie verbargen sich in den Bäumen oder in kleinen Bodengruben wie Falltürspinnen. Andere vertrauten auf schnelle Flucht und flatterten mit Stummelflügeln davon, so schnell, dass ein Verfolger aufgab.

Aybe und Irma gingen neben Cliff, und Sil übernahmen sowohl die Spitze als auch das Ende der Gruppe. Irgendwie gelang es den Katzenwesen, immer ordentlich und adrett zu bleiben, wohingegen die Menschen heruntergekommen wirkten in ihren zerschlissenen Cargohosen mit den vielen Taschen. Die Sil hatten sie geflickt, während einer der kurzen Ruheperioden nach dem Kampf gegen den Himmelsfisch – das alles schien inzwischen lange zurückzuliegen. Eigentlich bestand die Kleidung der Menschen aus kaum mehr als Lumpen. Die Sil trugen Einteiler in verschiedenen Brauntönen, die nie abgenutzt wirkten. Man konnte sie reinigen, indem man sie in Wasser tauchte und anschließend mit den Solarmodulen der Rucksäcke verband. Offenbar bewirkte Elektrizität eine Veränderung im Gewebe der Einteiler, wodurch Schmutz abgestoßen wurde und sich beschädigte Fäden selbst reparierten. Die Menschen staunten darüber.

Cliff entspannte sich für einen Moment und genoss die einzige Gewissheit, die er hier fühlte: Leben. Vogelartige Wesen, die über ihnen flogen und zwitscherten. Ein Grunzen und Brummen aus dem Dickicht um sie herum. Auf dem Boden kein Gras, sondern eine Art schwammiges Moos, aus dem hier und dort Blumen ragten. Zickzack-Bäume mit silbrigen Früchten, auf ihren Ästen Geschöpfe mit kupferfarbenen Flügeln, die nach den Menschen schnappten, wenn sie ihnen zu nahe kamen; die Sil griffen sie nicht an, weil sie deren Armpfeile kannten. Cliff machte mehrmals von seinem Laser Gebrauch, als die Wesen ihn attackierten; die anderen lernten schnell und ergriffen die Flucht.

Es gelang ihnen, ein wenig zu schlafen. Cliff erwachte mehrmals und schlug nach Käfern, die ihm in die Kleidung krabbelten. Terry behielt Bäume und Büsche im Auge. Die Begegnung mit den Arachnos und der Angriff der Vogelwesen hatten sie alle nervös gemacht. Überall gab es lianenartige Ranken, und schnatternde kleine Geschöpfe kletterten und schwangen an ihnen hin und her. Manchmal warfen sie Früchte, als wollten sie die Fremden im Wald auf diese Weise vertreiben. Cliff beobachtete, wie sich eine Ranke von ganz allein bewegte. »Eine Schlange«, sagte er. »An das Leben in den Bäumen angepasst. Tarnt sich als eine Art Liane.«

Quert hörte es und nickte. »Wir nennen Himmelspiraten.«

Irma lachte. »Warum?«

»Intelligent. In gewisser Weise.«

»Wirklich? Was stellen sie mit ihrer Intelligenz an?«

»Nahrung aufbewahren für schlechte Zeiten.«

Irma sah zu der muskulösen, glänzenden Schlange hoch, die zehn Meter über ihnen hing und mindestens ebenso lang zu sein schien. Sie krümmte sich und kroch auf den Ast eines großen, spindeldürren Baums. Weiter oben befanden sich graue Kokons zwischen kahlen Zweigen. »Ist das dort ihre Nahrung?«

Quert machte eine zustimmende Bewegung mit den Augen. »Man nennen kann ...« Er zögerte und suchte nach dem richtigen Anglisch-Ausdruck. »... Mumien. Kluge Schlangen viele anlegen, viel aufbewahren. Manchmal wir verwenden Mumien als Dünger.«

Aybe sah ihn groß an. Als sie weitergingen, fragte er: »Mumien für ... Da komme ich nicht ganz mit.«

»Eine geschlossene Ökologie.« Irma zuckte die Schultern. »Alles muss in Bewegung bleiben.«

»Wie auch auf der Erde«, sagte Aybe. »Zumindest bis wir mit der Industrialisierung begannen. Später verlegten wir das Schmelzen von Metall und die Produktion ins All, wo wir Abfälle dem Sonnenwind übergeben konnten. Daraufhin haben wir den Planeten ein bisschen aufgeräumt.«

»Aber hier ist die Bodenökologie höchstens einige Dutzend Meter tief«, sagte Cliff. »Es gibt hier keine Plattentektonik, keine Möglichkeit, frische Elemente von unten heranzuführen, sie mithilfe von Vulkanen an die Oberfläche zu bringen.«

»Also werden entsprechende Maßnahmen ergriffen«, sagte Irma. »Und man spart Ressourcen. Weil etwas für eine Weile knapp werden können. Oder für immer.«

Cliff nickte. Irmas Schlussfolgerungen passten durchaus ins Bild. Sie versuchten noch immer, die großen und kleinen Zusammenhänge der Schalenwelt zu verstehen. Vielleicht standen Verhandlungen bevor, und wenn es dazu kam, wollte Redwing so viel wie möglich über die andere Seite wissen.

Für Cliff war die Schalenwelt noch immer ein großes Rätsel. Er war immer ein Problemlöser gewesen, jemand, der auf das Unbekannte reagierte, indem er es in einzelne Teile zerlegte, die man verstehen konnte. Anschließend nahm er sich diese einzelnen Teile vor und löste jedes kleine Rätsel, darauf vertrauend, dass die Summe der Mikrolösungen auch das große Rätsel löste. Irma dachte ähnlich, und das war ein Grund, warum er sie mochte. Bei dieser endlosen Reise durch eine künstliche Welt hatten sie gelernt, sich aufeinander zu verlassen. Jeder Tag war nervenaufreibend und faszinierend zugleich. Auf der Erde hatten sie sich in den Kälteschlaf begeben, um in ferner Zukunft einen Planeten zu erreichen, von dem sie kaum etwas wussten. Jetzt befanden sie sich nicht auf einem Planeten, sondern auf einer Welt, die noch viel, viel größer war und von der sie noch weniger wussten. Jeder Tag brachte neue Aufregung, an einem Ort, der überhaupt keine Tage kannte.

Sie hatten nun ein klares Ziel, was sowohl Sil als auch Menschen neue Entschlossenheit gab. Als sie die Kuppe eines niedrigen Hügels erreichten, war der Silberfisch ein ganzes Stück näher.

»Er landet dort«, sagte Quert und zeigte zum nächsten Hügel.

Das große Geschöpf, das wie ein Luftschiff aussah, manövrierte in einem Regenschleier. Cliff erinnerte sich an den Himmelsfisch, der die Sil-Stadt zerstört hatte, beobachtete die Blasen an der Außenhülle und fragte sich, ob sie Waffen enthielten.

»Virga«, sagte Aybe. »So nennt man Regen in Form vertikal oder schräg herabhängender Schleppen unter Wolken. Seht ihr? Er fällt aus Ansammlungen von Altocumulus-Wolken, und kein Tropfen erreicht den Boden.«

»Silberfisch trinkt«, sagte Quert. »Wir uns beeilen.«

Sie erreichten das große Geschöpf durch ein Dickicht aus lianenbehangenen Zickzack-Bäumen. Der Silberfisch landete auf einer Lichtung unweit einiger aus Keramikplatten errichteter Gebäude. Quert ging schneller. Cliff beobachtete, wie die Haut des Wesens schimmerte, als es die durchsichtigen Flossenflügel bewegte. Bedienstete versammelten sich, als der Silberfisch aufsetzte. Quert brachte sie von der Seite her näher, durch das Labyrinth aus Zickzack-Bäumen und Lianen, und Cliff beobachtete, dass die »Bodencrew« aus Kahalla in cremefarbener Kleidung bestand. Einige Passagiere verließen das lebende Luftschiff, ohne dass Cliff erkennen konnte, um wen es sich handelte – sie verschwanden in den braunen Gebäuden.

Die Sil wurden nicht langsamer und waren die Ersten, die die Zickzack-Bäume hinter sich ließen und über die Lichtung eilten. Die Menschen folgten ihnen, als sie zum Bug des Silberfischs liefen, wo zwei große Augen auf sie herabstarrten.

Mehrere Sil lösten sich von der Gruppe und gingen zwischen dem Silberfisch und den Gebäuden in Position. Cliff kam zwischen den Bäumen hervor und beobachtete, wie einige Kahalla aus der Bodencrew zurückkehrten. Sie liefen in Richtung des Silberfischs, und die Sil versperrten ihnen den Weg. Ein Kahalla zog eine Waffe, woraufhin ein Sil den Arm krümmte. Sofort ging der Kahalla zu Boden, und die anderen wichen zurück. Die Sil rückten vor.

»Sie bleiben«, sagte Quert. »Silberfisch klein. Nicht uns alle tragen.«

»Verstehe.«

Das Maul des Silberfischs war noch immer geöffnet. Quert duckte sich und lief direkt hinein, was Cliff nicht unbedingt für eine gute Idee hielt. Er wurde langsamer, als er sich dem rubinroten Rand des Munds näherte und sah, dass der Boden dort aus hartem Knorpelgewebe bestand, lindgrün und von Furchen durchzogen. Er trat durch die große Öffnung und hörte ein Knirschen unter seinen Füßen. Ein moschusartiger Geruch wehte ihm entgegen. Er schob sich durch eine schmale Öffnung auf der linken Seite und folgte dem Verlauf eines Ganges, in dessen fleischigen Wänden bernsteinfarbene Streifen glühten. Nicht nur Licht kam von ihnen, sondern auch Wärme, und schließlich erreichte Cliff einen großen Raum mit einem Fenster in der Außenhaut des Silberfisches. Irma, Aybe und Terry hatten den Raum vor ihm erreicht, aber erstaunlicherweise waren keine Sil zugegen. Als Cliff das große Zimmer durchquerte, schwankte der Boden unter ihm – der Silberfisch hob ab und schwebte über die Zickzack-Bäume hinweg. Er drehte sich, schien das Licht der Sonne einzufangen und wurde schneller. Alle suchten Halt an den Wänden, um nicht das Gleichgewicht zu verlieren. Ein Blick aus dem Fenster zeigte Cliff mehrere Kahalla, die versuchten, einige Leinen zu ergreifen, die das lebende Luftschiff zuvor am Boden vertäut hatten. Sie bekamen die Stricke nicht mehr zu fassen, woraufhin sie zurückwichen und einer von ihnen eine Waffe hob. Damit zielte er auf den Silberfisch, ließ die Waffe dann jedoch sinken und schüttelte verärgert die Arme.

»Die Sil haben dieses Ding gestohlen«, sagte Irma.

Sie alle lachten anerkennend und auch erleichtert, und wenige Sekunden später kam Quert herein. Er erklärte ihnen, dass die Sil die Flugrouten des Silberfischs kannten und sich beeilt hatten, um rechtzeitig zur Stelle zu sein und ihn beim Wechsel der Mannschaft zu übernehmen.

»Gutes Timing«, sagte Terry, und Quert stimmte ihm mit einer Augenbewegung zu.

Cliff ließ unerwähnt, dass die Sil es nicht für nötig gehalten hatten, die Menschen in ihren Plan einzuweihen. Über Dinge wie Strategie und Taktik sprach Quert nicht gern. Inzwischen wussten die Menschen, dass die Sil nicht annähernd so redselig waren wie sie selbst. Worauf Quert manchmal mit gutmütigem Spott hinwies.

»Jetzt verstecken wir uns also am Himmel, wie du gesagt hast«, meinte Aybe. »Vor wem oder was?«

»Vogel-Leute uns verfolgen. Bei Eisgeistern gesehen. Kahalla sie informiert haben.«

Sie stiegen über der weiten Ebene auf. Die Luftfeuchtigkeit nahm immer mehr zu, und das lebende Luftschiff glitt durch dichter werdenden Dunst. Cliff blickte aus dem Fenster und sah, dass sich weiter vorn, über dem Gipfel eines Berges, ein prächtiger Regenbogen bildete. Er erkannte fünf verschiedene Farben, das Rot war besonders kräftig. Langsam löste sich der Dunst auf und mit ihm der Regenbogen, dessen Schönheit Cliff zutiefst beeindruckt hatte.

In den Wänden des Silberfischs knackte es immer wieder. »Was ist das?«, fragte Irma. Sie stiegen schneller empor. Draußen schlugen die Flossenflügel in aufeinander abgestimmtem Rhythmus, und sie hörten ein Pochen in den Wänden. »Etwa der Herzschlag?«

Aybe sah nach draußen. »Vielleicht bläht sich der Körper auf. Ich nehme an, er hat Wasserstoff aus dem Regenwasser gewonnen und damit seine Flugkammern gefüllt.«

Cliff legte den Kopf ans seltsam warme Fenster und bemerkte weiter vorn in der Haut des Silberfischs eine transparente Ausbuchtung, die eine noch bessere Aussicht versprach. Doch die vordere Wand des großen Raums wies keine Öffnung auf, durch die man die Ausbuchtung erreichen konnte. Cliff tastete mit den Händen über die Wand, bis er eine Falte im weichen Fleisch fand. Er zog daran, und begleitet von einem saugenden Geräusch bildete sich ein Spalt. Offenbar handelte es sich um eine Druckdichtung. Er zog den Spalt noch etwas weiter auf und entdeckte einen schmalen Gang, erhellt von blauem phosphoreszierendem Licht. Er trat hinein, und einige Schritte brachten ihn zu der durchsichtigen Ausbuchtung. Von dort aus konnte er weiter an der Flanke des lebenden Luftschiffs entlangsehen und beobachten, wie sich die Flügelflossen bewegten.

Ein majestätischer Anblick bot sich ihm dar. Die hohe Atmosphäre der Schalenwelt wurde nur langsam dünner, was bedeutete, dass ein Geschöpf wie der Silberfisch weit aufsteigen konnte, bevor nachlassender Druck dafür sorgte, dass es sich aufblähte. Cliff schaute mehrere Kilometer weit in die Tiefe, auf Wolken, die über niedrige Berge hinwegzogen, über jene Berge, die sie zuvor, als sie noch auf dem Boden unterwegs gewesen waren, in weiter Ferne gesehen hatten. Das Licht der Sonne und des Sterns tanzte auf tiefen Wolken. Bis auf das dumpfe Pochen in den Wänden herrschte Stille. Ohne die rhythmischen Bewegungen der Flügelflossen hätte man meinen können, dass der Silberfisch auf der Stelle schwebte. Nur die großen Vögel, die Cliff und seine Gefährten gelegentlich hoch am Himmel gesehen hatten, bekamen einen solchen Blick auf die Schalenwelt.

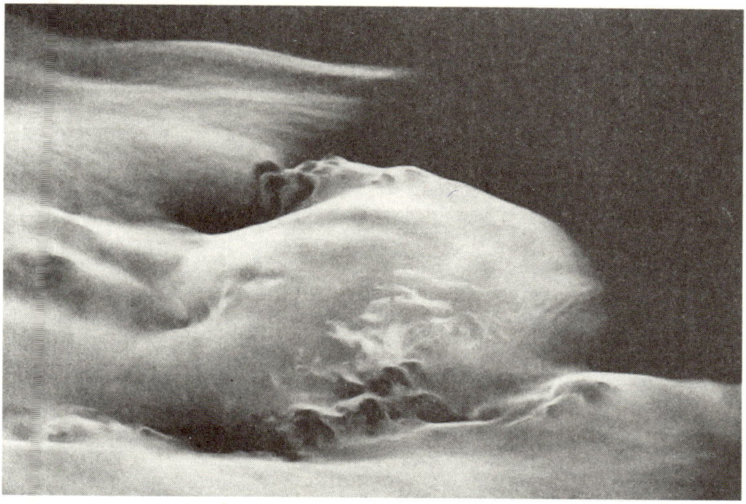

Er drehte sich mit der Absicht um, zu den anderen zurückzukehren, und dabei bemerkte an der Seite eine weitere Druckdichtung.

Wenige Sekunden später kam Irma in die Ausbuchtung. »Was ist los?«

»Wir sind Passagiere und können nur warten«, erwiderte Cliff. »Lass uns die Zeit nutzen, mehr herauszufinden.«

Irma verzog den Mund. »Ich könnte etwas Ruhe gebrauchen.«

»Je mehr wir erfahren, desto besser.«

Irma lehnte sich an die warme Wand und sah nach draußen. »Vielleicht hast du recht. Aber ich leide derzeit an einer Überdosis Fremdartigkeit. Mit jedem Tag gibt es mehr zu verdauen. Und unsere Flucht scheint endlos zu dauern.«

Cliff lächelte. »Wir befinden uns im Körper eines großen Lebewesens. Hoffen wir, dass es nicht uns verdaut.«

Irma zuckte die Schultern. »Diese Gänge sind klaustrophobisch eng. Aybe und Terry wollen in dem großen Raum bleiben; Quert hat ihnen gerade etwas zu essen gebracht, und sie schlingen es herunter. Schmeckt wie eine Mischung aus gebratenem Hähnchen und Milchshake. Mit bitteren harten Stücken drin. Überaus lecker«, fügte sie hinzu und schnitt eine Grimasse.

Sie folgten dem Verlauf des engen Tunnels durch den stromlinienförmigen Körper des Silberfischs. Dann und wann gab es transparente Ausbuchtungen in der Seite, gesäumt von sehnigem braunem Muskelfleisch, das die Flügelflossen bewegte. Cliff schnupperte – die feuchte Luft hatte einen salzigen Geschmack wie von Schweiß.

»Fischartige, torpedoförmige Predatoren«, sagte Irma, als sie aus einer Ausbuchtung nach draußen blickten und einen Schwarm langer, röhrenförmiger Vögel weiter unten beobachteten. Plötzlich scherten sie aus und schnappten nach etwas, das vom Silberfisch kam. »Sie ernähren sich von *Ausscheidungen?*«, fragte Irma.

»Der Kot der einen Spezies ist Nahrung für die andere«, sagte Cliff.

Hinter der langen Wölbung des Silberfisches kamen im Verband segelnde Geschöpfe hervor, die nicht wie Vögel aussahen, sondern eher wie Rochen. Sie flogen in einer V-Formation und hatten glatte, dunkelgraue Haut. Während sie langsam dahinglitten, blieben ihre großen Augen auf die röhrenförmigen Vögel gerichtet. Ihre Körperform, fand Cliff, wurde den Erfordernissen des Segelns in dichter Luft perfekt gerecht. Breite Schwingen sorgten für genug Auftrieb, und der lange, in einem Stachel endende Schwanz diente als Ruder.

Cliff zeigte darauf. »Ihr Tötungsinstrument.« Zwei Augen wölbten sich zu beiden Seiten des keilförmigen Kopfes, über dem langen, schlitzförmigen Mund. Ein zweites Paar Augen, gelb wie Schwefel, saß dichter beisammen und war nach vorn gerichtet. Die Vögel waren noch immer damit beschäftigt, nach den Ausscheidungen des Silberfisches zu schnappen, und schienen die Rochen gar nicht zu bemerken. Bis die Neuankömmlinge plötzlich auf sie hinabstießen. Durch das Fenster hörten Cliff und Irma lautes Krächzen und Kreischen.

Es war ein seltsamer Anblick, und schon nach wenigen Sekunden war alles vorbei. Die Rochen segelten unter den Silberfisch, wohin sich die Überlebenden des Vogelschwarms zurückgezogen hatten. Irma legte Cliff den Arm um die Taille, und er spürte tiefe Zufriedenheit. In dieser überaus fremdartigen Umgebung waren es manchmal die kleinen Dinge, die eine große Rolle spielten. Eine Weile standen sie stumm nebeneinander, bis ein warmer Luftstrom ihre Aufmerksamkeit auf einen nach innen führenden Tunnel richtete. Neugierig traten sie hinein und hörten schmatzende Geräusche, die von weiter vorn kamen. Der Weg führte an einer pulsierenden Wand vorbei, und kurz darauf erreichten sie eine transparente Innenschicht, hinter der sich dunkle Knochen zeigten. Ein leises Brummen kam aus der durchsichtigen Membran, und sie beobachteten graue Flüssigkeit, die überall durch massiges Fleisch strömte.

»Dies ist offenbar das innere Knochengerüst«, sagte Cliff. Die Knochen waren in Bewegung, steckten in grünen Scheiden, zogen sich wie Federn zusammen und dehnten sich dann wieder. Doch die Aufmerksamkeit der Menschen galt vor allem den beiden dürren Gestalten, die sich offenbar um diese lebende Maschinerie kümmerten. Sie waren etwa einen Meter groß und hatten sechs Gliedmaßen, mit denen sie verblüffend schnell umherkletterten und die mechanischen Stützen der Knochen justierten. Die Gliedmaßen ließen sich offenbar beliebig als Arme oder Beine einsetzen, abhängig davon, wo sie tätig wurden. Irma zeigte auf etwas, und Cliff sah es ebenfalls: Zwei lange Erweiterungen in der Form von Blütenblättern am Hinterleib bedeckten Geschlechtsorgane, die gelegentlich in Sicht gerieten. Die Geschöpfe wirkten wie rosarote Skelette; ihr Gehirn war anscheinend in einem Höcker zwischen den beiden Gliedmaßen am Ende des Rückgrats untergebracht. Drei Augen befanden sich an langen Stielen, die ein gleichseitiges Dreieck bildeten, mit dem breiten roten Schlitz des Munds in der Mitte.

»Sie sehen uns«, sagte Irma. »Aber sie schenken uns keine Beachtung.«

»Was eigentlich nicht so überraschend ist«, erwiderte Cliff. »Wahrscheinlich haben diese Wesen viele Passagiere gesehen, darunter seltsamere als uns.«

Sie gingen an einer transparenten Wand entlang und bemerkten zwei kräftig gebaute Geschöpfe, die so etwas wie Ausrüstungsgürtel trugen. Sie arbeiteten an einer offenen Zugangsklappe, durch die man Rohrleitungen erkennen konnte, in denen bernsteinfarbene Flüssigkeit strömte. Ihre kleinen Finger bewegten sich geschickt und verwendeten so winzige Werkzeuge, dass sich ihr Verwendungszweck nicht enträtseln ließ.

»Diese Wesen ähneln denen, die wir schon einmal gesehen haben«, sagte Irma. »Weißt du noch? Wir haben ...«

»Wir haben uns geliebt, und eines der Geschöpfe fiel auf uns.«

»Sie ignorieren uns ebenfalls. Wir scheinen hier nicht der Rede wert zu sein.«

»Gute Manieren bedeuten hier, nicht auf sonderbare Aliens zu achten.« Cliff lachte. »Setzt uns einen Dämpfer auf, nicht wahr?«

Als sie sich dem Heck näherten, beobachteten sie orangefarbene Blitze, die aus Röhren unter den transparenten Ausbuchtungen kamen. »Das sind vermutlich verbrennende Kohlenwasserstoffe«, sagte Cliff.

»Wir fliegen mit recht hoher Geschwindigkeit«, sagte Irma, als eine Erschütterung durch das lebende Luftschiff ging. Der Boden bewegte sich wie ein schwankendes Schiffsdeck. »Die … Düsen sorgen für größere Beschleunigung.«

»Quert hat gesagt, dass diese Silberfische auf eine Spezies ballonartiger Vögel zurückgehen«, entgegnete Cliff. »Bei der genetischen Veränderung hat man ihnen einen zusätzlichen Antrieb gegeben.«

»Wir sollten besser zurückkehren«, sagte Irma. Durch die Fenster sahen sie, dass der Silberfisch ziemlich schnell geworden war und durch einen Vorhang aus grünem Wasser flog, der so breit wie ein Kontinent zu sein schien. Tief unten erstreckte sich eine weite Ebene mit wogendem Gras. Inseln in der Form von Kaulquappen ragten aus diesem Grasland, das sich durch den starken Regen in ein flaches Meer verwandelt hatte. Das dicke Ende der »Kaulquappen« zeigte nach vorn, in die Strömung des Wassers, in dem große Holzbrocken und andere Dinge schwammen, sich in den Strudeln hinter den Hügeln ansammelten. Dadurch wuchs der

Kaulquappenschwanz in die Länge und formte schmale Inseln, auf denen Tiere zwischen bernsteinfarbenen und grünen Bäumen lebten. All dies schimmerte im Licht der Sonne und des wabernden Jets.

Als der Silberfisch tiefer ging und noch etwas schneller wurde, beobachteten Cliff und Irma große Schwärme aus fischartigen Wesen, die aus dem flachen Wasser sprangen, mehrere Meter durch die Luft flogen und dann wieder in den Fluten verschwanden.

»Wie Delphine«, sagte Irma.

»Die typische Form von Fischen.« Cliff deutete auf einen Schwarm. »Das müssen Tausende sein. Ein großartiges Beispiel für das Leben der Schalenwelt.«

»Wir haben immer geglaubt, dass Delphine nicht so intelligent sind wie wir, weil sie keine Autos oder Kühlschränke bauen«, sagte Irma. »Sie verbringen ihre Tage damit, in warmen Meeren zu schwimmen, Fische zu jagen und zu fressen, sich zu paaren und Spaß zu haben. Vermutlich halten sich die Delphine aus denselben Gründen für intelligenter als wir.«

Cliff lachte erneut. »Wenn man die zeitlichen Maßstäbe des Universums berücksichtigt ... Ich habe immer gedacht, dass eventuelle intelligente Wesen auf Glory viel älter und damit auch viel intelligenter sein müssen als wir.«

Irma nickte. »Weshalb sie sich gar nicht um uns scheren würden, selbst wenn sie uns bemerkten.«

»Ja. Aber was die Vogel-Leute betrifft ... Es ist uns ziemlich lange gelungen, ihnen zu entwischen. Und das in ihrer eigenen Welt.«

»Die Erbauer der Schalenwelt müssen sehr intelligent gewesen sein, aber vielleicht sind ihre Nachkommen verdummt.«

»Was bedeuten würde, dass sich sowohl die Skeptiker in Hinsicht auf kluge Aliens als auch die Optimisten geirrt haben.« Die Vorstellung gefiel Cliff.

Irma und Cliff waren so in den Anblick des zum Meer gewordenen Graslands vertieft, dass sie das große Etwas weiter oben erst bemerkten, als es das Licht der Sonne verdunkelte.

Die Wasserstoffdüsen des Himmelsfisches feuerten und brachten ihn näher an das Objekt heran. Seltsam kantige Vögel lösten sich von ihm. Sie waren schmal und hatten lange Schnäbel mit ...

»Sind das Zähne?«, fragte Irma.

»Sieht so aus. Und die Wesen scheinen nicht besonders freundlich zu sein.«

34

Seit Stunden war die Navigation nicht nur schwierig, sondern auch sehr gefährlich, und die ständige Anspannung blieb nicht ohne Wirkung auf die Crew.

Redwing hatte auf der Brücke Platz genommen, denn wenn er ständig auf und ab ging, was er eine Zeit lang getan hatte, machte er alle nervös. Deshalb saß er nun und bewegte nur die in Haftschuhen steckenden Füße, wenn es niemand sah. Nach zwei auf diese Weise verbrachten Tagen lagen die beiden Duschen, die ihm pro Woche zustanden, bereits hinter ihm.

Den Jet hatten sie vor einigen Tagen erreicht, was zuerst gar nicht zu erkennen gewesen war. Die Magnetfeldstärken hatten vor einem Tag zugenommen, und dann war auch die Plasmadichte gestiegen. Nur durch eine Verstärkung der gelben und grünen Spektrallinien konnte der Ionenstrom des Jets auf dem Hauptschirm sichtbar gemacht werden. Was sie dort sahen, war kein Plasma in dem Sinne – das Licht stammte von Ionen, die Elektronen einfingen, welche beim Wechsel des Energieniveaus Photonen freisetzten. Das Licht zeigte sich dort, wo Ionen einen kleinen Tod starben.

Derzeit steuerte Ayaan Ali das Schiff, und Clare Conway saß im Sessel des Kopiloten. Beth Marble hatte sich zurückgezogen, um ein wenig zu schlafen. Sie alle beobachteten das Spiel der gelben und grünen Linien auf dem großen Schirm. Die kleineren Anzeigeflächen gaben Auskunft über Plasmaströme und Feldstärken bei den Bussard-Kollektoren.

»Was ist mit der Kollektor-Impedanz?«, fragte Redwing.

»Auf drei Megaohm gesunken.« Ayaan Ali hatte verstanden. Es wäre Redwing ein Leichtes gewesen, den Wert von den Displays abzulesen. Aber ihm ging es darum, die Stille auf der Brücke zu vertreiben, die Spannung ein wenig zu lösen.

Ein Grollen ging durchs Schiff, gefolgt von einer Erschütterung. »Interessanter Ritt«, kommentierte Redwing.

Ayaan Ali lächelte und nickte, ohne den Blick von den Monitoren abzuwenden. Ihre Hände blieben die ganze Zeit bei den Navigationskontrollen. »Eine Druckwelle von zweiundvierzig Grad Steuerbord und siebzehn Grad Süden hat uns getroffen. Plasmadichte nimmt weiter zu.«

»Entspricht das dem von Karl entwickelten Modell?«

»Äh, in gewisser Weise.« Ayaan Ali wölbte skeptisch die Brauen.

In ihrer Körpersprache erkannte Redwing noch etwas mehr. Bei Besprechungen wahrten Ayaan Ali und Karl immer diskreten Abstand und verhielten sich ihm gegenüber recht förmlich, was Redwing vermuten ließ, dass sich zwischen ihnen etwas abspielte. Die Gefahr war groß, und die Anspannung wuchs immer mehr, brauchte ein Ventil. Er beschloss, später darauf zurückzukommen, wenn überhaupt. Es ging vor allem um die Mission; alles andere war zweitrangig. »Na schön. Man kann nicht erwarten, dass jetzt alles den Modellrechnungen entspricht. Zumindest ich erwarte es nicht.

Sehen wir uns die Heckkollektoren und die dortigen Plasmafelder an.« Aus irgendeinem Grund befürchtete Redwing immer, dass sich etwas von hinten an sie heranschleichen konnte, obwohl das sehr unwahrscheinlich war. Immerhin hielten die Artilekte ständig Ausschau.

Das Grollen ließ nach, wich einem seltsamen Knacken in den Strukturgerüsten der *SunSeeker*. Ein scharfer Geruch lag plötzlich in der Luft, als wäre etwas verbrannt – wahrscheinlich nur Überhitzung bei einem der vorderen Tanks. Der Navigationsschirm zeigte violett glühende Plasmaschlieren, die in den Kollektor schmetterten.

»Schon wieder diese Knoten«, sagte Ayaan Ali.

»Was zeigt das Langstreckenradar?«, fragte Redwing.

Die Darstellung wechselte und präsentierte das All in der Nähe des Jets. »Nichts in unserer Nähe, und auch nichts weiter draußen«, sagte Ayaan Ali. »Ich habe mich immer gefragt, wieso wir so wenige Raumschiffe gesehen haben. Man sollte meinen, dass Schiffe unterwegs sind, um das ganze System zu überwachen.«

Redwing nickte. »Hier gibt es weder Planeten noch Asteroiden oder Kometen, die eine Gefahr darstellen könnten. Nichts größer als ein Schulbus. Aber wir haben kleine Schiffe gesehen, erinnerst du dich? Sie kamen über den Schalenrand, flogen am oberen Rand der Atmosphäre und durch eine Öffnung in der Membran.«

»Aber es waren sehr, sehr wenige.« Clare zuckte die Schultern. »Und wir wissen um das prekäre gravitationelle Gleichgewicht der Schalenwelt. Wenn sie dem Stern zu nahe kommt, muss das energetische Niveau des Jets erhöht werden, damit er die stellare Masse wegdrückt und die Schale vom Sonnenwind abgebremst wird. Und der Vorgang wird umgekehrt, wenn die Entfernung zwischen Stern und Schale zu groß zu werden droht. Hinzu kommt die Rotation der Schale, bei der es ähnliche Instabilitäten gibt wie bei der Drehung eines Kreisels. Irgendwie gelingt es den Vogel-Leuten, das alles auch ohne den Einsatz von vielen Schiffen im Gleichgewicht zu halten.«

Karl kehrte von der Überprüfung einiger Induktionsspulen auf die Brücke zurück und hörte Ayaan Ali. »Die Stabilisierung erfolgt mithilfe von Magnetfeldern und des Plasmadrucks des Jets«, sagte er. »Nicht zu vergessen das reflektierte Sonnenlicht, das den Hotspot auf dem Stern regelt. Komplizierte Angelegenheit.«

»Ist die Belastung für die Induktionspulen groß?«, fragte Redwing.

»Ja, aber noch im Rahmen.« Karl nahm Platz, schnallte sich an und sah kurz zur Seite. Vielleicht staunte er darüber, dass auch Redwing saß, nachdem er sonst meist auf und ab gegangen war.

Sie hatten drei Tage gebraucht, um den Jet zu durchqueren, obwohl die Reaktoren mit voller Kapazität liefen und das Schiff auf eine Geschwindigkeit von fast zweihundert Sekundenkilometern beschleunigten. Das war viel mehr als beim Orbitalflug, aber noch ein ganzes Stück weniger als die Reisegeschwindigkeit der *SunSeeker*. Das Schiff drehte sich jetzt in der Spirale, die Karl berechnet hatte, flog in einem Bogen am Rand des Jets, die Kollektoren in einem spitzen Winkel der Sonne zugewandt und die ganze Zeit über voller Plasma. Gegen einen solchen Wind waren sie ganz zu Anfang durchs Astloch geflogen und hatten alles gut überstanden.

Aber jetzt wurde die Navigation immer schwieriger. Diesmal mussten sie unter dem Rand der Schale bleiben; andernfalls gerieten sie in den Schussbereich der Gammastrahlenkanonen.

»Woher wissen wir, dass dies der optimale Weg ist?«, wandte sich Redwing an Karl.

»Berechnungen ...«

»Ich meine, wenn man all das berücksichtigt, was wir in den letzten Tagen erfahren haben.«

»Es funktioniert.« Karl verzog den Mund zu einem schiefen Lächeln, und Redwing stellte fest, dass er sich einen Spitzbart wachsen ließ. »Wir drücken die Magnetfelder nach außen. Durch unseren zur Seite gerichteten Schub bewirken wir eine lokale Instabilität im Jet, was die Strömungsmuster des Plasmas verändert.«

»Wird es zu lateralen Bewegungen beim Astloch kommen?«

»Davon gehe ich aus«, erwiderte Karl zuversichtlich.

»Sehen wir nach hinten«, wandte sich Redwing an Ayaan Ali. »Bekommen wir diesmal einen besseren Blick?«

»Hoffentlich«, erwiderte die Pilotin. »Ich habe einige Antennen und Sensoren gedreht.«

Sie schaltete um, und Redwing beobachtete Plasmaknoten bei den Kollektoren in der Form von Tropenstürmen. »Die Knoten drängen uns ein ganzes Stück zur Seite.«

Erneut grollte es im Schiff, und dann schüttelte sich die *SunSeeker* so heftig, dass sich Redwing an den Armlehnen seines Sessels festhielt.

»Wir werden abgedrängt«, sagte er und versuchte, ruhig zu sprechen. Außerdem achtete er darauf, keine Navigationsanweisungen zu erteilen – er wollte nicht zu einem schlechten Beifahrer werden.

»Ich setze die Manövrierdüsen ein und gebe Plasma seitlich aus den Kollektoren frei. Das sollte unser Heck herumschwingen lassen.«

Ayaan Alis Finger flogen über die Kontrollen. Wieder grollte es, und das Schiff erbebte, bekam ein seitliches Bewegungsmoment. Redwing war froh, dass er saß; bei einer seiner unruhigen Wanderungen hätte er sich kaum mehr auf den Beinen halten können.

Die Pilotin versuchte, die Heckansicht auszurichten. Der Kern des Schiffes war nicht einfach nur eine Kapsel, die auf einem großen Treibstofftank mit dem Reaktor saß. Die Ionen für die Fusionskatalyse mussten mit dem vom Kollektor gesammelten Plasma verschmelzen und wurden dann in den Reaktor geleitet. Als Ausrichtungslinie diente dabei die Längsachse der *SunSeeker*, und dabei spielte es keine Rolle, wie die anderen Sektionen beschaffen waren. Der Tank mit den Wasserreserven schirmte die Biozone weiter vorn vom Fusionsreaktor und dem Plasma in den Magnetfeldern der Kollektoren ab.

Redwing kannte alle Ecken und Winkel des Schiffes, und wenn er Gelegenheit fand, durchstreifte er die einzelnen Sektionen, sah sich alles an. Überall herrschte Schwerelosigkeit, bis auf den rotierenden dicken Torus ganz vorn, den die Besatzung nur selten verließ. Er durchmaß hundertsechzehn Meter, sah aus wie ein schmutziger Biskuitkuchen und drehte sich langsam, um im Außenbereich die volle Schwerkraft der Erde zu simulieren. Die Wände waren zwei Meter dick und mit Wasser gefüllt, das die Strahlung abschirmte.

Das galt auch für die Bugwände, die wie ein Chinesenhut geformt waren, den spitzen Teil nach vorn gerichtet und voller Sensoren. Von innen konnte niemand direkt nach draußen sehen, denn es gab keine Fenster. Die Sensoren sammelten Daten und stellten sie visuell auf großen Bildschirmen dar, mit weitaus mehr Einzelheiten, als durch Fenster erkennbar gewesen wären.

Ayaan Ali richtete die vielen Kameras aus, doch beim Blick nach hinten war der Jet im Weg – er erstreckte sich wie ein Schleier vor den Ozeanen und Landschaften der Schalenwelt.

»Sehen wir am Jet entlang nach unten«, sagte Redwing.

Um beobachten zu können, was hinter dem Schiff geschah und wie es dort um die Plasmawolken stand, nutzten sie einen Aluminiumspiegel vierzig Meter neben dem Schiff. Den Einsatz eines Beobachtungsroboters wagten sie nicht, denn die Ionenströme am Rand der Kollektor-Magnetfelder hätte seine empfindliche Elektronik schon nach kurzer Zeit zerstören können.

Die Darstellungsfilter des Hauptschirms probierten es mit mehreren Spektrallinien in Bereichen mit hoher Plasmadichte. Sichtbar wurde eine blauweiße Plasmafahne, die tausend Kilometer weit durchs All reichte, bevor sie in einzelne Streifen zerfaserte. Plasma wogte hinter der *SunSeeker*. Ionen und Elektronen fanden sich und emittierten aktinisches Licht. Eine Art blauer Stift zeigte direkt nach achtern. Redwing war daran gewöhnt, ihn vor dem schwarzen Hintergrund des Alls zu sehen, aber jetzt zeigte sich überall die Schalenwelt. Die grauweißen Spiegelzonen, die das Licht des Sterns reflektierten, glitzerten hier und dort.

Das Astloch war ein dunkler Fleck unter den dünnen gelben und orangefarbenen Filigranen des Jets. Aus dem richtigen Blickwinkel betrachtet, dachte Redwing, sah der Jet aus wie ein gewaltiges Fragezeichen, mit Wickramsinghs Stern als hellem Punkt.

»Seht ihr die Wölbung auf der linken Seite?«, fragte Karl. »Das ist die Störung, die sich zum Rand des Astlochs hin ausdehnt.«

Ayaan Ali nickte. »Es ist wirklich erstaunlich, dass wir in der Lage sind, diesen gewaltigen Plasmastrom zu beeinflussen.«

»Der Trick besteht darin, dass wir den größten Teil der Arbeit von der Energie des Jets erledigen lassen.« Karl lächelte, wobei sein Mund eine dünne blasse Linie bildete. »Er windet sich wie ein Feuerwehrschlauch im Griff der Magnetfelder.«

Ayaan Ali runzelte die Stirn. »Wie nahe wird der Jet dem Rand des Astlochs kommen?«

»Nicht zu nahe, glaube ich.

»Das *glaubst* du?«

»Das geht aus meinen Berechnungen und Simulationen hervor.«

»Hoffentlich behalten sie recht«, sagte Ayaan Ali.

Sie setzten den Flug auf der berechneten Flugbahn fort, und das Schiff beklagte sich mit häufigem Knacken und Knirschen in der Außenhülle. Es folgte den Magnetfeldern, die eine langgezogene Spirale bildeten, und dadurch bekam es eine laterale Beschleunigung von etwa einem Zehntel g. Für Redwing, der seinen Platz aufgab und wieder auf der Brücke umherwanderte, bedeutete das, über einen leicht schrägen Boden laufen zu müssen.

Seine Aufmerksamkeit galt nicht nur den Bildschirmen und Anzeigen, sondern auch den Besatzungsmitgliedern. Auf der Erde waren sie so ausgewählt worden, dass sie gut zueinanderpassten und sich gegenseitig mit ihren individuellen Fähigkeiten ergänzten. Personen mit gewissen persönlichen Vorlieben waren damals gar nicht erst auf die Kandidatenliste gesetzt worden, wie zum Beispiel die »Mineralisten«, die es für verwerflich hielten, sich von Tieren oder Pflanzen zu ernähren. Sie aßen grässliche Mischungen aus Zucker, Amino- und Fettsäuren, Mineralien und Vitaminen, ausnahmslos gewonnen aus Stein, Luft und Wasser. Eine solche Ernährung kam bei der Besiedelung eines Planeten natürlich nicht infrage. Ähnliches galt für genetische Moden. Der *Homo evolutis* wurde für die Expedition ebenfalls nicht in Erwägung gezogen, weil er sich noch nicht bewährt hatte. Allerdings hüteten sich die Verantwortlichen davor, diesen Grund ganz offen zu nennen, um den Vorwurf von Rassismus zu vermeiden, der zur Zeit des Baus der *SunSeeker* als große Sünde galt. Redwing hatte solche Einstellungen und Denkweisen immer für abscheulich gehalten.

Doch so sorgfältig die Auswahl der Crew auch gewesen sein mochte, es gab letztendlich keine Garantie dafür, dass auch wirklich alles perfekt zusammenpasste. Kluge Leute hatten immer die eine oder andere Eigenheit auf Lager, wenn sie unter Druck gerieten. Wenn man eine Gruppe leitete, die aus solchen Menschen bestand, musste man immer auf Überraschungen gefasst sein.

Redwing warf gerade einen Blick auf Freds Statusanzeigen, als er einen Ruck entlang der Längsachse des Schiffes spürte. Ayaan Ali glich rasch einen Schlenker nach backbord aus. Das Brummen des Reaktors wurde lauter, und aus irgendeinem Grund fühlte sich Redwing davon an die tiefen Töne einer Kirchenorgel erinnert.

»Das Plasma hinter uns pulsiert«, sagte Ayaan Ali. »Dort steigt der Druck.«

»Seltsam.« Redwing sah auf die Schirme. »Das ergibt doch keinen Sinn.«

»Wir bekommen Gegendruck.« Wieder tanzten die Hände der Pilotin über die Kontrollen. Das Schiff schien zu kippen, was Redwing zum Anlass nahm, sich wieder in seinen Sessel zu setzen. Keinen Moment zu früh. Ein Ächzen ging durch die Wände, und heftige Erschütterungen erfassten die *SunSeeker*.

Hinter dem Schiff ging es ziemlich turbulent zu. Die Kameras zeigten das Geschehen aus zwei verschiedenen Blickwinkeln: leuchtendes Plasma, das den Eindruck erweckte, sich um ein unsichtbares Hindernis zu wickeln und das dabei immer dichter wurde.

Das Brückendeck hob und senkte sich – die *SunSeeker* schien auf einer Welle zu reiten.

»Es wird ziemlich ungemütlich«, sagte Beth. Sie trug eine frische, perfekt sitzende Uniform.

Redwing drehte sich um. »Du solltest schlafen.«

»Wer kann schlafen, wenn alles wackelt? Es wird immer stärker, Captain.«

»Du übernimmst den Platz der Chefpilotin in drei Stunden …«

»Profilumkehr beim Heckkollektor«, sagte Ayaan Ali. Sie sprach schnell. »So etwas ist noch nie passiert, nicht einmal in den Simulationen.«

»Ich *fühle* es«, sagte Beth. »Bei so starken Vibrationen muss die ganze Konfiguration …«

»Zu großer Gegendruck durch das dichter werdende Plasma.« Ayaan Ali deutete auf die schematischen Darstellungen des Triebwerks. Der Schirm zeigte es in Form eines Stundenglases beziehungsweise als zwei Trichter, der eine nach vorn und der andere nach hinten gerichtet. Seine Geometrie bestand aus Kraftfeldern, die sich bei annähernder Lichtgeschwindigkeit dem enormen Druck der hereinströmenden Ionen anpassen konnten. Aber dem Ausmaß der Anpassung waren Grenzen gesetzt. Wenn die Belastung zu groß wurde, bestand die Gefahr, dass die Geometrie zerriss, dass ein Loch in ihr entstand. In dem Fall würde heißes Plasma in direkten Kontakt mit der Schiffshülle geraten: ein Schweißbrenner, der die Rumpfplatten aufschneiden konnte.

Redwing und die anderen beobachteten, wie das Leuchten des Plasmastroms im Triebwerk heller wurde, wie er sich hin und her zu winden begann. »Das Plasma reagiert auf den Druck außerhalb des Schiffes«, sagte Ayaan Ali. Die Anspannung in ihrer Stimme war deutlich zu hören.

»Deaktiviere das Triebwerk, wenn die kritische Grenze erreicht wird«, sagte Redwing und staunte über den ruhigen Klang der eigenen Stimme.

»Aber wir …«, begann Beth.

»Wir gehen auf Reserveenergie, wenn uns keine Wahl bleibt«, warf Clare ein.

»Die reicht nicht lange«, sagte Karl. »Und wenn der externe Druck weiter zunimmt, könnte er unsere Kollektoren zerstören.«

Ein Heulen ging durchs Schiff, ein von den automatischen Systemen ausgelöster Alarm. Dieses Geräusch hatten sie zuletzt während ihrer Ausbildung gehört, danach nie wieder. Und seit Verlassen der Erde war das Triebwerk nie abgeschaltet worden.

»Ich drehe uns«, sagte Ayaan Ali. »Dadurch entgehen wir dem Druck.«

Sie betätigte die Kontrollen und veränderte die Konfiguration der Kollektor-Magnetfelder, woraufhin sie eine andere Position einnahmen – das Kollektorfeld im Heck glitt zur Seite, fort von den »Knoten« im Plasma. Zwei Sekunden dauerte das. Anschließend stabilisierte Ayaan Ali die Magnetfelder wieder und brachte die Fusionskammer auf ihr Maximum. Redwing verstand den Sinn der einzelnen Maßnahmen und bewunderte Agilität und Geschick der Pilotin.

Alle hielten sich fest, als das Schiff schlingerte. Redwing schloss dabei die Augen und lauschte den Geräuschen der *SunSeeker* – das Knirschen und Ächzen erinnerte ihn an die Testflüge in der Oort'schen Wolke. Er vertraute seinen Ohren mehr als den Anzeigen für die magnetischen Belastungen.

Allmählich ließ das Knacken und Grollen nach, und als die Drehung des Schiffes aufhörte, öffnete Redwing die Augen wieder. Die Schirme zeigten weniger Plasmaturbulenzen.

»Ich habe uns aus den magnetischen Strudeln gebracht«, sagte Ayaan Ali. »Wir sind in eine ›Wurst-Instabilität‹ geraten. Fast hätte es unsere Magnetfelder erwischt.«

Redwing dachte an die seitlichen Einbuchtungen, zu denen es im Jet manchmal kam. Karl hat von einem »Wurst-Modus« gesprochen, der den Jet dazu brachte, sich im Bereich des

Astlochs zu verjüngen und dahinter wieder breiter zu werden. Darum ging es: um eine Instabilitätszone. Deren Entwicklung brauchte eine Weile, während der Jet zur Öffnung des Astlochs hin dünner wurde.

Redwing hielt es für seltsam, dass der Kontraktionseffekt so stark gewesen war. Er fragte Karl, ob nach den Berechnungen ein so hoher Plasmadruck auf die Magnetfelder möglich gewesen war, aber bevor Karl antworten konnte, spürte er plötzlich ein sonderbares Prickeln auf der Haut. Den anderen erging es offenbar ebenso, denn sie sahen sich erstaunt um.

Auf einmal wölbte sich ein gelber Bogen über der Brücke. Er knisterte laut, wand sich wie eine Schlange, wich aber zur Seite, wenn er sich einer Barriere aus Metall näherte. Alle sprangen aus ihren Sitzen. Redwing warf sich auf den Boden, als der leuchtende Bogen in der Luft über ihm zuckte. Die Erscheinung zischte und wand sich um sich selbst. Funken sprühten. Gelbe Ranken tasteten gleißend umher und kehrten dann zum Bogen zurück, der sich plötzlich veränderte, breiter wurde, zu einer Art Schale, die sich drehte.

»Das Etwas bildet die Schalenwelt nach«, sagte Beth.

Die Schale aus gelber Energie schrumpfte, blähte sich auf, verwandelte sich wieder in den Bogen, aus dem sie hervorgegangen war.

Redwings Puls raste. »Etwas ist dort draußen und bringt uns in Schwierigkeiten.«

»Etwas, das wir nicht sehen«, fügte Beth hinzu.

Was könnte ich übersehen?, hatte sich Redwing immer wieder gefragt. Jetzt bekam er die Antwort.

Er erinnerte sich auch an Beths Einwände: Der Flug in den Jet konnte ihnen zwar einen Vorteil bieten, aber es gab dabei auch unbekannte Faktoren. Das Unbekannte, hatte Beth betont, war wie ein zweischneidiges Schwert ohne Griff. Man konnte nicht wissen, wen die Klinge schnitt.

35

Asenath machte eine Show aus ihrem Erscheinen. Sie zeigte den Versammelten bronzefarbene Brustfedern, wie es die Tradition verlangte, gesäumt von violetter Pracht. Die Federn von Kopf und Schweif entfalteten sich schlagartig und fügten dem eindrucksvollen Spektakel weitere Farben hinzu. Selbst das Untervolk kannte diese Methode, konnte sich allerdings nicht mit Asenaths Geschick messen. Viele von ihnen hatten sich im großen Saal des Himmelsfisches eingefunden und gurrten beeindruckt, als Asenath die ganze Herrlichkeit ihres Gefieders zeigte. Memor beobachtete ihren Auftritt mit glasigen Augen; Bemor stand an ihrer Seite, die Primatin in der Nähe.

Die Weisheitsprinzipalin war noch nicht fertig. Sie veränderte die Farben ihrer Federn, damit es aussah, als fingen ihre Spitzen Feuer. Gleichzeitig machte sie von ihren Drüsen Gebrauch – ein süßlicher, angenehmer Duft zog durch den Saal. Sie rieb die Federn aneinander, so gekonnt, dass es nach verschiedenen Musikinstrumenten klang. All dies war Teil einer Statusdemonstration, wie sie überall auf der Schalenwelt für Ordnung sorgte.

»Was soll das?«, fragte die Primatin.

Die Unverschämtheit dieser Frage, gestellt auf dem Höhepunkt von Asenaths Darbietung, ärgerte nicht nur Memor, sondern auch ihren Bruder. Die Primatin sollte ihnen sehr nützlich sein, und deshalb beschloss Memor, sie vor allen Anwesenden zu disziplinieren. Als sie sich ihr zuwandte, ergriff Bemor sie an der Schulter. »Nein. Es würde dieses Wesen mehr beunruhigen, als du glaubst.«

»*Ich* habe mehr Zeit mit der Primatin verbracht als ...«

»Als ich. Ja, ich weiß. Aber lass mir dieses Mal meinen Willen.«

Memor erklärte also der Primatin, dass solche sozialen Rituale die Hierarchie stützten, auf der die ganze Gesellschaft der Himmelsschale basierte. Wenn die Vogel-Leute einen Ort besuchten, der ihnen von Nutzen sein konnte – wie dieser Himmelsfisch –, so erinnerten sie alle mit alten Ritualen daran, wie die große Welt funktionierte. »Dadurch bringen sie die Vergangenheit in ihre Gegenwart und geben ihr auch einen Platz in der Zukunft.«

»Es ist doch nur ein Tanz mit bunten Federn und irgendwelchen Duftstoffen«, sagte Tananareve Bailey. »Ein bisschen was für die Augen und für die Nase, mehr nicht.«

»Für dich vielleicht nicht, aber sehr wohl für die Kahalla und die anderen Bediensteten. Die Duftstoffe sind auf sie abgestimmt.«

Tananareve rümpfte die Nase. »Wobei man eigentlich nicht von ›Duft‹ reden kann. Es müsste eher ›Gestank‹ heißen.«

Das wurmte Memor, aber sie erwiderte: »Das Schicksal unserer Spezies wird bestimmt von den Notwendigkeiten des Überlebens auf sechs verschiedenen Zeitskalen. Zu überleben heißt, wettbewerbsfähig zu sein und sich durchzusetzen, doch Art und Weise des Überlebens unterscheiden sich bei allen sechs Zeitskalen. Im Maßstab der Zeiteinheiten, die du Jahre oder Umlaufperioden nennen würdest, betrifft das Überleben den Einzelnen, das Individuum. Im Maßstab von Dekaden an Jahren beziehungsweise Umlaufperioden geht es nicht mehr um den Einzelnen, sondern um die Familie. Bei Jahrhunderten steht der Stamm oder die Nation im Mittelpunkt, wie zum Beispiel die Kahalla. Bei Jahrtausenden geht es um die Kultur. Die Kahalla-Kultur ist weit verbreitet, was bedeutet, dass sie ihre Stabilität weniger stabilen Distrikten schenkt. Bei Jahrzehntausenden geht es um die Spezies. Manche Kulturen überleben so lange, und wir helfen dabei. Noch längere Zeiträume, Äonen, betreffen das ganze Netz des Lebens der Schalenwelt.« Memor unterstrich die Worte mit einem Rascheln ihres Gefieders und fügte eine Duftwolke hinzu, die offenbar von ihrem Hals kam.

»Das ist der Zeitmaßstab, mit dem wir es jetzt in Hinsicht auf euch Letzte Eindringlinge zu tun haben«, sagte Bemor.

»Wieso? Der Zufall hat uns hierhergebracht. Wir sind nur auf der Durchreise.«

Bemor schnaufte amüsiert. »Ihr seid wichtig in diesem kritischen Moment, während wir uns Glory nähern.«

»Wer sagt das?«

»Die Eisgeister«, warf Memor ein, obwohl sie wusste, dass die Primatin diesen Begriff nicht kannte, und erst recht nicht seine Bedeutung.

Asenath beendete ihren großen Auftritt, übernahm das Kommando des Himmelsfisches und erteilte einige schnelle Anweisungen. Gruppen von Bediensteten eilten fort, um Vorbereitungen für den Kampf zu treffen. Dumpfe Töne riefen die Besatzungsmitglieder auf die Gefechtsstationen, und ein elektrisches Prickeln lag plötzlich in der Luft: ein Ionenstrom, der Wachsamkeit stimulieren sollte.

Eine graue Wand wurde durchsichtig und gewährte weiten Blick nach draußen.

Felsnadeln ragten empor, von Moos bedeckt, die Heimat vieler fliegender Geschöpfe. Der Himmelsfisch hatte dort vor kurzer Zeit Nahrung aufgenommen, die ihm von Bediensteten gebracht worden war. Die Felsen ragten neben Buchten und Lagunen auf, deren Wasser das Licht von Stern und Jet reflektierte. Hier und dort wanden sich weiße Linien durch die komplexe Landschaft, vermutlich Straßen.

Auf der einen Seite ließ sich ein silbernes Etwas erkennen: ihr Ziel, wie von den Kahalla angekündigt.

»Ihr wollt in den Kampf ziehen?«, fragte Tananareve und beobachtete die vielen hin und her eilenden Besatzungsmitglieder.

»Wir hoffen, dass es nicht zu einem richtigen Kampf kommt«, sagte Memor. »Wir wollen deine Artgenossen nicht töten, sondern sie einfangen.«

»Seid vorsichtig«, sagte Tananareve. »Sie sind schon lange auf der Flucht und beißen.«

Memor fand das erheiternd und schickte Bemor entsprechende Federsignale. »Als ob wir Anlass hätten, sie zu fürchten«, sagte sie in der Sprache des Volkes.

»Ja, vielleicht hat diese Primatin einen Sinn für Humor«, erwiderte Bemor und blickte mit seinen großen Augen in die Ferne.

Plötzlich fühlte Memor ein Zittern, das von ihrem Untergeist kam. Etwas regte sich dort, keine Furcht, aber Sorge, die mit Fingern wie aus Eis durch ihr Denken tastete. Sie nahm sich einen Moment Zeit, kehrte ihre Aufmerksamkeit nach innen und gab dem Untergeist Gelegenheit, sich zu öffnen. Sie fand eine Art Sumpf vor. Neue, bunte Vorstellungen und Bedenken lagen in dunklen Tümpeln, zusammen mit alten Ängsten, alles unter einem düsteren Himmel. Beklommenheit kroch wie Ranken eines Nebels umher, der einen Hügel umschlang. Enthielt er vielleicht den Grund für die Sorge? Was befand sich in dem Nebel, oder darunter? Memor konnte sich nicht daran erinnern, diesen Hügel jemals zuvor gesehen zu haben, aber sie wusste, dass er nicht neu war, sondern alt. Sie wusste auch, dass sich verdrängtes Unbehagen manchmal weit und tief zurückzog, in ferne Winkel des Untergeistes. Doch hier hatte sie es mit einer Ansammlung dunkler Emotionen zu tun, von dem neue Sorge zu den oberen Schichten ihres Bewusstseins aufstieg.

Unglücklicherweise blieb ihr derzeit nicht genug Zeit, sich damit zu beschäftigen. Eine wichtige Begegnung stand bevor. »Wie können wir helfen, Asenath?«

»Behalten Sie Ihre Primatin in der Nähe. Wir brauchen sie für die eventuelle Kommunikation und um die Reaktionen der anderen Letzten Eindringlinge zu bewerten.«

Bemor wirkte unruhig. Memor schickte ihm einige Federsignale, die Sorge zum Ausdruck brachten, doch er raschelte nur kurz mit dem Gefieder. Sein Blick war nicht in die Ferne gerichtet, zu dem silbernen Objekt, sondern ins Leere, stellte Memor jetzt fest; offenbar war er mit dem Kommunikationsnetz verbunden und empfing neue Informationen.

Er atmete schneller und brummte nachdenklich. Memor bewunderte die Fähigkeit ihres Bruders, über den konstanten Datenstrom der Himmelsschale hinauszugehen, den die

Analytischen sammelten. Diese künstlichen Geister überwachten die Daten der Himmelsschale auf lokalem Niveau und schickten sie durch eine Pyramidenstruktur anderer Geister, sowohl künstliche als auch natürliche, wobei auch die natürlichen gut auf diese spezielle Aufgabe vorbereitet waren. Die Ergebnisse all der verarbeiteten Daten erreichten schließlich Personen wie Bemor und ermöglichten es ihnen, die Essenz atemberaubend komplizierter Situationen zu erfassen. Verarbeitete Daten halfen dabei, das übermäßige Vertrauen des Volkes in die eigenen Intuitionen zu kompensieren und dadurch Wahrnehmungen in die richtige Perspektive zu rücken. Natürliche Geister waren nicht imstande, mit der gewaltigen Flut von Daten und Mathematik fertigzuwerden, aber dafür verstanden sie den Umgang mit sozialer Kognition. Bemor konnte auf das tiefe Wissen der Geschichte und der höheren Intellekte zurückgreifen. Er war gut darin, den emotionalen Zustand anderer zu erkennen und auf diese Weise unkooperatives Verhalten zu lokalisieren. Empfing er jetzt neue Vorstellungen von den Eisgeistern? Etwas in seiner Körperhaltung wies Memor darauf hin, dass er zutiefst besorgt war, und dabei schien es nicht nur um die Verfolgung der Letzten Eindringlinge zu gehen.

Plötzlich drehte sich Bemor zu Asenath um. »Wir müssen die Letzten Eindringlinge gefangen nehmen. Unverzüglich! Und ihr Leben darf nicht in Gefahr geraten. Wenn sie sterben, sind wir alle bedroht.«

Asenath kannte ihn gut genug, keine Fragen zu stellen. Sie wandte sich an den nächsten Kahalla. »Nicht schießen.«

»Aber wir wollten ...«, begann der Kahalla.

»Ich ziehe hiermit alle früheren Anweisungen zurück. Selbst ein Warnschuss könnte den Silberfisch beschädigen. Vor allem dann, wenn nicht genau genug gezielt wird.«

»Wir haben bereits die Scharfschwingen losgeschickt«, sagte der Kahalla und senkte entschuldigend den Kopf.

»Das habe ich nicht angeordnet!«

»Es war Teil Ihres Angriffsplans. Die Scharfschwingen sollten bei Sichtung des Silberfisches losfliegen.«

Memor sah, dass Asenath keine Antwort darauf hatte. Die Weisheitsprinzipalin wandte sich ab, mit einem missbilligenden Rot im Gefieder.

Sie traten zum Fenster. Der Silberfisch näherte sich, und ein Schwarm besonderer Vögel hielt auf ihn zu, Geschöpfe mit großen Köpfen und breiten Flügeln. Memor wusste, dass Scharfschwingen in der Lage waren, Beutetiere zur Strecke zu bringen, die weitaus größer waren als sie.

Der Vorgang besorgte Bemor so sehr, dass er sich aus seiner Datenverbindung löste. »Haltet sie auf. Sofort.«

Asenath kam der Aufforderung nach. Memor erinnerte sich daran, dass hier, in der Nähe des Astlochs, Flugvehikel wie der Silberfisch einen besonderen Nutzen hatten. Große Zellen warmer Luft trieben über diese Regionen, und manche Lebensformen ließen sich von ihnen über weite Strecken tragen. Himmelsfische wurden hauptsächlich für lange Reisen eingesetzt, und Silberfische, eine von ihnen abstammende Subspezies, waren für kürzere Reisen bestimmt. Die Evolution hatte Geschöpfe wie die Scharfschwingen hervorgebracht, für die Silberfische Beute waren.

Die großen Vögel flogen weiterhin ihrem lebenden Ziel entgegen.

»Ich habe gesagt, ihr sollt sie zurückholen!«, rief Asenath den Kahalla zu, die vor ihr zurückwichen und den Kopf senkten.

»Sie reagieren nicht«, sagte einer von ihnen. »Wenn sie mit einem ihrer alten Kampfrituale begonnen haben, lassen sie sich von nichts ablenken.«

»Das ist dumm«, kommentierte Memor.

»Sie sind aufgeregt«, sagte ein anderer Kahalla. »In einem solchen Zustand lassen sie sich kaum unter Kontrolle halten.«

Die Scharfschwingen hatten den Silberfisch erreicht und flogen um ihn herum. Das silberne Geschöpf setzte sich mit brennendem Gas zur Wehr. Feurige Zungen aus entzündetem Wasserstoffgas leckten nach den Vögeln und verbrannten einige von ihnen. Tote oder sterbende Scharfschwingen fielen, doch immer mehr erreichten den Silberfisch. Mit ihren langen Schnäbeln, in denen spitze Zähne steckten, schnappten sie nach den Flügelflossen, damit der Silberfisch nicht mehr navigieren konnte. Immer wieder leckten Flammen, und weitere Vögel starben.

Die Entfernung verringerte sich weiter, und Asenath gab Anweisungen, die Geräusche des Kampfes von den externen Ohren übertragen zu lassen. Memor hörte die schmerzerfüllten Schreie der von den Flammen getroffenen Vögel und die lauten, fast schrillen Rufe der anderen. Im Hintergrund vernahm sie ein tiefes Brummen, das von der Qual des Silberfisches erzählte und bis in weite Ferne reichte.

Scharfschwingen segelten an den Flanken des großen silbernen Wesens entlang und griffen die weichen Stellen an. Mit Dornen und Krallen an den breiten Flügeln ritzten und schnitten sie die schuppige Haut auf. Für Memor sah es aus, als ob die Angreifer etwas auf den glänzenden Leib ihres Opfers schrieben, Schriftzeichen aus langen Linien, die schnell rot wurden. Während ihrer Evolution hatte sich die Jäger-Beute-Beziehung der beiden Spezies im Gleichgewicht befunden, doch jetzt wurden die Scharfschwingen als Waffe eingesetzt.

»Einsatz der Projektilwaffen!«, befahl Asenath.

»Bitte nicht, bei dieser Entfernung sind sie nicht präzise genug«, sagte der erste Kahalla.

»Befehl ausführen, sofort«, erwiderte die Weisheitsprinzipalin streng. »Sonst lassen die Scharfschwingen den Silberfisch abstürzen und verschlingen alle an Bord.«

Die Kahalla drehten sich um und eilten fort. Kurz darauf hörte Memor nicht nur das Kreischen und Heulen der Scharfschwingen, unterlegt vom Brummen des Silberfisches, sondern auch das rhythmische Zischen der Projektilwaffen, die den großen Vögeln empfindliche Schläge versetzten. Dann blitzten Strahlen, grün und gleißend, brannten durch Flügel und bohrten sich in Körper. Natürlich konnten diese Waffen nur gegen die Vögel eingesetzt werden, die einen gewissen Abstand zum Silberfisch hatten. Die anderen, die ihm näher waren, entgingen dem Angriff zunächst. Die Schreie der Vogelwesen schienen immer lauter zu werden. Die Waffen fanden weniger Ziele, denn immer mehr Scharfschwingen fielen, von Projektilen oder Strahlen getroffen, den Wäldern und Seen tief unten entgegen.

Die überlebenden Vögel brachen ihren Angriff auf den Silberfisch ab, schlugen mit ihren Flügeln und flogen mit einem traurigen Gesang davon.

»Ausgezeichnet«, sagte Asenath.

»Eskortieren wir den Silberfisch nach unten«, sagte Memor. »Wir landen und ergreifen von ihm Besitz.«

Asenath beriet sich kurz mit den Kahalla und wandte sich dann an Bemor. Memor schenkte sie keine Beachtung. »Wir sind groß genug, den Silberfisch zu schlucken. Eine Landung ist nicht notwendig. Anschließend steigen wir in den schnellen Wind auf, der uns zur oberen Spiegelzone bringt.«

Bemors Federn signalisierten Zustimmung, aber sein Blick blieb auf die Komm-Platte gerichtet. »Gut. Einverstanden. Wir brauchen die anderen Letzten Eindringlinge.«

Memor fühlte sich übergangen. Sie verfolgte die flüchtigen Primaten schon seit einer ganzen Weile, und jetzt bekam Bemor – schlimmer noch, Asenath – die Anerkennung für ihre Gefangennahme. Aber wichtig war in erster Linie, dass sie Erfolg hatten. »Warum werden sie so dringend gebraucht? Natürlich freut es mich, sie unter Kontrolle zu haben, aber ...«

Von Bemor kam ein tiefes Grollen. »Die Eisgeister wollen es so. Andere Ereignisse beschwören eine Krise herauf. Deshalb brauchen wir die Primaten.

»Wir haben diese hier.« Memor deutete auf Tananareve.

»Vielleicht brauchen wir mehr. Die Eisgeister wollen sie für die Kommunikation im Immersionsmodus nutzen.«

Neues Unbehagen regte sich in Memor. Ihr Untergeist war in Aufruhr und verlangte Aufmerksamkeit, doch sie hatte jetzt keine Zeit für ihn. »Immersion? Das kann destruktiv sein.«

Tananareve schien dem Wortwechsel zu folgen, schwieg aber klugerweise.

»Deshalb brauchen wir mehrere Möglichkeiten. Wenn die Verbindung zu viel für sie ist, benötigen wir Ersatz.«

Memor spürte ein Zittern im Untergeist und fragte leise: »Worum geht es bei der Krise?«

»Um den Jet. Er wird instabil.«

ZWÖLFTER TEIL

CAMBRONNES WORT

»Als General Cambronne bei Waterloo zur Kapitulation aufgefordert wurde, soll er gesagt haben: »Die Garde stirbt, aber sie ergibt sich nicht!« In Wirklichkeit sagte Cambronne: »Merde!«. Wenn Franzosen dieses Wort nicht aussprechen wollen, umschreiben sie es noch immer mit »Cambronnes Wort«. Der ganze Unterschied zwischen den beschönigenden Darstellungen des Krieges und der bitteren Realität kommt deutlich in diesen beiden Zitaten zum Ausdruck.«

ERNEST HEMINGWAY, *MEN AT WAR*, (ANTHOLOGIE)

36

Der erste Anblick der Vogel-Leute, die den großen Himmelsfisch kommandierten, war beeindruckend. Cliff hatte Angehörige des Volkes gesehen, als sie nach der Landung auf der Schalenwelt die Luftschleuse passiert hatten, aber das schien inzwischen Jahre zurückzuliegen. Außerdem hatte er gelegentlich bei den Komm-Kontakten mit der *SunSeeker* von den Vogel-Leuten gehört.

Doch diese Geschöpfe schienen viel größer zu sein; ihre gewaltigen Köpfe saßen auf langen, ledrigen Hälsen. Wegen des dichten Gefieders konnte man die Körperform kaum erkennen. Die Vogel-Leute bei der Luftschleuse hatten ebenfalls Federn gehabt, aber keine so großen und bunten. Als Cliffs Gruppe und Querts Sil hereinkamen, gerieten die Federn der drei großen Vogel-Leute in Bewegung, veränderten ihre Farbe und zeigten magentarote und elfenbeinfarbene Töne dicht unter dem Hals, während die Federn weiter unten schimmerndes Braun und Violett präsentierten.

»Sie sehen aus wie ... zu groß geratene Pfauen«, flüsterte Irma.

Cliff nickte. Auf der Erde setzten Pfauen ihre außerordentlich großen Federn ein, um Weibchen zu beeindrucken. Doch diese Federn schienen ein weitaus größeres Kommunikationspotenzial zu haben. Wenn sie sich bewegten, wurde zwischen ihnen manchmal blasse Haut sichtbar, unter der sich Muskeln wölbten. Besonders bewegliche Schultergelenke erlaubten es ihnen, die Federn in alle Richtungen zu drehen. »Ich schätze, die Vogel-Leute können sich mit ihren Federn viel mitteilen.«

Quert deutete auf sie. »Federn an verschiedenen Körperteilen unterschiedliche Bedeutung. Federsignale viele. Geräusche bei Bewegung zusätzliche Signale. Und Farben ebenfalls übermitteln Botschaften.«

»Strukturelle Färbung, würde ich sagen«, warf Aybe ein. »Mikrofasern, die das einfallende Licht so brechen, wie es gewünscht wird.«

Cliff beobachtete, wie die metallisch glänzenden Gefieder ihre Farbe je nach Blickwinkel veränderten. »Reflexionen von Mikrofasern ... Ja, das wäre möglich.«

Sie standen dicht beisammen, Menschen und Sil, als die Vogel-Leute den großen Raum betraten. In einem gleitenden Gang schritten sie an Cliff und den anderen vorbei, verharrten dann und gaben einige trillernde und klackende Laute von sich.

»Was bedeutet das?«, flüsterte Terry.

»Gruß an Besucher«, sagte Quert. »Aber Besucher untergeordnet und darauf hinweisen sollten.«

»Darauf hinweisen?«, wiederholte Irma. »Wie?«

Mit leisem Zischen richtete Quert eine Frage an die anderen Sil, die ebenso leise Antwort gaben. Die Falten in Querts Gesicht wurden länger und tiefer. »Sil nicht sagen, ihr auch nicht.«

Cliff richtete den Blick auf die großen Augen mit den schweren, wie verkrustet wirkenden Lidern. Was ging hinter ihnen vor? Etwas deutete auf wache, schlaue Aufmerksamkeit hin. Die Vogel-Leute setzten sich, wobei sie den Schwanz als Stütze benutzten, gestikulierten, wechselten einige Worte und beobachteten die ganze Zeit über Menschen und Sil. Unbehagen erfasste Cliff – er spürte Gefahr. Er reagierte instinktiv auf dieses Empfinden, spannte die Muskeln und ballte die Fäuste.

Bedienstete eilten zu den drei Angehörigen des Volkes, und andere hasteten fort. Diese Wesen waren klein, hatten sechs Beine und einen gefiederten Kopf. Sie trugen irgendwelche Dinge oder hantierten an den fleischigen, rosaroten Wänden des saalartigen Raums. Der Anblick ähnelte einer großen Parade mit drei großen, bunt geschmückten Umzugswagen.

»Irma! Cliff!« Tananareve Bailey kam hinter einem der Riesenpfauen hervor und lief auf sie zu.

Es war wundervoll, an diesem bizarren Ort einem Freund zu begegnen. Sie alle umarmten Tananareve, als sie zu ihnen kam. Sie hatte abgenommen, fand Cliff; man sah die Knochen unter der Haut.

»Endlich!«, platzte es aus Irma heraus. »Jetzt bin ich nicht mehr die einzige Frau.« Sie alle lachten.

Die lauten Worte des größten Pfaus übertönten ihre glücklichen Stimmen. Sie sahen auf und blickten in große gelbe Augen.

»Sie sagen, sie brauchen euch«, erklärte Tananareve. »Aber ich habe nie herausgefunden, ob das wirklich stimmt.«

»Der Himmelsfisch hat den kleineren Silberfisch verschlungen«, sagte Irma. »Ich dachte schon, es sei um uns geschehen.«

»Besser als ein Kampf«, sagte Terry. »Aber ... wir sind gefangen.«

Cliff begriff erst nach und nach, was das bedeutete. So lange Zeit war es ihm gelungen, die Freiheit seiner Gruppe zu bewahren. Immer wieder hatten sie es geschafft, den Vogel-Leuten zu entkommen, nur um dann von einem riesigen Geschöpf *verschluckt* zu werden. Die Erkenntnis traf ihn wie ein Schlag ins Gesicht. Er öffnete den Mund, brachte aber kein Wort hervor. Die anderen freuten sich noch immer über Tananareves Rückkehr, doch er dachte bereits daran, was sie erwartete.

»Vielleicht wollen sie verhandeln«, sagte Cliff, ohne recht daran zu glauben.

»Jemand hat sie angewiesen, euch gefangen zu nehmen, und zwar schnell«, meinte Tananareve. »Sie verfolgen euch, seit ihr Wesen begegnet seid, die sie Eisgeister nennen. Allerdings brauchten sie eine Weile, um zu euch aufzuschließen. Sie sind zu groß für die Untergrundbahnen und beklagten sich immer wieder darüber, auf andere Transportmittel angewiesen zu sein.«

»Was ist los?«, fragte Aybe.

»Sie stehen unter Druck. Den Grund dafür kenne ich nicht.« Tananareve stand nahe bei den Vogel-Leuten und stellte Asenath, Memor und Bemor vor. Sie wies darauf hin, dass Memor und Bemor Zwillinge mit fast der gleichen genetischen Struktur waren, aber Bemor über irgendwelche Erweiterungen zu verfügen und offenbar höheren Status als seine Schwester zu genießen schien. »Er kann mit den Eisgeistern sprechen. Asenath ...« Sie deutete auf das große Geschöpf mit den scharf blickenden Augen, das ungeduldig mit den Federn raschelte. »… ist Weisheitsprinzipalin.« Ein Schulterzucken. »Das scheint eine Art Stabsoffizier zu sein.«

Tananareve übersetzte mehrmals die Worte der Vogel-Leute, wobei Memor darauf beharrte, dass jedes Mal ihr voller Titel genannt wurde: Aufmerksame Anwesende Astronomin. Was Bemor zum Anlass nahm, auch seine offizielle Bezeichnung zu nennen: Entwerfer und Persönlicher Emissär der Eisgeister.

»Nennt gelegentlich diese Titel«, flüsterte Tananareve den anderen zu. »Das gefällt ihnen.«

Cliff beobachtete die großen Vogel-Leute im Licht von Stern und Jet, das durch transparente, fensterartige Bereiche in den Wänden auf den fleischigen Boden fiel.

»Endlich haben wir euch unter Kontrolle«, verkündete Asenath laut. »Die erste Sache betrifft jetzt die besondere Situation, die es erforderlich macht, auf eure Hilfe zurückzugreifen. Wir müssen eine Botschaft für jene vorbereiten, die ihr ›Glorianer‹ nennt, damit der Schein gewahrt bleibt.«

Die anderen sahen Cliff an. Er wandte sich Asenath zu, die den Kopf senkte, als wollte sie ihm besser zuhören. Cliff vermutete, dass es ihr vor allem darum ging, ihn einzuschüchtern. Er beschloss, sich nicht von ihr beeindrucken zu lassen. »Der Schein?«

»Die Glorianer glauben, dass Primaten die Herrscher und Piloten der Himmelsschale sind«, donnerte Asenath. »Sie verwechseln unsere Flugbahnen und nehmen an, dass die Schale von eurer Heimatwelt kommt.«

»Seltsam. Und?« Cliff beschloss, sich dumm zu stellen; vielleicht kam er damit weiter. Bisher wusste er noch nicht, worum es ging und was die Hintergründe waren. Er brauchte Zeit und Gelegenheit, mit Tananareve zu reden und mehr von ihr zu erfahren. Die Vogel-Leute hatten mit Redwing gesprochen, mit Tananareve als Dolmetscherin, aber was steckte dahinter? Worum ging es wirklich? Was stand für diese übergroßen Pfauen auf dem Spiel?

Asenaths Federn verfärbten sich violett und rosarot, und sie senkte den Kopf noch etwas mehr. Ihr Anglisch war abgehackt und brüsk, vielleicht deshalb, weil ihre Sprachkenntnisse beschränkt waren. Oder weil sie es so wollte. »Wir haben *tatsächlich* das gleiche Ziel. So was kann passieren, wenn man einen Maßstab anlegt, der über Jahrtausende geht. Was euch betrifft ... Ihr seid zweifellos einfallsreiche und geschickte Geschöpfe, denn immerhin ist es euch gelungen, ein Raumschiff zu bauen, mit dem man interstellare Entfernungen zurücklegen kann. Allerdings fragen wir uns, warum ihr euch wünschen solltet, den von der glorianischen Technik implizierten Status zu erreichen.«

Cliff sah Tananareve an, die mit den Schultern zuckte. »Implizierter Status?«

»Die Gravitationssignale. Bestimmt locken sie euch an.«

»Eigentlich nicht. Wir sind nach Glory unterwegs, weil die Biosphäre des Planeten der unserer Heimatwelt ähnelt: genug Sauerstoff und Wasserdampf in der Atmosphäre, ein Wasserstoffkreislauf mit den Meeren. Und es existieren keine Anzeichen einer technischen Zivilisation. Wir haben keine elektromagnetischen Emissionen empfangen. Keine Signale irgendeiner Art. Glory bot sich uns so dar, wie unsere Heimatwelt vor vielen Tausend Jahren – ihr sprecht in diesem Zusammenhang vermutlich von Umläufen – gewesen sein muss.« Cliff breitete die Hände aus, Hinweis darauf, dass tatsächlich nicht mehr dahintersteckte.

Asenaths Federn gerieten in Bewegung, zeigten scharlachrote und violette Töne. »Euer Schiff hat die Signale der Glorianer empfangen, und doch wisst ihr nicht Bescheid?«

»Worüber sollten wir Bescheid wissen?«

»Die Glorianer, wie ihr sie nennt, zählen zu den Erhabenen.«

»Und was bedeutet das?«

»Über viele Megaumläufe hinweg haben sie sich nicht dazu herabgelassen, unsere elektromagnetischen Signale zu beantworten. Also gehören sie zu den Reservierten und Erhabenen.«

»Eine Beschreibung, die auf jeden Stein passt.«

»Die fortgeschrittenen Spezies in der Galaxis übermitteln ihre erhabenen Botschaften nur auf eine Art und Weise, die jüngere Völker wie das eure nicht entdecken können.« Asenaths Federn raschelten laut und präsentierten ein prächtiges Hellblau. »Was noch wichtiger ist: Besagte Botschaften zeichnen sich durch eine besonders hohe Informationsdichte aus.«

»Wir haben die Gravitationswellen etwa zu der Zeit empfangen, als unser Schiff die Erde verlassen hat«, sagte Cliff. »Es schienen keine Signale zu sein, nur eine Art Hintergrundrauschen.«

»Von solchen Annahmen gehen junge Völker typischerweise aus«, warf Bemor ein. »Wir …«

Er unterbrach sich plötzlich und erstarrte, wie auch Asenath und Memor. Stille herrschte, und die gelben Augen der Vogel-Leute blickten in die Ferne.

Quert erschien neben Cliff und flüsterte: »Sie andere Stimmen hören.«

»Ich habe so etwas mehrmals beobachtet«, sagte Tananareve. »Lasst uns die Zeit nutzen. Was machen wir jetzt?«

»Die Vogel-Leute haben etwas vor und wollen uns dabei für ihre Zwecke benutzen«, meinte Aybe. »Ich würde gern wissen, was sie hören.«

»Sie jetzt hören, was Sil hervorgebracht haben«, sagte Quert. »Bereits erklärt. Wir gezeigt alte Wahrheit.«

»Wie?«, fragte Tananareve.

»Volk kontrolliert elektromagnetische Wege in Schale«, erwiderte Quert. »Also Sil gemacht Botschaft aus Gebäuden.«

»Meinst du die seltsam geformten Häuser, die wir beim Wachsen beobachten konnten?«, fragte Cliff. Er erinnerte sich daran, wie schnell die Sil ihre zerstörte Stadt wiederaufgebaut hatten. Er hatte einen Bogen gesehen, wie von Geisterhänden geschaffen und geformt, und andere Bauwerke, die wie lebende Geschöpfe aus dem Boden sprossen. Offenbar verwendeten die Sil ein Material, dem beliebige Struktur gegeben werden konnte. Fenster und Tür entstanden dort, wo man sie brauchte, und elektrische Systeme konnten ebenfalls integriert werden. Eine sehr praktische Angelegenheit. Erst recht dann, wenn man den Häusern eine Form geben konnte, die Botschaften für ferne Beobachter vermittelten.

»Ihr übermittelt Signale mithilfe eurer Städte?«, fragte Irma. »Wie?«

»Städte alle können sehen, auch weit entfernt in Schale«, antwortete Quert. »Andere wissen und in unsere Richtung sehen. Botschaft empfangen und verstehen.« Der Sil wirkte sehr ruhig bei diesen Worten.

»Wie lautet die Botschaft?«

Quert sah sie wie jemand an, der sich anschickte, eine Bürde abzulegen. Er wackelte mit dem Kopf und sagte: »Schale an eurer Sonne vorbeikam. Zu nahe geriet. Felsbrocken durcheinanderbrachte. Beschädigten Biosphäre der Welt.«

»Was?«, brachte Irma hervor. »Wann?«

»Vor langer Zeit. Volk nennt es ›Große Schande‹.«

»Wie habt ihr davon erfahren?«, fragte Terry.

Quert wirkte ein wenig verwirrt, wie so oft, wenn die Menschen eine Frage stellten, indem sie die Stimme bei der letzten Silbe hoben. »Euer Schiff euch gesagt. Ihr uns gesagt.«

»Wie bitte?« Terry wandte sich an Cliff. »Redwing hat dir davon erzählt?«

»Ja. Und ich hab's an Quert weitergegeben. Eigentlich habe ich es nicht so recht geglaubt.«

»Uns hast du nichts gesagt«, stellte Aybe fest.

»Hab's nicht für nötig gehalten.« Cliffs Züge verhärteten sich ein wenig. »Ich weiß noch immer nicht, ob es stimmt.«

»Wir mehr erhalten … von anderen«, sagte Quert. »Kommt.«

Er führte die Menschen in einen kleinen Raum zwischen den rippenartigen Strukturen des großen Hauptraums. Cliff blickte zurück. Die Vogel-Leute rührten sich noch immer nicht, hielten den Blick ins Leere gerichtet und empfingen Nachrichten … von wo? Die Anspannung war ihnen deutlich anzusehen. Er wandte sich ab und betrat das kleine Zimmer, wo mattes blaues Licht von einem Schirm ausging.

»Wir Karte geschickt«, sagte Quert. »Geschichte.«

Der Schirm zeigte eine dreidimensionale Darstellung des Weltalls, durch das sich eine rubinrote Linie erstreckte. »Schale dorthin flog. Zeit zurück.«

Die Schale erschien bei einem roten Stern. Die Linie wurde länger, reichte tiefer in die Sternenräume. Cliff und die anderen beobachteten, wie Sterne und Konstellationen vorbeiglitten, als sie den Kurs der Schalenwelt zurückverfolgten. Die Linie führte an vielen Punkten vorbei, die Sonnen waren – gelb, rot, manche blau –, und die Reise in die Vergangenheit schien immer schneller zu werden. Die Kurslinie wölbte sich um den Orion-Arm des sich langsam drehenden Feuerrads der Galaxis. Auch die Sterne bewegten sich und zeigten ihren Tanz um das Schwerkraftzentrum in der galaktischen Mitte. Die rote Linie wagte sich weiter hinaus, zum Perseus-Arm mit seinen zahlreichen Lichtern, näherte sich dann einigen Sonnen, die aus irgendeinem Grund interessant zu sein schienen. Cliff stellte fest, dass die Schalenwelt die Gravitationsfelder einiger Sterne ausnutzte, um ihren Kurs zu ändern oder noch etwas schneller zu werden. Eine Nahaufnahme unweit eines gelben Sterns zeigte helle Punkte, die sich von der Schale lösten und sich der Sonne näherten. Kurze Zeit später kehrten sie zurück, vielleicht mit Dingen oder Lebensformen, die sie auf den Planeten des betreffenden Sterns gefunden hatten. Der Vorgang wiederholte sich mehrmals.

Anschließend flog die Schalenwelt durch etwas, das Cliff als den »Local Fluff« innerhalb der Lokalen Blase erkannte, einem weitgehend staubfreien Raumgebiet im Bereich der Sonne, um die die Erde kreiste – sie hatte die Form einer Sanduhr und durchmaß in der galaktischen Ebene etwa dreihundert Lichtjahre. In dieser Blase wurde die Schale schneller und steuerte ihr nächstes Ziel an.

Die Schalenwelt näherte sich einem gelben Stern.

Sie beobachteten die Begegnung und sprachen darüber, setzten die Geschichte Stück für Stück zusammen. Nach dem Besuch des gelben Sterns verließ die Schale ein ramponiertes Sonnensystem. Mehr Kometen als sonst fielen der Sonne entgegen, und der Grund dafür war klar: Die Schale war durch einen Bereich mit zahlreichen kleinen Punkten geflogen, durch eine Zone aus kosmischem Schutt, die den gelben Stern umgab. Viele dieser großen und kleinen Brocken aus Gestein und Eis hatten dadurch so viel Bewegungsmoment bekommen, dass sie ins Innere des Sonnensystems stürzten. So zahlreich die neuen Reisenden auch sein mochten, einer von ihnen genügte.

Nur einer. Er flog in einem weiten Bogen, seine Flugbahn nicht nur von der Sonne bestimmt, sondern auch von der Schwerkraft der Planeten. Dann stürzte er einer blauen Welt entgegen und traf sie.

»Die Schale flog durch unsere Oort'sche Wolke«, sagte Aybe. »Das katapultierte die Kometen ins Innere des Sonnensystems. Und einer traf die Erde.«

»Ein Unfall, der die Dinosaurier auslöschte«, sagte Terry. »Die Vogel-Leute brachten die Nachkommen ihrer eigenen Vorfahren um. Offenbar gibt es hier keine Zeitachse; selbst wenn es eine gäbe, könnten wir mit den Zeitmaßen vermutlich nichts anfangen. Aber diese Darstellungsweise hat sicher einen Grund. Jemand möchte eine Aussage treffen. Die Vogel-Leute waren unachtsam und leichtsinnig.«

»Ja.« Irma starrte auf den Schirm.

Cliff schwieg und versuchte, alles zu verarbeiten. Querts Präsenz spürte er so deutlich, als ginge eine besondere Art Energie von dem Katzenwesen aus, als hätten sie jetzt einen kritischen Punkt in dessen Plan erreicht. Doch Querts Gesicht verriet nichts.

Schließlich wandte sich Cliff an Terry. »Ich glaube, die Glorianer wollen uns sagen: ›Seht her, wir wissen alles über euch.‹«

Quert blieb ruhig und gelassen. Die anderen Sil hatten den Raum nicht betreten, warteten am Eingang und beobachteten das Geschehen stumm. »Volk andere Sterne besucht hat, nach eurer Sonne. Aber ihr etwas Besonderes seid für Vogel-Leute.«

»Warum?«, fragte Irma.

»Sie von eurer Sonne stammen.«

Irmas Augen wurden groß. »Die Vogel-Leute?«

»Sieh hier.« Quert bewegte die Hand vor dem Schirm, und die rubinrote Linie schien noch schneller zu werden, glitt im Orion-Arm von Stern zu Stern. Sie wurde kaum langsamer, als die Schale bei einzelnen Sonnen haltmachte und Expeditionen ausschickte. Dann beschrieb sie einen weiten Bogen wie zuvor der fatale Komet im Sonnensystem der Erde, der in die Richtung zurückführte, aus der die künstliche Welt gekommen war.

»Das sind noch frühere Epochen der Schalenwelt?«, fragte Irma. »Es muss ziemlich lange zurückliegen.«

»Jetzt fliegt sie von Stern zu Stern, lässt praktisch keine Sonne aus«, sagte Aybe. »Es passt ins Bild – damals stand die Forschung im Mittelpunkt. Die Vogel-Leute nutzten jede Gelegenheit, sich andere Sonnensysteme anzusehen.«

»Es geht zurück nach ... Seht nur, dort ist die Lokale Blase«, sagte Terry. Ein elfenbeinfarbener Bereich wies auf die Blase hin, die Sol umgab. »Aber ... die Sonne ist nicht da.«

»Fixsterne sind nicht fix, sie bewegen sich«, erwiderte Irma. »Und die Schalenwelt fliegt an der Blase vorbei, seht ihr.«

»Sie wird langsamer«, sagte Aybe. »Und sie scheint sich dem gelben Stern dort zu nähern. He, sind wir das?«

Sie beobachteten, wie die Geschwindigkeit der Schale und ihres roten Sterns weiter sank und die Entfernung zur gelben Sonne schrumpfte.

»Das kann nicht sein.« Terry streckte die Hand aus. »Die Schale geht in eine Umlaufbahn und ...«

Die Bewegungen in der dreidimensionalen Darstellung hörten auf.

»Die Schale kam von einem Doppelstern«, hauchte Irma.

»Sie wurde im System eines Doppelsterns gebaut«, sagte Cliff. »Und einer der beiden Sterne war unsere Sonne.«

»Haben wir in diesem Zusammenhang nicht etwas von Redwing gehört, über Beths Gruppe?«, fragte Terry. »Ist schon eine Weile her. Es ging dabei um eine Art Museum, in dem Bilder vom Bau der Schalenwelt gezeigt wurden.«

»Sie nahmen einen Stern, der kleiner war als Sol«, sagte Aybe. »Und sie verwendeten Materie aus dem Orbit jenes Sterns, vielleicht auch aus der Oort'schen Wolke unserer Sonne.«

Irma schnaubte. »Willst du damit sagen, die Erbauer kamen von der *Erde?*«

Aybe zuckte die Schultern. »Sieht danach aus. Ich meine, auf dem Mars herrschten früher lebensfreundliche Bedingungen. Vielleicht ...«

»Das war während der ersten Milliarde Jahre nach Entstehung der Sonne«, sagte Terry. »Das Ende der Schalenwelt-Reise, das wir gerade gesehen haben – beziehungsweise ihr Anfang –, kann nicht so lange zurückliegen. Es ergäbe überhaupt keinen Sinn! Wenn du recht hättest ... Es würde bedeuten, dass sich in nur einer Milliarde Jahren eine intelligente Spezies bis hin zur Fähigkeit industrieller Produktion entwickelt hat.«

»Na schön, dann müssen die Erbauer der Schale von der Erde gekommen sein.« Irma hatte die Hände in die Hüften gestemmt. »Intelligente Wesen von den Jupitermonden oder vielleicht der Venus ziehe ich nicht in Betracht.«

»Na schön«, sagte Aybe. »Also die Erde. Die Vogel-Leute dort draußen. Ihr glaubt, dass sie ...«

»Dass sie von den Dinosauriern abstammen, ja«, brachte Cliff den Satz zu Ende. »Wegen all der Federn ist es schwer zu erkennen. Asenath sieht eher aus wie ein zu groß geratenes Huhn, nicht wie ein *Tyrannosaurus rex*.«

»Verdammt!«, entfuhr es Aybe plötzlich. »Wisst ihr noch, als wir auf der Flucht waren und uns unter einer Brücke versteckten? Wir sahen ...«

»Ja«, warf Terry ein. »Ein großes, Pflanzen fressendes Reptil. Wir waren ziemlich erschrocken und liefen davon.«

Cliff besann sich auf den Biologen in ihm. »Solche Wesen gab es im Jura, vor hundertfünfundvierzig Millionen Jahren. Vielleicht entwickelten sich die Erbauer in jener Zeit.«

Irma schüttelte ungläubig den Kopf. »Wir hätten Ruinen finden müssen. Eine hochentwickelte Zivilisation verschwindet nicht einfach so, ohne irgendwo Spuren zu hinterlassen.«

»Vielleicht blieb sie nicht lange von Bestand«, spekulierte Terry. »Möglicherweise existierte sie nur einige Zehntausend Jahre. In geologischen Maßstäben ist das nur ein Augenblick.«

»Stellt euch vor, was die Forscher eines fremden Volkes vorfänden, wenn sie in hundert Millionen Jahren zur Erde kämen«, sagte Aybe. »Ihre Wissenschaftler würden Hinweise auf große tektonische Verschiebungen finden, auf Eiszeiten und die Veränderung von Meeren und Ozeanen, auf früheres Leben und vielleicht die eine oder andere globale Katastrophe.«

»Ja«, sagte Terry, der sich nicht unterbrechen lassen wollte. »Bei genauer Suche könnten sie eventuell in einer einzelnen Gesteinsschicht Spuren von Städten und den Geschöpfen entdecken, die sie gebaut haben. Aber die betreffende Schicht wäre zusammengepresst, subduziert und oxidiert. Einige Zehntausend Jahre wären, nach einer Subduktion freigelegt, auf einen Zentimeter zusammengepresst. In einigen Dutzend Millionen Jahren gäbe es kaum mehr Hinweise auf die Menschen.«

Cliff freundete sich mit dieser Vorstellung an. »Leicht zu übersehen, erst recht dann, wenn man nicht danach Ausschau hält.«

»Es erklärt, warum die Vogel-Leute an uns interessiert sind«, sagte Irma. »Wir sind Verwandte!«

Cliff bemerkte bei Quert eine Augenbewegung, die Dissens bedeutete. »Nein?«

»Vogel-Leute wissen möchten mehr über euer Schiff. Über eure Pflanzen an Bord. Über Körper, Lieder, Kenntnisse.«

»Sie wissen also nicht, woher wir kommen?«, fragte Aybe.

»Sie wissen, aber es ihnen gleichgültig.« Eben war Quert noch ruhig gewesen, aber jetzt schien er plötzlich voller Unbehagen zu stecken. Cliff fragte sich, ob Quert und die anderen Sil die ganze Bedeutung der Reise durch die Geschichte der Schalenwelt kannten. Hatten sie die gelbe Sonne als Sol identifiziert?

Ein Donnern kam aus dem großen Hauptraum. Zuerst dachte Cliff an eine Explosion, aber dann hörte er andere Geräusche, die etwas Klagendes hatten. *Jemand – oder etwas – scheint zu weinen,* dachte er.

»Es sind die Vogel-Leute«, sagte Aybe, und Quert bestätigte seine Worte mit einer entsprechenden Augenbewegung. »Sie … Etwas stimmt nicht.«

37

Redwing betrat den Garten, atmete tief durch die Nase ein und genoss den Duft von feuchtem Grün. Eine kleine Atempause, im wahrsten Sinne des Wortes. Die Tiere ...

Die Tiere waren festgebunden oder steckten in Netzen, was ihnen ganz und gar nicht gefiel. Redwing hatte keine entsprechende Anweisung erteilt. Angesichts der starken Erschütterungen der *SunSeeker* hätte er einen solchen Befehl geben sollen. Wer steckte dahinter? Vielleicht die Schlangen?

Die Fingerschlangen. Redwing vergaß manchmal, dass sie zu dem gehörten, was er zu retten versuchte. Befanden sie sich in ihrem Tunnel? Nein, alle drei hatten sich um die dicken Stämme der Apfelbäume geschlungen.

Ein Roboter rollte zwischen den Pflanzenreihen hin und her, überprüfte den Boden und fügte Flüssigkeit hinzu, wo es nötig war. Das hydroponische Wachstum von Pflanzen allein reichte nicht aus. Menschen brauchten Spurenelemente, Vitamine und Mineralien, ebenso wie die Pflanzen und Tiere, von denen sie sich ernährten. Alle Organismen in der Nahrungskette – die eigentlich ein Nahrungskreislauf war – mussten die Spurenelemente zur Verfügung stellen, die andere benötigten, sonst bestand die Gefahr, dass die Kette, beziehungsweise der Kreislauf, unterbrochen wurde. Vor hundert Jahren hatte Selen gefehlt, wie es in den Aufzeichnungen hieß. Die Lücke hatte erst von biochemischen Spezialisten geschlossen werden können, die extra zu diesem Zweck aus dem Kälteschlaf geweckt worden waren.

Redwing holte noch einmal tief Luft, atmete den Geruch der Pflanzen tief ein ... und taumelte, als die *SunSeeker* schwankte. Er hielt sich an einem Pfosten fest. Die Schlangen schienen überhaupt nichts zu bemerken. Phoshtha und Shtirk blickten auf einen Schirm, der ihnen durch den Schleier des Jets hindurch Landschaften zeigte. Thisther beobachtete den Captain.

»Habt ihr die Schweine, Schafe und die anderen Tiere gesichert?«, fragte Redwing.

»Ja. Richtig gewesen?«, erwiderte die Fingerschlange mit näselnder Stimme.

»Danke, ja. Habt ihr es bequem?«

»Noch besser! Interessanter Flug!«

Redwing verließ den Garten und fühlte sich besser. Was jetzt? In seiner kleinen Kabine konnte er am besten nachdenken, und deshalb zog er sich dorthin zurück, während das Schiff weiterhin schlingerte und schwankte. Der Wandschirm zeigte die dahingleitenden Kontinente und Ozeane der Schalenwelt. Redwing betrachtete die Bilder und machte einige Streckübungen, musste dabei immer wieder die Bewegungen des Decks unter seinen Füßen ausgleichen. Er hatte gelernt, einen stillen Ort tief in seinem Innern aufzusuchen, eine Oase der Ruhe, wo er ausruhen und seine Gedanken ordnen konnte. Erfahrung hatte ihn gelehrt, in den ständigen Geräuschen des Schiffes Hinweise auf Fehlfunktionen und Defekte zu hören. Instinktiv lauschte er jetzt und hörte ...

Der Kommunikator summte. »Wir haben hier etwas, das du dir ansehen solltest, Captain. Der Jet ist richtig in Bewegung geraten, windet sich wie eine Schlange. Und es kommt immer wieder zu Entladungen.«

Redwing machte sich sofort auf den Weg zur Brücke und achtete erneut auf die »Stimme des Schiffes«, wie er die Geräusche der *SunSeeker* manchmal nannte. Er verstand es, auch bei der Crew genau hinzuhören – oder seine Ohren zu verschließen, wenn es die Situation erforderte.

Er erinnerte sich an die Anspannung in Beths Stimme, als sie Ayaan Ali als Pilotin abgelöst hatte. Sie und ihre Kopilotin Clare Conway waren blass gewesen, hielten den Blick ständig auf Monitore und Anzeigen gerichtet. Der lange, spiralförmige Flug der *SunSeeker* im Innern des Jets war für sie alle eine große Belastung. Niemand von ihnen kam richtig zur Ruhe, und Kaffee konnte sie nicht immer wach und aufmerksam halten.

Als er die Brücke betrat, sah er sofort, dass alle einen Kaffeebecher griffbereit hatten. Er überlegte kurz, ob er ihnen raten sollte, auf koffeinfreien Kaffee umzusteigen, entschied sich aber dagegen. Es wäre zu viel Einmischung gewesen.

»Der Jet ist beim Astloch instabil geworden, genau wie in der Simulation«, sagte Karl, kaum dass der Captain hereingekommen war.

Der große Wandschirm zeigte den Jet nun in leuchtendem Gelb. Der Blick reichte nach unten, und es war deutlich erkennbar, wie sich der Jet im Bereich des Astlochs bewegte.

»Bei der Öffnung gibt es starke Magnetfelder, die einen Kontakt mit dem Plasma des Jets verhindern sollen«, sagte Karl.

»Destabilisieren wir den Jet genug, um den Vogel-Leuten einen gehörigen Schrecken einzujagen?« Redwing beugte sich vor und schaltete auf seitliche Ansicht um. »Und was hat es mit dieser Ausbuchtung auf sich?«

Karl betrachtete sie. Redwing bemerkte, dass Beth eine andere Teleskopkamera benutzte, die nicht auf den Jet gerichtet war, sondern auf die Spiegelzone.

»Das ist ein nichtlinearer Effekt«, sagte Karl. »Ein Rückfluss.«

»Soll das heißen, es gibt eine Stoßwelle, die auf uns gerichtet ist?« Redwing beobachtete die Entwicklung kleiner lateraler Oszillationen an der Peripherie des Jets. »Vom Hauptknoten ausgehend?«

Die *SunSeeker* konnte wochenlang im Jet fliegen, ohne ins Schussfeld der Gammastrahlenkanonen am Schalenrand zu geraten. Sie befanden sich bereits recht tief in der Schale und bekamen einen besseren Blick auf die Bereiche in der Nähe des Astlochs, wo die Zentrifugalkraft geringer war. Der weite Kranz der Spiegelzone erstreckte sich hinter dem nach vorn gerichteten Erfassungsbereich der Kameras. Direkt voraus waren die Waldregionen zu erkennen, die ans Astloch grenzten.

»Der Hauptknoten scheint nichtlinear geworden zu sein und hat uns daraufhin diese Stoßwelle geschickt«, brummte Karl. »Wie seltsam ...«

»Hier sieht man es besser«, sagte Beth. »Ich habe das Brückenartilekt gebeten, einen Teil der Spiegelzone zu suchen, die uns ein reflektiertes Bild anbietet, und sie hat dies gefunden.«

Beth lächelte, und Redwing begriff, dass ihr dies gefiel. Neue Gelegenheiten wusste sie immer sehr zu schätzen, das war eine ihrer besten Eigenschaften.

Auf dem Schirm erschien ein wackliges, leicht verschwommenes Bild, das den Hauptknoten zeigte, die zentrale Instabilitätszone des Jets, die sich dem Rand des Astlochs näherte. Es ging tatsächlich eine nach oben gerichtete Stoßwelle von ihm aus und blähte die magnetische Peripherie des Jets auf.

»Die Stoßwelle wird die Atmosphärenmembran treffen«, sagte Beth. »Sie ist sehr schnell: mehr als hundert Kilometer in der Sekunde, zur Seite gerichtet.«

»So etwas kam in der Simulation nicht vor.« Redwing stellte seine Worte in den Raum, ohne Sarkasmus, nur eine Feststellung von Tatsachen.

Karl nickte und schwieg. Beth beobachtete, wie sich die laterale Stoßwelle der Atmosphärenmembran näherte, einer dünnen Schicht, die als solche gar nicht zu erkennen war – eine grafische Einblendung zeigte sie auf dem Schirm. »Ist die Welle stark genug, die Membran zu beschädigen«, fragte sie.

»Ja«, bestätigte Karl. »Auch die magnetische Energiedichte kann die Trennschicht beeinträchtigen.« Er wirkte sehr besorgt.

»Was ist mit der Struktur der Schalenwelt?«, fragte Redwing. Er wusste: Das gewaltige künstliche Gebilde musste ungeheuer stabil sein, um nicht auseinanderzubrechen. Das Gerüst der *SunSeeker* bestand aus besonders reißfesten Materialien, die imstande waren, den vom Antrieb ausgeübten Kräften standzuhalten. Vielleicht verhielt es sich bei der Schalenwelt ähnlich.

»Ich habe die stützenden und stabilisierenden Elemente der Schalenwelt mit den Langstreckenteleskopen untersucht«, sagte Karl fast tonlos. »Die Artilekte haben in meinem Auftrag eine Spektralanalyse durchgeführt. Die Grundstruktur der Schale ist nur einige Dutzend Meter dick und besteht vor allem aus Kohlenstoffkomposit, zumindest an der Außenseite. Hinzu kommt eine ›Kruste‹ aus Maschinen und Aggregaten. All das habe ich bei der Simulation berücksichtigt.«

»Und?«, fragte Redwing.

»Das Material, aus dem das Grundgerüst der Schalenwelt besteht, muss wesentlich stabiler sein als das unseres Gerüstes.«

»Sollen wir unseren geplanten Kurs ändern?«, fragte Beth. Ihr Blick wanderte über die Schirme.

»Noch nicht.« Redwing überlegte schnell, doch ohne Ergebnis. Es gab zu viele Faktoren, die berücksichtigt werden mussten. »Die Anzeigen, die wir zuvor bekamen, die leuchtende Erscheinung hier auf der Brücke ... Es muss eine Art Mitteilung gewesen sein.«

»Mir ist noch etwas anderes aufgefallen.« Karl betätigte die Kontrollen, und das Bild auf einem der kleineren Schirme wechselte. »Seht euch das an.«

Der Vektorlokalisator war auf den Bereich in der Nähe des Astlochs gerichtet. Man sah die riesigen Magnetfeldspulen am Rand und die Atmosphärenmembran, die das Licht des Jets orangefarben reflektierte. Darunter erstreckten sich Wälder, ausgehend von den Installationen beim Astloch.

»In einer solchen Zone befanden wir uns«, sagte Beth. »Niedrige Schwerkraft, hohe Bäume, große Spinnenwesen. Und ich habe dieses orangefarbene Licht gesehen, Reflexe in den oberen Atmosphäreschichten.«

Ein brauner Streifen zog sich durchs Grün des Waldes, halb verblasst, aber noch immer zu erkennen. Etwas hatte dunkle Brandspuren auf Metall und Keramik beim Astloch hinterlassen.

»Die Instabilität scheint hier ein Problem gewesen zu sein«, sagte Karl langsam. »Es hat die Schalenwelt schon einmal beschädigt.«

»Hätte die Lücke im Wald nicht längst wieder zuwachsen müssen?«, fragte Beth.

»Vielleicht wurde auch die Basisstruktur beschädigt«, erwiderte Karl. »Und damit die Versorgung mit Wasser und Nährstoffen. Möglicherweise sind die angerichteten Schäden bisher noch nicht repariert worden.«

»Was bedeuten würde, dass die Instandhaltung vernachlässigt wird«, sagte Redwing. »Für gewöhnlich ein Hinweis darauf, dass es mit dem ganzen System bergab geht.«

»Warum haben die Verwalter der Schalenwelt keine Vorkehrungen gegen gelegentliche Fehlfunktionen des Jets getroffen?«, fragte Beth.

Stille folgte. Sie erinnerten sich an das leuchtende, knisternde Bild der Schale über dem Brückendeck, eine von Unbekannten geschickte Botschaft. Karl hatte von induktiven elektromagnetischen Feldern gesprochen, die sich außerhalb der nahen keramischen Wände auswirkten. Redwing glaubte nicht an diese Erklärung und hielt es für viel wahrscheinlicher, dass ihnen jemand eine Nachricht geschickt hatte. Aber es war bei dieser einen Leuchterscheinung geblieben. »Vielleicht nur ein erster Versuch«, hatte Karl gesagt, und Redwing hatte entschieden, es bei dem geplanten spiralförmigen Kurs durch den Jet zu belassen.

Clare Conway erhob sich aus dem Sitz des Kopiloten. »Drei kleine Schiffe nähern sich uns von achtern, Captain. Das Langstreckenradar hat sie eben erfasst.«

Redwing legte die Radaranzeigen auf den größten Schirm. »Woher kommen sie?«

»Offenbar vom Rand des Astlochs«, entgegnete Clare.

»Vielleicht ist das die Antwort auf Beths Frage«, sagte Karl. »Vielleicht schicken die Vogel-Leute etwas, das uns angreifen soll.«

»Wann erreichen uns die Schiffe, wenn Kurs und Geschwindigkeit unverändert bleiben?«, fragte Redwing und versuchte, seine Stimme ruhig zu halten.

»In etwa zwei Stunden«, sagte Clare.

»Gib mir ein Bild.« Redwing überlegte, was sie tun konnten. Die *SunSeeker* war nicht gegen Geschosse oder hochenergetische Laserstrahlen geschützt. Während des kurzen, aber sehr zerstörerischen Asteroidenkriegs hatte der Captain eine ebenso einfache wie bedeutungsvolle Lektion gelernt: Eine Masse, die mit einer Geschwindigkeit von drei Kilometern in der Sekunde einschlug, entwickelte eine kinetische Energie, die der ihrer Masse in TNT entsprach. Und die *SunSeeker* flog inzwischen mit mehr als hundert Kilometern in der Sekunde. Hinzu kam die kinetische Energie eines Angreifers. Und das Triebwerk des Schiffes, dessen Energie einer eigenen Waffe gleichkam.

Deshalb verfügte das Schiff über Laser-Batterien, die von den Artilekten kontrolliert wurden. Damit konnten Gesteinsbrocken so groß wie eine Faust oder kleiner innerhalb einer Mikrosekunde in ionisierte Atome verwandelt werden. Doch oberhalb dieser Masse ließ sich nicht viel ausrichten. Sie konnten entsprechende Objekte ein wenig ablenken, mehr nicht. Wenn man eine Wohnzimmercouch mit einer derartigen Geschwindigkeit nach der *SunSeeker* warf, so würde sie den Rumpf durchschlagen.

»Die fremden Schiffe sind klein und manövrierfähiger als wir«, sagte Clare. »Und sie beschleunigen mit drei g.«

»Vielleicht automatische Einheiten«, sagte Redwing. Dies sah gar nicht gut aus. »Wie navigieren sie im Jet? Lässt sich das feststellen?«

»Vielleicht mit Kollektoren, die unseren ähneln, aber ein ganzes Stück kleiner sind.«

Clare richtete das Teleskop, das Beth zuvor benutzt hatte, auf die Punkte, die sich ihnen näherten. »Durchmesser weniger als hundert Meter«, sagte sie. »Zylindrisch, Antrieb mit einer Ionen-Signatur.«

»Vielleicht haben sie uns zuvor nicht richtig ernst genommen«, sagte Redwing. »Oder sie reagieren langsam.«

»Nein«, erwiderte Karl. »Wir übersehen etwas.«

Ein lautes Summen hallte durchs Schiff, untermalt von knackenden und knirschenden Geräuschen. Niemand sprach, und Redwing lauschte den Stimmen der *SunSeeker*, währen die Besatzungsmitglieder um ihn herum versuchten, mehr über die Instabilität des Jets und die drei fremden Schiffe herauszufinden, die sich ihnen näherten. Die Artilekte waren ebenfalls an der Arbeit, aber sie meldeten sich nur selten zu Wort. Ihre Aufgabe bestand in erster Linie darin, die Bordsysteme zu verwalten; niemand verlangte Fantasie oder schnelles Reaktionsvermögen von ihnen.

Beth beendete das lange, unangenehme Schweigen. »Die Schockwelle, die vom Jet ins Astloch führt … Sie hat die Atmosphärenmembran getroffen, und zwar mit hoher Geschwindigkeit.«

Alle drehten sich um und sahen auf den großen Wandschirm. Gelbe und orangerote Markierungen wiesen auf Plasma- und Magnetfelder hin; deutlich war zu sehen, wie entsprechende Ausläufer die Grenzen der Schalenwelt-Biosphäre erreichten. Gas bildete lange Schleier, als es ins All entwich. Redwing versuchte sich vorzustellen, was jetzt geschah. Die hochenergetischen Partikel wurden von Magnetfeldern beschleunigt und bekamen so jede Menge Energie. Sie rissen die langkettigen Moleküle auseinander, aus denen die Membran zwischen der Atmosphäre und dem Vakuum des Alls bestand. Die Lufthülle der Schalenwelt war in zahlreiche Segmente unterteilt, aber plötzlicher Druckverlust in einem Abschnitt löste vielleicht eine fatale Kettenreaktion aus.

Und das wäre eine Katastrophe für alle Lebensformen der Schalenwelt.

Ein Donnern ging durch die *SunSeeker*, und sie schüttelte sich noch heftiger als zuvor.

»Die Plasmadichte in der Nähe nimmt zu«, meldete Beth. »Unser Ausstoß wird erneut blockiert.«

»So hat es schon einmal begonnen«, sagte Karl. »Um Luft aufzulösen, ist eine hohe Spannung erforderlich ...«

»Megavolt«, warf Clare ein. »Verstehe. Wenn das passiert, sollte man besser den Kopf unten halten. Wenn man ihn hebt, riskiert man, von einer Entladung getroffen und gebraten zu werden.«

»Glaubt ihr, die Erscheinung kehrt zurück?«, fragte Beth. »Und haltet ihr es für möglich, dass sie uns zu töten versucht? Dies könnte auch ein Kommunikationsversuch sein.«

»Seltsame Art der Kommunikation«, erwiderte Redwing.

»Vielleicht handelt es sich um Vergeltung für die Manipulation des Jets«, spekulierte Fred. Er war so leise auf die Brücke gekommen, dass ihn niemand bemerkt hatte.

»Die Sensoren registrieren zunehme Induktionseffekte im Bereich unserer Außenhülle«, sagte Beth. »Offenbar wirken sich Alfvén-Wellen bei unseren Kollektorfeldern aus. Höhere elektrische Felder …«

Redwing fühlte, wie ihm plötzlich die Haare zu Berge standen. Er warf sich zu Boden.

Funken sprühten. Plötzlich lagen auch alle anderen auf dem Deck. Über ihnen flackerte und knisterte ein weißes Band in der Luft. Weitere Bänder erschienen, wanden sich wie Schlangen. Einige teilten sich und entwickelten grüne Ausläufer, die etwas formten …

»Eine humanoide Gestalt!«, rief Fred vom Boden. »Eine Gestalt nach unserem Bild. Sie wissen, was wir sind.«

Die Gestalt waberte und wackelte in der von Energiebändern durchzogenen Luft. Aus zitternden, sich windenden Linien geformt, sah sie aus wie eine schlechte Karikatur. Beine bildeten sich, lang ausgestreckt, dann Arme, die von einer Seite zur anderen schwangen, ein wackliger Kopf und Hände, erst offen und dann zu Fäusten geballt. Der ganze Körper zuckte und krümmte sich, um anschließend mit einem lauten Zischen zu verschwinden.

»Können sie uns sehen?«, fragte Beth.

»Wer sind überhaupt ›sie‹?«, entgegnete Clare. Ihr Gesicht war gerötet, die Lippen zusammengepresst. »Sie versuchen, unseren Antrieb zu blockieren. Und sie schicken uns etwas, das unsere Gestalt nachahmt. Wenn das ein

Kommunikationsversuch ist ... Was wollen sie uns mitteilen?«

Die Gestalt erschien erneut. Von knisternder gelber Energie gebildet, neigte sie sich zur Seite, flackerte und richtete sich wieder auf.

»Lasst mich etwas versuchen ...« Clare hob die Hand in die von Entladungen durchzogene Luft. Ein Moment verstrich, und dann bewegte sich auch die Gestalt. Ihre Beine wurden undeutlicher, als sie die linke Hand hob. Die Luft in unmittelbarer Nähe der Gestalt zischte. In der Hand arbeitete es, und Finger bildeten sich. Ein Daumen entstand, streckte sich, wurde rot und schrumpfte. Die Gestalt entwickelte weitere Details und legte sich eine gelbe Haut zu, die regelrecht zu brodeln schien. Im Kopf entstanden Mund und Augen wie aus Elfenbein, umgeben von wogender, knisternder Energie.

Clare bewegte die Finger, und die Gestalt bewegte ihre ebenfalls, umhüllt von einem safrangelben Glühen. Die humanoide Erscheinung schwebte in der Luft und schien Mühe zu haben, stabil zu bleiben, während die Hand noch deutlicher wurde und zusätzliche Details gewann.

»Versuchen wir ...«, begann Redwing.

Die Erscheinung verschwand mit einem Knall und hinterließ nur einen scharfen Geruch in der leeren Luft.

Clare ächzte leise. Fred sprang auf und drehte sich in alle Richtungen, konnte aber nichts entdecken. Das einzige Geräusch stammte vom brummenden Triebwerk.

»Zurück zu den Stationen«, sagte Redwing.

Clare lachte nervös, fast schrill. Sie stand auf und nahm wieder den Platz der Kopilotin ein. Alle anderen setzten sich ebenfalls vor ihre jeweiligen Konsolen.

»Das Niedrigfrequenzspektrum hat sich verändert«, sagte Fred.

»Was bedeutet das?«, fragte Redwing.

»Es hat jetzt weitaus mehr Signalstärke. Ich nehme eine Analyse vor.« Freds Finger huschten über die Kontrollen. »Ja, eindeutig. Wir haben eine FM-Modulation, ziemlich kohärent.«

»Jemand sendet? Jetzt?«, fragte Beth. »Vielleicht möchte jemand mit uns reden.«

»Diese Frequenzen sind wirklich sehr niedrig«, sagte Fred. »Wir empfangen sie mit den Antennen, die wir für interstellare Alfvén-Wellen benutzen und mit denen wir nach Störungen bei den Kollektoren Ausschau halten. Hätte nie gedacht, dass über diese Antennen einmal kohärente Signale hereinkommen!« Fred strahlte – er freute sich immer über neue Entdeckungen.

Karl war aufgestanden und stand jetzt hinter Freds Sessel. »Die oberen Frequenzen, fünfzehn Kilohertz ... Sieh dir die Überschwingspitze an. Antennen senden am besten, wenn sie mindestens so groß sind wie eine Wellenlänge des Signals. In diesem Fall bedeutet das: Der Sender muss mindestens dreißig Kilometer durchmessen!«

Redwing versuchte, sich eine entsprechend große Sendeanlage vorzustellen. »Zeigt das Radar irgendetwas von dieser Größe im Jet an?«

Die Antwort kam sofort. »Nein.«

»Können wir die Signale decodieren?«, fragte Clare und ging zu Freds Fourier-Display.

»Ich kann nach Korrelaten suchen«, sagte Fred, »aber ... Himmel, wir wissen gar nicht, wonach wir suchen müssen. Dies ist uns völlig fremd.«

Diesmal blieb Redwing kaum Zeit genug, das warnende Prickeln an Händen und Kopf zu fühlen, bevor eine fauchende gelbe Entladung über die Brücke raste. Erneut warf er sich zu Boden, ebenso wie die anderen – bis auf Clare. Redwing sah, dass sie auf den Beinen blieb und an die Wand zurückwich. Ein energetisches Band tastete nach ihr und fand sie. Clare Conway zuckte heftig zusammen, als Energie durch sie strömte. Sie riss den Mund unnatürlich weit auf und stieß einen heiseren Schrei aus. Dann erstarrte sie, und Rauch stieg von ihrem Haar auf. Ihre Beine knickten ein, die Arme schwangen zur Seite … und sie sank zu Boden.

Funken sprangen vom Gürtel ihres roten Coveralls. Kleine Flammen tanzten an den Fingerspitzen, als sie aufs Brückendeck fiel. Noch mehr Rauch kam aus dem Haar. Clare zuckte noch ein letztes Mal und regte sich dann nicht mehr.

Redwing blieb still liegen, merkte aber, dass die elektrische Ladung aus der Luft verschwand. Erneut nahm er den scharfen Geruch wahr.

Stille herrschte.

In dieser Stille hörte er ein Seufzen, das von Clare kam – die Atemluft entwich aus ihrer Lunge, zischte durch gesplitterte Zähne.

Schließlich stand Redwing auf und trat zusammen mit den anderen zu Clare. Während er auf die Tote hinabstarrte, fragte er sich, was er unternehmen konnte, bevor die drei fremden Schiffe aus dem Jet sie erreicht hatten.

38

Memor hatte völlig die Beherrschung verloren. Ihr Bruder und die Weisheitsprinzipalin versuchten, sie festzuhalten, als sie kratzte und schlug, sich von einer Seite zur anderen drehte. Memors Heulen und die Rufe der beiden anderen Vogel-Leute verschmolzen für Tananareves Ohren miteinander, als sie zu den drei großen miteinander ringenden Geschöpfen lief.

Die Bediensteten waren zurückgewichen und wussten offenbar nicht, wie sie sich verhalten sollten. Sie standen an den Wänden, eingeschüchtert von Memors Knurren. Tananareve erkannte, dass sie Angst hatten, den großen Raum zu verlassen oder irgendetwas zu unternehmen. Mitten unter ihnen bemerkte sie eine besondere Gestalt, einen geduckten Humanoiden, dessen Kopf aus grauem Metall bestand und drei rubinrote Augen aufwies, die aus dem Schatten einer Kapuze starrten. Ein Cyborg, vermutete sie. Ein Bewusstsein, das in einen künstlichen Körper übertragen worden war. Eine entsprechende Technik war bereits auf der Erde entwickelt worden, als die *SunSeeker* zu ihrer langen Reise aufgebrochen war. Die Kulturen der Schalenwelt hatten viele Millionen Jahre mehr Zeit gehabt, Bewusstseinstransfer und mobile Artilekte zu ermöglichen. Der Cyborg hatte einen Körper aus Siliziumkarbid: vier Arme und kräftige Beine. Bisher hatte Tananareve in der Schalenwelt keine künstlichen Körper gesehen, doch hier gab es einen, unter den Bediensteten.

Tananareve beobachtete die Geschöpfe, die dort standen, vor einer Wand aus lebendem Gewebe, und plötzlich wurde ihr klar: Diese Wesen kannten nichts anderes als die Schalenwelt und waren so auf sie fixiert, dass sie etwas anderes gar nicht erkennen konnten.

Bei den Vogel-Leuten geschah etwas.

Bemor handelte. Er packte seine Schwester und hielt sie in einer festen Umklammerung, während Asenath etwas an ihrem Hinterkopf anstellte. Memor erstarrte, erschlaffte dann langsam und ließ die Arme hängen. Sie blickte ins Leere, mit ausdruckslosem Gesicht, ihr Atem ein schweres, keuchendes Schnaufen, das Tananareve nie zuvor gehört hatte. Die großen Hände mit den agilen vier Fingern zuckten, ohne nach etwas zu greifen.

Bemor wandte sich von Memor ab, und die Sorge war ihm deutlich anzusehen. Er blinzelte, bemerkte Menschen und Sil. »Wir wissen jetzt, was ihr der ganzen Himmelsschale gezeigt habt.« Die Stimme kam tief aus seiner Brust, klang drohend.

Quert trat vor, ruhig und gefasst, ohne das geringste Anzeichen von Furcht. Tananareve kannte die Sil erst seit kurzer Zeit und versuchte noch, sie zu verstehen. Die humanoiden Katzenwesen bewegten sich mit besonderer Eleganz und trugen hellbraune Kleidung, die sich ihren Bewegungen anpasste.

»Glorianische Botschaft erreichte Schiff der Menschen, die *SunSeeker*«, sagte Quert.

Bemor schnaubte, stapfte umher und setzte sich vermutlich mit externen Artilekten in Verbindung. Eine ganze Minute verstrich, während er fremdem Rat lauschte, und schließlich sagte er: »Mir ist klar, dass unsere vorderen Stationen, die ein ganzes Stück vor der Himmelsschale fliegen, die glorianischen Signale nicht gut empfangen und es auch versäumt haben, uns auf ihre Bedeutung hinzuweisen. Ein bedauerlicher bürokratischer Fehler. Die betreffenden Stationen haben seit vielen Kiloorbitalen keine echten Mitteilungen empfangen. Sie sind nicht mehr frisch und leiden an sklerotischer Unfähigkeit zur Anpassung.«

»Das wissen wir, Erhabener«, sagte Quert ruhig.

Bemor achtete nicht auf den Ehrentitel. »Diese Menschen haben das glorianische Unheil zu euch gebracht, zu den aufsässigen und schwierigen Sil.«

»Es war wichtig, wie Sie sicher verstehen, Erhabener. Wir haben die Stadtsprache benutzt, um die Botschaft zu verbreiten.« Quert sprach noch immer sanft und sah Bemor die ganze Zeit in die Augen. »Dann kam mehr. Diagramme von der Flugbahn der Himmelsschale. Eine viel längere Geschichte, über die die Glorianer Bescheid wissen.«

»Ärgerlich!«, erwiderte Bemor. »Es war nicht nötig, euch damit vertraut zu machen.«

»Das sehen wir Sil anders«, sagte Quert ungerührt.

Es folgte eine lebhafte Diskussion, der Tananareve nicht folgen konnte, weshalb sie in den Kreis der Menschen zurückwich. Sie lebte nun schon so lange Zeit bei fremden Geschöpfen mit einer völlig anderen Körpersprache, die manchmal sehr schwer zu verstehen war, und hatte ganz vergessen, wie angenehm die Gesellschaft von Artgenossen sein konnte. Es fühlte sich wie ein Segen an. Während Bemor und Quert ihr Gespräch fortsetzten – Bemors Stimme laut und donnernd, die des kleinen Quert immer ruhig –, sah Tananareve die anderen Menschen an. Es kam ihr so seltsam vor, dass der Ausdruck *andere Menschen* bereits viel aussagte. Sie hatte sich damals für die Aufnahme in die Crew der *SunSeeker* beworben, um einen fernen Stern zu erreichen und dort beim Aufbau einer neuen Zivilisation mitzuwirken. Die Kolonisten sollten helfen, das Überleben der Spezies zu sichern, und das hatte sie zu jener Zeit auch verinnerlicht. Sie hatte ihre Eizellen eingelagert und geplant, einen Mann zu finden, der sie verdiente, um ihren Beitrag zu leisten und der Menschheit eine andere, bessere Zukunft zu ermöglichen.

Doch jetzt ... Diese *anderen Menschen*, ihr nervöses Geplapper, ihre Bewegungen ... Alles wirkte fremd auf sie. Ihre von Furcht geprägten Worte, die unruhig hin und her huschenden Blicke ... All das erschien ihr vertraut und gleichzeitig sehr eigenartig.

Cliff zum Beispiel. Er wirkte regelrecht zermürbt und war dürr geworden. Seine Uniform ließ sich kaum mehr als solche erkennen, war zerschlissen und an vielen Stellen notdürftig geflickt. Bart und Haar wucherten wild – so sah jemand aus, der viele Tage in der Wildnis hinter sich hatte. Doch in den Augen lag Wachsamkeit, als er seinen Gefährten zuhörte und auch zu verstehen versuchte, worüber Bemor und Quert sprachen. Tananareve stand nahe bei ihm, aber irgendwie schien sie ihn aus einer größeren Entfernung zu sehen, aus einer ganz neuen Perspektive. Er sprach weniger als die anderen, sah sich immer wieder um und achtete darauf, was um sie herum geschah. Ihn zu beobachten war erfrischend für Tananareve, schenkte ihr Trost und Frieden.

Sie schob diese Gedanken und Empfindungen zunächst beiseite, wandte sich an Irma und erfuhr von ihr innerhalb weniger Minuten die ganze Geschichte.

Die Glorianer hatten eine Nachricht übermittelt, die nicht nur die Flugbahn der Schalenwelt zeigte, sondern auch einige Darstellungen, die davor warnten, Glory näher zu kommen. Offenbar überwachten sie seit einer ganzen Weile ihre galaktische Nachbarschaft und wahrten dabei elektromagnetisches Schweigen. Aber jetzt, da sich die Schale näherte, nahmen sie Kontakt auf und erzählten eine uralte Geschichte.

In der Vergangenheit der Vogel-Leute hatte etwas stattgefunden, das sie »Große Schande« nannten. Die Sil hatten der ganzen Schalenwelt davon erzählt, indem sie die Gebäude einer Stadt wie Schriftzeichen anordneten. Nach der Zerstörung der alten Stadt durch die Vogel-Leute war ihre neue erstaunlich schnell »gewachsen«, und die Gebäude formten Muster, denen Beobachter an fernen Orten der Schalenwelt Bedeutung entnehmen konnten. Auf diese Weise erfuhren alle von der Großen Schande.

»Warum ist das so wichtig?«, fragte Tananareve.

»Die Vogel-Leute haben ihre eigene Heimatwelt verwüstet«, erwiderte Cliff. »Die Erde. Wir haben es gesehen. Offenbar steuerten sie die Schale in die Oort'sche Wolke, wodurch Kometen ins innere Sonnensystem gelenkt wurden. Einer von ihnen traf vor fünfundsechzig Millionen Jahren die Erde und löschte die Dinosaurier aus.«

»Woraufhin die Entwicklung des Lebens eine neue Richtung einschlug«, sagte Tananareve, den Blick in die Ferne gerichtet. »Die Dinosaurier starben aus, und Säugetiere übernahmen die Herrschaft der Welt. Schließlich entstanden wir.«

»Das kann noch nicht alles sein«, sagte Irma. »Es muss noch mehr dahinterstecken …«

Memor stimmte ein ohrenbetäubendes Geheul an, hob den Kopf und kreischte klagend. Der große Bemor stand vor seiner Schwester und wandte sich an Menschen und Sil. »Die Sil wussten nicht, was sie taten. Dies ist die Große Schande, ja. Jetzt, da sie bekannt gemacht wurde, müssen wir allen zu verstehen geben, dass die Verantwortung dafür bei einer früheren Spezies liegt, nicht beim heutigen Volk.«

Tananareve hob die Brauen. »Wie bitte? Eine andere Spezies soll dafür verantwortlich sein? Das Volk hat damals den Fehler begangen; die Verantwortung liegt bei euch. Und warum ist Memor so außer sich?«

Bemor schauderte kurz. »Sie spricht mit ihrem … Untergeist«, sagte er, seine Stimme ein tiefes Brummen. »Die Große Schande war nur ein Name für sie, mehr nicht. Jetzt musste sie feststellen, dass der Untergeist das Wissen vor ihr verborgen hat, um ihr inneres Gleichgewicht zu schützen.«

»Ich dachte, ihr hättet jederzeit Zugriff auf das Unbewusste«, sagte Tananareve.

»Nicht immer.« Bemor zögerte. Dann raschelte sein Gefieder – für Tananareve ein Hinweis darauf, dass er eine Entscheidung getroffen hatte –, und er fuhr fort: »Das damalige Proto-Volk, das die Schuld an der Großen Schande trägt, war unklug. Es kehrte zu seinem Heimatsystem zurück, nach triumphalen Kontakten mit zahlreichen nahen Welten. Es wusste um die Dynamik des Heimatsystems, aber jene Kenntnisse basierten auf einem himmelsmechanischen System, das nicht mehr existierte. Die Daten stammten aus einer Zeit, als die zweite Sonne – unser Stern – noch vor Ort gewesen war. Unsere Vorfahren brachten die Himmelsschale zu tief in die Wolke aus Eisbrocken, die das System umgab.«

Tananareve verarbeitete diese Informationen noch, als Cliff die Stirn runzelte und sagte: »In der Schalenwelt gibt es eine große Regel, und die lautet: ›Um jeden Preis Stabilität bewahren‹, nicht wahr? Die Große Schande ist genau das Gegenteil davon, und deshalb ist das Geschöpf dort …« Er deutete auf Memor. »… so ausgerastet?«

Einige Sekunden lang herrschte betretenes Schweigen, und dann sagte Asenath: »Unser heutiges Volk unterscheidet sich von dem, das die Himmelsschale gebaut hat. Unsere Vorfahren hatten keinen Zugang zu ihrem Untergeist. Die unsteten Kräfte, die im Untergeist aufsteigen, können kontrolliert werden, wenn das Licht des Obergeistes auf sie fällt.«

»Stellt ihr euch euer Unterbewusstsein wie … Bakterien vor?«, fragte Tananareve. »Man mache es keimfrei, und alles ist in Ordnung?«

Bemor und Asenath wechselten einen Blick, bewegten dabei bestimmte Federn und veränderten die Farbe von anderen. Bemor hielt Memor noch immer fest; seine Schwester schien sich langsam zu beruhigen.

»Wenn man die eigenen Triebe und Begierden nicht kennt, werden sie übermächtig«, sagte Bemor. »Sie können auf sonderbare Weise zutage treten, völlig unerwartet. Eure größten inneren Antriebskräfte sind dem Obergeist verborgen, was bedeutet: Das primäre, denkende Selbst kann vom Untergeist beeinflusst werden, ohne dass es sich dessen bewusst wird. Ziemlich primitiv.«

»Es macht Kontrolle unmöglich, nicht wahr?«, fragte Cliff.

»Und es ist alles andere als stabil«, fügte Tananareve hinzu.

»Wollt ihr Letzten Eindringlinge damit sagen, dass Vorstellungen und Ideen *einfach so* in einem Obergeist erscheinen?«

»Wenn du fragen willst, ob wir Ideen haben ...«, sagte Tananareve und duzte Memors Bruder. »Die Antwort lautet: ja.«

»Aber ihr habt keine Ahnung, woher die Ideen kommen«, sagte Asenath.

»Schlimmer noch, sie können nicht einmal den Ort aufsuchen, an dem ihre Ideen entstanden«, fügte Bemor hinzu. »Der größte Teil ihres Geistes bleibt ihnen verwehrt.«

»Erstaunlich!«, entfuhr es Asenath. »Und doch ... irgendwie funktioniert es. Sie sind mit einem eigenen Raumschiff hierhergekommen.«

»Es gibt viele subtile Aspekte«, begann Bemor und zögerte dann. »Wir müssen auf die Aufgabe konzentriert bleiben.« Er drehte sich um und winkte. Bedienstete rollten eine große Maschine nach vorn.

»Das gefällt mir nicht«, sagte Tananareve. »Ist das die Maschine, in die ihr mich gelegt habt? Mit der Memor mein Bewusstsein untersucht hat?«

»Nein«, sagte Bemor. »Dies ermöglicht dir die Kommunikation mit anderen Geistern, insbesondere mit jenen, die dich als Mittler benötigen.«

»Mich?« Tananareve drehte sich zu Irma und Cliff um. »Ich hasse diesen engen Kasten mit dem schrecklichen Geruch. Und das Gefühl, das man darin bekommt ... Wie Schlangen, die einem über den Schädel kriechen, gefolgt von Fingern im Kopf. Etwas scheint einem da drin die Gedanken zu stehlen.«

»Wir brauchen dich im Innern dieses Aggregats«, sagte Asenath. An Bemor gerichtet, fügte sie in der Sprache des

Volkes hinzu – wobei sie aber nicht so schnell sprach, dass Tananareve es nicht verstehen konnte: – »Brauchen wir die anderen? Sie könnten Probleme verursachen.«

Bemor bewegte die Rückenfedern. *Jetzt nicht.*

Cliff und Irma hatten nichts davon bemerkt.

»Ich kriege das mit eurer Großen Schande noch immer nicht ganz auf die Reihe«, sagte Tananareve zu den Vogel-Leuten. »Eure Vorfahren sind von einer langen interstellaren Reise zu ihrer Heimat zurückgekehrt, der Erde. Warum haben wir dann keine Artefakte des Volkes auf anderen Planeten des Sonnensystems gefunden?«

»Es gab verschiedene Phasen. Nach der Großen Schande kam es zu einer Ära, die unsere Vorfahren ›Sturm‹ nannten, denn es fegte ein Regen aus kosmischen Fragmenten durchs Sonnensystem. Eine Nachwirkung der Schande – die Gründe waren den Orbitalspezialisten bekannt. Die Fragmente gingen auf Kollisionen von Eisbrocken am äußersten Rand des Sonnensystems zurück. Der Sturm beziehungsweise Partikelregen zerstörte einen großen Teil der im All stationierten Technologie. Er vernichtete ganze Städte auf Welten, die nicht von einer dichten Atmosphäre geschützt waren.

Aber genug davon«, sagte Bemor. »Hinein mit dir in die Maschine, Primatin. Die Eisgeister wollen es so und haben uns eine entsprechende Anweisung erteilt, aus Gründen, die mir nicht bekannt sind.« Mit einer einladenden Geste deutete er auf die Maschine. »Vertraue dich diesem Aggregat an, das wir ›Leser‹ nennen.«

Tananareve begriff, dass ihr keine Wahl blieb. Die Bediensteten wirkten nicht sonderlich freundlich und kamen näher.

Sie drehte sich zu Cliff und den anderen um. »Verdammt, ich habe euch gerade erst wiedergesehen …«

»Wir sind noch hier, wenn du wieder herauskommst«, sagte Cliff. Irma, Aybe und Terry brummten zustimmend.

Tananareve drehte sich um und wollte einem der Bediensteten, einer Art Roboter, zu der Maschine folgen, doch plötzlich hallte ein Donnerschlag durch den Raum. Die fleischigen Wände des Himmelsfisches erzitterten, und der Boden unter Tananareve bebte. Sie taumelte und hielt sich an Irmas Schulter fest, um nicht zu fallen.

»Eine Druckwelle«, sagte Cliff und sah die Vogel-Leute an. »Woher stammt sie? Was bedeutet sie?«

Bemor sah durch die transparente Wand nach draußen. »Sie bedeutet eine Katastrophe.«

DREIZEHNTER TEIL

DIE DIAPHANEN

»Magnetfelder scheinen die fundamentalen Elemente zu sein, die für die permanente Gefahr kosmischer Unruhe verantwortlich sind. Was also ist ein Magnetfeld ... das wie eine biologische Lebensform imstande ist, sich zu reproduzieren, im allgemeinen Strom des Sternenlichts ein aktives Leben zu führen und das Verhalten von Sternen und Galaxien zu verändern?«

EUGENE PARKER, *COSMICAL MAGNETIC FIELDS*

39

»Die Anomalie im Jet wird größer«, sagte Karl.

Beth sah auf den Schirm, der den Jet zeigte, Plasmadichte und Magnetfeldstärke farbig hervorgehoben. »Ist dies ein Einzelbild?«

»Nein, Echtzeit. Die laterale Bewegung des Jets im Bereich des Astlochs ist stärker geworden und übt zunehmenden Druck auf die Magnetfelder aus, die das Plasma vom Rand der Öffnung fernhalten sollen.« Karl deutete auf einen Ausläufer, der die Lebenszone der Schalenwelt erreicht und einen Teil des Atmosphärenschilds zerstört hatte.

»Wie zum Teufel konnte das geschehen?«, fragte Redwing über Beths Schulter hinweg.

Karl schnitt eine Grimasse. »Wir haben den Fusionsreaktor bis zum Maximum hochgefahren, um den Schiffen zu entkommen, die sich uns durch den Jet nähern ...«

»Was nicht geklappt hat«, warf Redwing ein.

»... womit die von unserem Antrieb geschaffene Plasmafahne größer geworden ist, was sich wieder auf den Jet ausgewirkt hat. Nichtlineare Mechanik am Werk. Die Anomalie ist offenbar in einen neuen Modus gewechselt und drückt gegen die schützenden Magnetfelder des Astlochs.« Karl zuckte die Schultern, als wollte er sagen: *Gebt nicht mir die Schuld. Es ist nichtlinear.*

»Es wird da unten also schlimmer«, sagte Beth. Ihr Blick war ständig auf die Schirme gerichtet, die den Jet und auch die drei Verfolger zeigten. Im Plasmabrodeln des Jets kam es immer wieder vor, dass sich der Druck veränderte und Turbulenzen entstanden, was Anpassungen bei der Kollektorkonfiguration der *SunSeeker* erforderte. Nach Clare Conways Tod blieben dem Schiff noch Mayra Wickramsingh und Ayaan Ali als Reservenavigatoren und -piloten.

Der schreckliche Zwischenfall, der Clare das Leben gekostet hatte, lag erst wenige Stunden zurück. Beth hatte geholfen, den verbrannten Leichnam fortzutragen, und nur zu deutlich erinnerte sie sich an das fratzenhafte Gesicht der Toten. Ein Gesicht, das kurze Zeit vorher noch gelächelt hatte.

Beth hörte sich selbst sagen: »Die Flitzer, wie du sie nennst, Captain ... Sie nähern sich schnell.« Das Mikrowellenradar hatte die fremden Schiffe erfasst; der Schirm präsentierte sie als vage zylindrische Formen. Sie bildeten ein Dreieck, die Spitze auf die *SunSeeker* gerichtet.

Redwing stand in der Mitte der Brücke und wandte sich an alle. »Offenbar steht uns ein Kampf bevor. Die fremden Schiffe, die Flitzer, sind sehr schnell. Wir können ihnen nicht entkommen. Wir müssen mit der *SunSeeker* gegen sie antreten, obwohl sie nie für einen Kampf bestimmt war.«

Stille. Jampudvipa sprach nur selten, aber jetzt fragte sie: »Könnte es uns etwas nützen, den Jet zu verlassen?«

Beth wusste, dass Redwing die Frage beantworten sollte, aber sie steckte inzwischen so sehr voller Zorn, dass sie die Worte nicht zurückhalten konnte. »Ich möchte nicht gegen so schnelle Schiffe manövrieren müssen, mit nur dem Sonnenwind des Sterns als Treibstoffquelle. Oder was davon übrig ist; der Jet bekommt neunzig Prozent des Plasmas, das den Stern verlässt. Ich kann die *SunSeeker* nicht richtig steuern, wenn unsere Kollektorfelder nahezu leer bleiben.«

»Womit fliegen die fremden Schiffe?«, fragte Karl Lebanon mit gesenktem Kopf.

»Nicht mit Plasma, oder?« Redwing richtete einen fragenden Blick auf Beth.

»Ihr Ausstoß deutet ebenfalls auf Fusionsreaktoren hin, aber offenbar verwenden sie Boronen und Protonen. Sie haben Treibstoff und Reaktionsmasse an Bord.«

»Sie fliegen den Jet herauf, was sie Bewegungsmoment kostet«, sagte Karl. »Wir gewinnen welches hinzu, weil wir mehr geladene Teilchen ins Maul unserer Kollektoren bekommen.«

»Was machen wir, wenn es hart auf hart kommt?«, fragte Redwing. »Wir haben keine Waffen an Bord.«

»Wir haben sogar eine ziemlich große«, warf Beth ein. »Die Fackel.«

»Wer auch immer die fremden Schiffe fliegt, Lebewesen oder Artilekte: Sie müssen sich vor dem Jet schützen«, sagte Karl. »Darauf weisen die Magnetfelder hin, die so beschaffen sind, dass sie einen Flug durchs Plasma ermöglichen.«

Beth sah Karl an und ärgerte sich darüber, dass er gesprochen hatte, obwohl Redwings Frage an sie gerichtet gewesen war. »Wenn wir sie noch mehr unter Druck setzen ... Vielleicht gelingt es uns dann, sie auf Distanz zu halten. Der Manövrierspielraum hier im Jet müsste eigentlich genügen.«

Redwing schnitt eine finstere Miene, und in seinem Gesicht zeigten sich mehr Falten als jemals zuvor. »Es sind zehn Lichtsekunden. Platz genug, um auszuweichen, sollte das notwendig werden. Können wir die Entfernung groß genug halten?«

»Kommt darauf an, wie die Fremden bewaffnet sind.« Karl überlegte. »Was nuklearen Kram betrifft ... Wenn sie Atomraketen oder was in der Art auf uns abschießen, können wir sie mit den Kollektorlasern erledigen. Aber wenn sie Gammastrahlenkanonen haben, so wie es sie am Schalenrand gibt ... Dann sind wir erledigt.«

Beth lehnte sich zurück und beobachtete, wie sich die Flitzer der *SunSeeker* von hinten näherten. Sie biss sich auf die Lippe, passte die Konfiguration der Kollektoren einer neuen Veränderung im Plasmastrom des Jets an und spürte, wie das Schiff kurz schlingerte. »Uns bleibt kaum eine Wahl, Captain«, brachte sie hervor.

Redwing schwieg, wanderte unruhig durch den Kontrollraum und runzelte die Stirn. Und plötzlich war Beth auf den Beinen und sagte mit scharfer Stimme: »*Du* hast befohlen, in den Jet zu fliegen. *Du* wolltest die Vogel-Leute unter Druck setzen. Clare hat das mit ihrem Leben bezahlt, und jetzt weißt du nicht, was zu tun ist?«

Redwing blieb stehen. »Was erlaubst du dir?«

»Wir alle haben gesehen, wie Clare von etwas umgebracht wurde, das wir nicht verstehen, das uns Angst gemacht hat, und du ...«

»Ruhe!« Jam stand auf, ihr dunkles Gesicht streng. »Der Captain erteilt die Anweisungen. Wir stellen sie nicht infrage, erst recht nicht in einer Kampfsituation.«

Beth starrte Jam an, die nur ein Unteroffizier war. Doch sie musste ihr recht geben. »Ich ...« Etwas schnürte Beth die Kehle zu. »Clare ...«

»Genug«, sagte Redwing und wandte sich an die ganze Brückencrew. »Wir sind alle nervös. Vergessen wir diesen kleinen Zwischenfall. Wir alle müssen unser Bestes geben.« Er sah Beth an. »Du bist die erste Pilotin. Du fliegst dieses Schiff in den Kampf. Ohne dich können wir es nicht schaffen. *Los!*«

Beth streckte die Hände nach den Kontrollen aus.

40

Wir brauchen eure besonderen Fähigkeiten, sagte eine kühle Stimme in Tananareves Kopf. Ihre Hände tasteten in dem engen Raum umher und stellten fest, dass sie noch immer allein war in der geschlossenen Maschine. Es roch ... organisch, und die Wände um sie herum waren so weich wie das Gewebe das Himmelsfisches.

»Ich bin bereit«, sagte Tananareve und wartete. Sie sah und hörte nichts, bis auf die Stimme in ihrem Kopf.

Wir möchten, dass in deiner Seele Frieden herrscht.

»Ich weiß nicht, was das bedeutet.«

Wir sehen, dass du voller Emotionen steckst. Das war zu erwarten. Ruhe kommt mit Konzentration.

»Wer seid ihr?«

Das Volk nennt uns Eisgeister. Wir sind alt und haben gesehen, wie sich die Galaxis dreht. Wir haben eure Spezies untersucht und glauben, dass ihr helfen könnt, die drohende Katastrophe zu vermeiden.

»Ihr kennt uns? Vom Kontakt mit Cliffs Gruppe, nehme ich an.«

Jene, die außerhalb dieser Lesesphäre stehen.

»Ihr sprecht von ›lesen‹? Irgendwie seid ihr in meinem Kopf.«

Von der Angehörigen des Volkes, die sich Memor nennt, haben wir die Analysen deines Bewusstseins. Von den Primaten drau-

ßen haben wir Anglisch gelernt, wobei sich Memors Untersuchungen deines Selbst als nützlich erwiesen. Jetzt hat dich das Volk hierhergebracht, damit wir dich benutzen können.

Das gefiel Tananareve nicht sonderlich. »Wofür?«

Es geht darum, Schaden von uns allen abzuwenden. Wir müssen eins sein, damit das gemeinsame Ziel mit dem Zweck der Himmelsschale in Übereinstimmung gebracht werden kann. Damit das Leben zum Leben in der Tiefe ruft und neue Größe erlangt.

Predigten hatten Tananareve nie gefallen, und dies klang nach einer. »Warum seid ihr Eisgeister? Ich meine, wie seht ihr aus?«

Bilder entstanden in ihr, begleitet von plötzlichem *Wissen*. Beides war miteinander verbunden und führte dazu, dass Tananareve nach wenigen Sekunden Dinge verstand, die sonst lange Erklärungen erfordert hätten. Dies war kein Lernen, kein Sammeln von Erkenntnissen, sondern ein intuitives Erfassen von etwas, ohne spürbare Anstrengung.

Ein rumpelnder Zug in der Nacht, über ihm ferne Sterne. Schmutziges graues Eis, hier und dort mit einem Krater darin, die dunklen Zähne schwarzer Felsen, Ansammlungen von Sand, wie die Sandbänke eines Flusses – und Flüssigkeiten, die dazwischen mit langsamer Eleganz strömten.

»Ihr seid das elfenbeinfarbene Etwas, das über die Felsen und das Eis fließt?«

Und ihr seid Tod für uns. Wir bleiben den vielen Warmleben-Spezies ein Rätsel. Euch Kohlenstoffkindern thermonuklearer Hitze und gleißenden Lichts. Wir kommen aus der Tiefe und wissen von der besonderen, subtilen Schönheit kurz nach der Entstehung der Sterne. Wir sind älter, als ihr es euch vorstellen könnt. Unsere Art entstand lange, lange vor euch, in dunklen Geometrien unter dem kalten Funkeln ferner Sterne, auf altem Eis. Unser Metabolismus liegt in flüssigem Helium, ist codiert in langsamer Bewegung, von Dunkelheit umhüllt, fernab des Lichts aller Sonnen.

»Und ihr lebt *hier?*« Es klang noch immer nach einer Predigt, oder vielleicht mehr nach einem Vortrag, aber es vermittelte auch ein Gefühl von Wahrheit.

Die künstliche Welt flog ihr entgegen, alle Einzelheiten deutlich erkennbar, die gewaltige Schale, die sich unter ihrem kleinen roten Stern und dem orangefarbenen Jet drehte. Das Auge des Betrachters schwang herum, glitt über die Hülle, über die zahlreichen Installationen an der Außenhülle, bis es schließlich einen großen Bereich mit zahlreichen parabolischen Pflanzen erreichte, die sich mit der Rotation der Schalenwelt drehten und auf bestimmte Sterne gerichtet blieben. Zwischen ihnen strömte perlweiße Flüssigkeit, erreichte hier und dort seltsame Halbkugeln, die vielleicht Behausungen irgendeiner Art darstellten.

»Wie seltsam«, sagte Tananareve. »So sehr von der Sonne abgeschirmt ... Es ist wie am Rand eines Sonnensystems, in der Kometenschale, die wir ›Oort'sche Wolke‹ nennen.«

Wir nutzen die Wärme auf der anderen, dem roten Stern zugewandten Seite der Schale, während wir die herrliche kalte Dunkelheit an der Außenseite genießen. Unser Bewusstsein entfaltet sich in komplexen interaktiven Wirbeln und Strömungen supraleitender Flüssigkeit.

Der Blick strich über die weiten Hänge von Hügeln und Bergen aus Eis, über Flüsse aus elfenbeinfarbener Flüssigkeit im schwachen Licht der Sterne. Die Perspektive des Beobachters erreichte eine weite Ebene, und Tananareve gewann den Eindruck, dass sie voller Leben war: eine Landschaft voller

Geister, die ineinanderflossen, wobei bewusste Gedanken entstanden.

»Warum schert ihr euch um uns? Wir …«

Warmleben seid ihr. In unserer primordialen Phase tauschten wir Wissen aus, über Äonen hinweg gesammelt, nützlich für Chemie Kaltwelt-Anlagen oder Astronomie. Wir waren geschickte Händler und Vermittler und konnten dabei auf Erfahrungen zurückgreifen, die gewaltige Zeiträume überspannten. Unsere kalte Sphäre ist praktisch unverändert geblieben, seit die Galaxis im Feuer einer gewaltigen nuklearen Kraft entstand.

Tananareve staunte über Sprache und Ausdruckskraft der Stimme in ihrem Kopf, die sie so vernahm, als erreichte sie die Ohren. Wenn sie genau hinhörte … Die Stimme sprach nicht nur perfekt Anglisch, sondern auch mit ihrem Akzent. Sehr eindrucksvoll. Selbst Menschen fiel es schwer, ihren starken Mississippi-Akzent nachzuahmen.

»Warum ich? Warum sprecht ihr ausgerechnet mit mir?« Die Frage war vielleicht nicht besonders intelligent, aber Tananareve stellte sie trotzdem.

Für uns ist kaum etwas neu, und noch weniger ist interessant. Wir haben beobachtet, wie sich Wolken aus Staub und einfachen Molekülen zu Sonnen verdichteten, wie sich Planeten bildeten und auf ihnen Leben. Diesem Geschehen sahen wir zu, über gewaltige Zeiträume hinweg. Wir sind der Ewigkeit so nahe, wie es sich das Warmleben vorstellen kann. Und ihr seid genau das Gegenteil. Ihr seid nicht langsam und alt, sondern schnell und neu.

In Tananareves Bewusstsein entstand ein Bild von knollenartigen Körpern mit langen Tentakeln, bestehend aus kalter elfenbeinfarbener Flüssigkeit. Sie verglich es mit einer umgedrehten Neunschwänzigen Katze.

Wir sind enorm weit von Leben wie euch entfernt, doch manchmal gerät die Schale, unser Transportmittel, in Gefahr. Das ist jetzt der Fall, und die Gefahr geht von euch aus.

»Ich habe keine Ahnung, was Redwing macht ...«

Doch ihr seid auch wichtig für den Fortbestand der Schale, wenn wir das Ziel erreichen, von euch Glory genannt. Ihr seid also gleichzeitig Freund und Feind.

»Warum ich?«, wiederholte Tananareve.

Memor hat deine neuralen Muster untersucht, und die Ergebnisse dieser Untersuchungen geben uns die Möglichkeit, mit dir zu kommunizieren. Wir bitten dich, für uns mit eurem nominellen Oberhaupt namens Redwing zu sprechen, und mit den Diaphanen.

»Ich weiß überhaupt nicht, was hier los ist!«

Unser Weitblick ist wesentlich für den Fortbestand der Himmelsschale. In diesem Moment sind 123 675 von uns an diesem kollektiven Gespräch mit dir beteiligt. Die Zahl veränderte sich, noch während die Eisgeister sprachen.

Einzeln sind wir langsam, aber gemeinsam denken wir viel schneller als du. Wir sind ewig, und ihr seid kaum mehr als das Flackern einer Kerzenflamme, die schnell das verbrennt, was sie am Leben erhält. Als wir uns entwickelten, bestanden die höchsten Formen des Warmlebens aus einzelligem Schleim in Tümpeln.

»Warum lebt ihr überhaupt an der Außenhülle der Schalenwelt?« Tananareve ärgerte sich über die Angeberei der Eisgeister. Doch in einer stinkenden Maschine gefangen und von einer Technologie umgeben, die ihr Bewusstsein sondierte ... Unter solchen Umständen hielt sie es für besser, ihren Ärger im Zaum zu halten. Voller Unbehagen dachte sie daran, was die Eisgeister von ihr wollten. Wenn es nur darum ging, in ihrem Namen mit Redwing zu reden – kein Problem. Aber irgendwie wusste sie, dass sich die Sache nicht darauf beschränkte.

Wir bringen die Weisheit langer Erinnerungen. Wir allein sprechen mit und für die Diaphanen. Wir möchten die Oberen kennenlernen, die bei Glory zu existieren scheinen.

Tananareve spürte eine Erschütterung; die ganze Maschine, in der sie sich befand, schien zu schwanken. Rufe erklangen draußen. Was geschah?

41

Cliff blickte auf das hinab, was die Vogel-Leute ihren »Anlegeberg« nannten, wo es angeblich eine Art Hangar für den Himmelsfisch gab. Aber er befand sich viel zu weit unter ihnen, kaum zu erkennen durch die Schichten aus grauen Cumuluswolken.

Nach dem langen Donnern, das durch den ganzen Himmelsfisch hallte, liefen die Besatzungsmitglieder zur großen transparenten Wand, starrten nach draußen und achteten nicht auf Bemors Anweisungen. Das änderte sich erst, als er wiederholt mit den Füßen stampfte; daraufhin machten sich die Bediensteten hastig daran, seinen gerufenen Befehlen Folge zu leisten.

Die Menschen und Sil wussten nicht, was geschah, und so traten sie zu der jetzt wieder freien durchsichtigen Wand und sahen nach draußen. Weit oben bemerkte Cliff so etwas wie einen umgedrehten Tornado, eine Erscheinung, die einem Trichter ähnelte. Darin wirbelten große Wolken in einer nach oben gerichteten Spirale und gewannen eine violette Tönung, als sich Feuchtigkeit in ihnen ansammelte. Die unteren Bereiche waren klar, und Cliff begriff, dass sich der Trichter durch die hohen Schichten der Atmosphäre erstreckte. Die Öffnung des Wolkentrichters war breit, und nach oben hin verjüngte sich das Gebilde zu einem dunklen Schlauch. Selbst aus dieser großen Entfernung beobachtete Cliff das Flackern von blauen und orangefarbenen Blitzen. Und ihm entging nicht, dass weitere Wolkenbänke dem Trichter entgegenglitten. Plötzlich wurde ihm klar, was er sah: Luft entwich durch eine Öffnung der Atmosphärenmembran.

»Sie versuchen, den Himmelsfisch auf den Boden zu bringen, damit er nicht in den Sturm gerät«, sagte Irma.

Das lebende Luftschiff sank und erbebte immer wieder, als Böen an ihm zerrten. Irma und die anderen beobachteten den Trichter am Himmel und hofften vielleicht, dass er kleiner wurde oder wenigstens nicht weiter wuchs, aber Cliff ahnte voller Unbehagen, dass es nur schlimmer werden konnte. Bei einer so hohen Atmosphäre wie der der Schalenwelt würde es lange dauern, bis sie ganz ins All entwich, und der Druckabfall bedeutete immer schlechteres Wetter. Er fragte sich, ob die Vogel-Leute in der Lage waren, einen Riss in der schützenden Membran zu reparieren, doch so wie Bemor umherstapfte und Anweisungen rief, schien das nicht der Fall zu sein.

Aybe streckte den Arm aus. »Die Besatzungsmitglieder … Sie bringen die Maschine weg, in der Tananareve liegt. Verdammt! Endlich begegnen wir ihr wieder, und dann wird sie uns erneut genommen.«

»Wir sind alle gefangen«, sagte Terry. »Ich sehe keine Möglichkeit, aus diesem lebenden Ding zu entkommen.«

Quert näherte sich. »Wind stark. Himmelsfisch verankern müssen.«

Wie um seine Worte zu unterstreichen, schwankte das große Geschöpf, wodurch die Menschen das Gleichgewicht verloren und zu Boden fielen. Cliff robbte zur Fensterwand und sah einen gelben Blitz, der weit oben entstand und sich

immer weiter nach unten fortsetzte, dabei seitliche Verästelungen bildete. Auf der Erde wäre es nicht möglich gewesen, einen Blitz so lange zu beobachten, hier waren die Entfernungen viel größer. Cliff beobachtete die Elektronen auf ihrem Weg nach unten, wie sich die Bänder des Blitzes trägen Schlangen gleich von einer Seite zur anderen wanden und schließlich den Berg tief unten trafen – daraufhin verschwand das Glühen und Gleißen. Kurze Zeit später kam der Donner, so heftig, dass sich der Himmelsfisch schüttelte, und Terry, der gerade wieder auf die Beine gekommen war, stürzte erneut.

Etwas knirschte in den nahen rosaroten Wänden, und der Himmelsfisch ging in einen steilen Sinkflug.

»Er sich fürchtet«, erklärte Quert.

»Mir geht es ebenso«, sagte Irma. Alle blieben auf dem feuchten, schlüpfrigen Boden liegen. Weitere Blitze zuckten über einen bleigrauen Himmel.

Der Himmelsfisch stieß gegen einen großen Ballon, und der Aufprall erschütterte ihn nicht nur, sondern drückte ihn zusammen. Der große Raum, in dem sich Menschen und Sil befanden, wurde kleiner, und ein Keuchen ging durch das lebende Luftschiff, gefolgt von einem Pochen, das vom schlagenden Herzen des großen Wesens stammte. Cliff hörte, wie Knochen brachen und Gewebe riss.

»Lasst uns schnell sein, Freunde«, sagte Quert. Sie sprangen auf und liefen.

Als Cliff den Sil durch fleischige Korridore folgte, die nach Flüssigkeiten rochen, über die er nicht nachdenken wollte – an manchen Stellen bildeten sie kleine Tümpel –, fiel ihm etwas ein, das sein Onkel in der Armee einmal gesagt hatte: *Man sollte versuchen, alle posthumen Medaillen im Voraus zu bekommen.*

42

Zusammen mit den anderen betrachtete Memor eine Darstellung der Zone, von oben gesehen – die Bilder stammten von einem Überwachungsvehikel.

Etwas hatte das große Meer in der Mitte der Zone getroffen, nicht weit von der Stelle entfernt, an der sich ihr Himmelsfisch abmühte. Ein gewaltiger Tsunami breitete sich über die gefleckte graue Oberfläche aus. Das Meer war flach, was bedeutete, dass die Welle bereits eine beträchtliche Höhe erreicht hatte. Sie brach nun, ihre weiße Krone neigte sich nach vorn und unten.

Der Himmelsfisch schlingerte von backbord nach steuerbord und wieder zurück. Ein bedrohliches Knacken kam aus seinem Rückgrat. Der Raum, in dem sie sich befanden, kippte, als sich der Himmelsfisch aufzurichten versuchte. In dieser Region der Schalenwelt war die Schwerkraft sehr gering, was bedeutete, dass die Atmosphäre hier in noch größere Höhen reichte als anderenorts. Der Sturzflug dauerte an. Memor taumelte und setzte sich abrupt. Die Maschine – oder Kapsel –, in der Tananareve lag ... Konnte es sein, dass Bemor recht hatte und sie dort drin wirklich mit den Eisgeistern sprach? Das hielt Memor eigentlich für unmöglich. Der Unterschied zwischen den beteiligten Bewusstseinssphären war einfach zu groß. Memor erinnerte sich an ihre anfänglichen

Schwierigkeiten mit der Primatin. Die Eisgeister ließen sich ohne lange Ausbildung, so wie Bemor sie hinter sich hatte, nicht erreichen.

Der Boden hob und senkte sich auf eine sehr unangenehme, desorientierende Weise, doch Memor zwang sich aufzustehen. Bemor war fort und kümmerte sich um eine Aufgabe, die ihm angeblich die Eisgeister gegeben hatten, und Asenath lag wimmernd in einem für Wasser bestimmten Hängebeutel – sie war fast ganz untergetaucht, ragte nur mit dem Kopf aus der Flüssigkeit. Sie starrte ins Leere, und Memor vermutete, dass die Weisheitsprinzipalin sie gar nicht bemerkte. Gut.

Furcht bestimmte jeden ihrer Schritte. Immer wieder neigte sich der Boden, mal in die eine, mal in die andere Richtung. Der Körper des Himmelsfischs stöhnte und zitterte. Wasserstoff entwich mit lautem Zischen.

Inzwischen hatte Memor die Peinlichkeit des inneren Sturms einigermaßen überstanden. Verdrängte Wahrheiten hatten sie überwältigt. Sie begriff, dass ihr Untergeist einen großen Teil der langen Geschichte der Himmelsschale vor ihr verborgen hatte, ohne dass auch nur der Hauch eines Verdachts in ihr entstanden war. Irgendwie hatte der Untergeist gewusst, dass sie die Konfrontation mit Fakten nicht ertragen konnte, die ihre tiefen Überzeugungen in Bezug auf Rolle, Status und Ruhm des Volkes infrage stellten.

Dann war plötzlich alles in ihr aufgebrochen, und von einem Augenblick zum anderen hatte sie alle Lügen ihres Lebens gesehen, in schockierender Deutlichkeit. Die Wahrheit war unaufhaltsam aufgestiegen, wie Magma in einem Vulkan.

Memor versuchte jetzt, das alles beiseitezuschieben und ihren Untergeist zu versiegeln, denn sie sah sich einem Problem gegenüber, das ihre volle Aufmerksamkeit verlangte. Sie machte einen Schritt nach vorn, passte sich dem Schwanken des Bodens an. Noch ein Schritt. Jeder verlangte Konzentration, und es schien eine Ewigkeit zu dauern, die Kontrolltafel der Maschine zu erreichen, in der die Primatin lag.

Sie setzte die Kontakthaube auf den Kopf und stellte die notwendigen Verbindungen her. Wenn tatsächlich eine Art Gespräch zwischen Tananareve und den Eisgeistern stattfand, so konnte sie auf diese Weise mithören, allerdings ohne Einfluss auf die Kommunikation.

Sie spürte/sah das Bewusstsein der Primatin als ein helles, tanzendes Etwas. Die Gedanken der Eisgeister erreichten die verschiedenen Schichten des Primatenselbst und schienen sich dort aufzusplittern – jedes Fragment fiel in einen anderen Bewusstseinskanal, wo selbst diese kleinen Bruchstücke brachen.

Eine seltsame, heiße Intensität ging davon aus, und Memor versuchte zu begreifen, was geschah. Verstehen dämmerte in den einzelnen Bereichen von Tananareves Untergeist. Neue Daten erreichten Memor, und sie konnte zwischen dem eigenen Untergeist und dem der Primatin hin und her wechseln. Erneut beobachtete sie die geheimnisvolle Fremdartigkeit linearer Selbstsphären. Ein ererbtes neurales Instrumentarium regierte diese geteilten Geister, auch physisch in der Mitte unterteilt, in eine rechte und eine linke Hemisphäre, wie so oft in den von der Himmelsschale besuchten Regionen der Galaxis.

Memor sah, wie Tananareves Bewusstsein die Kommunikation mit den Eisgeistern überraschend schnell in den beiden großen Hälften ihres Bewusstseins verarbeitete, in den Schmieden von Vernunft und Intuition. Die Eisgeister wollten auf ihre Hilfe zurückgreifen! Das war erstaunlich genug, wenn es auch nur dazu diente, mit dem Individuum namens Captain Redwing zu sprechen. Wäre Bemor nicht der bessere Weg für diese Art der Diplomatie gewesen?

Wieder kippte der Boden, und Memor hielt sich nur mit Mühe auf den Beinen. Rufe und Schreie hallten durch den Himmelsfisch.

Die von Bildern begleitete Kommunikation zwischen Tananareve und den Eisgeistern verdichtete sich in Memors Bewusstsein wie ein Nebel, in dem Konturen entstanden. Worte veränderten sich und bekamen neue Bedeutung, vom Primatengeist übersetzt. Memor versuchte nicht, individuellen Sinn zu erfassen; sie begnügte sich mit allgemeiner Bedeutung. Es ging um Captain Redwing und den Jet, ja, und welche Hilfe die Menschen in Hinsicht auf die Glorianer leisten konnten. Es musste eingegriffen werden, von Redwing und ...

Ein heftiger Stoß warf Memor zur Seite. Memor erhob sich wieder und langte nach der Kontakthaube, die sich von ihrem Kopf gelöst hatte. Als sie sie wieder aufsetzte, neigte sich der Himmelsfisch zur Seite, und Asenath stieß gegen sie.

»Wir sind unten!«, rief die Weisheitsprinzipalin. »Hinaus!«

»Aber die Primatin ...«

»Bemor hat die Leitung, und er sagt, wir sollen hinausgehen und die zentrale Zuflucht aufsuchen. Kommen Sie!« Asenath drehte sich um und lief los.

Memor zögerte. Sie wollte wissen, was die Eisgeister zu sagen hatten. Neugierig rückte sie die Kontakthaube zurecht und machte Anstalten, eine neue Verbindung herzustellen, als eine Stimme donnerte: »Geh! Ich kümmere mich darum!«

Sie drehte sich um, und Freude erfüllte sie beim Anblick ihres Bruders. Der Himmelsfisch erbebte, und ein lautes Keuchen hallte durch den Korridor. Memor machte sich auf den Weg.

Sie verließ das große Geschöpf. In der Düsternis draußen stolperte Memor und stürzte. Instinktiv rollte sie sich zusammen, bevor sie auf den Boden prallte. Es krachte, und überall erklangen Schreie. Der feste Fels des Berges gab knackend und knirschend nach. Der Weg zur Zuflucht wies plötzlich ein großes Loch auf. Das Knirschen wurde noch lauter, als riebe das Felsgestein des Berges aneinander; Staubwolken stiegen auf.

Ein schwarzer Vorhang wogte am Himmel, und darin flackerten Blitze. Der scharfe Geruch von Ozon hing in der Luft. Wind kam auf und brachte Regen.

Aber der Regen bestand nicht aus Wassertropfen, sondern aus getrockneten Schlammkugeln, hart an der Außenseite und weich in ihrem Innern. Sie hämmerten auf Memors Kopf.

»Aus einem Gewässer«, sagte Memor verwundert. »Etwas ist hineingestürzt und hat ...«

Sie streckte die Zunge aus und schmeckte den warmen Regen wie Wasser aus einem Bad und ... Salz. Das große Meer erreichte selbst diesen hohen Festungsberg. Memor legte die Federn an, formte eine Art Schutzmantel aus ihnen.

Eine Lache aus Tinte schien sich oben am Himmel auszubreiten. Einzelne dunkle Wolkenschichten strömten wie Flüssigkeiten ineinander. Der beruhigende ewige Tag verwandelte sich in Nacht, und immer wieder gleißten Blitze in der Dunkelheit, heller als zuvor Stern und Jet.

Erneut wurde Memor von einem blauweißen Flackern geblendet. »Bemor!«, rief sie, bekam aber keine Antwort. Sie stand auf und ging weiter, mit weichen Beinen, die unter ihr nachzugeben drohten.

Das Licht der Blitze zeigte ihr ein neues Problem, einen tiefen Riss im Boden weiter vorn. Etwas hatte das Felsgestein des Berges an dieser Stelle aufgerissen und eine Kluft geschaffen, so breit, dass man selbst in der geringen Schwerkraft nicht zur anderen Seite springen konnte. Der Riss blockierte den Weg zur Zuflucht.

Memor blickte sich um. Besatzungsmitglieder des Himmelsfisches und andere Bedienstete standen am Rand der Kluft und wirkten verzweifelt. Memor roch ihre Angst. Asenath befand sich nicht unter ihnen. Im blauweißen Licht eines weiteren Blitzes sah Memor, wie immer mehr Fliehende zu der großen Gruppe stießen, die sich bereits vor dem breiten Riss im Boden gebildet hatte. Sie erkannte ein weiteres Problem: Wo waren die Sil und die Primaten?

43

Redwing setzte seine unruhige Wanderung auf der Brücke fort und beobachtete die nahe herangekommenen Verfolger inmitten der Plasmaschlieren des Jets. Momente verstrichen, und auf der Brücke herrschte Stille. Beth hatte die Konfiguration der Kollektorfelder verändert, um den Ausstoß der *Sun-Seeker* zu bündeln. Und inzwischen hatte sich etwas Neues und Seltsames ergeben.

Ein sonderbares Summen ging durch den Rumpf des Schiffes, so tief, dass man es gerade noch hören konnte. Es klang unheimlich, nach dem Schlagen eines riesigen Herzens, oder nach gewaltigen Wellen, die majestätisch langsam an einen kristallenen Strand schlugen. Redwing hörte die Töne nicht nur, er fühlte sie auch und erinnerte sich daran, wie er als Junge einmal in einer Kathedrale gestanden und ein Orgelkonzert gehört hatte. Die Pfeifen der Orgel erzeugten Schallwellen länger als der menschliche Körper. Er hatte sie damals weniger mit den Ohren gehört, sondern sie vor allem mit dem ganzen Körper gefühlt und war davon überaus beeindruckt gewesen.

»Die Schirme zeigen nur Plasma und magnetische Signaturen«, sagte Beth. »Aber was auch immer sich dort draußen befindet ... Es versucht, mit uns zu kommunizieren.«

»Der letzte Kommunikationsversuch hat Clare umgebracht«, ließ sich Karl vernehmen.

»Ja, und es war ein schrecklicher Tod«, erwiderte Beth. »Ich frage mich, wie das, was da draußen ist, Geräusche verursachen kann. Oh, Captain ... Vor uns befindet sich ein dichter Plasmaknoten.«

»Richte die Bugfelder darauf«, sagte Redwing. »Können wir den Knoten für unseren Triebwerksstrahl verwenden und ihn auf die Verfolger richten?«

»Ich ... denke schon.« Beth und die anderen auf der Brücke waren ganz auf ihre Arbeit konzentriert. Die Blicke blieben auf Schirme und Anzeigen gerichtet. »Die Modifizierung der Algorithmen ist abgeschlossen. Wird angewendet. Die Artilekte kümmern sich um das Problem, sind aber alles andere als begeistert.«

»Das müssen sie auch nicht sein«, sagte Redwing.

Das dumpfe Summen im Rumpf der *SunSeeker* hörte plötzlich auf.

»Vielleicht lassen sie uns jetzt in Ruhe«, spekulierte Beth.

Der brodelnde Knoten aus heißen Ionen, zusammengehalten von einem starken Magnetfeld, näherte sich ihnen mit über siebenhundert Kilometern pro Sekunde. »Zusammen mit unserer Geschwindigkeit ergeben sich daraus tausend Sekundenkilometer bei der Kollision«, sagte Karl. »Sind die Kollektoren vorbereitet?«

»So gut es geht«, erwiderte Beth angespannt und presste die Lippen zusammen.

Sie beobachteten, wie der große feurige Ball direkt auf sie zuhielt. Er war viel größer als die Bussard-Kollektoren der *SunSeeker* und störte ihre Magnetfelder, was weitere Erschütterungen zur Folge hatte. Das ganze Schiff bebte.

Die Sensoren verfolgten den Strom des dichten Plasmas durch den magnetischen Trichter vor dem Schiff bis hin zu den Reaktionskammern. Dort gab es die ständig kontrollierten autoadaptiven Feldgeometrien, die das Plasma weiter verdichteten und ihm Katalysatoren hinzufügten, woraufhin nukleares Feuer entstand, das Antrieb und Systeme der *SunSeeker* mit Energie versorgte – die Schirme zeigten das gelbe Glühen des Fusionsbrands. Das ultraheiße Gas entwich nach hinten, durch die Öffnung einer Düse.

Normalerweise zeigte diese Düse genau nach achtern, aber jetzt nicht mehr. Beth hatte die Konfiguration verändert, woraufhin die entsprechenden Magnetfelder eine andere Ausrichtung gewannen, die ein wenig zur Seite geneigt war. Dadurch verschob sich die Schwerkraft auf der Brücke – der Boden schien zu kippen. Das für die Schiffsstabilität verantwortliche Artilekt aktivierte und modifizierte Kraftfelder, die für einen Ausgleich sorgten. Plasma entwich durch ein laterales Ventil. Beths Finger flogen über die Kontrollen, als sie die Konfiguration der Heckfelder modifizierte, um den Triebwerksstrahl zu bündeln. Auf diese Weise entstand eine Art Plasmafinger, der aus dem Heck des Schiffes ragte und an der Entladungswelle hinter ihnen kratzte.

»Mit ein bisschen mehr Abdrift ...«, murmelte Beth, während sie die Anzeigen im Auge behielt.

Ein Verfolger befand sich direkt im Zentrum des Bereichs, auf den der Triebwerksstrahl der *SunSeeker* gerichtet war. Er traf das fremde Schiff, dessen Abbild auf den Schirmen hinter einem Schleier aus Energie verschwand. Dann gewann es wieder klarere Konturen und brach auseinander; Bruchstücke flogen in alle Richtungen.

»Erwischt«, sagte Beth leise.

»Hervorragend«, sagte Redwing. »Die anderen ...«

»Der zweite Verfolger manövriert«, warf Karl ein. »Er weicht zur Seite aus.«

Erneut richtete Beth den Triebwerksstrahl neu aus, und er traf das zweite Schiff, bevor es entkommen konnte. Niemand jubelte.

»Das dritte Schiff fällt zurück«, meldete Karl.

»Wir können nicht viel weiter durch den Jet nach oben fliegen«, sagte Redwing. »Das wissen sie. Wir müssen schon bald umdrehen.«

»Dann wartet das dritte Schiff auf uns«, fügte Beth hinzu. »Und zwar vor uns.«

44

Tananareve nahm mit Dankbarkeit zur Kenntnis, dass die Wände ihres Gefängnisses weich und gleichzeitig fest waren. Was auch immer sie trug – den Apparat, in dem sie sich befand –, es schien ihm nicht unbedingt darum zu gehen, ihr die Reise so angenehm wie möglich zu machen. Immer wieder kam es zu Stößen und manchmal sehr heftigen Erschütterungen. Unter solchen Umständen fiel es ihr schwer, auf die kühle Stimme der Eisgeister konzentriert zu bleiben, die zwischen ihren Gedanken flüsterte, begleitet von Bildern, die ihr das kalte Reich zeigten, in dem jene Wesen lebten.

Sterne warfen ein schwaches Licht auf eine Ebene aus Eis und Felsen. Vakuumblumen drehten dort ihre parabolischen Blütenkelche und folgten mit ihnen den Bewegungen der Sterne am dunklen Himmel. An den Stängeln dieser Blumen strömten träge elfenbeinfarbene Flüssigkeiten, in denen das Bewusstsein der Eisgeister wohnte. Wie das möglich war, wie sich unter so extremen Umständen bewusste Intelligenz entwickeln konnte, blieb Tananareve ein Rätsel.

Der Moment gebietet Eile. Wir haben beschlossen, ganz zu erwachen, um den Erfordernissen des gegenwärtigen Problems gerecht zu werden.

»Worin besteht das Problem?«

Aus deiner Spezies. Das Volk glaubte, euch als junge und größtenteils inkompetente Spezies behandeln zu können, aber wir sind zu der Einsicht gelangt, dass das falsch wäre.

Tananareve hätte fast so etwas wie »Na so was, herzlichen Dank!« gesagt, aber Sarkasmus brachte sie im Umgang mit diesen Aliens vermutlich nicht weiter. »Seit wir die Schalenwelt erreicht haben, sind wir entweder gefangen oder auf der Flucht gewesen.«

Das Volk ist unsere … Die Stimme zögerte. *… Polizei. Es hütet auch das Gleichgewicht. Bedauerlicherweise haben euch die Vogel-Leute nicht verstanden, und deshalb bahnt sich jetzt eine Katastrophe an.*

»Was? Ein Katastrophe? Wie meint ihr das?«

Euer Schiff hat dem Jet Instabilität gebracht, und das Volk hat Angriffe auf euer Schiff befohlen. Was nicht unserem Wunsch entspricht. Mit deinen Artgenossen an Bord des Schiffes können wir nicht gut kommunizieren, was auf einige Angehörige des Volkes zurückzuführen ist. Wir möchten, dass du direkt mit dem Schiff sprichst, durch Kanäle, die wir bald öffnen werden.

»Das sind viele Neuigkeiten auf einmal. Die *SunSeeker* fliegt im Jet? Lieber Himmel.«

Vor ihrem inneren Auge entstand ein Bild: ein dunkler Fleck, der im Plasmaglühen des Jets nach oben glitt. Die Entfernung zum Jet wuchs, und Tananareve konnte sehen, wie er sich im Bereich des Astlochs zur Seite neigte. Dort tangierten Ausläufer des Plasmastrangs die Magnetfelder, die eigentlich Schutz vor ihm bieten sollten, und erreichten Lebenszonen der Schalenwelt. Die Atmosphärenmembran war gerissen, und Luft entwich ins All. Einige Streben, die zum System der Atmosphärenbegrenzung bei verschiedenen Biotopen gehörten, hielten der Belastung nicht stand und brachen. Tananareve beobachtete das Geschehen erschrocken.

Dein Bewusstsein können wir erreichen. Die Aufmerksame Anwesende Astronomin Memor hat das neurale Netzwerk in deinem Kopf genau genug untersucht. Auf die dabei gewonnenen Daten greifen wir jetzt zurück. Wir möchten, dass du mit deinen Artgenossen sprichst und anschließend die Diaphanen beruhigst.

»Wen?«, fragte Tananareve verwundert. Weitere Aliens?

Neue Bilder entstanden in ihr, zeigten Flüssigkeiten, die sich in Tümpeln sammelten, aus denen große Tori wuchsen, hellblau und durchzogen von gelben Linien. Irgendetwas sagte Tananareve, dass diese Gebilde größer als Kontinente waren, verschwommen an den Rändern, wo ein Fließen wichtiger war als klare Abgrenzung. Sie sah komplexe Spulen, größer als Welten, und gewaltige Explosionen, die einen Hinweis auf die Stärke der Energie lieferten, die hier strömte.

»Diese Wesen … leben im Jet?« Es fiel Tananareve schwer, sich so etwas vorzustellen.

Sie entwickelten sich in den magnetischen Strukturen von Sonnenflecken. Schließlich lernten sie, sich davon zu lösen, sich abzuspalten und neue Magnetfelder zu schaffen. Die Möglichkeit, in diesen Feldern Informationen abzulegen, erlaubte ihnen die Vererbung von Eigenschaften und Fähigkeiten. Auf diese Weise bildete sich schließlich Intelligenz heraus oder zumindest Bewusstsein.

»Aber sie haben keine Körper. Wie …« Tananareve unterbrach sich verwirrt.

Geschöpfe wie ihr und wir erfahren nicht das chaotische Wogen großer Plasmawolken zwischen den Sternen. Wir sehen nichts zwischen den Lichtpunkten am Himmel, die ferne Sonnen sind, und deshalb nehmen wir fälschlicherweise an, der Weltraum sei leer.

Aber die Evolution stemmt sich überall den Kräften der Auflösung entgegen.

Tananareve kannte sich ein wenig mit der allgemeinen Theorie des Lebens aus. Danach schufen die gewaltigen Kräfte der Natur früher oder später Voraussetzungen dafür, dass die Evolution die Entwicklung einfacher Lebensformen antrieb, dass sie immer komplexer und sich schließlich der eigenen Existenz bewusst wurden. Milliarden von Jahren dauerte dieser Vorgang. Die Lebensformen erkannten ihre Umwelt und den eigenen Platz darin. Aber dies galt für »normale« ambientale Bedingungen, wie man sie auf Planeten vorfand. Konnten solche Entwicklungen auch in Plasma und Magnetfeldern stattfinden?

Mit Sonnenstürmen reisten die Diaphanen in die große Leere, wo wir uns entwickelten. Als der Bau der Schalenwelt begann, wurde es notwendig, sie aufzunehmen, als Verwalter des Jets und auch des Sterns. Nur mit der Formung der Magnetfelder von Stern und Jet können wir die Schale bewegen und ihr Stabilität geben. Wer wäre besser als magnetische Wesen imstande, sich um magnetische Aggregate zu kümmern?

Die Eisgeister klangen rational, ihre Schlussfolgerungen vernünftig. Vor dem inneren Auge beobachtete Tananareve Plasmabögen, die aus der Oberfläche von Sonnen wuchsen und sich von ihr lösten, dadurch Eigenständigkeit gewannen und zu unabhängigen Wesen wurden. Sie sah nicht nur, sondern fühlte auch, wie sich Wellen in den komplexen magnetischen Netzen ausbreiteten, die sich in ihrem Bewusstsein entfalteten – vielleicht eine Metapher. Der Blickwinkel kehrte zum Jet zurück und zeigte die *SunSeeker*, verfolgt von kleinen Schiffen, die sie zerstören wollten.

»Ihr wollt … was?«, fragte Tananareve. »Eine Vereinbarung mit uns treffen, nachdem ihr uns durch den Jet gejagt habt?«

Das Volk hat uns enttäuscht und versagt. Seine Verteidigung des Jets ist uralt und funktioniert nicht mehr richtig. Wir glauben, dass euer Schiff nicht einmal etwas davon bemerkt hat. Der instabil gewordene Jet erreicht nun Lebenszonen und richtet dort großes Unheil an. Jene, die euer Schiff verfolgen, sehen sich vielleicht gezwungen, von einer Waffe Gebrauch zu machen, die sie geschworen haben, nie anzuwenden. Sie könnte noch weitaus größeres Unheil bringen.

Zumindest das war ein vertrautes Konzept: eine drohende Katastrophe. »Na schön, was kann ich tun?«

Wir müssen uns über das Volk hinwegsetzen und direkt mit eurem Captain Redwing Kontakt aufnehmen.

Eine Vibration ging durch Tananareves Bewusstsein, gefolgt von einem sonderbaren Gefühl des Schwebens und von Farben, die vor ihren Augen blitzten. Vor Augen, von denen sie wusste, dass sie sich im Innern einer Maschine befanden und in Wirklichkeit nichts anderes sahen als lichtlose Schwärze. Doch der Blick ihres Bewusstseins fiel auf orangefarbene und violette Bänder, gekrönt von etwas, das wie gelber Schaum aussah. Und darunter erstreckte sich eine hellblaue Ebene, in der sich grüne Flecken bewegten. Zitternde Linien vereinigten sich zu einem Netzwerk und bildeten Dreiecke, in denen Energie pulsierte. Scharlachrote Blitze untermalten ein schrilles Kratzen.

Dann sah sie Redwing. Sein Bild wackelte und waberte, und Tananareve fragte sich, wie die Eisgeister es in ihr Bewusstsein projizierten. »Wer oder was bist du?« Seine Stimme hallte wie in einer Höhle.

»Hier spricht Tananareve, Captain. Ich befinde mich im Innern einer Maschine, die eine Kommunikation mit dem Schiff ermöglicht. Gewisse Wesen wollen mit euch reden. Sie sind schwer zu beschreiben. Begnügen wir uns mit der Feststellung, dass es auf der Schalenwelt Geschöpfe gibt, die noch seltsamer sind, als wir bisher dachten.«

»Woher soll ich wissen, dass du wirklich Tananareve bist?«

Daran hatte sie gar nicht gedacht. »Erinnerst du dich an die Party, die wir hatten, bevor wir aufbrachen, um auf der Schalenwelt zu landen? Scheint ziemlich lange her zu sein.«

»Ja.« Redwing stand auf der Brücke, und im Hintergrund sah Tananareve Beth und die anderen. Alle starrten etwas an – das *was* war? Was sahen sie? Wie zapften die fremden Wesen die Kommunikationssysteme der *SunSeeker* an?

Wieder hörte sie die ruhige mentale Stimme der Eisgeister. *Wir haben Kontakt mit etwas aufgenommen, das ihr »Artilekte« nennt. Sie sind bereit, uns zu helfen.*

»Du hast eine Flasche Champagner hervorgeholt, weißt du noch?«, fuhr Tananareve fort. »Angeblich war sie für unsere erste Landung auf Glory bestimmt gewesen, aber du hast gesagt, dies sei ebenfalls eine erste Landung.«

»Verdammt!« Redwing grinste plötzlich. »Du bist es tatsächlich. Kein Video, aber ... Willkommen an Bord, sozusagen.«

»Ich spreche für Geschöpfe, von deren Existenz wir bisher gar nichts wussten, Captain. Sie möchten, dass ihr aufhört, den Jet zu destabilisieren.«

Das kommt später. Sag deinem Kommandanten zuerst einmal, dass ihm große Gefahr droht.

Tananareve gab die Warnung weiter, und Redwing drehte den Kopf, blickte auf einen Bildschirm, den sie nur teilweise sehen konnte. Darauf bewegten sich dunkle Flecken vor einem Hintergrund aus gelben Linien, von denen sie wusste, dass es sich um Magnetfeldlinien handelte.

»Soll das heißen, dass sie es auf uns abgesehen haben?«

Euer Schiff hat die Erlaubnis, die Angreifer zu vernichten. Aber einer von ihnen hat eine Waffe, die euer Schiff vernichten könnte.

»Erledigt die Verfolger, Captain, so schnell wie möglich. Sie haben etwas ...«

Sie haben den Lambda-Speer, der das Gefüge der Raumzeit in ihrer Nähe aufreißen kann.

»Sie verfügen über eine sehr wirkungsvolle Waffe«, sagte Tananareve.

Redwing wirkte plötzlich müde. Er nickte. »In Ordnung, bleib mit uns in Verbindung. Wir versuchen ...«

Mehr hörte Tananareve nicht. Das Bild, das ihr Redwing zeigte, wurde kleiner, und dann war sie erneut von Dunkelheit umgeben. Jemand oder etwas trug sie noch immer, und sie fühlte einen plötzlichen Fall. Etwas pochte. In der Ferne erklangen Rufe in einer Sprache, die sie nicht kannte, und von einem Augenblick zum anderen war sie erschöpft.

45

Cliff duckte sich wie die anderen und beobachtete den Himmelsfisch auf dem Gipfel des Berges. Bedienstete hatten ihn an beiden Enden festgemacht und versuchten nun, die Seiten mit Stricken und Kabeln zu sichern. Der größte Teil des Lichts, das vom lebenden Luftschiff kam, verschwand hinter einem Vorhang aus Regen. Das matte elfenbeinfarbene Glühen verschwand ganz, wenn Blitze flackerten. Hämmernde Regentropfen verwischten ihr Gleißen zu milchiger Helligkeit.

»Wo sind die Vogel-Leute?«, rief Irma gegen den Wind.

»Sie sind durch die große Öffnung verschwunden!« Aybe zeigte darauf. »Mit der Maschine, in der Tananareve liegt.«

»So wie wir an Bord des Himmelsfischs durcheinandergeworfen worden sind ... Es erfordert erhebliche Erdbebenenergie, solche Druckwellen zu schaffen und den Fels dieses Berges brechen zu lassen. Aber in der Schalenwelt gibt es keine tektonische Aktivität und somit auch keine Erdbeben.«

Aybe wischte sich Regen aus den Augen und schob das Kinn vor. »Die Schale hat eine leichte, flexible Basisstruktur. Impaktenergie muss sich schnell in ihr ausbreiten können, um keinen strukturellen Schaden anzurichten. Die Energie erreichte diesen Berg hier und schüttelte ihn ordentlich.«

»Gerade als wir landeten. Was für ein Glück.« Irma ging in die Hocke. Cliff verstand die Botschaft ihrer Körpersprache: Wenigstens war der Regen warm. Es goss in Strömen.

Terry schniefte. »Ich würde gern raus aus diesem verdammten Regen.«

Als hätte er damit das Stichwort gegeben, fielen plötzlich weiße Körner auf die Felslandschaft um sie herum.

»Hagel!«, stieß Aybe hervor.

Ein schmutziger weißer Ball so groß wie eine Faust traf Cliff an der Seite, und er glaubte, das Knacken einer Rippe zu hören. Das Wetter war nicht nur schlecht – es wurde gefährlich. Und die Dunkelheit, die sie sich so oft gewünscht hatten ... Sie machte alles nur noch schlimmer.

»Wir brauchen ein Dach über dem Kopf«, sagte Cliff. »Der Himmelsfisch kommt nicht infrage – wer weiß, was da drin passieren könnte.«

Quert kümmerte sich um die Sil, die das machten, wozu sie jede Pause nutzten: Sie ruhten aus. Sie hockten da und aßen etwas, das sie aus dem Himmelsfisch geholt hatten. Es gelang ihnen nicht, ihre Ruhe auf die nervösen Menschen zu übertragen.

»Wir gehen voraus«, sagte Quert.

Die Sil brachen auf und wichen dem breiten Riss aus, der sich vor ihnen im Boden gebildet hatte. Während des Durcheinanders beim Verlassen des Himmelsfisches waren sie alle der Kontrolle durch die Vogel-Leute und ihrer in Panik geratenen Bediensteten entkommen. Dunkle Wolken zogen über den Himmel, schluckten das Licht von Stern und Jet, und die völlig ungewohnte Düsternis machte den Dienern des Volkes Angst. Eine solche Finsternis kannten sie ebenso wenig wie Unwetter von derartigen Ausmaßen.

Der Riss endete einige Hundert Meter vom Himmelsfisch entfernt. Die Sil gingen in aller Seelenruhe an seinem Rand entlang und näherten sich einem Buckel neben der Station der Vogel-Leute. Inzwischen flackerten weniger Blitze. Cliff blickte durch die Dunkelheit zurück und sah, dass Licht aus dem Himmelsfisch kam wie aus einer immensen Halloween-Laterne, die jemand auf die Seite gelegt hatte.

Sie erreichten den Buckel. Ein leerer Tunnel führte in ihn hinein und in die Tiefe.

»Wo sind alle anderen?«, fragte Cliff.

»Angst haben sie«, antwortete. »Vogel-Leute und Bedienstete, verstecken sich tief drinnen.«

Sie schritten durch den Tunnel und durch große Räume voller Aggregate, deren Zweck Cliff verborgen blieb. Manche der Geräte waren offenbar in Betrieb, denn es leuchteten Indikatoren an ihnen, aber sie bekamen keinen Hinweis, welche Funktion sie ausübten.

»Vogel-Leute nicht wissen, was zu tun bei großen Veränderungen«, sagte Quert lakonisch. Er wiederholte seine Bemerkung für die anderen Sil, und alle lachten.

Schließlich erreichten sie einen großen Raum, von dem aus man in einen noch größeren hinunterblicken konnte. Leise schlichen sie an der Brüstung entlang und beobachteten die Menge weiter unten. Sie bestand aus Bediensteten und Wesen, wie sie Cliff bisher noch nicht gesehen hatte. Weiter hinten bemerkte er einige Roboter. In der Mitte umringten die großen Vogel-Leute die Maschine, die Tananareve enthielt. In den fernen Wänden zeigten große ovale Bildschirme Szenen von den Astloch-Regionen. Auf einem kleineren Schirm war ein langer Riss in der Atmosphärenmembran zu sehen. Luft entwich, Feuchtigkeit kondensierte, und Blitze flackerten in gewaltigen dunklen Gewitterwolken.

»Dort kann man das Unwetter über uns von oben sehen«, sagte Terry. »Wenn ich den Maßstab richtig deute … Die Gewitterwolken scheinen so groß zu sein wie Kontinente auf der Erde. Und habt ihr den Blitz gesehen? So lang wie der Mississippi, schätze ich.«

Irma deutete auf einen großen Bildschirm, der den Jet zeigte. »Ist das dort die *SunSeeker*?«

Nicht nur ihr Schiff war zu sehen, sondern auch andere, klein und schnell – sie flogen ebenfalls durch den Jet. Eine Nahaufnahme präsentierte Details: Die *SunSeeker* pflügte durch glühendes Plasma, fing es mit ihren Bugkollektoren ein. Der Triebwerksstrahl verjüngte sich plötzlich, neigte sich ein wenig zur Seite und …

»Der Strahl hat das fremde Schiff getroffen und zerstört!«, entfuhr es Aybe.

»Himmel, ja!«, pflichtete ihm Terry bei.

Sie wussten nicht, was vor sich ging, doch Aufregung erfasste Menschen und Sil, als sie den Kampf im Jet beobachteten. Cliff sah ein Raumschiffballett, das mit einer Geschwindigkeit von mehreren Hundert Kilometern pro Sekunde stattfand, viele Millionen Kilometer entfernt.

Die Menge unten starrte auf die Schirme, und die Vogel-Leute in ihrer Mitte betätigten irgendwelche Kontrollen. Die Maschine, in der sich Tananareve befand, stand neben ihnen.

Cliff fragte sich, was die großen Vogelgeschöpfe von diesem Durcheinander hielten. Einer plötzlichen Eingebung folgend, zog er Irma an sich und küsste sie, ohne sich um die anderen in seiner Nähe zu scheren.

Dann kamen die Wächter.

46

Sie waren nass, und Kälte setzte ihnen zu, den Angehörigen des Volkes wie den Bediensteten, aber die Ereignisse verlangten Aufmerksamkeit. Memor ließ sich zu Boden sinken, den Blick auf die Schirme gerichtet.

Die Flucht aus dem verletzten, leidenden Himmelsfisch war laut und chaotisch gewesen. Durch Regen und Dunkelheit waren sie gelaufen, unter einem Himmel, an dem immer wieder mächtige Blitze gleißten. Memor hatte versucht, bei ihrer Gruppe einen Rest von Ordnung zu bewahren, als sie über geborstene Felsen kletterten. Ein Team von der Station war ihnen entgegengekommen und hatte geschickt und schnell eine Brücke über den langen, breiten Riss gebaut. Ein Flansch aus gehärtetem Kohlenstoff, so der stellvertretende Stationskommandant, hatte sich weit oben von den Membranstützen gelöst und beim Aufprall auf den Berg eine tiefe Kerbe ins Felsgestein geschlagen. Die Druckwelle hatte den Himmelsfisch zur Seite geworfen und seine Außenhaut an mehreren Stellen aufgerissen. Splitter des Flansches waren zu tödlichen Geschossen geworden und hatten mehrere Bedienstete getötet. Weitere Diener waren bei dem Versuch ums Leben gekommen, den verwundeten Himmelsfisch festzubinden. Voller Schmerzen hatte er sich hin und her geworfen und mit seinen scharfkantigen Flügelflossen geschlagen.

Wenn man dies alles berücksichtigte, grenzte es an ein Wunder, dass überhaupt noch etwas funktionierte.

Memor sackte erschöpft in sich zusammen. Sie beobachtete, wie Asenath stolz ganz vorn im Kommandozentrum der Station stand, voller Autorität. Sie hörte die Stimmen, die von den Schiffen im Jet kamen – auf den Schirmen war zu sehen, wie sie das Schiff der Primaten verfolgten. Sie klangen schrill, selbst hier im großen Kommandoraum. KIs flogen die Schiffe, hochentwickelt und angeblich auch zu Gefühlen fähig. Und so klangen die Stimmen: emotional, voller Aufregung. Als sich die kleinen, schnellen Schiffe ihrem Ziel näherten, wurden sie plötzlich vom Antriebsstrahl des größeren, trägeren Schiffes erfasst, und zwei von ihnen explodierten.

»Wir könnten den Lambda-Speer benutzen, wie zuvor von Ihnen vorgeschlagen, Weisheitsprinzipalin«, sagte ein kleiner Offizier leise. »Eins unserer Schiffe ist damit ausgestattet, das größere, langsamere von ihnen. Es hält sich zurück, um nicht ebenfalls vom Antriebsstrahl erfasst zu werden, den die Letzten Eindringlinge in eine Waffe verwandelt haben.«

»Wer hat den Befehl gegeben, eins der Schiffe mit dem Lambda-Speer auszustatten?«, fragte Memor.

»Ich«, erwiderte Asenath fest.

»Sind die Eisgeister damit einverstanden gewesen? Sie haben …«

»Bemor ist nicht hier, also können wir nicht mit den Eisgeistern kommunizieren. Er ist fortgegangen, um ihr Gespräch – wenn man es so nennen kann – mit Ihrer Primatin zu organisieren. Also übernehme ich das Kommando.«

»Geteiltes Kommando?«, erwiderte Memor. »So etwas sieht die Hierarchie nicht vor.«

»Wir haben es hier mit einem Notfall zu tun. Die Kommunikation ist fragmentarisch, und der Zeitfaktor spielt eine wichtige Rolle. Ich ordne an, dass der Lambda-Speer für den Einsatz vorbereitet wird ...«

Memor fühlte Sorge in sich aufsteigen. »Auch das wird Zeit kosten ...«

»Kümmere dich darum«, wies Asenath den Offizier an. Andere Bedienstete in der Nähe wechselten von Unbehagen bestimmte Blicke. Niemand rührte sich.

»Sie planen den Einsatz des Lambda-Speers schon seit einer ganzen Weile, nicht wahr?«, fragte Memor.

Asenath raschelte verärgert mit ihrem Gefieder. »Na los!«, rief sie den Offizieren zu, die daraufhin aus ihrer Starre erwachten und davonstoben.

Auf eine fast beiläufige Art, die Memor in ihrer Vermutung bestärkte, dass dies alles von langer Hand geplant war, drehte sich Asenath um und zeigte mit einigen ihrer Federn ein hochmütiges Grün. »Ich habe es für notwendig gehalten, und die Ereignisse bestätigen meine Einschätzung.«

Die Kälte der Erschöpfung erfasste Memor, doch sie mobilisierte Kraftreserven, sträubte die Federn und richtete ihre Aufmerksamkeit nach innen. Vor langer Zeit hatte sie vom Lambda-Speer als historische Kuriosität erfahren und musste jetzt Einzelheiten aus ihrem Gedächtnis abrufen, um Asenath Paroli zu bieten. Ihr Untergeist enthielt entsprechende Informationen, und auf der Suche danach merkte Memor, wie »wund« der andere Teil ihres Selbst war. Das wurde ihr klar, als sie Teile davon freilegte, als sie Schichten jugendlicher Erinnerungen beiseiteschob und hinter das Trauma blickte, das die Konfrontation mit der Großen Schande geschaffen hatte. Memor sah sie jetzt, als gespenstisches Panorama: das Bild eines Kometen, der auf die Erde zufiel, vom Gravitationsfeld der Himmelsschale aus seiner ursprünglichen Bahn geworfen; dann der Aufschlag und die Zerstörung, die er einer uralten Zivilisation warmblütiger Reptilien brachte. Ihre Eleganz lag nicht in prächtigen Bauwerken oder einer Entwicklung, die schließlich mit der Himmelsschale ihren Höhepunkt erreicht hatte. Diese Geschöpfe waren vielmehr Erben jenes Teils des Volkes, der seinen Heimatplaneten liebte und nicht am Projekt der Schale teilhaben wollte, weder an der technischen Kühnheit dieses Vorhabens noch am Bündnis mit den sonderbaren Wesen in der Kometenschale. Sie hatten die Erde grün und fruchtbar gehalten und ihre Anzahl beschränkt, um die natürliche Umwelt nicht mit zu viel Künstlichem zu belasten. In gewisser Weise, dachte Memor, kam die Himmelsschale einem Tribut an die tiefen Instinkte der Ursprünglichen gleich, denn ihre weiten Landschaften verzichteten weitgehend auf Künstliches, obwohl sie darauf basierten, auf einem Stützgerüst aus Metall und Kohlefaser. Eine natürliche Welt, gebaut auf einer Maschine ...

Memor hatte sich in ihrer Introspektion verloren, was oft geschah bei Reisen durch die schattigen Korridore des Untergeistes. Sie betrachtete ein altes Bild des Lambda-Speers: ein grässlicher Projektor, grau und dick, vorn mit einer bedrohlich wirkenden Öffnung. Diese Vorrichtung konnte eine Störung in die Vakuumenergie der Raumzeit projizieren, ihr Gefüge destabilisieren und aufreißen. Entsprechend eingestellt, war der Speer imstande, bei fester Materie eine katastrophale

Expansion des Raums hervorzurufen. Das Inflationsfeld erhöhte die kosmologische Konstante für kurze Zeit in einem sehr begrenzten Raumbereich. Was auch immer sich in der betreffenden Zone befand: Durch die abrupte Aufblähung des Raums wurde es in Fragmente zerrissen, die kleiner waren als Atomkerne.

Memor schreckte vor der scheußlichen Vision zurück und wandte sich von ihrem Untergeist ab. »Das ist entsetzlich! Diese Waffe ist ein Weltenzerstörer, dazu imstande, gewaltige Energien freizusetzen!«

»Was ich sehr wohl weiß«, erwiderte Asenath. »Ich habe mich eingehend mit diesem alten Apparat und seiner Geschichte befasst. Die wahren Alten entwickelten ihn als letztes Mittel gegen feindliche Spezies. Manche Wesen warfen der Himmelsschale relativistische Massen entgegen, um sie vom Kurs abzulenken. Der Lambda-Speer setzte ihrem boshaften Treiben ein schnelles Ende.«

»Aber wir haben doch sicher Schilde, die nützlich sein könnten ...«

»Gegen ein Schiff, das im Jet starke Magnetfelder einzusetzen weiß, lässt sich damit nichts ausrichten. Vor langer, langer Zeit waren unsere Techniker zu erstaunlichen Improvisationen und Neuentwicklungen imstande, aber das ist inzwischen nicht mehr der Fall. Und die Diaphanen wissen auch nicht, was zu tun ist. Unterdessen ist der Jet instabil geworden und bringt der Himmelsschale schreckliche Zerstörung.«

Asenath sprach im Tonfall der Vernunft und unterstrich ihre Worte mit ernsten Federfarben. Memor wusste, dass sie sich ihr nicht dort widersetzen konnte, wo Kompetenz und Sachkenntnis ihr einen höheren Rang gaben. Sie unternahm einen letzten Versuch. »Die Eisgeister und die Diaphanen sind für die Dynamik des Jets verantwortlich!«

»Sie haben versagt.« Asenath kehrte Memor den Rücken und wandte sich den Offizieren zu. »Trefft Vorbereitungen dafür, das Feuer zu eröffnen.«

47

Beth spürte, wie sich ihr die Nackenhaare aufrichteten, als sich erneut eine starke elektrische Ladung aufbaute. Aber diesmal reagierte sie nicht mit Furcht, sondern mit Ärger, und anstatt sich flach auf den Boden zu legen, rekonfigurierte sie die Magnetfelder der *SunSeeker*. Plasma entwich, und das Schiff schwankte. Die anderen warfen sich aufs Deck, doch Beth blieb sitzen und betätigte die Kontrollen – Kondensatoren entluden sich und leiteten ihre Energie in die Bugfelder des Schiffes. Das sorgte am anderen Ende der Kollektoren für einen Schwall an Elektronen, die sich mit Lichtgeschwindigkeit bewegten.

Das Prickeln ließ nach.

»Captain, offenbar habe ich eine Möglichkeit gefunden, den Ladungsaufbau zu verhindern, den die Wesen gegen uns einsetzen«, sagte Beth betont beiläufig.

Redwing sah vom Boden auf. »Hervorragend!«

»Und sie hat ein weiteres Schiff erledigt«, fügte Karl hinzu. Er lächelte, was selten genug geschah. »Nur eins ist noch übrig, und es wahrt einen recht großen Abstand.«

»Gut«, sagte Redwing. Er stand auf und strich seine Uniform glatt. »Aber wir haben jetzt fast unsere maximale Höhe erreicht, nicht wahr?«

Beth überprüfte die Daten. »Ja. Wir müssen bald umdrehen und in die Richtung zurückfliegen, aus der wir gekommen sind, mit dem Strom des Plasmas.«

»Dadurch strömt weniger Plasma in die Kollektoren, nicht wahr? Versuchen wir, eine Zeit lang in maximaler Höhe zu bleiben. Lässt sich das bewerkstelligen, Offizier Marble?«

Redwing neigte dazu, in kritischen Situationen förmlich zu werden. Beth hatte sich oft gefragt, ob er sich bei solchen Gelegenheiten wie ein furchtloser Admiral am Ruder eines Schlachtschiffes sah, das durch eine stürmische See pflügte. Dies kam solchen Vorstellungen so nahe, wie es nur möglich war – für Beth schon viel zu nahe.

»Behalte das letzte Schiff im Auge, wenn wir drehen.« Redwing sank in seinen Kommandosessel. Auf Beth wirkte er müde und blass, aber das galt für sie alle. Der lange, schwierige Flug im Jet, die vielen Ausweichmanöver, um eine Kollision mit Plasmaknoten zu vermeiden, der Einsatz des Triebwerksstrahls als Waffe ... Das alles zerrte an Kräften und Nerven.

Ein Grollen ging durchs Schiff, als Beth den Kurs änderte. Sie war so sehr auf die Navigation konzentriert, dass sie das Summen des Kommunikators überhörte.

Karl aktivierte das Gerät für sie. Überraschung zeigte sich in seinem Gesicht, als er den Kopf drehte und Redwing ansah. »Es ist Tananareve. Sie will dich sprechen.«

Redwing nahm den Kommunikator entgegen. »Hier Redwing. »Wie in aller ...?« Das Gesicht des Captains verriet nichts, als er zuhörte. Dann öffnete er langsam den Mund und starrte ins Leere. »Wie ...?« Er schwieg erneut. »Sie lassen uns also gehen?«

Beth begriff plötzlich: Es fanden Verhandlungen statt, die diesen Wahnsinn beenden konnten. Sie steuerte die *SunSeeker* durch eine enge Spirale und behielt dabei das letzte fremde

Schiff im Auge, das sich ihnen jetzt näherte. Etwas sagte ihr, dass es besser war, dem Kurs des Schiffes kleine Variationen hinzuzufügen, die das Ausrichten der Zielerfassung schwerer machten. Gleichzeitig spitzte sie die Ohren.

»In Ordnung, Einzelheiten später.« Redwing hatte sich erhoben und stand kerzengerade, voller Anspannung. Die freie Hand schloss sich so fest um die Rückenlehne des Kommandosessels, dass die Fingerknöchel weiß hervortraten. »Was?« Die Pausen waren unerträglich. Die Sekunden schienen sich zu dehnen. »Roger. Später mehr.«

Redwing drehte sich zu Beth um. »Das Schiff hinter uns ... Es darf keine Gelegenheit erhalten, uns ins Visier zu nehmen. Angeblich befindet sich eine sehr wirkungsvolle Waffe an Bord, die gegen uns eingesetzt werden soll.«

Beth vollführte ein Ausweichmanöver zur Seite und fuhr den Fusionsreaktor auf sein Maximum hoch. Anschließend gab sie Plasma frei, was für neuen Schub sorgte, und riss das Ruder in die andere Richtung. Lautes Knacken kam aus der Hülle des Schiffes. Karls Tablet rutschte über seine Arbeitsfläche und prallte gegen die Wand.

»Zwei Sekunden vor der Entladung gibt es einen elektromagnetischen Vorläufer«, sagte Redwing. »Achte darauf, Beth. Ja, Tananareve, ich höre ...«

Karl schaltete die EM-Antennen in ein Overlay mit farblich markierten Frequenzen. Das fremde Schiff war ein dunkler Punkt inmitten von bunten Bergen und Tälern. »Es steckt in einem Ozean aus Plasma-Emissionen«, sagte Karl.

»Integriere das gesamte Emissionsspektrum«, erwiderte Beth. »Ich weiß nicht, welche Frequenz das warnende Signal haben wird, aber ...«

»Verstehe.« Karl betätigte die Kontrollen, und eine topologische Oberfläche erschien auf dem Schirm, mit braunen und gelben Tönen für die verschiedenen Wellenlängen der Frequenzen. Es sah aus, als glitte das Schiff durch ein Meer aus Wellenfronten.

Beth bewegte erneut das Ruder und senkte die Geschwindigkeit der *SunSeeker* ein wenig, was ihr Gelegenheit gab, Plasma in Reservebereichen anzusammeln, bis es dort maximale Dichte erreichte. Der Jet-Wind wehte ihnen mit einer Geschwindigkeit von tausend Sekundenkilometern entgegen, und Beth konnte den Zustrom erhöhen, indem sie die Kollektoren etwas mehr in diesen Wind drehte. Vom optimalen Betriebsbereich war die *SunSeeker* weit entfernt. Ihre Kollektoren sollten eigentlich interstellares Gas aufnehmen, das um Größenordnungen dünner war als diese dichte Plasmabrühe. Beth machte jetzt, ohne sich dessen bewusst zu sein, von den Kenntnissen und Fertigkeiten Gebrauch, die sie sich beim ersten Flug durch den Jet angeeignet hatte. Während langer Stunden hatte sie dabei gegen Strömungen und Wirbel angekämpft, für die die *SunSeeker* nie vorgesehen gewesen war.

Sie vertraute nun ihrem Instinkt. Ihre Hände bewegten sich wie von allein auf den Kontrollen, und ihr Blick klebte an den Anzeigen. Als sie feststellte, dass die Reservebereiche voll waren, begann sie damit, mehr Plasma in den Fusionsreaktor zu leiten. Die *SunSeeker* wurde schneller und neigte sich ein wenig nach steuerbord, während Beth darauf wartete, dass irgendetwas Seltsames geschah.

Die Veränderung ließ sich kaum übersehen: Aus den braunen Tönen der Wellenprofile beim fremden Schiff wurde helles Gelb. Beth gab noch mehr Plasma ins Triebwerk, und die *SunSeeker* beschleunigte weiter. Sie drückte das Ruder zur Seite und rief: »Achtung!«

Die Brücke erbebte und ... *zerknitterte*. So sah es aus. Beth blickte übers Brückendeck, das Falten zu werfen schien, sich an einer Stelle wölbte und an einer anderen absenkte. Wieder knackte es im Rumpf, und hinzu kam ein ominöses Knirschen. Sie beobachtete, wie sich Karl zu Boden warf, fühlte sich dabei von etwas erfasst und in ihrem Innern berührt. Etwas übte Druck auf sie aus, und Übelkeit stieg in ihr hoch. Ein dumpfes Brummen ging durchs Schiff, und dann ...

... war es vorbei. Die Brücke präsentierte wieder gerade Linien und feste Wände. Das Knacken und Knirschen hörte auf.

»Sie haben uns verfehlt«, sagte Karl.

Redwing nickte. »Aber *was* hat uns verfehlt? Das Brückendeck wurde irgendwie schwammig ...«

»Lenkt mich nicht ab, ich muss mich konzentrieren«, sagte Beth. »Sie könnten erneut auf uns schießen.«

Sie flog Ausweichmanöver, ließ die *SunSeeker* schlingern und zur Seite driften, änderte immer wieder den Kurs auf eine Weise, die sich nicht vorhersehen ließ. Dabei hatte sie nur noch Augen und Ohren für die Anzeigen und akustischen Signale, die ihr über den Status des Schiffes Auskunft gaben. Das fremde Schiff beschrieb einen Bogen, der es näher heranbrachte, und Beth passte ihre Manöver den Bewegungen des Gegners an. Die ganze Zeit huschten ihre Hände über die Kontrollen, während sie gleichzeitig nach den warnenden gelben Verfärbungen bei den Wellenmustern Ausschau hielt. Doch nichts dergleichen zeigte sich.

Der Kommunikator piepte, und Redwing öffnete den Kanal. »Oh. Gut. Was? Wiederhole das. Gut. Wunderbar. Bist du sicher? In Ordnung. Die Bedingungen folgen später, klar. Bis bald.«

Er unterbrach die Verbindung und sah Beth an. Für einen Moment wandte sie den Blick von den Anzeigen ab und erschrak darüber, wie alt Redwing plötzlich wirkte.

»Der Angriff wird abgebrochen. Die Waffe – sie nennen sie Lambda-Speer – wird nicht noch einmal eingesetzt.«

Beth öffnete den Mund, um etwas zu erwidern, doch der Kommunikator piepte erneut.

Redwing nahm den Anruf entgegen. »Was? Wir sollen uns den Stern ansehen?«

»Hab ihn«, sagte Karl. Er und Fred, der auf die Brücke gekommen war, blickten auf den großen Schirm.

Er zeigte zahlreiche Protuberanzen. Gewaltige Plasmazungen wuchsen aus der Oberfläche des roten Sterns und bildeten glühende Bögen. An der einen Seite schien der Sonne ein Stück zu fehlen.

»Seht euch diese Vektoren an«, sagte Karl. Er hatte das Kinematikartilekt angewiesen, einen Eintrittskegel für das Etwas zu berechnen, das sie verfehlt hatte. Bei der Ausgangsbreite hatte er ein Mehrfaches der Flugbahn der *SunSeeker* als Grundlage genommen. Die Spitze des Kegels zeigte zum roten Stern, genau dorthin, wo diesem ein Teil fehlte.

Redwing runzelte die Stirn. »Tananareve sagt, dass die Vogel-Leute die Waffe Lambda-Speer nennen. Sie verändert die Struktur der Raumzeit. Was der Speer trifft …« Er sprach nicht weiter. Sie konnten deutlich sehen, was die Waffe bewirkte.

Sie beobachteten, wie Schwerkraft und innerer Druck des Sterns ein neues Gleichgewicht zu finden versuchten. Immense Risse öffneten und schlossen sich, wie Mäuler, die nach etwas schnappten. Plasmaranken wuchsen aus der Sonnenoberfläche, ragten weit empor und fielen dann zurück. Stellare Masse strömte dorthin, wo der Lambda-Speer ihm ein Stück entrissen hatte, und dadurch entstanden Wellen, die sich über den Stern ausbreiteten. Energetische Stürme bildeten sich, Tornados aus Plasma, groß wie Planeten.

Beth atmete tief durch und versuchte, in einen halbwegs normalen Zustand zurückzukehren. Sie war müde, ausgelaugt und vollkommen verwirrt. Kaffee half nicht mehr. Außerdem brauchte sie dringend eine Dusche.

Sie stand auf und schwankte. »Tananareve hat noch mehr gesagt, Captain. Was?«

»Wir haben eine Vereinbarung und bekommen Versorgungsmaterial und Proviant von den Vogel-Leuten.«

Die anderen auf der Brücke schnappten nach Luft. Redwing lächelte und nickte, als Applaus erklang. »Äh, ja. Da wäre noch etwas. Sie möchten, dass einige von uns auf der Schalenwelt bleiben, vielleicht genug, um Inzucht zu vermeiden. Übrigens, eigentlich sind es gar nicht die Vogel-Leute, die über die Geschicke der Schalenwelt bestimmen. Sie nehmen nur die Pflichten von Polizei oder mittleren Beamten in einer Bürokratie wahr. Die Schale ist sehr alt, und deshalb benötigt ihre Verwaltung Geschöpfe, die ebenso alt werden können.«

»Meinst du Geschöpfe, die wir nicht auf der Schalenwelt gesehen haben?«, fragte Beth und wölbte die Brauen.

Redwing zuckte die Schultern, als hätte er es von Anfang an wissen sollen. »Eisgeister sind langsam, weil sie kalt sind.

Sie bewahren Erinnerungen und Erfahrungen, hat Tananareve erzählt. Offenbar arbeiten sie mit Wesen zusammen, die ›Diaphane‹ genannt werden und sich um Jet und Stern kümmern.«

»Plasmawesen?«, fragte Karl. »Waren sie es, die die Geräusche verursachten und die leuchtenden Bögen auf der Brücke schufen?«

»Und die Clare umbrachten«, fügte Beth hinzu. »Sie wollten uns daran hindern, den Jet zu manipulieren.«

»Das Kalte arbeitet mit dem Heißen zusammen, wie es scheint«, sagte Karl. »Die Vogel-Leute sind nur Verwalter der mittleren Ebene.«

»Sie scheinen die Sache anders zu sehen und sich für die großen Entscheider zu halten«, sagte Beth. »Eigentlich komisch.«

»Und warum lassen uns die Eisgeister oder wer auch immer am Leben?«, fragte Fred. Er hatte die ganze Zeit geschwiegen, doch jetzt wirkte er fröhlich, sah sich lächelnd um.

»Sie brauchen Hilfe bei Glory«, sagte Redwing. »Mit voller Beschleunigung erreichen wir unser Ziel vor der Schalenwelt. Wir können dort die Lage sondieren und mit den Glorianern reden, die glauben, dass wir Menschen die Herren der Schale sind. Sie haben unsere Radio- und Fernsehsignale empfangen, und da die Schalenwelt aus derselben Richtung kommt wie wir, stellen sie eine direkte Verbindung zwischen uns her.«

Falten bildeten sich in Beths Stirn. »Müssen wir tatsächlich Siedler zurücklassen?«

»Es ist Teil der Vereinbarung«, bestätigte Redwing. »Tananareve meinte, in dieser Hinsicht bliebe uns keine Wahl.«

»Wenn uns ohnehin keine Wahl bleibt ...«, sagte Karl. »Dann sollten wir annehmen.«

»Sie wollen, dass wir den Jet wieder stabilisieren, damit das Plasma nicht mehr die Randbereiche des Astlochs berührt. Vielleicht können wir alles in Ordnung bringen, wenn wir noch einmal durch die Verwirbelungen und Knoten fliegen.«

»Dazu sollten wir eigentlich imstande sein«, sagte Karl. »Immerhin haben wir eine gute Pilotin.«

Beth schnitt eine Grimasse. »Die gute Pilotin glaubt, dass sie Schlaf braucht. Jede Menge. Und anschließend mehr Kaffee.«

Redwing lächelte, setzte sich wieder in seinen Kommandosessel und entspannte sich endlich. Sein Blick wanderte über die Bildschirme, die ihre Situation zeigten. »Wenn wir durch den Jet hinabfliegen, ihn im Bereich des Astlochs stabilisieren und anschließend die Öffnung passieren ... Dann können wir uns an der Außenseite der Schalenwelt in eine Umlaufbahn bringen.«

Beth fühlte sich von Unbehagen erfasst. »Zurück in den Kälteschlaf?«

»Einige von uns bleiben hier«, sagte Redwing. »Die Eisgeister erhoffen sich dadurch mehr Stabilität für die Schalenwelt. Die Vogel-Leute konnten nicht mit uns fertigwerden, und dadurch haben sie sich selbst ausmanövriert. Wir sollen ihre Aufgaben wahrnehmen.«

Beth nickte und begriff, dass ihre Zeit als Pilotin fast zu Ende war.

48

Tananareve war müde, als der Strom aus Gedanken und Bildern schließlich nachließ. Die Eisgeister hatten viel mitzuteilen, auf ihre ruhige, kühle Weise, aber es war alles so fremdartig und sonderbar, dass Tananareve davon überwältigt wurde. Den größten Teil nahm sie einfach hin, und selbst das konnte recht erschöpfend sein. Doch eine Sache verwunderte sie, und deshalb sprach sie die Eisgeister darauf an.

»Warum konnte euer Jet angegriffen werden? Ich meine, er, der Stern und die Schale bilden ein instabiles System, das ständig überwacht und reguliert werden muss, damit es nicht auseinanderfällt. Wer euch schaden will, braucht sich nur den ungeschützten Jet vorzunehmen.«

Tananareve spürte Verwirrung bei den Eisgeistern. Weiche Bilder flogen ihr entgegen. Sie sah die Bänder aus Plasma, die vom roten Stern ausgingen und sich durchs All streckten. Manchmal entwickelten sich Turbulenzen, doch die Plasmaklumpen der Diaphanen beseitigten die Störungen. Sie sorgten dafür, dass der Jet stabil blieb, dass er durch die von den Menschen »Astloch« genannte Öffnung führte, ohne die Ränder zu berühren. Damit war alles gut. Oder sollte es zumindest sein.

»Warum ist das System so verwundbar?«, fragte Tananareve. »Ich meine, wir sind einfach hierhergekommen und dabei durch den Jet geflogen. Wir hätten seine Stabilität beeinträchtigen können, ohne es zu wollen. Andere fremde Besucher könnten mit entsprechenden Absichten zu euch kommen.«

Manche haben es versucht.

»Und wie habt ihr darauf reagiert?« Tananareve war müde, aber was sie jetzt erfuhr, konnte nützlich sein. Redwing wollte bestimmt jedes verdammte Detail erfahren.

Stell dir eine Armee vor, die einen Angriff erwartet. Sie muss eine Stelle in der Landschaft finden, die ihnen beim Kampf eine gute Position bietet. Die Antwort lautet: Man kämpfe am Rand eines Abgrunds. Das lässt den Soldaten nur zwei Möglichkeiten: Entweder setzen sie sich mit aller Kraft zur Wehr, oder sie weichen zurück. Doch wenn sie zurückweichen, stürzen sie in den Abgrund und sterben. Der Feind hat andere Möglichkeiten: Er kann kämpfen oder fliehen. Dass auch eine Flucht möglich ist, könnte dafür sorgen, dass der Angriff nicht mit aller Entschlossenheit vorgetragen wird. Sich selbst in Gefahr zu bringen bedeutet, dass man furchtlos wirkt. Es beeindruckt den Gegner vielleicht so sehr, dass er den Angriff abbricht.

Tananareve fand das seltsam. »Ihr stellt euch also in die Nähe eines Abgrunds und haltet das für eine gute Taktik?«

Wir ziehen es vor, einem Gegner vom Angriff abzuraten. Es ist bedauerlich, dass das Volk – beziehungsweise eine Person – entschied, unsere letzte Waffe einzusetzen. Der Lambda-Speer ist außerordentlich gefährlich und leistungsfähig. Glücklicherweise wurde er auf eine nicht sehr kompetente Weise eingesetzt. Wir haben dafür gesorgt, dass er nicht noch einmal verwendet wird, und wir werden die betreffende Person bestrafen.

Tananareve schwieg. Sie fühlte, wie Sorge durch ihre Gedanken strich; offenbar kam sie von den Eisgeistern. Sie sagten: *Die Diaphanen sprechen jetzt mit jenen, die diesen schweren Fehler verursacht haben. Du solltest es ebenfalls hören.*

Eine ernste, rollende Stimme erklang. Besser gesagt: Sie entfaltete sich in Tananareves Bewusstsein.

Wer sind die, die unsere Provinz ohne Wissen ruinieren?
Kennt ihr die gleitenden Gesetze unbekümmerten Strömens?
Wo wart ihr, als die große Schale ihre Form gewann?
Könnt ihr eure Stimme zu den Wolken der Sterne erheben?
Erstatten euch unsichtbare Kraftfelder Bericht?
Können eure Körper die Feuer lodernder Sterne formen?
Habt ihr vorbeikommenden Sternen jemals Anweisungen erteilt oder der Dämmerung ihren Platz gezeigt?
Könnt ihr die Schale an ihren Rändern ergreifen und das Böse aus ihr schütteln?
Seid ihr zu den Quellen der Fusion gereist oder in den fernen Winkeln der kalten Nacht gewandert?
Habt ihr die Lagerhäuser der Eisgeister betreten und dort Geschichten eurer langen Vergangenheit gefunden?
Eure Antworten auf diese Fragen können nicht eure brachialen Hände auf Maschinen des schwarzen Wunders rechtfertigen.
Nie wieder werdet ihr zu solchem Frevel imstande sein, denn dies ist das Ende für euch.
Die Raumzeit, die ihr zu zerreißen versucht habt, wird in Zukunft ohne euch sein.

Tananareve wusste: Diese Worte kamen von den unsichtbaren Geschöpfen im Innern des Jets. Sie verstand nicht, was damit gemeint war, und sie versuchte auch gar nicht, es zu verstehen. Erschöpft schob sie alles beiseite und gab sich dem Schlaf hin.

49

Memor beobachtete, wie eine gewaltige Flutwelle über Länder mit Städten und weiten Wäldern hinwegtoste – sie zerschmetterte alles, und was sie übrig ließ, würde sich in Sumpf verwandeln. Große, uralte Bauwerke kippten und fielen. Ein Satellit zeigte ihr Bilder in Vergrößerung. Nirgends gab es Überlebende, die auf Rettung warteten. Hier und dort schaukelten Boote, aber viele waren es nicht.

»Eine wahre Tragödie«, sagte Bemor. Er klang müde. Kein Wunder: Er hatte dafür gesorgt, dass sich die Eisgeister durch Tananareves Bewusstsein mit den Primaten an Bord ihres Schiffes in Verbindung setzen konnten. »Aber wir werden bei der Abschiedszeremonie erwartet. Komm.«

»Wer erwartet uns? Ich will nicht an der Zeremonie teilnehmen.«

»Die Eisgeister verlangen es. Ihre Einstellung uns gegenüber hat sich grundlegend verändert. Ich fühle keinen guten Willen mehr bei ihnen.«

Memor sträubte ihr Gefieder und zeigte Farben, die Tadel und Ärger zum Ausdruck brachten. »Die Krise ist vorüber, ja? Wir haben zweifellos eine Rolle dabei gespielt.«

»In gewisser Weise.« Bemors Federn zeigten das matte Violett von Resignation, und er schnaufte leise. »Komm. Und bring deine Primaten mit. Die Eisgeister wollen, dass sie dies sehen.«

»Sie haben gegessen und geruht«, sagte Memor. »Vielleicht ist es eine Lehre für sie, bei der Zeremonie zugegen zu sein.«

Sie betraten die Zitadelle der Entehrten, um Asenaths Ende zu beobachten – die Weisheitsprinzipalin sollte den toten Pflanzen und Tieren hinzugefügt werden, die den Humusboden der Himmelsschale bildeten. Memor und Bemor stapften ins große, gewölbte Atrium, in dem das Summen verborgener Maschinen zu hören war, die Bakteriengehalt, Säuregrad und Spurenelemente der schlammigen Flüssigkeit unter der Grube überwachten. Erst die Grube, dann der Garten; dieses Schicksal erwartete sie alle.

»Ich habe Asenath nicht gemocht«, sagte Memor. »Aber sie hatte Talent.«

»An Beleidigungen sollte man sich besser nicht erinnern«, erwiderte Bemor. »Sie war sehr selbstgefällig und scherte sich nicht um die Konsequenzen.«

Memor musste ihren Untergeist konsultieren, um mit dieser Sache fertigzuwerden. Es fiel ihr schwer, im Tod einer bekannten Person einfach nur ein Recycling zu sehen.

Die Primaten folgten ihnen, und die Sil ebenfalls. »Sie zeigen kaum Anzeichen der Anpassung. Vielleicht sollten wir sie besser loswerden.«

»Ich glaube, die Eisgeister werden nicht erlauben, dass ihnen irgendetwas zustößt«, erwiderte Memor. »Den Primaten ebenso wenig wie den Sil, obwohl wir einiges gegen sie vorbringen könnten.«

Bemors Federn signalisierten Widerspruch. »Die Eisgeister standen hinter dem Verhalten der Sil. Sie wollten, dass die Menschen zu ihnen gebracht werden, ohne unsere Kenntnis.«

»Ah, die Sil sind also unantastbar, ebenso wie die Primaten. Es gefällt mir ganz und gar nicht, dass man uns wegen eines vorübergehenden Problems die Kontrolle über diese Geschöpfe nimmt.«

»Es ist nicht vorübergehend. Der von Asenath ausgelöste Impuls des Lambda-Speers hat eine weite Strecke durch den Jet zurückgelegt und mehrere Diaphane berührt. Einer starb, die anderen wurden verletzt. Die Verwundeten konnten sich heilen beziehungsweise wiederherstellen, mit Plasma, das sie von anderen Diaphanen bekamen. Die Diaphanen zu verletzen bedeutet, den Jet in Gefahr zu bringen, und damit die Himmelsschale.« Bemors ernste Stimme wurde lauter, fast zu einem Donnern. »Ein Exempel muss statuiert werden.«

Memor beobachtete, wie Asenath zur Grube geführt wurde, und dabei erinnerte sie sich daran, wie sie selbst kurz vor der Hinrichtung gestanden hatte. Asenath war von ihrer Begnadigung enttäuscht gewesen und hatte bei ihren späteren Bemerkungen einen gewissen Unwillen darüber durchblicken lassen. Jetzt stand sie selbst vor der Grube, die das Ende bedeutete. Das Urteil wurde verlesen, und Asenath antwortete nicht. Völlig ruhig stand sie da, ohne ein Stöhnen oder Klagen. Ihre Federn zeigten ein mattes Grau und hingen reglos. Stumm starrte sie in den grauen Schleim hinab, der tief unten in der Grube auf sie wartete. Eine dumpfe, ernste Melodie erklang.

Religiöse Repräsentanten hatten sich eingefunden, gekleidet in ihre jeweilige Würdentracht. Sie forderten Asenath auf, sich jetzt, in ihrem letzten Moment, zu ihrem jeweiligen Glauben zu bekennen. Memor erinnerte sich daran, dass die Himmelsschale bei ihrer langen Reise an Welten vorbeigekommen war, auf denen Wesen geherrscht hatten, die wie Gummibänder oder Pfannkuchen aussahen. Die Alten hatten sie Philosophen genannt, weil sie keine Werkzeugbenutzer gewesen waren. Solche Geschöpfe entwickelten große Theorien über die Welt und bauten Gedankengebäude bis hin zu umfassenden theologischen Konzepten. Memor hielt Philosophie für den Versuch eines blinden Wesens, in einem dunklen Zimmer nach einem unbekannten schwarzen Ungeheuer zu suchen. Wenn Philosophie in Theologie überging, gab es ein ähnliches Dilemma, und obwohl das schwarze Ungeheuer gar nicht existierte, wurde die Suche danach fortgesetzt.

Asenath bewegte ablehnend die Federn und winkte die Religiösen fort.

Sie verzichtete auf ein letztes Wort, und ihre Federkrone gewann ein dunkles Grau. Würdevoll hob sie den Kopf und sagte: »Wir sterben mit einer Fülle von geliebten Personen und mit Charakteren, in die wir emporgestiegen sind wie in Bäume. Ich trage ihre Spuren für den Tod an meinem Körper und nehme sie mit in den Großen Boden.«

Diese Worte verwunderten Memor. Asenath trug nichts dergleichen an ihrem Leib; zumindest konnte man nichts erkennen. Vielleicht hatte Asenath mit Absicht so seltsam klingende Worte gewählt, in der Hoffnung, dass sie durch ihre Seltsamkeit etwas Legendäres gewannen.

Den Kopf hoch erhoben und mit einem resignierten Schulterzucken trat Asenath über den Rand der Grube und rutschte in die Tiefe. Für die versammelten Zeugen hatte sie nicht einen Blick erübrigt.

Memor roch Furcht bei den Primaten, die sie fast vergessen hatte. Sie versicherte ihnen, dass sie der Zeremonie nur beiwohnten, damit sie die Traditionen der Himmelsschale kennenlernten und vom Großen Boden erfuhren, in den sie letztendlich alle zurückkehrten.

Der Zeremonie folgte lange Stille. Schließlich sagte Bemor zu den Primaten: »Hier bei uns herrscht strenge Gerechtigkeit für alle.«

»Offenbar bestimmen die Eisgeister über euch«, erwiderte Tananareve. »Können sie Hinrichtungen anordnen?«

»Die Himmelsschale würde in Chaos versinken, gäbe es nicht eine Autorität, die über flüchtige Meinungen und Leidenschaften von Individuen hinausgeht. Oder auch ganzer Spezies. Auch an Bord eures Schiffes gibt es jemanden, der bestimmt. Ihr nennt ihn Captain.«

»Ich hätte nie gedacht, dass es eine Freude ist, Redwing wiederzusehen«, sagte Tananareve. »Aber das Leben ist voller Überraschungen.«

Sie alle – Cliff, Irma, Terry und Aybe – lachten laut und lange. Memor erkannte, dass diese Reaktion auf einem großen inneren Druck basierte, der jetzt nachließ.

»Wir müssen vorsichtig sein mit den Primaten«, flüsterte Bemor in der Sprache des Volks. »Sie sind wenige, und wir sind nur viele Milliarden.«

Er und Memor lachten ebenfalls, und auch ihre Anspannung löste sich.

Es sollte nicht lange dauern, bis die Erinnerung an Bemors kleinen Scherz Kummer in ihnen wecke.

VIERZEHNTER TEIL

DAS FLACKERNDE LICHT DER ERINNERUNG

»Die natürliche Welt optimiert nicht, sie existiert einfach.«

KEN CALDEIRA

50

Beth gähnte, streckte sich und beobachtete auf dem Wandschirm, wie Wellen an den Strand rollten und mit einem Donnern brachen. Entspannende Meeresgeräusche beim Erwachen – konnte man sich etwas Besseres wünschen? Sie erinnerte sich an das Meer, das ihr die Wand zeigte. Vor Beginn der langen Reise der *SunSeeker* hatte sie dort gesurft und sich dabei einmal den Rücken verrenkt.

Jetzt wiesen schmerzende Muskeln auf zu viele Stunden im Sessel des Piloten hin. Dem Körper hatte die anstrengende Zeit an den Kontrollen nicht gefallen, und Geist und Seele ebenfalls nicht. *Surfen macht eindeutig mehr Spaß,* dachte Beth schläfrig. *Ob es auf der Schalenwelt irgendwo Wellen gibt, die sich fürs Surfen eignen? Vielleicht von einem Sturm, der weit genug entfernt ist, um keine Gefahr darzustellen …*

Sie stand auf, betrat die Hygienezelle und verbrauchte eine Drei-Tages-Ration Wasser für eine heiße Dusche. Es half, ihre Rückenmuskeln zu entspannen, und anschließend konnte sie wieder klar denken. Sie überlegte, wie sie die Sache mit Redwing und Cliff angehen sollte. Ihr war klar, dass sie sich anschickte, nicht nur eine Tür zuzuwerfen, sondern gleich mehrere.

Im Morgenmantel ging sie zum Speiseraum, achtete nicht auf Fred, der ohnehin mit seinem Tablet beschäftigt war, und genehmigte sich einen extragroßen Kaffee. Anschließend kehrte sie ins Bett zurück und sah wieder auf den Wandschirm, der jetzt ein friedliches englisches Dorf zeigte, untermalt von einem leisen Rauschen, das nicht von einem Meer stammte, sondern vom Wind. Zusammen mit gelegentlichem Vogelgezwitscher vertrieb es die schreckliche Stille zumindest aus diesem Teil der *SunSeeker*.

Die sonderbare Stille an Bord empfand Beth noch immer als eine Last. Das Schiff ruhte, ohne Antrieb und Kollektoren. Nur ein kleiner Zipfel der Schalenwelt-Magnetfelder schützte sie vor der kosmischen Strahlung. Ein Zipfel, den die Diaphanen für die Menschen geschaffen hatten.

Nach dem beständigen Brummen, das die *SunSeeker* von Beginn ihrer Reise an begleitet hatte, fühlte sich die Stille gespenstisch an. Beth lauschte der Stimme des Winds, und nach einer Weile hörte sie ein anderes Geräusch, ein dumpfes Pochen, das durchs ganze Schiff drang. Vielleicht stammte es von einem Tanker, dachte sie. Tanker und Frachter legten häufig an und brachten Versorgungsmaterial für die *SunSeeker*. Beth spitzte die Ohren und glaubte, in der Ferne das Zischen der Luftschleusen zu hören. Kurz darauf vernahm sie ein Klacken an der Außenhülle des Schiffes, verursacht vielleicht von einem Roboter, den die Vogel-Leute geschickt hatten und der sich mit magnetischen Greifern über den Rumpf der *SunSeeker* bewegte.

Beth trank einen Schluck Kaffee und beschränkte ihre Wahrnehmung auf die kleine Welt ihrer Kabine.

Sie begann mit den E-Mails, um nach zehn Stunden im Bett wieder ein Gefühl für die Arbeit zu bekommen. Die erste stammte von Tananareve, die alle ihre Kontakte mit den Eisgeistern akribisch aufgezeichnet hatte, zumindest jene, die im Innern der Maschine stattgefunden hatten und sprachlicher Natur gewesen waren, mehr oder weniger. Bei den anderen Kontakten hatte Tananareve die Eisgeister gebeten, eine Audioverbindung zu benutzen, statt mit einer Stimme in ihrem Bewusstsein zu sprechen. In der Mitte des mit einem Kommunikator übermittelten und anschließend von einem Schiffsartilekt zusammengestellten Transkripts befand sich eine sehr interessante Passage.

Ihr müsst wissen, dass Glory kein Planet in dem Sinne ist, sondern eine Schichtenwelt. Viele verschiedene Spezies intelligenter Glorianer leben in konzentrischen Sphären, zwischen denen sich breite Atmosphärenzonen erstrecken. Zahlreiche Säulen stützen die einzelnen Schichten, und große Energiequellen sorgen für Licht und Wärme. Völlig unterschiedliche Lebensformen sind in den einzelnen Schichten zu Hause. Die Schichten ganz innen beheimaten Leben ohne Sauerstoff. Diese Wesen stammen aus der Tiefe gewöhnlicher Planeten: Geschöpfe der Dunkelheit und großer Hitze. Manche Spezies haben ihre jeweiligen Schichten so geformt, dass sie der ursprünglichen Umwelt ähneln. Ganz oben befindet sich eine primitive Sauerstoffwelt mit Wäldern und Meeren. Diese äußere Schicht haben eure Astronomen beobachtet und daraufhin angenommen, dass sich die Welt für eine Besiedelung durch euch eignet. Doch die äußere Schicht trügt, und vielleicht soll sie das auch – wir wissen es nicht. Aber eine einfache, schlichte Welt ist Glory gewiss nicht.

Die Glorianer, Baumeister dieses Wunderwerks aus Schichten, kommunizieren in einem galaxisweiten Maßstab. Dabei ver-

wenden sie keine einfachen elektromagnetischen Wellen wie ihr. Es gibt viele Welten, und auf zahlreichen von ihnen haben sich Maschinenintelligenzen entwickelt, die Elektromagnetik in einem stellaren Maßstab einsetzen. Die Kommunikation mit solchen Wellen weist auf eine entstehende Zivilisation hin, die zu Anfänger-Technik imstande ist. Die meisten verhalten sich still und schränken ihre Emissionen ein, weil sie unbekannte Gefahr fürchten. Solche stillen Planeten haben wir oft gefunden. Wir wählten für unsere Reisen Welten aus, bei denen elektromagnetisches Schweigen herrschte, von denen wir aber aufgrund unserer Beobachtungen wussten, dass sie Leben ermöglichten.

Die Glorianer verachten solche Kulturen. Über viele Zeitalter hinweg war es ihr Wunsch, mit großen Geistern zu sprechen, mit jenen, die Stimmen aus Gravitationswellen durchs Universum werfen können. Solche Wellen sind viel schwerer zu entdecken, und es ist außerordentlich schwierig, sie so zu modulieren, dass sich Mitteilungen von ihnen übertragen lassen. Allein ihr Aussenden ist eine Demonstration der Macht.

Ihr Primaten habt Signale empfangen, die unverständlich für euch blieben. Das ist keine Überraschung. Im Lauf der Jahrmillionen erging es vielen anderen ebenso. Die Himmelsschale begegnete manchen Völkern, die die Gravitationswellen zwar hörten, nicht aber die Botschaften in ihnen. Die Gravitationskommunikation bleibt für die meisten Spezies ein ungelöstes Rätsel.

Wir Eisgeister haben die glorianischen Wellen mithilfe der Diaphanen entschlüsselt. Es war eine schwere Aufgabe, die uns lange beschäftigt hat. Die Botschaften sind seltsam und faszinierend, und sie enthalten mehr, als allein in den Worten zum Ausdruck kommt. Es ist nun unser Wunsch, die Glorianer ken-

nenzulernen. Deshalb fühlen wir uns bereit, die Himmelsschale zu Ihnen zu steuern; zuvor hatten wir Bedenken.

Für euch Primaten wäre ein solches Wagnis vollkommen verrückt.

Beth atmete tief durch, sah zum Wandschirm und beobachtete, wie Menschen, die seit Jahrhunderten tot waren, über die Straßen des englischen Dorfes gingen. Während sie das Rauschen des Winds und den Gesang der Vögel hörte, dachte sie über die Worte nach und gelangte zu dem Schluss, dass sich die Eisgeister für das Verbleiben der Menschen – oder einiger von ihnen – in der Schalenwelt aussprachen. Na gut. Das Problem hieß Redwing.

Es folgten Daten und Text von Tananareve und den Schiffsartilekten in Bezug auf die Ereignisse mit den Diaphanen.

Karl und das Theorieartilekt hatten einige Ideen in Hinsicht auf die Natur der Wesen entwickelt, denen Clare zum Opfer gefallen war. Unabhängige, sich selbst gestaltende Magnetfelder beziehungsweise Plasmawesen, die sich von der Energie des Jets ernährten? Und größer als Planeten? Der Jet war zweifellos ein Rätsel. Ihn zu erschaffen und stabil zu halten ... Das schien die Fähigkeiten der Vogel-Leute zu übersteigen. Beth und die anderen hatten dem Problem zunächst keine Beachtung geschenkt, obwohl es offensichtlich war, wenn man genauer darüber nachdachte. Wer brachte Sonnenstürme zum Ausgangspunkt des Jets? Wer richtete die Magnetfelder aus, damit der Jet gebündelt blieb und nicht außer Kontrolle geriet?

Etwas Großes. Beth versuchte sich vorzustellen, was in der Lage sein mochte, Wellen mit einer Wellenlänge von Kilometern zu erzeugen. Auf diese Weise ließen sich starke elektrische Felder und Schall in der *SunSeeker* erzeugen. Für solche Wesen hatten Menschen vielleicht nicht mehr Bedeutung als die winzigen Parasiten auf der Haut eines Blauwals.

Ohne die Diaphanen konnte das ganze System der Schalenwelt nicht funktionieren. Brauchte man jemanden, der sich um einen Stern kümmerte, dann nehme man die in stellaren magnetischen Bögen geborenen Kinder; Einheimische kannten sich am besten mit der ganzen Sache aus.

Genug. Beth beendete die Lektüre der Berichte und bereitete sich auf das Gespräch mit Redwing vor. *Vielleicht solltest du besser den Kampfanzug überstreifen, Mädchen,* dachte sie.

51

Das Unangenehmste an den sportlichen Übungen in Schwerelosigkeit war der Schweiß, der nicht ablief, sondern immer an Ort und Stelle blieb. Redwing griff nach einer Stange und wischte sich das Gesicht ab, doch ein Teil des Schweißes entkam seinen Bemühungen und schien bestrebt zu sein, Linsen vor den Augen zu bilden. Blinzeln machte alles noch schlimmer und ließ die Konturen des Hangars verschwimmen. Dann ertönte ein akustisches Signal an seinem Gürtel und wies ihn auf die Verabredung mit Karl und anschließend mit Beth hin.

Karl wartete bereits auf ihn. Redwing verspätete sich nicht gern, wenn Besprechungen mit der Besatzung anstanden, aber er hatte Bewegung gebraucht, um die Gedanken zu ordnen. Als sie seine Kabine betraten, zeigte der Wandschirm ein Echtzeitbild des Weltraums. Es erleichterte ihn zu sehen, dass sie über den Rand der Schalenwelt hinweg waren und wieder das Astloch sehen konnten. Die Strahlung blieb nahe null – die Diaphanen schirmten sie noch immer auf sehr wirkungsvolle Weise ab. Es fiel Redwing schwer, sich Kraftfelder vorzustellen, die imstande waren, ein Raumschiff mit der Masse der *SunSeeker* durchs All zu lenken, aber er gewöhnte sich allmählich an das unmöglich Scheinende.

Karl lächelte. »Es war ein aufregender Flug! So wie Beth uns ins Astloch gebracht hat, und wie wir dort geblieben sind und die Instabilitätszonen mit kontrollierten Plasmaschüben aus dem Triebwerk in den Jet zurückgetrieben haben, um Gefahr von den Biozonen am Rand der Öffnung abzuwenden … Das war schlicht und einfach großartig.«

Redwing nickte. »Auch den Fingerschlangen hat es gefallen. Sie sind sehr intelligent und scheinen viel über die Funktionsweise des Jets zu wissen. Beth hat Außerordentliches geleistet; wir stehen in ihrer Schuld.«

»Und zwar ziemlich tief«, fügte Karl hinzu. Redwing ließ es dabei bewenden.

Karl beobachtete die Unwetterzonen in den vergrößerten Bereichen der Darstellung. Die Sturmgebiete waren mehr als nur spektakulär, wenn man den Maßstab berücksichtigte. In den vom Jet getroffenen Bereichen beim Astloch gaben die Meere infolge des gesunkenen Luftdrucks ihre Feuchtigkeit ab. Ein gewaltiger Wirbelsturm entstand und zog dorthin, wo die Atmosphärenmembran aufgerissen war.

»Vielleicht müssen wir neue Begriffe prägen«, sagte Karl. Er stand auf und deutete zur Wand. »Sieh dir die Wirbel an, die sich von der großen Spirale lösen und dann selbst zu Stürmen werden. Es ist wie bei einem fraktalen Muster.« Er erhöhte die Auflösung der Darstellung. »Die Wirbel erzeugen eigene Ableger, die sich ihrerseits teilen, bis Orkane oder Hurrikane in der Größenordnung entstehen, wie wir sie von der Erde kennen.«

»Es gibt also immer mehr Stürme, die dem Leben der Schalenwelt zusetzen«, sagte Redwing nachdenklich.

»Es wird eine Weile dauern, die Risse in der Atmosphärenmembran zu schließen.« Karl wandte sich ab und schüttelte den Kopf. »Wir sind wirklich zu weit gegangen.«

Es mangelte nicht an wichtigen Dingen, die darauf warteten, dass er sich um sie kümmerte, aber Redwing sagte: »Eine Feier scheint angebracht zu sein. Das Übliche: essen, trinken, fröhlich sein. Außerdem sind wir alle müde. Ich schlage vor, in zwei Stunden überlassen wir das Schiff den Artilekten und bringen die ganze Besatzung zusammen.«

Karl nickte geistesabwesend. Redwing dachte daran, dass bei der Party das Steak kein Fleisch sein würde. Als Wein würden sie Wasser mit Traubenextrakt und Alkohol trinken, und das Wasser bestand aus ihrem recycelten Urin. Nach den vielen Toten war das Fröhlichsein vielleicht schwerer als alles andere.

»Die vielen Informationen, die wir von Tananareve und den Vogel-Leuten erhalten, Captain ... Sie sind schwer zu verdauen. Ich versuche, ihren Blick auf die Dinge unserer Perspektive anzupassen.«

»Sie sind alt, wir sind jung. So etwas war zu erwarten.«

Karl lächelte schief. »Einige der Botschaften sollten einen Abschnitt in der Art von ›Hier bitte Namen, Adresse und Sonnensystem einfügen‹ haben. Die Vogel-Leute gehen von Dingen aus, die für sie offensichtlich sind, nicht aber für uns.«

»Was die Verhandlungen mit ihnen erschwert, wie?«

»Ja. Die Schalenwelt hat einen nicht unerheblichen Teil der Galaxis bereist. Sie hatte Gelegenheit, praktisch den ganzen Spiralarm zu besiedeln, aber die Vogel-Leute sind durch und durch konservativ. Sie hinterlassen keine Kolonien.«

Redwing schürzte die Lippen, lehnte sich zurück und beobachtete den Superhurrikan. Wenn er an die Verheerungen dachte, die dieses Monster von einem Sturm auf der Schalenwelt anrichtete ... Er trug die Verantwortung dafür.

»Dafür haben sie einen guten Grund. Ihrer Meinung nach ist die Schalenwelt perfekt, bestens geeignet für die intelligenten Dinosaurier, die sie gebaut haben. Warm, stabil, vorhersagbares Wetter. Sie wollen die Schale nicht verlassen. Daher sind keine Kolonien gegründet worden.«

»Aber wer erforscht die Sonnensysteme, an denen die Schalenwelt vorbeikommt? Die Vogel-Leute wollen dies nicht an die große Glocke hängen, aber für mich ist der Fall klar: Sie haben versucht, andere Welten zu besiedeln, und sind dabei gescheitert. Nach Jahrmillionen an diesem Ort, wo sich kaum etwas ändert – eine Art himmlisches Paradies –, kommen sie nicht mehr auf Planeten zurecht.«

»Angeblich haben sie Aufzeichnungen von jedem Sonnensystem, das die Schale besucht hat. Das ist auch die Erklärung dafür, warum sie von der Großen Schande wussten.«

Karl beugte sich mit einem dünnen Lächeln vor. »Es sind die Eisgeister. Sie denken und leben langsam, aber in ihrer Existenz gibt es trotzdem genug Platz für Langeweile. Sie haben einige von ihnen in lokalen Oort'schen Wolken zurückgelassen, überall in diesem Spiralarm der Galaxis. Und auch bei der Erde. Es gefällt ihnen; in solchen Zonen gibt es kein Wetter. Die Bedingungen sind stabil, und sie können Daten sammeln. Außerdem gibt es ihnen Gelegenheit, die eigene Spezies zu verbreiten.«

»Und die Vogel-Leute?«

»Sie sind die Verwalter. Alle paar Jahrmillionen nehmen sie eine neue Spezies auf, aber meistens begnügen sie sich damit, die anderen Völker herumzukommandieren, die von ihnen ›Aufgenommene‹ genannt werden.«

»Und wir sind die Neuen?«

»Warte, bis du das hier siehst.« Karl berührte Schaltflächen auf seinem Tablet und schickte ein Bild zur Wand. Zwei Kugeln erschienen und umkreisten sich gegenseitig, schwarz und weiß. Alles war zu deutlich, zu perfekt – es musste eine Simulation sein.

»Die Eisgeister glauben, dass die Glorianer ein System aus zwei Schwarzen Löchern haben, hat mir Tananareve mitgeteilt. Es soll etwa so aussehen. Schwarze Löcher sind im Grunde genommen große geladene Partikel, und deshalb könnte man ihre Umlaufbahnen mit ausreichend starken elektromagnetischen Feldern kontrollieren. Dadurch vermeidet man eine Kollision der Singularitäten. Wenn man die Felder ein wenig verändert, werden die Schwarzen Löcher gewissermaßen geschüttelt und erzeugen dadurch starke Gravitationswellen. Auf diese Weise kommunizieren die Glorianer mit den hochentwickelten Zivilisationen in der Galaxis.«

»Und an diesen Gesprächen möchten die Eisgeister teilnehmen?«, fragte Redwing. Die Angelegenheit wurde immer seltsamer.

»Wie gesellschaftliche Emporkömmlinge. Sie wollen den Erwachsenen gegenübertreten.«

Redwing runzelte die Stirn. »Aber sie können keine Schwarzen Löcher in der Nähe der Schalenwelt wollen. Das wäre viel zu gefährlich.«

»Vielleicht, aber diese Schwarzen Löcher sind klein. Sie haben einen Durchmesser von nur wenigen Metern.«

»Trotzdem. Ihre Masse ist enorm.«

»Etwa hundertmal größer als die der Erde. Oh, und die Glorianer haben die Schwarzen Löcher selbst erschaffen.«

»Wie bitte?«

»Die Eisgeister möchten herausfinden, wie sie das angestellt haben.«

»Und wir sind dorthin unterwegs ...« Redwing hätte gern noch etwas länger darüber nachgedacht, aber ein dezentes Klopfen wies ihn darauf hin, dass es Zeit für Beth wurde.

»Ich habe mit Fred gesprochen, und er gab mir einen interessanten Hinweis«, sagte Karl. »Weißt du noch? Als wir uns der Schalenwelt näherten, waren wir ziemlich baff. Fred meint, es war eine Begegnung mit der letztendlichen Zukunft der Menschen.«

»Das ergibt keinen Sinn.«

»Vielleicht doch, wenn man Freds verdrehter Denkweise folgt. Als unser Schiff die Erde verließ, unternahm die Menschheit große Anstrengungen, den Planeten in Ordnung zu bringen. Weißt du noch? Schwefeldioxidpartikel in der Stratosphäre reflektierten das Sonnenlicht; aus dem richtigen Blickwinkel konnte man es vom Weltraum aus sehen. Von speziellen Segelschiffen stieg verdunstetes Meerwasser auf, bildete dichte Wolken und schirmte die Meere vom Sonnenschein ab. Die Kontinente waren mit den Türmen großer Kohlenstoffkollektoren übersät. Landwirtschaftliche Abfallprodukte wurden an besonders tiefen Stellen in den Ozeanen versenkt, wo sie für Jahrtausende sicher untergebracht sein würden. Kalkpulver wurde in den Meeren verstreut, jedes Jahr eine Masse entsprechend den Kreidefelsen von Dover.«

Redwing nickte und erinnerte sich an all die Maßnahmen, die dazu dienten, Klima und ökologisches Gleichgewicht auf der Erde zu reparieren. »Kalk, um die Säure von absorbiertem Kohlendioxid auszugleichen. Ich war damals jahrzehntelang im All unterwegs. Für Leute wie mich machte das, was auf der Erde geschah, kaum einen Unterschied.«

»Mir ging es ähnlich«, sagte Karl und verzog kurz das Gesicht. »Es waren die Probleme anderer Leute. Wir hatten unsere eigenen und mussten darauf achten, dass die in sich geschlossenen Biosphären stabil blieben.«

»Die Gestaltung von Lebensraum … Wer sich auf so etwas spezialisierte, brauchte sich über Mangel an Arbeit gewiss nicht zu beklagen. Ich verstehe, was Fred meint. Wieso hat er dich nicht begleitet, um seine Vorstellungen zu erklären?«

Karl sah Redwing an und wölbte die Braue. »Hast du wirklich keine Ahnung, wie viel Bammel er vor dir hat?«

»Er erschien mir immer sehr ruhig und schweigsam.«

»Wenn du nicht da bist, redet er mehr. Wie dem auch sei, es geht ihm um Folgendes: Jemand oder *etwas* bekam es vor langer Zeit mit erheblichen Problemen zu tun. Sie bauten die Schale, um einen besseren Lebensraum zu erschaffen. Vielleicht hatten sie Planeten satt. Sie wollten ins All vorstoßen, aber nicht zu schnell, und in aller Bequemlichkeit. Sie schufen sich eine künstliche Welt und nahmen die meisten Angehörigen ihres Volkes mit, als sie sich auf den Weg machten.«

Redwing nickte langsam. »Fred meint also, die Erbauer der Schale wünschten sich eine Landschaft, die natürlich wirkte. Alles hübsch und dinosaurierfreundlich warm, im ewigen Licht einer roten Sonne und ihres Freundes, des Plasmajets.«

Karl schmunzelte. »Wer weiß, wie es jetzt auf der Erde aussieht, nach Jahrhunderten der Biosphärenreparatur.«

»Soll das heißen, dass du zusammen mit Fred auf der Schalenwelt bleiben willst?«

»Ganz und gar nicht!«

»Und was soll ich dann von diesen neuen Informationen halten?« Redwing verabscheute es, Besatzungsmitglieder um Rat zu fragen, aber wenigstens waren sie allein. »Welche Konsequenzen ergeben sich daraus für unseren Flug nach Glory?«

»Ich hab's für angebracht gehalten, dir zu sagen, was die Crew denkt. Die Zeit ist um, ich weiß.« Karl stand auf. »Was mich betrifft ... Ich möchte sehen, was bei Glory los ist. Ich komme auf jeden Fall mit.« Mit diesen Worten verließ er den Raum.

Als Beth hereinkam, bemerkte Redwing sofort die Entschlossenheit in ihrem Gesicht. So hatte sie während der langen anstrengenden Stunden im Jet ausgesehen. Als der Flug durch den Plasmastrom schließlich zu Ende gegangen war, hatte sie es kaum zurück in ihre Kabine geschafft.

»Captain, hiermit bitte ich offiziell um Versetzung zur Kolonie in der Schalenwelt.«

»Kolonie?« Die Dinge entwickelten sich verdammt schnell.

»Die Vogel-Leute ... na ja, derzeit sprechen sie nur für die Eisgeister ... sagen, dass Cliff und sein Team bleiben wollen. Ich möchte zu ihnen.«

»Ich kann nicht einfach so meine Offiziere aufgeben. Das Schiff braucht einen guten Piloten ...«

»Hol einen aus dem Kälteschlaf. Ich bin in erster Linie Biologin und nur Reservepilotin.«

»Du bist die Beste! So wie du das Schiff geflogen hast ...«

»Dann wird es Zeit für eine Gegenleistung, Captain. Du hast die Vereinbarung mit den Vogel-Leuten getroffen, nicht wahr?«

»Nein, nicht mit ihnen, sondern mit den Eisgeistern und Diaphanen.«

»Die Vereinbarung sieht vor, dass einige von uns in der Schalenwelt bleiben. Genug, um sich ohne die Gefahr von Inzucht fortzupflanzen.«

»Unser genetisches Lager ...«

»Selbst damit sind genug Siedler erforderlich, um das Risiko zu minimieren. Wir brauchen hundert Personen, oder besser mehrere Hundert. Tau sie auf, während wir neue Vorräte an Bord nehmen.«

»Du willst eine ...«

»Kolonie. Deshalb sind wir von der Erde aufgebrochen.«

Redwing versuchte, ruhig zu bleiben, doch er spürte, wie sein Herz schneller schlug. »Ich muss ohnehin viele aus dem Kälteschlaf holen, Beth. Die Fingerschlangen wollen uns begleiten. Nur die drei, ein männliches Exemplar und zwei weibliche; bei ihnen scheint es kein Inzuchtproblem zu geben. Und es sind bereits fünfzig Sil ausgewählt worden. Vielleicht möchten auch Angehörige anderer Völker an Bord kommen. Die Artilekte sagen, dass sie die Kälteschlafkapseln entsprechend anpassen können, aber ich schätze, einige unserer Passagiere müssen recht lange wach bleiben.«

»Die wache Crew kann jetzt größer sein als vorher. Immerhin setzt die *SunSeeker* den Flug mit voller Ausrüstung fort. Wir haben schon fast relativistische Geschwindigkeit erreicht.«

»Und wir werden noch schneller. Wir fliegen durch den Jet und um die Sonne, wodurch wir noch mehr Geschwindigkeit bekommen. Bist du sicher, dass du das verpassen willst?«

»Bin ich, ja. Ich möchte bleiben, Captain. Cliff ist damit einverstanden.«

Redwing seufzte. »Für Vogel-Leute haben wir natürlich keinen Platz, abgesehen von befruchteten Eiern und einer künstlichen Gebärmutter – darauf haben sie bestanden. Das Ding ist groß genug.«

In Beths Mundwinkeln zuckte es. »Nach allem, was sie uns angetan haben?«

»Es ist Teil der Abmachung. Die Vogel-Leute bestimmen nicht über die Schalenwelt, sie sind mehr wie Polizisten auf Streife …«

»Korrupte Polizisten. Sie töten andere Spezies, um das eigene Gleichgewicht zu bewahren. Ihr Regime ist mörderisch. Sie haben uns gejagt, uns gefangen genommen …«

»Wir nehmen sie mit, weil wir nicht in der Lage sind, Eisgeister mitzunehmen. Aber ein Diaphaner wird mit von der Partie sein. Dazu später mehr, wenn die Einzelheiten geklärt sind.«

»Die Mission der *SunSeeker* sieht nicht den Transport fremder Wesen vor.«

»Veränderten Situationen sollte man sich anpassen. Ich muss etwa die Hälfte der Kälteschläfer auf die Schalenwelt schicken, aber nach welchen Kriterien soll ich sie auswählen, Beth? Es ist nicht so, dass ich sie auftauen und selbst entscheiden lassen kann. Sie können ebenso wenig wählen wie die Ungeborenen.«

»Nimm Paare«, sagte Beth. »Nimm jene, die vor allem Kolonisten sein wollten, keine Forscher. Wir alle wurden auf unsere Einstellungen überprüft.«

»Und auch auf unsere Anpassungsfähigkeit. Trotzdem …«

Beth beugte sich vor und lächelte. Das fand Redwing seltsam, und instinktiv lehnte er sich zurück. »Denk an unser größeres Ziel, das darin besteht, die Menschheit in die Galaxis zu bringen. Denk in einem größeren Rahmen. Auf diese Weise bekommen wir zwei Kolonien.«

»Glory scheint mir ein ziemlich großer Rahmen zu sein«, sagte Redwing. Beth wusste noch nichts von Karls Schwarze-Löcher-Theorie, aber sie würde zweifellos davon erfahren, spätestens bei der Party, wenn der selbstgemachte Wein floss.

»Wer weiß, was uns bei Glory erwartet«, erwiderte Beth. »Die Schalenwelt war schon Problem genug. Glory könnte eine Nummer zu groß für uns sein.«

Redwing spürte, dass dies noch nicht alles war. Er wartete.

Beths Stimme wurde weich und sanft, als sie fortfuhr: »Irgendwann erreichen auch wir Glory. Die Schalenwelt wird unsere erste menschliche Kolonie dorthin bringen. Wenn sie dort eintrifft, werde ich längst tot sein, und ich bin fest entschlossen, zweihundert zu werden oder noch älter. Aber wir Kolonisten, wir kommen dorthin, früher oder später. Wir treffen euch dort.«

Falten bildeten sich in Redwings Stirn. »Ich habe meine Befehle.«

»Und du hast eine Crew. Fast tausend Kälteschläfer bleiben an Bord. Und nicht alle von uns, die auf der Schalenwelt sind oder waren, wollen dort bleiben. Tananareve hat genug von den Vogel-Leuten, herzlichen Dank.«

»Davon habe ich gehört. Und du möchtest zu Cliff zurück. Das dürfte ein Grund sein, warum du dich der Kolonie anschließen willst.«

»Es ist ein Grund, ja, aber es geht dabei nicht nur um Cliff. Er ist natürlich wichtig für mich, doch andererseits ... Na ja, du hast es vermutlich aus den Berichten erfahren. Offenbar hat sich jemand verplappert, obwohl ... Früher oder später hätte es sich ohnehin herumgesprochen. Cliff hat sich mit Irma eingelassen.«

»Es steht mir nicht zu, irgendwelche Gerüchte zu bestätigen ...«

»Das ist auch gar nicht nötig. Wenn Menschen monatelang bedroht sind und immer wieder in Todesgefahr geraten, so kommen sie sich näher. Das ist ganz natürlich. Vertrau mir, ich weiß über solche Dinge Bescheid; immerhin bin ich Biologin.«

»Was du bereits betont hast. Und Irma kommt mit uns, ebenso ihr Mann. Bist du nicht ...?«

»Sauer? Nein. Irma und Cliff, das war eine ›Einsatzeskapade‹, wie wir so etwas früher nannten. Was auch immer im Notfall funktioniert, nur darauf kommt es an. Und ... sollte nicht bald die Party beginnen, die du angekündigt hast?«

Sie stellte die Frage mit einem strahlenden Lächeln, und Redwing glaubte zu erkennen, dass sie auch kurz zwinkerte.

52

Redwing kehrte nur leicht beduselt in seine Kabine zurück. Ein seltsamer Ausdruck, *beduselt*. Er ging auf seinen Großvater zurück, der dem Wort nie eine Erklärung hinzugefügt hatte. Doch die Bedeutung war ziemlich klar: auf angenehme Weise angetrunken zu sein, aber immer noch die Kontrolle über sich zu haben. Wie es sich für einen Captain gehörte.

Redwing erinnerte sich an die Abschiedsworte seines befehlshabenden Offiziers, kurz bevor er mit dem Shuttle zur *SunSeeker* geflogen war: *Denken Sie daran, dass nicht nur Maschinen aufhören können zu funktionieren, sondern auch Menschen.* Man musste ihnen Platz lassen.

Ein guter Captain zu sein erforderte weitaus mehr als nur sture Entschlossenheit. Beth verstand es, ihn die Dinge aus einem anderen Blickwinkel sehen zu lassen. Es war lustig gewesen, ihr beim Spiel mit den Fingerschlangen zuzusehen. Wer hätte ahnen können, dass sie ebenfalls dem Alkohol zugetan waren? Alle hatten viel gelacht und dabei jede Menge innere Spannungen abgebaut.

Beth war wirklich ziemlich gut, hatte aber nicht verstanden, dass die Eisgeister Tananareve an Bord der *SunSeeker* haben wollten, wenn das Schiff Glory erreichte – sie sollte gewissermaßen zu ihrer Vorhut gehören. Tananareve würde in der Lage sein, den Vogel-Leuten Bericht zu erstatten, oder vielleicht direkt den Eisgeistern, auf eine intuitive Art und Weise. Immerhin war bekannt, wie ihr Bewusstsein funktionierte, was man von denen der anderen Primaten beziehungsweise Letzten Eindringlingen nicht behaupten konnte.

Er hatte Beth nicht alles gesagt.

Das Schiff würde erneut durch den Jet fliegen, Plasma sammeln, mit Vollschub beschleunigen und beim Flug um die Sonne einen weiteren Passagier aufnehmen. Ein Diaphaner würde sie begleiten, im Triebwerk. Die Diaphanen hielten es für eine gute Gelegenheit: Der Passagier würde helfen, die magnetische Geometrie und die Antriebsparameter zu überwachen, während er sich an den Kollektoren »festhielt«. Etwas Derartiges war nie zuvor versucht worden. Vielleicht, dachte Redwing, hofften die Diaphanen, energetischen Wesen bei anderen Sonnen zu begegnen. Ihre wahren Motive, so vermutete er, blieben den Menschen vermutlich für immer verborgen.

Die Artilekte der *SunSeeker* waren bereits informiert worden und hatten gefragt: Würde ein magnetisches Muster den Anweisungen des Captains gehorchen?

Das Problem konnte warten. Redwing streifte die Uniform ab und beschloss, am nächsten Morgen zu duschen. Er putzte sich die Zähne und ließ das Plastikglas fallen, als er das benutzte Wasser in den kleinen Behälter schütten wollte, den es nur in seiner Kabine ab. Vertrug er keinen Alkohol mehr? Und wenn schon. Immerhin war er gut achtzig.

Er sah zum Wandschirm und beobachtete die Schalenwelt. Ganz zu Anfang, beim ersten Anblick dieses riesigen künstlichen Gebildes hatten sie von »Wokwelt« gesprochen, aber solche Namen dienten nur dazu, etwas zu benennen.

Redwing erinnerte sich an den ersten emotionalen Eindruck, den er von dem riesigen Artefakt aus der Ferne gewonnen hatte: Es war ihm wie ein Parasit erschienen, der sich anschickte, einen Stern zu packen und ihm das Leben auszusaugen. Ein Parasit, der die aufgenommene stellare Kraft nutzte, um ungestüm nach vorn zu drängen, tiefer hinein in die große Nacht.

Beth war heute wie ein Schlag ins Gesicht für ihn gewesen, ein Schlag, der ihm das größere Bild ihrer Mission gezeigt hatte. Dafür war er ihr dankbar. Und er begriff, dass er sie vermissen würde.

Sollte er hierbleiben, mit der *SunSeeker* irgendwo anlegen und sich den Siedlern in der Schalenwelt anschließen? Nein. Er hatte eine klare Aufgabe und würde sie erfüllen, auch wenn jene, von denen die Anweisungen stammten, seit Jahrhunderten tot waren.

Der größte Fehler besteht darin, zu viel Angst zu haben, einen Fehler zu begehen. Diese Worte hatte er während seiner Ausbildung in der Flotte gehört. An diesem Abend hatte er mit Beths Hilfe viele Fehler begangen.

Erneut blickte er zum Wandschirm und rief eine Echtzeitdarstellung der Schalenwelt ab. Die *SunSeeker* näherte sich dem vereinbarten Rendezvouspunkt, um dort das zuvor ausgeschickte Landeschiff zu treffen. Die Vogel-Leute würden dafür sorgen, dass sich Tananareve an Bord befand, und auch Aybe, der es sich im letzten Augenblick anders überlegt hatte, was bei Technikern wie ihm oft geschah. Außerdem sollte das Landeschiff noch mehr Proviant schicken und Kommunikationsgeräte, die es der *SunSeeker* nach der Integration in ihre Bordsysteme ermöglichen würden, mit der Schalenwelt in Verbindung zu bleiben. Anschließend hieß es: auf nach Glory!

Redwing schwankte ein wenig. Beduselt, ja. Eindeutig.

Eigentlich war die Schalenwelt gar nicht so seltsam. Vielleicht bedeutete sie, dass hochentwickelte Zivilisationen manchmal übers Ziel hinausschossen und auf der Grundlage eines tief in ihnen verankerten Bestrebens nach Verbesserung versuchten, etwas Perfektes zu erschaffen, eine künstliche Welt, die jedoch ständig modifiziert, korrigiert und repariert werden musste, damit sie perfekt blieb. Man denke groß und baue groß, und dann denke man erneut, vielleicht noch größer. Die Schalenwelt war das erste fremde Konzept, mit dem es die Menschheit zu tun bekommen hatte, und zweifellos würden weitere folgen, eins seltsamer und faszinierender als das andere.

Er beobachtete die endlos vorbeigleitenden Landschaften und dachte daran, wie die hier getroffenen Entscheidungen die Spanne eines ganzen Lebens betrafen, zumindest für jene von ihnen, die auf der Schalenwelt zurückblieben. Aber für die Schale selbst waren das alles nur Momente, Winzigkeiten für die Eisgeister, die in ganz anderen Maßstäben dachten.

Die Schalenwelt hatte sie veranlasst, nicht nur über einige Jahrhunderte hinweg zurückzuschauen, sondern über die Äonen der Evolution. Vielleicht lag darin der tiefere Sinn der Reise zu den Sternen. Um Zeiten zu sehen, die im flackernden Licht der Erinnerung glühten und schimmerten.

Ihm fiel etwas ein. War vielleicht mehr als nur eine Schalenwelt durch die Galaxis unterwegs? Möglicherweise stellten sie eine technologische Nische dar, die bestimmten Geschöpfen geeigneten Lebensraum bot. Wesen, die in sehr langen

Zeiträumen dachten, Kreaturen, die für Menschen schwer zu verstehen waren. Wenn einer fremden Spezies eine bestimmte Zivilisation vorausging, wie bei den Vogel-Leuten die intelligenten Dinosaurier auf der Erde, die Wärme, Sonne und Stillstand liebten ... Vielleicht führte der Wunsch nach ewigem Sommer dann dazu, dass sie solche künstlichen Welten bauten. Wenn das stimmte, so hatte die Evolution eine weitere Strategie für die Sterne entwickelt, eine, die sich von der für gescheite, geschwätzige Primaten unterschied.

Was auch immer bei Glory wartete, in all den verschiedenen Schichten ... Ganz oben gab es eine für Menschen geeignete Biosphäre, eine Welt unter einer Sonne, die jeden Abend hinter dem Horizont verschwand und der Nacht wich. Wesen, die in Schichten lebten, mussten sehr sonderbar sein, und die Menschen würden sich anpassen müssen. Redwing lächelte. Die Schalenwelt hatte ihn gelehrt, wie vielseitig der Mensch sein konnte. Er würde wach und wachsam sein, wenn er Glory nach langem Schlaf erreichte, und ihm gefiel die Vorstellung, am Ziel der Reise eine Welt zu erkunden, die aus vielen verschiedenen Welten bestand.

Es konnte nicht dumm sein, in kleinen Schiffen zu fernen Welten zu reisen, wo Schönheit und Glück immer wieder neu definiert wurden. Selbst wenn die Erde zu einer fernen, nostalgischen Erinnerung wurde – ein Schicksal, das zweifellos seine Crew und ihn selbst erwartete –, die Erweiterung der menschlichen Horizonte war zweifellos etwas Gutes. Wer auch immer die Schalenwelt erbaut hatte, er musste diese Einstellung geteilt haben. In diesem Gedanken lag etwas Tröstliches.

Zeit fürs Bett.

NACHWORT

GROSSE GESCHEITE OBJEKTE

I. Wie wir die Bücher gebaut haben

Gregory Benford:

In der Science Fiction ist ein »Big Dumb Object« (ein »Großes Dummes Objekt«) ein riesiges geheimnisvolles Ding, das allein durch seine Existenz jede Menge »sense of wonder« erzeugt. »Ein Diamant, so groß wie das Ritz« von F. Scott Fitzgerald ist dafür ein Beispiel außerhalb der SF. Solche Objekte müssen nicht unbedingt inaktiv sein, und die Bezeichnung »dumb«, dumm, bezieht sich vielleicht auch darauf, dass man beim Anblick eines so gewaltigen Objekts »struck dumb« ist, sprachlos.

Bei einer Party sagte Larry zu mir: »Große Dumme Objekte sind viel einfacher. Untergegangene Zivilisationen sind viel einfacher. Ja, lass es uns angehen.«

So schrieben wir *Himmelsjäger (Bowl of Heaven)* und fanden, dass wir zwei Bände brauchten, um einem Großen Gescheiten Objekt gerecht zu werden. Die Schalenwelt muss natürlich kontrolliert werden, da sie aus sich heraus nicht stabil ist. Bei Larrys *Ringwelt* handelt es sich um ein Großes

Dummes Objekt, da sie passiv stabil ist, so wie auch wir, wenn wir unbewegt dastehen. (Besser gesagt: Die Ringwelt wäre stabil, wenn sie nicht gelegentlich den einen oder anderen Stoß bekäme, wodurch sie Gefahr läuft, in die Sonne zu stürzen. Im Lauf der Zeit wächst die Wahrscheinlichkeit für so etwas. In seinem zweiten *Ringwelt*-Roman verwendete Larry aktive Stabilisatoren.)

Ein »gescheites Objekt« ist statisch instabil, aber dynamisch stabil, wie wir beim Gehen. Wir fallen auf einem Bein nach vorn und fangen den Sturz mit dem anderen Bein ab. Das erfordert schnelle Signalverarbeitung und gute Koordination. (Wir sind das einzige große Tier ohne Schwanz, das so etwas geschafft hat. Zwei Beine sind gefährlich, ohne ein großes Gehirn oder einen stabilisierenden Schwanz.) In der Science Fiction gibt es mehrere Große Dumme Objekte, aber keine gescheiten, soweit ich weiß. Unser Großes Gescheites Objekt ist größer als die Ringwelt, fliegt durchs All und benutzt einen ganzen Stern als Triebwerk.

Unsere Schalenwelt durchmisst mehr als hundertsechzig Millionen Kilometer und ist durch Gravitation und einige elektrodynamische Kräfte mit einem Stern verbunden. Von diesem Stern geht ein langer Jet aus heißem Gas aus, der, von starken Magnetfeldern gebündelt, durch eine Öffnung in der Schalenmitte führt. Dieser Jet treibt das ganze System an. Der Stern ist also gewissermaßen der Antrieb eines Raumschiffs in Gestalt einer riesigen Schale. An der Innenseite dieser Schale erstrecken sich Landschaften und Meere mit zahlreichen Lebensformen. Die Struktur des Romans hat keine Ähnlichkeit mit Larrys Ringwelt, denn das große Problem besteht in der Konfrontation mit den Einheimischen.

Die wesentlichen Aspekte eines jeden großen Objekts, ob dumm oder gescheit, bestehen aus Energie und Raum. Die gesammelte Solarenergie ist immens, und die Größe des von der Schalenwelt gebotenen Lebensraums entzieht sich der menschlichen Vorstellung. Während wir die beiden Romane planten, sagte mein Freund Freeman Dyson: »Ich gehe bei Habitaten vom Verhältnis *R* der Gesamtmasse zur Menge der zur Verfügung stehenden Energie aus. Je größer *R* wird, desto schlechter das Habitat. Wenn wir *R* für die Erde berechnen und das gesamte einfallende Sonnenlicht als Energie nehmen, ergeben sich zwölftausend Tonnen pro Watt. Bei der Berechnung von *R* für einen Kometen, der viel Licht reflektiert und fernab von Sternen unterwegs ist, ergeben sich hundert Tonnen pro Watt. Ein Komet eignet sich also 120-mal besser für Leben als der Planet Erde. Das grundsätzliche Problem mit Planeten besteht darin, dass sie wenig Platz bieten und zu viel Masse haben. Leben braucht Platz, nicht nur für das Einsammeln von Energie, sondern auch, um Abwärme loszuwerden. Auf lange Sicht wird sich Leben dort ausbreiten, wo Masse effizienter genutzt werden kann, fernab von Planeten, in Kometen- oder Staubwolken nicht zu weit von einem freundlichen Stern entfernt. Wenn der freundliche Stern unsere Sonne ist, können wir vielleicht umherstreifende Lebensformen entdecken, die sich in der Nähe niedergelassen haben.«

Dieser Hinweis veranlasste mich, über die Schalenwelt nachzudenken, bei der *R* ungefähr 10^{-10} beträgt! Die lokale Zentrifugalkraft verhindert die Anhäufung von Masse, die andere Masse anzieht, und verwendet schlichte Rotationsmechanik. Was das technische Problem zu den strukturellen Belastungen hin verschiebt.

Von Menschen erbaute große Objekte, ob Pyramiden, Kathedralen oder Wolkenkratzer, können immer als kriminelle Verschwendung von zivilisatorischen Ressourcen kritisiert werden, insbesondere dann, wenn sie kitschig oder geschmacklos erscheinen. Anders sieht die Sache aus, wenn sie Lebensräume erweitern und zu halbnatürlichen Habitaten werden. Die Idee geht auf Olaf Stapledons *Der Sternenmacher* zurück:

> *Inzwischen war jedes Sonnensystem von einem Schleier aus Lichtfallen umgeben, die die Sonnenenergie für intelligente Benutzung einfingen, wodurch sich das Licht der ganzen Galaxis trübte. Viele Sterne, die sich nicht dafür eigneten, Sonnen zu werden, wurden desintegriert und auf ihren gewaltigen Vorrat an subatomarer Energie zurückgeführt.*

Unsere gescheite Schalenwelt schwebt nicht einfach nur im All und wartet auf Besucher wie die Ringwelt. Sie ist zwischen den Sternen unterwegs und beherbergt Leben.

Wir begannen mit dem Offensichtlichen: *Wohin fliegt die Schalenwelt, und warum?*

Die Antwort darauf bildete den Rahmen für die beiden Romane. Das ist das Tolle an gescheiten Objekten: Sie bewirken nicht nur Ehrfurcht, sondern auch Faszination.

Wenn wir im Golf von Mexiko Garnelen fingen, sagte mein Großvater: *Ein Boot sucht nur nach einem Ort, wo es sinken kann.*

Als wir ein neues Großes Gescheites Objekt entwarfen, sagte ich: *Eine künstliche Welt wartet nur darauf, dass irgendwo eine Naht reißt.*

Man lebt nur wenige Meter vom Vakuum entfernt, an einem Ort, der sich aufgrund der Rotation schnell bewegt. Das erleichtert den Start von Schiffen, da sie mit der Rotationsgeschwindigkeit der Schale aufbrechen. Aber es bedeutet auch eine hohe Belastung für die Strukturelemente. Hinzu kommt: Die Bewohner der Schalenwelt wollen sicher mit alten Dingen experimentieren und neue ausprobieren …

»Weißt du, Fred, ich schätze, das Problem mit den Rohrleitungen lässt sich lösen, indem ich hier einfach ein Loch bohre. O je!«

Das Vakuum kann einen sofort ins All reißen. Plötzlich fliegt man fort, mit tausend Kilometern pro Sekunde – viel schneller als die fünfzig Sekundenkilometer, die nötig sind, um dem Stern zu entkommen. Das erleichtert die Erforschung von Sonnensystemen, an denen die Schale vorbeikommt.

Doch der leichte Abgang ist eine Gefahr. Wer auf einem Großen Gescheiten Objekt lebt, sollte besser selbst gescheit sein.

Larry Niven:
»Das Enorm Große Ding« – so lautete David Gerrolds Beschreibung eines neuen SF-Themas, das nach der Veröffentlichung von *Ringwelt* aufkam. *Orbitsville* von Bob Shaw, *Ring* von Stephen Baxter, *Newton's Wake* von Ken MacLeod, John Varleys *Gäa*-Trilogie und *Rendezvous mit Rama* von Arthur C. Clarke schildern wagemutige Unternehmen und erzeugen damit viel »sense of wonder«. *Ringwelt* war nicht der erste Roman dieser Art – es gab Geschichten, in denen ganze Universen erschaffen und zerstört wurden. Die betreffenden *Dinge* waren oft Teil weitaus größerer Angelegenheiten und Per-

spektiven. Die üblichen Fragen lauteten: »Wer hat dieses Objekt erbaut? Und warum?«

Ich war nicht der Erste, dem auffiel, dass untergegangene Zivilisationen leichter zu beschreiben sind als aktuelle, funktionierende. Die handelnden Figuren können die Artefakte untersuchen, ohne dass sie jemand daran hindert, bis sie ein klares Bild gewonnen haben. Conan der Barbar und zahlreiche weitere Barbaren stießen überall auf die Reste untergegangener Zivilisationen. Bei *Ringwelt* habe ich diesen Weg ganz bewusst eingeschlagen. Ich war jung und unerfahren, und das wusste ich.

Eine voll funktionsfähige Zivilisation, die zum Untergang verurteilt ist, wenn sie den Gebrauch ihrer Werkzeuge verlernt ... Das ist eine ganz andere Sache. Allein hätte ich mich einer solchen Herausforderung nicht gestellt. Zusammen mit Jerry Pournelle habe ich mehrmals funktionsfähige Zivilisationen beschrieben, in *Fußfall*, *Luzifers Hammer* und *Stadt des Feuers*.

Mit Gregory Benford habe ich beschlossen, mich einmal an einer Zivilisation auf Dyson-Sphäre-Niveau zu versuchen. Greg schuf den ersten Entwurf der Schale, der sich durch eine eindrucksvolle Schlichtheit auszeichnete, die mich sofort faszinierte. Es war leicht, damit zu arbeiten. Ich sah darin eine Art Ringwelt mit einem Deckel und mit einem Stern als Motor. Wir baten Don Davis, einige Bilder zu schaffen, die sehr eindrucksvoll geworden sind.

Greg sah immer wieder neue Implikationen. Die Geschichte der Schalenwelt wurde komplexer. Mir wurde schnell klar, dass wir mindestens zwei Bücher brauchten, um alles zu schildern. Das gab uns Zeit und Platz.

II. Spaß mit Hightech

Warnung: Hier lauert der eine oder andere Spoiler.
Im ersten Buch, *Himmelsjäger*, wurden die Erwartungen des Lesers geweckt und die Vogel-Leute vorgestellt, die Herren der Schalenwelt – dafür hielten sie sich zumindest. Im zweiten Buch brachten wir die Handlungslinien zu Ende, was für den Leser die eine oder andere Überraschung bedeutete. Wir beschlossen, die ganze Geschichte in zwei Bänden zu schreiben, weil es Zeit brauchte, alles zu klären. Das Mehr an Zeit gab uns auch Gelegenheit, die Reaktionen der Leser auf das erste Buch zu berücksichtigen.

Viele Probleme der Schalenwelt gingen auf Bau und Ursprung zurück.

Wir nahmen an, dass die Erbauer ihre Grundstruktur aus so etwas wie *Scrith* errichteten – das ist ein Begriff aus der Ringwelt und betrifft ein graues, durchsichtiges Material, mit einer Festigkeit in der Größenordnung der Kernbindungsenergie. Solche Materialien sind nötig, um die Ringwelt ebenso wie die Schalenwelt daran zu hindern, einfach auseinanderzufliegen, sie in mechanischer Hinsicht funktionieren zu lassen. Die Stabilisierung der Ringwelt ließ sich einfach bewerkstelligen; man musste nur den einen oder anderen lateralen Stoß ausgleichen. Die funktionelle Stabilität der Schalenwelt in dynamischer Hinsicht zu gewährleisten ist viel schwerer – das große Problem sind der Jet und seine Magnetfelder. Dafür war Benford zuständig, da er in *The Astrophysical Journal* und anderen Fachzeitschriften viele Thesenpapiere über Jets von den Akkretionsscheiben bei Schwarzen Löchern veröffentlichte, von denen manche größer sind als ganze Galaxien. Aber wer kontrolliert den Jet? Und wie stellt man das an, wo er doch größer ist als Welten? Auf diese Weise entwickelt sich der Plot aus den physikalischen Gegebenheiten der Geschichte.

Um eine Vorstellung von der Kraft zu bekommen, die nötig ist, um die Schale zusammenzuhalten, kann man sich fragen, was einen hunderttausend Kilometer hohen Turm auf der Erde aufrecht halten könnte. Das höchste derzeit existierende Gebäude ist der 829,8 Meter Burj Khalifa in Dubai, Vereinigte Arabische Emirate. Für Ringwelt und Schalenwelt nehmen wir ein Material wie *Scrith*, das 100 000-mal fester ist als der beste Stahl und die besten Kohlenstoff-Komposite, über die wir heute verfügen. Doch selbst unter statischen Bedingungen neigen Gebäude dazu, sich zu verformen, wenn sie Belastungen ausgesetzt werden. Ein richtig schlimmer Sturm kann selbst sehr massive Gebäude zerstören. Wir haben es hier also mit Megakonstruktionen zu tun, geschaffen von Meisterkonstrukteuren. Neutronensterne halten solche Belastungen aus, das wissen wir, und vielleicht gilt das auch für kluge Aliens und sogar gewöhnliche Menschen. Sollen sich die Techniker und Ingenieure von Caltech (wo Larry studierte), Georgia Tech (wo Benford fast studiert hätte) oder des MIT (wo Benford ein Sabbatical absolvierte) damit beschäftigen. Warten wir ein Jahrhundert oder auch zwei – wer weiß, was die Spezialisten dann erfunden haben? Dies ist eine Prämisse, oder besser noch: ein Versprechen, die Essenz moderner Science Fiction.

Der innere Bereich unseres Sonnensystems enthält genug Material für eine klassische Dyson-Sphäre. Die Planeten und die großen kalten Ansammlungen von Eis und Gestein wie in unserem Kuipergürtel oder in der Oort'schen Wolke – all das in der Umlaufbahn eines anderen Sterns kann genug Masse für den Bau der Schalenwelt geben. Für Außerirdische könnte das eine große Versuchung sein. Man sammle das Material und fügte es mit molekularem Kleber zusammen, konstruiere daraus einzelne Bauelemente, zum Beispiel in Form von gewölbten Dreiecken. Es wäre eine Arbeit von Generationen, selbst für sehr langlebige Geschöpfe. Wir Menschen haben Ähnliches geleistet, zum Beispiel bei der Kathedrale von Chartres oder der Chinesischen Mauer.

Aber: Wer sind die Baumeister? Vielleicht wurde die Schale zunächst konstruiert, damit ihre Bewohner ständigen Sonnenschein genießen konnten. Also haben die Erbauer die Schalenwelt besiedelt, froh darüber, so viel natürlich scheinenden Lebensraum zu haben. Aber dann begannen sie davon zu träumen, die Galaxis zu kolonisieren. Sie kamen auf die Idee mit dem Jet und hatten bereits die Öffnung des »Astlochs«. Der Bau der Spiegelzone dauerte eine Weile, und anschließend ermöglichte der Jet interstellare Reisen. Die Sache funktionierte nicht so gut wie geplant und erforderte Kontrolle, wozu man starke Magnetfelder verwendete.

Das System hatte auch Vorteile für den Einsatz von Raumschiffen. Wenn man den Weltraum erreicht hat, befindet man sich im freien Fall. Die Schalenwelt hat eine ziemlich große Masse, aber an der Außenseite verlässt man sie mit recht hoher Geschwindigkeit; die Eigengravitation der Schale spielt also keine Rolle. Man kann durchs Sonnensystem reisen, in dem es praktisch keine großen Objekte mehr gibt. (Die Atmosphäre der Schalenwelt verbrennt alle Meteoriten, die ihre Membran durchstoßen.)

Ein wichtiger Aspekt der Schale besteht darin, dass ein großer Teil von ihr aus Spiegeln zusammengesetzt ist, die das Sonnenlicht reflektieren und auf eine kleine Stelle des Sterns fokussieren, dorthin, wo der Jet entsteht. Dadurch entsteht eine Plasmaturbulenz, die wiederum den Jet erzeugt, der den Stern antreibt. Und die Gravitation des Sterns zieht die Schalenwelt mit.

Der Plasmastrang des Jets reicht durch eine »Astloch« genannte Öffnung in der Mitte der Schale. Magnetfelder bündeln ihn und verhindern, dass er die Lebenszonen der Schale erreicht. Wir haben es also mit einem gewaltigen mobilen Objekt zu tun, größer als Larrys Ringwelt.

Der Jet sorgt für genug Vortrieb, um Stern und Schalenwelt ein Lichtjahr alle paar Jahrhunderte zurücklegen zu lassen. Die Schale fliegt vergleichsweise langsam durch den interstellaren Raum, wobei die Steuerung immer ein Problem bleibt. Der Stern ist gleichzeitig eine Art Schild und fängt Asteroiden und Kometen ab, die in der Flugbahn der Schalenwelt unterwegs sind. Interstellares Gas und Staub bewirken Reibung an der solaren Magnetosphäre, die einen Radius von etwa 100 Astronomischen Einheiten hat.

Der Jet kann kontrolliert werden, um Richtung und Beschleunigung zu verändern. Wenn er instabil wird, können sich »Knoten« in ihm bilden, Stellen, an denen sich das Plasma verdichtet. Diese Knoten können sich ausbreiten und die Lebenszonen am Rand des Astlochs mit gefährlichem Plasma bedrohen. Die erste Möglichkeit, solche unkontrollierten Erweiterungen des Jets zu verhindern, besteht darin, die Spiegel zu drehen, damit das reflektierte Licht nicht mehr die Stelle auf dem Stern erreicht, an der der Jet entsteht.

Doch das genügt vielleicht nicht, um einen destruktiven Knoten zu verhindern. Wir haben entschieden, dass so etwas in der Vergangenheit der Schalenwelt geschehen ist: eine Katastrophe, von der Legenden erzählen.

Die Spiegelzone der Schale wird von einem inneren Winkel Θ und einem äußeren Winkel Ω bestimmt. Sie reflektiert Sonnenlicht zurück zum Stern, auf eine kleine Stelle konzentriert, was den Jet erzeugt. Dieser Jet enthält den größten Teil des Sonnenwinds, in Magnetfeldern gefangen und entlang der Systemachse ausgerichtet. Das reflektierte Sonnenlicht erhitzt den Stern, der versucht, ein neues Gleichgewicht zu erreichen. Der Öffnungswinkel, Ω minus Θ, bestimmt, wie sehr sich der Stern erhitzt. Wir haben Ω auf 30 Grad festgelegt und Θ auf 5 Grad, was bedeutet, dass die Spiegelzone 25 Grad der Schale belegt. Ihr Rand kann bei 45 Grad oder darüber liegen.

Aufgeheizt von den Spiegeln ist der K2-Stern heißer als gewöhnlich, was seinem Spektrum größere Ähnlichkeit mit dem von Sol gibt. Das erklärt, warum er eine Spektralklasse haben kann, die sich von der unterscheidet, die man aufgrund seiner Masse annehmen sollte. Seine Farbe ist seltsam, geht mehr ins Gelbe, als es seiner Masse entspricht.

Da wir gerade dabei sind: Der Stern ist kleiner als früher, denn über viele Jahrmillionen hinweg hat er über den Jet Masse verloren. Aber er hat trotzdem noch ein langes Leben vor sich – die Schalenwelt könnte die Galaxis mehrmals umrunden.

III. Aufbau der Schalenwelt

Im Buch wird der Stern der Schalenwelt so beschrieben:

> STERN TYP K2. ÄHNELT EPSILON ERIDANI (K2 V). GRÖSSE ZWISCHEN ROTEM SONNENTYP M UND GELBEM TYP G DER HAUPTREIHE.

Das Licht ist also rötlich und etwas schwächer als das von Sol. Am Rand der Schalenwelt befindet sich ein breites zylindrisches Element, Große Ebene genannt. Seine Maße entsprechen ungefähr denen der Ringwelt, und die Zentrifugalkraft bewirkt eine scheinbare Gravitation von 0,8 g; Menschen haben dort also das Gefühl, etwas leichter zu sein. Jenseits davon neigt sich die Schalenwelt dem »Astloch« entgegen, der Öffnung in ihrer Mitte. Dort variiert die »Schwerkraft« mit dem Breitengrad und ist nicht exakt nach unten gerichtet. Um Oberflächen zu schaffen, auf denen man normal gehen kann, wären große Plattformen nötig, die parallel zur Jetachse ausgerichtet sind, damit die von der Zentrifugalkraft simulierte Gravitation genau nach unten zeigt.

Die lokale Schwerkraft hat zwei Vektor-Komponenten:

A: Eine Zentrifugalkraft *senkrecht zur lokalen ebenen Oberfläche der Schale*, vs. Winkel Ψ (in Bogenmaß). Hier wird Ψ von der polaren Schalenachse gemessen, d. h. von der Jetachse. Die Kurve erreicht ihren höchsten Punkt bei 90 Grad, wo sich die Große Ebene erstreckt, mit einer lokalen Gravitation von 1 g (was 0,8 g Erdnorm entspricht).

B: Die Darstellung gegenüber zeigt die Größe der zentrifugalen Schwerkraft parallel zur lokalen ebenen Fläche der

Schale, vs. Winkel Ψ – es handelt sich um die gefühlte Kraft, *die vom Pol, dem Astloch, wegdrückt.*

Diese wegdrückende Kraft ist in mittleren Breiten am größten und nimmt dann zum Pol hin ab. In der Großen Ebene verschwindet diese Komponente.

Die Erbauer planten die Schale auf diese Weise, mit dem Ergebnis, dass es in manchen Bereichen schwerfällt, in Richtung Astloch zu gehen. Es hält ferne Bewohner von dem Versuch ab, mit einem langen Marsch die Öffnung in der Mitte der Schalenwelt zu erreichen. In der »schrägen« Schwerkraft ist das Gehen sehr anstrengend, insbesondere im Bereich der Spiegelzone, die sich in mittleren Breiten erstreckt. Dies bedeutet auch, dass Flüssigkeiten gepumpt werden müssen, da die lokale Schwerkraft sie fließen lässt. Wenn sie nicht in Form von Regen zurückkehren – oder wenn sich das Wetter nicht wie vorgesehen entwickelt –, müssen abgeflossene Flüssigkeiten zurückgepumpt werden.

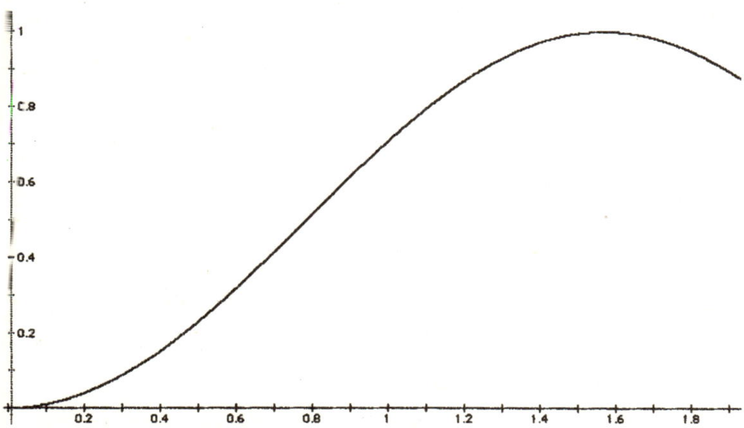

Lokale Gravitation versus Winkel von der Jetachse

Wir haben solche Berechnungen vorgenommen, und viele von ihnen fanden keinen Raum in den beiden Büchern. Aber sie waren bei unseren Überlegungen immer präsent. Vielleicht ist dies ein Beispiel für Ernest Hemingways Grundsatz, wonach man umso mehr Dinge weglassen kann, je mehr man über den Hintergrund der Geschichte weiß. Die Details werden dennoch deutlicher, weil man voller Gewissheit über sie schreibt.

Die seltsame zentrifugale Schwerkraft stellt die Erbauer auch vor ein großes Belastungsproblem. Um das riesige rotierende, durchs All fliegende Konstrukt stabil zu halten, braucht man eine Materialfestigkeit auf dem Niveau der Kernbindungsenergie.

Die Atmosphäre ist mit mehr als zweihundert Kilometern ziemlich hoch, bietet also einen guten Schutz vor Sonnenwind und kosmischer Strahlung. Der Druck ist um etwa fünfzig Prozent höher als auf der Erde, wobei es regionale Unterschiede gibt. Sie bildet außerdem eine ausreichend dicke

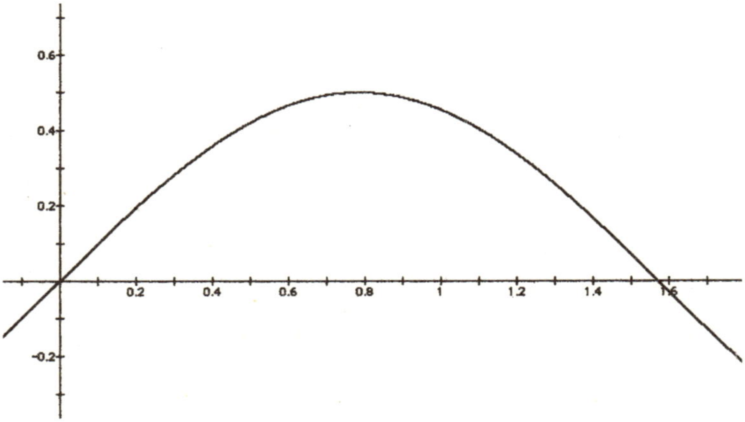

Seitliche »Gravitation« versus Winkel von der Jetachse

Schutzschicht in Hinsicht auf gelegentliche Meteoriten. Wenn man die Atmosphäre der Erde auf die Dichte von Wasser zusammenpressen würde, wäre sie nur noch zehn Meter dick. Alles, was in die Lufthülle der Erde geworfen wird, muss nur das Äquivalent von zehn Metern Wasser durchdringen, um die Oberfläche zu erreichen. Bei der Schalenwelt wären es nicht zehn, sondern hundert Meter. Zu viel Kohlendioxid? Es verteilt sich in weitaus mehr Luft.

Die größere Atmosphäre erklärt, warum in Bereichen mit niedriger Schwerkraft überraschend große Lebewesen fliegen können, sowohl riesige fremde Geschöpfe als auch Menschen. Wir Menschen auf der Erde sind einem partiellen Druck von 0,21 bar Sauerstoff ausgesetzt, und wir kommen auch mit einem Druck von 2 bar und fast reinem Sauerstoff zurecht (wobei wir allerdings mit Feuer vorsichtig sein sollten). Die Atmosphäre der Schalenwelt hat einen etwas geringeren Anteil an Sauerstoff von 0,18, aber die höhere Dichte der Luft macht das wett. Dadurch sinkt die Brandgefahr, wie jemand bemerkte.

Zu Beginn schrieben wir eine Hintergrundgeschichte darüber, woher die Erbauer kamen – eine Geschichte, die keinen Eingang in die beiden Romane fand. Sie bietet eine Version der Vergangenheit, die nicht in allen Einzelheiten mit dem übereinstimmt, was in den beiden Büchern geschildert wird:

Vor 65 Millionen Jahren gab es Dinosaurier, die ihre Körpertemperatur mithilfe von Federn regulierten und in einer viel wärmeren Welt lebten. Sie wagten sich mit Raketen ins kalte, lebensfeindliche Sonnensystem, denn sie brauchten Metalle und wollten ihre Biosphäre nicht mit dem Abbau von Rohstoffen und ihrer Verarbeitung verschmutzen. Bei den Vogel-Leuten bildeten sich zwei Fraktionen:

- Die Heimkehrer, die zu einer einfachen Lebensart zurückkehren wollten, kompatibel mit der Welt, die sie einst kannten, mit minimaler Technik.
- Die Fortschrittlichen, die um den Kleinen Stern (der zum Stern der Schalenwelt wurde) ein neues Paradies schaffen wollten, ebenso warm und angenehm wie jenes, das sie einst auf ihrem Heimatplaneten gekannt hatten. Sie planten eine Welt, mit der sie durch die Galaxis reisen konnten, um zahlreiche Kolonien zu gründen.

Einige der Fortschrittlichen waren ungeduldig und wollten sehen, welche Welten Tausende von Lichtjahren entfernt auf sie warteten. Viele hatten sich in den Kälteschlaf zurückgezogen, um die Ankunft in einem Sonnensystem abzuwarten, das sich für die Besiedlung eignete. Es gab auch Gläubige, die hofften, irgendwie mit den Gottgeistern in Kontakt zu treten, deren SETI-Signale von großen technischen Leistungen erzählten. Aber wie sich herausstellte, stammten jene Signale von längst untergegangenen Zivilisationen. Als sie das herausfanden, lag die Erde bereits weit hinter den Reisenden und war zu einer nostalgischen Legende geworden.

So kam es zur Trennung: Die Wärme liebenden Fortschrittlichen brachen auf, und die Heimkehrer blieben auf der Erde, kehrten dort zum einfachen Leben ihrer Vorfahren zurück. Sie hielten ihre Zahl niedrig und entwickelten nach und nach eine immer stärkere Abneigung gegen die Technologien, die sie von den Fortschrittlichen und früheren Zivilisationen geerbt hatten. Ihr Glück bestand aus einem ruhigen, besinnlichen, von Landwirtschaft geprägten Leben. Bis schließlich ein Asteroid auf ihre beschauliche Welt stürzte.

Zu jener Zeit hatten die Dinosaurier keine Raumfahrt mehr.

April 2013

DANKSAGUNG

Bei den wissenschaftlichen und literarischen Angelegenheiten haben uns viele Personen geholfen. Erik Max Francis, Joe Miller und David Hartwell haben das Manuskript ausführlich kommentiert. Und den Anfang machten natürlich Olaf Stapledon und Freeman Dyson.